JOHN Y

A single world full of adventures will never be enough!

TALES FROM HAVEN

DIE WELTENWANDERER CHRONIKEN

— BAND I: GESTRANDET —

Dieser Titel ist auch als E-Book sowie Hardcover erschienen.

Vollständige Taschenbuchausgabe.

Impressum

Inhaltswarnungen zu diesem Werk findet ihr am Ende des Buches.

Bibliografische Information der Deutschen Nationalbibliothek: Die Deutsche Nationalbibliothek verzeichnet diese Publikation in der Deutschen Nationalbibliografie; detaillierte bibliografische Daten sind im Internet über http://dnb.dnb.de abrufbar.

1. Auflage:

Text Copyright © 2022 Sascha Waltemathe

Lektorat: Isabelle Mager
Korrektorat: aus der Verlagsedition übertragen
Cover: Sascha Waltemathe
Layout: Sascha Waltemathe
Geschrieben mit Papyrus Autor 11

Dieses Buch ist all jenen gewidmet, die daran geglaubt haben, dass ich in der Lage bin Geschichten zu schreiben.

Es besteht die vage Möglichkeit, dass mir das etwas bedeutet hat.

Wir betrachten die Welt durch ein Schlüsselloch. Es liegt an uns, die Tür aufzustoßen, um ihre wahre Größe zu erkennen.

Das ungeborene Kind	1
Neuer Versuch	8
Ermittlungen	21
Alles ist wahr	28
Happy Family	42
Grenzschützer	50
Ziele	55
Einsicht	65
Die Ranch	69
Jagdfieber	78
Gestrandet	87
Norvinia	100
Der Empfang	119
Bartholomäus, der Gütige	132
Spurensuche	147
Beschützerinstinkte	155
Erklärungsnot	164
Von Drachen und Monstern	172
Abra Kadaver	181
Väter und Töchter	191
Eine wirklich gute Zeit	202
Little Monsters	213
Roadtrip	225
Anziehungskräfte	234
Bekenntnisse	249
Sirenengesang	256
New York! New York!	264
Das Plaza	271
Haven	280
Nachtschwärmer	286

Der Mann hinter dem Na-Vi	296
Drei Gauner unter sich	305
Die graue Eminenz	315
Die Quelle	324
Blutsbrüder	330
Flucht	340
Verantwortungen	348
Tenacious Erbe	356
Die zwei Schwestern	360
Sternentor	370
Das Vermächtnis der ersten Wanderer	377
Verhängnisvolle Geheimnisse	383
Abschied	396
Der alte Mann und die Wüste	399
Nur ein weiteres Abenteuer	412
Rückrunde mit Grimm	419
Wo die Legenden ruhen	424
Old Haven	430
Eine Welt am Abgrund	437
Dem Ende so nah	445
Verloren	456
Danksagungen	464
Content-Warnungen	466

Das ungeborene Kind

Weit unter ihnen tobte das wilde Meer, während ein Sturm unerbittlich über ihren Köpfen wütete. Hin und wieder erhellte ein greller Blitz, gefolgt von ohrenbetäubendem Donner, die Finsternis der Nacht. Sie fielen tief, und noch konnte niemand sagen, ob sie den Sturz überleben würden.

Luna klammerte sich fest an ihren Vater. Auch wenn nicht alles nach Plan verlief, durchzog sie ein Anflug von Stolz. Sein erster richtiger Weltensprung ließ sie lächeln. Im nächsten Moment schlugen sie mit unbändiger Wucht auf der Wasseroberfläche ein. Die schonungslose Strömung riss sie augenblicklich auseinander. Verzweifelt streckte sie ihre Hände nach ihm aus. Doch so sehr sie es versuchte, erreichte sie ihn nicht. Immer wieder durchbrachen Blitze die Dunkelheit. Seichtes Licht flackerte unbemerkt im Herzen ihres Anhängers, der an einer Kette um ihren Hals baumelte. Ihre feine Nase wurde vom salzigen Wasser geflutet, und sie spürte, wie sich ihr Körper dem Unausweichlichen fügte.

Bevor sie gänzlich das Bewusstsein verlor, dachte sie an die vergangenen Tage. Es klang albern, doch es waren die schönsten, die sie seit Jahren erlebt hatte.

Zwei Wochen zuvor:
Die Sonne brannte an diesem Nachmittag im Juni. Ein Umstand, um den sich die Bewohner des alten Berliner Mehrfamilienhauses in der Heinrich-Roller-Straße wenig scherten.

Selbst im Obergeschoss war es angenehm kühl. Luna begrüßte diese Abwechslung nach ihrer langen und beschwerlichen Reise, besonders wenn sie bedachte, welche Herausforderung sie noch vor sich hatte. Ihre Hände zitterten vor Anspannung. Gleich würde sie an der großen, grauen, unüberwindbar scheinenden Tür klingeln. Jedes Mal, wenn sie den Finger hob und er fast den bronzenen Knopf berührte, schreckte sie zurück, als könnte die Klingel jeden Moment zuschnappen. Ein irrationaler Gedanke. Es war schließlich nur eine normale Wohnungstür. Wenn sie gewollt hätte, hätte sie diese vermutlich mühelos durchbrechen können. Sie dachte in ihrer Nervosität für einen Augenblick darüber nach, hielt es dann jedoch für unangebracht und verwarf den Gedanken direkt wieder. Dennoch, je länger sie vor dieser Tür stand, desto schwieriger erschien es ihr, den letzten Schritt zu wagen und endlich diese Klingel zu betätigen. Hatte sie wirklich keine andere Wahl? Wahrscheinlich würde Jonathan ihr ohnehin nicht glauben und wer konnte es ihm verdenken? Es war zu verrückt, was sie ihm gleich mitteilen würde.

Luna atmete noch einmal tief durch und krempelte die Ärmel ihres viel zu großen, schwarzen Hoodies hoch. Nie hätte sie erwartet, dass sie so nervös sein könnte. Dann fasste sie all ihren Mut zusammen. *Ding Dong.* Das klassische Klingelgeräusch ertönte.

Luna biss sich leicht auf die Unterlippe. Erst passierte nichts. Kein noch so kleines Geräusch war aus der Obergeschosswohnung des Mehrfamilienhauses zu hören. In ihrer Ungeduld betätigte sie den Knopf noch ein zweites und drittes Mal, in der Hoffnung, dass sich die verdammte Tür endlich öffnete.

Er wird dir nicht öffnen, meldete sich eine Stimme in ihrem Kopf. *Warum sollte er auch? Was bist du schon für ihn? Er kennt dich doch überhaupt nicht! Halt die Klappe!*, wehrte Luna ab und schüttelte ihren Kopf, um ihre negativen Gedanken loszuwerden.

Da brummte der Summer, während sich fast zeitgleich die Tür zur Wohnung öffnete und ein Mann in seinen späten Dreißigern zum Vorschein kam. Das Haar dunkelbraun, voll und unpassend zum Rest des Looks sehr gepflegt. Er trug eine nichtssagende dunkelblaue Jogginghose nebst einem grauen Fan-T-Shirt, welches vom Logo des Films Jurassic Park geziert wurde. Irgendwie typisch für ihn, fand Luna. Seine muskulösen Arme spannten den Stoff darüber.

»Ja, bitte?«, erhob Jonathan King gelassen die Stimme. Seine stahlblauen, alles durchdringenden Augen zeugten von einer inneren Ruhe und Besonnenheit, wie sie nur wenige besaßen, als er das Mädchen betrachtete. Auch das war typisch für ihn.

Luna holte tief Luft und ignorierte das unbehagliche Beben in ihrer Brust sowie jeden quälenden Gedanken, der sie davonrennen lassen wollte. »Hi, ich – ähm – weiß, das klingt jetzt vielleicht etwas verrückt.« Sie verschränkte ihre Arme vor sich, um das leichte Zittern ihrer Handflächen zu verbergen. »Ich heiße Luna – und – bin deine Tochter.«

Jonathans Augen weiteten sich überrascht und er spürte den aufsteigenden Kloß in seinem ausgeprägten Kehlkopf. Er dachte, er höre schlecht, habe einen Schlaganfall oder so etwas. Hatte sie gerade tatsächlich gesagt, was er glaubte gehört zu haben? Tochter? *Das ist doch lächerlich. Ich und ein Kind? Das kann unmöglich sein*, schoss es ihm durch den Kopf.

Er war sechsunddreißig und hatte nie auch nur einen Gedanken an eigene Kinder verschwendet. Für ihn waren Kinder nur der tief verwurzelte Wunsch, etwas von sich in dieser Welt zurückzulassen. Etwas, das sagte: Ich war hier, und das ist mein Erbe. Jonathan fand diese Vorstellung zwar ganz nett, dennoch war es ihm nie in den Sinn gekommen, selbst eines haben zu wollen.

Jonathan räusperte sich. »Du musst dich irren. Ich meine, okay, ich war nie ein Kind von Traurigkeit, was das angeht, aber ich halte nicht viel von Kindern und habe auch sicherlich keines unwissentlich in die Welt gesetzt.«

Entmutigt ließ Luna die schmalen Schultern hängen. *Ich habe es dir doch gesagt*, flüsterte die Stimme in ihrem Kopf. Sie hatte solche Worte erwartet und dennoch trafen sie Luna mit einer Wucht, die sie am liebsten auf direktem Wege davon rennen lassen wollte. *Nein! Ich bin zu weit gekommen, um jetzt das Handtuch zu werfen!* Sie schüttelte erneut den Kopf, befreite sich von dem Flüstern, das ihr riet zu verschwinden und blickte mit gestrafften Schultern zu ihm auf. »Und dennoch stehe ich hier. Dumm gelaufen.«

Der plötzlich herausfordernde Tonfall verunsicherte Jonathan. Während ihre großen, bernsteinfarbenen Augen ihn ansahen, als könnten sie kein Wässerchen trüben, sprach ihr ganzes Auftreten mit einem Mal eine völlig andere Sprache. Eine, die etwas bedrohliches hatte. Aufmerksam musterte er den rothaarigen Lockenkopf. Mattschwarz angestrichene Lippen und Nägel, sonst kein erkennbares Make-up. Dafür aber eine gerötete Nasenspitze. War sie erkältet?

Jonathan betrachtete den übergroßen Hoodie mit der Aufschrift Mythemia, die zerschlissene Jeans-Shorts und die schwarzen, abgetragenen Dr. Martens-Stiefel, die ihre schlanken Beine zierten. Ein Modell mit lächerlich hohen und klobigen Sohlen. Er mochte sich nicht vorstellen, wie jemand darin vernünftig laufen konnte. Und dennoch war sie deutlich kleiner als er mit seinen knapp einen Meter achtzig. Grummelnd kratzte er sich am Hinterkopf. »Ist der Grunge-Look in deinem Alter gerade angesagt?«

Luna schnaubte verächtlich. »Wow. War das ein schlechter Versuch, mein Alter einzuschätzen, oder sammelst du einfach gerne Arschloch-Punkte?«

Jonathan strich sich über die Nase, als ihm die unglückliche Wahl seiner Worte bewusst wurde. »Also, so war das ...«

»Siebzehn! Ich bin siebzehn«, antwortete Luna salopp. Dann sah sie an sich hinunter. »Und ich fühle mich wohl in solchen Sachen. Okay?« Sie nickte bestätigend. »Bewegungsfreiheit ist wichtig, wenn du viel unterwegs bist.«

»Okay.« Jonathan legte seine Stirn in Falten, knurrte nachdenklich in sich hinein und glich ihr Erscheinungsbild mit allen Frauen ab, die ihm gerade in den Sinn kamen. Wenn sie wirklich seine Tochter war, musste er die Mutter kennen. Denn er hatte ganz eindeutig so einige Fragen an diese.

Luna kräuselte ihre dunklen Lippen. »Ich weiß, die Neuigkeit ist der Hammer, oder?«, unterbrach sie die Gedankengänge ihres Dads. »Steht da plötzlich so ein Kind vor deiner Tür. Wo kommt es her? Wo will es hin?«

»Ja, verrückt trifft es wohl eher«, murmelte Jonathan vor sich hin.

»Echt?« Luna hob einen Mundwinkel. »Das nennst du schon verrückt? Jetzt stell dir mal vor, ich würde dir zusätzlich erzählen, dass ich aus der Zukunft komme. Ich meine, wie verrückt wäre so was wohl?« Sie hob ihre Augenbrauen und wartete gespannt auf seine Reaktion.

Jonathan stutzte und lehnte sich gegen seinen Türrahmen. »Zukunft?«

»Ja, etwa fünfundzwanzig Jahre, um genau zu sein. Und – ich will ja nicht gleich mit der Tür ins Haus fallen, aber ich brauch deine Hilfe, um wieder in meine Gegenwart zurückzukommen.«

»Hahaha! Sehr witzig, vielen Dank.« Mit diesen Worten schlug Jonathan ihr seine Tür vor der Nase zu. Einen winzigen Moment lang hatte er die Möglichkeit einer unbekannten Tochter in Betracht gezogen. Sich sogar, trotz des seltsamen Umstandes, ein wenig darüber gefreut, von ihr zu erfahren. Ein seltsames Gefühl. Doch das Mädchen vor seiner Tür hatte offenbar einfach Spaß daran, anderen Leuten Streiche zu spielen. Vermutlich hielt sie sich selbst gerade irrsinnig witzig. Er wusste nicht, wann ihm das letzte Mal etwas so Bescheuertes passiert war – doch! Als der Vertreter einer örtlichen Glaubensgemeinde vor seiner Tür gestanden hatte, ihm von dem einen, wahren Weg erzählen wollte und sogar die Frechheit besaß, seinen Fuß in die Tür zu stellen. Doch ein Kind und das ausgerechnet aus der Zukunft? Das toppte selbst dieses Erlebnis um Längen.

»Hallo? – Dad? – Echt jetzt?!« Ein wuchtiger Hieb ihrer Dr. Martens ließ das Türblatt erzittern. Luna war klar gewesen, dass Jonathan ihr mit Skepsis begegnen würde, aber dass er ihr gleich wieder die Tür vor der Nase zu schlug, als wäre sie irgend so eine verkackte Irre, verärgerte sie doch sehr. War das dumm von mir, so direkt zu sein? Sie wusste nicht mehr, wie oft ihr Diego gepredigt hatte, nachzudenken, bevor sie den Mund aufmachte. Doch der Gedanke, wochenlang mit ihrem Dad unter einem Dach zu leben und ihm dieses Detail zu verschweigen, drehte ihr schlicht den Magen um. Er hätte irgendwann Fragen gestellt, wie: Wer ist deine Mutter? Wo lebt sie? Oder schlimmer noch: Kann ich sie sprechen? Luna schüttelte sich. Nein, das ging gar nicht. Lügen, um sich einen Vorteil zu verschaffen, war eine Sache, sich dabei aber blöd anzustellen, eine ganz andere. Luna rümpfte die Nase und verschränkte ihre Arme vor der Brust. »Okay –, vielleicht hätte ich mit dem Zeitreiseteil doch warten sollen, bis ich drin bin.«

Neuer Versuch

Luna nahm einen tiefen Atemzug. Der Duft von Bratkartoffeln, Bohnen und Speck lag in der Luft, zwei Stockwerke unter ihr kochte offenbar jemand. Ihre Zunge fuhr wie von selbst über ihre Lippen. Wann hatte sie das letzte Mal gegessen? *Nicht ablenken lassen! Denk nach! Du musst ihn überzeugen, aber wie?*

Es half alles nichts. Sie stand immer noch vor der verschlossenen Tür und brauchte zuallererst einen Weg, wie sich diese wieder öffnete. Sie fasste den Entschluss, dass Höflichkeit jetzt ausverkauft war. »Was bist du nur für ein Mensch?!«, brüllte sie deutlich hörbar durch das Treppenhaus. »Erst kümmerst du dich nicht um Mum, nachdem du sie einfach so geschwängert hast, und jetzt scherst du dich sogar 'nen Dreck um deine eigene Tochter! Ich will doch einfach nur meinen Dad kennenlernen! – Gut, wie du willst! Ich hab Zeit! Und kann warten!« Es rumste erneut an der Tür, als einer ihrer Stiefel auf das Holz traf und dieses leicht erbebte. »Irgendwann musst du da ja mal rauskommen und dich der unangenehmen Wahrheit stellen!« Das sollte reichen, um die nötige Aufmerksamkeit zu erhalten.

Sachte lehnte sie sich vor und lauschte nach einer Reaktion in der Wohnung.

Plötzlich wurde die Tür ruckartig aufgerissen und Luna machte einen Satz nach hinten.

»Was willst du Balg von mir? Verschwinde oder ich rufe die Polizei!« Zornig über ihre Hartnäckigkeit hatte Jonathans Blick kaum noch etwas von der vorherigen inneren Ruhe.

»Echt jetzt, Dad?« Sie kräuselte die Lippen. »So willst du dich vor deiner Verantwortung drücken? Dein eigenes Kind polizeilich abführen lassen, weil's gerade nicht so gut in dein Leben passt?!«, rief sie den letzten Teil mit erhöhter Lautstärke. »Wow! Anwärter auf den Posten: Vater des Jahres!«

Jonathan, fest entschlossen der jungen Dame gehörig die Meinung zu geigen, konnte sich gerade noch rechtzeitig zügeln, als sich nur ein Stockwerk tiefer die Wohnungstür von Frau Dierks einen Spaltbreit öffnete.

Die kleine, aber liebenswerte Rentnerin von stolzen dreiundachtzig Jahren hatte schon immer ein neugieriges Naturell besessen. So war es nicht verwunderlich, dass sie ihre Nase vorsichtig durch den Spalt ihrer Tür schob, um etwas von dem Schauspiel über ihr zu erhaschen. Ein einziger, provokativer Stampfer von Lunas Stiefel reichte jedoch aus, da erschrak die alte Dame und war schon im nächsten Augenblick wieder hinter ihrer Tür verschwunden. Schlüssel klackerten im Schloss und das typische Rasseln eines Vorhängekettchens erklang.

Jonathan atmete einmal tief durch und bemühte sich im Anschluss wieder um eine ruhigere Stimmlage. »Ich habe kein Kind. Und schon gar keines aus der Zukunft. Also, was willst du von mir?«

»Zeit!«, entgegnete Luna, während sie sich der Pflege ihrer Fingernägel widmete. Das war schon fast ein Tick von ihr. Besonders wenn sie unter Menschen war. »Ich will, dass du dir die Zeit nimmst, mir zuzuhören. Mehr verlange ich gar nicht. Was du danach machst, ist deine Sache.«

Mit einer Hand wischte sich Jonathan über die Nase und schnaubte. »Also gut, wenn das alles ist. Deine Zeit läuft, McFly«, lautete seine mit einem ironischen Unterton belegte Antwort.

Lunas Augen verengten sich zu kleinen Schlitzen und sie drückte ihre Zunge einen Moment gegen ihre Wange. »Kann es sein, dass du mir nicht glaubst?«

»Tut mir aufrichtig leid, ich würde ja gerne, aber Zeitreisen? Komm schon?« Sein engstirniger Blick verriet ihr, dass noch ein hartes Stück Arbeit vor ihr lag.

Luna verschränkte erneut die Arme. Ihr Blick schweifte zum Boden und blieb dort auf den schwarz-weißen Kachelfliesen des Treppenhauses haften. *Bis hierhin habe ich es schon geschafft, jetzt muss ich ihn nur davon überzeugen, dass ich die Wahrheit sage. Sollte ich mehr erzählen? Nein, das könnte daneben gehen. Es spielt keine Rolle, was du ihm sagst. Er wird dir nicht glauben!*, meldete sich die Stimme in ihrem Kopf.

Zeitreisen. Auch für sie waren sie eher ungewöhnlich. Und bis vor Kurzem hatte sie diese ebenfalls nicht für möglich gehalten. Klar, es gab Welten, in denen die Zeit anders, teilweise wesentlich schneller oder deutlich langsamer verlief. Dadurch konnte man durchaus den Eindruck einer Zeitreise gewinnen, aber eine echte Zeitreise? Und dann in die Vergangenheit der eigenen Heimatwelt? Nein, daran hatte sie nicht geglaubt.

Doch nun stand sie hier, vor einer jungen Version ihres Vaters. Einem Mann, der nicht wusste, was noch vor ihm lag und offenbar genauso gestrickt war, wie sie es in Erinnerung hatte. Luna wusste nicht genau, wie sie hierhergekommen war, nur dass sie einen Weg zurück – in ihre Welt und ihre Zeit – finden musste. Und so albern das klang, ihr zukünftiger Vater war die beste Option, die ihr dazu einfiel. Wenn es gut lief, konnte sie gleich mehrere Fliegen mit einer Klappe schlagen. Sie durfte es nur nicht noch einmal so plump angehen, das war alles. »Also hör zu: Du willst Erklärungen und im besten Fall

Beweise. Das versteh ich.« Sie musterte akribisch seinen Gemütszustand. »Alles, was ich dir im Moment sagen kann, ist, dass es auch für mich nicht so leicht zu erklären ist.«

»Versuch es«, erwiderte Jonathan. »Wie lauten zum Beispiel die Lottozahlen der nächsten Ziehung?«

Luna zog eine fragende Grimasse und hob ratlos ihre Hände in die Höhe. »Woher soll ich das denn wissen? Frag gefälligst was anderes.«

Ihr Dad war kurz davor, erneut die Tür zu schließen, und dieses Mal, da war sie sicher, würde er sie nicht wieder öffnen. Was immer also nötig war, um ihn zu überzeugen, sie musste es jetzt tun. »Warte!« Sie zog ihren Hoodie ein Stück weit hoch und kramte eifrig in ihrer darunter gut verborgenen braunen Umhängetasche. Die Taschenklappe zierte der Aufdruck einer mechanischen Eule.

Jonathan musste schmunzeln. Er hatte auch so eine, erinnerte er sich. Sie lag jedoch schon einige Jahre im Keller, zwischen jeder Menge anderem Krempel, den er seit seiner Jugend aufbewahrte, um gelegentlich in Erinnerungen zu schwelgen.

Zwischen einem alten Notizbuch mit blauem Umschlag, ihrem Na-Vi, einem gefühlten Jahresvorrat Lakritzschnecken, ihrer Nagelfeile und dem lange verlorengeglaubten Haargummi, fand Luna schließlich, wonach sie suchte.

Eine seltsam anmutende alte Schweißerbrille mit hellen statt dunklen Gläsern kam in ihrer Hand zum Vorschein. Jonathan traute seinen Augen kaum, als er die Brille sah. Er erkannte diesen ganz speziellen, kaleidoskopartigen Schliff der Gläser sofort. Das war eindeutig sein Design. Wie konnte sie davon wissen?

Luna wedelte mit provokativer Lässigkeit die Sphärenbrille vor ihm hin und her. »Reicht das fürs Erste oder wollen wir gleich hier im Treppenhaus darüber reden, wozu die ist?«

Wie hypnotisiert betrachtete Jonathan seine Reflexion in den gesprenkelten Facetten der Brillengläser. Er zögerte. »Wie ist das möglich?« Zitternd streckte er seine kräftigen Hände nach der Brille aus.

Doch bevor Jonathan die Gelegenheit hatte, die Brille zu berühren, verstaute Luna sie wieder in ihrer Tasche und ließ diese erneut unter ihrem Hoodie verschwinden. »Also, was ist jetzt?«

Jonathan schreckte aus seiner Trance auf. »Was? Klar, klar – komm herein.«

Das ließ Luna sich nicht zweimal sagen. Sie folgte ihm mit schnellen Schritten, bevor er es sich anders überlegte.

Als sie die Wohnung betrat, staunte sie nicht schlecht. Der helle, freundliche und moderne Einrichtungsstil der Drei-Zimmer-Dachgeschosswohnung wirkte so harmonisch, wie sie es in Erinnerung hatte. Alles hatte seinen Platz, jedes dekorative Element, jede Pflanze wurde geschickt in Szene gesetzt, ohne dabei zu gewollt auszuschauen. Luna verharrte kurz im Flur und nahm einen tiefen Zug des Sandelholzduftes, der in der Luft lag. *Wie lange ist es her, seit ich das letzte Mal hier gewesen bin? Sind es wirklich schon zehn Jahre?*

Jonathan bewegte sich vorbei an Schlaf- und Wohnzimmer direkt ins Büro und Luna folgte ihm.

Er ermahnte sie, hier bloß nichts anzufassen, als sie das geräumige Arbeitszimmer mit Zugang zur Dachterrasse betrat. Das warme Licht der späten Nachmittagssonne strahlte durch die südwestlich ausgerichtete Fensterfront auf die alten Parkettdielen. Geradeaus an der Wand stand ein mit unzähligen

Büchern gefülltes Regal. Wenn man genau hinsah, konnte man förmlich spüren, wie es unter der schweren Last ächzte und keuchte. Links daneben befand sich ein gemütlich anmutender Relaxsessel aus braunem Leder, dessen Lehnen schon leicht abgenutzt waren. Jonathan setzte sich an seinen Schreibtisch gegenüber der Fensterfront und begann eifrig nach etwas zu suchen. Der Schreibtisch war der absolute Gegensatz zum Rest der Wohnung. Überall auf ihm lagen lose Zettelwirtschaften, stapelweise Bücher mit Merkzetteln sowie eine Tasse seines mittlerweile kalten Kaffees.

Luna fand es äußerst amüsant zu sehen, dass ihr Dad schon vor ihrer Geburt so unordentlich gewesen war. Vorsichtig warf sie einen Blick auf die losen Notizen, doch sie konnte nichts Genaues erkennen. Frustriert schmiss sie sich in den alten Relaxsessel, um es sich in diesem gemütlich zu machen.

Sie erinnerte sich, dass Jonathan hier regelmäßig gesessen und ihr aus Büchern vorgelesen hatte, als sie noch ganz klein war. Und immer, wenn er dachte, dass sie bereits eingeschlafen war, genoss er von hier aus den Anblick der Sterne. Luna versuchte ein Lächeln. Bis ihr Blick, für einen flüchtigen Moment, am Geländer der Terrasse haften blieb. *Dort lernst du also eines Tages Mum kennen*, dachte sie. Luna seufzte innerlich. Sie hatte in den letzten Jahren oft darüber nachgedacht, wie es dazu gekommen war, dass sich ihre Eltern trafen.

Ihre Mutter war aus ihrer Welt geradewegs auf seine Dachterrasse gestürzt, während Jonathan dort ein Mittagsschläfchen gehalten hatte. Verrückte Sache. Valerie hatte sich gerade auf der Jagd befunden, als es passierte. Jonathan hatte sie anschließend bei sich aufgenommen und sie gesund gepflegt. So war eines zum anderen gekommen, der Rest war Geschichte.

»Ich hab's! Hier, sieh mal, kommt dir das bekannt vor?« Jonathan hielt dem Rotschopf euphorisch einige Skizzen in der Erwartung entgegen, dass sie diese in ihre Hand nahm.

Luna saß da, starrte auf die Papiere und fuhr sich mit dem Ärmel ihres Hoodies über ihre errötete Nasenspitze. »Was? Gerade sagtest du noch, fass hier bloß nichts an.« Kopfschüttelnd griff Luna nach den Zetteln. Sie schmiegte sich tiefer in den Sessel und begutachtete eindringlich einige der technischen Zeichnungen und deren Begleittexte.

Quarzgläser, besondere Schleifweise, Enchroma Effekt, Erweiterung der visuellen Wahrnehmung des menschlichen Sehnervs.

Die Brille, die auf den Skizzen zu sehen war, sah ihrer eigenen zum Verwechseln ähnlich. Allerdings waren die Gläser dieser Version noch mit einer Vielzahl von Linsen ausgestattet. Eine interessante und vielsagende Erkenntnis, wie sie fand. »Hmm –, that's it? Du glaubst mir wegen 'ner Zeichnung, die meiner Brille ähnlich sieht?«

Jonathan zögerte einen Moment mit seiner Antwort. »Da ... ich diese erst letzte Nacht angefertigt habe, ja, irgendwie schon.«

»Könnte aber auch nur ein dummer Zufall sein«, entgegnete sie trocken.

»Na, in dem Fall, weißt du ja, wo die Tür ist.«

»Okay, okay – ist vielleicht doch kein Zufall.«

Tiefe Furchen bildeten sich auf Jonathans Stirn. »Ich weiß noch nicht, ob es das ist. Zu der Zeichnung existiert auch eine Vorlage. Der uninteressante Zwilling zu deiner Version, könnte man sagen. Hab sie vor einigen Tagen auf einem Flohmarkt entdeckt. Mir gefiel das Retrodesign und ich dachte: Wer weiß, vielleicht ist sie eines Tages mal für etwas gut. Tja, und nun sitz ich hier – neben dir.«

Jonathan nahm einen Schluck aus seiner blauen Glückstasse und zog eine angewiderte Grimasse. Er musste nachdenken, er hatte so viele Fragen im Kopf, da könnte es entscheidend sein, die richtigen zu stellen. Aber wo anfangen? »Damit das klar ist, das ist kein Beweis für deine Zeitreisegeschichte. Und auch nicht dafür, dass du meine Tochter bist.«

»Aber?« Luna erkannte ein Gemisch aus Ablehnung und Neugier in seinen stahlblauen Augen. Er glaubt dir kein Wort! Geh am besten einfach wieder. Du kommst auch wunderbar ohne ihn klar, flüsterte ihre innere Stimme wieder.

Jonathan kratzte sich über die Bartstoppeln, seines Kinns. »Weiß ich noch nicht. Es eröffnet Möglichkeiten, würde ich behaupten.«

»Was für welche?«

Jonathan zögerte. »Also gut. Du musst wissen«, holte er aus, »ich arbeite seit geraumer Zeit an einer Theorie. Es ist nur so ein Gedanke, eine fixe Idee, aber sie lässt mich nicht mehr los. Und jetzt – jetzt sitzt du hier, das ist – das ist ...«

»Ich weiß«, unterbrach Luna ihn, während sie eifrig damit beschäftigt war, gegen eine ihrer widerspenstigen Locken zu kämpfen, die ihr immer wieder ins Gesicht fiel. Egal, wie oft sie diese wegpustete. Es war die eine schneeweiße Strähne innerhalb ihrer wilden, roten Lockenmähne, die sie ohnehin nicht ausstehen konnte. Luna griff nach dieser, zog sie lang vors Gesicht und schielte die Strähne finster an.

»Und du sagst, du weißt, wozu die Brille gedacht ist?«, hakte Jonathan nach.

»Sure. Du benutzt sie eines Tages, um Raumanomalien zu erkennen. Von denen es ganz nebenbei bemerkt jede Menge gibt.«

Jonathan lehnte sich gegen die Rückenlehne seines Stuhls und packte sich an die Brust. Sein Herz pochte voller Unbehagen. Er konnte nicht glauben, was sie ihm da erzählte und konzentrierte sich, um gegen die aufkeimende Übelkeit anzukämpfen. »Okay – also, wie hast du es gemacht? Die Zeitreise, meine ich.«

Lunas bernsteinfarbene Augen wurden riesig. »Du glaubst mir also, dass ich aus der Zukunft komme?«

»Nein. Ich würde jedoch gerne wissen, was dich glauben lässt, dass es eine Zeitreise war, die du erlebt hast. Ich meine, dein DeLorean steht ja sicher nicht gleich an der nächsten Straßenecke, oder?«

»Doch, eigentlich schon. Und ich brauche dich, um den Blitz einzufangen, der in die Rathaus-Uhr einschlägt, damit ich wieder nach Hause komme.«

Er wurde augenblicklich still. Starrte sie mit weit aufgerissenen Augen an und wartete darauf, dass sie noch etwas Ergänzendes sagte. Ihm antwortete jedoch nur eine Unschuldsmiene und Stille.

»Just kidding«, antwortete Luna nach einigen Sekunden belustigt.

»Verstehe, du bist ein kleiner Scherzkeks.«

»Erzählt man sich so.«

Schön zu wissen, dass sie Humor besitzt, doch das hilft mir nicht weiter, dachte Jonathan. Die Nase rümpfend, schwenkte er unaufhörlich den Inhalt seiner Tasse hin und her. Keep Calm and Dream Big stand in großen, weißen Lettern auf blauem Porzellan.

Luna erkannte das markante Design. Ihr Dad hatte diese Tasse von ihrer Oma geschenkt bekommen, kurz bevor sie gestorben war. Seitdem trank er nur noch daraus seinen Kaffee.

»Ich sag dir was«, meinte Luna und schlug sich auf die Oberschenkel, »lass mich das Chaos auf deinem Schreibtisch ansehen. Danach entscheide ich, was ich dir erzähle. Deal?«

Er musste kurz über ihre Frechheit auflachen. »Warum sollte ich das tun?«

»Was ist die Alternative? Dir ungefiltert alles zu erzählen? Ich bin ja keine Expertin, doch ich ahne, dass das für uns beide eher ungünstig wäre.«

»Du denkst an Kontinuität. Das ist zwar clever, aber ich kann nur wiederholen: Wie sicher bist du, dass es wirklich eine Zeitreise war, die du gemacht hast?«

»Einhundert Prozent. Wenn du mich einen Blick auf deine Arbeit werfen lässt, werde ich auch wissen, wie ich dir was erzählen kann, ohne dass du einen Herzkasper bekommst.«

Jonathans Blick verharrte auf ihrer unschuldig wirkenden Miene. »Weißt du, du könntest mich auch einfach fragen.«

»Du könntest mir auch einfach einen vom Pferd erzählen«, konterte sie trocken.

Jonathan hob einen Mundwinkel und schnaubte lässig. »Touché. Dann haben wir wohl eine Pattsituation.«

Luna beobachtete, wie ihr Dad dasaß, die Faust knapp unters Kinn geführt, der Daumen auf seinem Mund ruhend, und grübelte. Er wird dir sowieso nicht glauben. Was verschwendest du deine Zeit? Schlag ihn k.o. nimm dir die Unterlagen und verschwinde! Ihre Gliedmaßen versteiften sich. Du hältst jetzt deine Klappe!, wies sie ihre innere Stimme an.

Ein langer und tiefer Atemzug durchströmte Jonathans Lungen. Eine Tochter aus der Zukunft? Nein. Wenn überhaupt etwas von dem wahr war, was sie erzählte, kam sie ganz woanders her. Aber das wäre fast genauso verrückt. Und würde bedeuten, dass er mit seiner Theorie richtig läge.

Jonathan schaute sie noch einen Moment an. »In Ordnung.« Er stand auf und deutete ihr, hinter seinem Schreibtisch Platz zu nehmen. »Ich mache mir einen frischen Kaffee. Magst du auch einen haben?« Er glaubte zwar nicht daran, dass sie seine Tochter war oder aus der Zukunft stammte, doch etwas passierte hier und seine Neugier wollte wissen, was das war. Was, wenn er mit seiner Vermutung, dass sie aus einer anderen Welt stammte, recht hatte? Das wäre bahnbrechend, wenn auch – beängstigend.

»Nein, danke. Für mich nur ein Wasser bitte«, nuschelte Luna gedankenversunken, ohne dabei auch nur eine Sekunde zu ihm aufzublicken. Sie saß nicht einmal richtig auf dem Schreibtischstuhl, da fing sie schon an, eine Art Ordnung und Chronologie in sein Chaos zu bringen. Sie hatte zwar Übung darin, sein Kauderwelsch zu deuten, musste aber zugeben, dass es selbst ihr nicht leichtfiel, etwas davon zu verstehen.

Großvaterparadoxon, »A smooth exit from eternal inflation« von S.W. Hawking und Thomas Hertog, »Missing 411« von David Paulides, »The hidden Reality« von Brain Greene, zirkuläre statt lineare Zeitlinien, alte Götter und Sternen Tore – Zusammenhänge mit paranormalen Vorgängen und Sichtungen kryptozoologischer Wesen – aha, – okay, – so weit, so gut.

Schranktüren klapperten, Glas traf auf Holz und während die Kaffeemaschine gegen die Bohnen kämpfte, füllte Jonathan ein großes Glas mit frischem Wasser. Er stellte es nur wenige Augenblicke später neben ihr auf dem Schreibtisch ab. An seinem Kaffee nippend, verharrte er hinter ihr und sondierte sein Bücherregal.

Luna ergriff das Glas, um es in beinahe einem Zug zu leeren. »Danke«, keuchte sie, als sie das Glas wieder absetzte. »Du bist übrigens ziemlich leichtsinnig, weißt du das?«, raunte sie überlegen und nahm mit verwunderten Blicken die nächste Notiz zur Hand.

Jonathan verschluckte sich fast am heißen Kaffee. »Was soll das jetzt wieder heißen?«, hüstelte er und reichte ihr drei weitere Bücher aus dem Regal, von denen er meinte, dass sie sie brauchen könnte.

Luna runzelte die Stirn. »Ich könnte sonst wer sein, dich k.o. schlagen und ausrauben.«

Er stockte für einen flüchtigen Moment. »Hast du denn vor, mich auszurauben?«

Luna prustete missmutig und nahm die Bücher entgegen. »Nein. Aber dein Maß an Naivität ist erschreckend hoch. Du solltest nicht direkt jeder fremden Seele trauen, der du über den Weg läufst, nur weil Argumente existieren, die dafür sprechen, dass schon alles seine Richtigkeit hat.«

»Na, wenn das so ist.« Die Aufmerksamkeit seiner stahlblauen Augen verharrte auf ihrem Hoodie. »Die Tasche. Gib mir die Tasche als Pfand und wir kommen klar.«

Lunas Kopf schreckte hoch. *Wenn er die Tasche in seine Finger bekommt, wird er das Buch finden. Wie erklärst du ihm das?*, meldete sich die gehässige Stimme in ihrem Kopf. Nur einen Moment später zierte stille Rebellion ihr feines Gesicht. Sie drehte sich allmählich samt dem Stuhl um, beugte sich vor und sicherte mit einer Handbewegung den Bereich, an dem die Tasche unter ihrem Hoodie verborgen lag. »Hallo? Ich bin doch deine Tochter. Keine Fremde.«

»Zumindest behauptest du das.«

Luna sah ihn mit aufgesetztem Entsetzen an. »Traust du mir etwa nicht?«

Jonathan schaute vorwurfsvoll und schwieg.

Luna kniff angriffslustig ihre Augen zusammen. »Ist ja schon gut. Du bekommst die Brille und kannst sie untersuchen, solange du willst. Ich gehe sogar 'nen Schritt weiter. Meinetwegen kannst du damit auch zum Optiker deines Vertrauens rennen und 'ne Kopie davon anfertigen lassen. Ist mir egal, aber die Tasche bekommst du nicht.«

Jonathan leerte seine Kaffeetasse in einem Zug und stellte diese auf den Beistelltisch des Sessels ab, ohne das Mädchen mit der geröteten Nase aus seinen Augen zu verlieren. »Ich würde ungern handgreiflich werden wollen.«

»Und ich dir ungern die Nase brechen«, erwiderte Luna kühl. Wie eine Raubkatze, die ihre Beute anvisierte, folgte ihr Blick jede seiner Bewegungen.

Ein Detail, das Jonathan keinesfalls entging. »Das würdest du also tun, ja?« Jonathan schnalzte abwägend. Ihm missfiel die plötzliche Anspannung dieses Dialogs.

Sie legte den Kopf schief, schnaubte und ließ den Stuhl sachte nach links und rechts schwenken. »Du hast keine Vorstellung davon, was ich alles bereit bin zu tun, wenn ich ein Ziel habe.«

»Verstehe. Sehr ambitioniert für dein Alter.« Jonathan zögerte. Er hatte geblufft, als er andeutete, handgreiflich werden zu wollen. Bei seiner Statur zog so ein Bluff oft genug, sodass es nur selten zu einer echten Auseinandersetzung mit jemandem kam. Ein Umstand, über den er froh war, da er Gewalt für das Mittel der Schwachen hielt. »Gut. Ich nehm die Brille – und für einen späteren Zeitpunkt das Angebot mit der Kopie.«

»Deal.«

Ermittlungen

Plymouth, England:

Der kleine, beschauliche Hafen des wenig bekannten Fischerdorfes in der Nähe von Devonport hatte nicht viel zu bieten. Die Stege waren morsch und überall stank es nach Algen und Fischinnereien. Einzig eine kleine Kneipe mit dem Namen The Sturmey Archer gab es neben einer noch kleineren Hütte, in welcher der fangfrische Fisch zum Weiterverkauf an Touristen und Einheimische angeboten wurde.

Es war Nacht und seichter Nieselregen benetzte das aufgedunsene, blasse Gesicht eines korpulenten Mannes im klassischen, schwarzen Anzug, nebst cremefarbenem Hemd, passender Krawatte und Melone. Er blickte durch seine Sonnenbrille zum Nachthimmel hinauf und nahm einen tiefen Atemzug. Er stand vor der stählernen Tür zum Steuerhaus eines kleinen Fischkutters mit dem Namen Old Faithfull und wartete. Seine Hände steckten in den Taschen seiner Hose, um die roten Pusteln auf seiner Haut zu verstecken und sich vom Kratzen abzuhalten.

Dürre Finger, einer ebenso dürren Hand schnippten vor seinem Gesicht.

»Mister Preston, konzentrieren Sie sich!«, erhob sich die Stimme der zweiten, hageren Gestalt, die neben Mister Preston stand. Der Mann war etwas mehr als zwei Köpfe größer als

Mister Preston und trug einen identischen Anzug. Sein fahles Gesicht zeichnete tiefe Furchen und ausgezehrte Wangen. Auch er war beinahe schon leichenblass.

Der korpulente Mister Preston räusperte sich und hielt sich den Magen, als hätte er Sodbrennen. »Ich bitte um Verzeihung, Mister Grimm. Die Gischt und die See versetzen mich immer in Erinnerungen an die Heimat. Das lässt mich hin und wieder sentimental werden.«

Mister Grimm blickte Mister Preston regungslos an. »Verstehe. Wie lange ist es her, dass Sie dort waren?«

»Etwa zehn Jahre und bei Ihnen?«

»Etwas mehr. Wollen wir dann?« Mister Grimm drehte sich zur Tür und klopfte mit überraschend kräftigen Hieben gegen den Stahl. Bomm, bomm –, bomm, bomm.

Wenige Augenblicke später drehte sich der äußere Riegel und die Tür öffnete sich. Ein blonder, bärtiger Mann Ende vierzig stand im dunkelblauen Rollkragenpullover und gelber Gummistiefelhose in der Tür und starrte die beiden Männer im Anzug fragend an.

Mister Grimm erhob seine ruhige, aber dominante Stimme. »Mister Dunn? Mister Kelvin Dunn?«

Der Mann in der Tür zögerte. »J-ja? Wie kann ich helfen?«

Mister Grimm hob seine Mundwinkel mit künstlicher Freundlichkeit, griff in sein Jackett und holte einen Ausweis hervor. »Ich bin Mister Grimm, der korpulente Herr zu meiner Rechten ist Mister Preston. Wir sind vom Grenzschutz und haben ein paar Fragen an Sie. Hätten Sie daher kurz Zeit?«

Mister Dunn runzelte die Stirn, sah den Ausweis an und nickte. »Klar. Kommen Sie ruhig rein. Hier ist es wenigstens trocken.« Er ließ die beiden eintreten, schloss die Tür hinter sich und setzte sich wieder auf seinen Kapitänsstuhl. Kelvin ergriff sein Glas Scotch von der blinkenden Steuerarmatur vor ihm und schaltete den kleinen, braunen Reisefernseher aus. »Was hat einer meiner Männer diesmal angestellt? Wieder mal Schmuggel?«

Mister Preston und Mister Grimm sahen sich schweigend an und wandten sich synchron Mister Dunn zu.

»Weiter Weg von Puerto Rico nach Plymouth, finden sie nicht? Vor allem für so ein kleines Schiff wie Ihres«, brachte Mister Grimm herausfordernd hervor.

Dunn nippte an seinem Scotch. »Und? Ich bin hier aufgewachsen. Kommt hin und wieder vor, dass wir hier ankern.«

Mister Prestons Miene verhärtete sich unter den großen Gläsern seiner dunklen Sonnenbrille. »Sie waren das letzte Mal vor über einem Jahr hier! Das ist wohl kaum die Definition von hin und wieder?!«, knirschte er zwischen zusammengepressten Zähnen hervor.

»Was mein Kollege sagen will, ist, dass wir es äußerst seltsam finden, dass Sie ausgerechnet jetzt hier vor Anker gegangen sind«, unterbrach ihn Mister Grimm. »Und wir fragen uns, ob das einen bestimmten Grund hat.«

Mister Dunn zuckte mit den Schultern und nahm einen weiteren Schluck aus seinem Glas. »Wie wäre es, wenn Sie mir einfach sagen, was Sie suchen? Dann kann ich vielleicht behilflich sein.«

Mister Grimm hob künstlich eine Mundfalte. »Nett, dass Sie fragen. Wir suchen nach einer illegalen Einwanderin. Etwa ein Meter sechzig, bis ein Meter siebzig groß, zierliche Gestalt, rot-weiß gescheckte Locken. Haben Sie so jemanden zufällig in letzter Zeit gesehen, Mister Dunn?«

Mister Dunn grunzte abfällig und goss sich ein weiteres Glas ein. »So ist das also. Ja, Paddency Lederer. Sie hat in Puerto Rico auf meinem Schiff angeheuert. Wollte kein Geld, nur eine Überfahrt nach Europa. Das passte, da ich gerade eine Tour hierher geplant hatte.«

»Welch ein glücklicher Zufall«, bemerkte Mister Grimm zynisch. »Mister Dunn, hat sie Ihnen zufällig ein Dokument vorgelegt, das ihre Identität bestätigt? Einen Ausweis, vielleicht?«

Dunn stockte. »N-nein. Aber so genau überprüft man in unserem Gewerbe auch niemanden. Nicht immer zumindest. Was hat sie denn angestellt?«

Mister Preston trat einen Schritt näher an Dunn heran. »Wollen Sie damit sagen, dass Sie dieses Mädchen einfach auf Ihrem Schiff arbeiten ließen, in der Annahme, dass schon alles okay ist?!«, knurrte Preston.

Mister Grimm hob wortlos eine Hand und zwang Mister Preston damit erneut zur Ruhe. »Ich bitte vielmals um Entschuldigung. Hatten Sie keinerlei Zweifel an ihrer Identität oder ihren Beweggründen ausgerechnet, auf Ihrem Schiff anzuheuern?«

Dunn erhob erneut sein Glas. »Zugegeben, ich war etwas skeptisch, ja. So ein junges Ding unter einer Gruppe alter Seebären – pfft! Das kann auch schnell mal schiefgehen, wenn sie verstehen, was ich meine. Aber Mann! Konnte die anpacken! Die Kleine hat so manch einen Matrosen ganz schön alt aussehen lassen, sage ich Ihnen.« Dunn blickte aus dem Fenster in die verregnete Nacht. »Jederzeit würde ich die Kleine wieder auf mein Schiff lassen.«

»Sicher doch«, erwiderte Mister Grimm gleichgültig. »Hat sie zufällig gesagt, weshalb sie so dringend nach Europa wollte? Hatte sie ein Ziel genannt?«

Dunn runzelte die Stirn. »Natürlich. Sie war ein quirliger, kontaktfreudiger Sonnenschein. Hat allen von den fantastischen Abenteuern rund um ihren Vater erzählt. Ein bisschen wie Pipi Langstrumpf, nur rauer und weniger kinderfreundlich.« Dunn lächelte. »Kennen sie Pipi Langstrumpf?«

Mister Grimm verschränkte die Arme hinter seinem Rücken und zwang sich zu einer freundlichen Miene. »Tut mir leid, leider nein. Was hat sie noch gesagt?«

Dunn kniff ein Auge zu und betrachtete die beiden Gestalten, wie sie einfach nur dastanden und sich kaum rührten. Er schüttelte den Kopf und stellte sein leeres Glas ab. »Allen Anschein nach ist ihr Vater eine echte Legende unter irgendwelchen Wanderern. Ich wusste nicht einmal, dass es unter denen so was gibt. Die spazieren doch nur so herum. Na ja, so richtig verstanden habe ich das eh alles nicht. Sie hat wohl auf einer ihrer Wandertouren einen Fehler gemacht und muss jetzt ihren Vater, Jonathan, besuchen, um das wieder geradezubiegen. Irgendwie so was.«

Mister Grimm horchte auf. »Und sie hat Wanderer gesagt? Interessant.« Er schenkte Mister Preston einen flüchtigen Blick, dieser schüttelte seinen aufgedunsenen Kopf kaum merklich. »Mister Dunn? Erzählen Sie ruhig weiter. Alles, was Sie uns sagen, hilft uns.«

Kelvins Miene verfinsterte sich und er goss sich erneut einen Tropfen Scotch ein. »Was wollen Sie denn noch alles wissen?«, murrte er.

»Am liebsten alles, Mister Dunn«, erwiderte Mister Grimm steif. »Hat sie erwähnt, woher sie kommt? Wo sie vor Bolivien war? Weshalb sie glaubt, dass dieser Jonathan ihr helfen kann? Wo dieser Jonathan lebt? Verstehen Sie, Mister Dunn? Alles, woran Sie sich erinnern können, hilft uns bei unserer Arbeit.«

Dunn lehnte sich in seinen Stuhl zurück und warf einen flüchtigen Blick auf das Schiffsradar. »Das sind ganz schön viele Fragen. Woher sie genau kam, kann ich wirklich nicht sagen, aber wo ihr Vater lebt schon. In Deutschland. Berlin, um genau zu sein.«

Mister Prestons Wangen liefen rot an. »Wo genau?! Berlin ist nicht gerade ein menschenleeres Kaff, wie dieses Nest hier!«

Dunn kratzte sich am Hinterkopf. »Lassen Sie mich überlegen. Sie erzählte etwas von einem Park, direkt vor dem Haus ihres Vaters. Sie ist dort als Kind wohl gerne spielen gewesen. L... irgendwas mit L. Es tut mir leid, ich würde gerne mehr für Sie tun, aber ich komme nicht mehr drauf.«

Gelbe, große und perfekt sitzende Zähne traten aus Mister Grimms Mund hervor, als er lächelte. »Macht nichts, Sie haben uns bereits sehr geholfen, Mister Dunn. Vielen Dank für Ihre Kooperation. Sagen Sie, Ihre Mannschaft befindet sich nicht zufällig ebenfalls an Bord?«

Mister Dunn schüttelte den Kopf und wies mit dem Daumen aus dem Fenster zur schummrig beleuchteten Hafenkneipe. »Die sind alle im Sturmey Archer und lassen sich ordentlich volllaufen.«

Mister Grimm nickte. »Vielen lieben Dank, Mister Dunn. Mister Preston, würden Sie bitte?«

Mister Prestons Miene verzog sich zu einem unheilvollen Grinsen. »Aber mit dem größten Vergnügen.« Seine mit Pusteln bedeckte Hand packte mit einem kräftigen Ruck die Schulter von Mister Dunn. Dieser schrie auf, wandt und krümmte sich vor Schmerzen. Er schlug und trat um sich und versuchte, mit aller Kraft, die Hand auf seiner Schulter loszuwerden. Dunn packte das Scotchglas, zerschmetterte es in einem Akt der Verzweiflung an Mister Prestons Kopf und schlug ihm die Sonnenbrille aus dem Gesicht. Blankes Entsetzen breitete sich in Kelvins Miene aus. Dort, wo Augen sein sollten, waren nur leere Hüllen – und Zähne.

Die Gegenwehr verstummte und Kelvins lebloser Kopf rollte auf die Brust. Wenige Augenblicke später ließ Mister Preston von dem mumifizierten Leichnam Dunns ab. Die Pusteln auf seiner Haut bildeten sich zurück und sein Gesicht wirkte deutlich vitaler und straffer, als es noch vor einer Minute der Fall war.

Mister Grimm versenkte seine Hände in die Hosentaschen. »Hat es geschmeckt?«

Mister Preston rülpste ungeniert und rieb sich die Handfläche mit dem winzigen Maul voller spitzer Zähne in dessen Mitte. »Hatte schon bessere. Haben Sie sein entsetztes Gesicht gesehen?« Mister Preston kicherte.

Grimm verzog indes keine Miene. »Ja! Das habe ich wohl. Warum tragen Sie keine Prothesen, wie es laut Protokoll vorgesehen ist?«

»Rmmm! Ich hatte mal welche, keine Ahnung, wo ich sie verlegt habe. Fackeln wir das Schiff ab?«

»Nein. Erst genehmigen wir uns noch ein paar Drinks in der örtlichen Kneipe und schauen, was die Mannschaft von Mister Dunn zu dem Fall sagen kann. Danach wird es eine bedauerliche Explosion am Hafen geben und selbstverständlich keine Überlebenden.«

Mister Preston grinste dreckig, setzte sich seine Sonnenbrille wieder auf und beide verließen das Schiff.

ALLES IST WAHR

Warmes Licht drang durch die Fensterfront des Arbeitszimmers auf die Dachterrasse und vermengte sich mit den rhythmisch pulsierenden Lichtern bunter Solarleuchten, die hier und da einige Blumenkästen schmückten.

Das typische Klacken des Magnetverschlusses der Terrassentür weckte Jonathan aus seinem ungeplanten Nickerchen. Das Mädchen tapste barfüßig zu ihm auf die Dachterrasse und blieb am Geländer stehen. Eigentlich hatte er ihr nur etwas Raum geben wollen, deshalb war er hinaus auf die Terrasse gegangen. Einzuschlafen hatte dabei eindeutig nicht zu seinem Plan gehört. Zumindest war er froh darüber, dass sie ihr Wort gehalten, ihn nicht einfach ausgeraubt hatte und anschließend spurlos verschwunden war.

Luna stützte ihre Arme auf den blank polierten Streben des Geländers ab und seufzte. Ihre Augen schauten müde auf den von Laternen beleuchteten Leise Park und die dahinter liegende Silhouette der Innenstadt. Die frische Abendluft umspielte ihr Haar, während sie den Duft des Stadtlebens bei Nacht wahrnahm. Ein Sommernachtstraum aus rauchigen Kneipen, schalem Bier, frisch gebackener Pizza und zu viel Patchouli.

Es umschmeichelte den Hals einer angeheiterten jungen Frau, die in einem der Lokale Beute gemacht hatte. Um ihre Schultern lag der Arm eines Mannes, fast noch ein Junge, der bereit war, in dieser Nacht alles zu tun, was von ihm verlangt wurde. Sie waren sicher einige hundert, wenn nicht sogar tausend Meter von der Dachgeschosswohnung entfernt, aber der Wind stand günstig, sodass Luna den Duft des Parfums mit ihrer feinen Nase ohne Probleme wittern konnte. Eines der Dinge, die sie an sich zu schätzen wusste.

»Wie lange habe ich geschlafen?«, fragte Jonathan, der auf der Sonnenliege rekelnd vor sich hin gähnte.

Luna drehte sich zu ihm um, während sie in den Taschen ihres Hoodies nach einer Lakritzschnecke angelte. Der Duft der Pizzeria war zu gemein, sie brauchte jetzt unbedingt etwas zu knabbern. »I don't know, ein paar Stunden werden's wohl schon gewesen sein.« Luna holte tief Luft. »Okay – einiges von dem, was du beschreibst, ist nicht dumm. Ich würde sogar behaupten, du hast den Dreh schon fast raus. Es hapert eigentlich nur noch an Kleinigkeiten, die einfach Quark sind.«

»Kleinigkeiten?« Verschlafen rieb sich Jonathan die Augen. Für einen Moment dachte er, dass Luna ihn weckte, weil sie Fragen hatte. Offenbar ein Irrtum. Sie war bereits fertig mit der Sichtung seiner Unterlagen.

Luna streckte den Nacken so lange hin und her, bis dieser einige Male knackte. »Paulides hatte mit den Missing 411-Fällen recht, diese Menschen sind verschwunden. Nur halt aus anderen Gründen, als man vermutet.«

»Was?« Jonathan tastete etwas unbeholfen nach Lunas Brille und entdeckte sie auf dem Boden neben der Liege. Er griff danach und betrachtete noch einmal das außergewöhnliche Design.

Die Gläser funkelten im Schein der bunten Solarleuchten seines kleinen Dachgartens in unzähligen Farben. Es erinnerte Jonathan entfernt an zwei große Diamanten, die man statt gewöhnlicher Gläser in die Brille gesetzt hatte. Das war selbstverständlich quatsch, änderte jedoch nichts an dem Eindruck. Er reichte sie ihr und Luna steckte sie vorläufig wieder ein.

»Sprichst du von den ganzen Vermissten in den National Parks?«, wollte er wissen.

»Das sagte ich doch gerade.«

»Was ist damit? Du willst doch nicht etwa andeuten, dass all diese Menschen durch die Zeit gesprungen sind?«

Luna rieb sich die Augen. »Nein! Es ist eher 'ne Art unfreiwilliger Wechsel zwischen dieser und einer der unzähligen anderen Welten, der da passiert.« Jonathan verzog sein Gesicht zu einer fragenden Miene. »Alles mit der Zeit. Erst einmal sei gesagt: Alles ist wahr. Jede Geschichte von merkwürdigen Kreaturen oder seltsamen Begebenheiten hat mindestens einen wahren Kern. Es gab meines Wissens aber nie 'nen Wanderer, der Gott gespielt hat. Das wär' gegen den Kodex.«

»Kodex?« Jonathan bemühte sich, konnte ihr jedoch kaum folgen.

»So 'ne Art Leitfaden für Mitglieder des Netzwerks. Es verbietet solche Dinge, wie in 'ner weniger entwickelten Welt Gott zu spielen.«

Irritiert schüttelte er seinen Kopf. »Wovon redest du?«

»Deine Arbeit? Parallelwelten existieren.«

Jonathan schreckte hoch und starrte sie regungslos an. Er spürte das plötzliche Adrenalin in seinen Adern pulsieren und sein Herz in der Brust hämmern. Dann hatte er recht? Sein Atem wurde immer schneller und Übelkeit stieg in seine Speiseröhre auf.

»Überrascht? Ich hoffe, du verstehst jetzt, warum ich erst wissen musste, was du schon alles herausgefunden hast, bevor ich mit der Tür ins Haus falle.«

»Rücksichtsvoll geht trotzdem anders«, murrte er.

»Never mind! Ein Gerät zum Stabilisieren der Schwingungsfrequenzen zweier Welten braucht man übrigens nicht. Schon gar nicht, um die Grenze zwischen den Welten zu überschreiten. Zumal du hier 'ne Form von Übergängen beschreibst, die du ohnehin besser meiden solltest. Temporäranomalien sind kein Spaß, mein Bester. Es gibt gute Gründe, warum man die Finger von denen lassen sollte.«

»Temporäranomalien? Was soll ich darunter verstehen?« Sein Kopf pochte. Dieses Mädchen presste gerade drei Jahre seiner Nachforschungen in drei Minuten herunter, als wäre es selbstverständlich, das zu wissen. Jonathan fühlte sich mit einem Mal, als hätte er die letzten Jahre nur stümperhafte Grundlagenforschung betrieben.

Luna fuhr sich mit ihren Händen durchs Haar. »Das weißt du echt nicht? Wundert mich jetzt etwas.«

»Nein. Ich bin gerade ehrlich gesagt etwas überfordert. Und vielleicht einem Schlaganfall nahe, bin nicht ganz sicher.« Er ließ sich wieder auf die Liege zurückfallen. Sein rechter Arm ruhte auf seinem Gesicht bei dem Versuch, das plötzliche Flimmern vor seinen Augen zu unterbinden. »Parallelwelten existieren«, murmelte er tonlos.

Luna scheuchte mit ihrem Handrücken einige Insekten davon, die penetrant um ihren Kopf herum surrten. »Blöde Mücken«, maulte sie und betrachtete ihren Dad. Er lag da, als hätte er gerade einen Hitzschlag erlitten. »Tut mir leid. Ich dachte, es ist besser, damit anzufangen, worin du bei deiner wirklich gut ausgearbeiteten Theorie falsch liegst. Das macht es irgendwie leichter, auch den Rest zu verstehen.« Sie pausierte. »Soll ich 'nen Gang runterschalten?«

Jonathan hob ein Stück den Arm und öffnete ein Auge, um sie anzusehen. Eine gut versteckte Sorge machte sich in ihrem Gesicht bemerkbar. »Ich bitte darum.«

»Sure. Hast du schon mal davon gelesen, dass Leute ganz plötzlich für kurze Zeit innerhalb ihrer modernen Großstadt ein mittelalterliches Dorf vor Augen hatten? Oder etwas anderes, das nicht in die gewohnte Umgebung passte? Nur um Sekunden später wieder an Ort und Stelle zu stehen, als wenn nie etwas gewesen wäre?«

»Hmm, schon, ja. Menschen, die so eine Erfahrung gemacht haben, sprechen oft von einer Zeitreise. Natürlich glaubt man ihnen nicht«, antwortete er mit gedämpfter Stimme.

Luna angelte bereits nach ihrer dritten Lakritzschnecke. »Stimmt ja auch nicht. Diese Leute hatten ein Erlebnis mit 'nem instabilen Übergang. Eben 'ner sogenannten Temporäranomalie.«

»Instabiler Übergang?«

»Ja. Kennst du diesen echt coolen Zaubertrick, bei dem der Zauberer so tut, als würde er 'ne Münze durch 'nen Ballon in 'ne Flasche drücken?« Jonathan nickte. »So ist es in etwa mit Temporäranomalien. Es macht den Eindruck, als wäre ein Objekt auf der anderen Seite, ist es aber nicht. Und ehe man sich versieht, ist der Zauber auch schon wieder vorbei.«

»Verstehe.« Dann traf ihn die Erkenntnis wie ein Schlag ins Gesicht. Er hob seinen Arm und blinzelte. »Also hatte ich recht. Du bist nicht meine Tochter. Du bist die Tochter, einer anderen Version von mir! Eines Jonathans aus einer Parallelwelt. Einer, der beschlossen hat, ein Kind haben zu wollen, stimmts?«

»Falsch!«, zischte Luna. »Sei dir sicher, Dad, ich bin deine Tochter und nicht die irgendeines Jonathans!« Er hatte offenbar einen Nerv getroffen.

»Jetzt warte mal eben eine Sekunde. Nach allem, was du mir erklärt hast, ist die Existenz von Parallelwelten real und offensichtlich scheinst du mehr darüber zu wissen als ich. Dann sollte dir klar sein, dass es höchstwahrscheinlich keine Zeitreise ist, die du gemacht hast, sondern eine Reise in eine Parallelwelt mit anders verlaufender Zeitachse. In der ich eben noch kein Kind gezeugt habe.«

Ein lang gezogenes, von höhnischem Augenrollen begleitetes »Nein«, entwich Luna. Leicht genervt schob sie sich noch eine Lakritzschnecke in den Mund. »Das hier ist ganz sicher B-14.91.I.74-002. Nur eben aus irgendeinem Grund nicht meine Zeit.«

Jonathans Miene verhärtete sich. »B-14 ... was?«

»Die Kennzeichnung dieser Welt im System. B steht dabei für den Quadranten und 14 für dessen Position. Die anderen Daten ...«

»Verwirren mich nur noch mehr, also – lass es fürs Erste.« Das Wummern in seinem Kopf wurde langsam weniger und er wollte, dass es dabeiblieb.

Luna hob die Hände in die Luft. »Okay, dann eben nicht.« Sie sah im Augenwinkel die Scheinwerfer eines vorbeifahrenden Autos. Viel zu schnell, aber wen interessierte das so spät am Abend? Sie knabberte an ihrem Daumennagel und dachte nach. »Vielleicht wird's so einfacher.«

Luna trat dicht an ihren Dad heran, kramte in ihrer Tasche nach etwas und holte es hervor. Sie hockte sich neben ihn hin und stupste ihn an. »Siehst du das hier?« Jonathan fokussierte das Mädchen. Luna hielt ein Gerät mit schwarzem Gehäuse hoch, welches an ein gewöhnliches, wenn auch klobiges Outdoor-Smartphone erinnerte. »Das ist ein Na-Vi. Es zeigt dir unter anderem alle bekannten Weltentore in der aktuell besuchten Welt an und gibt dir Infos zu diesen. Es ist so 'ne Art Nachschlagewerk und Multifunktionstool für weltenwandernde Wesen, könnte man sagen.«

Jonathan richtete sich etwas auf und griff nach dem Gerät. Ungewöhnlich schwer lag es in seiner Handfläche. Er begutachtete es von allen Seiten, als hätte er nie zuvor etwas Vergleichbares in seinen Händen gehalten. »Weltenwandernde Wesen? Du sagst Wesen, nicht Menschen.«

»Richtig. Mein Na-Vi ist auch der Grund, warum ich Kontakt zu dir aufgenommen hab«, ergänzte sie und ignorierte vorläufig seine Frage. »Es ist defekt. Hat direkt nach meiner Ankunft in der Wüste den Geist aufgegeben. Ging kaum ungünstiger, sage ich dir. Die Zielkoordinate, also deine oder vielmehr unsere Heimatwelt, hatte es vorher aber noch angezeigt. Zumindest etwas, an das ich mich nach dieser irren Nummer orientieren konnte.«

Jonathan hob neugierig die Augenbrauen. »Verstehe, und weil ich dieses Gerät irgendwann mal bauen werde, soll ich es jetzt reparieren, damit du wieder zurück in deine Gegenwart gelangen kannst?« Er stand auf und ruderte mit seinen muskulösen Armen hin und her, um mehr Sauerstoff in seine Blutbahnen zu bekommen. Er musste nachdenken. Dann untersuchte er das Gerät erneut. Es wirkte auf den ersten Blick wirklich wie ein einfaches Smartphone, nichts Besonderes also.

Tatsächlich war er von Beruf Ingenieur, weshalb die Annahme, dass es von ihm war, gar nicht so weit hergeholt war. Nicht das einzige Handwerk, von dem er etwas verstand. Er hatte zwischendurch als Fahrzeugmechaniker gearbeitet, hatte aus Langeweile das Programmieren von Software erlernt, sich als Botaniker versucht, als freiberuflicher Fotograf gejobbt und war Reiseführer für ortsunkundige Touristen gewesen. Er war schlicht ein nie zufriedenzustellender Tausendsassa. In seinen sechsunddreißig Lebensjahren hatte er daher schon überall und nirgendwo seine Nase drin gehabt.

»Was? Nein! Bist du doof?!« Auch Luna erhob sich jetzt wieder und streckte einmal kurz die Knie durch. »Du hast das Na-Vi nicht erfunden. Außerdem kann man damit nicht durch die Zeit reisen.« Luna musste ein wenig grunzen bei dem Gedanken, dass ihr Dad glaubte, für eines der wichtigsten Utensilien des Netzwerks verantwortlich zu sein.

»Oh, okay«, antwortete er, während ihm eine leichte Enttäuschung durchaus anzusehen war. Dann reichte er ihr das klobige Gerät zurück.

»Das Na-Vi, bescheiden nach seinem Erfinder Nathaniel Villigan benannt, dient in erster Linie dazu, Routen zwischen den einzelnen Welten zu berechnen.« Sie stockte kurz und erkundigte sich blinzelnd nach der Verfassung ihres Vaters, bevor sie fortfuhr. »Übergänge sind immer in Bewegung, weißt du? Also die meisten zumindest. Manche mehr, manche weniger. Einige versiegen mit der Zeit, andere kommen neu dazu. Es ist wie ein lebendiger, kosmischer Organismus. Und nur weil du von Erde A nach Erde B springst, bedeutet das nicht immer, dass du einfach wieder durch denselben Übergang zurück kannst.« Ihre Finger fuhren in die Höhe und Luna begann Kreise und Linien in der Luft zu zeichnen. »Oft musst du von B, nach C, nach D, E oder F, um wieder einen Weg nach A zu bekommen. Das liegt an den Schwingungsfrequenzen der jeweiligen Erden. Die sind auch dafür verantwortlich, dass die Übergangspunkte und Arten variieren. Daher nutzen wir das Na-Vi. Aber ja, du kannst dir auch den Weg zum nächsten McDonalds zeigen lassen, wenn du hungrig bist.«

Jonathan lief ziellos im Kreis herum. Er verharrte, eine Hand vor den Mund haltend, die andere am Becken abstützend, mit Blick auf die fahl beleuchteten Wege des Leise Parks. Ein junges Pärchen schlenderte turtelnd und gackernd von Laternenschein zu Laternenschein. Jonathan konnte nicht fassen, was hier passierte.

Er war doch nur ein Träumer, ein Spinner, dessen Interesse für diese Thematik per Zufall geweckt worden war, als er von Langeweile getrieben im Internet surfte. Wie konnte er damit richtig liegen?

Luna trat neben ihm ans Geländer und warf einen Blick auf die belebten Straßen hinunter. Sie entdeckte ein Paar im Park, zweifellos die Patchouli-Frau mit ihrem Fang.

Jonathan betrachtete die Silhouette Lunas zarter Gesichtszüge. Wie der Wind seicht mit ihren Haarsträhnen spielte. Sah das Lächeln ihrer dunklen Lippen, als sie ihre Strähnen hinter ihr Ohr kämmte und vernahm zum ersten Mal bewusst ihren veilchenartigen Duft. Jonathan schwankte. Er hatte eine Tochter. Er hatte eine Tochter – und diese kam aus der Zukunft. Bevor er das Gleichgewicht verlor, griff er mit einer Hand nach dem Geländer. Stumm beobachteten sie das bunte Treiben partyverrückter Leute. Sowie den typischen Pechvogel, der in seinem Leben irgendwo die Kurve nicht gekriegt hatte und nun zitternd, das letzte Pfandgeld zusammenkratzte, um sich am Kiosk zwei Straßen weiter noch schnell ein Bier zu gönnen.

Luna stupste ihre Schulter an seine. »Kommst du klar?«

Jonathan zögerte abermals und nickte dann. »Ich denke schon. Wie ist es passiert? Ich meine, warum bist du durch die Zeit gereist?«

Luna atmete tief ein und stieß hörbar einen Schwall Luft aus. »Ganz ehrlich? Ich weiß nicht, wie das passiert ist. Ich weiß nur, dass es passiert ist. Ich wusste nicht einmal, dass so etwas geht.« Sie sah das leidenschaftlich knutschende Pärchen unbeholfen über die Pforte des Parks klettern. »Oh, jetzt sieh sie dir an, sind die nicht putzig?« Wenige Augenblicke später verschwanden die Turteltäubchen in einer Nebenstraße und das klirrende Geräusch einer leeren Flasche, die offenbar jemand umgestoßen haben musste, hallte durch die Gassen.

»Du lenkst ab. Wie ist es passiert?«

Luna seufzte. »Ich bin Hinweisen auf ein vermisstes Mitglied des Netzwerks nachgegangen«, fuhr sie fort, »und dazu in 'ne Welt im D-Sektor gesprungen. Blöderweise war die gerade am Abkacken. Aber so richtig.«

Jonathan hob die Augenbrauen. »Am Abkacken? Welch eloquente Wortwahl.«

»Na ja, diese Erde war im Arsch und gerade dabei Badaboom zu machen.« Luna ahmte mit ihren Händen eine Explosion nach. »Und gerade als ich dachte, das war's jetzt, aus – Ende – vorbei, öffnete sich ein Übergang. Ein Riesending von 'nem Übergang. So was hatte ich noch nie gesehen. Also bin ich da durchgesprungen, um meinen Hintern zu retten. Das Nächste, was ich weiß, ist, dass ich am Sonnentor in Bolivien rausgekommen bin und 'nen riesigen Durst hatte.«

Jonathans Augenbrauen kletterten in die Höhe. »Wow. Und du bist sicher, dass das ein Zeitsprung war?«

»Leider ja. Nathaniel ist zwar ein großkotziger Stinker, aber seine Technik funktioniert in der Regel einwandfrei.«

»Verstehe.« Jonathan streckte sich und holte tief Luft. »Was machen wir jetzt?«

»Ich muss Kontakt zum Netzwerk aufnehmen, meine Situation erläutern und hoffen, dass dort einem 'ne Lösung bekannt ist, wie ich wieder in meine Zeit zurückkomme. Ohne funktionierendes Na-Vi allerdings 'ne schwierige Angelegenheit.«

Da war es wieder, dieses Wort. »Netzwerk? Das hast du vorhin schon mal erwähnt«, hakte Jonathan nach.

»Yes! Das Wanderer-Netzwerk.«

»Es gibt also ein ganzes Netzwerk von Leuten, die davon wissen?«, unterbrach Jonathan sie ungläubig.

»Klar gibt's das. Du würdest dich wundern oder sollte ich sagen, du wirst?« Sie ließ ihre Augen für einen flüchtigen Moment, die Richtigkeit ihrer Wortwahl überdenkend, nach oben schweifen. »Na ja, jedenfalls weiß ich, dass du auf deiner ersten Reise jemanden aus dem Netzwerk triffst und ihm wenig später beitrittst.«

Jonathans Augen weiteten sich. »Deshalb hast du mich aufgesucht. Weil du mich auf meiner ersten Reise begleiten willst und so hoffst, nach Hause zu kommen.«

»Ja.« Eine schuldbewusste Traurigkeit trat auf ihre Miene. »Tut mir leid, dass ich dich so überfallen habe. Aber was hätte ich machen sollen? Dir 'ne Story erzählen und mal sehen, was passieren wird?«

Jonathan schüttelte den Kopf. »Nein. Das wäre am Ende nur in die Hose gegangen. Und dann ...«

»Wäre die Vertrauensbasis völlig im Arsch gewesen«, ergänzte Luna tonlos.

Jonathan nickte. »Richtig. Also dieses Netzwerk kann helfen? Wie?«

»Nun ja, sie fungieren als Hüter, Forscher und Entdecker all der unzähligen Welten da draußen. Wenn es also eine lebende Seele gibt, die etwas über Zeitreisen weiß, werden wir dort fündig.«

Jonathan nickte zurückhaltend. »Klingt einleuchtend.«

Luna knabberte an ihrem Daumennagel, dann sah sie Jonathan erneut an. »Also – wirst du mir helfen?«

Jonathans Aufmerksamkeit verharrte einige Momente auf einem Schwarm Insekten, die um einer der Straßenlaternen tanzten. Es war nicht so, dass er nicht behilflich sein wollte, er wusste nur nicht, ob er es wirklich konnte. Zeitreisen, Parallelwelten, fremde Wesen. Hatte er das passende Nervenkostüm dazu? Jonathan straffte die Schultern, räusperte sich und blickte zu seiner mittlerweile verunsicherten Tochter hinunter. »In Ordnung. Aber wir brauchen Regeln.«

Luna horchte auf. »Keine Sorge, ich werde dich nicht bei deiner Arbeit behindern, versprochen.«

»Nett. Aber das meinte ich gar nicht. Du bist nicht freiwillig durch die Zeit gesprungen. Wir wissen also nicht, was das für Auswirkungen haben könnte, vielleicht wirst du hierdurch ja niemals geboren? Schon mal darüber nachgedacht?«

»Was du nicht sagst, Einstein. Du hast dir Zurück in die Zukunft sicher ein dutzendmal mit mir angesehen. Ich weiß, was passiert, wenn Marty sich in die Beziehung seiner Eltern einmischt. Was glaubst du wohl, weshalb ich hier bin und dich bitte mir zu helfen? Weil ich Bock hatte zu sehen, was mein Dad vor meiner Geburt so gemacht hat?« Luna drehte sich um, lehnte sich mit ihrem Hintern an das Geländer der Terrasse und verschränkte die Arme. »Aber ich denke, solange du nicht weißt, wer meine Mum ist, dürfte ich safe sein.«

»Gute Güte, Kind!«, unterbrach er seine Tochter.

»Was?«

»Es ist vollkommen egal, wer deine Mutter ist. Treffe ich im Hier und Jetzt eine andere Entscheidung oder tue etwas, das ich eigentlich nie getan hätte, kann es genauso gut passieren, dass ich deine Mutter niemals kennenlernen werde. Darum geht es. Das allein könnte deine jetzige Existenz schon gefährden, verstehst du das?«

»Meinst du, dass Zeitreisen so funktionieren?«

»Keine Ahnung. Ich kenne mich da so wenig aus wie du. Und genau aus diesem Grund brauchen wir Regeln.«

Luna runzelte die Stirn und hätte am liebsten etwas nach ihm geworfen. »Schlauberger. Woher willst du denn wissen, ob diese Regeln funktionieren, wenn du selbst keine Ahnung hast?«

»Es ist eigentlich ganz einfach. Regel eins: Erzähle mir nichts aus deiner Zukunft, dass meine Entscheidungen beeinflussen könnte.«

Sie stutzte irritiert. »Willst du mich rollen? Woher soll ich denn wissen, was deine Entscheidungen triggert?«

»Na, dafür wirst du doch wohl ein Gefühl haben, oder?« Er schaute sie fragend an. »Oder?«

Luna zuckte zögerlich mit der linken Schulter.

»Gut. Regel zwei: Bleib in der Wohnung. Jede unnötige Interaktion mit den Leuten aus dieser Zeit könnte ebenfalls verheerende Folgen haben.«

Sie hielt kurz inne. »Okay, Regel eins geht klar.« Das war eine ungünstige Regel, wie sie fand. Doch Luna beschloss, dass sie für einen Abend schon genügend Unruhe produziert hatte, und beließ es vorläufig dabei.

»Und Regel zwei?«, hakte Jonathan nach.

»Kannst du dir in den Hintern schieben. Ich bin ein Teenager und reagiere furchtbar allergisch auf solche Dinge wie Hausarrest.«

Jonathan rieb sich die Augen und zwang sich zu einem künstlichen Lächeln. »Klasse, echt klasse.« Worauf hatte er sich hier nur eingelassen?

Happy Family

Jonathan genoss am frühen Morgen die warmen Sonnenstrahlen auf seiner Haut, während er die Fußgängerzone der Berliner Innenstadt entlang schlenderte und an seinem Latte macchiato nippte. Es war mittlerweile kurz nach neun und die Fußgängerzone rappelvoll mit Leuten, die zur Arbeit hetzten. Jonathan balancierte seinen Kaffeebecher durch die drängelnden Massen hindurch und musste aufpassen, die Brötchentüte nicht fallen zu lassen. Sein rotes T-Shirt, mit dem typischen The Flash Blitz, spannte sich dabei über seine breiten Schultern und Brustmuskeln.

Die ehemalige Schweißerbrille war sicher in der linken Beintasche seiner Cargo-Shorts verstaut. Er hatte die Kopie von Lunas Sphärenbrille wenige Minuten zuvor bei Herrn Barnes abgeholt. Eine Moralpredigt zur Verunglimpfung von Brillengestellen gab es gratis dazu. Jonathan schmunzelte über die künstliche Hysterie des Optikers. Er hatte ihm ja schlecht erklären können, wozu er die Brille wirklich brauchte.

Jonathan blieb am oberen Treppenabsatz zur U-Bahnstation am Alexanderplatz stehen, ignorierte den penetranten Uringestank, der von dort in seine Nase drang und betrachtete den wolkenlosen Himmel. Nein. Heute ist kein U-Bahn-Wetter, beschloss er für sich. Jonathan machte auf dem Absatz kehrt, lief quer über den Alexanderplatz hinweg, vorbei am Kaffee Einstein, wo er kurz zuvor noch Brötchen geholt hatte, und bog nach links in die Grunerstraße ein. Ein Spaziergang hatte noch nie geschadet und Luna würde sicher noch einige Zeit schlafen. Wozu sich demnach hetzen?

Eine Woche war ins Land gezogen, seit der rothaarige Lockenkopf an seiner Tür geklingelt hatte. Jonathan tat sich immer noch schwer damit zu glauben, was in den letzten Tagen alles passiert war. Aber da war Luna nun und lebte in seinem Haushalt. Jeder andere Mensch hätte sie wohl davongejagt, aber er nicht. Er hoffte nur, mit seinem Vertrauensvorschuss keinen Fehler begangen zu haben. Schließlich kannte er Luna bisher kaum.

Von ihr hatte er jedoch erfahren, dass jede Erde ihre ganz eigene Schwingungsfrequenz besaß, es jedoch zu Überlagerungen kommen konnte, welche Übergänge zu anderen Welten entstehen ließen. Mit der Sphärenbrille konnte er die so entstandenen Raumanomalien sehen. Wer hätte gedacht, dass dafür tatsächlich nur so wenig notwendig wäre? Nicht mehr als eine einfache Brille mit speziell geschliffenen Quarzgläsern? Jonathan schmunzelte bei diesem Gedanken.

Auf dem Heimweg spielte er mehrfach mit dem Gedanken, sie auszuprobieren. Doch jedes Mal, wenn sich seine Finger voller Neugier in die Beintasche schoben, kam irgendjemand um die Ecke und schielte ihn seltsam an.

Er hatte Lunas Version schon einige Male in der Wohnung auf, wenn sie schlief. Er posierte dann dumm grinsend vor dem Spiegel seines Schlafzimmers und stellte sich vor, wie so eine Raumanomalie wohl aussehen könnte. Das Einzige, was er jedoch im Spiegel sah, war, wie unglaublich dämlich er damit aussah. Wie eine Fliege, mit funkelnden Facettenaugen. Extravagant. In Berlin sicherlich nichts Ungewöhnliches, trotzdem würde die Brille Aufmerksamkeit erregen, auf die er gerne verzichtete.

Luna hatte ihm inzwischen viele weitere Dinge offenbart. Immer dann, wenn sie glaubte, dass Jonathan es verkraften konnte. So gab es offenbar Welten, die seiner eigenen sehr ähnelten, aber auch solche, die völlig anders waren. Einige waren atemberaubende Paradiese, andere so lebensfeindlich, dass man ohne die entsprechende Vorbereitung unangenehm schnell ins Gras biss. Es gab Welten, in denen Menschen nur in Geschichtsbüchern nachfolgender Lebewesen existierten oder solche, in denen noch dunkles Mittelalter herrschte. Sogar eine Erde, in der eine tiefe Eiszeit regierte, hatte sie mal besucht. Luna liebte vor allem diese völlig verrückten und skurrilen Welten, die in ihrer Einzigartigkeit komplett eskalierten. Um ein Haar sei sie sogar mal von etwas gefressen worden, das in einer Wüstenwelt unter dem Sand lauerte. Bedachte er der Erzählung des großen runden Mauls mit seinen Tausenden von messerscharfen Zähnen, die bis tief in den Rachen der Kreatur ragen sollten, war Jonathan heilfroh, dass es nicht dazu gekommen war.

Luna berichtete ihm jedoch nicht alles, was ihr auf der Seele lag, das konnte er spüren. Es gab da diese Momente, in denen sie von tollen Abenteuern mit ihren beiden Freundinnen Kira und Tetra sprach, im nächsten Augenblick jedoch komplett dicht machte, wenn es darum ging, warum sie sich auf dieses oder jenes waghalsige Abenteuer eingelassen hatten. Oder wie sie aus der einen oder anderen Situation schließlich entkamen. Er konnte sich nie ein Lächeln dazu verkneifen. So unschuldig und zierlich sie auch aussah, sie war ein Satansbraten, da täuschte sie keine Fliege.

Umso mehr freute er sich über alles, was sie von sich preisgab. Beispielsweise war die Band auf ihrem Hoodie ihre Lieblingsband und hieß Mythemia, eine Gruppe, die komplett aus Wanderern bestand. Sie waren fast die Einzigen, die Weltentourneen machten, und daher über unzählige Welten hinweg bekannt waren. Oft sangen sie dabei von ihren Abenteuern, die sie an weit entfernten Orten erlebt hatten. Diese Lieder hatte Luna besonders gerne und summte sie immer wieder rauf und runter. Aber Mythemia war nicht die einzige Band, die sie mochte. Eines Morgens erwischte er sie dabei, wie sie auf seiner Dachterrasse zu Billy Talent tanzte. Falls man das wilde Gezappel tanzen nennen konnte.

Diese wenigen persönlichen Details mochten nach nicht viel klingen, es war jedoch ein Anfang. Jonathan betrachtete das als gutes Omen. Er schien in der Zukunft als Vater irgendetwas richtig gemacht zu haben und das beruhigte ihn ungemein.

Mit einem verschmitzten Lächeln auf den Lippen überquerte er die Kreuzung Prenzlauer Berg, als ihm der rabenschwarze 1964 Ford Galaxie 500 ins Auge fiel, der halb auf dem Bürgersteig parkte. Jonathan bemerkte die beiden Männer im Auto kaum. Er hatte nur Augen für dieses Prachtstück. Er mochte amerikanische Wagen. Eines Tages, versprach er sich, würde er auch so einen Klassiker sein Eigen nennen. Nur über die Farbe ließe sich wohl streiten.

Kurz bevor er den Wagen mit großer Bewunderung passierte, öffneten sich dessen Türen und die zwei Männer stiegen aus dem Fahrzeug heraus. Der Dickliche knöpfte schnell sein Jackett zu, während der lange, dünne sich zielsicher auf Jonathan zubewegte.

»Mister King?«, erhob dieser höflich, aber dominant seine Stimme.

Jonathan blieb verunsichert stehen. »Ja?« Die beiden trugen jeweils einen identischen schwarzen Anzug, nebst cremefarbenem Hemd, Krawatte, Sonnenbrille und Melone. Ihre blasse, beinahe fahl wirkende Haut verlieh ihnen den Charme eines Leichenbestatters, wie er fand.

Der lange, dünne Mann hatte ein von Falten zerfurchtes Gesicht. Er hielt einen Dienstausweis hoch und erhob erneut seine Stimme. »Mein Name lautet Grimm. Der etwas korpulente Herr zu meiner Rechten ist Mister Preston. Wir arbeiten für den Grenzschutz und haben ein paar Fragen an Sie. Hätten Sie daher kurz Zeit?«

Jonathan konnte den Ausweis nicht zuordnen, er wirkte jedoch offiziell genug, dass er dessen Echtheit erst mal nicht weiter anzweifelte. Er erkannte jedoch an der Art, wie er fragte, dass Mister Grimm kein Nein akzeptieren würde, also nickte Jonathan kaum merklich. »Worum geht es denn? Habe ich meine letzte Amazon-Bestellung nicht richtig verzollt?« Er versuchte, mit einem künstlichen Lächeln einen Sympathiebonus zu erzeugen, doch die Gesichter der beiden Gruselgestalten verzogen nicht eine Miene. Sie standen einfach nur da und starrten ihn erwartungsvoll an. Fast erweckten sie den Eindruck zweieiiger Zwillinge.

»Mister King, wir sind auf der Suche nach einer illegalen Einwanderin und haben Grund zur Annahme, dass sie mit Ihnen Kontakt hatte oder sogar noch hat«, erwiderte Grimm emotionslos.

O Gott! Suchen sie etwa nach Luna? Jonathan verbarg seine leicht verschwitzen Hände hinter den beiden Tüten. »Eine illegale Einwanderin? Warum sollte so jemand ausgerechnet mich aufsuchen?«, fragte Jonathan mit aufgesetzter Verwunderung.

Mister Preston trat näher an Jonathan heran. Sein Gesicht zierten aufgedunsene Wangen, die ungewöhnlich weit hervortraten, fast als leide der Mann an einer allergischen Reaktion. Er roch zudem streng nach Menthol Zigaretten. »Das hätten wir gerne von Ihnen gewusst, Mister King«, knurrte er kaum verständlich zwischen zusammengepressten Zähnen hervor.

»Immer langsam, werter Herr Kollege. Wir wollen doch nicht, dass Mister King einen falschen Eindruck von uns erhält«, beschwichtigte Mister Grimm und schob seinen Partner leicht beiseite. »Mister King, Ihre Nachbarn gaben an, dass Sie erst kürzlich scheinbar unerwarteten Besuch erhalten haben. Es soll sehr laut geworden sein. Worum ging es da?«

Sie suchen definitiv nach ihr. Verdammt! Jonathan musste sich konzentrieren, um so ruhig wie möglich zu atmen. »Ah, das. Da war vor ein paar Tagen eine junge Frau. Sie behauptete, meine Tochter zu sein oder so. Ich habe ihr natürlich kein Wort geglaubt.«

»Natürlich. Und was ist dann passiert, Mister King?« Grimm setzte ein von Erwartung geprägtes Lächeln auf.

»Er hat Sie etwas gefragt, Mister King!«, fuhr der Dicke harsch dazwischen.

Jonathan trat einen Schritt zurück und schaute beide ernsten Blickes an. Etwas stimmte mit ihnen nicht. »Ich hab sie davongejagt, was denken Sie denn? Da könnte ja jeder daherkommen und solche Behauptungen aufstellen«, log er, so überzeugend er konnte.

»Ich glaub ihm kein Wort«, knurrte Preston an seinen Partner gerichtet, ohne ihn auch nur anzusehen.

»Mister King«, unterbrach Grimm erneut das heißblütige Engagement seines Partners, »angenommen, Sie haben die Flüchtige davongejagt, wie Sie behaupten. Wo könnte sie als Nächstes hingegangen sein?«

Jonathan zuckte ahnungslos mit den Schultern. »Woher soll ich das denn wissen?«

Grimm lächelte erneut. »Natürlich. Entschuldigen Sie. Mein Fehler. Sagte sie, woher sie gekommen war? Oder was sie bei Ihnen wollte?«

Jonathan stutzte. »Äh, nein. Also – nicht wirklich. Wissen Sie, die junge Frau schien reichlich verwirrt zu sein. Ich habe dem Gespräch daher schon nach kurzer Zeit keine echte Aufmerksamkeit mehr geschenkt.«

Grimms Lächeln erlosch. »Eine weise Entscheidung. Tatsächlich leidet die Frau an massiven Wahnvorstellungen. Was sie unter Umständen auch gefährlich macht. Sie sollten sich daher besser von ihr fernhalten.«

»Meinen Sie denn, dass die Frau wiederkommt?« Jonathan setzte dabei seine beste Sorgenmiene auf.

Mister Preston ballte die Fäuste und murmelte unverständlich etwas in sich hinein, sagte es aber nicht laut genug, sodass Jonathan es hätte hören können,

Mister Grimm griff indes in die Brusttasche seines Jacketts und holte eine fliederfarbene Karte hervor. »Haben Sie vielen Dank für Ihre Zeit und Mühe, Mister King. Sollte Ihnen noch etwas einfallen, rufen Sie uns gerne an.«

Jonathan nahm die Karte perplex entgegen und runzelte die Stirn. Eine ausländische Nummer? »Hey!«, rief er den beiden nach, als diese sich bereits wieder zu ihrem Wagen begaben. »Was mache ich, wenn sie wiederkommt?«

Grimm lächelte erneut. Es hatte fast schon etwas Plastisches an sich. »Bleiben Sie ruhig und wählen Sie die Nummer auf der Karte.« Dann setzte Mister Grimm sich ans Steuer und fuhr los.

Jonathan sah noch, wie Mister Preston den Seitenspiegel des Beifahrersitzes auf ihn ausrichtete und vor Wut schäumte. Als der Ford um die nächste Ecke bog, untersuchte Jonathan die Karte. Wer immer die waren, er hatte kein gutes Gefühl bei der Sache.

Grenzschützer

Wie Räuber Hotzenplotz höchstpersönlich lag das dürre Ding auf dem Sofa des Wohnzimmers und schnarchte in Boxershorts und Tanktop vor sich hin. Einzig eine lange, aus einem braunen Lederband bestehende Halskette, an dessen Ende ein hübscher azurblauer Stein in Sichelform funkelte sowie eine Vielzahl an Armbändern mit kleinen einzigartigen Anhängern, bekleidete den Rest ihres Körpers. Es seien Andenken ihrer Abenteuer, hatte sie erzählt.

»Guten Morgen, du Holzfäller«, sagte Jonathan, der nun schon einige Minuten lang im Türrahmen stand.

Luna öffnete langsam ihre völlig verklebten und schweren Augenlider. Sie konnte immer noch nicht fassen, dass sie wirklich hier war. Sie würde es nie zugeben, doch sie fing an, sich wohlzufühlen. Ein Umstand, der sie deutlich irritierte und noch wusste sie nicht, ob sie bereit war, dieses Gefühl zuzulassen.

»Was heißt hier bitte Holzfäller?«, gähnte das zerrupfte Knäuel vor sich hin.

»Raus aus den Federn und frisch machen. Dann gibt es auch Frühstück für dich.«

»Grrrr, was machst du denn für 'nen Stress?«, knurrte Luna und zog sich die Decke tief ins Gesicht.

»Ich dachte, es interessiert dich, dass ich heute früh bereits die Sphärenbrille von Herrn Barnes abgeholt habe.«

Da schlug sie die Decke zurück und erhob sich schwerfällig wie ein Untoter.

»Du hast da etwas Sabber im Gesicht, weißt du?«

Luna kommentierte seine Anmerkung mit einem finsteren Blick und fuhr sich durchs zerzauste Haar. Eigentlich sollte sie die Nachricht, dass Jonathan die Brille hatte, in Begeisterung versetzen. Stattdessen machte sich eine schwermütige Traurigkeit in ihr breit, die sie nicht so recht einordnen konnte, und das nervte sie wiederum. Vielleicht war es auch einfach morgendliche Unlust. Luna fand keine richtige Antwort darauf, während sie ihre müden Knochen an ihm vorbei ins Badezimmer schleifte. Etwas stimmte nicht. Seine Mimik war angespannt. »Wenn du die Brille hast, warum machst du dann ein Gesicht, als hätte dir jemand das Milchgeld geklaut?«

Jonathan brummte in sich hinein und schwieg.

Lunas Blick fuhr an ihm auf und ab. »Shit! Sag bloß, jemand hat dir die Sphärenbrille geklaut?«

»Nein. Das ist es nicht. Geh erst mal duschen, dann reden wir.«

Ihr Blick fixierte ihn. »Am Arsch. Sprich, was ist passiert?«

»Hmm, wo soll ich anfangen? Wie wahrscheinlich ist es, dass sich Mitglieder des Netzwerks als sogenannte Grenzschützer ausweisen?«

»Null Prozent. Das Netzwerk agiert entweder komplett verdeckt oder scheißt auf Tarnungen jeglicher Art. Wieso?«

»Weil ich auf dem Heimweg eine Begegnung mit zwei unangenehmen Herrschaften hatte, die offenbar nach dir suchen.«

Lunas Augen weiteten sich. »Und die sagten, sie kommen vom Grenzschutz? Wie sahen die aus?«

Jonathan hob ratlos die Hände. »Wie die Blues Brothers, nur in gruselig. Fahle Gesichter. Starre Mienen.«

Shit! Das waren Greys. Luna hatte mit denen zwar noch nie direkt zu tun, aber sie kannte die Geschichten und das reichte. Sie setzte ein Pokerface auf, um sich ihre Anspannung nicht anmerken zu lassen. »Was hast du denen gesagt?« *Er hat dich sicherlich verraten. Warum sollte er das auch nicht? Wer bist du schon für ihn? Hau ab, solange du noch kannst!*, flüsterte die Stimme in ihrem Kopf.

»Nun, sie wollten wissen, wo du bist. Leider konnte ich dazu nichts sagen, weil ich dich davongejagt und seither nicht mehr gesehen habe.« Jonathan war schon etwas stolz auf diese grandiose Leistung.

Auf Lunas Stirn erschienen nachdenkliche Falten und sie kratzte sich am Hinterkopf. »Du hast mich echt nicht verraten?«

»Nein.«

»Aber die waren von der Regierung.«

Jonathan zuckte mit den Achseln. »Na ja, ich hatte die Wahl zwischen den Men in Black-Imitatoren und meiner aus der Zukunft stammenden Tochter. Am Ende war es eine Fünfzig zu Fünfzig Münzwurfentscheidung«, witzelte er.

Luna holte aus und boxte ihn leicht auf die Schulter. »Arsch. Wieso hast du dich für mich entschieden?«

Grummelnd rieb Jonathan sich die Schulter. »Ich glaube, das lag daran, wie unglaublich seriös und freundlich diese beiden Herren gewirkt hatten. Übrigens, gern geschehen. Jetzt bist du dran. Wer waren die und warum suchen die dich?«

Luna zögerte kurz. Sie biss sich auf die Unterlippe und dachte darüber nach, wie sie ihm das jetzt am besten erklären sollte. »Grenzschutz trifft es eigentlich ganz gut«, erklärte sie dann. »Sie halten Welten, die noch nicht für das große Ganze bereit sind, frei von unautorisierten Besuchern und sorgen dafür, dass niemand, der etwas gesehen hat, zu viele Fragen stellt.«

Jonathan runzelte die Stirn. »Welten, die noch nicht bereit sind?«

»Ach, das betrifft hauptsächlich industriell geprägte Menschenwelten. Du weißt schon, wegen solcher Kleinigkeiten wie Machtgier, Intoleranz gegenüber allem, was anders ist, und den gelegentlichen Genoziden, die daraus entstehen. Das Übliche halt.«

»Aha. Dann sind diese Grenzschützer also eine Art Ordnungshüter für Parallelwelten?«

»Könnte man fast so sagen, ja. Nur mit 'nem echt großen Stock im Arsch und absolut keinem Sinn für Humor.« Sie schüttelte sich bei der Vorstellung. Die armen Wesen, die keinen Humor hatten, taten ihr schon irgendwie leid. »Meinst du, sie haben dir geglaubt?«

Jonathan schnalzte wenig überzeugt. »Das würde mich wundern. Es wirkte eher so, als würden sie mir für meine Aussage gerne eine reinhauen.«

Luna kräuselte die Lippen. »Die erwarten deinen Anruf, richtig?«

Jonathan nickte.

»Ich sag's nicht gern, aber die werden wissen, dass ich noch hier bin.«

»Woher?«

»Die haben ihre Methoden.« Luna kniff die Augen zusammen. *Würde mich nicht wundern, wenn es Frau Dierks war, die mich angeschissen hat. Die alte Schabracke konnte mich noch nie leiden*, dachte sie und widmete sich wieder ihrem Dad. »Wir sollten uns auf jeden Fall nicht mehr viel Zeit lassen, bis wir losziehen. Kriegen die uns, lassen sie mich verschwinden und werden dafür sorgen, dass du davon überzeugt bist, dass das alles nie passiert ist.«

Jonathans Augenbrauen schossen in die Höhe. »Das können die? Kannst du denen nicht einfach sagen, was passiert ist? Dass du vom Netzwerk bist und wir nach denen suchen?«

Luna lächelte verschmitzt. »Ja, das Netzwerk und die Greys sind nicht die besten Freunde, fürchte ich. Zugegeben, es könnte etwas damit zu tun haben, dass das Netzwerk die Arbeit der Greys nicht sonderlich ernst nimmt. Sie werden eher als Putzkolonne betrachtet, die hinter dem Chaos aufräumt, welches das Netzwerk von Zeit zu Zeit hinterlässt. Aber das ist natürlich nur so 'ne Vermutung.«

»Also werden wir die nicht zum letzten Mal gesehen haben«, grummelte Jonathan.

»Vermutlich nicht«, antwortete Luna mit einer mindestens genauso ernsten Miene. »Ich lass mir was einfallen, versprochen.«

»Wahnsinnig toll. Sei mir nicht böse, aber das sind die Momente, in denen ich mich so richtig über deine Anwesenheit freue, weißt du das?«, murrte Jonathan missmutig. »Ich geh dann mal Frühstück machen.«

»Uh, seht mich an, mein Leben ist plötzlich kompliziert geworden, seit ich eine Tochter habe.« Mit diesen Worten wandte sich Luna in einer eleganten Drehbewegung dem Badezimmer zu und verschwand darin.

ZIELE

Luna seufzte leise auf, als das heiße Wasser aus dem Duschkopf auf sie niederprasselte. Zwar war sie durchaus eine Wasserratte, dennoch hasste sie es, dass ihre Haare dann immer nach nassem Tier rochen. Shampoo, dessen Duft eher eine Geruchsbelästigung für ihre feine Nase war, mochte sie allerdings deutlich weniger. Sie lag kurz im Zwiespalt. Dem Hörensagen nach hatte sie einen natürlichen, veilchenähnlichen Duft. Leider konnte sie nicht sagen, ob das stimmte. Denn so gut ihre Nase auch war, ihren eigenen Geruch wahrzunehmen, vermochte sie in aller Regel nicht.

Luna biss die Zähne zusammen und rieb ihre Haare mit dem widerlichen Zeug von den bleichen Haarwurzeln bis zu den tiefroten Spitzen ein. Das war ihr alle Male lieber, als dumme Fragen zu komischen Gerüchen beantworten zu müssen.

Sie dachte über die jüngsten Ereignisse nach. Die Aufmerksamkeit der Greys ärgerte sie ungemein. Wenn es ganz blöd lief, würde sie gezwungen sein, vor den Augen ihres Vaters hässliche Dinge tun zu müssen. Das galt es unter allen Umständen zu verhindern. Doch vielleicht war diese Sorge unnötig.

Jetzt, wo er die Brille besaß, fehlte ja nur noch ein Startpunkt, bevor sie aufbrechen konnten. Am liebsten würde sie ihm dazu den einen oder anderen Vorschlag machen. Blöderweise wusste sie weder, von wo aus er seine erste Reise angetreten hatte, noch, in welcher Welt er damals gelandet war. Sie wartete daher einfach geduldig darauf, dass er sich dazu äußerte. Sollte er etwas unglaublich Dämliches vorschlagen, konnte sie immer noch ein Veto einlegen.

Nachdem sie fertig geduscht hatte, betrachtete sie sich im Badezimmerspiegel und fuhr sich mit ihren Händen durch ihre widerspenstige Mähne. Kämmte sie erst auf die eine, dann wieder auf die andere Seite und legte Strähne um Strähne an den optimalen Platz, damit die wenigen schneeweißen Stellen inmitten ihres geliebten Rot nicht so auffällig hervorstachen. Es stimmte, sie hatte das wilde, unbändige Haar ihrer Mutter. Sie mochte diesen Gedanken irgendwie, doch dieser – ihr fiel kein besseres Wort ein: »Pigmentraub«, wurde zunehmend lästiger.

Zu ihrem Leidwesen war der Verlust, der kräftigen, bunten Haarfarben im Volk ihrer Mutter, ein Teil des Erwachsenwerdens. Zumindest hatte sie das irgendwann in einem Eintrag ihres Na-Vi gelesen. In wenigen Jahren schon würde ihr Haar demnach komplett schneeweiß sein und nur noch einen entfernten Rotstich besitzen. Luna fürchtete sich insgeheim davor, weil sie glaubte, dass sie dadurch nur noch seltsamer aussehen würde.

Sie hob die Spitze ihres dauergeröteten Stupsnäschens an, das immer den Eindruck erweckte, dass sie erkältet sei, obwohl das selbstverständlich nicht stimmte. Ihrer Nase ging es bestens. Es war nur das animalische Blut ihrer Mutter, dass dort zum Vorschein kam, wie auch bei allem anderen, das seltsam an ihr war.

So prüfte sie auch den Zustand ihrer Fingernägel und kräuselte missmutig die dunklen Lippen. Gesunde, kräftige Nägel, wie sie sich jedes Mädchen nur wünschen konnte. Nur dumm, dass man ihnen beinahe beim Wachsen zusehen konnte. Es kostete Luna eine Menge Mühe, sie so normal wie möglich aussehen zulassen, damit sie einen möglichst unauffälligen Eindruck machte. Ihrem Dad war jedoch längst aufgefallen, wie oft sie ihre Nägel feilte, als sei es das Normalste der Welt, das ständig zu tun. Sie fragte sich, ob er sich nicht wunderte, dass sie weder die Farbe ihrer Nägel, noch die ihrer Lippen seit ihrer Anwesenheit bei ihm auffrischen musste.

Ach, quatsch, er ist ja nicht dumm. Vermutlich ist es ihm längst aufgefallen und er sagt nur nichts, weil er fürchtet, dass es mir unangenehm sein könnte.

Sie horchte zur Tür hinaus. Offenbar war Jonathan gerade in der Küche beschäftigt, das war die Gelegenheit. Mit einem Ruck fuhr sie, ähnlich wie bei einer Katze, ihre Fingernägel zu kräftigen Krallen aus und griff nach der Feile. So sollte es deutlich leichter gehen. Schon im nächsten Moment zuckte sie vor Schreck zusammen, als es an der Badezimmertür klopfte.

Luna wirbelte herum. Scheiße! Hab ich abgeschlossen? Was, wenn er jetzt reinkommt?! Er darf mich so unter keinen Umständen zu Gesicht bekommen! Er wird dich erwischen und dann doch den Greys ausliefern, spottete die andere Stimme in ihrem Kopf. Mit einem Ausfallschritt blockierte ihr Fuß schnell die Tür.

»Was willst du?«, keifte sie aus dem Bad heraus.

»Ähm.«

»Was?! Deine splitterfasernackte Teenager-Tochter ist gerade dabei sich frisch zu machen! Also was zur Hölle willst du?!«

»Oh, – oh, nein. I-ich hatte nicht vor – also, ich wollte nur fragen, ob alles okay ist. Du bist schon ziemlich lang da drinnen und ich dachte, ich frage mal nach, ob alles passt. Das ist alles.«

»Ich wiederhole: Teenager! Bei uns dauert es immer etwas länger! Gewöhn dich dran!«

»S-schon okay, lass dir alle Zeit der Welt.«

Sie verharrte noch einige Momente an der Tür, bis seine Schritte ihr verrieten, dass er offenbar wieder in der Küche saß, dann stieß sie erleichtert einen Schwall panikschwangerer Luft aus und trat langsam wieder von der Tür zurück. »Unglaublich! Was fällt dem ein, mich so zu erschrecken?«, flüsterte sie tonlos, während ihr Herz wie wild in ihrer Brust hämmerte.

Eine halbe Ewigkeit verging, bevor sich die Badezimmertür wieder öffnete.

»Schau an, da ist die verschollen geglaubte Prinzessin ja wieder«, kommentierte Jonathan ihr Erscheinen in der Küche.

Sie rollte höhnisch mit den Augen und setzte sich wortlos an den Küchentisch.

Jonathan kratzte sich im Gesicht, über seine Bartstoppeln und musterte seine Tochter. »Sag mal, wie groß bist du eigentlich genau?«

Sie griff gerade nach der Erdbeermarmelade, hielt jedoch überrascht in ihrer Bewegung inne. »Warum?«

Er betrachtete ihre alten Fetzen. »Ich dachte nur. Also na ja, ich war ja heute früh in der Stadt und dachte darüber nach, dir ein paar neue Klamotten zu besorgen.«

Luna fokussierte das T-Shirt, das er heute trug.

Es war rot und hatte einen gelben Blitz auf der Brust. Das mit der Kleiderwahl hatte er in der Zukunft deutlich besser drauf, erinnerte sie sich. »Danke, aber nein danke« wehrte sie das freundliche Angebot ab.

»Oh, okay. Verstehe. Dennoch, rein für die Neugier, wie groß bist du? Einsfünfzig? Einssechzig? Komm schon, hilf mir. Ich bin echt schlecht in so was.«

Sie seufzte. »Einen Meter zweiundsechzig.«

»Hmm, mit oder ohne Stiefel?«

Luna ließ stumm auf ihrem Brötchen kauend stellvertretend ihren Mittelfinger sprechen. Jonathan grinste. Fast bekam man den Eindruck einer völlig normalen und intakten Familie, von den äußeren Umständen mal abgesehen.

»Hafft du foon einen Ploan, von woe auf die Rreife ftarten foll?«, nuschelte Luna mit einem halben Marmeladenbrötchen im Mund.

»Das ist eine gute Frage.« Sein Gesichtsausdruck ließ eine gewisse Besorgnis im Raum stehen. »Ich bin in den vergangenen Tagen alle gesammelten Berichte durchgegangen, in denen Menschen plötzlich spurlos verschwunden sind. Ich will ehrlich sein: Ich möchte mich nicht auf mein Glück bei einem der großen Nationalparks und Wanderstrecken verlassen, das scheinen mir dann noch alles zu vage Ereignisse zu sein.«

Luna betrachtete kauend ihr Marmeladenbrötchen und nickte den Inhalt ihres Mundes herunter schluckend. »Wir könnten Wochen unterwegs sein, ohne auch nur einen Übergang zu finden«, bestätigte sie seine Annahme.

Jonathan hatte Mühe, sein zweites Brötchen zu schneiden, und rutschte mit dem Messer ab. Er musste wohl eines vom Vortag erwischt haben, redete er sich ein. »Eben. Daher sind solche Übergänge raus. Ich habe mich stattdessen auf Orte konzentriert, wo innerhalb eines möglichst kleinen Areals regelmäßig Leute verschwinden oder seltsame Sichtungen gemeldet werden.«

Luna hob die Augenbrauen. Wow, er geht klüger an die Sache heran, als ich dachte. Sehr gut, nur weiter so. »Uuhh – erzähl mir mehr.« Ihre bernsteinfarbenen Kulleraugen wurden größer, während sie ihren Dad hochkonzentriert anstarrte. Sie meinte für den Bruchteil einer Sekunde diesen ganz besonderen Spirit, für den ihr Dad in ihrer Gegenwart berüchtigt war, zu spüren.

»Nun, es gibt da diese Wasserstelle in einer Höhle im Gebiet der Navajo-Indianer.«

Luna grunzte abfällig. »Verpiss dich. Da geht's nach Srilea. Technisch gesehen, der kürzeste Weg zum Netzwerk, aber dazu müssten wir an den Quipieläh vorbei und das schaffen wir definitiv nicht.«

Jonathan schaute seine Tochter perplex an. »Was sind denn Quipi ...? Na, das, was du eben gesagt hast.«

Luna kaute auf ihrem Brötchen und erkundete gedankenversunken die helle Eichenholzküche. Dann fuhr ihre Aufmerksamkeit zurück zu ihrem Dad. »Ah, ich weiß. Gib mir mal dein Smartphone.« Jonathan runzelte die Stirn und gab es ihr. Sie tippte einige Begriffe in die Suchmaschine dieser Welt ein. Sie versuchte es mit: Fischmenschen, Schildkröten und dann mit menschlichen Schildkröten. »Was sind denn Ninja Turtles?« Luna schüttelte den Kopf und scrollte weiter. »Ah, da habe ich doch was. Sieh dir mal diesen Artikel an.« Sie reichte das Smartphone an ihren Dad zurück.

Jonathan trank einen Schluck seines Kaffees und warf dann einen Blick auf den Bildschirm. »Kappas? Das sind japanische Fabelwesen.«

Luna kaute auf ihrem Brötchen. »Joa, lief weifta.«

»Der Sage nach, leben sie an Flüssen und Tümpeln. Kommen unachtsame Reisende ihnen zu nahe, ziehen sie ihre Beute unter Wasser. Nicht immer werden ihre Opfer dabei direkt verspeist. Manchmal geben die Kappas auch vor, mit ihnen zu spielen, bis den ahnungslosen Opfern die Luft ausgeht, was ihrer schabernackhaften Natur zuzuschreiben ist.« Jonathan rümpfte die Nase. »Luna, das ist eine Geschichte. Mehr nicht.«

Mit Brötchen gefüllten Pausbacken rollte sie ihre Augen. »Alleff ift woah«, versuchte sie ihn zu erinnern.

»Könntest du vielleicht erst kauen und dann sprechen?«

Sie schluckte den Teigkloß glucksend hinunter. »Sorry. Ich will nur sagen: Ich kenne die Geschichten zu dieser Höhle, da ich einen Freund habe, der tierisch auf Abkürzungen steht. Aber wenn nicht mal Nixen freiwillig ihre Flossen in dieses Gewässer halten, tue ich das sicher auch nicht.«

»O-kay.« Jonathan Augen zuckten skeptisch auf. »Was hältst du dann von Mount Nyangani? Dort verschwinden regelmäßig Leute im Nebel.«

Luna stockte und klopfte sich auf die Brust, als ein Stück Brötchen in der Speiseröhre stecken blieb. »Nebel?« Sie hustete. »Such weiter.«

»Was? Frisst uns der Nebel etwa auch?«

»Nein. Übergänge im Nebel sind Korridorübergänge.«

»Klingt doch gar nicht so schlimm.«

»Auf den ersten Blick nicht, nur entstehen die durch eine Raumblase. Weil an diesen Schnittstellen die Frequenzen mehrerer Welten auf einen Punkt treffen.«

»Heißt so viel wie?«

Sie hob unwissend die Hände. »Russisch Roulette für Weltenwanderer ohne Na-Vi? Du kannst von hier aus so oft da durchgehen, wie du willst, und wirst immer in einer anderen Welt landen als zuvor. Das heißt, wenn du es überhaupt aus dem Nebel schaffst. Ohne Na-Vi dürfte es nämlich schwer werden, überhaupt einen Ausgang zu finden. Einziger Vorteil: Im Nebel altert man nicht. Du hast also genug Zeit zum Suchen.«

Jonathan strich interessiert über sein Kinn. »Spannend. Warum altert man dort nicht?«

»Keine Ahnung! Seh ich aus wie ein scheiß Lexikon?«

»Auch gut – und danke.«

»Wofür?«

»Dafür, dass du meine Unsicherheitsfaktoren eliminiert hast.«

Sie kräuselte ihre dunklen Lippen. »Häh?«

»Ich hatte meine Wahl für solch eine Reise eigentlich lange vor deinem Erscheinen an meiner Tür getroffen. Für mich war aufgrund der vielen Geschichten über Sichtungen von fremdartigen Wesen immer klar, dass ich dort hingehen werde, sollte ich überhaupt jemals etwas in diese Richtung unternehmen wollen.«

Luna legte den Kopf schief und sah ihren Dad erwartungsvoll an.

»Hast du mal von der Sherman Ranch im US-Bundesstaat Utah gehört?«, fuhr er fort.

Sie verschluckte sich fast an ihrem Brötchen. »Die Skinwalker Ranch?!«, schrie sie auf.

»Alles okay?«

Luna brauchte einen Moment, um nicht komplett die Fassung vor ihm zu verlieren. Doch egal wie sehr sie versuchte, das eben gehörte zu schlucken, ihr Herz hörte nicht auf zu rasen.

»Hab ich etwas Falsches gesagt?«

»Kommt darauf an, ob du mich veräppelst?« *Tut er nicht! Er wird euch beide umbringen,* lachte die Stimme in ihrem Kopf.

»Nein, wieso?«

Das war's! Luna bekam keinen weiteren Bissen mehr runter. Wie von der Tarantel gestochen sprang sie vom Tisch auf. Ein lautes Klirren durchfuhr den Raum, als ihre Teetasse auf dem Küchenboden zersprang. Wie paralysiert starrte sie auf deren Splitter.

»Hey! Könntest du mir vielleicht erklären, was an dem Ort so schlimm ist?«

»Gar nichts! Vorausgesetzt, man plant, in 'nem Labor zu landen! Alle wandernden Wesen wissen, dass dieser Ort inzwischen 'ne Deadzone ist.«

Jonathan betrachtete grübelnd das panikverzerrte Gesicht seiner Tochter. Fast erlag er ihrem Wehklagen und wäre allein ihretwegen von seiner Entscheidung zurückgerudert. Doch genau das durfte jetzt nicht passieren, entschied er. Regel Nummer eins: Er durfte seine Entscheidungen nicht von ihr beeinflussen lassen. Er stieß einen Schwall Luft aus. Ihm blutete das Herz, sie so hilflos zu sehen, doch es ging nicht anders. »Tut mir leid, aber das ist es, was mir nun mal vorschwebt.«

Fluchend verpasste sie der Wand eine mit der Faust und verließ fluchtartig die Küche. Unaufhörlich tigerte sie den Flur auf und ab und versuchte, sich zu beruhigen.

Verdammt, was mach ich jetzt?! Er kann doch unmöglich so dumm sein?! Ist das hier wirklich meine Erde? Hatte das Na-Vi vielleicht doch bei den Koordinaten einen Defekt gehabt?

Sie zuckte vor Schreck zusammen, als Jonathan plötzlich neben ihr stand und sie im nächsten Moment umarmte. »Was zum ...?!« Sie schüttelte den Kopf und stieß sich augenblicklich von ihm ab. In ihr kochten auf einen Schlag viele alte, erfolgreich verdrängte Emotionen hoch. Wärme und Geborgenheit vermengten sich mit der Kälte der Ablehnung, der ohnmächtigen Wut und Hilflosigkeit. Und nichts davon durfte sie diesem Jonathan vorwerfen. Sie würde gerne, doch sie konnte es nicht! Es wäre weder fair noch würde es ihr etwas nützen.

Jonathans Augen füllten sich mit Sorge. »I-ich. Tut mir leid. Ich meinte es ...«

»Lass es!«, unterbrach Luna ihn bestimmend und trat noch einen weiteren Schritt zurück. Kalter Schweiß bildete sich auf ihrem Nacken. Es fehlte nicht mehr viel. Würde er auch nur einen weiteren Schritt auf sie zu gehen, wüsste sie nicht, wie sie reagieren würde.

Ein stiller Moment des gegenseitigen Anschweigens dominierte den Augenblick. Irgendwann atmete sie einmal lang aus. »Ich brauch einen Moment frische Luft.« Mit merklich angeschlagener Laune verließ sie den Flur und begab sich auf seine Dachterrasse.

Jonathan stand wie angewurzelt da. Es vergingen einige Minuten, doch so sehr er sich bemühte, er konnte ihre Reaktion nicht nachvollziehen. Mittlerweile wünschte er sich, eine andere Entscheidung als richtig zu empfinden, aber er konnte es nicht. Nein, er durfte es nicht.

Einsicht

Zusammengekauert saß Luna mit leerem Blick draußen auf der Sonnenliege und starrte unentwegt in die Ferne.

Jonathan ließ ihr die Zeit, die sie offenbar benötigte, um sich wieder zu beruhigen, und betrat erst eine Stunde später die Dachterrasse. Mit einer frisch aufgebrühten Tasse Tee in der Hand und bereit, jederzeit in Deckung zu springen.

»Schau mal, ich habe hier ein Friedensangebot«, sagte er mit leiser Stimme und stellte die Tasse neben ihr auf den Tisch.

Still nahm sie die warme, mit grünem Tee und einem Spritzer Honig gefüllte Tasse in ihre Hand und nippte daran. »Der Tee tut gut, danke.«

Jonathan, der wieder am Türrahmen der Dachterrasse gelehnt stand, tat es seiner Tochter gleich und schaute in die Ferne.

»Mein Verhalten vorhin tut mir leid«, sagte sie.

»Ist schon okay.«

»Warum dort? Warum ausgerechnet die Skinwalker Ranch und nicht Stonehenge? Oder sonst wo? Es gibt wirklich so viele Möglichkeiten.« Sie fuhr sich mit einer Hand durch die wilden Locken und schaute zu ihm.

Er wagte es kaum sie anzusehen und wippte unentwegt mit der Ferse seines rechten Fußes hin und her. Was soll das? Bereut er etwa seine Entscheidung? Meinetwegen? Luna blinzelte einige Male. »Egal jetzt«, schniefte sie jede weitere Emotion weg. Sie hasste es ohnehin, dass man sie so sah. »Wenn du damals wirklich dahin bist, wirst du auch irgendwie 'nen Weg gefunden haben, mit dem du erfolgreich warst. Wir müssen halt verdammt vorsichtig sein, Leichtsinn ist das Letzte, was wir gebrauchen können.«

»Selbstverständlich.«

Luna erhob sich langsam von der Liege und begab sich mit dem Rest Tee in ihrer Tasse zu ihrem Dad an die Terrassentür. Sie zögerte einen kurzen Augenblick, doch dann legte sie ihren Kopf an seiner Schulter ab. »Wie geht's weiter? Was ist dein Masterplan?«

»Wir müssen uns überlegen, wie wir am besten zur Ranch kommen. Du kannst nicht zufällig ein Portal dahin empfehlen?« Er schaute mit hochgezogener Augenbraue zu seiner Tochter hinunter, die seine Frage direkt mit einem Fausthieb in seine Rippen beantwortete.

»Sehe ich aus, wie 'ne scheiß Hexe? Hab ich 'ne magische Glaskugel? Oder nein, warte, ich singe einfach fröhlich Bibidi babidi buh, schwinge mit meinem Feenstab und zack sind wir dort!« Die Arme umher wedelnd versuchte sie hingebungsvoll die Choreografie einer guten Fee nachzuahmen.

Jonathan schmunzelte bei ihrem Anblick. »Na ja, ich dachte ja nur, schließlich bist du ja vom Sonnentor, das, meine ich, in Bolivien stehen müsste, auch irgendwie hierhergekommen, oder?«

»Tzz! Ich bin getrampt! Hat mich ganze vierunddreißig Tage gekostet, hierherzukommen«, schnaubte Luna mit einem verächtlichen Unterton und trank in einem Zug den Rest ihres Tees.

»Verdammt, was?!« Seine Kinnlade hätte kaum tiefer sinken können. »Wieso hast du nicht angerufen oder so? Ich hätte dich abgeholt oder dir zumindest ein Ticket hierher gezahlt.«

»Ja, klar. Wo du mich vor einer Woche doch so herzlich an deiner Tür empfangen hast. Da hättest du sicher jeden Hebel in Bewegung gesetzt, um mich abzuholen, wenn ich angerufen und gesagt hätte: ›Hallo Daddy, hier ist übrigens deine noch ungeborene Tochter aus der Zukunft, aha, – ja, genau die, – ich bin übrigens gerade am Sonnentor gelandet, würdest du mich bitte abholen? Okay, cool, bis gleich!‹.« Ein Kichern, dicht gefolgt von einer finsteren Miene durchzog ihr Gesicht.

Jonathan wusste nur zu gut, wie recht sie hatte. »Touché, der Punkt geht an dich.«

»Und ein Ticket wäre ebenfalls schwirig geworden.« Die leere Tasse hin und her schwenkend fuhr sie fort: »Versuch mal, ein Ticket für jemanden zu buchen, der faktisch nicht existiert. Ich hab ja keine gültigen Papiere oder so was, weißt du? Und ohne funktionierendes Na-Vi oder zumindest etwas Geld auch keine Möglichkeit, daran was zu ändern. Trampend über die Grenzen zu kommen, war da schon deutlich einfacher.«

»Hmm, das ergibt Sinn. Ist jedoch ein Problem. Ich sehe uns nämlich nicht nach Utah trampen.« Er schloss die Tür hinter sich. Da er der Meinung war, genug frische Luft geschnappt zu haben, warf er sich demotiviert in seinen Bürostuhl.

»Hey, überlass das Problem mit meinen Papieren ruhig mir. Ich kümmer mich drum. Wirst schon sehen«, versicherte sie ihm. »Wir treffen uns dann in ein paar Tagen am Berliner Flughafen vor dem Check-in. Ich werde aber, wie gesagt, etwas Geld brauchen, um das Problem zu lösen.«

»In ein paar Tagen? Was ist das denn für eine Angabe? Erwartest du jetzt, dass ich jeden Tag dahinfahre und schaue, ob du da bist?«

»Etwa 'ne Woche. Schneller geht es nicht.«

»Oh, das ist natürlich gleich viel präziser. Vielen Dank.«

Luna schaute ihn verständnislos an. »Okay. Sagen wir Freitag um neun? Ist das dem Herrn so recht, ja?«

»Hmm, meinst du, dass das klug ist? Was, wenn diese Typen vom Grenzschutz wieder auftauchen? Ich finde, wir sollten zusammenbleiben«, murrte Jonathan nachdenklich.

Verdammt. Das kann ich jetzt gar nicht gebrauchen. »Das ist sogar sehr klug«, erwiderte Luna so optimistisch wie nur möglich. »Wenn die Greys schnallen, dass ich nicht mehr hier bin, lassen sie dich möglicherweise in Ruhe.«

»Und genau das, macht mir Sorgen. Denn wenn sie nicht hinter mir ...«

»Dad! Ich komm klar«, unterbrach sie ihn bestimmend und hielt erwartungsvoll die Hand auf.

Jonathan kratzte sich an der Schläfe, während sein Gesicht grimmige Furchen zog. »Was, wenn sie dich finden?«

Dann haben die ein Problem, hätte sie am liebsten sagen wollen, stattdessen lächelte sie und sagte: »Das wird nicht passieren, keine Sorge. Du darfst nicht vergessen, dass ich durchaus weiß, was ich tue.« Ihr nachdenklicher Blick wanderte kurz durch die Luft. »Meistens«, ergänzte sie dann achselzuckend.

Jonathan seufzte resigniert und angelte sein Portemonnaie aus der Gesäßtasche. »Also gut. Wie viel brauchst du?«

Die Ranch

Heute:

Sie kamen am Roosevelt-Municipal-Airport mäßig gelaunt und mit leichtem Jetlag an. Ihr Ziel, die östliche Grenze der Skinwalker Ranch, lag fußläufig etwa vier Stunden entfernt.

»Wir laufen also wirklich, ja?«

Lunas lustloser Gesichtsausdruck sagte ihm mehr, als er wissen musste. »Allerdings. Ich will so wenig Aufmerksamkeit wie möglich erzeugen.«

»O Mann, ich fasse es nicht.«

»Und ich kann nicht fassen, dass du das Sicherheitspersonal des Flughafens mit gefälschten Papieren getäuscht hast. Und damit sogar durchgekommen bist! Miss Stella Tier!«

»Tja, wer kann, der kann«, sagte sie mit einem verstohlenen Grinsen. »Außerdem warst du derjenige, den das Flughafenpersonal als verdächtig eingestuft hatte. Wenn wir also aufgeflogen wären, dann deinetwegen.«

Jonathan grummelte leise etwas vor sich hin, das selbst Luna in diesem Moment nicht verstehen konnte.

»Hmm? Wie war das? Ja, du hast recht? Ich bin nur froh, dass die Grenzschutzagenten uns nicht weiter in die Quere gekommen sind? Toll, dass du hier bist und es dir gut geht? Hey, kein Ding. Ich sagte ja, ich bekomme das hin.«

Jonathan drehte den Kopf zu ihr, schaute finster und schwieg.

Die Ranch lag östlich vom Flughafen und das Gelände war größtenteils abschüssig, das machte es leichter, die Strecke trotz des Wetters zu bewältigen. Es war schwülwarm und drückend, als wenn ein Unwetter bevorstehen würde.

»Kack Fliegen! Verpisst euch!« Luna wedelte wie wild mit den Armen um sich, pustete in alle Richtungen und zog sich dabei ihren Hoodie, den sie zu einem Turban umfunktioniert hatte, tiefer ins Gesicht. Die kleinen Wesen tanzten um ihren Kopf herum und landeten immer zu auf ihrer erröteten Nasenspitze, als legten sie es darauf an, sie weiter zu provozieren.

Jonathan atmete ruhig, aber schwer. Er war für sein Alter topfit, doch das Gewicht des Rucksacks und die Hitze zerrten mehr an seinen Reserven, als er gedacht hatte. Seinen Parker hatte er längst zwischen den Riemen des Rucksacks verstaut und die Ärmel seines rot-schwarzen, locker geknöpften Flanellhemdes hochgekrempelt, dennoch perlte ihm der Schweiß von seiner Stirn. Er betrachtete die alte Armbanduhr an seinem Handgelenk, während er sich mit der anderen Hand durch das volle, dunkelbraune Haar fuhr. Die Uhr war ein klassisches Outdoor Modell, nichts Besonderes, aber sie tat ihren Dienst. Er zog die Karte und den Kompass aus der Seitentasche seiner Trekkinghose, um ihre Position zu überprüfen und ein Gefühl für die verbleibende Strecke zu erhalten.

Luna bewunderte ihn dafür, dass er mit dem ganzen Gepäck bei der Hitze klarkam. Ihre Augen wanderten über ihre eigene Umhängetasche. Gegen den gewaltigen und bis zum Rand gefüllten Rucksack war diese klein und kümmerlich. »Wozu schleppst du eigentlich so viel Zeug mit dir herum?«

Jonathan hob den Kopf aus der Karte. »Was?«

»Dein Rucksack. Ist der ganze Kram wirklich nötig?«

»Kommt darauf an, vielleicht sitzen wir ein paar Tage in der Wildnis fest. Dann wirst du mir danken, dass ich Campingkocher, Konservendosen und Schlafsäcke dabeihabe. Ich meine, wissen wir, was uns auf der anderen Seite erwartet?«

»Nein, aber das weiß man eigentlich nie. Das ist doch der Spaß daran, oder?«

»Aha. Weißt du, ich fange an, mich zu fragen, ob diese Sorglosigkeit zu deinem Zeithüpfer beigetragen hat.«

»Das hatte nichts miteinander zu tun.«

»Fällt mir ja schwer, das zu glauben.« Er wandte sich erneut der Karte zu.

»Ich kapiere nicht, warum du nicht einfach dein Smartphone zur Navigation nutzt. Geht schneller, und du hast ein Gefühl dafür, wie lange wir noch brauchen. Nein, halt! Besser keine Zeitangaben.« Mit hängenden Schultern schleifte sie hinter ihm her.

»Weil auf diesen alten Karten oft Wege und Straßen verzeichnet sind, die kein Smartphone bieten könnte«, murmelte Jonathan.

Sie liefen schon eine Weile auf der Poleline-Road, Richtung Independence-Road entlang. Die Straße flimmerte in der Hitze und die Landschaft wechselte auf ihrem Weg kontinuierlich zwischen brachem Ödland und saftig grünen Wiesen. Was für sich genommen bereits ein harter Kontrast zur eigenen Heimat darstellte.

Hin und wieder passierten sie alleinstehende Häuser und ganz selten saß auch mal jemand auf der Veranda, genoss ein kühles Bier und schaute den beiden Wanderern neugierig hinterher. Nach ein paar Meilen verließen sie die spärlich befahrene Landstraße und näherten sich der Ranch über kleine Querstraßen und Feldwege. Wenig später erreichten sie dann den westlichen Grenzpfeiler des Geländes der Skinwalker Ranch.

Mit einem kurzen Nicken signalisierte Jonathan, dass sie da waren. Etwas abseits des Weges im Schutz eines Dickichts legten sie eine Rast ein. Luna setzte sich erschöpft auf einen Baumstamm. Sie streckte die müden Beine und gönnte sich einen Schluck Wasser. Jonathan hingegen legte nur seinen Rucksack ab und sondierte das Umfeld.

»Willst du nicht auch mal langsam 'ne Pause einlegen?«, flüsterte sie.

»Gleich.« Er runzelte die Stirn. »Warum flüsterst du?«

»Keine Ahnung? Vielleicht, damit man uns nicht entdeckt?«, flüsterte sie weiter.

»Aha.« Dann zog er los, um das Gelände auszukundschaften.

Luna rümpfte ihre feine Nase und spürte, dass die Luft klammer wurde. Grillen zirpten im Gras und die Mücken wurden langsam aktiver.

Wenige Minuten später kehrte Jonathan leise durchs Geäst raschelnd zurück. »Das Gestrüpp ist stellenweise dicht bewachsen. Hier und da gibt es vereinzelte Bäume. Sonst viel wilde Wiese und trockenes Ackerland. Nicht so optimal, wie mir die Karte versprochen hat, aber besser als nichts. Im Süden gibt es laut Karte einen kleinen Fluss. Äh, Dry Gulch Creek, wenn ich mich recht entsinne. Vielleicht kann man das später nutzen.«

»Aha, und weiter?«

»Zweihundert Meter westlich gibt es einen kleinen, verfallenen Grenzzaun. Wird wohl die ehemalige Grundstücksgrenze sein. Ich meine, bevor dieses Privatunternehmen einen neuen, besseren Zaun noch weiter westlich errichtet hat. Den Ersten sollten wir aber leicht überwinden können.«

»Und den Zweiten?«

»Ähm, ich hab einen Bolzenschneider dabei«, gab Jonathan mit stolzgeschwellter Brust von sich.

»Wow«, antwortete Luna wenig begeistert und rollte höhnisch die Augen. »Was ist mit den Wachen?« Sie witterte schon seit einigen Minuten aus Richtung der Ranch ein Gemisch aus Waffenöl und billigen Rasierwasser. Sie hoffte daher, dass Jonathan darauf ansprang.

»Davon gibt es dort bestimmt welche, daher sollten wir bis zum Einbruch der Nacht warten, bevor wir weiterziehen. Bist du damit einverstanden?«

Sie nickte. »Klingt vernünftig.«

Die Nacht brach herein und schon bald sah man kaum mehr als ein paar Meter weit. Irgendwo kämpften einige nachtaktive Tiere heulend, knurrend und kreischend um ihr Futter. Jonathan blickte auf und suchte an dem wolkenverhangenen Nachthimmel den Mond. Vergebens.

»Mist. Bei der Sicht werden wir wohl eher durch das Gelände stolpern als laufen.«

Luna stupste ihn an und zeigte auf den hell erleuchteten Horizont im Westen. »Ich würde sagen, dass wir auf den Mond scheißen können.«

Jonathan folgte ihrem Fingerzeig. »Hmm, ist das die Ranch? Toll. Das macht es jetzt nicht unbedingt leichter.«

Luna beugte sich indes zu ihrem rechten Stiefel hinunter, legte ihre Arme um den Knöchel und wiederholte das Ganze dann mehrmals abwechselnd mit beiden Beinen.

»Was tust du da?«

»Mich dehnen?«, antwortete sie salopp und vollführte noch einige Übungen für Oberkörper und Arme.

»Jetzt? Du denkst jetzt an Sport?«

»Mecker nicht. Folge mir.« Sie zog ihre Kapuze tiefer ins Gesicht und rannte los. Jonathan griff nach seinem Rucksack und folgte ihr.

Luna war für ihre Größe überraschend schnell und lief im Zickzack von einem Gestrüpp zum nächsten. Immer wieder legte sie kleinen Pausen ein, in denen sie seltsam erwartungsvoll zur Farm starrte. Jedes Mal, bevor sie weiter rannte, drückte sie kurz Jonathans Hand, damit er wusste, dass es weiterging. Dann schmiss sie sich plötzlich zwischen zwei Stationen auf den Boden und kickte ihrem Dad das Standbein weg. Jonathan landete ungebremst mit der Nase im Dreck. Es ging so schnell, dass er nicht einmal genug Zeit hatte, seinen Sturz abzufangen.

»Verdammt. Was sollte das?«, knurrte er wütend.

»Halt die Klappe«, befahl sie schroff und reckte behutsam den Kopf hoch, nur um ihn direkt wieder einzuziehen.

»Ist da etwa jemand?«, fragte Jonathan im Flüsterton.

Luna nickte. Zwei Wachen standen in einigen hundert Metern Entfernung am Zaun und unterhielten sich. Sie konnte nicht sagen, wie aufmerksam sie waren, und ging daher lieber auf Nummer sicher. Bisher zählte sie dreizehn verschiedene Geruchsnoten vom Gelände der Ranch. Neun davon menschlich, ein Dingo in der Nähe des Zauns und zwei Gerüche innerhalb des Geländes, die sie nicht einordnen konnte. Einen der beiden umgab eine Note Menthol. Vielleicht ein Raucher, mutmaßte sie, aber alle beide waren ganz sicher keine Menschen. Luna horchte auf. Die Stimmen der beiden Wachleute entfernten sich. Sie tippte ihren Dad an, erhob sich und rannte über die Anhöhe zum nächsten Busch.

Jonathan rappelte sich nach seinem Sturz ebenfalls wieder auf und folgte ihr nur wenige Augenblicke später leicht unbeholfen in die nächste Deckung. »Was tust du denn?«, flüsterte er seiner Tochter entgegen.

»Uns ungesehen an die Ranch heranbringen?«

»Vielleicht warnst du mich nächstes Mal einfach, bevor du mir das Bein wegtrittst.«

»Sonst noch Wünsche?«

Nach sieben weiteren Sprints erreichten sie den letzten Busch vor dem Zaun. Etwa alle 20 Meter befand sich eine klassische Neonröhre in Warmweiß auf dem zweieinhalb Meter hohen Maschendrahtzaun und beleuchtete innerhalb von gut fünfzig Metern alles, was außerhalb der Umzäunung lag. Der Zaun selbst bestand aus einem klassischen Drahtgeflecht, soweit Jonathan es erkennen konnte.

Er fluchte, als ihm bewusst wurde, worauf er sich hier eingelassen hatte. »Wird nicht einfach, da hineinzukommen.«

»Was hast du denn erwartet? Ein ›Treten sie bitte hier ein‹-Schild?«

Aus dem Schutz des Dickichts heraus beobachteten sie eine Weile das Treiben auf dem Gelände. Weite Teile der Ranch bestanden aus knöchelhohem Gras. Luna konnte daher an den platt gelaufenen Pfaden wunderbar erkennen, wo die Wachposten entlangliefen. Seit ihrer Ankunft hatten bereits zwei unterschiedliche Wachposten den Zaunabschnitt vor ihnen passiert. Immer zu zweit und mit Sturmgewehren der Reihe M-16 ausgestattet. Die beiden Quasselstrippen von vorhin fehlten allerdings noch, weshalb Luna von mindestens drei Teams ausging. Weiter entfernt erklang das brummende Geräusch von Fahrzeugmotoren, entfernte sich kurz darauf jedoch, bis es gänzlich verstummte.

Von ihrer Position aus konnte Luna weiter östlich der Ranch eine Art Wachturm mit ebenfalls zwei bewaffneten Personen darauf erkennen. Sicher nicht der Einzige auf dem Gelände.

Jonathan wunderte sich jedoch über dessen Position. »Warum stellt man so was mitten auf das Gelände? Würde so ein Turm an den Zäunen nicht viel mehr Sinn ergeben?«

Eine Treppe führte zu einem darunter stehenden Bunker, mit einer roten, massiv erscheinenden Tür, keine erkennbaren Fenster. Das Areal des Turms war dabei paradoxerweise noch einmal umzäunt. Luna runzelte über diesen Umstand verwundert die Stirn – und dann sah sie den Grund dafür. Ein kalter Schauer lief ihr über den Rücken. Sie hoffte, dass Jonathan es nicht sah. Sie drehte sich zu ihm und wollte gerade etwas sagen, doch da war es schon zu spät.

Jonathan hatte bereits seine Sphärenbrille aus seiner Beintasche geholt und betrachtete durch diese hindurch den Turm. »Es ist unglaublich. Ich hätte nicht gedacht, dass es doch so deutlich zu erkennen ist. Es sind keine Portale im eigentlichen Sinne, Luna. Vielmehr sind es winzige, helle Risse, mitten im Raum«, stellte er erstaunt fest. »Und sie tanzen hin und her.«

»Stell dir vor, das weiß ich. Du kannst das so gut wahrnehmen, weil auf der anderen Seite vermutlich Tag ist«, raunte sie missmutig.

»Das einzige Problem ist, ich sehe den Übergang innerhalb der Umzäunung des Wachturms. Also noch ein Zaun mehr, um den wir uns kümmern müssen.«

Luna seufzte resigniert und fluchte leise. Ihre Augen waren gut genug, dass sie auch ohne die Brille bestätigen konnte, was er sah. Ärgerlicherweise entdeckte sie so schnell keine Alternativen zu diesem Übergang. »Ich will ehrlich sein. Das ist kacke. Ich habe kein gutes Gefühl. Schau mal, was hier los ist. Wie wollen wir da ungesehen hereinkommen?«

»Vielleicht müssen wir das gar nicht? Prinzipiell müssen wir ja nur bis zum Übergang kommen und hindurchspringen, richtig?«

Sie konnte nicht fassen, was er da sagte. »Hast du den Verstand verloren?! Dir ist schon aufgefallen, wie gut die bewaffnet sind? Und diese Wachen werden sicher nicht fragen, ob sie schießen dürfen, bevor sie es tun.« Sie seufzte. »Dad, bitte. Lass uns hier noch 'ne Weile warten. Die meisten werden bald Nachtruhe haben, dann sind's mit etwas Glück nur noch wenige Wachleute. Die können wir dann leichter überlisten.«

Er zögerte einen Moment lang, ging gedanklich noch einmal alle Optionen durch, dann willigte er nickend ein.

Jagdfieber

Luna und Jonathan lauerten geduldig hinter ihrem Busch und im Dreck liegend auf ihre Chance. Die bewaffneten Wachen passierten den Zaun vor ihnen noch einige Male, dann hielt einer von ihnen überraschend auf ihrer Höhe an. Er richtete seinen Blick auf genau die Stelle, an der sich die beiden verschanzt hatten.

Luna blieb fast das Herz stehen. Sie hatte das Gefühl, dass er ihr direkt in ihre Augen sah. Erleichtert atmete sie auf, als er nur wenige Augenblicke später weiterzog. Sie fasste sich an die Brust und spürte ihr Herz noch einige Minuten wie verrückt rasen.

Dichter Bodennebel zog vom südlich gelegenen Fluss ausgehend auf. Er bot den beiden zumindest etwas mehr Deckung, auch wenn ihre Kleider dadurch schleichend klamm wurden. Jonathan hatte schon einige Male ein solches Phänomen gesehen, aber niemals so intensiv wie hier. Als die beiden Wachen, die Luna liebevoll Klipp und Klapp taufte, da sie nur am Quasseln waren und sonst nicht viel mitbekamen, das nächste Mal an ihnen vorbeizogen, sah Jonathan seine Chance.

Er zog einen kleinen Bolzenschneider aus seinem Rucksack und huschte in geduckter Haltung zu dem Zaun.

Luna wartete unter dem Busch. Vorsichtig trennte Jonathan mit dem Bolzenschneider ein paar Maschen des Zauns auf. Genug, um sich dort hindurchzwängen zu können. Dann gab er Luna ein Handzeichen und diese trat aus dem Schutz des

Waldes hervor. Flink passierten sie den kleinen Spalt am Zaun und bewegten sich rasch, geduckt und nach Wachposten Ausschau haltend vorwärts, zu dem wenige hundert Meter vor ihnen liegenden Turm. Sie schienen schon fast unverschämtes Glück zu haben, denn der Turm wirkte wie ausgestorben.

Luna kam das merkwürdig vor. Zuerst war das ganze Gelände voll mit Wachen und jetzt war es so ruhig, schon fast zu ruhig für ihren Geschmack. Beunruhigt schaute sie sich um. Weit und breit gab es außer der Wiese und einigen kleinen Sträuchern weiter westlich nur dieses Gebäude. Sonst war niemand zu sehen. »Hier stimmt irgendwas nicht«, murmelte sie. Nicht einmal ihre feine Nase nahm eine richtungsweisende Witterung auf.

Jonathan, der sich an dem Zaun des Wachturms zu schaffen machte, stoppte kurz und schaute sich nach verdächtigen Bewegungen in der Dunkelheit um. »Was meinst du?«

»Ich kann's nicht erklären, irgendwie ist es so einfach. Zu einfach, findest du nicht? Wir haben seit der letzten Streife keine Wachen mehr gehört, geschweige denn gesehen. Dabei müssten da drüben so langsam Klipp und Klapp von ihrer Runde wieder in unsere Richtung kommen. Und der Turm? Warum ist der nicht mehr besetzt?«

Jonathan hielt in der Bewegung inne und dachte kurz nach. Dann schüttelte er mit dem Kopf und setzte die Schneide des Bolzenschneiders an den Zaun.

Ein greller Lichtblitz brannte mit einem ohrenbetäubenden Knall ein Loch in die Schneide seines Werkzeugs und machte dieses augenblicklich unbrauchbar. Jonathan sprang erschrocken nach hinten. »Verdammt! Der Zaun steht unter Strom.«

»Wo wollen die Herrschaften denn hin?«

In einer reflexartigen Bewegung drehte sich Luna in Richtung der Stimme und erstarrte vor Schreck. Wo kommen die plötzlich her? Warum habe ich die nicht bemerkt?! Sie stockte. Mist! Kann das sein? Haben sie so penibel auf die Windrichtung geachtet und längst auf uns gewartet?

Jonathan entglitten alle Gesichtszüge. Grimm und Preston, die beiden Männer vom Grenzschutz, standen mit einer Gruppe bewaffneter Wachen plötzlich hinter ihnen. Jonathan straffte die Schultern und trat schützend vor Luna.

»Mister King, wie schön, dass Sie Ihre Tochter doch noch gefunden haben. Ich muss allerdings zugeben, dass mein Partner und ich etwas enttäuscht sind. Wir hatten wirklich gehofft, dass Sie vernünftiger sind. Nur gut, dass Mister Preston skeptischer war als ich. Und Sie, Miss – äh, aktuell Stella Tier, richtig? Sie hätten sich vielleicht über die Diskretion ihres Geschäftspartners informieren sollen, bevor Sie sich eine neue Identität besorgten.« Gelbe, große Zähne kamen in Mister Grimms Mund zum Vorschein. Ein dreckiges Lächeln entwich ihm.

»Ich werd's mir merken«, knurrte Luna verärgert.

»Egal, wohin es gehen sollte, eure Reise endet hier!«, fuhr Mister Grimm mit einer bestimmenden Tonlage fort.

»Runter mit euch! Hände hinter den Kopf! Gesicht zu Boden!«, kreischte Mister Preston. Er rieb sich die Handflächen und seine lange Zunge leckte über die ungewöhnlich spitzen Zähne. »Es wird bald vorbei sein, keine Sorge.«

Langsam ließ der Schreck nach und Luna gewann wieder die Kontrolle über ihren Körper. Sie zählte zehn Personen inklusive der Blues-Brothers-Imitatoren. Acht davon bewaffnet. Sie standen nur wenige Meter von ihnen entfernt. Sie hob den Kopf zum Turm, sah dort jedoch weiterhin niemanden. Ihre Nase schnaubte unaufhörlich einen Schwall Luft nach dem anderen hinaus. Diese Leute auszuschalten, war nicht unmöglich, aber erst musste sie sich um ihren Dad kümmern.

»Geh runter auf den Boden«, flüsterte sie Jonathan vorsichtig zu. »Schließ die Augen und Ohren. Egal, was du hörst oder glaubst wahrzunehmen. Du bleibst unten, bis ich dir etwas anderes sage!« Seine Hände fingen an, unkontrolliert zu zittern, und die Knie waren ungewohnt wackelig. »Was hast du vor?«

Luna ließ die beiden Männer vor ihr nicht aus den Augen. »Dad, bitte, tu einfach, was ich dir sage.«

Sein Körper wollte ihm nicht länger gehorchen. »O-okay.« Ohne es zu hinterfragen, folgte er ihrer Anweisung und kauerte sich auf dem Boden.

Ein süffisantes, von Bosheit geprägtes Schmunzeln entglitt Luna für den Bruchteil einer Sekunde beim Anblick der Männer vor ihr. So gut die Greys auch vorbereitet sein mochten, sie sahen in Jonathan und Luna nur zwei gewöhnliche Menschen. Wäre es anders, hätten sie mehr Leute in besserer Ausrüstung geschickt. Zu ihrem Pech hatten sie keine Ahnung, was ihnen gleich blühen würde. Luna stellte sich schützend vor ihren Dad. Atmete tief ein und aus. Sie war ganz ruhig. Die Beute fixierend spannte sich jeder Muskel und Nerv in ihr bis aufs Äußerste. Das wenige Adrenalin in ihrem Blutkreislauf sollte ihre Handlungsfähigkeit nicht beeinträchtigen.

»Ihr seid also Greys? Hab schon viel von euch und eurer Unverwüstlichkeit gehört« Sie lächelte dreckig und fuhr ihre dunklen Nägel in einem Ruck zu kräftigen Krallen aus. Die Wachleute wichen erschrocken einen Schritt zurück, während die beiden Männer im Anzug sich vollkommen unbeeindruckt zeigten. »Wollen mal sehen, ob ihr eurem Ruf gerecht werdet.«

Jonathan lag mit den Händen über dem Kopf und mit dem Gesicht voran im vom Nebel befeuchteten Gras. Sein ganzer Körper bebte unkontrolliert. Er versuchte, ruhig zu atmen und seinen Körper unter Kontrolle zu bekommen. Es wollte ihm nicht gelingen. Er nahm nur gedämpft wahr, was Mister Grimm in einem harschen Befehlston von sich gab. Jonathan konnte nicht fassen, was hier passierte. Sein Herz raste und kalter Schweiß tropfte von seiner Nasenspitze. So hatte er sich das alles nicht vorgestellt. Dann vernahm er nacheinander das Klacken von Spannhebeln. O Gott! Sie laden die Gewehre! Warum zum Teufel laden sie die Gewehre?! Jonathan verkrampfte vor Anspannung und kniff die Augen mit aller Kraft zusammen. Erneut ertönte eine Stimme. Dieses Mal war es Mister Preston, der brüllte. »Feuer!«

Jonathan zuckte zusammen, als die ersten Schüsse fielen. Er zitterte am ganzen Leib, umklammerte schützend seinen Kopf und hoffte nur noch, hier wieder heil herauszukommen. Konzentrierte Maschinengewehrsalven zischten durch die Luft. Jonathan schrie auf, als einzelne Kugeln, nur wenige Zentimeter neben ihn, in die Erde einschlugen. Verdammt! Wir werden hier sterben! Er versuchte, einen klaren Gedanken zu fassen. Innerlich wünschte er sich, er könnte seiner Tochter sagen, wie schrecklich leid es ihm tat, nicht auf sie gehört zu haben.

Die Männer brüllten unverständliche Flüche und ihre Schüsse wurden immer unkoordinierter. Fast schon panisch. Dann wurde es still. Nur noch ein klagendes Wimmern, dicht gefolgt von einem erstickenden, gurgelnden Geräusch drang durch die Nacht. Jonathan horchte auf. Jemand näherte sich ihm. Langsame Schritte, die das feuchte, knöchelhohe Gras durchstreiften. Eine Hand berührte seine Schulter, er zuckte zusammen und öffnete seine Augen. Es war Luna, die sich neben ihn hockte. Ihr Körper war fast komplett von Blut und kleinen Fleischbröckchen bedeckt. Jonathan öffnete immer wieder seinen Mund, doch er brachte keinen Ton hervor.

»Es ist okay, es ist vorbei. Du kannst aufstehen.« Lunas Stimme war ungewohnt ruhig für ihre Verhältnisse. Noch ganz starr vor Schreck rappelte er sich nur langsam auf, während Luna ihn fest packte und nach oben zerrte. »Komm schon, hoch mit dir! Wir müssen hier weg!«

Wieder auf den Beinen versuchte er zu begreifen, was gerade eben geschehen war. »W-wo sind Grimm und die anderen hin? W-was hast du mit ihnen gemacht?!« Weit und breit war nichts mehr von den Wachleuten zu sehen. Als wären sie nie da gewesen. Nur die klamme Nachtluft, mit einer Note von etwas, was er nur als metallisch beschreiben konnte, und der dichte Bodennebel. Jonathans Beine gaben immer wieder leicht nach.

»Wir haben jetzt keine Zeit für Erklärungen! Dahinten kommen noch mehr!« Luna zerrte ihn an seinem Arm in Richtung des Loches am Zaun. »Pass auf, wo du hintrittst!«

Doch Jonathan stoppte sie. »Das bringt doch nichts! Gehen wir dort lang, kriegen sie uns!« Er blickte erneut zum Turm. Seine Gedanken verschwammen zu einem unklaren Brei aus Verzweiflung, Hilflosigkeit und dem Wunsch, das Richtige tun zu wollen. »Luna, wir müssen doch nur noch diesen Zaun überwinden, dann haben wir es geschafft!«

»Du Idiot! Das hier ist kein Spiel, klar?! Es ist vorbei! Wir kommen hier nicht weiter!«

Ein dumpfes Röcheln ertönte aus dem Bodennebel. »Bleiben sie, wo sie sind. Alle beide!«, fauchte der körperlose Kopf von Mister Grimm. Jonathan wurde kreidebleich bei seinem Anblick und übergab sich.

Luna hockte sich zu dem auf dem Boden liegenden Kopf von Grimm hinunter. »Wow! Das ist faszinierend.« Grimm versuchte sie zu beißen, als ihr Finger gegen seine krumme Nase schnipste.

Jonathan schwankte verunsichert. »I-ist das ein Kopf? Ein sprechender Kopf?«

»Jap«, antwortete Luna knapp und erhob sich wieder. Sie schüttelte ihren Kopf und spitzte die Ohren. Das Haupttor lag einige hundert Meter entfernt. Sie konnte hören, dass dort in diesem Moment deutlich mehr Leute ihre Fahrzeuge bestiegen. Sie packte Jonathan am Arm und rannte.

»Halt!«, brüllte Mister Grimms Kopf wutverzerrt. »Urgh! Eine Flucht ist zwecklos! Wir kriegen euch! Früher oder später kriegen wir euch!«

Ob Jonathan wollte oder nicht, er konnte sich nicht aus Lunas überraschend kräftigen Griff lösen. Er gab nach und die beiden flohen zurück in die Richtung, aus der sie gekommen waren.

Luna hatte die lächerliche Hoffnung, im Schutz des Waldes zu entkommen. Ihr war klar, dass es kein leichtes Unterfangen sein würde, aber sie mussten es versuchen. Sie rannte, als wenn der Teufel höchst persönlich hinter ihr her war.

So sehr Jonathan sich auch anstrengte, er kam selbst mit seinen langen Beinen kaum hinterher. Würde Luna ihn nicht festhalten und hinter sich herziehen, wäre sie sicher schon über alle Berge.

Die Scheinwerfer der Trucks, die sie verfolgten, kamen schnell näher. Einer von ihnen eröffnete das Feuer. Nicht sicher, ob es Sperrfeuer zur Abschreckung war oder ob dort jemand einfach nicht zielen konnte, rannten sie im Zickzack. Hoffnung beflügelte alle beide. Sie waren fast da. Nur noch wenige Meter trennten die beiden von der Grundstücksgrenze. Doch plötzlich und ohne jede Vorwarnung trat Luna ins Nichts. Sie taumelte, riss Jonathan mit sich und fiel.

Scheiße, wo kommt das Loch jetzt her?! Luna war sicher, dass es vorher nicht da gewesen war. In der Luft taumelnd und in alle Richtungen ins Leere greifend, hämmerte ihr Herz wie verrückt. Tief unter ihnen erstreckte sich plötzlich eine schneebedeckte Landschaft. Sie mussten demnach weit oben in der Luft sein. Einer der Trucks fiel nur knapp an ihnen vorbei. Mehr konnte Luna nicht erkennen, denn der eisige Wind zwang sie dazu, ihre Augen für einen Moment zu schließen. Beim nächsten Augenaufschlag hatte erneut der Schauplatz gewechselt. Der Wind war deutlich wärmer und es war taghell. Unter ihnen lag ein Gebirge und es kam rasend schnell näher.

»Ooooh Scheiße!« Jonathan kniff ungläubig seine Augen zu und verkrampfte seine Gliedmaßen. Hoffte, dass es ein böser Traum war. Das Adrenalin pochte in seinen Adern bis zum Anschlag und ließ seinen ganzen Körper beben.

»Halt dich gut fest!«, rief Luna.

So gut er konnte, klammerte er sich an ihren Arm. Luna kniff kurz vorm Aufprall erneut ihre Augen zu und betete, dass es nicht das Ende sei. Beim nächsten Öffnen waren sie wieder viel weiter oben in der Luft und unter ihnen – so weit das Auge reichte Wasser.

»Wuuuuhhhuuuu!« Dem Rotschopf entging nicht, wie knapp sie dem sicheren Tod entkommen waren. Noch waren sie aus der Nummer zwar nicht raus, aber wenigstens waren sie nicht als hässlicher Matsch in irgendeinem Gebirge geendet. Dennoch wurde auch ein Aufprall auf dem Wasser aus dieser Höhe keinesfalls lustig.

Es war wieder Nacht und ein Sturm wütete. Sie zog Jonathan zu sich, umarmte ihn fest und inniglich und drehte sich langsam mit dem Rücken zur Wasseroberfläche. Verzweifelt versuchte sie, diese Position zu halten. Tut mir leid, Dad. Ich wünschte, wir hätten mehr Zeit miteinander gehabt. Ich hätte dir noch so viel erzählen wollen. Aber wie sagst du später immer so schön? Vielleicht sollte es so kommen.

Unaufhörlich fielen sie weiter. Der tosende Wind um sie herum verstummte. Alles war still. Es gab nur sie beide und diesen Moment. Sie lächelte ihrem Dad zuversichtlich zu. »Alles wird gut. Dein erster Weltensprung. Ich bin sehr stolz auf dich.«

Ihre Worte klangen für Jonathan schon beinahe wie ein Abschied. Doch bevor er reagieren konnte, schlugen sie mit unbändiger Wucht in die Wasseroberfläche ein und wurden augenblicklich voneinander getrennt.

Gestrandet

B-29.75.R.38-457:

Der Morgen graute, die Wellen brachen mit dröhnendem Donner über den Strand der Küste herein. Es war kalt und der Himmel grau. Leblos lag der geschundene, von den Wellen des wilden Meeres an den Strand gespülte Körper da. Nicht eine Regung war zu erkennen. Immer wieder peitschte das Wasser um ihren Körper herum, während das fortwährende Flackern des azurblauen, sichelmondförmigen Anhängers ihrer Halskette allmählich erlosch. Ein flüchtiges Zucken durchfuhr ihren Körper. Nur langsam kehrte das Leben darin zurück. Luna verkrampfte und spuckte Wasser, Unmengen Wasser und Galle. Kraftlos richtete sie sich auf und taumelte den Strand entlang. Immer wieder sah sie sich um. Sie durfte nicht wieder ihr Bewusstsein verlieren. Was auch passierte, sie musste stark bleiben und Jonathan finden. Das nasse, vom Sand verklebte Haar und ihre Kleider wogen schwer. Jeder Teil ihres Körpers brannte vor Schmerz. Ihr war kalt, so bitterkalt. Lunas feine Nase wurde vom vielen Salzwasser beeinträchtigt. Sosehr sie es versuchte, sie konnte ihren Dad nicht wittern. Er muss hier irgendwo sein. O Gott, – bitte lass ihn hier irgendwo sein!

Sie strauchelte, ihr Körper sprach: Lass dich fallen, doch ihr Geist weigerte sich. Lunas Brustkorb schmerzte bei jedem Atemzug. Sie hob ihren Hoodie hoch. »Shit!« Ihre ganze linke Seite war mit blauen und lila Schwellungen versehen. Ihre zittrigen Finger glitten behutsam über ihre Rippen. Nichts gebrochen, das ist gut.

Ein Schwarm Vögel kreiste unweit von ihr am Strand. Die gierigen Biester zupften und rupften an ihrer Beute, als wüssten sie dieses Festmahl besonders zu schätzen.

»Aaaarrrgh! Weg da! Macht euch weg!« Luna fuchtelte wild mit ihren Armen und versuchte, die gierigen Aasfresser von ihrer Beute zu verdrängen.

»Shit! Bitte sei noch am Leben, Dad!«, betete sie. *Du hast ihn umgebracht*, höhnte die Stimme in ihrem Kopf. »Halts Maul!«, knirschte Luna zwischen zusammengepressten Zähnen hervor.

Jonathan atmete nur schwach, als sie bei ihm ankam, aber er atmete. Seine Kleider sahen fast so schlimm aus wie ihre eigenen, was nicht zuletzt den dummen Vögeln zu verschulden war.

Erneut breitete sich Panik in Luna aus. Sie fiel auf die Knie, packte ihn am Kragen und schüttelte ihn mit Leibeskräften, bei dem Versuch ihn zu wecken. Als das nicht funktionierte, holte sie aus und verpasste ihm ein paar saftige Ohrfeigen. Wieder keine Reaktion. Was sie auch tat, er wachte nicht auf. Sie musste etwas unternehmen. Sie konnten nicht hierbleiben. Hier waren sie schutzlos der Witterung und potenziellen Feinden ausgesetzt, zudem war ihr Dad stark unterkühlt.

Suchend fuhr sie mit dem Kopf hin und her. Zu ihrer Linken verlor sich der Strand in eine steinige Küste, rechts mündete er irgendwann in eine Kurve und wer weiß wohin.

»Dann also über die Dünen ins Landesinnere«, raunte sie. Lunas feine Nase war immer noch beeinträchtigt, aber wenn sie das bisschen, was sie damit wahrnehmen konnte, richtig deutete, dann gab es ganz in der Nähe einen Wald. Mühselig, mit längst erschöpften Kraftreserven und dem eigenen Zusammenbruch immer wieder ins Auge blickend, schleppte sie ihren Dad weg vom Wasser.

Nur langsam öffnete Jonathan die schweren Augen. Das leise Knacken von brennendem Geäst hatte ihn geweckt. Ein wärmendes Feuer loderte in einer Kuhle neben ihm vor sich hin. Das Feuer flimmerte unscharf vor seinen Augen. Er blinzelte einige Male, bis er wieder klarsehen konnte. Sein Kopf dröhnte, die Kehle kratze unangenehm und beinahe jede Faser seiner Muskeln brannte vor Schmerz. Jemand hatte ihn in ein Bett aus Moos und Laub gewickelt. Mühselig richtete Jonathan seinen Oberkörper auf. »Luna? Luna?!«

»Du bist wach. Das ist gut«, erklang die Stimme seiner Tochter direkt vor ihm.

Jonathan blinzelte abermals hilflos und sah suchend umher. Er spürte, dass sein linkes Auge angeschwollen war, dann entdeckte er Luna. Sie saß zusammengekauert am Lagerfeuer und wärmte sich offenbar daran. Ihre Mimik ließ Jonathan zwei Dinge erahnen: Sorge und Schlafmangel. Dann fielen ihm ihre Kleider auf. Sie waren zerfetzt und ihr Körper mit blauen Flecken und Blutergüssen gerade zu übersät. Sein Herz wog mit einem Mal unendlich schwer. Er war schuld daran, dass sie so zugerichtet war, er ganz allein. Hätte er nicht zu dieser blöden Ranch gewollt, wäre das alles nicht passiert.

»Es ... es tut mir so wahnsinnig leid. Wenn ich nicht gewesen wäre ...«, krächzte Jonathan und verlor hustend seine Stimme. Er massierte seine schmerzende Kehle und hoffte, dass es gleich besser wurde.

»Mach dir keine Vorwürfe. So was passiert. Du konntest nichts dafür. Sieh es positiv: Wir leben. Das ist es, was zählt.«

Jonathan sah sie missmutig an und fiel kraftlos auf das Moosbett zurück. »Wo sind wir?«, krächzte er heiser. »Ich kann mich nur noch daran erinnern, dass wir tief gefallen sind.« Sein Kopf drohte zu explodieren. Jede Bewegung endete in dröhnendem Gehämmer. Da waren Bilder. Bilder vor dem Sturz, doch er konnte sie nicht richtig sortieren. Sie wurden verfolgt, aber da war noch etwas. Ein Kampf? Der Schmerz in seinem Kopf dämpfte jeden klaren Gedanken. Was war Realität? Was Einbildung?

»Keine Ahnung, wo wir sind«, antwortete Luna knapp.

»Geht es dir sonst gut?«, wollte er wissen.

»Den Umständen entsprechend würde ich sagen.« Ihr taten immer noch alle Knochen weh und am liebsten hätte sie eine Woche durchgeschlafen. Selbst ihr markantes Lippenkräuseln schmerzte wie die Hölle. Luna entschied jedoch, es für sich zu behalten. Ihr Dad machte sich ohnehin genug Vorwürfe. So mitleidig wie er sie ansah, musste man kein Meisterdetektiv sein, um das zu erkennen. Am Ende war für sie nur entscheidend, dass es ihrem Dad gut ging. Daher freute es sie, dass er zumindest wieder wach war.

Mit trockener Kehle und knurrendem Magen richtete sich Jonathan langsam auf und lehnte seinen Rücken gegen einen von vier toten Bäumen, die schützend um das Lager herumgelegt worden waren. »Sind Weltenwechsel immer so?« Ihm fiel auf, dass über dem Feuer etwas vor sich hin garte, das er nur schwer beschreiben konnte. Es sah aus wie ein großes Kaninchen mit Geweih oder es war ein kleines, unförmiges Reh. So genau konnte er das wirklich nicht bestimmen.

Luna erhob sich und drehte an dem Spieß, auf dem sich das Kaninchen befand. »In den meisten Fällen nicht«, beantwortete sie seine Frage.

»Aber in diesem Fall schon?«

»Das, mein Lieber, war 'ne Temporäranomalie. Die sind halt gefährlich. Du weißt bei denen nämlich nie, wo du landest. Hatte ich dir doch erzählt.«

»Ich erinnere mich. Auch daran, dass du sagtest, dass die instabil seien und es streng genommen nur den Anschein erwecken würde, dass man die Welt gewechselt hätte. Wir in Wirklichkeit aber immer noch die Münze in der Flasche sind.«

Luna runzelte die Stirn. »Was? Welche Münze?« Sie war zu müde, um zu begreifen, was er meinte. Zwei Tage hatte sie aus Sorge um ihn kein Auge zu bekommen. »Wir hatten Glück, falls du das meinst. Das zweite und dritte Portal waren nämlich keine Temporäranomalien.«

»Und das ist Glück?«

»Ja. Hätte sich die Anomalie auf der Ranch aufgelöst, bevor wir durch das zweite Portal gesaust sind, wären wir jetzt wahrscheinlich irgendwo tief unter der Erde begraben.« Ein kalter Schauer lief ihr bei dem Gedanken über den Rücken. Begraben, wie ein Niemand, ohne Hoffnung, dass man jemals gefunden wird. Grauenhaft. Luna stellte sich vor, wie sie bei vollem Bewusstsein dort gelandet wären. Wie sich Lungen und Magen bei dem Versuch, nach Luft zu ringen, nach und nach mit Erde gefüllt hätten. Und sie fragte sich, wie lange sie wohl instinktiv versuchen würde zu graben, bevor sie ihr Schicksal akzeptierte. Luna schüttelte sich bei dieser Vorstellung.

Auch Jonathan stockte der Atem. »Begraben? Wir waren doch in der Luft.«

»Sind aber auf deiner Erde durch die Wiese nach unten geplumpst. Das bedeutet: Bei einer Rückkopplung, also einem Zusammenbruch des Übergangs ...«

»Verstehe«, unterbrach er sie. »Und ich dachte, wir würden einfach wie an einem Gummiband wieder zurückgeschleudert werden.«

Der seichte Schein des Feuers spiegelte sich in ihren müden Augen wider. »Das nennt sich dann Tröpfcheneffekt. Der Zustand, wenn sich ein Wassertropfen von der Masse lösen möchte, es dann aber doch nicht tut. Ja, das hätte tatsächlich auch passieren können. Nicht, dass es uns in eine bessere Lage gebracht hätte – wegen der Wachen und so.«

»Dann ist das vermutlich auch nicht die Welt, in der ich eigentlich gelandet wäre.«

»Vermutlich nicht.«

»Na, das lief ja mal klasse.« Entmutigt ließ er die Schultern hängen und knurrte kurz auf, als es ihm sein Körper mit einem stechenden Schmerz heimzahlte. »Wie geht es jetzt weiter?«

Luna saß dicht am Feuer, neben ihr genug Gehölz für die Nacht. »Wenn wir wieder fit sind, versuchen wir herauszufinden, wo wir hier sind. Mit etwas Glück kenne ich diese Welt. Falls nicht, schlagen wir uns von Welt zu Welt durch, bis wir jemanden aus dem Netzwerk treffen, oder ich etwas finde, das mir bekannt vorkommt.«

»Guter Plan«, grunzte Jonathan mit schmerzverzerrtem Gesicht.

Ein paar Glühwürmchen leisteten Luna Gesellschaft, während sie ihre Zehen in den weichen Waldboden vergrub. Sie vermutete dieses gelegentliche, stille Bedürfnis nach Ruhe und Erholung von ihrer Mutter zu haben. Sie mochte es eigentlich nicht barfuß zu sein oder Schuhe zu tragen, die über keine entsprechend dicke Sohle verfügten. Aber in Momenten wie diesen, und nach zwei schlaflosen Nächten voller Sorge, da brauchte sie das brummende Rauschen, das ihre empfindlichen Ballen permanent aus jeder Regung innerhalb des Bodens vernahmen. Es beruhigte sie und gab ihr irgendwie Kraft.

»Was ist das auf dem Feuer?«, fragte Jonathan.

»So 'ne Art großes Kaninchen, nur ungeschickter bei der Flucht. Hauptsächlich wegen des Geweihs. Schmeckt aber lecker.« Luna holte das Tier vom Feuer, riss ihm eine Keule raus, schnupperte daran und reichte sie anschließend ihrem Dad. »Greif ruhig zu«, forderte sie ihren Dad auf, als er keine Anstalten machte zu essen. »Es ist noch genug da und du brauchst die Kräfte.« Sie deutete auf ein aus langen Ästen bestehendes Konstrukt.

Darauf lagerten fünf weitere Exemplare dieser seltsamen, kleinen Lebewesen. Mit ihren schon schier lächerlich großen Geweihen hingen sie dort gehäutet und ausgenommen, damit sie ausbluteten, bevor man sie ebenfalls aufs Feuer legte. Ein grotesker Anblick, wie er fand. Jonathan sparte sich fürs Erste die Frage, wie sie diese Tiere allein erlegt hatte. Zu groß war sein Hunger. Davon abgesehen brannte ihm etwas anderes schon seit Tagen auf der Seele und er wollte es angesichts der Umstände endlich loswerden. »Bin ich eigentlich ein guter Dad? Also in deiner Zukunft?«

Luna riss ihre Augen weit auf und zögerte mit ihrer Antwort einen Moment. »Ja, im Großen und Ganzen, kann man sagen, bist du das.«

»Und, wie bin ich so – als Dad?«

»Hmm, liebevoll, fürsorglich, verständnisvoll. Auch wenn ich nicht immer einfach sein werde, haben wir tatsächlich fast immer ein relativ gutes Verhältnis zueinander gehabt.« Sie hob ihren Kopf und ließ ihren Blick ins Leere wandern. Dann beschloss sie, den einen plagenden Gedanken doch lieber für sich zu behalten und platzierte ihr Kinn wieder auf ihre Knie. Luna sah ihn über den Schein des Feuers hinweg an. Sie hatte Fragen, so unglaublich viele Fragen. Doch ausgerechnet der Jonathan vor ihrer Nase, konnte nicht eine davon beantworten. Zurück blieb nur ein Schwall naiver Hoffnung. Ein geheimer Wunsch, der sich an die Vorstellung klammerte, dass ihr Zeitreiseunfall zumindest zu etwas gut war.

Jonathan lächelte. Das zu hören, wärmte sein Herz auf eine Weise, wie er es vor einigen Wochen nicht für möglich hielt. Beinahe schon wollte er etwas Passendes erwidern, auch wenn es technisch gesehen natürlich albern wäre, da er jetzt noch kein Vater war, doch er stockte. »Wieso gehabt?« Jonathans Miene verhärtete sich. »Bin ich – bin ich etwa tot? Luna, lebe ich in deiner Zeit noch?« Sein Herz wummerte vor Angst. Die Angst, dass sie es bejahen könnte. Das würde alles in ein vollkommen anderes Licht rücken und sogar das eine oder andere Verhalten an ihr erklären. O Gott! Bitte sag, dass ich mich irre.

Lund sah ihn stirnrunzelnd. »Was? Du stellst ja vielleicht seltsame Fragen«, fauchte sie ihm aus heiterem Himmel an. »Sicher, dass alles okay ist?«

»Na ja, du sagtest gehabt, das implementiert für mich, dass es jetzt nicht mehr so ist.«

»Ach! Du machst dir zu viele Sorgen. Denk an Regel eins und stell nicht so viele Fragen!«, zischte sie. Dann legte sie eine dicke, große Baumwurzel aufs Feuer und kuschelte sich anschließend neben ihm ins Moos. »Zeit zu schlafen! Wir müssen Kräfte sparen und uns überlegen, wie's jetzt weitergehen soll.« Sie drehte sich mit dem Rücken zu ihm und ignorierte jede weitere Regung, die er machte. Sie war müde, so unglaublich müde. Jetzt, da er wieder zu sich kam, versuchte auch sie etwas Schlaf nachzuholen.

Jonathan stupste sie an, in der Hoffnung, doch noch irgendeine Reaktion zu erhalten. Zu viele Fragen suchten in seinem Kopf noch nach Antworten. Doch Luna schlief bereits felsenfest. Jonathan ließ sich neben ihr auf den Rücken fallen, streckte seinen rechten Arm aus und holte sie dicht an sich heran. Er betrachte noch einige Zeit ihren Kopf auf seiner Brust. Wie sie sich immer wieder sacht in sein Hemd krallte und dort Halt suchte. Gelegentlich murmelte sie etwas vor sich hin, dass er trotz aller Bemühungen nicht verstand. »Du hattest ein paar anstrengende Tage, nicht wahr? Danke.« Er gab ihr einen behütenden Kuss auf den Kopf. Jonathan betrachtete zum Einschlafen noch eine Weile den Nachthimmel und versuchte, die Sterne zu deuten. Gespannt, ob diese anders waren als zu Hause, neigte er seinen Kopf und zog lange imaginäre Linien zwischen ihnen, bis er etwas erkannte, das für ihn Sinn ergab.

Sieh an, der Große Wagen. Wie interessant. Ich dachte immer, die Unterschiede wären weitreichender und irgendwie kosmischer. Dann fiel ihm etwas auf. Er legte den Kopf schräg und schmunzelte. Der Polarstern fehlt. Na, geht doch.

Das Gezwitscher der Vögel und die frische Waldluft weckten Luna allmählich. Der Morgen graute und Jonathan lag, wie sie feststellte, nicht mehr neben ihr. Hektisch sprang sie auf, blickte in alle Richtungen und fluchte. Warum hatte sie auch das Lager in dieser winzigen, von dichtbewachsenen Sträuchern umgebenen Lichtung errichtet.

Ihre Muskeln verkrampften sich vor lauter Anspannung. Scheiße! Wo ist er? In der Hoffnung, einen Hinweis auf Jonathans Verbleib ausfindig zu machen, horchte sie konzentriert auf und ließ ihre feine Nase auf Hochtouren nach seinem Sandelholzduft suchen. Da kam er auch schon wieder durch das Gestrüpp gestapft, als sei er nie weg gewesen.

»Du Penner! Weißt du eigentlich, was für 'nen Schrecken du mir gerade eingejagt hast?« Wenn ihn im Wald nichts erschlagen hatte, ihr zorniger Blick tat es jetzt.

»Verzeihung«, murrte er und pulte sich einzelne Blätter aus den Hemdkragen. »Ich habe mich nur etwas umgesehen. Ist ja wohl genehmigt, oder?«

Luna stand fassungslos inmitten des Moosbettes und hob fragend die Hände. »In 'ner völlig fremden Welt? Du weißt doch gar nicht, was hinter der nächsten Ecke lauert!«

»Eine Stadt.«

»Eine was?!«

»Okay, nicht gleich hinter der nächsten Ecke, aber zumindest nicht weit weg.«

Sie runzelte die Stirn. »Aha, und das willst du bitte woher wissen?«

»Von dem Wegweiser an der Straße.«

»Dem was?!« Luna fielen fast die Augen aus dem Kopf.

»Jup. Norvinia, im Königreich von Bartholomäus dem Gütigen. Steht da zumindest so auf dem Schild. Die Straße scheint da direkt hinzuführen und Laternen haben die hier auch. Gasbetrieben, wenn ich das richtig gesehen habe.«

Ihre Kinnlade hätte nicht tiefer sinken können, ihr fehlten die Worte – das erste Mal, seit sie sich kannten. »Nie im Leben steht mitten in dieser Pampa ein Wegweiser«, legte sie dann doch nach.

Da sein Entschluss dort hinzugehen ohnehin schon feststand, ignorierte er das Gejammer. Er sah sich intensiv um, suchte jede Ecke des Lagers ab und war beinahe der Versuchung erlegen, unter den Steinen nachzuschauen.

Luna schob ihren Kopf nach hinten und wippte mit ihrem erhobenen Zeigefinger zu jedem weiteren Wort aufgeregt hin und her. »Hallo? Du ... du hörst schon, was ich sage, oder?«

Jonathan stemmte die Hände in seine Hüften. »Wo zur Hölle ist – kann es sein, dass unser ganzes Zeug weg ist?«

»Weiß nicht. Such's doch, wenn du's vermisst. Ich empfehle dazu, einfach mal deinen Schildern zu folgen und aufs Meer rauszudümpeln.«

»Toll, zynisch wie eh und je. Das hilft jetzt sicher weiter.« Zuletzt durchsuchte er die Taschen seiner Kleidung. »Hmm, wenigstens habe ich noch mein Telefon.« Es funktionierte dank der wasserdichten Schutzhülle sogar noch, wie er feststellte.

Luna streckte ihm herausfordernd das Kinn entgegen. »Uu- und wen willst du hier anrufen?«

Jonathan schlug sich mit einer Hand vor den Kopf. »Ach verdammt ...!«

»Ich würde ja jetzt fragen, ob du irgendwie dumm bist, aber gut, dass du die Frage schon beantwortet hast.«

»Hast du bei der charmanten Persönlichkeit eigentlich viele Freunde in deiner Zukunft?«

Sie schaute ihn finster an. »Mehr, als du denkst.«

Jonathan presste die Lippen zusammen und hielt seinen Arm wegweisend Richtung Gestrüpp.

Luna sah ihn noch einige Sekunden erschüttert an. »Ist das dein Ernst? Du willst wirklich in diese Stadt?«

»Oh, Verzeihung. Möchte die werte Dame lieber in der Botanik umherschleichen, um diese Welt zu erkunden?« Seine Miene verhärtete sich, während seine Augen eine gewisse Ungeduld vermuten ließen. »Du hast gesagt, wir müssen herausfinden, wo wir hier sind. Daher: ja! Ich beabsichtige, in diese Stadt zu gehen. Und da wir quasi mittellos sind, werden wir nicht weit kommen, wenn wir nicht mindestens ein paar Kontakte knüpfen.«

Luna wippte lippenkräuselnd hin und her.

»Dein Zeitreiseproblem wird sich jedenfalls nicht durch Trübsalblasen lösen«, nörgelte er bestimmend.

»Das weiß ich. Aber was sollen wir denn machen?«

Jonathan fuhr sich schnaubend mit der Hand durchs Gesicht. »Okay – scheiß drauf. Spoiler mich.«

Luna hob irritiert den Kopf. »Was?« Mit einem Mal saß ihr der Schreck in den Knochen. Bezieht er sich auf gestern Abend? Na los! Sag es ihm! Sag ihm, wie nahe ihr beide euch nach allem noch steht, stichelte die Stimme in ihrem Kopf.

Er winkte herausfordernd mit den Händen. »Na, komm schon, scheiß auf Regel eins und spoiler mich«, wiederholte er. »Von wo aus bin ich damals wirklich losgezogen? Und noch viel wichtiger: Wo bin ich damals gelandet?«

Luna zögerte. »Warum ist das jetzt noch wichtig?«

»Weil ich beabsichtige, irgendeinen Weg dort hinzufinden, das Netzwerk anzutreffen und dich in deine Gegenwart zurückzubringen.« Jonathan verzog das Gesicht und fluchte. »Himmel noch eins! Darum stecken wir doch überhaupt erst in dieser – dieser Scheiße hier!«, brüllte er mit geballten Fäusten in den Wald hinein.

Luna zuckte zusammen. »Tut mir leid. Das wollte ich nicht.«

Jonathan stieß die angestaute Luft aus und beruhigte sich auf der Stelle wieder. »Nein, selbstverständlich nicht. Ich bin schuld. Ich habe mich für diese Ranch entschieden. Und ich ärgere mich über mich selbst.«

Luna wagte es nicht aufzublicken. Ihre Zehen zeichneten winzige Kreise in der Erde. »Wir bekommen das schon irgendwie hin, da bin ich ganz sicher.«

Norvinia

Luna und Jonathan folgten dem angegebenen Pfad entlang bestellter Felder, einschließlich der dort arbeitenden Maschinen, die offenbar Ochsen und Eseln nachempfunden worden waren. Klobige Geschöpfe aus Kupfer, Stahl und bulligen Zahnrädern. Jonathan bekam vor lauter Staunen beinahe den Mund nicht mehr zu. Nur zu gerne hätte er gewusst, wie sie funktionierten.

Norvinia selbst lag nahe der Küste. Die Stadt war komplett von einer hohen und geradezu brachial wirkenden Mauer umgeben. Die besagte Straße dorthin glich dagegen eher einem Trampelpfad mit vereinzelten Gruppen Kopfsteinpflaster. Einzig eine hölzerne Zugbrücke trennte das große Tor zu der kleinen Provinzstadt vom Rest der Welt. Zudem wurde es von zwei riesenhaften Gestalten in dunkler Rüstung bewacht.

Jonathan beugte sich leicht vor, versuchte, einen Blick unter den Helm des hünenhaften Wächters zu erhaschen, und wurde prompt von Luna an seinem Arm davon geschliffen. »Hast du das gesehen? Seine Augen leuchten grünblau«, stellte Jonathan fasziniert fest.

»Ja, und?«, antwortete Luna unbeeindruckt. Sie vernahm zwar das leise Knurren unter ihren Helmen, als sie die Stadt betraten, doch ansonsten interessierte man sich überraschend wenig für die beiden.

»Warum leuchten die? Und warum lässt man uns einfach passieren? Man sollte bei so einer Sicherheitsvorkehrung doch meinen, dass hier jede Maus kontrolliert wird.«

Luna rümpfte ihre feine Nase und versuchte sich über diese ein Bild von der Stadt und ihren Bewohnern zu machen. »Hast du dir die Mauer mal genau angesehen, bevor wir durchs Tor gegangen sind?«, raunte sie. Jonathan schüttelte den Kopf. »Tja, hättest du das gemacht, wüsstest du, weshalb die beiden Ritter von Gruselig kein Interesse an uns haben.«

Riesige, tiefe Kratzer säumten an vielen Stellen die Mauer der Stadt und lieferten ein Zeugnis erbitterter Kämpfe gegen was auch immer. Luna konnte zwar nicht bestimmen, welche Kreaturen solche Spuren hinterließen, doch bei der Vielzahl an Geschöpfen in all den verschiedenen Welten, war es ihr auch egal. Monster gab es überall, mal kleiner, mal größer, mal hässlich, mal hübsch. Sie würde allerdings Wetten darauf abschließen, dass die meisten Städte in dieser Welt von einem Schutzwall wie diesem hier umgeben waren. Angesichts dessen war es wirklich nicht das Schlechteste, auf ihren Dad zu hören und den Wald verlassen zu haben.

Das Stadtbild selbst glich der Form eines Schneckenhauses und erstreckte sich in einem nach innen kleiner werdendem Kreis. Spitze, in den Himmel ragende Runddächer reihten sich neben unzähligen Kupferrohren und Leitungen, die von Haus zu Haus führten, während glatte, fein säuberlich platzierte Kopfsteinpflaster die Wege säumten. Je weiter Luna und ihr Dad ins Zentrum kamen, desto höher und hübscher waren die Gebäude.

Im Herzen der viktorianisch angehauchten Stadt befand sich ein beschaulicher Marktplatz, auf dem allerlei Waren angeboten wurden. Mittendrin zierte ein Monstrum von einem Springbrunnen den Mittelpunkt der Stadt.

Der gigantische, wie auch grässliche Brunnen, fiel Jonathan unweigerlich ins Auge, denn seine skurrile Form hatte etwas von einem Autounfall. Von dem ganzen Blech mal abgesehen. Er wusste nicht, ob er lieber hin- oder wegschauen sollte. Der Brunnen zeigte einen jungen Helden, der unzählige Monster mit seinem Schwert niederstreckte. Auf Jonathan machte der Brunnen den Eindruck, als würde er einen Teil der Geschichte des Ortes widerspiegeln.

Luna trottete ihrem Dad wenig begeistert hinterher. Ihre feinfühligen, katzenhaften Fußballen mochten die mit Kopfsteinpflaster ausgekleideten Straßen und Wege so gar nicht. Gut möglich, dass es einfach das nasskalte Wetter dieser Gegend war. Sie hoffte nur, nicht in irgendjemandes Fäkalien zu treten. Das wäre, nachdem sie bereits ihre geliebten Stiefel in der See verloren hatte, der Gipfel, der ihr jetzt noch fehlte.

Luna schaute zu ihren nackten Füßen hinunter, während sie den Kopf zur Seite neigend ihre Zehen tanzen ließ. Selbst ihre dunklen Nägel konnten nicht davon ablenken, dass sie ohne Ende verschmutzt waren. Jonathan hatte ihr zwar seine Stiefel angeboten, aber seine Trekkingstiefel waren einfach kein Vergleich zu ihren Dr. Martens, mit dieser superbequemen, alles abschirmenden Sohle. Luna stöhnte. Sie hatte diese Stiefel wirklich geliebt. Im Augenblick hätte sie sich dafür ohrfeigen können, sie nicht richtig zugeschnürt zu haben.

Von einem Schloss oder gar einem Königreich, wie das Schild versprochen hatte, fehlte jede Spur. Nur zu gerne hätte Luna eines gesehen. Stattdessen bekam sie Häuser, die nicht wussten, ob sie Altstadt oder Industriegebiet waren. Wenn sie so etwas hätte sehen wollen, würde sie das Alchemistenviertel im Norden Havens besuchen gehen.

Jonathan hingegen bekam von den ganzen Eindrücken gar nicht genug. Die Leute wirkten seltsam altmodisch. Ihm gefielen die typisch viktorianischen Kleider und Anzüge, die sie trugen. Zu ihrem Glück herrschte reges Treiben auf dem Markt, das erhöhte ihre Chancen, Kontakte zu knüpfen. Und mit etwas mehr Glück brachte sie das weiter. Was sagte Luna noch gleich auf dem Weg hierher? Wenn wir ohne Na-Vi einen Übergang finden wollen, müssen wir die Gerüchteküche dieser Gegend, nach seltsamen Begebenheiten abklopfen. Er schaute sich daher besonders genau nach Gelegenheiten für einen netten Small Talk um.

Der Händler Siegmund von Dämmerbach, ein stolzes Exemplar von einem Mann mit einem Schnauzbart, der ihm bis unter den stattlichen Bauch ging, schwor auf die heilende Wirkung seines saftigen Fisches. Eduardo Belino, der Siegmunds dunkelhaariger Zwilling einer anderen Mutter hätte sein können, schwor wiederum darauf, dass der Fisch so faulig sei, wie Siegmund selbst. Sein Brot sei daher viel gesünder und außerdem nur halb so teuer. Der Hammer eines Schmiedes drosch auf Metall und formte kunstvolle Bleche und Platten für die mechanischen Nutztiere. Ein Seidenhändler ließ eine Kundin vor seinem mobilen Spiegel umherdrehen, während sie sich mit einem Lächeln auf den Lippen in einem teuer wirkenden roten Kleid betrachtete.

Das Traben von Hufen hallte durch die Straßen, eine Kutsche mit mechanischen Pferden preschte im raschen Tempo an ihnen vorbei. Blaugrüne Feuer stiegen aus den Augenhöhlen der Tiere empor. Für Jonathans Geschmack hatte das zwar etwas Gruseliges, aber über Geschmäcker ließ sich ja streiten.

Wenn es nach Luna ging, konnten sich diese Leute so schick anziehen und vornehm benehmen, wie sie wollten. Es lenkte nicht eine Sekunde vom morastigen Schmutz der Stadt ab. Die kleinen, muffig riechenden Gassen waren für ihre feine Nase eine willkommene, wenn auch nicht viel bessere Abwechslung zum Rest der überwiegend abgestandenen Luft der Stadt. Typische Steampunk-Welt halt, dachte sie sich, als sie einer sechsbeinigen Katze dabei zusah, wie sie eine fette, nackte Ratte durch die Straßen jagte. Sie verschwanden in einer der Gassen. Nur wenige Sekunden später wurde der Jäger zum Gejagten. Panisch suchte die Katze das Weite, als sie von einer ganzen Herde dieser hässlichen Viecher vertrieben wurde.

Während Jonathan mit Luna im Schlepptau von Stand zu Stand schlenderte und mit allen verfügbaren Sinnen dieses Erlebnis aufsaugte, nahm sie das alles eher verhalten, ja fast gelangweilt auf. Sie hatte schließlich schon wesentlich skurrilere Dinge gesehen. Ihre Aufmerksamkeit galt daher eher den Menschen um sie herum. Es war nicht verwunderlich, dass sie tuschelten und ihnen immer wieder neugierige Blicke zuwarfen. Hier kannte man sich und sowohl Luna als auch Jonathan waren Fremde. Zumindest war sie froh darüber, sich hier verständigen zu können. Manche Welten hatten wirklich seltsame Sprachen und Dialekte und nicht immer erkannte man die Wurzel der jeweiligen Ausdrucksform. Ihr missfiel jedoch, was die Leute, hinter jeder Ecke, die sie passierten, zu sagen pflegten.

»Schau, Liebes, Reisende. Wo die wohl herkommen?«, murrte ein dürrer Mann mit fahlen, ausgezehrten Gesichtszügen, verloren in einem viel zu großen Anzug und gänzlich von jeglicher Form von Rückgrat befreit. Neben ihm stand vermutlich der ausschlaggebende Grund dafür. Eine korpulente Dame, in extravagantem, knallgelben Rüschenkleid und mit einem Selbstbewusstsein für zwei.

»Bestimmt Gaukler oder Bettler, so wie die aussehen.«

»Die führen sicher nichts Gutes im Schilde.«

Zwei neugierige alte Damen unterhielten sich, jeweils aus den Fenstern des zweiten Stocks sich gegenüberliegender Häuser quer über den Platz. Sie hingen wie jeden Morgen ihre Wäsche auf und tratschten über den neusten Klatsch der Stadt. Eine Frau zog sogar ihren mechanischen Hund rasch bei Seite, damit die Fremden diesem ja nicht zu nahekamen.

Es stimmte schon, was sie sagten. Sie sahen wahrhaftig nicht nach gemachten Leuten aus. Verdreckt bis unter die Nase, zerfetzte Kleidung, übler Geruch, geschundene Körper. Das war Luna aber immer noch lieber, als in einem dieser grässlichen Kleider, welche diese alten Waschweiber trugen, zu stecken.

Zu ihrer Linken tuschelten drei Damen in schlichten, hochgeschlossenen, schwarzen Kleidern und weißer Haube. Sie trugen mit allerlei vom Markt erstandenen Waren gefüllte Flechtkörbe in ihren Händen und warfen Luna und Jonathan immer wieder skeptische Blicke zu.

Jonathan schätzte sie auf etwa Mitte fünfzig, wie die meisten Bewohner, denen er bisher begegnet war. Er lächelte bis über beide Ohren. »Guten Morgen, die Damen«, ließ er seinen Charme spielen und deutete eine höfliche Verbeugung an. Vielleicht war es ja zu was nutze. Jedoch erntete er nur angewiderte und spöttische Blicke.

»Guten Morgen, die Damen«, äffte Luna ihn kichernd nach.

»Sehr witzig«, grummelte Jonathan beleidigt.

Interessanter als das Gerede der Weiber fand Luna ohnehin die weiter entfernten Gespräche. Die, welche außerhalb der Reichweite dieser neugierigen Blicke stattfanden.

Die Hände hinter den Rücken gefaltet, schlich Luna sich davon und mischte sich unter die Leute. War jedoch stets mit einem halben Ohr bei ihrem Dad, um ihn nicht zu verlieren. Ihre linke Augenbraue kletterte nach oben. Jonathan lief umher wie ein Tourist auf einer Einkaufsmeile voller Souvenirstände. Er hatte noch nicht einmal bemerkt, dass sie nicht mehr neben ihm stand. Typisch für ihn.

»Habt ihr es gehört? Die Tochter des Uhrmachers. Es ist jetzt schon zwei Tage her, dass sie für ihren Herrn Vater loszog, um einige Kunden zu beliefern. Sie sollte längst zurück sein«, flüsterte ein Mann mit grünem Zylinder auf dem Kopf.

»Das arme Ding. Ist bestimmt wie die anderen armen Seelen dieser Bestie zum Opfer gefallen«, antwortete die großbusige Dame links von ihm.

»Hoffentlich bleibt sie verschwunden! So wie die meisten«, gab ihr Gatte von sich und zwirbelte an seinem Schnäuzer.

»Tzz. Aber so etwas wünscht man doch niemandem«, wehrte der Mann mit dem grünen Zylinder ab.

»Wisst Ihr, was ich niemandem wünsche? Dass er sein eigenes Kind leblos und so schrecklich entstellt wie die anderen auffinden muss«, bekräftigte der Gatte und schnipste dem Zylinderträger auf die Nase.

»Schon wahr, und ich sage meinem Weibe noch, gib gefälligst acht! Die Gerüchte kommen näher!«, lenkte der Zylindermann ein.

Luna rümpfte ihre Nase, während sie dem Getuschel noch einen Moment lang konzentriert lauschte. Was sie hörte, gefiel ihr nicht. Leider musste sie ihre Aufmerksamkeit vorerst wieder auf Jonathan richten, denn dieser hatte doch tatsächlich jemanden gefunden, der sich mit ihm unterhielt.

»Ja, richtig! Abenteurer«, wiederholte Jonathan an Sir Achimboldo gewandt. »Wir hatten auf unserer letzten Reise leider etwas Pech. Daher suchen wir jetzt nach neuen Aufträgen. Am besten welche, bei denen man die Gegend kennenlernen kann und ein Dach über dem Kopf hat.«

»Aha, und ihr kommt noch gleich woher?«, murrte der alte Offizier misstrauisch.

»Ähm, kennen Sie zufällig das Auenland?«

»Nein.« Sir Achimboldo richtete die große Krempe seines Hutes. Sein strenges Gesicht war das eines älteren Mannes, der zu viele Grausamkeiten in seinem Leben gesehen hatte. Ein müdes Gesicht. Gewillt, sich zur Ruhe zu setzen und jüngeren das Feld zu überlassen.

Er zwirbelte nachdenklich an seinem Schnauzbart und taxierte Jonathan eindringlich. Es machte in Norvinia stets schnell die Runde, wenn Fremde in die Stadt kamen. Das passierte nicht oft, aber es passierte. Sir Achimboldo formte sich daher lieber selbst ein Bild, bevor andere ihm Dinge flüsterten, auf die er ohnehin keinen Wert legte. Der Mann sprach in einem seltsamen Dialekt, der Sir Achimboldo sofort erkennen ließ, dass er und das Mädchen nicht aus dieser Gegend stammten. Von einem Auenland hatte er jedoch nie etwas gehört. Sir Achimboldo hielt nicht viel von Fremden und von Gauklern schon gar nichts. Sie bedeuteten seiner Erfahrung nach meistens Ärger und dieser hier sorgte bei ihm für ein nervöses Zucken in den Spitzen seiner Barthaare.

Jonathan atmete erleichtert auf, da Sir Achimboldo ihm seine Lüge über ihre Herkunft offenbar abgenommen hatte. »Tja, schade, denn da kommen wir her. Wir haben den ganzen Weg übers Meer gewagt, um die – öhm«, er schaute sich suchend um und deutete schließlich auf den Springbrunnen, »Schönheit dieses Königreiches zu bewundern.«

Sir Achimboldo stockte der Atem. Und er, der höchste Offizier der Stadtgarde, der stolz die nachtblaue Uniform mit den vielen silberglänzenden Abzeichen trug, war zweifelsohne kein Mann, den man leicht aus der Fassung brachte. »Über das Meer seid ihr gekommen, sagtet Ihr? Dann müsst ihr fürwahr tapfere Abenteurer sein, oder ziemlich dumme.« Sir Achimboldo hielt inne. »Um vom Meer aus nach Norvinia zu gelangen, müsste man den Reudelwald durchqueren. Und niemand – wirklich absolut niemand, der bei klarem Verstand ist – setzt dort zurzeit freiwillig auch nur einen Fuß rein.«

Jonathan runzelte verständnislos die Stirn. »Warum das denn nicht?«

»Wegen der Rasselböcke natürlich« Sir Achimboldo horchte auf und kniff die Augen zu kleinen Schlitzen zusammen.

»Der was?«

»Rasselböcke!«, wiederholte Sir Achimboldo lauter und deutlicher als zuvor. »Blutrünstige kleine Biester mit messerscharfen Zähnen. Schrecken mit ihren prächtigen Geweihen vor nichts und niemandem zurück. Kommt Ihr denen zu nahe, jagen Sie Euch, bis Ihr tot seid. Selbst wenn Ihr stark wie zehn Mann wärt, hättet Ihr kaum eine Chance.«

Als Jonathan bewusst wurde, wie viel Glück er auf seinem Alleingang gehabt haben musste, wurde er für einen Augenblick etwas blass im Gesicht. Dann fuhr Jonathan mit einem Mal zu seiner Tochter herum und sein Blick verharrte einen ewig scheinenden Moment auf ihrer zierlichen Gestalt. Er blinzelte ungläubig. Wie zur Hölle hat sie es hinbekommen die Viecher zu erlegen?

Achimboldo schnippte ein paar Mal mit den Fingern. »Hey, noch anwesend?«, bellte er.

»Oh, ja klar. Verzeihung. O-kay, kommen wir zum eigentlichen Thema zurück, guter Mann. Abenteuer. Habt Ihr da irgendwas für uns?« Abenteuer waren perfekt geeignet, dachte Jonathan. Er hoffte, somit von Menschen zu erfahren, die auf seltsame Weise verschwunden waren. Mit etwas Glück fanden sie so einen weiteren Übergang oder sogar ein Mitglied des Netzwerks, das Luna helfen konnte.

»Unwahrscheinlich«, raunte der alte Offizier. »Im Augenblick haben wir andere Probleme, als unser Gold fahrenden Gauklern zu stellen.«

»Davon hörte ich«, unterbrach Luna die zwei Turteltäubchen, nachdem sie von ihrer kleinen Erkundungsrunde zu ihnen gestoßen war. »Ich stelle Euch zur Erledigung dieses Problems höchstpersönlich meine Dienste zur Verfügung.« Als wäre sie eine Dame aus feinem Hause, machte sie dabei vor Sir Achimboldo einen höflichen Knicks. Sein Geruch erinnerte sie an ein seltsames Gemisch aus Rosmarin und frischem Leder.

»Ein vorlautes Balg wird mir kaum etwas nützen«, raunte dieser herablassend vor sich hin.

»Balg?!« Fassungslos stemmte Luna ihre Arme mit geballten Fäusten in ihre Hüften.

»Ihr wisst wohl nicht, wen Ihr hier vor Euch habt?!«

»Noch einen Gaukler, der meine Zeit mit Geschichten verschwenden will?«, fragte Sir Achimboldo.

»Letzte Warnung. Ihr wollt Euch sicher nicht die sagenumwobene Luna King zur Feindin machen.« Eine Drohung, die Sir Achimboldo sichtlich unbeeindruckt ließ. »Also gut! Ihr lasst mir keine Wahl. Ich zeige Euch nun, was mit denen geschieht, die meinen Zorn zu spüren bekommen. Vielleicht ändert das ja Eure abschätzige Meinung. Knappe! Reiche mir das Tell Effon!« Anschließend streckte sie fordernd ihre Hand nach Jonathan aus. Dieser zog fragend eine Augenbraue nach oben. Luna räusperte sich und stierte immer wieder demonstrativ zu seiner Beintasche.

»Oh, Moment.« Eilig kramte Jonathan in der Tasche, »Augenblick. Nur kurz einschalten – und entsperren.«

Luna rollte höhnisch mit den Augen, während er sie warten ließ. Jonathan fragte sich, ob das, was sie gerade tat, ihr Ernst war. Dann reichte er ihr sein Mobiltelefon.

»Wurde auch Zeit!«, fauchte sie von oben herab.

Der alte Offizier verstand nicht, was sie da genau tat. Keine noch so kleine Regung, die sie von sich gab, entging ihm. Die rechte, schwarz behandschuhte Hand wanderte langsam und unauffällig zu dem geschwungenen Knauf seines Degens. Prunkvoll, für jeden erkennbar zur Schau gestellt, zierte er seinen Gürtel. Für den Fall, dass er sich in ihnen täuschte, würde er seinen treuen Freund schnell ziehen und kurzen Prozess mit diesen Landstreichern machen.

Luna öffnete die Bildergalerie auf dem Smartphone und richtete nur einen Augenblick später den Bildschirm auf Sir Achimboldo. Jonathans Freunde waren auf dem Display zu sehen. »Ich präsentiere: die Phantomzone! Dort hinein verbanne ich jeden, der es wagt, mich zu verärgern«, drohte Luna gehässig lachend wie eine alte Kräuterhexe.

Sir Achimboldo erstarrte. Er ließ die Hand von seinem Degen ab. Dann sank er auf die Knie und wurde gänzlich bleich um den Bart. Er hatte mit vielem, jedoch nicht mit so etwas gerechnet.

»'Ne gemeine Methode, ich weiß. So habe ich sie alle bei mir. Manchmal, ja manchmal beschließe ich, den einen oder anderen wieder freizulassen. Dann, wenn mir meine Verärgerung über das Vergehen an meiner Person nicht mehr so groß erscheint.« Luna schaute nachdenklich auf. »Das letzte Mal dauerte es nur etwas mehr als hundert Jahre.«

»Dann – seid Ihr also eine Hexe? I-ist schon gut!«, kleinlaut bat Sir Achimboldo die beiden mit zitternder Stimme um Verzeihung und bettelte förmlich, nicht dorthin eingesperrt zu werden.

»Wie mein Knappe Ihnen bereits mitteilte, hatten wir etwas Pech und gerieten in Seenot. Darum auch unser schäbiger Aufzug.« Luna bemerkte aus dem Augenwinkel, wie sich immer mehr Menschen von den Marktständen lösten und sich um sie herum versammelten. Ein jeder wollte seine Neugier stillen und einen Blick auf die Fremden werfen, die den großen Helden, Sir Achimboldo, mit nichts als Worten, in die Knie gezwungen hatten.

Jonathan dachte indes darüber nach, wie blöd sie wohl dagestanden hätten, wenn man hier Telefone kennen würde.

»Gute Menschen von Norvinia, hört mich an!«, erhob Luna ihre Stimme und winkte die Leute mit wedelnden Armen zu sich.

»Lass das!«, knurrte Jonathan. »Wie die sagenumwobene Miss King Ihnen gerade in aller Bescheidenheit mitteilen wollte, werter Herr Achimboldo, würden wir uns freuen, wenn wir unsere Hilfe bei der Lösung eurer Probleme anbieten dürften.«

Erleichtert, kein Opfer ihres Zorns zu werden, atmete Sir Achimboldo auf. Er erhob sich wieder und zwirbelte nachdenklich an seinem Bart. Diese Fremden, so fand er, konnten unter Umständen auf die eine oder andere Weise hilfreich sein. Und falls nicht, soll sie doch der Teufel holen. Was er aber mit Sicherheit wusste, war, dass es nicht lange dauern würde, bis König Bartholomäus über die Fremdlinge Bericht erstattet wurde. Er wollte wahrlich nicht derjenige sein, dem man nachsagte, seiner Hoheit eine waschechte Hexe vorenthalten zu haben.

»Ihr da! Schickt eilig einen Boten! Er soll dem König rasch Kunde von der Hexe und ihrem Knappen bringen und dass sie auf dem Weg zum Schloss sind!«, befahl er einem der Gefreiten, die seiner Auffassung nach ohnehin meist nutzlos herumlungerten.

»Uh –, Schloss?« Lunas Augen leuchteten voller Vorfreude. Endlich würde sie ein echtes zu Gesicht bekommen.

Sir Achimboldo befahl den Schaulustigen zu verschwinden und gefälligst wieder ihrem Tagewerk nachzugehen. Dann beugte er sich dicht zur kleinen Hexe hinunter und flüsterte: »Wenn ich Euch eines mit auf den Weg geben darf, seid besser, was Ihr vorgebt zu sein oder Euch und Eurem Begleiter wird es schlecht ergehen.« Er sah ihr dabei mit einer Strenge in die bernsteinfarbenen Augen, die ihr unmissverständlich zu verstehen gab, dass seine Worte im Gegensatz zu den ihren keinesfalls eine leere Drohung waren. »Wartet hier, ich lasse Euch eine Kutsche holen. Diese wird Euch auf schnellstem Wege zum König bringen.« Dann verschwand er in einer der Straßen und rempelte dabei bewusst letzte hartnäckige Schaulustige an, die lieber sehen wollten, wie das hier ausging, als die langweiligen und immer gleichen Waren des Wochenmarktes in Augenschein zu nehmen.

»Hier, bitte.« Luna reichte Jonathan sein Telefon und er steckte es eilig in seine Hosentasche zurück.

»Was sollte das? Ich hatte alles im Griff!«, blaffte Jonathan. Sein Hemd spannte über seinen vor Anspannung bebenden Bizeps.

»Ach, du hattest gar nichts!«, blaffte Luna stumpf zurück, während ihre gerötete Nasenspitze kleine Falten aufzeigte.

»Wirklich? Und du meinst, wegen deiner kleinen Showeinlage setzt er sofort alle Hebel in Bewegung und besorgt uns eine strahlende Kutsche, die uns selbstverständlich direkt zum König geleitet?«

»Abwarten.« Seit Sir Achimboldo verschwunden war, fixierte sie hoch konzentriert die Gasse. Erwartungsvoll wippte sie mit dem rechten Fuß auf und ab.

Zornig ballte Jonathan die Fäuste. »Kleines Fräulein! Ich schwöre es bei meinem Leben! Kommt Sir Achimboldo hier gleich mit einer ganzen Wachmannschaft um die Ecke und steckt uns deinetwegen in den Kerker, werde ich so was von ausrasten.«

»Abwarten«, wiederholte sie und versicherte sich wie immer der Pflege ihrer Fingernägel.

Jonathan holte tief Luft und lockerte seine Hände wieder. »Okay, wobei genau helfen wir Sir Achimboldo eigentlich?«

»Verschwundene Frauen und Mädchen«, antwortete Luna knapp und fixierte weiterhin stur die Gasse.

Jonathan kratzte sich am Ohrläppchen. »Sind wir jetzt Detektive, ja?«

Luna fuhr zu ihm herum und drückte ihre Zunge spielerisch gegen die Innenseite ihrer Wange. »Denk nach, Hirni. Wobei verschwinden reihenweise Leute?«, zeterte sie ungeniert.

Jonathan brauchte einen Moment, dann machte es Klick. »Touché, das war clever von dir. Wir finden also den Ort, an dem die Mädchen verschwunden sind und ...«

»Haben einen Übergang, der uns hier wegbringt«, ergänzte Luna. »Mit etwas Glück bringt es uns in eine Welt, die ich kenne.« Luna schaute sich naserümpfend um. Ihr Blick verharrte auf dem milchigen Schaufenster des örtlichen Barbiers. »Denn ich habe weder von Norvinia, noch von einem König Bartholomäus jemals etwas in deiner Gegenwart gehört. Kann mir daher kaum vorstellen, dass in diesem Pissloch von einer Welt, jemand aus dem Netzwerk herumrennt.«

Jonathan vergrub die Hände in seinen Hosentaschen und wippte leicht hin und her. »Du musst es ja wissen.«

Wie versprochen, traf nur wenige Minuten später eine imposante und vollgefederte Kutsche ein. Sie bestand aus feinstem Elfenbein – oder zumindest aus einem ähnlich erhabenen Material – und war mit vielen geschwungenen Silberverzierungen versehen. Gezogen wurde sie von zwei mechanischen Ungetümen. So nahe wirkten sie noch eindrucksvoller. Der Rücken der Tiere maß höher als Jonathan mit seinen einsachtzig. Dieser legte seine Hand auf den stählernen Oberschenkel des linken Pferdes. Es fühlte sich warm an und er spürte, wie etwas im Inneren pulsierte. Vielleicht Zahnräder? Nein! Das Gefühl ist feiner. Vielleicht Hydraulikpumpen? Er musste wissen, wie das funktionierte. Sachte folgten seine Finger der geschwungenen Struktur des Wesens und seinen vielen einzelnen Ebenen und Flächen, die den Unterschied zwischen einem bewegungsunfähigen Metallklotz und diesen Geschöpfen machten. Am vorderen Ende des mechanischen Pferdes angekommen, bewegte es den Kopf so natürlich, als sei es sich nicht bewusst, eine

Maschine zu sein. Einen kurzen Moment lang starrte Jonathan dem Wesen in die blauen Feuer seiner Augenhöhlen und hätte schwören können, dass sie zurückstarrten.

Ein Mann, der sicher schon Sir Achimboldos Alter hatte, führte das Gefährt. Während der höchste Offizier der Stadtgarde besagtem Kutscher eine Handvoll Münzen gab, ihm etwas zuflüsterte und sogleich vom Beifahrersitz stieg.

»Siehst du, keine Wachmannschaft«, flüsterte Luna ihrem Dad zu. Sie riss sofort die Tür der Kabine auf und bewunderte die feine Lederausstattung des Innenraums. An diesen Luxus könnte ich mich durchaus gewöhnen.

»Nun denn«, erhob sich Sir Achimboldos Stimme, »hier trennen sich unsere Wege, werte Reisende. Der Kutscher ist ein alter Freund und wird euch sicher bis vor die Tore des Palastes geleiten.«

Jonathan bedankte sich für die Hilfsbereitschaft und versicherte, dass er die freundliche Geste nicht vergessen werde.

Luna kroch inzwischen in die Kutsche, machte es sich auf der gut gepolsterten Ledergarnitur gemütlich, stemmte ihre schmutzigen Füße an die gegenüberliegende Garnitur und ergriff mit dem rechten Arm die über ihr hängende Halteschlaufe.

Jonathan nahm hingegen locker lässig neben ihr Platz, schloss die Tür der Kutsche und winkte Sir Achimboldo abermals dankbar zu.

»Deine erste Kutschfahrt mit mechanischen Pferden?«, fragte Luna neckisch grinsend.

»Äh – ja. Wieso?«

»Ach, nur so.«

Im nächsten Augenblick ließ der Kutscher die Zügel knallen und die Pferde preschten in so einem rasanten Tempo los, als wenn der Teufel selbst hinter ihm her sei. Die gemütlich anmutende Federung machte aus dem Wagen bei dieser Geschwindigkeit ein regelrechtes Schaukelschiff.

»Huuuuiiii!«, quiekte Luna belustigt auf.

Ihrem Sitznachbarn drehte sich hingegen der Magen um. Hin und her geschüttelt wie ein Punchingball hatte Jonathan das Gefühl, sich bald übergeben zu müssen.

»Du musst dennoch dringend mit diesen Tricksereien aufhören. Das bringt uns noch irgendwann in Teufelsküche«, presste er gequält hervor.

Er versuchte, sich so belehrend wie nur irgend möglich zu äußern, während sein Magen ihm einen Strich durch die Rechnung machte. Er atmete tief und bewusst, in der Hoffnung bei dem Geschunkel nicht gleich kotzen zu müssen.

»Woher ich das wohl habe?«, antwortete sie vorwurfsvoller, als er es je gekonnt hätte. »Sag mal, wo kamen wir noch gleich her? Nur damit ich das auch richtig wiedergebe, falls ich mal danach gefragt werden sollte. Dem Auenland, richtig?«, konterte sie geschickt. »Wusste gar nicht, dass ich von Hobbits abstamme.«

»Das ist ja wohl etwas gaaaaaaa ...!«

Der Kutscher fuhr mit anhaltend rasanten Tempo an einer steilen Küstenklippe entlang und Jonathan krallte sich panisch an den Vorhängen der Kabine fest. Kurve um Kurve dachte er, dass es gleich mit ihnen vorbei sein würde. Seine Augen saugten sich an dem nahenden Abgrund fest. Verdammt! Verdammt! Verdammt! Ein Brei aus Galle und Rasselbock stieg seine Speiseröhre hinauf. Jonathan presste seine Hand in letzter Sekunde vor seinen Mund, bevor es zu einer Sauerei auf den Sitzen kam.

Luna saß hingegen vollkommen entspannt in ihrem Sitz, hielt zur Stabilisation ihre Füße weiterhin gegen die gegenüberliegende Sitzbank gepresst und genoss jede Bodenwelle als lustiges Extra. »Davon mal abgesehen, Sir Achimboldo ist kein Dummkopf. Ich bin nicht sicher, ob er uns überhaupt irgendwas geglaubt hat. Ich denke, er wollte nur schnellstmöglich die Fremdlinge aus seiner Stadt kriegen. Die Frage ist nur: wieso?«, grübelte Luna. »Ist dir etwas Ungewöhnliches an den Leuten in der Stadt aufgefallen?«

»Hmm, ich würde fast behaupten, wir waren die Jüngsten, die auf der Straße herumgelaufen sind.«

Aus dem Augenwinkel erspähte Jonathan hinter Luna plötzlich die Silhouette einer riesenhaften Gestalt. Sein Blick fokussierte sich langsam auf das majestätische Wesen. Gegen jede Vernunft stand er schwankend auf und beugte sich über den Sitz seiner Tochter hinweg zu deren Fenster. Er musste das sehen. »Luna, sieh doch mal. Eine ganz Herde ... seltsamer Tiere«

Dickes buschiges Fell, lange, gefühlt himmelhohe Hälse, breite, flache Mäuler und geschwungene Hörner, die mal am Hinterkopf und mal auf der Nase saßen. So etwas hatte er nie zuvor gesehen. Sie grasten in aller Seelenruhe auf den weiten Wiesen und Jonathan fragte sich, wie viel diese Tiere wohl am Tag verdrücken mussten.

Luna schaute ihren Dad erwartungsvoll an und schlug ihn mit dem Handrücken auf die Brust, damit er sich wieder auf sie konzentrierte. »Hast du's dann? Du hast recht. Alles überwiegend alte Knacker und Schabracken, die da herumliefen. Seltsam, oder? Dann war da noch diese Drohung.«

»Drohung?«, bohrte Jonathan nach. Jetzt war er wieder voll bei seiner Tochter. Sorge schwang in seiner Stimme mit und schob jegliches Gefühl von Übelkeit gnadenlos beiseite.

»Ja, Sir Achimboldo hat mir gedroht. Uns würden schlimme Dinge bevorstehen, sollte ich keine Hexe sein.«

»Du meinst also, der Kutscher bringt uns gar nicht zum König?«

»Das schon. Nur was uns dort erwartet, bleibt abzuwarten. Wir sollten jedenfalls besser auf alles gefasst sein.«

»Toll. Ich freue mich jetzt schon.«

Der Empfang

Fünf Tage Später:
Luna hielt die Zügel der beiden Eponia fest in ihren Händen, die immer prunkvoller werdende Straße aus massivem, weißem Marmor im Blick. Rechts und links von ihnen schlang sich ein dichter, grüner Wald. Vögel zwitscherten in den Baumkronen ihre Lieder. Das warme Wetter hatte nichts mehr von dem nasskalten Norvinia.

Ben Trusca saß entspannt neben ihr und gähnte. Den großen Spitzhut trug er tief ins Gesicht gezogen. Die Kutsche passierte die letzte Abzweigung vor den weiten Wiesen und gab zwischen den Blättern des Waldes den Blick auf das strahlend weiße Schloss frei. Wie ein in der Sonne glitzernder Diamant stand es inmitten dieser blumengeschmückten Landschaft und wirkte wunderbar deplatziert in dieser sonst grauen und tristen Welt. Lunas Augen strahlten und sie stupste Ben mit ihrem Ellenbogen an. »Hey, ist es das? Ist das Rurindai?«

Der alte Kutscher schreckte aus seinem Mittagsschlaf auf, räusperte sich und hob die Krempe seines Hutes so weit an, dass sein eines, gutes Auge etwas sehen konnte.

Die zwei Sonnen dieser Welt lagen sich fast schon in ihren Armen, so wie jeden Mittag, stellte Ben fest. Dann fuhr sein Auge zu Luna herum. »Ja – ja, das ist es.«

Luna grinste. »Wow. Und es gehört den Elfen?« Sie kannte über fünftausend verschiedene Wesen und ihre Eigenheiten, doch Elfen hatte selbst sie noch nicht gesehen. Zwerge. Ja,

Zwerge schon. Sie tummelten sich innerhalb des Netzwerks. Einige leisteten in Haven großartige Handwerkskunst, andere gingen in Gruppen auf Reisen und waren dabei immer auf der Suche nach sagenumwobenen, einzigartigen Schätzen. Lunas gerötete Nasenspitze wackelte vor Freude hin und her.

Ben richtete sich auf und streckte die müden Knochen. »Gehörte«, korrigierte er Luna. »Sie sind schon vor langer Zeit aus Calais verschwunden und in ihre Heimat gezogen.« Ben kramte eine alte Holzpfeife aus seinen Taschen, stopfte eine undefinierbare Kräutermischung aus seiner anderen Tasche in die Pfeife, zündete sie an und strich sich über seinen langen Bart. »Manche behaupten, dass die Trauer um Königin Zeime vor rund fünfzig Jahren zu groß für sie war und sie deshalb beschlossen haben, diese Welt zu verlassen.«

Plötzlich ratterte die Kutsche unruhig auf und ab. Lunas Augen weiteten sich und sie lenkte das Gespann sofort wieder mittig auf den glatten Marmorpfad.

»Sorry.«

Ben lachte, schob das kleine Sichtfenster zum Fahrgastraum auf und luchste kurz zu Jonathan hinein, bevor er sich wieder Luna zuwandte. »Ist schon okay. Du machst das gut, fürs erste Mal. Und dein Knappe hat lang genug geschlafen, findest du nicht?«

»Der war die letzten Tage so sehr mit Staunen beschäftigt, da tut ihm etwas Schlaf ganz gut.«

Ben betrachtete Lunas Kleidung. »Tut mir leid, dass ich euch beide nicht mit neuen Kleidern versorgen konnte. Aber der Lohn eines Kutschers ist leider knapp bemessen.«

»Ach, quatsch! Du hast die vergangenen Tage schon deine Vorräte mit uns geteilt. Das allein zählt schon mehr, als wir jemals zurückgeben könnten.«

Ben lächelte. »Keine Ursache. Das habe ich doch gerne gemacht. Außerdem gefallen mir deine Lagerfeuergeschichten. Das hat mich mehr als ausreichend für meine Mühen entlohnt.«

Luna deutete eine leichte Verbeugung an. »Der Dank liegt ganz bei uns. Durch euch konnten wir die Gegend und die Menschen etwas kennenlernen. Völlig egal, ob der steinerne Wald, die immergrünen Wiesen oder die Fabrikstadt Faktoria, was ganz nebenbei bemerkt, ein einfallsloser Name für eine solche Stadt ist.«

Ben räusperte sich. »Die Eponia benötigten neuen Treibstoff und da er in Faktoria produziert wird, ist er dort auch am günstigsten.«

»Egal. Das war trotzdem cool.« Luna pausierte. »Wenn auch etwas ekelig. Aber gut, jedem das Seine, oder so ähnlich.«

Ben zog an seiner Pfeife und sein eines, vernarbtes Auge blickte sie an. »Ihr habt es gewittert, nicht wahr?«

Luna steuerte die mechanischen Pferde über den dritten Hügel zum Schloss und runzelte die Stirn. »Was gewittert?«

»Womit die Eponia in Faktoria betankt wurden.«

Luna erstarrte und Ben klopfte ihr auf den Rücken.

»Ach, nur nicht so bescheiden. Du hast ein feines Näschen. Natürlich hast du es wahrgenommen.«

»Tut mir leid, ich kann dir nicht folgen, Ben.«

»So?« Ben warf erneut einen Blick in den Fahrgastraum und schloss das kleine Fenster. »Ich mag alt sein, aber nicht blind und dein Vater ist es sicher auch nicht.«

Luna schaute regungslos in die Ferne. »Ach, was weißt du schon.«

»So dies und das. Dinge, die einem das Leben so mit auf den Weg gibt, halt.«

Luna holte Luft und stockte kurz. »Woher ...?«

Ben lachte. »Ach, bitte. Beleidige nicht meine Intelligenz, nur weil ich aus einfachem Hause komme. Ich habe fünf Kinder und mittlerweile dreizehn Enkel. Nur ein Narr würde nicht erkennen, dass ihr zwei vom selben Blute seid.«

»Oh. Ist das wirklich so deutlich?«

»So deutlich wie all die unausgesprochenen Dinge zwischen euch beiden.« Ben nahm einen weiteren Zug seiner Pfeife. »Ihr bekommt das schon hin, nur Mut. Ihr habt alle beide das Herz am rechten Fleck, das ist alles, was zählt.«

Ein unbeholfenes Lächeln stahl sich in Lunas Gesicht. »Danke, das ist lieb. Ich wünschte nur, dass das wirklich so einfach wäre.« Luna setzte sich gerade hin und atmete tief durch. »Und ja, du hast recht. Ich habe es gewittert. Wie könnte man das auch nicht? Der süßlich-faulige Geruch lag ja wie ein dicker Schleier über der ganzen Stadt.«

»Nun, dann weißt du ja, womit die Eponia und viele andere Dinge im Königreich Calais betrieben werden.«

»Ja«, raunte sie.

»Ziemlich beunruhigend, findest du nicht?«

»Nicht mehr als andere Dinge, die ich schon gesehen habe. Apropos: Die Kratzspuren an Norvinias Mauern, was hat das verursacht? Und warum haben wir davon, in den vergangenen fünf Tagen, nichts zu Gesicht bekommen?«

Ben pustete kleine Ringe in die Luft. »Ach, das. Kreaturen der alten Zeit. Nichts, worüber du dich sorgen müsstest. Vor über dreihundert Jahren hat unser jetziger König die Schreckensherrschaft dieser Monster beendet. Jetzt gibt es nur noch wenige von ihnen und die werden von der eisernen Garde des Königs gnadenlos dezimiert, wenn sie sich blicken lassen.«

Luna runzelte die Stirn. »Moment, der jetzige König?«

»Ja. Bartholomäus und seine treuen Gefährten wurden von den Elfen mit einem Elixier gesegnet, das ihnen ein außergewöhnlich langes Leben beschert und Bartholomäus selbst wurde König an der Seite von Zeime. Rückwirkend betrachtet: Nicht die klügsten Entscheidungen der Elfen, wenn du mich fragst.«

»Warum?«

Ben zögerte. »Wirst du schon sehen.« Dann nahm er die Zügel an sich. »Na los, rein mit dir. Wir haben gleich die letzte Brücke vor den Schlosstoren erreicht und du willst doch einen vernünftigen Eindruck machen, oder?«

Missmutig kräuselte Luna ihre dunklen Lippen. »Okay, du stellst uns vor, wie besprochen?«

»Aber natürlich.«

»Cool.« Luna schob das Fenster zum Fahrgastraum auf und kroch etwas unbeholfen hinein. Sie machte einen Purzelbaum auf die Sitzbank und blickte in das schnarchende Gesicht ihres Dads. Sie grinste und stupste ihn mit dem Fuß an. »Hey! Aufwachen! Wir sind gleich da.«

Jonathan öffnete blinzelnd seine Augen, schob ihren Fuß mit einer angewiderten Grimasse weg, setzte sich auf und gähnte. »Wie oft noch? Halt mir nicht deine Quadratlatschen ins Gesicht. Schon gar nicht, um mich zu wecken. Und schneid dir mal die Zehennägel. Die Dinger wachsen ja wie der Teufel. Kein Wunder, dass du andauernd mit der Feile zugange warst.«

Er kratzte sich am Kopf und blickte zum Fenster hinaus. Hügellandschaften und Blumen sprangen ihn an. Hätte schlimmer sein können. »Hab ich was verpasst, während ich geschlafen habe?«

Luna kringelte immer wieder einzelne Locken um ihren Zeigefinger und beobachtete kritisch, wie diese wieder in ihre ursprüngliche Form zurückschnellten. Besonders die eine weiße innerhalb ihrer roten Mähne. »Nicht viel. Uh! Uh! Stimmt nicht. Du hast ein blaues Wunder verpasst.«

Jonathan runzelte die Stirn. »Ein blaues Wunder?«

»Ja. Blaue, dreiköpfige Flamingos. Aluare, werden sie genannt. Einer davon stritt sich mit seinen anderen beiden Köpfen um einen Frosch. Das war lustig. Ben sagte, dass sie blau seien, weil die gerne eine weitverbreitete Froschart essen und die eben blau sind. Man erkennt an der Intensität der Halsfärbung auch, welcher der drei Köpfe am Durchsetzungsstärksten ist.«

»Faszinierend«, bemerkte Jonathan tonlos und ließ seinen Kopf an die Scheibe seines Platzes fallen. »Das hätte ich wirklich gerne gesehen. Blöder Schlafmangel. Na ja, hab ja selbst schuld, wenn ich alles sehen will.« Jonathan träumte wieder von dem Abend auf der Ranch. Es waren immer wieder dieselben zusammenhangslosen Fetzen. Er blickte zu seiner Tochter und schwieg.

Luna tat es ihm gleich. Sie presste ihr Gesicht gegen die Scheibe, um auf diese Weise so viel wie möglich von dem Schloss zu sehen. Natürlich hätte sie gerade deshalb gerne bis zuletzt vorn bei Ben gesessen, aber das hätte wohl einen seltsamen Eindruck hinterlassen. Fahrgäste, welche die Kutsche ihres Kutschers steuern. Ja, okay. Je länger Luna darüber nachdachte, desto eher konnte sie verstehen, warum sie hinten sitzen musste. Und dann sah sie das Schloss Rurindai in voller Pracht. Ein echtes Märchenschloss, dachte Luna begeistert.

Als sie die steinerne Brücke zum Schlosshof überquerte, verlangsamte die Kutsche ihr Tempo. Die mechanischen Ungetüme waren in einen leichten Trab gefallen und stießen nacheinander immer wieder Dampf aus ihren Ventilen. Das Mauerwerk war hoch und gleichermaßen imposant wie das große Tor zum Anwesen. Beide waren so gefertigt, dass sie den meisten Angriffen auf das Schloss ohne Probleme standhielten.

Im Hofinneren erstreckte sich ein riesiger, opulenter Garten voller wohlriechender, sich im Sonnenschein wiegender Blumen samt kunstvoll gestalteter Sträucher und Statuen. Der mittlere Turm war der zentrale und zugleich hinterste der drei Schlosstürme. Dort lägen der Thronsaal und die Gemächer der königlichen Familie, erklärte ihnen Ben Trusca über das offene Fenster zum Fahrgastraum.

Die Kutsche folgte einem mit hellem Kies ausgelegten Weg bis vor das große, runde und mit gelben Lilien und weißen Callas geschmückte Beet. Vor eben jenem stand ein storchenhafter, vornehm gekleideter Herr. Seine graue, zu den Seiten des Kopfes gestriegelte Lockenmähne ließ ihn streng erscheinen. Er wartete mit ungeduldiger Miene auf die vor Stunden angekündigten Gäste des Königs.

»Ihr kommt spät!«, tadelte er den Kutscher und schaute stolz auf seine frisch gravierte, silberne Taschenuhr.

»Ich bitte Euer Gnaden höflichst um Verzeihung. Meine Eponia sind nicht mehr die schnellsten.«

»Tatatataah! Keine Ausreden!«, parierte er mahnend mit erhobener rechter Hand die Verteidigung des Kutschers. »Ihr habt Glück, dass der König spät zu speisen pflegt. Wir haben daher noch etwas Zeit, unsere Gäste vorzubereiten.«

»Ihr wollt doch nicht etwa ...?«, schreckte Ben Trusca einen Moment zurück.

»Aber nein, wo denkt Ihr hin? Die Herrschaften sind nach ihrer langen Reise selbstverständlich eingeladen. Ihre Majestät ist schon ganz aus dem Häuschen. Er freut sich, sie kennenzulernen.« Er lächelte mit jahrelang geübter Freundlichkeit.

Der alte Kutscher stieg von seinem Sitz und öffnete die Tür zur Kabine.

Luna hüpfte mit einem Satz heraus, was sie direkt bereute. Der grobe Kies unter ihren Füßen tat mehr weh, als sie erwartet hatte. Tollpatschig hin und her wankend, pulte sie sich einen kleinen, gemeinen Kieselstein aus ihrer Fußsohle.

Jonathan stieg indes deutlich langsamer aus der Kabine. Er war froh darüber, wieder festen Boden unter den Füßen zu haben.

»Ich darf höflichst vorstellen, die sagenumwobene Luna King und ihr treuer Knappe Jon Athen.« Mit einer tiefen Verbeugung stellte Ben Trusca seine Fahrgäste vor und übergab sie somit der Obhut der vornehmen Gestalt. Er verbeugte sich zum Abschied, nahm Lunas Hand und führte sie an seine Stirn. »Es war mir eine Ehre, mit Euch reisen zu dürfen.«

Luna lächelte. »Die Ehre und der Dank sind ganz unsererseits. Passt gut auf Euch und Eure Familie auf, Benedikt Trusca.« Luna vollführte einen Knicks und Ben begab sich auf dem Rückweg nach Norvinia.

»Nun!«, unterbrach der dürre Herr im Frack die Verabschiedung. »Sehr erfreut, Euch kennenzulernen, Mylady. Mein Name ist Tadeusz von Hohenstein, Berater des Königs. Zu Euren Diensten.« Von Hohenstein übte ebenfalls vor den Reisenden eine höflich anmutende Verbeugung aus, was sie ihrerseits deutlich ungeschickter erwiderten. »Man berichtete mir zwar, dass Ihr in schlechter Verfassung wäret, aber, dass es so schlimm ist, konnte ja keiner ahnen«, erklärte er naserümpfend von oben herab. »So könnt Ihr unter keinen Umständen dem König unter die Augen treten. Da vergeht ihm nur der Appetit. Und das wollen wir lieber vermeiden, da Euer Gnaden dann sehr ungehalten werden kann. Bitte folgt mir.«

Luna schob sich mit ernster Miene vor Jonathan. »Wie bitte?!«

»Verzeiht!«, unterbrach Jonathan Lunas aufkeimendes Temperament. »Meine Begleiterin neigt leider dazu, schnell ungehalten zu werden. Gern nehmen wir Euer großzügiges Angebot dankbar entgegen.«

»Nun denn. Wenigstens einer mit Anstand«, sagte von Hohenstein und rümpfte abermals hochnäsig seine krumme Nase. »Sie sollte besser schnell lernen, ihr Temperament in Gegenwart des Königs zu zügeln.«

Sie folgten weitestgehend wortlos Herrn von Hohenstein hinauf zum großen Eingang der Vorhalle. Eine halbrunde Treppe mit grün schimmernden Stufen setzte einen kuriosen Akzent zum Rest des elfenbeinweißen Gebäudes. Vor einer großen und schweren Holztür aus dunklem Tropenholz, die mit allerlei in Gold gefassten Symbolen verziert war, hielten sie an. Luna konnte nicht eines davon lesen. Sie sah ihren Dad an, er stand mindestens ebenso ratlos wie sie vor diesen Symbolen. Zwei Bedienstete in klassischer, schwarz-weißer Uniform, wie man sie aus Film und Fernsehen kannte, öffneten.

Enttäuschung breitete sich in Luna aus, als nur die kleine Tür innerhalb der großen Tore für sie geöffnet wurde. Einen königlichen Empfang hatte sie sich spannender vorgestellt. Mit wehenden Fahnen und einem Typen, der sie groß ankündigte, während unzählige Menschen sehnsüchtig auf ihre Ankunft warteten. Als sie aber auf eher schlichte Weise durch die Tür der eindrucksvollen Empfangshalle traten, traf sie der Schlag. Sie schüttelte sich und verzog angewidert ihr Gesicht.

»Ist alles in Ordnung, Miss King?«, erkundigte sich von Hohenstein besorgt.

»Ja, alles in bester Ordnung. Ich war nur nicht auf das Ausmaß dieser – äh – großartigen Hallen gefasst.«

Eine dreiste Lüge. Ihre feine Nase krümmte sich innerlich, sie kannte diesen süßlich-faulen Geruch, der die imposanten Hallen des Schlosses ausfüllte, nur zu gut. Es bestand kein Zweifel, es war der Gleiche, den sie in Faktoria wahrgenommen hatte. Doch die auffällig penetrante Intensität bereitete ihr Sorgen. Die hübschen Pflanzen und die Weihrauchständer, die überall verteilt waren, konnten nicht überdecken, dass sich hinter diesen Mauern etwas Grauenvolles abspielte. War es das, was Ben meinte, als er davon sprach, dass die Wahl dieses Königs nicht die beste Entscheidung der Elfen war? Eilig tapste Luna auf dem angenehm kühlen und glatten Marmorboden an einem der Dienstmädchen vorbei, welche ihrem Tagewerk nachging, und gesellte sich zu ihrem Dad.

Er hatte schon die ganze Zeit diesen »Ich bin beeindruckt«-Blick drauf. Sie hoffte darauf, eine Reaktion in seiner Mimik zu erhaschen. Irgendetwas, das ihr mitteilte, dass er den seltsamen Geruch ebenfalls bemerkt hatte. Doch nichts. Nicht die kleinste Regung. Er hatte nur Augen für das große Gemälde der Königsfamilie, das sich mittig an der Wand zu zwei Wendeltreppen befand, und durch zwei stilvoll geschnörkelte Gasfackeln mit blaugrünen Feuern in Szene gesetzt wurde. Es zeigte einen stattlichen Heldenkönig mit strahlendem Lächeln, der tief verliebt in die Augen seiner elfengleichen Königin blickte, die ein Neugeborenes auf dem Arm hielt.

Jonathan bemerkte, dass Luna an ihn herantrat und legte seinen Arm um ihre Schulter. »Eine wunderschöne, glückliche Familie, nicht wahr?«

»Hmm, geht so.« Luna legte ihren Kopf schief und versuchte, es mit der gleichen Leidenschaft zu betrachten, konnte dem Gemälde jedoch nichts abgewinnen. Ob die hübsche, blonde Frau mit dem spitzen Gesicht und dem warmen Lächeln wohl Königin Zeime ist, von der Ben gesprochen hat. *Wie meine Mum wohl lächelt, wenn sie mal glücklich ist?*

»Nun denn«, unterbrach von Hohenstein ihre Bewunderung und wartete am Fuß der linken Treppe darauf, dass die beiden ihm weiter folgten. »Hier entlang geht es zu den Kleiderkammern, dort wartet aufgrund der Verspätung des Kutschers bereits ein sicherlich nicht mehr ganz so heißes Bad auf euch. Eine der Mägde wird sich um euch kümmern und euch anschließend zum Speisesaal geleiten.« Von Hohenstein schritt die steinerne Wendeltreppe im zügigen Tempo hinauf und deutete ihnen an, ihm zu folgen.

Luna schaute abermals ihren Dad an, als sie gemeinsam die Treppen erklommen. »Sag mal – fällt dir hier irgendwas Komisches auf?«, flüsterte sie.

»Wie meinen die junge Dame?«, unterbrach von Hohenstein sie, der offenbar ebenso gute Ohren hatte wie sie selbst.

»Die – Treppen, wer hat die gemacht? Ist sicher keine Standardarchitektur, oder? Ich habe so eine noch nie vorher gesehen.«

Von Hohenstein und Jonathan schauten sie gleichermaßen fragend an.

»Nun, das ist richtig. Diese Stufen sind, wie alle anderen in diesem Schloss, aus feinst gearbeitetem Quarz der Terigen Berge gefertigt. Ein wundersamer Ort im Westen Calais, an dem nicht wenige spurlos verschwanden«, erläuterte von Hohenstein.

Dann drehte er sich wieder um, setzte seinen Weg fort und erklärte entzückt etwas über die weitere Architektur dieses Schlosses.

Luna, die dem Vortrag im Gegensatz zu Jonathan keinerlei Beachtung schenkte, zupfte vorsichtig an dessen Ärmel. Er sah sie stirnrunzelnd an. Unauffällig tippte sie sich kurz mit ihrem Zeigefinger gegen die Nase. Ein sachtes Nicken seinerseits signalisierte ihr, dass er zumindest verstand, worauf sie hinauswollte.

»Da wären wir. Die Dame bitte zur Linken, der Herr zur Rechten.«

Sie blieben mitten im Flur vor zwei sich gegenüberliegenden Türen stehen. Vor beiden stand je eine Dienstmagd in tadellos perfekter Uniform. Schwarzes Kleid, weiße Schürze und Rüschenhaube. So wie die anderen im Schloss. Ihre Köpfe hielten sie gesenkt. Keine von ihnen wagte es, auch nur den Blick zu erheben oder gar einen Fuß auf den samtenen, roten Teppich zu setzen.

»Moment? Wir werden getrennt?« Jonathan verharrte.

»Selbstverständlich. Es geziemt sich nicht, einer Dame beim Baden und Ankleiden beizuwohnen. Nicht einmal, wenn sie Eure Gattin wäre. Und da Ihr nur der Knappe seid«, stellte von Hohenstein fest und schaute, angewidert von seiner bloßen Existenz, an ihm herab, »solltet Ihr froh sein, überhaupt in die Gelegenheit eines Bades und frischer Kleidung zu kommen.«

»Ist schon okay, wir sehen uns spätestens im Speisesaal«, ging Luna dazwischen und nickte ihm zuversichtlich zu.

»Eines noch. In Anwesenheit des Königs werdet ihr nur das Wort ergreifen, wenn ihr explizit von Euer Gnaden dazu aufgefordert werdet, verstanden?«

Die beiden nickten zustimmend.

»Nun denn. Gehabt euch fürs erste Wohl, werte Reisende. Es war mir ein Vergnügen.« Nach einer weiteren, tiefen Verbeugung verließ von Hohenstein die beiden zügigen Schrittes.

»Nun denn«, kicherte Luna leise, bis sich selbst ihre Augenbrauen kräuselten, und übte eine salutierende Handbewegung aus.

Die Magd zur rechten Tür erhob ihr Haupt fast zeitgleich mit der linken. So perfekt die Kleider der dürren Gestalten saßen, so seltsam waren ihre Gesichter anzusehen. Lunas Magd trug über ihrem rechten Auge eine Augenklappe. Und Jonathans schien wiederum ein Problem mit ihren optisch kaum vorhandenen Lippen zu haben. Man sagte ja, Schönheit läge im Auge des Betrachters, das änderte jedoch nichts an dem skurrilen Eindruck, den sie hinterließen, bevor Jonathan und Luna die riesigen Kleiderkammern betraten.

Bartholomäus, der Gütige

Der Speisesaal:

König Bartholomäus war ein in die Jahre gekommenes, fettes, Warzen-bedecktes, bärtiges Ungetüm von einem Mann. Seine liebste Beschäftigung schien hauptsächlich aus Fressen zu bestehen. Er hatte wahrlich nichts in seinem Gesicht, das von Güte oder gar Heldentum zeugte. Ungeduldig und zunehmend übler gelaunt wartete er im Speisesaal auf die ihm versprochene Hexe. Er starrte dabei unentwegt auf die große Apparatur, die in der Wand zu seiner Linken eingebettet war.

Auch Jonathan, der bereits seit etwa einer halben Stunde an der großen Tafel saß und ebenfalls auf Luna wartete, konnte seinen Blick kaum von dem Gebilde ihm gegenüber abwenden. Er war sich fast sicher, dass es sich um eine Art Zeitmesser handelte, nur komplexer. Da waren die ihm bekannten Zeiger für Minuten, Stunden und Tage, aber auch eine Menge andere Dinge. Wie ein gläsernes Behältnis mit einer leicht milchigen Flüssigkeit. Symbole, die offenbar Mondphasen darstellten, und sogar einen Zyklus für die beiden Zwillingssonnen, von denen eine kleiner dargestellt wurde als die andere.

Einer der kleineren Zeiger lief auf einer Schiene entlang und glich einer Art Thermometer. Verstanden hatte er von der Abbildung nur, dass Herbst war. Das erklärte auch das nasskalte Wetter.

Die lange Tafel im Saal war groß genug, um eine ganze Busladung Menschen mühelos zu platzieren. Und jeder Zentimeter dieses Tisches war von unzähligen Leckereien bedeckt. Es gab Pasteten, gekochten Schinken, Hähnchen, Platten mit saftigen Steaks, leckeres Obst und Gemüse wie Äpfel, Trauben und sogar Bananen mit pinkfarbener Schale. Zum Nachtisch stand eine Auswahl an Torten, Muffins und Wackelpudding bereit. Jonathan lief das Wasser im Munde zusammen. Eine deutlich größere und fettere Version des Tieres, das sie über ihrem Lagerfeuer gegrillt hatten, lag dort auf einem silbernen Tablet, garniert mit einem gebratenen Apfel in seinem Maul. Das prächtige Geweih wurde vom sanften Licht des prasselnden Kaminfeuers geschickt in Szene gesetzt.

Jonathan erhob die Hand, wie ein Kind in der Schule. »Entschuldigung. Aber das ist doch ein Rasselbock, oder? War es wirklich so schwierig, dieses Exemplar zu erlegen, wie man sagt?« Bartholomäus hatte mit ihm nicht ein Wort gewechselt, geschweige denn, dass er ihm irgendeine Art von Beachtung zukommen ließ. Ja, nicht einmal, als die Dienstmagd ihn vorgestellt hatte, hielt er es für nötig, ihn nur eines Blickes zu würdigen, und auch jetzt schwieg er. Lediglich seine Bediensteten, die darauf warteten, dem König den nächsten Teller mit leckeren Speisen zu bringen, hatten sich bei Jonathans Eintreten für einen flüchtigen Augenblick aufgerichtet und zur Begrüßung eine Verbeugung angedeutet. Jonathan hatte diese Geste erwidert. Auch wenn er die Gegenwart des Königs als äußerst unangenehm empfand, so war er zumindest mit der Auswahl seiner neuen Kleider zufrieden.

Er trug nun eine dunkle Jacke, deren Schultern und Ellenbogen mit stabilem, braunem Leder verstärkt waren und seinen breiten Schultern schmeichelten, ohne zu sehr zu spannen. Die goldene und mit feinen Verzierungen versehene Taschenuhr, die er in der passenden Weste fand, beschloss er zu behalten. Er betrachtete es als eine Art Souvenir seines allerersten Abenteuers in einer fremden Welt. Einzig seine braunen Wanderstiefel und seine verwaschene olivfarbene Cargohose hatte er anbehalten. Die Kombination hatte etwas Verwegenes, wie er fand.

»Nun denn. Wo bleibt sie denn nun, diese Hexe?! Bin ich ihrer Anwesenheit nicht gut genug?!«, knurrte König Bartholomäus.

Jonathan wollte gerade eine entschuldigende Erklärung vorbringen, da stürmte die Magd mit der Augenklappe in leichter Atemnot in den großen Saal.

»Eure Hoheit.« Sie verbeugte sich in tiefer Demut. Wissend, dass diese Verspätung für sie ein Nachspiel haben würde.

Ruby Dela Rugh konnte sich lediglich über eine Sache freuen: Luna wieder gefunden zu haben, nachdem diese von einer Sekunde auf die andere aus der Kleiderkammer verschwunden war. Aber warum musste es ausgerechnet der Keller sein, den sie hatte erkunden wollen? Es gab so viele, deutlich schönere Orte im Schloss. Ruby schüttelte sich bei dem Gedanken an die großen, verschlungenen Pfade des Kellergewölbes und dessen wohl gehüteten Inhalt. »Ich darf vorstellen: Die sagenumwobene Lady Luna King. Hexe der sieben unbekannten Lande und des Nebelwaldes, Bändigerin der Elemente, Schrecken des Jon Athen und Herrin über die Phantomzone.«

Jonathan fasste sich mit einer Hand an die Stirn. Oh, nein! Kann sie nicht noch dicker auftragen? Was denkt sie sich nur dabei? Vor seinem inneren Auge sah er schon ihre Köpfe rollen.

Luna betrat mit ernsterer Miene, als er es erwartet hätte, den Saal. Elegant wie eine Königin schritt sie voran. Die Wahl ihrer Kleider verlieh ihr zusätzlich eine mystische Aura. Sie trug einen knielangen, nachtschwarzen und ärmellosen Mantel mit Kapuze. Hübsche Silberknöpfe zierten die Borte. Darunter trug Luna eine dunkelgraue Langarmtunika. Drei kunstvoll in Szene gesetzte Gürtel mit auffälligen Schnallen zierten ihre Hüften und hielten die dunkelrote Lederleggings an ihrem Platz.

Jonathan glaubte unter den Gürteln, den Riemen ihrer Umhängetasche zu erkennen. Beschämt stellte er fest, dass sie eindeutig besser auf ihre Sachen aufpassen konnte als er auf seine.

Auch dem König entging ihr Auftritt nicht. Bei ihrem Anblick lief ihm das Wasser im Munde zusammen. Er bleckte die Zähne und prüfte mit einem Blick in einen der silberglänzenden Teller den Sitz seiner Haarpracht, bevor er sich wieder der rothaarigen Provokation zuwandte.

Auch Luna fiel auf, wie König Bartholomäus sie betrachtete. Wie seine Augen an ihrem Körper entlangfuhren, als wäre sie ein leckeres Stück Fleisch. Er starrte sie so aufdringlich an, dass ihr ein Schauer über den Rücken lief. Bäh! Nicht in einer Million Jahre.

König Bartholomäus kniff die Augen so fest zusammen wie nur möglich. »Was für eine Hexe seid Ihr eigentlich? Bemessen daran, wie lange Ihr gebraucht habt, um meine Gastfreundlichkeit endlich mit Eurer Anwesenheit zu würdigen. Vermutlich keine, die Macht über die Zeit hat, würde ich behaupten.«

»Ich bitte vielmals um Verzeihung, Eure Hoheit. Ich war jedoch so hochgradig schmutzig und mit Dreck übersät, dass Eure Magd wahrlich damit zu kämpfen hatte, mich einigermaßen ansehnlich zu bekommen. Ihr solltet sie für ihre Mühen reichlich belohnen. Sie hat wirklich außerordentliche Arbeit geleistet.«

Bartholomäus' Blicke wanderten argwöhnisch zur Dienstmagd, die noch immer in der Tür zum Speisesaal wartete und nervös von einem Fuß auf den anderen trat. »Belohnen?«, brüllte er durch die Halle. »Pah! Dass ich nicht lache. Auspeitschen lassen sollte ich das faule Miststück! Allein für die Frechheit, solange zu benötigen!«

»Hey!«, fauchte Luna mit vor Wut funkelnden Augen. »Eure Magd trifft keine Schuld. Sie hat ihr Bestes getan und sollte für die viele Arbeit, die sie mit mir hatte, auch fürstlich entlohnt werden!«

Jonathan, der sich wünschte, er würde nicht so dicht neben dem König sitzen, befürchtete erneut schlimmstes. Aus dem Augenwinkel sah er, wie König Bartholomäus die Fäuste ballte. Dunkle, blutunterlaufene Adern pulsierten auf seiner Stirn.

»Pahahahah! Ihr habt mehr Eier, als so Mancher, der mir unter die Augen tritt. Das hat Schneid und imponiert mir. Nun setzt Euch, wir wollen speisen.«

Luna trat an ihren Platz neben Jonathan heran und räusperte sich kurz. Er stand auf, trat einen Schritt zur Seite, rückte ihr den Stuhl zurecht, sodass sie darauf Platz nehmen konnte. Dabei bemerkte er das auffällige weiße Symbol, das den Rücken ihres Mantels zierte: Ein nautischer Stern mit einer Vielzahl ineinandergreifender Kreise. »Wie ich sehe, speist Eure Hoheit schon. Hat mein Knappe ebenfalls schon begonnen zu speisen?«, fragte Luna, nachdem sich Jonathan ebenfalls wieder gesetzt hatte.

»Euer Knappe wird speisen, wenn Ihr gespeist habt«, antwortete König Bartholomäus und schob sich eine saftige Keule in den Schlund.

»Nun, mein Knappe, meine Regeln. Er wird also speisen, wenn ich speise.« Luna nickte Jonathan bekräftigend zu.

»Euer Knappe, Eure Regeln?!«, schrie König Bartholomäus. Sein Puls stieg ins Unermessliche. »Hure! Was glaubt Ihr, wo Ihr hier seid?! Das ist mein Reich! Und meine Tafel, an der Ihr Euch hier satt fresst!«, brüllte er und drosch mit seinen Fäusten im Takt seiner Worte auf den Tisch ein. »Eure Regeln interessieren mich einen Dreck! Euer Knappe wird speisen, was Ihr ihm übriglasst oder er wird gar nicht speisen! Habt Ihr verstanden?!«

Luna zuckte zusammen. Sie hatte nicht mit einer solch heftigen Reaktion gerechnet. Ein kaum merkliches Räuspern signalisierte ihr, dass es für Jonathan okay war zu warten.

Luna senkte leicht ihr Haupt. »Ich bitte abermals um Verzeihung. Das war wahrlich zu forsch von mir. Selbstverständlich will ich mich Eurem Willen beugen. Schließlich sind wir hier zu Gast.«

Ihr Dad hatte recht, es war nicht schlimm. Unter Umständen war es ihr so sogar besser möglich, ihm etwas Wichtiges mitzuteilen. Luna tat also wie befohlen und fing an zu speisen. Beherzt griff sie nach Trauben, Äpfeln und einer Frucht, die aussah wie eine Banane, nur mit pinker, statt gelber Schale. Ein Bissen davon genügte und sie ließ das farbige Etwas samt dem Brocken in ihrem Munde wieder auf den Teller fallen. Der Geschmack von Zuckerwatte mit der Konsistenz einer Banane verpasste ihr schlicht eine Gänsehaut.

Bartholomäus beobachtete sie misstrauisch. »Wollt Ihr denn nichts von dem leckeren Fleisch kosten?«

»Nein, danke. Wir essen kein Fleisch«, entgegnete sie trocken.

Das war ein cleverer Schachzug von ihr. Jonathan räusperte sich ein weiteres Mal, um dankbar zu signalisieren, dass er ihren Hinweis verstanden hatte.

Bartholomäus zeigte mit den fettigen Fingern auf eine Schale mit Steaks und so gleich wurde sie ihm von einem dürren Diener gereicht. »Nun denn. Wie mir bekundet wurde, seid Ihr eine Hexe. Ist das wahr?«

»Ja, das ist wahr.« Luna zupfte Traube für Traube vom Steg und ließ sie nacheinander in ihrem Mund verschwinden.

»Und wie man mir weiter mitteilte, erklärt Ihr Euch bereit, mein Königreich bei der Erledigung eines lästigen Problems zu unterstützen.«

»Sure. Ich hörte bereits von den vielen verschwundenen Mädchen in Euren Landen. Sagt, gibt es in diesem Fall Anhaltspunkte? Sind diese Mädchen zum Beispiel immer an denselben Orten verschwunden? Wenn ja, wo finden wir diese Orte?« Sie lehnte sich zurück, stieß auf und trank einen Schluck aus ihrem Becher. Immer wieder wippte sie mit den Ballen ihrer Füße auf und ab. Die Wahl ihrer neuen Stiefel empfand sie zumindest als okay. Kein Ersatz für ihre Dr. Martens, aber besser, als nur barfuß unterwegs zu sein. Sie lehrte den Becher und signalisierte mit einer Handbewegung, dass sie genug gegessen hatte.

»Die Mädchen?! Pah! Der verschwundene Pöbel ist Achimboldos Problem und interessiert mich nicht. Wegen so etwas ziehe ich keine Hexe zurate.«

»Nun, wofür benötigt Ihr dann die Dienste einer Hexe?«, bohrte Luna verwundert nach.

»Drachen.«

Jonathan hob, ähnlich wie ein Erdmännchen, das sich aufrichtete, um die Lage zu checken, den Kopf und schluckte schnell den Bissen einer Pfirsich-ähnlichen Frucht hinunter. »Drachen? Sagtet Ihr Drachen?«, fiepte er und schaute seine Tochter fragend an. »Gibt es die wirklich?«

»Ähm –, na ja –, also, wie ich bereits sagte: Alles ist wahr. Also ja, es gibt auch Drachen«, erklärte sie und vergrub ihren Kopf zwischen ihren Schultern.

»Oh, oooh, ja –, gut. Ich hatte zwischenzeitlich schon Angst, dass es langsam bergauf gehen könnte. Da ist es schön zu wissen, dass diese Reise ihren Flow beibehält. Sehr beruhigend. Stabilität ist etwas Gutes.« Jonathans Blick haftete ausdruckslos auf dem mit Obst gefüllten Teller vor ihm. Drachen. Es gibt Drachen. Er verzog die Mundwinkel und hob die Augenbrauen, als er den Rasselbock sah. Ihm war immer noch nicht klar, wie sie allein eine ganze Handvoll dieser Viecher erlegen konnte.

»Ihr seid doch eine Hexe, oder?« Mit finsterer Miene musterte König Bartholomäus die beiden.

»Ja«, sagte Luna. »Eine waschechte Hexe allerdings, ja.«

»Und – Ihr seid der Macht eines Drachen gewachsen, ja?«

Luna ließ ihre Fäuste knacken und grinste. »Aber natürlich.«

»Aha. Mit welcher Art Zauberkünsten beschäftigt Ihr Euch, wenn ich fragen darf?«

»Den Dunklen. Ist nicht ganz ungefährlich, aber sie funktionieren am besten.«

»Hmm, – wirkungsvoll?«

»Sehr wirkungsvoll sogar. Vor allem gegen Drachen.«

»Wie interessant.« Bartholomäus beugte sich vor, stützte die Ellenbogen auf den Tisch und legte sein fettiges Kinn auf seine gefalteten Hände. »Wisst Ihr, wir hatten mal einen Zauberer zu

Hofe, einen Winzling mit einer grotesken Gestalt. So wenig von hier wie ihr. Hat immer nur ganz selten gesprochen. Manchmal glaubte ich gar, dass er gar nicht sprechen könne. Er hatte sich auch mit allerlei merkwürdig klingenden Künsten beschäftigt. Es ging wohl um irgendwelche Schlüssel und Tore. Er hatte wohl welche davon verloren, oder so etwas. Pah! Wie dem auch sei! Sein hässliches Äußeres ängstigte meine Gemahlin und die Bediensteten so sehr, dass mir keine andere Wahl blieb, als ihn davonzujagen. Aber Ihr, Euer Antlitz ist einfach entzückend.«

Luna zog eine angewiderte Grimasse und schwieg.

»Äußerst spannend! Viel interessanter ist jedoch die Frage, wozu Ihr eine Drachen-tötende-Hexe benötigt. Wo ist Euer Vorteil?«, unterbrach Jonathan das Gespräch und schnappte sich ein paar lecker aussehende rote Weintrauben.

»Das verdammte Mistvieh hat letzte Nacht meine über alles geliebte Tochter entführt!«, knurrte König Bartholomäus.

»Ernsthaft?!« Entfuhr es Luna und ihrem Dad wie aus einem Munde. Jonathan verschluckte sich dabei sogar fast.

»In der Tat! Hat sie einfach aus ihrem Schlafgemach gerissen! Nur die Götter selbst wissen, wieso er das tat. Wie gedenkt Ihr dem Herr zu werden, um meine geliebte Tochter unversehrt zurückzubringen?«

Jonathan verschränkte die Arme und lehnte sich zurück. Sein starrer Blick ließ erahnen, dass er gedanklich nicht mehr im Speisesaal war.

Luna pulte sich indes mit selbigem Blick Speisereste aus den Zähnen. Stille zog in den Saal.

»Also ...«, begann Jonathan, »das Beste wird sein, wir versuchen erst mal seine Fährte aufzuspüren. Wenn wir Glück haben, finden wir ihn schnell.« Er legte seine Stirn in Falten. »Und mit etwas mehr Glück ist die Prinzessin noch am Leben.«

Bartholomäus deutete drohend mit den Resten einer Hähnchenkeule auf die beiden Reisenden. »Betet, dass es so ist – und dass ich euch nicht finde, sollte es anders sein.«

»Dann wollen wir keine Zeit verschwenden.« Jonathan stützte die Hände demonstrativ auf dem Tisch ab und stand auf.

»So geziemt es sich. Mir gefallen Leute, die Taten sprechen lassen. An den Stallungen warten zwei Eponia auf Euch. Solltet Ihr Waffen benötigen, so wird von Hohenstein Euch zur Waffenkammer geleitet.«

»Nein, danke«, sagte Luna an den König gewandt. »Die Eponia sind zu laut und stinken wie die Pest. Da ginge uns nur jede Spur verloren.« Sie stopfte gierig ihre Taschen mit einigen Früchten und Nüssen voll. »Und die Waffen benötigen wir ebenfalls nicht«, ergänzte Jonathan und tat es seiner Tochter gleich.

Luna riss Ihre Augen weit auf. »Was?! – Ja, klar, heheh, wer braucht schon Waffen beim Jagen eines Drachen, stimmt's?« Stirnrunzelnd schaute sie zu ihrem Dad. »Ich meine, ich bin ja eine Hexe und kann zaubern. Wer braucht da überhaupt Waffen, oder?«, brachte sie mit einem künstlichen Kichern hervor.

»Nun denn. Dann sei es so.« Bartholomäus wedelte mit seinem Handrücken. »Zieht nun los und bringt mir den Kopf dieses Ungeziefers sowie meine unversehrte Tochter. Dann soll Euch meine Dankbarkeit gewiss sein.«

Nachdem sie auf der steinernen Brücke vor den Toren des Schlosses angekommen waren, schaute sich Luna um. Sie wollte sichergehen, dass sich niemand in Hörweite befand.

»Hast du sie noch alle?! Ich sag's nur zu gerne noch mal. Ich kann nicht zaubern! Diese Waffen hätten wir also echt gebrauchen können!«

»Na ja, irgendwas kannst du auf alle Fälle«, murrte Jonathan vor sich hin.

»Bitte?!«

»Wer zehn bewaffnete Soldaten sowie eine Handvoll dieser blutrünstigen Rasselböcke ausschalten kann, für den sollte doch auch ein Drache kein Problem werden, oder?«

Luna stockte und suchte in seiner Mimik nach jedem noch so kleinen Hinweis, der ihr half, das eben Gehörte zu deuten.

»Überrascht? Denkst du, ich bin so doof?«, erwiderte ihr Dad auf ihren fragenden Gesichtsausdruck.

»Was zum ...?!« Sie verstummte mitten im Satz, senkte den Blick und drehte sich zum Fluss. Sie war scharfsinnig, hatte eine hervorragende Kombinationsgabe – und völlig vergessen, von wem sie das hatte.

»Acht, es waren acht!«, gab sie dann reumütig, jedoch entschlossen zu.

»Vergiss die Men in Black nicht in deiner Zählung«, entgegnete er trocken.

Die Greys! Er erinnert sich wieder an die Greys! Kalter Schweiß bildete sich in ihrem Nacken. Erwischt! Na, los, erkläre es ihm! Und wenn du schon dabei bist, auch gleich alles andere, hetzte Lunas innere Stimme. »Ach, die. Die sind geflohen, als der Kampf losging.«

Jonathan stellte sich direkt vor sie, sah sie mit ernster Miene an, verschränkte die starken Arme und legte den Kopf schief. »Weglaufen? Versuch es noch mal. Diesmal die Wahrheit.«

Luna kräuselte ihre Lippen. Ihre großen, bernsteinfarbenen Augen scannten jeden Zentimeter seines kantigen Gesichts. »Okay! Vielleicht sind sie nicht geflohen.«

»Schon besser. Was hast du stattdessen mit ihnen gemacht?«

Luna blickte verlegen zu Boden und wippte mit ihrem rechten Ballen leicht hin und her. »Hab sie – zerlegt?« Ihre Augenbrauen hoben sich. »Ist zerlegt das richtige Wort dafür? Ja, ja, ich denke schon. Hättest du sehen sollen, wie sie Körperteil um Körperteil immer kleiner wurden. Unbezahlbar, der Anblick.« Luna grinste selbstgefällig, in einem Anflug von Stolz.

Jonathan seufzte, legte eine Hand auf ihrer Schulter ab und schaute ihr in die Augen. »Hätte ich tatsächlich sehr gerne gesehen, aber ich lag mit der Nase im Dreck und wäre wohl im ersten Moment doch sehr geschockt gewesen.« Kurzzeitig lachten beide gemeinsam.

»Was zum Teufel passiert hier eigentlich gerade?«, fragte Luna und wischte sich die Lachtränen aus dem Gesicht. »Warte, warte, warte! Ich erzähle dir, dass ich eiskalt Leute zerlegt habe und deine einzige Reaktion ist: Hätte ich gerne gesehen? Was zum Teufel stimmt nicht mit dir?«

Jonathan hob unwissend die Hände. »Was soll ich sagen? Der Kopf hat gesprochen. Hat er doch, oder?«

Luna nickte. »Darum sprach ich auch von zerlegt. Greys sind so 'ne Art Fadenwürmer, die zur jeweiligen Welt passende Wirte besetzen, um ihre Arbeit zu verrichten. Im Grunde sind sie so was wie abartige Puppenspieler. Da sie selbst nicht sonderlich groß sind und sich nahezu überall im Wirtskörper verstecken können, ist es auch unheimlich schwierig sie endgültig auszuschalten.«

Jonathan fuhr sich sprachlos mit der Hand durchs Gesicht. »Fadenwürmer? Es ist schon krass, was es alles gibt. Dann waren die anderen Wachen also ...«

»Nein.«

Jonathan stockte. »Oh, dann – hast du also ...«

»Gulasch gemacht? Ja. Aber nicht alle. Der Dicke von den Greys hat zwei von ihnen ausgezehrt, bei dem Versuch seinen erbärmlichen Hintern zu retten.«

Er wurde kreidebleich. »Verstehe. Magst du mir jetzt auch erzählen, wie du das gemacht hast? Denn Zaubern kannst du ja offenbar nicht.«

Luna räusperte sich. Sie senkte ihren Blick und wurde ernst. Die Hände in den riesigen Taschen des nachtschwarzen Mantels vergrabend, kickte sie einen losen Stein von der Brücke. »Das ist kompliziert.« Sie atmete tief ein und dann wieder aus. »Können wir darüber vielleicht ein anderes Mal reden?«

»Warum? Wovor fürchtest du dich? Glaubst du, ich würde es nicht verstehen?«

Genau! Wovor fürchtest du dich? Na los! Offenbare es ihm! Luna schwieg und unterdrückte ein aufkeimendes Schluchzen.

»Kind, egal, was es ist, du kannst mit mir reden. Ich weiß, dass du außergewöhnlich bist. Das ist nicht schwer zu erkennen.« Er zählte an seinen Fingern alles auf, was ihm gerade ins Auge fiel. »Die außergewöhnliche Färbung deiner Haare, deine immerzu gerötete Nasenspitze, mit der du offenbar ganz wunderbar riechen kannst, die immer dunklen, wie der Teufel wachsenden Nägel, der schlanke, aber durchtrainierte Körper. Willst du wirklich, dass ich alle bisherigen Fakten zusammenzähle und mir mein eigenes Urteil erstelle?«

»Urteil?!«, keifte sie, trat einen Schritt zurück und funkelte ihn finster an.

Jonathan hob vorsichtig die Arme. »Verzeihung. Falsche Wortwahl. Ich will damit sagen: Lass mich nicht meine eigenen und vermutlich falschen Schlüsse ziehen. Sprich mit mir.«

»Du hast recht. Du würdest es nicht verstehen. Vertrau mir, ich weiß es!«

Jonathan stutzte irritiert. »Woher willst du das so genau wissen? Ist es, weil das alles noch so neu für mich ist? Hast du Angst, ich könne dich als Tochter nicht mehr wollen, wenn ich es wüsste?«

Sie hielt einen Moment inne und stieß dann einen Schwall Luft aus. »Können wir das bitte lassen? Du hast ausdrücklich darum gebeten, nicht zu viel aus deiner Zukunft wissen zu wollen. Belassen wir es also dabei.«

Jonathan stemmte seine Hände resigniert in die Hüften und schaute sie ratlos an. Was Luna, was ist es, dass es dir so schwer macht, dich zu öffnen?, dachte er, dann weiteten sich seine Augen. »Du bist ein Werwolf, oder?«

Luna grunzte fassungslos. »Tzz, haut er einfach mal so raus. Nein, verdammt! Und jetzt lass es!« Sie boxte ihm im Vorbeigehen auf die Brust.

Jonathan wankte leicht nach hinten und drehte sich zu ihr um. »Au! Keine Ahnung, was du für eine Erziehung genossen haben musst, dass du meinst, seine Eltern schlagen sei okay, aber von mir kannst du das nicht haben!«, murrte er genervt klingend.

Doch statt ihm zu antworten, zog sie vor Wut versteiften Gliedmaßen weiter. »Ein Werwolf. Schimpft mich einfach mal heteromorph, ist das zu fassen. Arschloch.«

Jonathan hob ratlos die Hände. »Hey! Wo läufst du denn jetzt hin?«

»Unseren Drachen suchen«, fauchte sie und marschierte unbeirrt weiter über die Brücke.

»Dann ist die Unterhaltung also beendet? Einfach so?«

»Ja! Einfach so!«

Jonathan runzelte die Stirn. »Vampir?« Er hatte es nicht ganz ausgesprochen, da erkannte er die Lächerlichkeit der Frage. Luna antwortete wie erwartet nur mit ihrem Mittelfinger. »Großartig.«

Spurensuche

Luna hockte im knöchelhohen, saftig grünen Gras der weiten Ebenen vor den Mauern des Schlosses und untersuchte platt gedrückte Gräser, die eindeutig auf Fußspuren hindeuteten. Sie strich mit den Fingerspitzen über die abgeknickten Halme und roch daran. Jonathan konnte kein bisschen Fährtenlesen. Darum zog er es vor, Luna zu beobachten.

Vielleicht lerne ich dabei etwas. Spuren lesen ist sicher ganz nützlich.

»Hmm.« Luna legte ihren Kopf schief und zog eine Augenbraue hoch. Das markante Aroma von frischer, ozonhaltiger Luft wie nach einem Gewitter umspielte diese Spuren auf seltsame Weise. Luna erkannte diesen Geruch sofort. Immerhin war ihr dieser Duft in ihrer Gegenwart mehr als vertraut, doch das konnte unmöglich stimmen. Er konnte es nicht sein, absolut unmöglich.

»Und? Hast du was?«

»Allerdings«, antwortete sie und begutachtete eine Handvoll loser Grashalme, die sie aus der Erde gerissen hatte. Sie steckte sich einen der Halme zwischen die Zähne und kaute darauf herum.

Dann spuckte sie den Brei aus Gras und Speichel auf den Boden und rieb sich den Mund ab. »Unser Drache ist ein Humanoid und ein Zehengänger.«

»Humanoid? Du meinst, er ist gar kein Drache?«

»Doch. Aber seine Gestalt ist der eines Menschen nicht unähnlich. Er ist groß, ich würde zwei Meter zwanzig bis zwei Meter fünfzig schätzen. Schwer ist er auch. Offenbar hat er die Prinzessin getragen, zumindest seh ich hier keine Spuren von ihr.«

»Das liest du alles aus dem bisschen Dreck?« Jonathan hockte sich zu ihr, nahm ein Büschel Gras in die Hand und roch daran. Nichts. Nicht ein bisschen konnte er ihre Schlussfolgerung nachvollziehen. »Eines Tages musst du mir zeigen, wie das geht.«

»Sicher.« Sie hob eine Augenbraue. *Wenn die Prinzessin bei ihm ist, dann ...* »Dad, sag mal, traust du König Bartholomäus?«

Jonathan lutschte an der Spitze eines Halmes. »Nein. Würde mich bei seiner charmanten Persönlichkeit nicht mal wundern, wenn die Prinzessin einfach weggelaufen ist und es gar nichts mit dem Drachen zu tun hat.«

Luna kniff die Augen zusammen. »Du hast keine Lust, dich einem Drachen zu stellen, oder?«

Jonathan stockte. »Du etwa?«

Sie zuckte mit den Schultern. »Die Prinzessin ist mir mittlerweile ehrlich gesagt egal. Wusstest du, dass hier mal Elfen gelebt haben?«

»Elfen? Nein. Echte Elfen?« Jonathan horchte auf.

»Ja, angeblich sind sie alle vor Jahrzehnten in ihre Heimat zurückgegangen.«

Jonathan runzelte die Stirn und wartete auf eine Ergänzung. »Du sagst angeblich.«

Sie stand auf und reichte ihrem Dad eine helfende Hand. »Schlauer Bursche. Komm, dort lang. Nach Südwesten sind sie gegangen.«

»Die Elfen?«

»Nein! Unser Drache und die Prinzessin.«

Zur selben Zeit im Speisesaal:

»Majestät, traut Ihr den Fremden?«

König Bartholomäus beugte sich gerade über eine seiner Lieblingsnachspeisen, grüner Wackelpudding, da brach er in großes Gelächter aus. »Wo denkt Ihr hin? Natürlich nicht. Ich traue ja nicht einmal Euch. Dabei seid Ihr mein Berater.«

Von Hohenstein stand steif wie eine Statue neben seinem Herrn. »Und das Gerücht, dass sie eine Hexe sei?«

»Pah! Das freche Miststück ist so wenig eine Hexe, wie Ihr hübsch seid, Taddel.«

»Aber Euer Gnaden, warum habt Ihr sie dann beauftragt?«

»Habt Ihr die Kleider gesehen, die sie trug?« Von Hohenstein rümpfte die krumme Nase. »Ja. Schrecklich! Ein regelrechtes Lumpenpack war das. So konnten sie Euch nicht unter die Augen treten.«

»Nicht diese Kleider meinte ich, du Narr!« König Bartholomäus schlug auf den Tisch und ein Stapel Teller schepperte zu Boden.

»Oh, Ihr meintet die neuen Kleider? Nein, tut mir aufrichtig leid. Die sind mir zum Glück entgangen.«

»Dieses Wappen auf dem Rücken, das war kein Zufall, sage ich Euch. Sie hat sich bewusst für den Mantel des vorlauten Moas entschieden. Sie mag keine Hexe sein, wird aber ganz sicher diesen Drachen finden.« Der fette König hatte keine Zweifel daran, dass sie sich kannten.

»Dann treffe ich entsprechende Vorkehrungen.«

König Bartholomäus beugte sich über den Tisch und funkelte Tadeusz finster an. »Pah! Etwa so wie beim letzten Mal? Ich habe mich lieber selbst darum gekümmert. Dieses Mal wird man Penélopes Spur nicht verlieren.«

Von Hohenstein stockte. »Aber Eure Majestät, meint Ihr nicht, dass es ...«

»Dass es was?!«, presste der König zwischen zusammengepressten Zähnen hervor. »Sprecht Ihr ein Urteil über mein Kind?! Ich will Euch sagen, was ich diesem gelehrten Moa sagte, als er die Frechheit besaß, sie anzuklagen: Was sie getan hat, spielt keine Rolle! Sie ist von meinem Blute und alles, was mir noch geblieben ist! Das Einzige, was ich tun werde, ist den Schaden in Grenzen zu halten, bis sie ihre Lektion gelernt hat. Darum hat ihr Platz hier zu sein!«

Tadeusz wurde blass im Gesicht. »Ihr sprecht von Hausarrest? A-aber die Bediensteten, wie lange soll das gut gehen? Wir können nicht alle paar Jahre das Personal wechseln, damit es niemandem auffällt.«

König Bartholomäus' Kopf lief rot an vor Wut. »Was kümmert es Euch noch? Ihr habt versagt!«

Von Hohenstein trat einen Schritt zurück und senkte den Blick. »Ich kann nur tausendfach um Verzeihung bitten, Eure Majestät. Wer hätte auch ahnen können, dass der ehrenwerte Herr Drache mitten in der Nacht mit Eurer Tochter verschwindet.«

»Ihr jedenfalls nicht, Taddel. Ihr jedenfalls nicht.«

Zwei große Gestalten in stählernen Harnischen betraten den Speisesaal. Die Visiere ihrer Helme waren gerade breit genug, um die blaugrün schimmernden Augen dahinter zu erkennen.

König Bartholomäus wedelte abwertend mit der Hand. »Schafft diesen Unrat nach Faktoria! Da nützt er mir wenigstens noch etwas.«

Von Hohensteins Herz raste. Er zitterte am ganzen Leib. Er wusste nur zu gut, was dies hieß. »Nein. NEIN! Eure Majestät! Ich bitte Euch!« Blanke Panik kroch in sein Gesicht.

König Bartholomäus schaute nicht eine Sekunde dem flehenden Gejammer seines ehemaligen Beraters hinterher, als man ihn unter heftiger Gegenwehr aus dem Saal schleifte. Zu lecker war der köstliche Pudding und zu lange ließ er seinen Magen schon auf diesen kulinarischen Genuss warten. Von Hohenstein trat und schlug um sich wie ein Wilder. Doch die eiserne Garde blieb gänzlich unbeeindruckt.

Die weiten Ebenen von Calais:

Jonathan richtete den Kragen seiner Jacke und passte sein Tempo den immer schneller werdenden Schritten seiner Tochter an. »Bist du sicher, dass wir richtig sind?«

»Ja, wir kommen definitiv näher. Es ist nicht mehr weit.«

Fast zwei Tage waren sie den Spuren des Drachen gefolgt. Nur hin und wieder hatte Luna sie kurzfristig verloren. Dann musste sie erneut auf die Pirsch gehen, um Hinweise auf die Richtung, die ihr Ziel eingeschlagen hatte, zu erhalten.

Unterwegs trafen sie auf eine weitere Herde der seltsamen Wesen, die Jonathan schon auf der Kutschfahrt zum Schloss bestaunt hatte. Trapoli nannte man sie. Ein Hirte erklärte ihnen, dass sie trotz ihrer imposanten Größe, friedfertige Nutztiere waren, deren robustes Fell zur Herstellung von allerlei Dingen genutzt wurde. Sei es für Kleidung, wie gefütterte Stiefel und Jacken, oder als Dämmmaterial beim Häuserbau. Selbst die Jacke, die Jonathan trug, war aus der robusten Lederhaut der Trapoli gefertigt und hielt – so erzählte man sich – sogar dem Geweih eines Rasselbocks mühelos stand.

»Für heute langt es«, sagte Jonathan und ließ sich auf der Erde nieder.

Luna blieb mitten auf der Wiese stehen und schaute zu ihrem Dad zurück. »Willst du mich verarschen?«

Glühwürmchen tanzten über die weiten Wiesen der hügeligen Landschaft und die Sterne hatten etwas Bezauberndes, wie Jonathan fand. Ein dichtes Meer aus leuchtenden Punkten und mittendrin immer wieder Sternschnuppen. Es war, als feierten die Sterne ein Fest am Firmament. »Sieh doch mal. Das alles verpassen wir gerade.« Er klopfte mit der flachen Hand auf die Wiese. »Komm, setz dich. Lass uns den Moment etwas genießen und wenn du magst, könnten wir uns zur Abwechslung mal wieder über etwas anderes unterhalten, als über die Suche nach diesem Drachen.«

»Da drüben. Siehst du das?« Luna zeigte auf eine unscheinbare Rauchschwade, nur wenige hundert Meter von ihnen entfernt.

Jonathan schnaubte entmutigt und erhob sich widerwillig. »Meinst du, das ist es?«

»Ziemlich safe sogar.«

»Hoffentlich ist es nicht die Prinzessin, die da kokelt.«

»Unwahrscheinlich. Eher ein Lagerfeuer würde ich tippen.« Sie steckte sich den Zeigefinger in den Mund und hob ihn in die Luft. »Prima! Gegenwind. Er wird uns also noch nicht gewittert haben.«

»Welcher Drache macht denn ein Lagerfeuer?« Er runzelte die Stirn. »Ich glaube langsam, wir haben unterschiedliche Vorstellungen von diesem Begriff.«

Luna grinste verschmitzt und erhöhte das Tempo. »Werden wir schon bald herausfinden.«

Jonathan trottete den immer zielgerichteteren Schritten seiner Tochter hinterher. »Weihst du mich dann auch endlich mal in deinen großen Plan ein?«

Luna blieb abrupt stehen und drehte sich um. »Häh? Was für ein Plan?«

»Was ich meine ist, wie willst du das Vieh töten?«

Luna legte den Kopf schräg und boxte ihren Dad auf die Brust. »Fuck you! Seh' ich vielleicht aus wie Supergirl? Wir reden immerhin von einem Drachen! Außerdem bin ich immer noch ziemlich angeschlagen.«

Er wollte in diesem Moment am liebsten im Boden versinken. Seine Tochter machte die ganze Zeit so einen toughen Eindruck, dass er völlig vergessen hatte, dass sie durch den Sturz ins Meer beinahe ums Leben gekommen wäre. Sie sagte zwar, es sei nicht seine Schuld gewesen. Doch das änderte nichts daran, dass er Schuld hatte. »Tut mir leid, so war das nicht gemeint. Was schlägst du vor?«

Sie setzte die Kapuze des Nachtschwarzen auf und zog diese tief ins Gesicht. »Ganz ehrlich? Am liebsten unentdeckt rein und mit Prinzessin wieder raus, bevor besagter Drache rafft, was los ist.« Dann setzte sie sich wieder in Bewegung und wurde immer schneller.

Jonathan hastete hinter ihr her. »Klingt vernünftig. Scheiß drauf, dass König-Fress-mich-tot den Kopf haben will.«

Luna stoppte erneut und ließ plötzlich die zuvor gestrafften Schultern hängen. »Ach, shit! Stimmt ja. Okay, pass auf, wir sagen einfach, das Vieh ist von meiner Magie in so kleine Stücke gerissen worden, da blieb leider nichts mehr zum Zeigen übrig. Und falls das dumme Gör auch nur auf die Idee kommt, etwas anderes zu erzählen, brech' ich ihr einfach den Kiefer.«

Jonathan schaute sie an und versuchte herauszufinden, ob dies wieder ihr Zynismus war, der da zum Vorschein kam. »Dein Ernst?«

Sie antwortete mit einem unnötig lang gezogenen »Nein« und richtete noch einmal die Kapuze, bevor sie wieder loslief.

Die beiden nährten sich der obersten Kante der Wiese. Da vernahm Jonathan Geräusche aus der vor ihnen liegenden Senke.

»Kreischt da jemand?!«, knurrte er leise.

»Pssst. Ruhe jetzt.«

Vorsichtig krochen sie an die Kante heran. Luna wollte zunächst einen Blick auf das Treiben in der Grube erhaschen, bevor sie entschied, wie sie vorgehen würden. Sie wollte ganz sichergehen und ausschließen, dass sie sich irrte. Je länger sie darüber nachdachte, desto unsicherer wurde sie. Luna kannte nur diesen einen Drachen aus ihrer Gegenwart und wusste demnach gar nicht, wie andere Drachen so riechen. Was, wenn sie alle in etwa den gleichen Geruch hatten? Wie sollte sie die feinen Unterschiede in den einzelnen Geruchsnoten erkennen, wenn sie nicht wusste, worauf sie dabei achten musste? Luna schüttelte den Kopf. Es ging nicht anders, sie musste einen Blick riskieren.

Behutsam ließ sie ihren Kopf über die Kante gleiten. Das Feuer befand sich im Inneren eines großen Erdlochs, direkt neben dem Eingang zu einer geräumigen Höhle. Sie konnte gerade noch erkennen, wie sich die großen, kräftigen Arme der Grün-schwarz-geschuppten-Kreatur über das kleine, zarte Geschöpf von Prinzessin hermachten, da löste sich plötzlich ein Teil der Kante und Luna plumpste mit einem Satz vor das Lagerfeuer.

BESCHÜTZERINSTINKTE

»Shit!« Mit schmerzverzerrtem Gesicht rieb Luna sich den Hintern.

Die Nüstern des Drachen bebten aufgeregt, als er den Eindringling registrierte. Er drehte sich rasch um und ließ den wuchtigen, Grün-schwarz-geschuppten-Schweif mit einem solch kräftigen Hieb über das Feuer schwingen, dass dieses fast erlosch. Seine Flügel spreizte er zu einem bedrohlichen Fächer, während er sich aufrecht und in voller Größe aufbaute. Die muskulösen Arme verharrten in Lauerstellung. Der blutrote, ärmellose Seidenkimono saß oberhalb seiner dunklen Hosenbeine und garantierte mehr als genug Bewegungsfreiheit, selbst bei einem Geschöpf seiner Statur. Dampf rieselte in ruhigen, erwartungsvollen Zügen aus den Nüstern des Drachen.

Mit weit aufgerissenen Augen starrte Luna den gigantischen Drachen an. Dieser starrte zurück. Beide blinzelten sich einige Momente still an.

»Aaaahhhrrrrghhh!« Jonathan sprang todesmutig über die Kante, fest entschlossen, Luna mit seinem Leben zu verteidigen. Schützend stellte er sich vor sie, die Fäuste geballt, und tänzelte wie ein Boxer leicht hin und her.

»Komm her, du Bestie!«, knurrte er. »Luna! Kümmere dich um die Prinzessin! Ich lenke ihn so lange ab!«

Doch statt in einen hektischen Kampf, brachen Luna und der Drache bei Jonathans Anblick in lautstarkes Gegacker aus. Luna krümmte sich vor Lachen und ihr schossen Tränen in ihre

Augen. Der Drache wiederum hielt sich vor lauter Gelächter eine seiner Pranken vor die Augen. Er konnte sich nur schwer daran erinnern, wann er das letzte Mal so gelacht hatte.

Entrüstet hörte Jonathan auf herumzutänzeln und sein Gesicht färbte sich tiefrot. »Ihr – kennt euch, oder?«

Luna wischte sich ihre Tränen von den Wangen. »Kann man so nicht sagen. Aber was zur Hölle hast du dir bitte dabei gedacht, mir direkt hinterher zu jumpen?«, presste sie zwischen zwei Lachanfällen hervor. »Bei ein paar dämlichen Wachleuten mit Gewehren pisst du dir fast in deine Hose, aber bei 'nem gigantischen Drachen, da denkst du dir: Mal schauen, was so geht?«

»Ach, halt doch die Klappe! Ich dachte halt, du bist in Gefahr.« Jonathan verschränkte gekränkt die Arme vor der Brust.

»Ich melde mich schon, wenn dem so sein sollte!«, konterte Luna.

»Ihr seid Andersweltler, oder?«, unterbrach sie der Grün-schwarz-geschuppte-Drache. »Diego hat gleich am Geruch erkannt, dass ihr nicht von hier seid.« Seine Nüstern bebten erneut aufgeregt hin und her. »Fuchsia gibt es hier nämlich nicht«, sprach er mit tiefer, basslastiger Stimme.

»So wenig, wie carumische Himmelsdrachen«, antwortete Luna neckisch und war froh, dass es sich dabei tatsächlich um ihren Lieblingsdrachen aus ihrer Gegenwart handelte.

Jonathan war auf einen Schlag völlig fasziniert. Nicht nur von der Tatsache, einem echten Drachen gegenüberzustehen, sondern, dass dieser Kleidung trug. Und bis auf Schuppen, kräftige Klauen, Hörner, Schweif, Flügel und Kopf, überhaupt nicht so aussah, wie er sich einen Drachen vorgestellt hatte. Dieses Wesen wirkte eher wie eine bizarre Mischung aus Drache und

Mensch. Einem sehr großen, kräftig gebauten Menschen. Jonathan betrachtete seine eigenen Hände. Sie waren ruhig, nicht ein Anflug von Zittern oder Schweiß war zu sehen. Er hätte Angst haben sollen, doch da war keine. Seine Aufmerksamkeit fuhr wieder zu Luna und dem Drachen. Er bewunderte, dass dieser offenbar von sich selbst in der dritten Person sprach und fragte sich, ob er dies mit Absicht tat oder es schlicht die Art war, wie Drachen redeten. Er schüttelte den Kopf. »Kann mir jetzt bitte einer erklären, was hier los ist?«, fragte er aufgebracht. »Wer oder was bist du? Und was ist mit der Prinzessin? Wir haben sie eben noch kreischen gehört! Was hast du ihr angetan?!«

»V-verzeiht. Da war ein widerlicher Käfer. O-Onkel Diego war so freundlich und hat ihn von meinem Kleid entfernt. Nicht auszudenken, wenn er nicht da gewesen wäre, um mich erneut zu retten«, antwortete eine kleine blonde Person, die äußerst vorsichtig hinter dem gigantischen Drachen hervorlugte.

»Oh, hallo! Ihr seid aber 'ne Niedliche«, begrüßte Luna,

immer noch im Dreck sitzend, das junge Mädchen, das sich fest an Diegos Rockzipfel klammerte. »Du musst keine Angst haben, wir tun dir nichts. Dein Vater, der König, schickt uns, um dich zu retten.«

»M-mich retten?«, fragte die Prinzessin mit zittriger Stimme. »Wovor denn? Diego ist mein Freund. Er bringt mich ganz weit weg von hier.«

Luna lächelte die Prinzessin warmherzig an. »Aber warum das denn? Komm, erzähl Tante Luna mal, wovor du wegläufst.«

Ihre kleinen Hände krallten sich in den Hosenbund des Drachen und ihr Atem wurde schneller. »M-meinem Papa. Er ist kein guter Mensch mehr, musst du wissen.«

Diego nahm die zierliche Gestalt auf seine muskelbepackten Arme. »Ist schon gut, Ihr seid bei Diego sicher. Ist euch jemand gefolgt?«, wollte er an Luna und Jonathan gewandt wissen.

Luna zuckte mit ihren Schultern. »Nö. Nicht, dass ich wüsste.«

»Das ist gut«, brummte er.

Jonathan legte seine Stirn in Falten und strich sich mit Daumen und Zeigefinger über sein kantiges Kinn. »Meine Tochter und ich hatten bezüglich des Königs auch schon unsere Zweifel. Irgendwas scheint mit ihm nicht zu stimmen.«

Luna knuffte ihren Dad auf die Schulter und grinste. »Drauf geschissen! Wir haben, was wir wollten.«

Jonathan rieb sich den Arm. »Verstehe ich nicht. Wir waren auf der Suche nach einem Übergang, der uns aus dieser beschissenen Welt führt. Bekommen haben wir das da!« Er deutete mit ausgestreckten Armen auf den Drachen. Dieser blinzelte ruhig und strich sich mit der langen Zunge über die schuppigen Lippen. »Wie soll uns das weiterhelfen?«

Luna beugte sich vor und weitete höhnisch die Augen. »Vielleicht, weil er vom Netzwerk ist?«

Jonathan wollte erst noch eine neunmalkluge Bemerkung machen, da stockte er plötzlich. Die Farbe wich ihm aus dem Gesicht, als der Drache die Prinzessin absetzte, sich mit verschränkten Armen vor Jonathan stellte. Dieser reichte ihm nur knapp bis zur Brust. Diego funkelte ihn von oben herab an und warmer Dampf schoss provokativ aus seinen Nüstern. »Luna? B-bist du sicher?«, stotterte Jonathan.

»Sure. Siehst du das Symbol, das die silberne Rune auf seinem linken Oberarm darstellt?«

Jonathan trat einen Schritt zurück, um es sehen zu können. »Ja, was ist damit?« Er verschluckte sich plötzlich, als es ihm wie Schuppen von den Augen fiel.

Dann drehte sie ihm den Rücken zu und deutete mit beiden Zeigefingern über ihre Schultern hinweg auf das Symbol, das den Mantel zierte, den Luna inzwischen liebevoll den Nachtschwarzen getauft hatte. Es zeigte einen nautischen Stern mit einer Vielzahl unterschiedlich angeordneter und ineinandergreifender Kreise.

»Tenacious' Mantel«, bemerkte Diego mit geweiteten Augen. »Woher habt Ihr ihn?«

»Der Mantel war ein Geschenk von König Bartholomäus, dem Gütigen«, antwortete Luna. »Ich wusste allerdings nicht, dass er T gehörte.«

Jonathan vergrub die Hände in seinen Hosentaschen. »Tenacious? Noch ein Freund von euch beiden?«

Diego ignorierte ihn und konzentrierte sich weiter auf Luna und die Jacke. »Du kennst Tenacious? Seltsam. Tenacious hatte nie erwähnt, eine Fuchsia zu kennen. Weißt du zufällig, wo er gerade ist?«

Luna kräuselte ihre dunklen Lippen, blinzelte einige Male, sah zu ihrem Dad, dann wieder zu Diego und legte den Kopf schräg. »Ich kenn ihn leider auch nur vom Hörensagen. Großer kräftiger dunkelhäutiger Mann, mit langen silbernen Dreadlocks und einem charismatischen Lächeln, das seinesgleichen sucht. Ist für seine unkonventionelle Art zu denken bekannt.«

Sie kannte noch jemanden, auf den diese Eigenschaft zutraf.

Luna betrachtete ihren Dad, wie er Flusen aus seiner Hosentasche pulte und offenbar dachte, dass es niemanden auffiel. Dann wandte sie sich wieder Diego zu. »Dummerweise habe ich keine Ahnung, wo er ist.« Sie stockte kurz. »Ich kann dir aber sagen, wo er war.«

»Im Schloss Rurindai«, ergänzte der Drache und strich sich über die kleinen Hörnchen unter seinem Kinn. »So weit war Diego auch schon.«

»Okay, das Symbol ist eine Art Erkennungsmerkmal für das Netzwerk, nehme ich an?«, unterbrach Jonathan die beiden erneut. »Warum ist König Bartholomäus dann im Besitz von dem Mantel gewesen?«

»Erstens: korrekt. Zweitens: Keine Ahnung«, antwortete Luna schulterzuckend. »Ich weiß nur eines: Dieser Mantel ist geschichtsträchtig. Nur die Stars of Destiny hatten so einen. Echte Legenden der alten Zeit. T wird ihn daher sicher nicht freiwillig in Bartholomäus Secondhand-Kleiderkammer gegeben haben.«

»Wohl kaum«, bestätigte Diego und strich sich mit Daumen und Zeigefinger über sein schuppiges Kinn. »In der Kleiderkammer, sagtest du?«

»Korrekt«, antwortete Luna von einem Nicken begleitet. »Da gab es viel Zeug in unterschiedlichsten Größen, Farben und Formen. Ich habe auch schon 'ne Vermutung, wo das alles herkommt.«

»Diego auch«, brummte der Drache und spannte seinen Bizeps an.

»Also gut, Großer. Bin ganz Ohr!«, entgegnete Jonathan ihm.

Dampf rieselte aus Diegos Nüstern nach unten. »Danke. Ist euch aufgefallen, wie viele Dinge hier mit Gas betrieben sind?«

»Natürlich. Eine beeindruckende Technik«, bemerkte Jonathan euphorisch. »Ich frage mich schon die ganze Zeit, wie das wohl funktioniert.«

Diego hob seine langen Mundwinkel und blickte Jonathan an. »Ihr mögt Technik?«

»Ja, ich mag Technik«, antwortete Jonathan erfreut über die Beobachtung des Drachen. »Ich mag es nur nicht, wenn ich sie nicht verstehe. Ich muss dann einfach wissen, wie das funktioniert. Sonst finde ich keine Ruhe. So geht es mir, ganz nebenbei bemerkt, mit vielen Dingen, die sich meiner Kenntnis entziehen. Fluch und Segen zugleich, wenn du verstehst.«

Naserümpfend betrachtete Luna die beiden. Da war es wieder, dieses Leuchten in Jonathans Augen. Fast so, wie sie es glaubte in Erinnerung zu haben.

»Diego versteht das sehr gut. Ihr gefallt Diego.«

»Jonathan. Und Du.«

Der Drache tippte sich zweimal mit der flachen Pranke auf die Brust und verbeugte sich leicht. »Diego. Sehr angenehm.«

Luna kratzte sich Lippen-kräuselnd am Kopf und kniff ihr linkes Auge zu. »Wow! Dass dein Name Diego ist, hätte ich jetzt kaum noch erwartet«, stellte sie sarkastisch fest. »Erzähl weiter.«

Diego reckte seinen gehörnten Kopf. »Oh, natürlich. Ist euch auch aufgefallen, welche Farbe die Feuer, die von dieser Technik ausgehen, haben?«

»Blau-grünlich, meine ich«, sagte Jonathan.

»Sehr aufmerksam! Und welches Gasgemisch hat diese Farbe, wenn man es verbrennt?«

Die beiden sahen sich einen Moment lang an. Luna zuckte unwissend mit ihren Schultern.

»Ein Barium-Cobalt-Gemisch?«, versuchte es Jonathan geradeheraus.

Diegos Kopf schwang abwägend hin und her. »Nicht übel, aber falsch. Es ist Leichengas. Es wird wiederum bei der Bildung von Leichengift, während des Verrottens von organischem Gewebe gewonnen. Die Alten, Kranken und Schwachen haben hier auf diese Weise noch einen Nutzen. Klingt makaber, aber der Brennwert ist unter bestimmten Voraussetzungen hervorragend.«

Jonathan zog erst eine Augenbraue hoch, anschließend roch er mit verzogenem Gesicht behutsam an seiner Jacke.

»Vergiss es!«, unterbrach Luna ihn harsch. »Nicht mal ich rieche an der Kleidung irgendwelche Leichensäfte. Vernünftig reinigen können die.« Sie erhob sich in einer eleganten Drehbewegung aus dem Schneidersitz.

»Okay. Also steht man hier auf die Weiterverarbeitung von Ressourcen«, murrte Jonathan missmutig. »Prinzipiell nicht verwerflich, aber trotzdem ekelig.«

»Nur war Tenacious weder alt noch krank und schwach schon gar nicht«, brummte Diego.

Ein Wimmern ertönte. Die drei schauten auf den kleinen Wurm am Rockzipfel des Drachen. Jonathan fragte sich, wie alt die Prinzessin wohl sein mochte. Seiner Auffassung nach dürfte sie wohl kaum älter als zehn oder elf sein.

»Shht, ist schon gut, Penélope.« Der Drache hob sie erneut hoch und wippte mit seinen Armen leicht hin und her. Seine große Pranke, die den kleinen Körper beinahe völlig verdeckte, kraulte ihr dabei liebevoll den Rücken.

»Hat Papa eurem Freund wehgetan?«, schluchzte das kleine Mädchen.

»Ihr müsst wissen, sie hat in ihren jungen Jahren erst vor Kurzem verstanden, welchen Preis ihr Wohlstand hat.«

Luna legte den Kopf schief. »Das tut mir sehr leid. Es ist immer doof, in so jungen Jahren zu erfahren, wie grausam die Welt ist.«

Sie wusste nur zu gut, wie sich die Prinzessin fühlen musste. Auch sie hatte diese Erfahrung schon sehr früh machen müssen.

»Warum kann Papa nicht wieder lieb sein? Ganz lieb. So wie früher, als Mama noch lebte?«, wimmerte Penélope und vergrub ihren kleinen Kopf in der Schulter ihres Beschützers.

Auch Luna überfiel eine plötzliche Traurigkeit und sie sah zu ihrem Dad. Mit der Absicht, ihr ebenfalls etwas Trost zu spenden, streckte Luna die Hand nach ihr aus. Da zuckte die kleine Prinzessin zusammen und zischte überraschend harsch, dass Luna sie nicht anfassen solle. Augenblicklich zog Luna ihre Hand zurück. Sie erinnerte sich, dass sie als Kind ähnlich reagiert hatte, als ihre Welt zusammengebrochen war.

»Ihr müsst das verzeihen. Sie ist bereits sehr müde und daher etwas quengelig. Darum hat Diego auch das Lager aufgeschlagen. Wir klären den Rest besser, sowie Penélope eingeschlafen ist. Es ist ohnehin kein Gespräch, dem ein kleines Kind beiwohnen sollte.«

ERKLÄRUNGSNOT

Jonathan und Luna saßen auf einem langen Baumstamm am Feuer, während Diego der kleinen Prinzessin in der Höhle ein Schlaflied summte.

Jonathan erwischte seine Tochter dabei, wie sie es heimlich mit surrte. »Kennst du das Lied?«

Lunas Herz schlug unregelmäßig und ihr Puls pochte unangenehm. Sie senkte ihren Blick und zögerte einen endlos scheinenden Moment, bevor sie schließlich wortlos nickte.

»Woher? Es klingt interessant«, hakte Jonathan neugierig nach.

»Auch von Diego.«

»Hmm, dann kennst du ihn also aus deiner Gegenwart?«

»Ja.«

»Verstehe.«

»Nein. Du verstehst gar nichts.« Sie schluckte schwer und legte dann etwas Holz nach.

»Stimmt ja, wir schweigen ja neuerdings lieber, als miteinander zu reden.« Jonathan verschränkte die Arme und wippte mit seinen überkreuzten Füßen. »Fuchsia also. Was darf man darunter verstehen?«

Luna stieß genervt einen Schwall Luft aus. »Ungünstiger Zeitpunkt, Dad!«, fauchte sie.

»Ah, ja? Wann passt es denn mal?«

»Jetzt jedenfalls nicht!«

Mit schweren, großen Schritten stapfte Diego langsam aus der Höhle zu den beiden ans Feuer, ließ sich ihnen gegenüber auf die Knie fallen und saß dann dort wie ein alter Samurai. Er schloss für einen Moment die müden Augen. Die Nüstern bebten lang und ruhig auf, als wenn er tief ein- und ausatmete. Kontinuierlich rieselte Dampf wie bei einer wartenden Lokomotive aus seinen Nüstern.

Lunas Aufmerksamkeit blieb, wie so oft, auf seinen grünen Schuppen haften, die hier und da kleine schwarze Muster aufwiesen. Sie erinnerte sich, dass laut Na-Vi-Eintrag carumische Himmelsdrachen im Regelfall blauschwarze Schuppen hatten. Diego war da eine groteske Ausnahme. Eine simple Pigmentstörung. Das Besondere daran war, dass er immer wieder einzelne Schuppen verlor, und man nie genau sagen konnte, ob sie dann grün oder schwarz nachwuchsen. Das mochte Luna. Es ließ das Muster seiner Schuppen immer so lebendig erscheinen.

Jonathan hob den Kopf in Richtung des Drachen. »Hey, Diego, was sind Fuchsia?«

Luna riss die Augen auf und fuhr schnell dazwischen. »Wie geht's der Kleinen?«, erkundigte sie sich.

Diegos kleine, spitze Ohren zuckten auf. Er reckte den Kopf in die Höhe, betrachtete die beiden abwechselnd und sah Lunas kaum merkliches Kopfschütteln. »Grmpf! Den Umständen entsprechend. Penélope schläft jetzt tief und fest. Das ist gut. Es waren ein paar harte Tage für sie.«

Jonathan bemerkte die Röte im Gesicht seiner Tochter und fuhr mit dem Kopf zu Diego herum. »Du ignorierst meine Frage also absichtlich, ja?«

»Ja! Nun zu euch«, brummte der Drache und starrte Luna an. »Warum seid ihr beide hier? Und warum kennt das Fuchsia-Mädchen Diego? Diego könnte schwören, dich nicht zu kennen und Diego kennt einige Wanderer.«

Jonathan neigte sich leicht zur Seite und sah seine Tochter fragend an. »Ja, erzähl doch mal, woher kennt ihr euch? Das würde mich auch brennend interessieren, Fuchsia-Mädchen.«

Lunas Miene verfinsterte sich. Sie hätte ihrem Dad gerade am liebsten eine reingehauen. Luna räusperte sich mit vorgehaltener Hand. »Regel eins!«, erinnerte sie ihren Dad und wandte sich Diego mit einem fordernden Blick zu.

Diego legte den Kopf schräg, atmete tief ein und blies über seine Nüstern eine Ladung Dampf in die Runde. »Grmpf! Diego ist kein Idiot. Ihr seid dem Netzwerk unbekannt. Hat Diego vorhin geprüft.« Er ließ seinen Nacken knacken und die Flügel aufzucken.

»Du hast was?!« Luna sprang schockartig auf.

»Hier passiert viel komisches Zeug, da wollte Diego nur vorsichtig sein.«

Luna seufzte. »Ist ja prinzipiell auch richtig. Aber dass du gleich 'nen ganzen Backgroundcheck durchziehst, hätte ich echt nicht von dir gedacht.« Enttäuscht zog sie einen Schmollmund.

»Also, ihr beide kennt das Netzwerk, habt Tenacious' Mantel und seid im Auftrag des Königs hier.« Der Drache blitzte bedrohlich mit seinen Augen auf. »Muss Diego wirklich noch betonen, wonach das für ihn aussieht?!«

Jonathan schluckte hörbar und blickte erwartungsvoll zu seiner Tochter.

Diese starrte wiederum brettsteif den kräftigen Drachen an. »Okay. Erwischt! Aber es ist anders, als du denkst«, polterte es dann aus ihr heraus.

Der Drache erhob sich bedrohlich aus seinem Sitz und starrte auf das Mädchen und ihren Begleiter. »Diego ist grundsätzlich sehr friedfertig, aber es gibt Momente, da macht auch Diego Ausnahmen.« Er öffnete den mit einer goldenen Schnalle versehenen Deckel eines kleinen, ledernen Beutels an seinem Gürtel. Griff hinein und zog einen für dieses Behältnis viel zu langen Stab mit einer großen und sicherlich rasiermesserscharfen Klinge hervor. Dann bewegte er sich schnaubend und bereit hässliche Dinge zu tun auf die beiden zu. Er holte gerade zu einem verheerenden Hieb aus, da sprang Jonathan auf und stellte sich schützend vor seine Tochter.

»Jetzt warte mal kurz. Wir können das ...«

»W-wir sind Zeitreisende!«, brach es plötzlich, ganz unerwartet aus Luna heraus. »Na ja, viel mehr ich als mein Dad, aber darum geht es ja nicht.«

Diego stoppte. »Ihr seid was?!«, fragte er und legte den gehörnten Kopf schief.

»Zeitreisende«, wiederholte Luna und hob unterwürfig ihre Hände. »Und ich kenne dich, weil wir in meiner Gegenwart so etwas wie Freunde sind.«

Der Drache stoppte und ließ den Speer vorsichtig sinken. »Beweis es. Erzähle etwas über Diego, dass Fremde unmöglich wissen können.«

»Du liebst Eier und machst fantastische Omelette.«

»Das ist zwar nett, aber kein großes Geheimnis«, murrte Diego und hob den Speer wieder an.

Luna zuckte mit den Achseln. »Also gut! Du willst es persönlicher? Kannst du haben.« Sie deutete mit ihrem Zeigefinger, dass er dichter kommen sollte, und Diego beugte sich zu ihr hinunter, damit Luna ihm etwas ins Ohr flüstern konnte.

Diego stockte plötzlich, riss die Augen weit auf und fuhr sich mit der Pranke über den gehörten Kopf. »Oh! Okay – überzeugt. Aber damit das klar ist, das bleibt unter uns.«

Luna lächelte verschmitzt. »Klar.«

Er richtete sich wieder auf und ließ den Speer sinken. »Gut. Wieso bist du durch die Zeit gereist und hast Diego aufgesucht? Sag bloß, Diego passiert in deiner Gegenwart etwas Schlimmes?«

Luna runzelte fassungslos die Stirn. »Was? Nein! Wtf! Warum gehen alle erst mal davon aus, dass ich absichtlich durch die Zeit reise? Fürs Protokoll: bin ich nicht!«

»Du meinst, es war so eine Art Versehen?«

»Ja«, murrte Luna mäßig gelaunt.

Diego stutzte irritiert. »Wie kann man denn aus Versehen durch die Zeit reisen?«

Jonathan schnippte mit den Fingern. »Gute Frage. Um die zu beantworten, sind wir hier.«

Luna seufzte resigniert und schlug sich auf die vom Feuer gewärmten Oberschenkel. »Also das war so: Ich hatte in 'nem Vermisstenfall innerhalb des Netzwerks ermittelt und bin durch meine Recherchen in dieser blöden Welt im D-Sektor gelandet. D-22, um genau zu sein. Ab da ging alles schief, denn sie stand kurz vor dem Untergang. Ich meine wirklich kurz davor. Der Verfall war bereits so weit fortgeschritten, dass es weit und breit keine Übergänge mehr gab. Ich rannte und rannte, während um mich herum alles den Bach runterging. Dann erschien plötzlich doch ein Übergang direkt vor meiner Nase. Da habe ich natürlich nicht lange nachgedacht und bin hindurchgesprungen. Ich wurde von gleißend hellem Licht geblendet und stand plötzlich mit den Stiefeln im Sand. Laut Na-Vi war ich wieder in meiner Heimatwelt. Dann hat das blöde Mistding den Geist aufgegeben.« Luna verzog das Gesicht. »Lange Rede, kurzer Sinn: Warum auch immer bin ich etwa fünfundzwanzig Jahre in der Vergangenheit gelandet. Und jetzt stehe ich hier, mit meinem zukünftigen Dad, auf der Suche nach Antworten.« Sie legte eine unschuldige Miene auf. »Wo wir dabei sind, du weißt nicht zufällig etwas über Zeitreisen?«

Diego stand ganz still und starr vor ihnen, nicht ein Muskel rührte sich. Dann schüttelte er seinen großen Kopf. »Verzeihung, Diego hat aufgehört zuzuhören, als du sagtest, das Na-Vi hätte den Geist aufgegeben. Was meinst du damit?«

»Na ja, der Bildschirm flackerte noch ein paar Mal, dann war das Teil aus. Seitdem geht gar nichts mehr.«

Wieder schüttelte er irritiert von ihren Worten den Kopf. »Willst du sagen, es ist defekt?!« Fassungslosigkeit machte sich auf seinem schuppigen Gesicht breit. »Gib mal her.«

Luna kramte eifrig in ihrer gut gehüteten Umhängetasche und reichte Diego nur wenige Augenblicke später ihr Na-Vi.

Er begutachtete es konzentriert von allen Seiten, zückte dann sein eigenes und scannte ihr Gerät damit. Anschließend tippte er auf seinem Na-Vi herum und murmelte hin und wieder etwas vor sich hin. Nach einigen Minuten kratzte er sich am Kopf und sagte ganz trocken: »Der Akku ist leer!«

Jonathan fiel alles aus dem Gesicht. »Luna, willst du mich verarschen? Der ganze Stress, weil du dein Ladekabel verlegt hast?«

Luna zog ihren Kopf ein und schaute ahnungslos zu Jonathan auf. Doch bevor sie sich äußern konnte, nahm Diego sie bereits in Schutz.

»So einfach ist es nicht, fürchtet Diego. Die Energiequelle, die das Na-Vi antreibt, kann nicht einfach per Steckdose geladen werden. Es steckt ein extrem leistungsfähiger Nanoreaktor in dem Gerät. Diego selbst wusste nicht mal, dass der sich verbrauchen kann.«

»Toll, und was mache ich jetzt?«, fragte Luna und zog einen Schmollmund.

»Diego weiß es nicht. Er hat nie davon gehört, dass so was passiert ist. Wenn du Glück hast, ist es nicht tiefenentladen, dann sollten ein paar Weltensprünge ausreichen, um es wieder in Gang zu kriegen. Ansonsten wirst du wohl ein neues brauchen.«

»Das geht nicht! Da sind wichtige Daten drauf!«

»Nun, in dem Fall kann dir nur noch Nathaniel helfen. Er wird sich garantiert dafür interessieren, wie und warum sein System versagen konnte. Diego war mit der Prinzessin ohnehin auf dem Weg nach Haven.«

Jonathan kickte nachdenklich einen Stein in die Glut. »Haven? Was ist das jetzt wieder?«

»Die Heimatwelt des Netzwerks«, beantwortete Luna die Frage ihres Dads beiläufig. »Ich will nicht zu Nathaniel, der hat so fiesen Mundgeruch«, quengelte sie an Diego gewandt. »Können wir das nicht irgendwie anders regeln?«

»Deine Entscheidung. Bei der Gelegenheit könntest du auch gleich Gilligan einen Besuch abstatten. Wenn einer etwas über Zeitreisen weiß, dann er.«

Luna kräuselte wieder ihre dunklen Lippen und dachte einen Moment lang nach.

Jonathan blickte zu Diego auf. »Gibt es dort noch mehr Kuriositäten wie dich?«

»Kuriosität? Hast du Diego gerade eine Kuriosität genannt?«
Der Drache streckte die Brust heraus, um größer zu wirken.

Luna kicherte. »Wenn du denkst, der da ist seltsam, dann hast du keine Ahnung.«

»Alles klar, bin dabei«, antwortete Jonathan fest entschlossen. »Jetzt, wo wir das geklärt haben, erzähl uns bitte, was hier los ist? Weshalb entführst du die Prinzessin?«

»Ah, das.« Diego verstaute seinen Speer in dem vergleichsweise winzigen Beutel an seinem Gürtel und setzte sich wieder. »Wo fängt Diego da am besten an? Ah, ja! Es war einmal.«

Von Drachen und Monstern

»Echt jetzt?«, unterbrach Jonathan den Drachen bei seiner Einleitung und ließ sich neben Luna auf den Baumstamm zurückfallen.

Luna wippte aufgeregt mit ihren Stiefeln hin und her und vergrub ihre Hände in ihrem Schoß. Sie liebte es, wenn Diego Geschichten erzählte.

Die regenbogenfarbenen Augen des Drachen schimmerten seicht im Schein des Lagerfeuers. »Es war einmal eine Welt voller Monster und finsterer Kreaturen. Mittendrin befand sich das Königreich Calais. Ein jeder Bürger des Königreiches fürchtete sich vor den Gestalten der Nacht. Da erschien ein junger Held, unerschrocken und mutig, und stellte sich wieder und wieder den Monstern. Mit der Zeit sammelten sich fünf tapfere Gefährten um ihn herum. Gemeinsam kämpften sie gegen Kreaturen und Monster in allen Größen und Formen und schon bald waren der junge Held und seine Gefährten im ganzen Land bekannt. Das Volk verehrte seine Tapferkeit, aber auch seine unendliche Güte und sein reines Herz. Eines Tages waren alle Monster besiegt und der junge Held wurde zum neuen König gekrönt. Er sollte auch eine Königin haben.

Ihr Name lautete Zeime und so sagt man, soll sie die schönste Frau im ganzen Land gewesen sein. Ein Lächeln, das jedes Herz erwärmte, das Haar golden wie die Morgensonne und in ihren Augen spiegelte sich zu jeder Zeit der Glanz der Sterne. Nach der Hochzeit brach eine Zeit des Wohlstands für das Volk von

Calais an. Und das junge Königspaar bekam eine Tochter, die so schön war wie ihre Mutter. So lebten sie viele Jahre glücklich und zufrieden.«

Jonathan runzelte die Stirn. »König Bartholomäus? Bist du sicher, dass wir vom selben König sprechen?«

Luna sagte nichts, schaute ihn finster an, holte ordentlich aus und boxte ihm kräftiger als nötig in seine Rippen. »Zuhören. Die Geschichte ist noch nicht vorbei. Glaub mir, der spannende Teil kommt erst noch.«

»Okay, jetzt reichts«, hüstelte er. »Das war das letzte Mal, das mich geschlagen hast.«

»Ach ja?«, antworte Luna trotzig und holte erneut aus.

Diego öffnete kurz eines seiner Augen und funkelte beide bedrohlich an. Dampf schoss aus seinen Nüstern, dann schloss sich das Auge wieder und er fuhr fort. »Doch eines Tages wurde die Königin schwer krank. Kein Arzt und kein Heilkundiger konnten sagen, was ihr fehlte. Schon bald darauf starb sie. Es war zwar ein schneller, jedoch grausamer und schmerzhafter Tod. Ihr Fleisch löste sich und ihr wunderschönes Gesicht zerfiel, bis nur noch Knochen und Brei übrig waren. Der König konnte es kaum mit ansehen, blieb jedoch bis zum bitteren Ende an ihrer Seite. In seiner Trauer schloss er sich für Monate mit ihr in seine Gemächer ein. Keiner seiner alten Begleiter drang mehr zu ihm durch. Während dieser Zeit erwachte etwas Dunkles in dem tapferen Helden von einst. Eine Krankheit des Geistes. Da er nie herausfand, wer oder was für das Leid seiner Königin verantwortlich war, ließ ihn der Gedanke nicht los, dass ihre große Liebe zum gemeinen Volk sie dahingerafft hatte. Ein Gedanke, der noch schreckliche Folgen für sein Volk haben sollte.«

»Da, wo ich herkomme, gibt es ein Sprichwort«, fuhr Jonathan erneut dazwischen. »Entweder stirbt man als Held oder man lebt so lange, bis man selbst zum Schurken wird.«

»Das hast du mal wieder aus einem Film, oder?«, tadelte seine Tochter ihn. »Machst du eigentlich noch was anderes, außer Bücher wälzen und vor der Glotze hängen?«

»Grmpf, er hat aber recht.« Dampf rieselte sanft schwebend aus Diegos Nüstern. »Der König selbst wurde zum größten Monster, das sein Reich je gesehen hatte. Er baute über viele Jahre eine riesige Industrienation auf. Wohlstand und Reichtum für jeden, der danach strebte. Armut gab es keine mehr. Niemand lebte mehr auf der Straße, litt Hunger oder wurde Opfer einer Seuche. Alchemisten schufen aus einem Regiment Freiwilliger die eiserne Garde, ein Heer aus treuen Untergebenen. Sie sorgten für die Sicherheit außerhalb der Städte und Dörfer. Doch nur wenigen war der Preis für all den Wohlstand bekannt.«

»So wurde also der tapfere Held zum wahnsinnigen Massenmörder«, entwich es Luna leise und ließ ihre Finger unheilvoll in der Luft tanzen.

Diego richtete seinen Kimono und streckte den muskulösen Nacken. »König Bartholomäus würde es wohl natürliche Auslese nennen, aber ja, streng genommen ist es ein Genozid am eigenen Volk.«

Jonathan grübelte mit finsterer Miene über Diegos Geschichte. »Da stimmt etwas nicht. So wie du es erzählst, klingt es, als sei ein riesiges Zeitfenster zwischen den Heldentaten des Königs, dem Tod der Königin und heute.« Er kratzte sich am Kopf. »Doch Prinzessin Penélope ist dafür noch recht jung, findet ihr nicht?«

Luna hob kurz ihre Hand, beschloss dann aber, dass es vermutlich unwichtig sei, was sie sagen wollte, und senkte sie wieder.

Diego nickte. »Das Gleiche dachte Tenacious auch, als er Diego das erste Mal von der Geschichte erzählte. Viele Ungereimtheiten und ein Volk, das leidet. Genau sein Ding.«

»Ich kann mir kaum vorstellen, dass es bislang niemandem aufgefallen ist, dass reihenweise Menschen verschwinden«, warf Luna in den Raum.

Diegos Schweif schwang lässig hin und her. »Natürlich. Aber wenn erst mal bekannt ist, dass zu viele Fragen schlecht für deine Gesundheit sind, stellst du keine mehr. Und wenn doch mal jemand zu neugierig war, half ein wenig Folter einem das auszutreiben«, schnaubte der große Drache verächtlich.

Jonathan, der den Drachen schon die ganze Zeit fasziniert bestaunt hatte, zeigte auf dessen Schweif. Die mit einem regenbogenfarbenen Fächer ausgestattete Spitze war mehrfach geknickt und wies einige Kerben auf. »Ist es das, was sie dir angetan haben? Folter?«

Diegos Augen wurden riesig. Er neigte den Kopf nach hinten, bis seine lange Zunge aus der Schnauze ploppte. Dann schnappte er sich seinem Schweif und zog ihn schützend zu sich nach vorn. Es machte den Eindruck, als sei er mehrmals gebrochen und ungünstig wieder zusammengewachsen.

Luna musste wieder einmal kichern. »Na los, sag ihm schon, wie das passiert ist.«

»Grmpf! Sagen wir es so, Diego – kann nicht sonderlich gut mit elektronischen Türen umgehen«, gab der Drache kleinlaut zu.

Luna kringelte sich erneut vor Lachen und fiel vom Baumstamm, auf dem sie saßen. »Nur doof, dass es in Haven mehr als eine davon gibt« Sie lag wie ein Käfer auf dem Rücken und gackerte, bis ihre Augen tränten. Diego schaute argwöhnisch auf sie herab und schnaubte.

»Lass sie. So können wir Erwachsenen weiterreden«, beschwichtigte Jonathan Diegos gekränktes Ego. »Es beruhigt mich, dass dir die Folter erspart geblieben ist.«

»Danke.« Diego betrachtete weiterhin Luna, die den Mantel seines Freundes trug. »Etwas, das Tenacious offenbar nicht von sich behaupten kann.«

Jonathan erhob sich. »Was meinst du, ist ihm passiert?«, erkundigte er sich und legte etwas Holz nach.

»Schwer zu sagen. Das Letzte, was er Diego über sein Na-Vi mitteilte, bevor er verschwand, war, dass er womöglich wisse, wer für den Tod der Königin verantwortlich sei.«

»Das ist natürlich ein starkes Stück«, antwortete Jonathan. »Meinst du, ihm ist deswegen etwas zugestoßen?«

»Vermutlich. Diego weiß nur eines: Als Tenacious den Mantel das letzte Mal trug, hatte dieser noch Ärmel.«

»Fiese Nummer.« Luna überkam ein kalter Schauer und sie verzog angewidert ihr Gesicht. Ihre Hände hatte sie gemütlich auf ihrem Bauch abgelegt und betrachtete auf dem Rücken liegend die Schönheit der Sterne. Zwischendurch vergrub sie ihre Nase in der großen Kapuze des Nachtschwarzen. Ein angenehmes Gefühl. Sie konnte Kapuzen, die sich komisch auf dem Kopf angefühlt hatten, nicht leiden. Schön weich, kuschelig und groß mussten sie sein. Wie ein mobiles Kissen.

»Diego fand zwar Tenacious' Na-Vi im Keller des Schlosses, am Fuße einer der unzähligen Treppen, aber ...«

»Da war ich auch«, funkte Luna dazwischen.

Jonathan schüttelte verdutzt seinen Kopf, sah sie skeptisch an und kniff dann seine stahlblauen Augen zusammen. »Wie – bist du die Magd losgeworden?«

Sie blinzelte ein paar Mal und rieb sich müde die Augen. »Betriebsgeheimnis. Hab versprochen, davon keinem etwas zu sagen. Wär eh nichts für dich gewesen. Ist ein richtiger Irrgarten da unten. Außerdem war da alles voller modriger Leichen und seltsamer Gerätschaften.«

Jonathan zog eine angewiderte Grimasse. »Die Elfen?«

»Right! Was dachtest du denn, woher Fettbacke die eiserne Garde hat? Schätze, er konnte nach dem Tod seiner Elfenfrau keine Spitzohren mehr sehen.«

»So viel zum Thema freiwilliges Regiment. Ist ja ekelig. Diego, erzähle bitte weiter.«

»Nun, bevor Diego Tenacious weitersuchen konnte, machte Diego Bekanntschaft mit der Prinzessin. Sie wusste, dass Diego nicht von hier war und sah in ihm ihre Gelegenheit, endlich dem Wahnsinn ihres Vaters zu entkommen. Und Diego versprach ihr, sie mitzunehmen.«

»Hmm, kein Wunder, dass der Fettsack so angefressen war«, erwiderte Jonathan und reckte den Kopf zu den Sternen.

»Darum brechen wir morgen früh auch schon auf«, brummte Diego.

Jonathan stockte. Er blickte zum Höhleneingang und dachte an die Prinzessin. »Moment. Wir brechen hier einfach die Zelte ab? Was ist mit König Bartholomäus? Seinem Volk und diesen ganzen Unschuldigen, die durch seine Hand sterben?«

Dampf rieselte aus Diegos Nüstern. Er blickte zu Luna hinunter. Sie zuckte nur mit den Achseln, dann sah Diego erneut zu Jonathan. »Was soll damit sein?«

Jonathan vergrub eine Hand in der Hosentasche, während er mit der anderen wild in der Luft herum gestikulierte. »Na ja, Tenacious hat nach dem Mörder der Königin gesucht, um das Leid des Königs zu beenden. Und offenbar ist es ihm auch gelungen, es herauszufinden. Das können wir doch wohl auch, oder meint ihr nicht?«

Diego und Luna sahen sich an und schmunzelten. Dann erhob Diego seine Stimme. »Klar, lass uns gemeinsam diese Welt retten.«

Ermutigt hob Jonathan den Zeigefinger Richtung Diego. »Das wollte ich doch hören.« Jonathan lächelte stolz.

Luna grunzte. »Und wenn wir schon dabei sind, können wir gleich in jeder Welt auf dem Weg nach Haven anhalten und schauen, ob die auch Hilfe brauchen.«

Luna und Diego lachten, Jonathan nicht. »Was ist daran so witzig?«, maulte er erneut und gestikulierte mit seinen Händen in der Luft herum. »Ich dachte, ihr vom Netzwerk seid Hüter, Forscher und Entdecker? Wozu hat sich Tenacious eingesetzt und geopfert, wenn wir die Leute jetzt im Stich lassen?!«

Luna sah, wie Verständnislosigkeit und Wut seine stahlblauen Augen verdunkelten. »Dad, hör zu. Das Netzwerk greift nicht auf diese Weise ein. Das können sie auch gar nicht. Dafür gibt es in all den verschiedenen Welten zu viele Fronten, an denen gekämpft werden müsste.«

»A-aber, wir müssen doch irgendwas tun können?«

»Falsch!«, brummte Diego bestimmend. »Müssen tun wir gar nichts. Das ist es ja gerade. Tenacious hat für sich entschieden, hier mit seinem detektivischen Geschick etwas bewirken zu wollen, und das ist okay. Bedeutet aber nicht, dass wir das auch tun müssen.« Diegos regenbogenfarbene Augen leuchteten im Schein des Feuers. »Jonathan, Diego versteht dich. Aber es ist, wie deine Tochter sagte. Du kannst nicht alle retten. Dafür gibt es zu viele Welten. Unsere Aufgabe als Hüter besteht darin, darauf zu achten, dass alles im Gleichgewicht bleibt.«

Luna legte die letzten Äste ins Feuer und nickte zustimmend. »Traurig aber wahr. Wir greifen als Hüter eigentlich nur dann ein, wenn der Frieden zwischen eingeweihten Welten bedroht ist. Sich jemand hart danebenbenimmt oder so was Dummes versucht, wie die Herrschaft über alle Welten zu erlangen.« Ihre Ohren zuckten auf. Das Geräusch kleiner Kiesel unter eleganten Schuhen suchte aus der Dunkelheit der Höhle ihre Aufmerksamkeit. »Belauschst du uns oder kannst du einfach nicht schlafen?«

Diegos Kopf fuhr herum. »Prinzessin? Was macht Ihr denn hier? Ihr solltet längst im Bett sein und schlafen.«

Der kleine Blondschopf mit dem fliederfarbenen Kleid trat ins Licht und rieb sich die müden Augen. »Entschuldigung. Ich wollte nicht lauschen, wirklich nicht. Aber allein kann ich nicht schlafen.«

»Oh, na, wenn das so ist.« Diego gähnte, erhob sich und stapfte langsam mit auf dem Boden schleifenden Schweif Richtung Höhle. »Gute Nacht, ihr zwei.«

Jonathan ließ desillusioniert die breiten Schultern hängen. »Wow, dass das Netzwerk so agiert, hätte ich jetzt nicht erwartet. Ich meine, es ergibt schon Sinn, aber ...«

Luna grinste, legte ihren Arm um die Schultern ihres Vaters und rieb ihre Nase an seiner Wange. »Komm, der Opi ist müde und wir sollten uns auch hinlegen.« Sie stand auf und folgte Diego samt der Prinzessin.

»Aber –, es gibt doch noch so viel zu klären.« Jonathans Hand glitt über seine Wange und er berührte die Stelle, an der Luna gerade noch ihre Nase gerieben hatte. Das war das erste Mal seit

Tagen, dass sie wieder auf mich zugeht. »Das ist ein Fehler«, sagte er tonlos. »Ich fühle es im ganzen Körper. Alles schreit danach, dass es ein Fehler ist, diese Sache auf sich beruhen zu lassen.« Jonathan fuhr sich mit der Hand durchs dunkelbraune Haar und schnaufte. »Vielleicht habe ich auch einfach eine empfindliche Moralvorstellung.«

ABRA KADAVER

Ein Sonnenstrahl fiel in die Höhle ein und blendete Luna, sodass sie kurz wach wurde. Sie registrierte, dass die zwei Sonnen am Himmel standen, beschloss jedoch, sich noch einmal umzudrehen. Alles war still, kein noch so kleines Vogelgezwitscher weit und breit. Ebenso wenig irgendein anderes Tier. Dann bemerkte sie einen seltsamen, süßlich faulen Geruch in ihrer Nase. Blitzschnell sprang sie auf.

»Aufwachen! Alle sofort aufwachen!«

Diego rappelte sich auf. Luna und der Drache fixierten den Eingang zur Höhle. Sie bewegten sich keinen Millimeter und gaben nicht einen Mucks von sich. Jonathan schreckte ebenfalls durch das Geschrei seiner Tochter auf. Verschlafen und orientierungslos rieb er sich die Augen.

Penélope klammerte sich wieder an ihren Beschützer. »Was ist da?«, fragte sie zaghaft.

»Hey, bist du eigentlich schon immer so ein Technikfetischist Schrägstrich Waffennarr gewesen?«, wollte Luna von Diego wissen.

Der Drache grinste. »Du kennst Diego wirklich.«

Er kramte an seinem Gürtel und überreichte ihr den kleinen, unscheinbaren, braunen Lederbeutel mit Überwurfdeckel und goldener Schnalle. »Such dir was Hübsches aus.«

Sie nahm das Täschchen in ihre Hand und warf es Jonathan zu. »Such dir was Hübsches aus«, wiederholte sie Diegos Worte.

»Bitte, was soll ich?«

»Das ist ein Nano-Beutel. Du kannst da alles Mögliche drinnen lagern. Diego nutzt ihn für seine Waffensammlung. Einfach reingreifen, an etwas denken, das du haben willst, Hand wieder rausziehen und voilà.«

»Aha ...«. Skeptisch öffnete Jonathan den Beutel, warf einen kurzen Blick in die endlose schwarze Leere im Inneren und streckte dann die Hand hinein. »Da kommt nichts.«

»Du denkst zu allgemein. Denk spezieller«, brummte Diego.

Eine große, breitschultrige Schattengestalt betrat den Eingang zur Höhle. Die Rüstung tiefschwarz, glänzend und mit winzigen Goldakzenten besetzt. Der Helm, bis auf einen kleinen Spalt für die blaugrün schimmernden Augen, blickdicht. Die Gestalt hielt ein imposantes Breitschwert in der Hand. Es verging ein längerer Moment, in dem sich beide Parteien, erwartungsvoll anschwiegen.

»Diego hofft, Ihr seid nicht so dämlich, wie Ihr ausseht. Dieses Riesending von einem Schwert wird Euch in einer Höhle nämlich kaum dienlich sein«, durchbrach der Drache die Stille.

»Hab's!« Jonathan zog eine nordische Einhandaxt hervor. Das breite und zu beiden Seiten geschwungene Blatt der Schneide verlieh ihr etwas Dynamisches. Überall auf der Klinge waren kunstvolle Runen zu finden. Sie war nicht schwer und lag gut in seiner Hand.

Der Drache nickte in die Richtung seines jungen Begleiters, ohne dabei den Blickkontakt zu seinem Gegenüber zu verlieren. »So was meinte Diego. Jemand mit einer solchen Axt ist Euch hier überlegen. Dagegen seht Ihr mit dem Riesending einfach scheiße aus.«

Die dunkle Gestalt reagierte nicht auf Diegos Provokation. Sie erhob seine tiefe, basslastige Stimme und sprach sehr langsam: »Übergebt uns die Prinzessin und euer Tod wird schnell sein.«

»Nein«, ahmte Luna ihn respektlos nach.

Der dunkle Ritter holte zu einem kräftigen Hieb aus und Stahl kollidierte klirrend mit der Höhlendecke. Im selben Moment preschte Diego voran und rammte dem Angreifer die Klinge seines Speeres geradewegs tief in den Leib. Dieser spuckte und schwarzes, zähflüssiges Blut spritzte aus dem Helm. Der dunkle Ritter sank auf die Knie.

»Diego sagte doch, es ist dämlich, das zu benutzen.«

Ein grollender Schrei verließ die Kehle des Ritters und er richtete sich wieder auf, als wenn nichts gewesen wäre. Der Drache wollte seinen Augen nicht trauen. »Untote?« Diego spürte, wie plötzlich der Boden unter ihm erzitterte.

Der Ritter griff nach dem Speer in seiner Brust und drückte ihn gegen die brachiale Kraft des Drachen aus seinem Leib. Diego ließ den Speer aus seinen Pranken gleiten, versenkte seine Daumen in die glühenden Augen des fauligen Schädels und riss diesen auseinander. Der Körper des Ritters sank auf die Knie und rührte sich nicht mehr.

Diegos Ohren zuckten auf. Unzählige Ritter der eisernen Garde marschierten frontal auf die Höhle zu. Sie waren langsam, aber zu viele, um an eine Flucht in diese Richtung zu denken. »Schnell Jonathan! Wir müssen sie aufhalten! Fuchsia-Mädchen! Beschütze die Prinzessin! Und sucht nach einem Ausgang!«

Luna packte die Kleine und rannte. Ihre Flucht endete allerdings schon nach wenigen Metern. »Mist! Sackgasse! Diego, hier hinten gehts nicht raus!«

Penelope schniefte und Tränen flossen ihr übers Gesicht. »Bitte, bitte mach, dass es aufhört. Sie dürfen mich nicht mitnehmen. Ich will nicht wieder zu Papa zurück.«

Luna hockte sich zu dem verängstigten Kind hinunter. »Keine Sorge, wir finden einen Weg hieraus.«

Jonathan stürmte mit der Axt in seinen Händen zum Eingang der Höhle. »Was muss ich tun?«

Diego visierte die vier Ritter an, die auf sie zukamen, und griff nach seinem Speer. »Ziele auf den Kopf und dann töte so viele, wie du kannst!«, erklärte Diego mit ruhiger Stimme.

Jonathan prustete und umschloss den Stiel der Axt mit beiden Händen. Er brauchte seine ganze Willensstärke, um das blöde Zittern seines Körpers unter Kontrolle zu bekommen. Unsicher darüber, wie er sie nutzen müsse, versuchte er unterschiedliche Schwünge und Posen.

»Nein, nein, nein. Am besten stellst du dich so, dass du gut Schwung holen kannst«, leitete Diego ihn an. Dann zischte sein Speer mit einem kräftigen Hieb nach rechts und drei der modrigen Gestalten sanken kopflos zu Boden. Eine vierte bewegte sich auf Jonathan zu.

Im letzten Moment wich er dessen Schwerthieb mit einem beherzten Sprung zur Seite aus. Jonathan fuhr herum, holte mit der rechten Hand aus und versenkte die Axt tief im Nacken des Eisernen. Der Kopf rollte ihm von den Schultern und der Körper sank zu Boden. Das war leichter, als erwartet, ging ihm irrsinnigerweise als erster Gedanke durch den Kopf. Warum dachte er an so etwas? Jonathan schüttelte sich. Plötzlich war wieder alles ruhig. Zu ruhig. »Ist es schon vorbei? Haben sie aufgegeben?«

»Äh, wohl kaum.« Diego riss entsetzt die Augen auf und eine Welle aus untoten Rittern schwappte über die Kante der Anhöhe.

»Scheiße!«, brüllte Jonathan verzweifelt und schlug jeden Schädel ein, der sich in Reichweite befand.

»Das hatte Diego anders geplant! Aber Diego hat vielleicht noch eine Idee! Allerdings braucht er dafür einen Moment Zeit!« Der Drache wirbelte den Speer um sich herum und zerfetzte ein weiteres Dutzend der modrigen Feinde, während man sie gnadenlos zurück in die Höhle drängte.

»Was immer es ist, lass es uns tun!« Jonathan schlug die Axt immer schneller von Schädel zu Schädel, es fiel ihm zunehmend leichter.

»Wie? Du wirst sie nicht allein in Schach halten können!«, rief Diego gegen die knurrenden Massen an. Er verlor seinen Speer und stemmte sich gegen die Wand aus eisernen Rittern. Seine mächtigen Krallen bohrten sich in den felsigen Untergrund und gaben ihm Halt. Doch er wusste nicht, wie lange er sie halten konnte. Sie bissen sich an seinen Schuppen fest und drängten die beiden Zentimeter um Zentimeter tiefer in die Höhle hinein.

»Verdammte Kackviecher!«, fluchte Diego.

Dann brach ein großes Exemplar durch und begrub Jonathan unter sich. Er blickte hilfesuchend zu Diego und streckte seine Hand nach ihm aus. Vergebens! Der muskulöse Drache tat alles in seiner Macht Stehende, um zu verhindern, dass der Berg aus Feinden sie überrollte und beachtete ihn nicht einmal. Jonathan bekam kaum noch Luft. In seiner Verzweiflung drückte er mit aller Kraft den Stiel der Axt in das Gebiss des Untoten. Es musste ihm irgendwie gelingen, sich aus dieser Situation zu befreien. Jonathan sah sich um und versuchte, nach einem Stein in seiner Nähe zu greifen. Doch es gelang ihm nicht.

Er sah dem Ritter in sein verfaultes, gierig sabberndes Gesicht, während ihm das Atmen immer schwerer fiel. Schon bald würden Jonathans Kräfte nachlassen. Er streckte den Nacken und holte Luft. »Luna!«, krächzte er mit letzten Kraftreserven. »Luuunaaa!«

In einer geduckten Drehbewegung sprang Luna aus den Schatten der Höhle über den Kopf ihres Dads hinweg, sah ihm tief in die verunsicherten Augen und trennte mit ihren Krallen den Kopf des Untoten von seinen Schultern. Sie landete, verlagerte ihr Gewicht nach hinten und nutzte den Schwung um, zwischen Diegos Beinen hindurchzugleiten. Unruhe breitete sich in der Mitte der eisernen Garde aus, als plötzlich einer nach dem Anderen in Stücke gerissen wurde.

Diego spürte, wie der Druck der Welle langsam nachließ. Reihe um Reihe drehten sich die Toten um und fokussierten ihren Angriff auf den Eindringling in ihrer Mitte. Dann gelang es Diego endlich, sich freizukämpfen. Er riss sich die kauenden Kreaturen vom Arm und zerschlug ihre Leiber an Decken und Wänden, bis keiner mehr übrig war. Der Drache drehte sich um und konnte kaum glauben, was er sah. »Teufel noch eins! Ist deine Tochter vielleicht schnell. Und angepisst.«

Jonathan rappelte sich unter dem kopflosen Ritter wieder auf, nahm die Axt und nickte Diego zu. »Du sagst, du hast eine Idee, wie wir das beenden können?«

Diego nickte.

»Dann zieh dein Ding durch. Luna und ich verschaffen dir Zeit!«

Diego packte ihn am Arm. »Jonathan, wenn es so weit ist, müsst ihr hinter Diego Deckung suchen. Das ist eure einzige Chance!«

»Verstanden!« Jonathan eilte seiner Tochter zu Hilfe und spaltete Schädel um Schädel der fauligen Brut. Dann entdeckte er sie mitten im Kampfgeschehen und wurde kreidebleich. »Wahnsinn«, sagte er tonlos und schlug einen weiteren Schädel ein.

Luna bewegte sich leichtfüßig, grazil wie eine tanzende Furie zwischen ihren Feinden hin und her. Ihre messerscharfen Krallen durchschnitten dabei mühelos die schäbigen Rüstungen und das faulige Fleisch der eisernen Garde. Der Ausdruck auf ihrem Gesicht war berechnend, kühl und geradezu hoch konzentriert. Jedes Mal, wenn Jonathan dachte, dass sie jetzt von einem der Angreifer erwischt werden würde, duckte sie sich in anmutigen Drehbewegungen weg, verschaffte sich durch gezielte Tritte Platz und durchtrennte mit nichts als ihren Krallen unzählige Gliedmaßen. Sie war wie ein Blatt im Wind. Unerreichbar und unaufhaltsam.

Jonathan wich einem Hieb aus, holte Schwung und trennte den siebenunddreißigsten Kopf von seinen Schultern. »Luna! Wir müssen zurück in die Höhle!«, rief er, so laut er konnte.

Ihre Ohren zuckten auf, während sie einem Ritter die Hand abtrennte und das fallengelassene Schwert in den Kopf eines anderen Ritters kickte. Luna drehte sich um. »Spinnst du?! Da drinnen habe ich keinen Platz zum Kämpfen!«

Da passierte es. Die Faust eines Ritters traf sie mitten im Gesicht. Sie wankte. Zwei weitere Ritter erschienen hinter ihr und packten nach ihr. Sie duckte sich rechtzeitig weg, knurrte und befreite die Angreifer mit ihren Krallen von ihren lästigen Armen.

Jonathans Arme wurden hingegen zunehmend lahm und die Axt immer schwieriger zu führen.

»Diego hat einen Plan! Aber wir müssen hinter ihm in Deckung gehen, wenn es so weit ist!« Jonathan packte einen der Untoten an der Kehle, presste ihn gegen die Brust seines Kameraden und schlug beiden mit einem Hieb der Axt den Schädel ein. Jonathan keuchte und spürte, dass sich seine Kräfte dem Ende neigten.

Diego stand mitten in der Höhle und hoffte, dass seine Begleiter die Eisernen lange genug zurückhalten konnten, bis er so weit war. Konzentration war gefordert. Er besaß nicht viel von dem, was sein Volk ausmachte. Und meist endete es in Chaos, wenn er es verwendete. Er hatte keine Wahl, die Armee der Eisernen konnte nur bezwungen werden, wenn es ihm zumindest dieses eine Mal vernünftig gelang. Die Luft um ihn herum wurde zunehmend elektrisiert. Seine Brust schwoll an, als würde er einen tiefen Atemzug nehmen und ihn halten, während sich grelles Licht in seinem Maul bündelte. Die Ladung des Drachen erzeugte ein wummerndes Brummen, das mit jeder Sekunde schneller und intensiver wurde, bis das fest zusammengepresste Maul vor Energie nur so zu platzen drohte. »Jezzzt!«, presste er angestrengt klingend hervor.

Luna Ohren zucken. Ein prüfender Blick über ihre Schulter, dann durchbrach ein wuchtiger Tritt die Kniescheibe eines Ritters. Luna kletterte auf dessen Schultern und lief über die reaktionslahmen Köpfe der Ritter hinweg zur Höhle. Sie entdeckte Jonathan, setzte zu einem Hechtsprung an, packte ihn bei den Schultern und beide rollten schwungvoll in die Höhle hinein und hinter den Rücken des Drachen. Sie kauerten sich Arm in Arm zusammen und machten sich so klein wie möglich.

Dann öffnete der Drache sein Maul und ließ die gesammelte Energie auf einen Schlag frei.

Grollender Donner brach durch die Höhle und der Boden unter ihnen flimmerte und zitterte.

Jonathan spürte die plötzliche Hitze auf seiner Haut und zog Luna unter sich, um sie besser schützen zu können. Die Luft brannte regelrecht und er fühlte, wie auch der letzte Rest Sauerstoff aus seinen Lungen gesogen wurde. Jonathan wollte nach Luft zu schnappen, doch so sehr er es versuchte, es gelang ihm nicht. Er blickte zitternd und in dem festen Glauben, gleich zu sterben, in die großen, bernsteinfarbenen Augen seiner Tochter. Sie erwiderte seinen Blick mit ebenbürtiger Unsicherheit. Dann war es vorbei. Das flammende Inferno erlosch so schnell, wie es gekommen war, und von den eisernen Rittern waren nur noch umher schwebende Aschebröckchen und geschmolzenes Metall übrig.

Jonathan rappelte sich desorientiert und nach Luft ringend auf. Hustend und keuchend betrachtete er die orange glühenden Höhlenwände und verbrannte sich bei dem Versuch, die Axt anheben zu wollen.

»Geschafft? Haben wir es geschafft? Leben wir noch?« Schwankend taumelte er von rechts nach links. Aschebröckchen wirbelten in der Luft umher und setzten sich auf seinen Haaren ab.

Luna ging auf die Knie und richtete sich langsam auf. »Scheint so!«, röchelte sie vor sich hin. »Wusste gar nicht, dass du so gut kämpfen kannst.« Luna wollte ihrem Dad gerade anerkennend auf die Schulter boxen, da wich er überraschend ruckartig aus.

Jonathans Blick verharrte einen Moment auf dem geschmolzenen Gestein am Höhleneingang, ehe er sich seiner Tochter zuwandte. »Junge Dame! Ich glaube, wir zwei sollten dringend ein längst überfälliges Gespräch führen.« Sein vorwurfsvoller Ton ließ dabei kaum etwas Gutes erahnen.

Der Drache sah mit verschmitztem Blick in seine Klauen. Er beschloss, ihnen zu verschweigen, dass es eigentlich ein Blitz war, den er hatte heraufbeschwören wollen. Doch Feuer, wer hätte das gedacht, tat es offensichtlich auch. Dann spürte Diego, wie plötzlich etwas sein Bein umklammerte. »Prinzessin. Geht es dir gut?«

VÄTER UND TÖCHTER

Luna schaute auf ihre zitternde Hand. Die kräftigen Krallen zogen sich nach dem Kampf nur langsam zurück, bis sie beinahe wieder den Anschein normaler Fingernägel erweckten. Der von der Hitze verglaste Sandboden vor dem Höhleneingang knackte und knirschte unter ihren Stiefeln und überall roch es nach Ozon. Dann schüttelte sie ihre Hand aus und wischte sich eine Ladung des schwarzen, stinkenden Blutes aus ihrem Gesicht. »Bäh! Diego hat in seinem Nano-Beutel hoffentlich Wechselsachen dabei.«

Jonathan sah sie streng an. »Geschieht dir recht, dass du so aussiehst. Nach der Nummer können mir die armen Schweine auf der Farm nur leidtun!«

Luna kicherte. »Hell Yeah!«, rief sie und setzte zu einem High five an. Jonathan verschränkte die Arme und Luna legte ihren Kopf verunsichert schräg. »Kein High five?«

Jonathan holte tief Luft, hielt sie an und stieß sie wieder aus. »Findest du nicht, dass wir langsam mal was zu klären haben?«

Sie drückte ihre Zunge abwägend gegen das Innere ihrer Wange. »Jetzt? Findest du das nicht etwas ungünstig? Außerdem habe ich dir das Leben gerettet! Schon wieder. Wie wäre es mal mit Danke?«

Jonathan beugte sich zu ihr hinunter. »Eigennütziges Handeln zählt nicht. Also: Was bist du?«

»Dafür haben wir jetzt keine Zeit«, knurrte sie.

»Oh, ja, ich vergaß. Dafür haben wir ja irgendwie nie Zeit. Erst ist es hier ungünstig, dann ist es da ungünstig.«

»Du begreifst schon, dass jetzt andere Dinge wichtiger sind?! Wir müssen hier schnellstmöglich weg, bevor noch mehr von denen kommen!«, unterbrach sie ihn fauchend.

»Da!« Jonathan fuchtelte wild gestikulierend mit seinen Händen vor ihr herum. »Du tust es schon wieder. Du weichst einfach dem Thema aus.«

Die Prinzessin, die sich an Lunas Mantel festhielt, zupfte an ihrer Hand. Sie schaute böse und pustete ihre Wangen auf. »Nicht streiten. Ihr müsst euch doch lieb haben.« Sie streifte vorsichtig ihren goldenen und mit drei kleinen roten Edelsteinen besetzten Armreif ab und reichte ihn hoch. »Hier, Tante Luna.«

Luna hockte sich zu ihr hinunter. »Oh, ist der für mich? Womit habe ich das denn verdient?«

»Jaaaa!«, grinste die Kleine fröhlich und klatschte in ihre Hände. »Ich habe gesehen, dass du ganz viele verschiedene trägst. Die hast du bestimmt alle von deinen vielen Abenteuern.«

»Das stimmt«, sagte Luna und lächelte.

»Und jetzt hast du auch einen von mir. Damit du immer an mich denkst. Habt ihr euch jetzt bitte wieder lieb?«

Sie schaute sie mit großen Augen an und Luna konnte nicht anders, als zu lächeln. Die Prinzessin war wirklich niedlich und Luna verstand, warum Diego sie unbedingt beschützen wollte.

»Hab vielen lieben Dank. Das ist etwas ganz Besonderes. Tante Luna wird's nur zu besonderen Anlässen tragen, versprochen.«

Penélope kicherte. »Trag es doch jetzt. Ich weiß, es passt nicht so gut zu deiner Halskette mit dem hübschen blauen Mond, aber du würdest mir eine riesige Freude damit machen.«

»Meine – Halskette?« Luna tastete nach dem azurblauen Sichelmondanhänger ihrer Halskette, atmete erleichtert auf, als er noch da war und versteckte den Stein schnell wieder unter ihrer Kleidung. »Muss in der Hektik des Kampfes wohl nach draußen gerutscht sein. Danke, dass du mich darauf aufmerksam gemacht hast. Tante Luna wäre sehr traurig gewesen, wenn sie ihren Anhänger verloren hätte. So wie ich auch traurig wäre, wenn ich dieses besondere Geschenk verlieren würde. Ich packe deinen hübschen Armreif daher erst mal sicher in meine Tasche. Und um deine Frage zu beantworten, natürlich haben wir uns lieb. Nur manchmal ist man nicht immer einer Meinung und das ist okay, weißt du?«

»Okay? Klar! Solange man miteinander redet, ist es das wohl«, erwiderte Jonathan aufgebracht.

Diego streckte vorsichtig seinen Kopf aus der Senke. Er sah sich um und schnupperte eifrig die Gegend ab. Fast war er sicher, alle mit seinem unfreiwilligen Inferno erwischt zu haben. Er wollte gar nicht wissen, wie viele Edelmetalle im Nano-Beutel dabei draufgegangen sind. Lieber hätte Diego sich ausschließlich an den schäbigen Eisenrüstungen der Untoten für die benötigte Energiemenge bedient. Allerdings reichte der elementare Wert einfach nicht aus. Wären die Rüstungen aus Silber oder Gold gewesen, hätte die Sache gleich ganz anders ausgesehen. Egal. Das war nicht wichtig, er würde schon wieder Edelmetalle ansammeln.

Wichtig war nur, dass alle am Leben und wohlauf waren. Er lauschte in die Ferne, aber alles, was er hörte, war lautes Gezanke. Die beiden Streithähne brüllten sich so laut an, dass er sich die Ohren zuhalten musste, um es zu ertragen. Er rutschte auf seinen Krallen zu ihnen hinunter, um den Streit zu beenden.

Luna und Jonathan standen sich wild gestikulierend gegenüber und warfen mit allerlei Vorwürfen um sich, während Penélope weinend zwischen ihnen stand.

»Kindergarten!«, knurrte Diego bestimmend, trat zwischen sie und nahm die Prinzessin an sich. »Eltern und ihre Jungen sollten so nicht miteinander umgehen!«

»Ich weiß durchaus, was du meinst, Großer. Nur habe ich langsam meine Zweifel ...«

»Zweifel?!«, unterbrach Luna ihren Dad harsch. »Du meinst, weil ich ein Monster bin?! Und so was, wie ich unmöglich dein Kind sein kann?!«

Jonathan stand da und geriet ins Stocken. »D-das habe ich doch überhaupt nicht sagen wollen!«

Diego beruhigte die Prinzessin und legte seine linke Hand auf Lunas Schulter ab. Luna blickte sorgenvoll zu ihm auf. »Du vergisst, dass du aus der Zukunft kommst. Du bist vieles gewohnt, was für ihn Neuland ist.«

»A-aber ihm zu viel zu erzähl...«

»Spielt keine Rolle!«, unterbrach Diego sie brummend.

Luna neigte ihren Kopf verlegen zu Boden. *Jetzt wird er es erfahren und du kannst nichts mehr dagegen unternehmen*, hauchte die Stimme in ihrem Kopf. *Was wird er hiernach wohl noch von dir halten?*

»Auch wenn du zehnmal aus der Zukunft stammst. Dieser Mann ist irgendwann dein Vater. Ein Vater, der keine Ahnung von deiner Herkunft hat. Natürlich hat er Fragen. Und wenn du Diego fragst, hat er ein verdammtes Recht auf Antworten. Konsequenzen hin oder her!«

Luna pulte Reste eines Ritters aus ihrem Haar, schaute den Fetzen Haut angewidert an und hielt ihn Diego vor die Nase. »Meinst du, dass das ein guter Zeitpunkt ist?! Wir sind eben noch angegriffen worden und sehen aus wie Scheiße!«

Dampf schoss aus seinen Nüstern. »Nein! Der Zeitpunkt ist sogar denkbar ungünstig! Aber so zieht Diego nicht mit euch weiter!«

»Ich würde ja gerne etwas an der Situation ändern, aber ...«

»Kein aber! Sprecht euch aus. Das wird euch beiden guttun.«

Luna glitt alles aus dem Gesicht. Ich sagte doch, dass du nicht mehr fliehen kannst, höhnte ihre innere Stimme. »Du verstehst nicht, was ich ...«

Diegos Augen funkelten bedrohlich auf. »Das! War keine Bitte!«, brüllte er bestimmend. »Sprecht euch aus oder Diego lässt euch hier! Ihr entscheidet!«

Luna trat einen Schritt beiseite, sagte nichts mehr und verschränkte demonstrativ ihre Arme. Mit aller Kraft hielt sie die aufkommenden Tränen zurück. Sie wagte es nicht, auch nur einen von ihnen anzusehen. Stattdessen biss sie auf ihre Unterlippe und wünschte sich überall, nur nicht hier zu sein. *Ganz toll, das habe ich jetzt davon, dass ich geholfen habe. Oh, du kommst drüber weg.* Luna verzog das Gesicht. *Halt gefälligst deine Schnauze! Ich kann diesen Scheiß gerade echt nicht gebrauchen! Wirklich? Du vergisst, weshalb ich überhaupt erst da bin*, sprach die Stimme in ihrem Kopf. *Keine Sorge, im Gegensatz zu allen anderen bleibe ich dir erhalten.* Luna schüttelte ihren Kopf und raufte sich die Haare. *Ich brauch dich aber nicht!*, wehrte sie sich. *Hahaha! Weil nach diesem Gespräch alles besser wird? Viel Glück.*

Jonathan tat es weh, sie so zu sehen. Normalerweise hätte er dem schuppigen Biest gezeigt, wo der Hammer hing. Aber Diego hatte recht. Wenn er weiter ein gutes Verhältnis zu seiner Tochter haben wollte, durften nicht mehr so viele Geheimnisse zwischen ihnen stehen.

»Diego geht mit der Prinzessin voran. Wir werden etwas abseits auf euch warten und die Gegend im Auge behalten. Dann habt ihr genug Zeit zum Reden.« Diego holte sein Na-Vi hervor und tippte einige Male auf dessen Bildschirm. »Aber beeilt euch. Der Übergang, den Diego nehmen will, ist schätzungsweise nur noch bis heute Abend in greifbarer Nähe und wir haben noch einen weiten Weg vor uns.«

»Tante Luna, sei nicht traurig. Denk an meinen Armreif, dann geht es dir gleich viel besser«, sagte die Kleine aufmunternd.

Ihr zuliebe zwang sich Luna zu einem Lächeln. »Danke, ich werde ihn auch sicher gleich tragen, versprochen.«

Diego stieg mit der Prinzessin im Arm aus dem Lager empor auf die weite, saftig grüne Wiese. Nur der Bereich um das Erdloch herum sah furchtbar verwüstet aus. Hier würde in nächster Zeit sicher nichts mehr wachsen.

Die Prinzessin tippte ihm frech grinsend auf die Schulter. »Du, Onkel Diego?«

»Ja, Kleine?«

»Ich habe zwei gesunde Beine, weißt du?«

»Oh, Ihr wollt runter. Na, dann sagt das doch.« Diego grinste über die ganze Länge seines Maules.

Penelope gab ihm einen beherzten Kuss auf die Wange. »Danke. Danke für alles.«

Diego ließ die Kleine hinunter und war froh, dass man durch die Schuppen nicht sehen konnte, dass er errötete.

Die Prinzessin kicherte fröhlich und tanzte um ihn herum. Dann schaute sie an ihrem fliederfarbenen Kleid mit der weißen Schleife hinunter. »Ui, es ist ja ganz schmutzig.«

»Du bekommst eine ganze Handvoll neuer Kleider, wenn wir in Diegos Heimat sind.«

»Versprochen?« Sie lächelte ihn mit großen Augen an.

»Versprochen.«

Luna traute sich nach wie vor nicht, den Blick ihres Dads zu erwidern. Sie lenkte sich mit dem knackenden Glasboden unter ihren Stiefeln ab und dachte über die Wahl ihrer Worte nach. »Diego wird ohne uns gehen, wenn wir zu lange brauchen.«

Jonathan schnaubte abwertend. »An mir soll's nicht liegen. Ich muss niemanden treffen, der mein Zeitreiseproblem löst.«

Luna hob kurz ihre Augenbrauen. »Wow. Sehr einfühlsam. Ich versuche nur, Regel eins einzuhalten. Ganz so, wie du es wolltest. Und jetzt bin ich der Buhmann?«

Jonathan verschränkte seine Arme. »Nein. Nein, das allein ist es nicht. Tut mir leid, aber das kannst du mir nicht verkaufen. Wie wäre es also mit der Wahrheit?«

»Die Wahrheit? Tzz! Was soll das sein? Du hast's doch gesehen. Ich bin ein Monster. Das ist die bittere Wahrheit.« Luna vergrub ihre Hände in den tiefen Taschen des Nachtschwarzen und betrachtete die Silhouette ihres verzerrten Spiegelbildes auf der brüchigen Glasoberfläche.

Jonathan fuhr sich mit der rechten Hand durchs Gesicht und gestikulierte dann ruhig damit umher. »Hör bitte auf, das zu sagen.«

»Was? Monster?«

Jonathans Miene wurde weicher. »Richtig. Du bist kein Monster.«

»Pfft! Jedenfalls bin ich nichts Halbes und nichts Ganzes.«

Jonathan steckte eine Hand in seine Hosentasche und fuhr stirnrunzelnd mit dem Zeigefinger der anderen Hand auf und ab. »Schon klar. Du bist eine Fuchsia. Das sagte Diego ja schon öfters. Aber was kann ich mir darunter vorstellen? Was ist daran so schockierend, dass ich es nicht wissen darf? Ich kapiere es nicht.«

»Nein, ich bin keine. Meine Mum ist eine.«

»O-kay. Na, sieh an, wir sind einen Schritt weiter. Und was sind Fuchsia?«

Luna rollte mit ihren Augen, ohne ein Wort zu verlieren.

»Hey, wollen wir nun offen reden oder nicht?«

Luna kräuselte ihre dunklen Lippen und hielt einen Moment inne. »Fuchsia sind eine humanoide Tierrasse aus einer anderen, recht primitiven Welt. Eine, in der Krallen und Zähne immer noch mehr zählen als jedes Wort der Vernunft.«

Es dauerte einen Moment, bis Jonathan begriff, was sie da sagte. Er hob die Hände, streckte beide Zeigefinger in die Höhe und dirigierte seine nächsten Worte wie ein Dirigent. »Warte –, warte –, warte. Tiermenschen? Willst du mir ernsthaft erzählen, ich zeuge in der Zukunft ein Kind mit einem Tiermenschen?! Ist das biologisch überhaupt möglich?« Jonathan hielt sich beide Hände vor den Mund und verharrte.

Lunas Miene zierte erst eine Spur Unverständnis, dann verließ ein Schnalzen ihre Kehle. »Hey! Nicht mein Problem, wo oder warum du deinen Dödel irgendwo reindrückst. Aber nur fürs Protokoll, meine erste Wahl wäre das an deiner Stelle auch nicht gewesen.« Sie rümpfte spöttisch ihre Nase.

Auf den Schock musste sich Jonathan setzen. »Das erklärt natürlich einiges. Dann bist du sozusagen ein Tiermensch – Mensch? Ist das so richtig?« Seine Blicke flitzten durch die Gegend. Kann das wirklich sein? Ist das überhaupt möglich?

»Halbblut. Die traditionell geprägten Fuchsia aus Mums Heimatwelt sagen Halbblut. Steht so zumindest in der Info zu ihrer Welt. Ich komme dabei allerdings bis auf ihre wilden Haare, die Krallen und so dies und das nur wenig nach ihr.«

Jonathan brachte kein Wort mehr heraus. Er hatte mit vielem gerechnet, aber das haute ihn doch um.

»Ist schon okay, ich weiß ja, dass du etwas anderes von deiner Tochter erwartet hast.« Luna rieb sich ihre glasigen Augen, bevor sich eine Träne davonstehlen konnte, und wischte über ihre gerötete Nasenspitze. »Ich hab ja jetzt Diego wiedergefunden. Besser konnte es eigentlich nicht für uns laufen. Den Rest des Weges schaffe ich auch allein. Dann bin ich dir nicht weiter im Weg.«

»Bist du bescheuert?« Jonathan rappelte sich langsam wieder auf. »Woher willst du wissen, was ich von meinem Kind erwarte? Das weiß ich ja nicht einmal selbst. Ich weiß nur eines: Dass du außergewöhnlich bist. Und nur, weil ich es verstehen möchte, bedeutet das nicht, dass ich dich weniger mag. Außerdem wäre ich ohne dich nicht hier.« Er lächelte und ging einen beherzten Schritt auf sie zu.

Luna trat hingegen einen Schritt zurück und ihre Augen wanderten ziellos umher. »Schön für dich.« Sie schluckte den Kloß in ihrem Hals herunter und holte tief Luft. »Am Anfang klappt das mit uns ja auch gut. Du bist liebevoll, ein super Dad und das alles. Doch eines Tages ...«, sie stockte, »da fängst du an, mich mit anderen Augen zu betrachten. Du distanzierst dich immer mehr – u-und dann ...«

»Was dann?«

Sie schaute mit glasigen Augen zu ihm auf. Eine Träne verließ ihre zitternden Wangen und sie musste all ihren Mut aufbringen. »Dann lässt du mich eines Tages fallen!«

Jonathan stutze vor Irritation. »Bitte, was tue ich?«

»Wir hatten 'nen Streit, wohl offenbar einen zu viel. Du bist danach abgehauen und ich habe dich nie wieder gesehen. Ich hätte es eigentlich kommen sehen müssen. Du hast immer so sehr von deinen Abenteuern geschwärmt, dass es nur eine Frage der Zeit war, bis dir klar geworden ist, dass dein Halbblut-Kind dich nur ausbremst.«

Jonathan wurde flau im Magen. Jetzt ergab endlich einiges Sinn, über das er sich lange den Kopf zerbrochen hatte. »Sein eigenes Kind im Stich lassen. Aufgrund eines dummen Streits? Was für ein Quatsch.« Er konnte es einfach nicht glauben.

Luna zuckte teilnahmslos mit ihren Schultern. »Ist nun mal so.«

»Was ist mit deiner Mutter?«, fragte er dann.

»Was soll mit der sein? Mum und du, ihr seid kein Paar, falls du das meinst. Nachdem sie mich geworfen hatte, brachte sie mich zu dir. Setzte mich als Säugling vor deiner Haustür ab und verschwand für immer. Halbblüter sind in ihrer Welt 'ne Schande und werden in der Regel zum Sterben in der Wildnis ausgesetzt. Ich sollte wohl dankbar dafür sein, dass sie mich nicht wollte.«

»O Gott! Luna!« Jonathan zitterte und ging ein weiteres Mal auf sie zu.

»Lass gut sein«, seufzte sie resigniert. »Ich hab schon genug Tränen deshalb vergossen!« Ihr Atem wurde unruhig. Es fühlte sich an, als würde man ihr den Brustkorb zuschnüren. Sie hasste sich dafür, so emotional zu reagieren. »Irgendwann lässt du es einfach hinter dir und hörst auf, dich zu fragen, was du der Welt getan hast, dass sie dich damit bestraft, dass dich niemand will.« Sie schloss die Augen, atmete tief und bewusst, um die Kontrolle zu behalten.

»Es hinter dir lassen? Sieh dich bitte an. Du lässt gar nichts hinter dir. Du trägst diese Last mit dir herum und lässt zu, dass sie dich von innen heraus auffrisst. Das alles nur, weil du nie Antworten auf deine Fragen bekommen hast. Das sehe ich doch.«

Luna schniefte, zuckte mit den Schultern und schwieg.

Ohne ein weiteres Wort zu verlieren, nahm Jonathan seine Tochter in den Arm. Auch dieses Mal versuchte sie, sich von ihm abzustoßen, aber das war ihm egal. Luna boxte, trat und schlug wie wild um sich. Er hielt es aus. Es dauerte einen Moment, doch dann verstummte die Wut. Sie schluchzte auf und weinte bitterlich in seiner Umarmung.

Jonathan führte mit der Hand ihren Kopf sanft an seine Brust. »Ich weiß nicht, was mich in der Zukunft reiten könnte, so zu handeln, aber lass dir gesagt sein, ich würde dich niemals fallen lassen. Weder, weil du bist, wie du bist, noch für irgendwelche Abenteuer.«

»Versprochen?«, flüsterte sie.

»Versprochen! Auch wenn du manchmal eine ziemliche Nervensäge bist.«

Ein von Emotionen erschöpftes Lächeln huschte Luna über die Lippen und sie dankte Diego stumm für diesen dringend benötigten Schubs.

Eine wirklich gute Zeit

Als die beiden wenig später Arm in Arm auf die Anhöhe traten, stand der Drache mit stolzgeschwellter Brust und verschränkten Armen da. Er wartete wie versprochen nur wenige hundert Meter von ihnen entfernt auf dem ersten unberührten Grünstreifen, der das Feuer überstanden hatte. Seine Flügel trug er zu einem Umhang gefaltet über seine breiten Schultern. Penélope spielte indes Fangen mit einem froschähnlichen Tier, das sie im hohen Gras entdeckt hatte. Die Antennen des winzigen blauen Wesens wackelten bei jedem Sprung hin und her. Die Kleine fand es irre witzig und quietschte vergnügt vor sich hin.

»Ich taufe dich auf den Namen Sir Quak«, kicherte sie. »Sir Quak, wir müssen jetzt leider weiter. Du passt hier auf, während wir weg sind, okay?« Das kleine Wesen plusterte den Kehlkopf auf und gab einen quakenden Laut von sich. »Dann ist es beschlossen. Hörst du, Onkel Diego? Sir Quak passt hier für uns auf.«

»Großartig.« Der Drache lächelte zufrieden. »Dann können wir ja beruhigt weiterziehen.« Er wandte sich Jonathan und Luna zu. »Konntet ihr alles klären?«

Sie sagten nichts, schauten sich nur mit einer erkennbaren Erleichterung im Gesicht an und nickten beide.

Diego nahm sein Na-Vi zur Hand und warf einen Blick darauf. »Dort geht's lang.« Er wies auf die Passage zwischen dem Gebirgspass der Zwillinge, direkt hinter dem großen Tal, das vor ihnen lag. Soweit er das von hier aus beurteilen konnte, mussten sie nur den Wanderpfad der hügeligen Graslandschaften von Calais folgen. Dann kamen sie irgendwann an den großen Fluss Myr und seinem kleinen Dorf. Kurz vor ihrem Ziel lag wohl noch eine Siedlung am Fuße des Gebirgspasses. Diego erinnerte sich jedoch weder an den einen, noch an den anderen Namen.

»Wie weit?«, fragte Luna.

»Nicht ganz einen Tagesmarsch.«

»Wow, was ist denn das für 'ne Angabe? Das kann alles von jetzt bis zur Dämmerung sein«, erwiderte sie stirnrunzelnd.

»Wir wären schneller, wenn wir weniger trödeln würden«, brummte Diego und überprüfte den Stand der Sonnen. Später Vormittag, wenn er sich nicht täuschte.

»Ja, aber weißt du, womit wir noch schneller wären? Einem Auto. Du hast nicht zufällig eins in deinem Nano-Beutel?«, murrte Luna. Diegos Blick verriet ihr, dass dem nicht so war. »Flugzeug? Panzer? Tretroller? – Nein? Okay.«

Die ungleiche Gruppe setzte sich in Bewegung. Sie folgten verschlungenen Pfaden zwischen den Graslanden und überquerten gut eine Stunde später eine steinerne Brücke aus dunkelgrauem Kopfsteinpflaster.

»Halt!«, rief Luna aufgeregt, mit erhobener Hand wedelnd.

Diego drehte sich zu ihr um. »Was ist?«

»Wie? Was ist? Hast du mal gesehen, wie ich aussehe?« Luna stützte ihre Hand auf den Rand der kleinen Brücke und schwang ihren Hintern hinüber. Mit einem Satz landete sie vor dem Flussbett und fing an sich Gesicht, Hände und Haare zu waschen.

Diego und Jonathan sahen hinunter und auch Penélope lugte mit der Nasenspitze über die Kante. »Ist das dein Ernst?!«, brummte der Drache leicht aufgebracht.

Jonathan klopfte ihm auf die schuppige Schulter und presste die peinlich berührten Lippen zusammen. »Geht schon mal vor. Wir holen euch gleich wieder ein.«

Diego nickte, nahm Penélope an die Hand und ging voran.

Luna kehrte wenige Minuten später mit klitschnassen Haaren und einer blau schimmernden Blume samt Wurzelwerk in ihrer Hand zu Jonathan zurück. »Gleich viel besser«, sagte sie und kämmte sich das widerspenstige rote Haar nach hinten.

»Was ist das?«, fragte er und deutete auf die Pflanze in ihrer Hand.

»Oh, das. Eine Freundin sammelt so was. Und ich glaube, die hat sie noch nicht.« Luna verstaute das Gewächs vorsichtig in ihren tiefen Manteltaschen.

»Verstehe. Hebst du deshalb auch die Kerne von unserem Proviant auf?«

Luna lächelte und nickte. »Also, schieß los«, forderte sie ihren Dad auf und behielt dabei Diego im Blick, damit er ihnen nicht verloren ging.

Jonathan schlenderte neben seiner Tochter her und sah sie verwundert an. »Losschießen? Womit denn?«

»Na, mit den ganzen Fragen, die du noch hast.«

»Ich weiß nicht, wovon du redest.«

Luna zog eine Augenbraue hoch. »Natürlich nicht.«

»Hohoho, jetzt willst du also angeben?« Jonathan grinste bis über beide Ohren.

Sie erwiderte das Grinsen nur noch breiter und mit einem Hauch Stolz. »Guuut, wenn du mich schon nötigst: Was hast du noch so drauf?«, gab Jonathan dann nach.

»Boa, du kannst einem vielleicht Löcher in den Bauch fragen«, entgegnete sie wild gestikulierend und in einem Anflug von Sarkasmus, woraufhin Jonathan ihr durch die Haare wuschelte.

»Hey! Ist ja schon gut. Ich ergebe mich ja, aber lass gefälligst meine Haare aus dem Spiel! Die Krallen kennst du ja schon«, murrte sie und kämmte sich eine Schippe ziehend die wilde Mähne erneut aus dem Gesicht.

»Und, wie gut du damit kämpfen kannst, weiß ich jetzt auch. Sehr beeindruckend, ganz nebenbei bemerkt.« Jonathan konnte seine Neugierde nicht länger unterdrücken und nahm die Hand seiner Tochter, um behutsam über ihre Finger zu tasten. Sie kicherte und zuckte immer wieder mit dem Arm, offenbar war sie dort kitzlig. Kurz vor ihrem Nagelbett spürte er dann einen ungewöhnlich festen Punkt. Seine kräftigen Finger übten sanften Druck auf die Stelle aus und schon spreizten sich ihre Krallen, wie von Geisterhand nach außen. »Wie bei einer Katze«, stellte er verblüfft fest.

»So ähnlich, ja.«

»Tut es eigentlich weh, wenn die rauskommen?«

Luna kräuselte die Lippen. »Nee, es zupft nur einmal kurz, wenn das passiert.« Ihre Augen weiteten sich. »Aber ich weiß noch, dass ich totale Panik hatte, als es das erste Mal passierte.«

»Echt?« Jonathan tastete immer wieder alle ihre Finger ab und fragte sich, wie das wohl genau funktionierte.

Luna zog sie irgendwann einfach weg. »Sehr witzig. Du bist derjenige, der 'ner Dreijährigen erklären muss, dass ihr nicht alle Nägel ausfallen werden.«

»Hehehe, – oh!«

»Wo wir schon dabei sind, stell dich darauf ein, dass du dir öfter einen Satz neuer Möbel kaufen musst.«

Er stoppte. »Warte, was?«

Sie lief unbeirrt weiter, hob die Hände und zuckte mit den Achseln. »Du wirst viel Spaß haben, wenn deine kleine Chaosprinzessin erst mal ihre Leidenschaft fürs Klettern und andere akrobatische Drahtseilakte entdeckt. Der Tag, an dem deine Vermieter vor der Tür stehen, weil Frau Dierks davon ausgegangen ist, dass du ein illegales Raubtier in deiner Wohnung hältst, ist mein absolutes Highlight.« Luna lachte leise.

»O-kay. Wie weit gehen diese körperlichen Veränderungen?« Jonathan musterte seine Tochter kritisch.

»Eigentlich war's das auch schon. Ja, gut, ich habe noch Zehenkrallen, aber um die zu verwenden, müsste ich erst die Stiefel loswerden. Wenig praktisch in einem hektischen Kampf. Außerdem irritiert mich Barfußlaufen.«

»Warum das?«

»Weiß nicht, wie ich das erklären soll. Über die Ballen erhalte ich irgendwie auch Input und das permanent. Ich kann das aber nicht einsortieren. Ich weiß nicht, was dieses Rauschen, Wummern, Brummen und Kribbeln bedeutet und das nervt mich dann nur.«

Jonathan kratzte sich an der Stirn. »Verstehe. Daher auch die Dr. Martens mit den riesigen Sohlen. Die schirmen diese Signale ab, richtig?«

»Korrekt!« Unzufrieden schaute sie an sich hinunter. »Die hier sind zum Beispiel zu lang. Ich muss immer aufpassen, dass ich nicht über die Spitzen stolpere. Waren aber die Einzigen, deren Sohle einigermaßen okay war.«

»Also verlässt du dich lieber auf deine anderen Sinne: Gehör, Geruch, Sehvermögen. Hab ich was vergessen?«

»Nö!« Sie grinste unverblümt »Wenn ich will, höre ich auf 'ne Entfernung von vielen hundert Metern Flöhe furzen und kann sie aus ebenso weiter Entfernung auch wittern. Alles eine Sache der Konzentration.«

Als Jonathan das hörte, zählten sich eins und eins zusammen. »Moment mal, du sagtest, du kennst Diego aus deiner Gegenwart. Seit wann wusstest du, dass es sich bei dem gesuchten Drachen um deinen Freund Diego handelte?«

Luna kniff die Augen zu und vergrub schweigend ihren Kopf zwischen den Schultern.

»Kind der Sonne!«

»Was? So war es doch viel spannender, findest du nicht? Außerdem war ich auch erst kurz davor wirklich sicher, dass er es ist.«

Jonathan schüttelte fassungslos den Kopf.

»Also, wo waren wir? Ach, ja. Meine Augen sind auch ganz gut. Ich seh damit am Tage zwar nicht viel mehr als du, aber in der Nacht sieht das schon anders aus. Diese Fähigkeit ist ganz nützlich. So habe ich auch den Bau dieser dusseligen Kaninchen finden können.«

»Rasselböcke«, korrigierte Jonathan sie.

Luna rümpfte die Nase. »Was?«

»Man nennt sie hier Rasselböcke. Hat Sir Achimboldo mir jedenfalls erzählt. Ich glaube aber, dass man sie in den Sagen meiner Welt auch Wolpertinger nennt.«

»Und wenn schon. Die haben vielleicht dumm geguckt, als ich sie aus ihrem Bau rausgepult habe.«

Jonathan lachte auf. »Und ich habe mich schon gewundert. Laut Sir Achimboldo soll man nicht mal eine Chance gegen die haben, wenn man stark wie zehn Mann wäre.«

»Pfft. Du musst nicht stark sein, nur deine Vorteile richtig nutzen. Dann kannst du auch so was wie den da«, sie streckte ihre Arme in Diegos Richtung aus, »mühelos in den Staub treten.«

»Das hat Diego gehört!«, brummte der Grün-schwarz-geschuppte-Drache.

»Und wenn schon! Du schlechte Entschuldigung deiner Spezies!«

Diego stoppte so abrupt, dass Luna beinahe in ihn hineingelaufen wäre. Dann drehte er sich langsam zu ihr um. »Was war das gerade?« Seine Augen funkelten bedrohlich, was Luna dieses Mal wenig beeindruckte.

Mit geballten Fäusten erwiderte sie: »Was?! Willst du gleich hier und jetzt aufs Maul kriegen? Ich bin nämlich gerade echt sauer auf dich!«

»Ooooh, ist die kleine Fuchsia-Göre zickig, weil Diego ihr den Schubs in die richtige Richtung gab?«

»Nö. Eher weil du mir all die Jahre verheimlicht hast, dass du einfach mal so ein beschissenes Inferno heraufbeschwören kannst. Ich meine, wie zum Teufel geht das?!«

»Vielleicht Magie?«, warf Jonathan dazwischen. Luna starrte ihn mit einem vernichtenden Blick an und schwieg.

Diego räusperte sich, drehte sich wieder um und setzte seinen Gang fort. »Magie ist vielleicht das falsche Wort dafür. Obwohl es selbst unter den Drachen aus Diegos Heimatwelt gebräuchlich ist, es so zu nennen. Im Grunde handelt es sich aber nur um die Manipulation und Neuanordnung vorhandener Moleküle und Atome.« Diego schnaubte Dampf in seine Pranken. »Diego nimmt Materie, kanalisiert sie und gibt ihr eine neue Form. Mit manchen Dingen klappt es leichter, mit anderen hat man es schwerer. Wir Drachen haben zum Beispiel eine natürliche Verbindung zu seltenen Erden. Je edler das Metall ist, desto besser das Ergebnis der materiellen Umstrukturierung.«

»Wie Alchemisten?«, hakte Jonathan aufgeweckt nach.

Diego stockte. »Äh – also – nein! Nein, das ist es wirklich nicht.«

»Aber es findet eine Art Transmutation statt, wenn ich das richtig verstehe.«

»Grmpf! Diego würde es Konvertieren von Atomen nennen, aber ja, Transmutation ist es irgendwo auch. Na ja, die Drachenlady und Diego hatten dazu unterschiedliche Meinungen, könnte man wohl sagen. Zum Glück traf Diego Tenacious, bevor Diego wiederum vom Zorn der Drachenlady getroffen wurde. Seitdem ist Diego Wanderer zwischen den Welten und Teil des Netzwerks.«

»Cool. Kann man das lernen? Die Anwendung von Magie, meine ich«, wollte Jonathan wissen.

Verschmitzt schaute Diego zu ihm nach hinten. »Nicht, dass es gänzlich ausgeschlossen ist, dass du das lernst. Diego ist nur nicht bekannt, dass es einem Menschen je gelungen ist, Magie zu wirken. Zumindest nicht ohne einen Tropfen Drachenblut in sich.«

»Oh, verstehe.«

Luna knuffte ihren Dad tröstend auf die Schulter. »Sei nicht traurig, ich würd's auch gerne können.« Dann zuckte sie kurz auf, blieb stehen und warf einen Blick hinter sich.

Jonathan tat es ihr gleich und spähte in dieselbe Richtung wie sie. »Alles okay?«

»Ja, denke schon.« Nur zögerlich drehte sich Luna wieder um. Sie hätte schwören können, einen vertrauten Geruch wahrgenommen zu haben. Ein Gemisch aus Rosmarin und Leder, wenn sie sich nicht täuschte. Aber da sie sich nicht sicher war, wollte sie die Pferde nicht unnötig scheu machen und behielt ihren Verdacht vorläufig für sich.

Sie folgten Diego nun schon eine Weile durch die Landschaft. Es verschlug die kleine Truppe dabei immer weiter ins Landesinnere und in Richtung des majestätischen Gebirgspasses. Sie passierten mit respektvoller Distanz das kleine, an einem Fluss gelegene Fischerdorf Dämmerbach. Kinder ritten lachend auf großen Flusskrabben und kämpften mit Stöcken gegeneinander. Dämmerbach wirkte weit weniger viktorianisch als Norvinia, Faktoria oder das Schloss. Die meisten Hütten bestanden aus Lehm und waren mit einem Dach aus Stroh versehen. Das Dorf Saal, das sie wenige Stunden später erreichten, lag wiederum am Fuße des Passes, auf dem sie wanderten. Es ähnelte Dämmerbach in vielerlei Hinsicht. Ein Ort bescheidener Leute, die einfache Arbeiten verrichteten. Manche bestellten ihre Felder, andere kümmerten sich um ihr Vieh oder bauten an neuen Hütten. Ein idyllisches Fleckchen Erde ohne den Geruch der Fäulnis eines Norvinia. Der direkte Weg durch diese Ortschaften wäre sicher kürzer gewesen, doch mit der Prinzessin im Schlepptau wollte Diego kein Risiko eingehen.

Jonathan fiel immer wieder auf, wie elegant die Hüften der Prinzessin bei jedem Schritt mitschwangen. Adel hin oder her, ein Kind sollte so nicht gehen, fand er.

»Hunger?«, unterbrach Luna seine Gedanken und hielt ihm eine pfirsichartige Frucht unter die Nase.

Eine frische Brise umspielte die Gruppe auf ihrem Weg über den Pass. Diego überprüfte sein Na-Vi. Die tiefe Abendsonne blendete ihn, daher hielt er sich eine seiner Klauen vor die Stirn, um sich besser umschauen zu können. »Da drüben ist es.« Er zeigte auf die Anhöhe vor ihnen, auf dessen Spitze eine alte Ehrfurcht gebietende Zeder im seichten Wind hin und her wog.

Penélope ahmte seine Geste nach und schaute mit großen Augen auf den alten Baum.

Sie hüpfte aufgeregt über das nahende Ziel umher, drehte einige Runden um den Drachen und stoppte dann vor ihm. Sie klammerte sich an sein linkes Bein, sah an ihm vorbei und beobachtete Luna und Jonathan, die wenige Meter von ihnen entfernt Obst miteinander teilten. Sie sahen so glücklich aus, wie ein Herz und eine Seele.

Luna vernahm immer wieder diesen seltsamen Geruch. Ein Gemisch aus Rosmarin und Leder und mittlerweile kam er schnell näher. Sie drehte sich rasch um, stolperte über die Spitzen ihrer Stiefel und fiel zu Boden. »Wow! Peinlich!«

Jonathan lachte. »Was tust du denn da?«

Der kleinen Prinzessin trat bei ihrem Anblick ein seichtes Lächeln über die Lippen.

Diego schaute auf Penélope hinab. »Alles okay? Warum hältst du Diego auf?«

Die Prinzessin schaute mit großen, unschuldigen Augen zum Drachen hinauf. »Duuu, Onkel Diego? Kann ich dir ein Geheimnis verraten?«

»Aber sicher, Kleine.« Sie lockte ihn mit ihrem Zeigefinger näher zu sich hinunter. Diego, der ihr keine Bitte abschlagen konnte, begab sich für sie auf die Knie.

Jonathan hörte, wie die Prinzessin fröhlich quiekte, als Diego sie wie so oft auf seinen Arm hob. So groß und Furcht einflößend er auch wirkte, er schien in dieser Rolle richtig aufzugehen.

Die Prinzessin quiekte erneut. Dieses Mal deutlich lauter und schriller. Irritiert schaute Jonathan auf. Diego hielt sie mit beiden Armen fest umklammert. Ihm blieb der Bissen fast im Halse stecken. Die Kleine trat und schlug um sich wie eine Wilde. Sie schrie und weinte und drosch immer wieder auf den Kopf des Ungetüms ein.

Jonathan wollte Luna bitten, etwas zu unternehmen, doch als er den Blick zu ihr wandte, starrte er ins Leere. Sie war wie vom Erdboden verschluckt. Augenblicklich ließ er das Obst fallen, griff nach seiner Axt und stürmte auf den Drachen zu. In seiner Eile stolperte er und stürzte zu Boden. Seine Sicht verschwamm. Er rappelte sich langsam wieder auf, doch da war es schon zu spät.

Die Hilferufe verstummten, die dünnen Ärmchen, die auf das schuppige Wesen einschlugen, wurden immer träger. Dann hörte Jonathan es mehrfach dumpf knacken. Zweifellos die Knochen des kleinen Mädchens. Sie röchelte mit letzter Kraft, spuckte Blut und zappelte wild mit ihren Beinen. In einem letzten verzweifelten Versuch sich zu befreien, stemmte sie ihre Hände gegen Diegos Brust. Dann war es vorbei. Diego ließ den leblosen Körper fallen und sackte wortlos mit gesenktem Kopf zurück auf die Knie.

Jonathan stand fassungslos da. Er konnte, nein, er wollte nicht glauben, was gerade geschehen war.

LITTLE MONSTERS

Es dauerte einen Moment, bis Jonathan sich wieder gesammelt hatte. Dann packte ihn die Wut. Fest entschlossen hob er die Axt. Sein Blut kochte. Langsam und hoch konzentriert schritt er auf den Drachen zu. Schon stand er hinter der Gestalt, die regungslos vor dem leblosen Körper kniete. Den gehörnten Schädel im Visier und die Zähne vor Zorn fest zusammengebissen, holte er zum Schlag aus. Nie hätte er gedacht, zu so etwas fähig zu sein.

Ein lautes »Stopp!«, durchschnitt die drückende Stille dieses Augenblicks. Ruckartig drehte sich Jonathan um. Seine Tochter rannte auf ihn zu und fuchtelte wild mit ihren Armen. »Stopp!«, brüllte sie erneut.

»Wo warst du?«, fuhr er sie aufgebracht an, die Axt immer noch erhoben. »Er hat sie getötet! Er –, er hat sie getötet!« Jonathan hielt die Axt immer unsicherer in seinen Händen, während Diego sich nicht einmal die Mühe machte, zu ihm aufzublicken.

»Halt's Maul!«, fauchte Luna, während ihre Schritte langsamer wurden und sie an Jonathan vorbeizog.

»Aber ...«

»Ich sagte, halt dein verdammtes Maul.« Sie ging an ihm vorbei, direkt zu Diego.

Jonathan stand wie zu Eis erstarrt da. Er verstand nicht, warum sie sich von ihm ab und diesem Monster zuwandte.

»Ganz ruhig, Großer. Du konntest nichts dafür.« Luna strich Diego sanft mit ihrer Hand über die Oberseite seiner Nüstern. Das half ihm, sich zu beruhigen, das wusste sie nur zu gut. Dann vergrub die kräftige, schuppige Bestie seinen Kopf an Lunas Brust. Sie legte ihre Arme um ihn und signalisierte, dass es okay sei, seine Emotionen herauszulassen.

Jonathan traute seinen Augen nicht. Das Ungetüm weinte bitterlich.

»Diego wollte das nicht«, schluchzte er. »Diego wollte wie Tenacious sein und sie retten.« Der Drache klammerte sich an den Mantel seines alten Freundes.

»Shhht. Ganz ruhig. Du hättest sie nicht retten können. Komm, wir ziehen dir dieses lästige Ding aus der Brust.«

Beherzt packte Luna den Griff des Stiletts, der in Diegos Brust steckte. »Das tut jetzt sicher etwas weh, Großer.« Sie zog daran, doch die Waffe, deren Klinge nur wenige Zentimeter zwischen zwei Schuppen klemmte, rührte sich keinen Millimeter. Sie musste wohl in einem Knochen stecken. Luna stemmte ihren Stiefel gegen seine Brust. »Sorry!« Mit einem kräftigen Ruck schaffte sie es, den Dolch zu entfernen.

Diego brüllte so laut auf, dass sein Schrei grölend durchs Tal hallte. Blut spritzte in einer schubartigen Fontäne aus der Wunde, die sogleich wieder versiegte.

Aufmerksam betrachtete Luna den Dolch. Die Klinge hatte einen auffälligen, wellenförmigen Schliff. Der Griff hingegen war golden und wie der Armreif mit drei roten Rubinen besetzt. »Na, den kenne ich doch. Jetzt wird mir das eine oder andere klar.«

Luna wollte ihn gerade einstecken, da streckte Diego kopfschüttelnd seine Hand danach aus. »Schon gut, da hast du ihn«, grummelte sie. Der Drache nahm den Dolch entgegen und verstaute ihn an seinem Gürtel.

Jonathans Augen blieben an dem zerquetschten Leichnam der Prinzessin haften. Sein Gesicht hatte inzwischen einen kalkweißen Ton angenommen. Auch wenn er langsam verstanden hatte, was hier passiert sein musste, milderte es nicht den Schock, den er empfand. Um Penélope herum hatte sich eine Blutlache gebildet, selbst ihr fliederfarbenes Kleid war davon mittlerweile vollgesogen. Ihre Augen, weit geöffnet, schienen die Zeder am Hügel hoffnungsvoll anzustarren. Ein surrealer Anblick, der sich für immer in Jonathans Gedächtnis brennen sollte.

»Lass mich mal 'nen Blick darauf werfen«, sagte Luna und stocherte mit den Fingern in der Wunde an Diegos Brust herum. Erneut brummte der Drache zähneknirschend auf. »Alles okay, hattest Glück. Die Klinge steckte echt nur mit der Spitze in der Rippe. Meine Güte, die Kleine hatte ganz schön Kraft.«

Die rechte Pranke des Drachen glühte heiß auf. Er legte sie auf die Wunde und brannte diese unter tosendem Gebrüll aus. Der Geruch von verbranntem Fleisch schwebte in der Luft.

»Diego, ist bei dir alles okay?« Jonathan näherte sich dem Drachen nur zögerlich. Der Schock steckte ihm immer noch in den Knochen, dennoch sorgte er sich um ihren gemeinsamen Freund. Er war nur froh, dass seine Tochter ihn rechtzeitig vor einem voreiligen Fehler bewahrt hatte.

»Dann hat sie also dich angegriffen und du hast dich lediglich verteidigt«, stellte Jonathan fest.

Diegos Augen füllten sich mit Tränen und er nickte berührt.

»Verstehe –, dann war sie vermutlich auch für den Tod ihrer Mutter verantwortlich«, sagte er trocken und strich sich nachdenklich über sein kantiges Kinn.

Luna schaute ihren Dad verdutzt an. »Ja, das ist richtig. Woher weißt du das jetzt bitte?«

»Ich bin geschockt, nicht blöd. Ich schätze mal, Tenacious hat es herausbekommen. Dann hat sie ihn ebenfalls kalt gemacht, bekam jedoch Nervenflattern und ergriff die Gelegenheit, mit Diego zu türmen, bevor es ernst für sie wurde. Als sie dann wusste, wo es langgeht, wollte sie uns wohl auch loswerden.«

»Alter Schwede, Sherlock. Was geht denn jetzt bei dir ab? Müssen wohl die Früchte sein, die du gefuttert hast.«

»Haha. Trotzdem gibt es da noch Ungereimtheiten, die keinen Sinn ergeben.« Grummelnd zwirbelte er an seinem Dreitagebart. »Wieso hat sie Diego überhaupt angegriffen? Ich meine, mal angenommen, ihr Attentat wäre erfolgreich gewesen? Das Überraschungsmoment wäre im Arsch und sie hätte es immer noch mit uns beiden zu tun gehabt.«

»Mit mir«, korrigierte Luna, die Zunge schnalzend und verpasste der Prinzessin einen kräftigen Tritt. »Glaub mir, du hättest damit nichts zu tun haben wollen. Ich hätte sie Stück für Stück auseinandergenommen und mir dabei ganz viel Zeit gelassen.«

Jonathan blickte Luna an und erstarrte kurz. »Wie nett. Trotzdem, warum reist sie überhaupt erst mit uns, wenn sie ohnehin vorhatte, uns bei passender Gelegenheit loszuwerden?«

Diego blickte zu ihm auf. »Weil sie uns brauchte, um den Weg aus ihrer Welt zu finden. Hier in Calais hätte es kein sicheres Versteck für sie gegeben. Der König hätte jedes Dorf und jede Stadt niedergebrannt, um sie zu finden.«

Luna versenkte ihre Hände in den Taschen des Nachtschwarzen. »Wirklich schade, dass es so weit kommen musste. Hätte sie uns gegenüber von Anfang an mit offenen Karten gespielt, wäre sie jetzt sicher noch am Leben. Hatte wohl Angst, wir bekommen's raus und verurteilen sie dafür oder noch schlimmer: Wir liefern sie an ihren Dad aus.«

Jonathan reichte Diego die Axt. »Wow! Das aus deinem Mund?« Luna antwortete mit ihrem Mittelfinger.

»Das hätte Tenacious sicher auch getan«, fuhr Diego dazwischen und verstaute die Axt in seinem Nano-Beutel.

Luna zuckte mit den Achseln. »Mag ja sein, wir aber nicht.«

Jonathan blinzelte ungläubig. »Willst du damit sagen, wir hätten sie mitgenommen, wenn sie ehrlich zu uns gewesen wäre?«

»Klar, warum auch nicht? Jeder macht mal Fehler. Ihr niedliches Auftreten wäre außerdem hin und wieder sicher nützlich gewesen.« Luna streckte den Hals und schaute erwartungsvoll in die Richtung, aus der sie gekommen waren.

Jonathan hob seinen Zeigefinger. »Wo du das gerade erwähnst ...«

»Etwa einhundertelf«, unterbrach sie ihn.

»Ähm, was?« Er runzelte die Stirn.

»Die Prinzessin ist – also war einhundertelf Jahre alt. Wollte ich gestern Abend schon sagen. Hab's dann aber gelassen, weil es unwichtig ist. Dachte ich zumindest. Du erinnerst dich an das Gemälde im Schloss? Das, an dem du verträumt hängen geblieben bist?«

Jonathan grübelte kurz. »Das mit der glücklichen Königsfamilie? Was ist damit?«

»Ist dir unten rechts im Bild die Signatur des Künstlers aufgefallen?« Luna wartete seine Antwort nicht ab. »Natürlich nicht. Da stand ein Datum. Und wenn ich dem Zeitmesser im Speisesaal glauben darf, war sie so einhundertelf Jahre alt. Das kindliche Getue gehörte dabei wohl einfach zu ihrer Masche, denk ich.«

Jonathan räusperte sich. »Jetzt verstehe ich auch, warum sie sich so unnatürlich weiblich für ihr Alter bewegte. Aber wie kann sie so alt sein? Und so jung aussehen?«

Luna hob gerade ihren Finger und wollte von dem Elixier der Elfen erzählen, da kam Diego ihr zuvor. »Nicht schwer. Menschen wurden früher oft sehr alt. Manche erreichten sogar ein Alter von vielen tausend Jahren. Das hatte viel mit ihrer Entwicklung und ihrer Lebensweise zu tun«, schluchzte Diego leise. »Es gibt immer wieder Welten, in denen das noch gang und gäbe ist. Spannenderweise aber nie in hoch entwickelten Menschenwelten. Ein äußerst witziges Paradoxon, wie Diego findet.«

»Das mit dem hohen Alter trifft nicht nur auf Menschen zu. Ich kenne jemanden in Haven, die ist auch schon uralt.« Luna spielte mit dem Zeigefinger an ihrer Unterlippe und grübelte einige Sekunden. »Stimmt das überhaupt? Ich meine, sie erneuert sich regelmäßig. Zählt das als Altern? Ach, wie auch immer. Diego ist auch schon echt alt, weißt du?«

»Okay. In meiner Welt gibt es auch geschichtliche Überlieferungen, die von so was erzählen. Man hat es aber darauf geschoben, dass die Leute nicht korrekt rechnen konnten.«

»Menschen! Unwissende Idioten!«, brummte Diego.

Jonathan drehte sich zu Luna. »Wohin bist du vorhin verschwunden?«

»Oh, das. Wir haben 'nen Verfolger. Dreimal darfst du raten, wen.« Er blickte sie skeptisch an und schwieg. »Sir Achimboldo höchstpersönlich«, antwortete sie dann stolz lächelnd, weil es ihr zuerst aufgefallen war.

»Ein bisschen weit weg von Norvinia, findest du nicht?«, wunderte sich Jonathan.

Luna hob unwissend ihre Hände. »Mag sein.«

»Hast du ihn erledigt?«

»Hätte ich beinahe. Aber dann stellt sich heraus, dass er gar nichts von uns wollte. Er wollte die Kleine.«

»Stellt sich nur die Frage, was er genau von ihr wollte?«

»Hättest du Diego nicht den Schädel einschlagen wollen, wüsste ich jetzt sicher mehr.«

»Du wolltest was?!«, brummte der Große und starrte Jonathan ungläubig an.

Laute Hufschläge auf kahlem, trockenem Boden erklangen, begleitet vom Prusten eines außer Atem geratenen Tieres.

»Ich kam, um zu tun, was ihr bereits vollbracht habt, werte Reisende«, sagte unerwartet eine vertraute Stimme hinter ihnen.

Jonathan fuhr herum und erblickte einen Mann im grauen Mantel, die Kapuze tief ins Gesicht gezogen. Er trabte auf seinem Schimmel langsam zu ihnen und schaute spöttisch auf den Leichnam herab.

»Was, keine Eponia?«, fragte Jonathan.

»Und meine treue Miranda im Stich lassen? Nein, sicher nicht.« Sir Achimboldo setzte die Kapuze ab und begrüßte die Reisenden.

Luna trat dichter an den Schimmel heran und strich der Schönheit sanft über die Nüstern. Dann zog sie den letzten Apfel aus ihrer Tasche und teilte ihn mit ihr.

»Als mir berichtet wurde, dass König Bartholomäus die eiserne Garde aussendet, um seine Tochter zurückzuholen, bin ich geritten wie der Wind. Ich befürchtete schon, zu spät zu kommen, doch dann habe ich euer verwüstetes Nachtlager gefunden.« Er hielt einen Augenblick die Luft an und fixierte unsicher den rothaarigen Satansbraten.

»Wer hätte gedacht, dass Ihr wirklich eine Hexe seid! Und eine solch mächtige noch dazu.«

Luna grinste verstohlen, sah zu Diego und legte den Finger an ihre dunklen Lippen. Der Drache schmunzelte und schwieg.

»Seht es mir nach, aber ich werde euch für den Mord an der Prinzessin verantwortlich machen müssen.«

»Kein Ding«, antwortete Luna knapp.

»Es bedarf eines Sündenbocks. Das mindert gleichwohl nicht meine Dankbarkeit an euch.«

Luna hob verteidigend die Hände. »Wie gesagt: Alles cool. Damit können wir umgehen.«

Jonathan ergriff grübelnd das Wort. »Ihr wusstet, was die Prinzessin getan hat?«

Sir Achimboldo zwirbelte seinen Schnauzer. »Sagen wir, ich hatte eine Ahnung.«

»Du warst Tenacious' Kontakt. Sein Vertrauter«, warf Diego in den Raum. Jonathan stieß einen überraschten Pfiff aus.

»Für wahr, edler Herr Drache.« Sir Achimboldo stieg von seiner treuen Stute ab und begab sich zu dem leblosen Leib. »Als er verschwunden war, wurde mir klar, dass in seinem absurden Geist Wahrheit stecken musste.« Er beugte sich über die Prinzessin und durchsuchte mit spitzen Fingern ihre Überreste. »Wo ist er?«, fragte er mürrisch.

»Wo ist was?«, entgegnete Jonathan.

»Der Armreif! Ich benötige ihn, um meinem alten Freund Bartholomäus den Frieden zu verschaffen, den er schon so lange verdient hat.«

Luna trat einen Schritt zurück, umklammerte mit einer Hand den Riemen ihrer Tasche und schaute finster über ihre Augenbrauen hinweg. »Tut mir leid, aber der gehört jetzt mir. Such dir was anderes, Leichenfledderer!«

»Luna!«, zischte Jonathan.

»Boah! Ist ja schon gut!« Sie legte einen Teil des Nachtschwarzen hinter ihre Hüfte, gab den Blick auf ihre Umhängetasche frei und kramte darin. »Hier hast du ihn, Achi!«, murrte sie und hielt Sir Achimboldo Penélopes Armreif entgegen.

Sir Achimboldos erbebte beim Anblick des Armreifs und seine Hände zitterten. »Habt Ihr ihn getragen?«

Luna stutzte irritiert. »Was?«

Sir Achimboldos Miene verdunkelte sich schlagartig. Er packte Luna am Kragen ihrer Kapuze und schrie: »Habt Ihr ihn getragen?! Na los! Antwortet!«

»NEIN!«, keuchte Luna und drückte seine Hände von ihrer Kapuze weg. »Aber fass mich noch mal so an und es wird eine weitere Leiche geben!«

Sir Achimboldo ergriff den Armreif und sein grantiger Gesichtsausdruck verlor an Stärke. »Ein Glück.« Er drehte den Reif und zeigte auf eine winzige, kaum sichtbare Nadel an dessen Innenseite. »So kam Zeime ums Leben. Die Steine tragen im Inneren das Gift einer Geigenspinne, eines Monstrums aus alter Zeit. Es frisst organisches Material und reproduziert sich so lange, bis nichts als Knochen übrig ist. Je größer und aktiver das Opfer, desto schneller und grausamer wirkt es. Ein grauenhafter und schmerzvoller Tod.«

Jonathan ergriff die Handgelenke seiner Tochter und prüfte, ob auch wirklich alles okay war. Erleichtert atmete er aus. »Zum Glück hast du ihn nicht getragen.«

»Selbstverständlich nicht. Mich hat die Prinzessin keine Sekunde mit ihrer zuckersüßen Art getäuscht«, gab Luna kleinlaut von sich.

»Du hast einfach vergessen, ihn zu tragen, oder?«, merkte ihr Dad an. Verlegen senkte Luna ihren Blick.

Sir Achimboldo verlud den Leichnam auf sein Pferd und machte sich auf die beschwerliche Reise zurück nach Norvinia. Diego bot ihm zwar an, mit ihnen weiterzureisen, doch seine Zeit der Abenteuer war längst vorüber. Sein alter Freund Bartholomäus und das Volk brauchten ihn jetzt mehr denn je.

Jonathan, Luna und Diego sahen ihm noch einige Zeit hinterher, bis sie beschlossen, dass es an der Zeit war Abschied von diesem Ort zu nehmen und sich der Zeder zuwandten. »Was für ein verrückter Ort ...«, bemerkte Jonathan. Mit einem selbstgefälligen Grunzen sah Luna ihren Dad an. Dad hat ja keine Ahnung, was noch alles auf ihn wartet, dachte sie und rieb sich ihre gerötete Nasenspitze.

»Dass ihr Sir Achimboldo kennt! Ihr seid in der kurzen Zeit ganz schön rumgekommen«, stellte Diego ungläubig fest und schüttelte seinen Kopf. »Er war einer der tapferen Fünf, wisst ihr?«

Luna betrachtete die Blutlache im Sand, wo vor einigen Minuten noch der Leib der Prinzessin gelegen hatte. »Nur eines verstehe ich nicht. Warum hat sie ihre Mutter umgebracht?«

»Wer weiß schon, was in einem wirren Geist vor sich geht«, brummte Diego. »Der Rest ist nicht mehr unser Problem. Wir sind keine Heiligen oder weiße Ritter, die jederzeit für Recht und Ordnung sorgen.« Dann setzte er seinen Weg Richtung Anhöhe fort.

Luna folgte ihm. »Ich will auf jeden Fall nicht mehr hier sein, wenn König Bartholomäus erfährt, wer für den Tod seiner geliebten Frau verantwortlich ist. Ist sonst alles okay?«

Diego blieb einen Augenblick stehen und ballte die Fäuste. »Tenacious hat in allem und jedem die Fähigkeit zum Guten gesehen. Sogar in Diego. Er war Diegos Freund. Einer, dessen Beispiel Diego immer versuchen wird, zu folgen. Doch heute hat Diego gelernt, dass dies nicht immer einfach sein wird. Das ist auch schon alles.«

Jonathan blieb stumm. Er hatte so eine Ahnung, warum Pénélope ihre Mutter umgebracht hatte, behielt es aber für sich. Liebe, vor allem nicht erwiderte Liebe, konnte jemanden Grausames tun lassen. Wenn er an die Dienstmägde dachte, schloss er nicht aus, dass die Prinzessin auch für die verschwundenen Mädchen in Calais verantwortlich sein könnte. Junge Mädchen, die vom König mehr Beachtung erhielten, als das eigene Kind. Das passte. Über die Fabriken ihres Vaters hatte sie jede Möglichkeit gehabt, die armen Seelen verschwinden zu lassen. Aber Diego hatte recht. Es waren nicht mehr ihre Angelegenheiten. Sie waren diesen Leuten nichts mehr schuldig.

Luna und Diego warteten vor der Zeder auf ihn. Als er bei ihnen war, stupste Luna ihren Dad mit dem Ellenbogen an. Lächelnd überreichte sie ihm etwas, an das er schon nicht mehr gedacht hatte: seine Sphärenbrille. Luna hatte sie die ganze Zeit bei sich in der Tasche versteckt gehabt.

»Ich bin immer noch fasziniert von diesem Anblick«, sagte Jonathan, nachdem er die Brille aufgesetzt hatte. Er betrachtete den Riss zwischen den Welten, welcher sich im Stamm der Zeder wandte. »Dahinter liegt also Haven?«

»Nein. Das ist nur der schnellste Weg dorthin«, antwortete Diego.

»Glaub mir, du würdest ein Portal nach Haven erkennen, wenn du's siehst, und müsstest nicht mehr fragen, ob's das ist«, ergänzte Luna.

»Alle Portale nach Haven sind aufgrund einer Besonderheit des Ortes direkt zu erkennen. Es ist etwas, das Haven einzigartig macht«, erklärte Diego weiter.

Dann war es so weit. Sein zweiter, ganz offizieller Weltensprung. Jonathan hoffte nur, dass er nicht wieder so tief fallen würde wie beim letzten Mal. Er grinste die beiden an und sprang im nächsten Moment als Erster hindurch.

Roadtrip

B-71.89.D.55-011:

Na ja, zumindest bin ich nicht so tief gefallen wie beim letzten Mal!

Jonathan lag im warmen Sand einer majestätischen Düne. Der Übergang in diese Welt befand sich gute zwei Meter darüber, aber die Dünen waren auch irgendwie immer in Bewegung. Letzten Endes war er froh, stattdessen nicht in der Düne gelandet zu sein. Er richtete seinen Oberkörper auf. Sand, soweit er blicken konnte, gab es nur Sand. Dieser kroch ihm bereits jetzt in seine Stiefel und die Unterhose. Er hasste es. Sie waren offenbar in einer Wüste gelandet. Er lachte laut auf. Das war wirklich zum Haare raufen!

»Toll. Jetzt dreht er durch«, stöhnte Luna. Sie landete nur fünf Sekunden später elegant wie immer hinter ihm. Schaute nach oben. Zog ihren Dad auf die Beine und weg von der Stelle, an der er gerade saß.

Mit einem gewaltigem Rumms krachte der Drache in die Düne. Genau an der Stelle, wo Jonathan gerade noch gesessen hatte, und steckte bis zur Brust im Sand. Diego fluchte etwas in einer unverständlichen Sprache und grub sich langsam heraus.

Jonathan kämmte sich mit einer Hand den Sand aus den Haaren und sah Luna entgeistert an. »Danke.«

Luna schmunzelte. »Bald führ ich 'ne Strichliste ein.«

Jonathan stütze sich auf den Knien ab und sah dem Drachen dabei zu, wie er sich Zentimeter um Zentimeter aus dem Sand kämpfte. »Ich musste gerade an die Prinzessin denken«, grunzte Jonathan. »Jetzt stell dir vor: Wir wären alle tot und Penélope hier. Ohne zu wissen, wie das alles funktioniert. Ohne die Brille und ohne Wasser oder Nahrung.«

Luna blinzelte ein paar Mal, bis sie es begriff. Dann musste auch sie losgackern. Sie hatte dabei zumindest den Anstand, es hinter vorgehaltener Hand zu tun.

»Hat Diego was verpasst?«, fragte der Drache und legte seinen Kopf schief. Jetzt kringelten sich beide vor Lachen.

Am Horizont wirbelte eine gewaltige Menge Sand auf. Was immer der Auslöser dafür war, er bewegte sich in einem raschen Tempo fort und entfernte sich von ihnen.

»Sandläufer«, meinte Luna trocken, bevor ihr Dad fragen konnte.

»Ich weiß, was Sandläufer sind!« Er rieb sich die Augen und schaute abermals hin. »Aber warum ist diese Eidechse so verdammt groß? Bei uns sind das winzige Wüstenbewohner.«

Luna zuckte unwissend mit den Schultern.

Jonathan schüttelte an seinen Hosenbeinen und eine Ladung Sand ergoss sich über seine Stiefel. »Na ja, lieber das, als diese Würmer aus deinen Erzählungen.«

Luna bekam große Augen, holte Luft und machte dicke Backen. »Diego, wo genau sind wir hier?«

»B-71, wieso?«, brummte er angestrengt und hievte sich allmählich aus dem Sand.

Luna atmete einen großen Schwall Luft aus und legte ihre Hand auf der Schulter ihres Dads ab. »Puh! Keine Sorge, das ist nicht die Welt mit den Würmern.«

Jonathans Stirn zog tiefe, sandige Furchen. »Warum sagst du das so, als müssten wir uns darüber freuen? Diego wird im Gegensatz zu uns doch wohl wissen, welche Welten sicher sind und welche nicht, oder?«

Luna schaute, als hätte sie gerade in eine Zitrone gebissen und schwenkte ihre Hand abwägend hin und her. »Das ist ausgerechnet bei Diego immer so eine Sache.«

Jonathans Miene wurde ernst. »Was meinst du damit?«

Luna schlang ihren Arm um ihn und drehte Diego den Rücken zu. »Na ja, ich hab dir doch von meinem Freund erzählt, der auf Abkürzungen steht«, flüsterte sie. Jonathan zuckte ahnungslos mit den Schultern und Luna pustete ihre eine weiße Strähne weg. »Am Frühstückstisch? Als wir über mögliche Startpunkte gesprochen haben? Du erinnerst dich?«

Jonathan rieb sich erneut die Augen. »Sorry, da klingelt nichts. Obwohl – warte, die Kappahöhle?«

Luna nickte kaum merklich und zeigte vorsichtig mit einem Daumen über ihre Schulter hinweg auf Diego.

Jonathan entglitten alle Gesichtszüge. »Echt jetzt?«

Luna nickte abermals und wies mit dem Zeigefinger auf ihre Lippen. »Du musst bei Diego echt aufpassen, wenn du später mit ihm unterwegs bist. Er sucht grundsätzlich nur die kürzesten Routen zwischen zwei Zielen und ignoriert alle Sicherheitsprotokolle des Na-Vi.« Jonathan wurde blass. »Es gibt nur drei Arten von Leuten, die mit ihm auf Reisen gehen: Die, die keine Ahnung haben, die, die keine andere Wahl haben und die, die total bescheuert sind«, zählte Luna an ihren Fingern auf.

»Toll!«, murrte Jonathan. »Dann sind wir ja echte Glückspilze. Denn auf uns trifft ja irgendwie alles davon zu. Wo wir dabei sind, was bedeutet B-71?«

Luna lächelte. »Ach, jetzt willst du das plötzlich wissen? Okay, nehmen wir deine Erde als Beispiel. Die Bezeichnung lautet: B-14.91.I.74-002.« Sie steckte den Finger in den Sand und zeichnete. »B steht für den Sektor. Die Sektoren sind von Haven als inneren Kern ausgehend ringförmig angeordnet. Je weiter du von Haven weg bist, desto weiter kommst du im Alphabet. C, D, E.«

Jonathans Lippen pressten sich zusammen. »Bis Z. Schon klar.«

Luna schwenkte die Hand hin und her. »Theoretisch ja, praktisch nein. Beim R-Sektor ist Ende. Das liegt an Britknicru, der Spinnenkönigin. Sie herrscht mit ihren Spinnen über den gesamten R-Sektor. Kaum jemandem gelingt es auf die andere Seite. Das Netzwerk war daher schon ewig nicht mehr hinter dem R-Sektor aktiv. Also keine Ahnung, wie es da aussieht.«

Jonathan schaute skeptisch. »Spinnenkönigin?«

Luna zuckte mit den Schultern. »Ja. Weiter im Text. Die Zahl hinter dem Buchstaben beschreibt die Position der Erde im Sektor. Von Haven ausgehend, ist deine Welt dreizehn Sprünge entfernt und somit die 14. Welt im B-Sektor. Die zweite Zahl beschreibt die Lebensbedingungen. Der Buchstabe in der Mitte gibt an, welcher Stil und welches Zeitalter eine Welt prägt. Deine Erde hat ein I, das steht für industriell geprägte Welt, so wie die meisten Menschenwelten. Diese hier hat ein D für Dystopie. Calais dürfte R für Renaissance gewesen sein.«

Jonathan blickte auf die Zeichnung im Sand und nickte, während er ihren Erklärungen folgte. »Und die letzten beiden Zahlen? Sie sind wieder mit einem Bindestrich verbunden.«

Luna hob ihren Kopf und schaute Jonathan an. »Gut beobachtet. Die ersten beiden Zahlen geben die Höhe der Ähnlichkeit zu anderen Welten in der gleichen Kategorie an. Die Letzte, wie häufig diese im jeweiligen Sektor vorkommt.«

»Drei Stunden bis zum nächsten Sprungpunkt«, brummte der Gehörnte dazwischen und checkte konzentriert sein Na-Vi. Zeitgleich steckte er die andere Hand in den Nano-Beutel.

»Was tust du da?«, wollte Luna mit erhobenen Augenbrauen wissen. Hoffentlich ein Fahrzeug! Bitte, lass es ein Fahrzeug sein! Mir ist auch egal, welches.

»Dein ständiges Gejaule darüber, dass wir so lange laufen, geht Diego langsam auf den Senkel.«

»Erstens: keine Schuhe, keine Senkel. Zweitens: Hast du da etwa doch ein Fahrzeug drinnen?«

»Besser.«

»'Ne Trillerpfeife?!« Luna schaute ihn ungläubig an.

Doch als der Drache diese in sein langes, schuppiges Maul steckte, um hineinzupusten, ertönte nur ein klägliches Pfprrpft. Er sah die Pfeife verdutzt an und schüttelte sie ein paar Mal. Mit blitzschnellen Zügen nutzte er seine lange Zunge, um die Schuppen seiner Schnauze zu befeuchten. Dann probierte er es erneut.

Jonathan hörte auch diesmal kein noch so kleines Geräusch, zumindest keines, das er einer Trillerpfeife zugeordnet hätte. Luna hingegen hielt sich augenblicklich die Ohren zu. Der Ton kratzte zu unangenehm.

Plötzlich bebte der Boden unter ihnen. Unmengen Sand setzten sich in Bewegung, nur wenige Meter entfernt brach er auf. Ein riesiger Sandrochen erhob sich in die Lüfte. Das majestätische, schneeweiße Tier glitzerte in der Sonne.

Es glitt sanft über die Dünen und landete im Anschluss direkt vor ihnen.

»Aufsteigen.«

»O Mann, dein Ernst jetzt?«, fragte Jonathan, »Woran halten wir uns fest?« Er folgte seiner Tochter um das Tier herum und seine Hände fuhren bebend über den Körper des Rochens. Es fühlt sich rau an, wie Sandpapier, nur viel schöner anzusehen. Der Bauch des Tieres füllte und leerte sich mit jedem Atemzug und Jonathan lächelte. »Was ein schönes Wesen.«

Der Drache stieg wortlos auf den Rücken des Rochens und schnappte sich links und rechts je einen der insgesamt sechs Tasthaare. Wie bei einem Radar orientierten sich die Sandrochen darüber. Schnitt man nur einen davon ab, hätte man das Tier genauso gut töten können. Mithilfe des Tasthaares konnte Diego dem Rochen jedoch mühelos die Richtung zeigen.

»Halt dich einfach an mir fest«, antwortete Luna ihrem Dad aufbauend, während sie ebenfalls auf das Tier kletterte. Sie selbst hielt sich wiederum an Diegos Schweif fest.

Unbeholfen und tapsig kletterte Jonathan auf den flachen Rücken des Sandrochens. Es fühlte sich ungewohnt weich und irgendwie falsch an, dort entlangzuwackeln. Er schlang seine Arme um die Hüften seiner Tochter und hoffte, dass sie schnell beim nächsten Übergang waren. Er war kein Freund von unsicheren Fahrgeschäften in Freizeitparks und demnach erst recht nicht hiervon.

»Fuchsia-Mädchen, würdest du bitte?«, brummte Diego, die Tasthaare festumklammernd.

»Aber gern.« Mit einem Ruck fuhr Luna die Krallen ihrer rechten Hand aus und grinste. »Jetzt alle festhalten.« Dann bäumte sich der Rochen unter tosendem Wind auf und schoss fluchtartig los.

B-24.45.K.94-986:

Jonathan dachte bei ihrer Ankunft sofort an den Jurassic Park. Ein Dschungel voller urzeitlicher Wesen und sie mittendrin. Es war Nacht und starke Regenfälle prasselten auf die Gruppe nieder, während sie auf dem Weg zum nächsten Übergang waren.

Jonathan band schnell seinen offenen Stiefel zu und rannte sofort mit seiner Jacke über dem Kopf weiter. Er sah kaum mehr als ein paar Meter weit, doch schon bald lief er wieder hinter einem grün-geschuppten Schweif her. Er fluchte und schlug blitzschnell eine andere Richtung ein, als er bemerkte, dass es nicht Diego war, dem er folgte. Hektisch drehte er sich suchend im Kreis und entdeckte Lunas eine schneeweiße Strähne unter der Kapuze des Nachschwarzen. Er watete mit langen Schritten durch urzeitliches Gestrüpp zu ihr hinüber. »Hey, hast du Diego gesehen? Ich glaube, ich hab ihn verloren.«

Luna hockte an einem der großen Mammutbäume und schreckte ruckartig hoch. Ihr Gesicht war klitschnass und sie schaute, als hätte sie einen Geist gesehen.

»Nein! Keine Ahnung!«, erklärte sie ungewöhnlich schrill.

Jonathan kniff die Augen zusammen und musterte sie. »Okay? Sonst ist aber alles gut?« Sie nickte ungewöhnlich oft und schnell vor sich hin.

»Hey! Hier drüben!«, rief Diego und wedelte mit einem grünen Knicklicht in der Pranke umher. Jonathan und Luna sprinteten zu ihm. »Wowowow! Passt gefälligst auf, wo ihr hintretet!«, ermahnte er die beiden mit erhobenen Pranken und ließ das Knicklicht fallen.

Jonathans Herz raste, als er sich umschaute. »S-sind das alles Dinosauriereier?«

»Jep«, bestätigte Diego seine Befürchtung. Sie standen inmitten einer Erdkuhle und um sie herum lagen sicher drei Dutzend Eier von der Größe eines Footballs.

»Was wollen wir hier?« Jonathan vernahm das hungrige Kreischen einiger Jungtiere. Es musste ganz in ihrer Nähe sein. Regentropfen perlten von der winzigen Nabe über seiner linken Augenbraue hinunter. »Ich will hier weg! Und zwar sofort!«, keifte er dem Drachen unverblümt ins Gesicht.

Luna betrachtete indes entzückt die kleinen plüschigen Wesen, die einige Meter entfernt den Kopf in die Höhe reckten und mit ihren übergroßen Mäulern nach Wassertropfen schnappten. Sie fand die Winzlinge auf eine skurrile Art zuckersüß.

»Wir gehen ja gleich«, murrte der Drache und beugte sich hinunter. »Diego packt nur noch schnell ein paar der Leckerbissen in seinen Nano-Beutel. Dann können wir weiter.«

Jonathan erstarrte. »Hast du 'nen Knall?!«

Diego verstaute drei der Eier in seinen Beutel, schüttelte den Regen vom gehörnten Kopf und blickte zu Jonathan hinunter. »Knall? Sprechen wir von einem Gegenstand oder Diegos geistigem Zustand? T-Rex-Eier sind köstlich, wenn man sie richtig zubereitet.«

»T-T-T-Rex?!« Jonathan stockte der Atem. Er konnte den folgenden Gedanken nicht einmal zu Ende führen, da durchbrach grollender Donner die Unterhaltung. Jonathan zuckte zusammen, drehte sich langsam um und wischte sich eine Ladung Wasser aus dem Gesicht. »Was war das?«

Die Erde erzitterte unter ihren Füßen. Ein tosendes Gebrüll erklang. Jonathan schaute panisch zu Diego und ohrfeigte ihn reflexartig. »Bring uns sofort hier raus! Oder ich werde richtig sauer!«

»Da kommt wohl Mama Dino nach Hause«, meinte Luna lapidar.

»Grmpf! Mir nach!«, brummte Diego und zeigte in die Richtung, in die es ging.

Luna sprang über Wurzeln, Äste und Steine wie eine Athletin. Diego hingegen durchbrach einfach alles, was ihm im Weg lag. Jonathan versuchte indes, mit ihnen mitzuhalten. Von einem wütenden T-Rex gejagt zu werden, stand keineswegs auf seiner To-do-Liste. Er drehte sich um und prüfte, wie dicht der T-Rex hinter ihnen war. Zu dicht. Er hasste Diegos Abkürzungen schon jetzt. Allerdings musste Jonathan zugeben, dass das bunte Gefieder des T-Rex irgendwie witzig aussah. Er dachte unweigerlich an ein großes Huhn. Dann spürte er einen stinkenden Luftstoß in seinem Nacken.

Jonathans Herz raste und er rannte noch schneller. Er überholte den schwerfälligen Drachen und orientierte sich an seiner Tochter, die links und rechts über alles drüber sprang, was ihr im Weg lag. Dann war sie plötzlich weg. Jonathan stoppte abrupt, strauchelte und sprang fluchend einen Schritt zurück. Vor ihm hatte sich ein steiler Abhang aufgetan. Sie mussten schon wieder irgendwo runterspringen. Er hasste es. Noch bevor er protestieren konnte, krachte Diego in ihn hinein und beide stürzten in die Tiefe.

ANZIEHUNGSKRÄFTE

Yraall:

Jonathan kreischte panisch und taumelte wild ins Leere greifend durch die Luft, doch gegen jede Erwartung stoppte sein Fall abrupt. Kein harter Sturz, kein böses Aufklatschen, er stand einfach auf einer blühenden Wiese, inmitten eines ordinären Mischwaldes. Sicherheitshalber klopfte er sich noch einmal ab. Alles heil, stellte er fest.

»Ich glaube nicht, dass ich mich je daran gewöhnen werde«, grummelte er und versuchte, seine Augen an das plötzliche Tageslicht zu gewöhnen. Ein winziges Wesen, gerade einmal einen Meter groß, mit spitzen Ohren, barfuß, brauner Leinenhose, blauem Hemd und rotem Schlapphut in Fliegenpilzoptik kreuzte seinen Weg und schaute verständnislos zu Jonathan auf. Dann meckerte das Männlein über etwas in einer für Jonathan unverständlichen Sprache und watschelte mit seinen kurzen Beinen weiter. »Was zum …?«

»Weichei!«, brummte der Drache und verpasste Jonathan im Vorbeigehen einen Klaps auf die Schulter.

»Hey!«, knurrte Luna, die vor den beiden stand und bereits auf sie wartete. »Wie sprichst'n du mit meinem Dad?!« Auf eine Erklärung wartend, stemmte sie ihre Fäuste in die Hüfte und wippte mit ihrem Stiefel.

»Grmpf! Er hat das Herz am rechten Fleck, aber ein Wanderer wird er niemals werden. Schau ihn dir an! Wie er da steht, mit zittrigen Knien, unsicher, ob er kotzen soll oder nicht.«

»Hah! Du hast ja keine Ahnung. Er wird viele große Dinge vollbringen und schon bald wird er im ganzen Netzwerk bekannt und geachtet werden. Wirst schon sehen!« Luna starrte Diego mit grimmiger Miene herausfordernd an.

Dampf rieselte wie immer aus Diegos Nüstern und er beugte sich zu ihr hinunter. »Diego ist ganz Ohr.«

Jonathan zog seine Jacke wieder an und schaute beide abwechselnd streng an. »Könntet ihr das lassen? Es fühlt sich seltsam an, wenn ich höre, wie ihr über mich redet. Außerdem setzt mich eure Erwartungshaltung ganz schön unter Druck. Diego hat recht. Ich bin weder ein Held noch ein Genie und so unglaublich wie ihr zwei bin ich schon gar nicht. Ich bin nur ein normaler Typ, der versucht, mit all dem hier fertig zu werden. Das ist alles.« Er seufzte. »Und wisst ihr was? Das ist okay. Ich bin gerne hier. Aber erwartet keine Wunder.«

Diegos Mundwinkel schossen in die Höhe. »Wie Diego sagte, Weichei.«

Luna ließ entrüstet ihre Schultern und Augenbrauen hängen. »Dad ...«

»Nein, Luna, lass es bitte. Diego, wo gehts als Nächstes hin?«

Der Drache griff in seinen Nano-Beutel und holte sein Na-Vi hervor. Ein prüfender Blick und eine schnalzende Zunge später steckte er es wieder weg. »Engelsturm. Hinter dem östlichen Schwarzmarkt. Etwa fünf Stunden von hier.«

Luna zog eine Schippe. »Fünf Stunden? Mann! Ich habe kurze Beine! Ich laufe technisch gesehen also viel mehr als ihr zwei! Können wir nicht irgendeine Mitfahrgelegenheit organisieren?«, maulte sie und kickte gegen einen Stein.

Jonathan sah dem missgelaunten Wesen mit den spitzen Ohren noch eine Weile nach, bis es zwischen den Bäumen verschwand. Ohne zu seiner Tochter zu schauen, hob er den Zeigefinger und deutete auf ihre Beine. »Hab dich nicht so, deine Beine sind sicher das Längste an dir.«

Sie sagte nichts und hob zynisch grinsend ihren Mittelfinger.

Der östliche Schwarzmarkt:

Der östliche Schwarzmarkt war ein Ort, der eher einem Schrottplatz als einem Markt glich. Das hätte aufgrund des vorherrschenden Chaos ein Vorurteil sein können, doch Jonathan wusste nicht, wann er zuletzt so viel Gesindel auf einem Haufen gesehen hatte. In Berlin kannte er auch solche Ecken, pflegte jedoch stets einen Bogen darum zu machen. Sicher war sicher. Jonathan schaute sich um, wie auf einem Trödelmarkt für weggeworfenes und blieb vor einem der Schrottberge stehen. Er sah zu seinen Stiefeln hinunter und bückte sich nach einer handelsüblichen Festplatte, wie er sie aus seiner Welt kannte. »Hey, Diego, Luna, seht mal.«

Die beiden drehten sich um. »Leg das weg!«, schnauzte Diego abwertend. »Das ist wertloser Schrott einer vergangenen Epoche.«

Jonathan wischte mit seinem Daumen den Dreck vom Gehäuse und legte einen kaum lesbaren Schriftzug frei. Er drehte die Festplatte, bis er meinte etwas zu erkennen, das Sinn ergab. »Made in Taiwan!«, rief er dann euphorisch und stutze im nächsten Moment. »H-heißt das, diese Welt wurde einmal von ganz normalen Menschen besiedelt?«

Dampf rieselte aus den Nüstern des Drachen, als er sich nochmals zu Jonathan umdrehte. »Entweder das, oder der Mist wird hier regelmäßig durch irgendeinen Übergang angespült.

Beides ist möglich und beides hat Diego schon gesehen. Also leg es weg.« Der Drache drehte sich kopfschüttelnd um und ging weiter.

Jonathan ließ die Platte fallen und folgte den beiden durch die verwinkelten Gassen des Schrottplatzes. Zwischendurch hielt er kurz an, um einem fünfarmigen Roboter Platz zu machen, der einen Würfel voll Schrott von einer zur anderen Ecke räumte. Er beobachtete mit leuchtenden Augen, wie ein bekleidetes, jedoch zerzaustes Federvieh Handel mit einem Wesen trieb, bei dem Jonathan nicht einmal sagen konnte, ob es ein Gesicht hatte. Dann war da zwei Ecken weiter dieser Goldfisch in seiner versifften Verkäuferschürze. Seine glänzend schwarzen Augen verzehrten die Gruppe mit unstillbarer Gier nach dem nächsten großen Profit.

»Tretet näher! Ich habe nur das allerfeinste vom Feinen«, blubberte der fette Goldfisch, während ihm Sabber aus der großen Mundfalte direkt auf seine Schürze tropfte. An seinem Stand – ein geräumiges und leicht ranziges Leinentuch, das sicher mal ein Zelt war – bot er allerlei Waren von Angelruten, Kleidung bis zu Töpfen, Pfannen, Karaffen, Schwertern und mehr feil.

Jonathan stellte sich vor, wie er abends alle seine Waren darin verstaute, bevor er mit dem Sack auf seinem Rücken zur nächsten Ortschaft zog. Leider verstand Jonathan kaum ein Wort, das der blubbernde Fisch von sich gab. Er fasste sich an sein Ohrläppchen, nickte und lächelte verlegen, um nicht unhöflich zu wirken.

Luna knuffte Jonathan mit ihren Ellenbogen. »Du wirst doch nicht etwa krank, oder?«

Jonathan stutzte irritiert. »Quatsch!«

»Aha. Und wo sind dann deine ganzen ›Ahs‹ und ›Ohs‹? Seit Stunden erwarte ich, wie du alle paar Sekunden solche Dinge von dir gibst wie: ›Luna, guck mal hier! Luna, guck mal da! Luna, was ist dies? Luna, was ist das? Aber – nichts! Null Komma gar nichts!«, blaffte sie empört. »Was ist bloß los mit dir? Die meisten Normalos würden ausrasten, wenn sie einen sprechenden Goldfischmann sehen.« Sie stoppte, hob den Finger und drehte sich auf dem Absatz ihrer Stiefel zu dem Fisch. »Sie sind doch ein Er, oder?« Der Fisch gab keine Antwort von sich und glubschte sie nur regungslos sabbernd an.

Jonathan stöhnte wehleidig auf. »Luna, ich bin müde und kaputt. Wir waren jetzt tagelang unterwegs und hatten seit unserer Kutschfahrt mit Ben keine echte Pause mehr. Ich staune wieder, sobald ich zumindest so etwas Ähnliches wie einen erholsamen Schlaf hatte, okay?«, murrte er missmutig.

»Oh, soll Diego dich Huckepack nehmen?«, witzelte der Grün-schwarz-geschuppte höhnisch.

»Das wäre klasse.«

»Grmpf! Vergiss es! Du bekommst deine Pause, nur keine Sorge« brummte der Drache einige Waren des Fisches inspizierend. »Wir machen vor unserem Sprung beim Engelsturm eine kleine Pause, essen was und ziehen dann weiter. Sobald wir Narburi hinter uns gelassen haben, schlagen wir ein Nachtlager auf.« Diego fiel eine blau schimmernde, kristallene Karaffe ins Auge. Er griff in seinen Nano-Beutel und holte eine leere Pranke hervor. »Mist! Diego hat kein Geld der hiesigen Währung dabei.« Er lehnte sich leicht zum Goldfisch vor. »Hey, machst du auch Tauschgeschäfte?«

Der Fisch zwirbelte an seinem Barthaar, schloss abwägend eines seiner schwarzen Augen und schnalzte dann. »Kommt darauf an, was du hast«, blubberte der Fischmensch.

Diego legte den gehörten Kopf schräg, sah Jonathan an und schmunzelte. Es war zu verlockend, als dass er hätte widerstehen können. »Die Karaffe gegen den Burschen, Deal?«, brummte der Drache grinsend.

Lunas Augen fuhren ebenfalls über das Sortiment des Fisches. Dann schnalzte sie und funkelte Diego finster an. »Bist du bescheuert? Mein Dad ist mehr wert als 'ne doofe Karaffe!«

Jonathan hatte auf einem umgedrehten Blecheimer gegenüber vom Goldfischstand Platz genommen und hob den schweren Kopf aus den Schulterblättern. »Danke.«

»Sagen wir die Karaffe und die Stiefel dahinten?«, setzte sie neckisch mit einem Fingerschnippen in Richtung eines wundervoll schwarzglänzenden Stiefelpaares nach.

Jonathan klopfte lautstark auf seine Oberschenkel und beugte sich vor. »Hey! Nicht lustig!«

»War nur Spaß«, kicherte sie zwinkernd über ihre Schulter hinweg.

Der Fisch glupschte die Drei einen Moment lang wortlos an. Es machte fast den Eindruck, als hätte jemand bei ihm auf Pause gedrückt. Sabber tropfte unaufhörlich aus seinem Maul. Dann schüttelte er sich und richtete das Wort an Luna. »Karaffe oder Stiefel für den Mantel, den du trägst.«

»Äh, – nein«, antwortete Luna bestimmend.

Jonathan reckte den Kopf hin und her, um an Luna und Diego vorbeizuschauen. »Verzeihung, Sie verkaufen auch Fisch?«, fragte Jonathan stirnrunzelnd.

»Den allerfeinsten. Du wirst nirgendwo frischeren Fisch finden, als bei dem guten alten Bojak und schmackhafteren schon gar nicht«, blubberte Bojak.

»Ist das nicht, na ja«, Jonathan gestikulierte mit seinen Händen auf der Suche nach den richtigen Worten unsicher in der Luft herum, »ein bisschen seltsam? Ich meine, Sie sind – und das sind ...«

»Siehst du hier irgendwo Goldfische liegen?«, blubberte der Goldfisch leicht verärgert.

»Nein.«

»Aha!«, blaffte Bojak und wandte sich erneut Luna zu. »Okay, letztes Angebot. Die Karaffe und ein anderes Paar Stiefel.«

Doch sie würdigte ihn keines Blickes mehr. Tatsächlich mochte sie den Nachtschwarzen und hatte längst entschieden, ihn zu behalten.

»Jetzt gib ihm schon den Mantel«, brummte Diego. »Du bekommst in Haven einen neuen und besseren.«

Luna wägte kurz ab, ob ein Tritt vor sein schuppiges Schienbein eine angebrachte Reaktion wäre, verwarf den Gedanken jedoch wieder. »Auf keinen Fall! Ich mag diesen hier! Der ist voller Geschichte. Dagegen kann die billige Ware aus Stacys ollem Ramschladen nicht mithalten. Außerdem kannst du doch nicht einfach Tenacious' Eigentum verramschen! Ihr wart schließlich Freunde!«

Diego hob einen Finger und wollte gerade damit beginnen Stacys Ware zu verteidigen, da hörte er ein Knacken, gefolgt von einem verdächtigen Laut. Er schaute zu Luna hinab und fixierte instinktiv den Bereich des Nachtschwarzen, unter dem ihre Umhängetasche gut verborgen lag. Der Mantel war an der Stelle ungewöhnlich ausgebeult, als wenn sie etwas Großes bei sich trug. »Was war das?«, hakte er mit einem vorwurfsvollen Unterton nach.

Luna erwiderte seinen Blick mit großen, unschuldigen Augen und vergrub ihre Hände in den Taschen des Nachtschwarzen.

»Gar nichts! Ich knirsche nur manchmal mit den Zähnen und gebe dann komische Geräusche von mir. V-völlig normal.«

Nach einer kleinen Verschnaufpause von gut zwei Stunden standen sie vor dem Übergang am Engelsturm. Einem Ort, dem man nachsagte, dass er die Brücke zu den Göttern sei. Wobei Diego diese Bezeichnung doch etwas überspitzt fand.

Diego hatte seine neue Errungenschaft sicher im Nano-Beutel verstaut.

»Ich kann nicht fassen, dass du den kleinen Jack-Jack weggegeben hast«, quengelte Luna missmutig und rutschte in ihren neuen Stiefeln hin und her. Sie waren besser als die davor, doch sie vermisste noch immer ihre Dr. Martens.

»Der kleine Jack-Jack wäre bald ein großer Jack-Jack gewesen. Was hättest du dann mit ihm tun wollen?«, brummte Diego vorwurfsvoll.

»Keine Ahnung. Reiten?«

»Wenn du ein Haustier haben willst, kann ich dir sicher eines besorgen. Ich habe mal über eine Katze nachgedacht, weißt du?«, mischte Jonathan sich ein.

»Ich weiß. Ich mochte Ulysses nicht«, meinte Luna lapidar.

»Mochte?«

»Ist vom Dach gefallen.«

Jonathan schaute seine Tochter argwöhnisch an. »Hast du ihn geschubst?«

»Sie! Und nein!«

»Sicher? Denn falls doch, könntest du es mir sagen. Ich wäre auch nicht böse.«

Statt darauf zu antworten, schaute sie ihn nur irritiert an.

»Klasse. Deine Tochter ist also eine Katzen-hassende Bilderbuchsadistin«, brummte Diego und ließ einen Schwall Dampf aus seinen Nüstern rieseln.

»Du bist lieber still«, fuhr Jonathan den Drachen an. »Du wolltest mich eben verkaufen.«

»Hat Diego aber nicht, oder?«

»Wir sind schon ein ziemlich verkorkster Haufen. Wisst ihr das?«, bemerkte Luna grinsend.

Jonathan ergriff die Sphärenbrille auf seiner Stirn und setzte sie auf. »Ja, das sind wir wohl«, bestätigte er Lunas Aussage mit einem Lächeln auf den Lippen. Er blinzelte einige Male, nahm die Brille ab, hauchte gegen die Gläser, wischte sie ab und setzte sie sich erneut auf. »Hmm, sicher, dass es hier sein soll?«

Diego grummelte etwas vor sich hin, holte sein Na-Vi zum Vorschein und wischte über den Bildschirm. »Ist jeden Moment so weit«, brummte er und steckte es wieder weg.

Jonathan holte tief Luft. Direkt vor ihm baute sich Riss um Riss der Übergang auf und erweckte nur wenige Augenblicke später den Anschein eines zertrümmerten Spiegels zwischen den Realitäten. »Ich kann es immer noch kaum glauben, dass man es ohne Sphärenbrille nicht sehen kann.«

»Grmpf! Schließe nicht von dir auf andere«, brummte der Grün-schwarz-geschuppte-Drache und hielt Jonathan mit einem unsanften Ruck an seiner Schulter davon ab, als Erstes hindurchzugehen. »Eh! Eh! Diesmal nicht. Vertrau Diego. Er geht als Erstes. Dann kommt ihr.« Diego machte einen Schritt nach vorn und war verschwunden.

Jonathan rührte sich nicht und wartete, bis plötzlich Diegos Arm durch den Spalt griff und die beiden zu sich winkte. Jonathan machte vor Schreck einen Satz nach hinten und hielt sich die Brust. »Verdammt!«, fluchte er.

Luna gackerte, packte den starken Arm des Drachen, und ließ sich hinübertragen. Diego wiederholte wenige Augenblicke später den Vorgang für Jonathan.

Die Eisringe von Narburi:
Kaum hatte Jonathan einen Fuß in diese Welt gesetzt, stockte ihm der Atem und er ruderte schwankend mit seinen Armen. Seine Stiefelspitzen ragten über den Sims eines Daches und ließen Teile davon in die Tiefe stürzen, nur damit sie einige Augenblicke später wie Seifenblasen in den Himmel emporstiegen. »Scheiße! Was ist denn hier los?!«, schrie Jonathan schockiert auf und fand endlich eine Position, in der er sicher stehen konnte. Nicht einmal ein Schritt trennte ihn von seinem sicheren Absturz und er war sichtlich erleichtert, dass es nicht dazu kam.

Der Himmel war von schweren, dunklen Wolken verhangen und ließ das in Trümmern liegende Stadtbild schon beinahe malerisch wirken. Jonathan schaute vorsichtig von links nach rechts. Nur wenige Gebäude standen noch aufrecht. Sicherlich nicht mehr bewohnbar, aber zumindest aufrecht. Überall knackte und knarzte es in der Ferne und hin und wieder erfüllte grollender Donner und darauffolgendes Erdbeben das Stadtbild. Jonathan mochte sich nicht einmal ausmalen, was hier passiert sein musste.

Diego stand ganz links außen und Luna in der Mitte. Der Drache hob seinen gehörnten Kopf in die Höhe, schloss die Augen und tippte Luna auf die Schulter. »Jetzt.«

»Sorry, Dad.« Luna holte mit der flachen Hand aus, ließ sie auf den Rücken ihres Dads sausen und schubste Jonathan breit grinsend vom Dach.

Jonathan schrie dem schnell näherkommenden Asphalt entgegen, ruderte wild mit den Armen umher und presste kurz vor dem Aufprall die Augen zusammen. Nur zögerlich blinzelnd öffnete er sie wieder. Jonathans Nasenspitze berührte gerade so den Boden. Ohne es bewusst wahrzunehmen, richtete er sich ungewöhnlich leichtfüßig wieder auf.

Luna und Diego landeten kurz nach ihm und lachten Tränen.

»Ich hasse euch!«

Luna sprang in die Luft, drehte einige Pirouetten und kraulte dann wie Peter Pan sanft schwebend um ihren Dad herum. »Ach, hab dich nicht so! Willkommen in Narburi!«, rief sie und strecke ihre Arme aus. »Ich dachte, das wäre voll dein Ding, darum habe ich Diego gebeten, diesen Weg einzuschlagen.« Sie hielt sich an der Jacke ihres Dads fest und landete. »Diese Welt ist irgendwann mit ihrem Mond zusammengekracht. Seitdem spielt die Gravitation hier verrückt«, erklärte sie.

»Aha.« Jonathan zeigte drohend mit seinem Finger auf Diego. »Was dich angeht, ich will hoffen, dass du in deinem Zauberbeutel auch Klopapier hast! Ich brauche euretwegen nämlich dringend welches!«

Diego schmunzelte und hakte seine Pranken lässig an den Kragen seines blutroten Kimonos. »Später. Wenn die Up-Phase vorbei ist, bevor wir das Dach des Hochhauses zwei Straßen weiter erreicht haben, wird Klopapier dein geringstes Problem sein.«

Das Hochhaus, auf das Diego zeigte, machte auf Jonathan keinen allzu stabilen Eindruck. »Okay, und wie kommen wir da hoch?«

Luna runzelte die Stirn. »Äh, wie wäre es mit springen?«

»Springen?«, erwiderte Jonathan verwundert.

»Grmpf! Springen!«, raunzte der Drache und hob mit einem Satz in Richtung des Hochhauses ab. Er landete in einem hohen Bogen zwei Dächer weiter, ging in die Knie und setzte erneut zu einem Sprung an.

Jonathans Kinnlade hätte kaum tiefer sinken können. Wie benommen tastete er nach seiner Tochter und war nicht in der Lage, die richtigen Worte zu finden.

Sie lächelte. »Keine Ursache, Dad. Genieß das Gefühl, wie ein Superheld durch die Stadt zu rennen.«

Jonathan ging ebenfalls in die Knie und sprang mit einem Adrenalin gefluteten Freudenschrei dem Drachen hinterher. Er landete im ersten Versuch noch etwas unbeholfen, doch bei jedem weiteren Sprung wurde er immer sicherer und wagemutiger. Er glitt nach dem dritten Sprung wie Spider-Man an einer Häuserwand entlang, bis er dessen Kante erreichte. Dann holte er Schwung aus seinen Beinen und sprang drei Stockwerke höher zu einem Haus auf der gegenüberliegenden Straßenseite. Sein Grinsen hätte nicht mehr breiter werden können. Dann entdeckte er den schwerfälligen Drachen, leckte sich über die Lippen und fasste den Entschluss, als Erster im Ziel sein zu wollen.

Jonathan war Diego bereits dicht auf den Fersen. Ein Dach vor dem Zielgebäude nutze Jonathan die Hörner des Drachen, um noch einmal ordentlich Schwung zu holen, und katapultierte sich senkrecht zur Häuserwand in Richtung Himmel. Er war schon fast oben angekommen, da sauste Diego an der Zielgeraden knapp an ihm vorbei. »Das ist unfair! Du hast gemogelt.«

»Lass dir Flügel wachsen«, konterte der Drache belustigt und starrte nach der Landung auf sein Na-Vi. »Es ist gleich so weit. Beeilt euch!«

Luna sprang mit der Eleganz eines Kranichs hoch über die Kante des Daches. Sie setzte zu einer würdevollen Landung mit Rückwärtssalto an, als ein weiterer grollender Donner die Erde erzittern ließ. Kein klassisches Beben. Es waren herunterfallende Trümmer und Gebäude, die zuvor in der Luft geschwebt hatten. Die Gravitation änderte sich und aus dem Auftrieb wurde plötzlich eine enorme Anziehungskraft.

Jonathan packte Luna gerade noch rechtzeitig am Handgelenk, bevor die Kante unter ihren Füßen wegbrach.

Erschrocken blickte sie in die todbringende Tiefe, dann wandte sie langsam ihren Kopf zu Jonathan.

»Ich sagte doch, ich lasse dich nicht fallen!«, presste er hervor. Die Gravitation zog unerbittlich an ihr und sie zu halten, verlangte ihm alles ab.

Diego machte einen Schritt in ihre Richtung und stoppte sofort. Das Dach knirschte unter seinen Füßen und bekam Risse. Wie eine langsam berstende Eisfläche breiteten sich diese rasch aus. Vorsichtig machte Diego einen Schritt zurück. Er konnte ihnen nicht helfen, sie waren auf sich gestellt.

Jonathans Muskeln und Sehnen brannten wie Feuer. Er wusste nicht, wie lange er seine Tochter noch halten konnte, doch eher würde ihm der Arm abreißen, als dass er sie freiwillig losließ. Unsicherheit spiegelte sich in Lunas Augen. Jonathan bemerkte die leichte Drehbewegung im Handgelenk seiner Tochter. »Nein!«

»Du elender Idiot. Wir stürzen beide ab.« Davon hatte niemand etwas. Luna blickte in das verzweifelte Gesicht ihres Dads und dann in die Tiefe. Es würde schnell gehen, sagte sie zu sich. Zumindest das, konnte sie der Situation abgewinnen. »Es ist schon okay, lass los«, sagte sie ruhig und mit einem traurigen Lächeln auf den Lippen. Sie drehte ihr Handgelenk weiter und spürte, wie sie sich allmählich aus seinem Griff befreite. »Halte einfach dein Versprechen und lass mich niemals fallen«, flüsterte sie.

»Ver-giss es!« Jonathan spürte, wie der Druck auf seinem Brustkorb langsam nachließ. Nach und nach gewann Jonathan die Kontrolle und zog sie mit einem kräftigen Ruck hoch. Keuchend drehte er sich auf den Rücken, hievte sie auf seine Brust und drückte sie fest an sich. »Ich sagte doch, ich lasse dich nicht fallen.«

Luna wischte sich ihre Kapuze aus dem Nacken und blickte über ihre Stirn hinweg zu ihm auf. »Sorry«, hauchte sie tonlos.

»Schon okay. Aber nie – wieder – will ich diesen Blick in deinen Augen sehen, hast du mich verstanden?!«, sagte Jonathan schwer atmend.

Luna wurde ungewohnt warm ums Herz und sie hätte gerne etwas Passendes erwidert, doch ihr fiel nichts ein. Darum schwieg sie und lächelte stattdessen verlegen. Hätte sie gewusst, dass ihre Gesichtsfarbe längst mehr sagte als tausend Worte, sie wäre im Boden versunken.

»Und? Hast du jetzt immer noch Angst vorm Fallen?«, brachte sie schließlich zögerlich an ihrem Daumen knabbernd hervor.

Jonathan erwiderte dazu nichts und streichelte stattdessen einfach ihr Haar. Er schaute hinauf und sah das erste Mal etwas anderes als Wolken. Ein Gürtel aus Eisbrocken und Felsen umspannte das sternenbesetzte Himmelsfirmament. Und dann war da dieses Objekt. Wie eine gigantische, bunt glitzernde eierförmige Discokugel schwebte es in der Luft. »Diego, sieh mal die Lichter da oben«, rief er und deutete auf das Objekt.

»Eine fliegende Stadt würde Diego vermuten. Schau mal, die Plattform ist aerodynamisch geformt.«

»Dadurch bleibt sie wahrscheinlich im Auftrieb.«

Diego nickte zustimmend und machte dazu eine Notiz in seinem Na-Vi.

Jonathan und Luna rappelten sich wieder auf. »Hast du es? Können wir dann bitte von hier verschwinden, bevor die Gravitation es sich wieder anders überlegt?«, murrte Jonathan. Er setzte sich seine Sphärenbrille auf, betrachtete den nächsten Übergang und schritt mit Luna im Arm hindurch.

Bekenntnisse

B-12.22.B.41-690:

Luna trat aus dem luftigen Hauszelt ins Freie und lief barfuß über den Sand der kleinen, windgeschützten Stranddüne. Einzelne Grashalme am Wegesrand streiften immer wieder ihre nackten Beine, bis sie endlich den Rand der Düne erklommen hatte. Rechts von ihrem Nachtlager brannten in weiter Ferne die Lichter eines gut belebten Hafens. Den imposanten, aber hölzernen Schiffen mit ihren ebenso prächtigen Segeln nach zu urteilen kein besonders fortschrittliches Örtchen. Dafür aber ein idyllisches. Luna strich ihr vom seichten Wind umspieltes Haar beiseite und lauschte den von der Brise herbeigetragenen Gesprächen. Sie erkannte den Dialekt sowie die Wortwahl und grinste. Piraten! Wie cool ist das denn? Das letzte Mal bin ich vor rund vier Jahren welchen begegnet.

Sie legte einen Finger auf ihre Lippen und dachte daran, was für einen Spaß sie mit Kira und Tetra gehabt hatte. Damals waren sie als blinde Passagiere auf so einem Schiff gelandet und das alles nur, weil Tetra mal wieder irgendwo ein unangekündigtes Nickerchen gemacht hatte. Lunas Miene verfinsterte sich, als sie daran dachte.

Irgendwie ist Tez immer schuld daran, dass wir in blöde Situationen geraten. Luna kräuselte grummelnd ihre dunklen Lippen und warf über ihre Schulter hinweg noch einmal einen

Blick ins Zelt. Jonathan hatte sich direkt hingelegt, nachdem sie das Zelt aufgebaut hatten, und schlief seitdem tief und fest. Er schien das bitternötig zu haben.

Luna seufzte, zog ihr Tanktop aus ihrer Shorts und hob es an. Sie schaute an sich hinunter und fühlte über ihre linke Seite. Von den Schwellungen und Blutergüssen durch den Sturz ins Meer war kaum noch etwas zu sehen, das beruhigte sie ungemein. Sie schlurfte durch den Sand Richtung Meer und setzte sich neben Diego an den Strand.

»Kannst du auch nicht schlafen?«, fragte Luna und betrachtete einen dicht am Strand entlangfahrenden Dreimaster. An Deck des Schiffes wuselten Seeleute hektisch mit ihren Laternen von einer zur anderen Ecke, als würden sie nach etwas im Wasser Ausschau halten. Luna legte ihren Kopf schräg. »Was zur Hölle tun die da?«

Diego saß im Schneidersitz dort, beobachtete das Meer und rasierte sich mit Penélopes Dolch die kleinen regenbogenfarbenen Stoppeln auf seinem Kopf. »Hörst du sie denn nicht?«

»Wen? Die Leute auf dem Schiff?«

Diego schüttelte kaum merklich seinen Kopf und deutete Richtung Meer.

Luna bemerkte im Augenwinkel dieses markante, impulsartige Leuchten. Sie schloss die Lider und konzentrierte sich, um ganz sicherzugehen. Erst hörte sie nur das Rauschen der Wellen, doch dann vernahm sie ein melodisches Summen. »Hmm? Sind das ...?« Luna riss die Augen wieder auf und ließ sie suchend über die Wasseroberfläche gleiten. Nichts! Sie fluchte innerlich, es verpasst zu haben.

Diego nickte. »Sind es. Der Steuermann des Schiffes riskiert nicht ohne Grund, im seichten Gewässer aufzulaufen, bevor sie den sicheren Hafen erreichen.«

Diego beobachtete, wie einer der Schiffsjungen an der Reling stehen blieb und schwer schluckte.

Der Junge wischte sich über die dunklen Augenringe seiner blutunterlaufenen Augen und sah noch einmal hin. Doch es änderte nichts an dem, was er gerade sah. Da saß ein Monster am Strand und starrte sie scheinbar gierig an. Sofort schlug der hagere Junge Alarm und schrie voller Verzweiflung, dass der rettende Hafen nicht mehr sicher sei. Die anderen Seefahrer schwiegen und wechselten düstere Blicke untereinander. Vielleicht würde ein Opfer ihre sichere Ankunft garantieren. Ein Gedanke, der sich ausnahmslos in jedem Augenpaar lesen ließ. Der Schiffsjunge kreischte und tobte in seiner Panik, packte einen anderen Jungen am Kragen und bettelte darum, dass doch endlich jemand etwas unternehmen sollte. Dann spürte der Junge einen dumpfen Schlag. Seine Welt wurde dunkel und einen Moment später hievten drei Männer den bewusstlosen und mit Steinen beschwerten Körper über Bord.

Luna grunzte. »Wow. Der arme Junge. Hat wohl noch nie einen Drachen gesehen. Tja, dumm gelaufen.«

Diego führte die Klinge ein weiteres Mal um seinen Kopf herum. »Dass die Seeleute aktuell so viel Angst vor dem Rausfahren haben, ist ungünstig. Wir brauchen für unseren nächsten Übergang nämlich ein Schiff«, murrte er missgelaunt.

»Tja, hättest du jetzt eines in deinem Nano-Beutel, gäbe es das Problem gar nicht.« Luna ignorierte Diegos verurteilenden Blick, verschränkte ihre Arme auf den Knien und legte ihren Kopf darauf ab.

»Wieso rasierst du das eigentlich immer weg? Dir wächst doch eh nur ein schmaler Irokese. Okay, ja, der ist dann bunt, aber das passt doch super zu deinem Schweif und den Augen.«

Dampf rieselte aus den Nüstern des Drachen. »Und wer nimmt Diego dann noch ernst?«, brummte er mürrisch. Er war immer noch froh darüber, dass Luna ihr Wort gehalten und dieses peinliche Detail über ihn nicht einfach ausgeplaudert hatte.

Luna blickte zu ihm auf. »Hallo? Bei deiner Statur? Alle, die nicht dumm sind.«

»Grmpf! Schon klar. Diego wird es gleich zur Sprache bringen, wenn er einem territorial geprägten Drachen begegnet, der nicht weiß, wo sein Platz in der Nahrungskette liegt«, sagte er in einem Anflug von Sarkasmus. »Dein Vater schläft nach wie vor?«

»Hmm, ja. Hatte er auch bitternötig.«

Diego stecke den Dolch wieder an seinen Gürtel und stütze seine Pranken auf die Oberschenkel. »Das ist gut. Dann können wir morgen Abend aufbrechen. Wenn wir schon mal unter uns sind, hätte Diego gerne gewusst, weshalb du ihn so gut kennst. Diego wollte das schon seit Calais wissen, doch etwas sagt Diego, dass Jonathan noch nicht bereit für diese Antwort ist.«

Lunas ließ ihre Zehen im lockeren Sand spielen und nickte. »Da hast du wohl recht. Also gut. Du und mein Dad seid in meiner Gegenwart so was wie beste Freunde.« Luna ließ ihren Blick umherwandern und kräuselte ihre Nase. »Und du bist hin und wieder auch mein Babysitter gewesen. Lustig, oder?«

Diego verschluckte sich, fing an zu husten und schlug sich auf die Brust. »Urgh! Was? So etwas kannst du Diego doch nicht einfach so erzählen!« Die schuppigen Augenbrauen des Drachen warfen einen vorwurfsvollen Schatten.

»Ach, komm! Als wenn du nicht schon längst einen Narren an ihm gefressen hättest«, konterte Luna und spielte mit ihren Armbändern.

»Rhmm, schon. Er erinnert Diego irgendwie an Tenacious. Klingt seltsam, nicht wahr?«

»Nein, eigentlich nicht. Sie sind beide aufgeschlossen, wissensdurstig und benötigen eine Sphärenbrille, um Anomalien zu sehen.«

Diego räusperte sich. »Noch viel wichtiger für Diego: Sie haben beide ein großes, von Mitgefühl geführtes Herz. Das ist nicht typisch für Menschen. Die meisten folgen dem Pfad der Selbstsucht und nennen es dann Nächstenliebe.«

Luna nickte berührt und schaute hinüber zur Düne, wo das Zelt stand. »Stimmt. Und dennoch gibt es Ungereimtheiten.«

Diego legte den Kopf schräg, um zu ihr hinabzuschauen. »Was für welche?«

»Ach, Zukunftszeug!«, murmelte sie abwertend. »In meiner Gegenwart ist mein Dad innerhalb des Netzwerks eine lebende Legende, weißt du?«

Diegos Brustkorb bebte auf und er presste die Lippen zusammen, bevor sich seine Mundwinkel zu weit nach oben biegen konnten. »Echt? Hat er zufällig was mit Gregory dem Barden am Hut, oder wie kam es dazu?«

Luna schlug ihn mit der flachen Hand auf den Unterarm. »Lach nicht!«, fauchte sie. »Es gibt niemanden, der so viele, unglaubliche Dinge vollbracht hat, wie er. Und dann sehe ich diesen Jonathan dahinten im Zelt liegen und denke nur: Reden wir von derselben Person?«

Diego konnte sein Schmunzeln nicht länger zurückhalten. »Das dachte Diego auch gerade.« Sein Schmunzeln verschwand und seine Stimmlage bekam wieder einen deutlich ernsteren Tonfall. »Sag mal, wie haben Diego und dein Vater sich damals kennengelernt?«

Luna hob nachdenklich ihren Kopf aus den Knien. »Interessante Frage. Ich weiß, dass ihr nach einem Abend im Tapferen Wandersmann nahezu unzertrennlich wart. Ich habe das aber tatsächlich nie hinterfragt. Für mich war immer klar, dass das der Abend war, an dem ihr euch kennengelernt habt. Aber jetzt, wo du es so sagst ...«

»Grmpf, verstehe. Du kannst es nicht mit Sicherheit sagen.«

»Nein. Tut mir leid.«

Diego strich immer wieder über die zwei Hörnchen unter seinem Kinn. »Schade. Es hätte vielleicht etwas Licht in diese Zeitreisesache bringen können. Diego hätte es wirklich interessant gefunden, wie viele Dinge in der ursprünglichen Vergangenheit anders sind. Vielleicht ist das am Ende auch der Grund, weshalb dein Vater heute ein anderer ist, als in deiner Gegenwart.«

Luna sah Diego mit großen Augen an. »Meinst du echt, dass meine Zeitreise das bewirkt haben könnte?«

Der Drache hob seine ahnungslosen Pranken und tätschelte im Anschluss mit einem aufmunternden Lächeln Lunas Kopf. »Es wird schon alles gut gehen.«

Sie ließ sich auf den Rücken fallen und betrachtete das Sternenmeer über ihren Köpfen. Sie konnte Diego unmöglich sagen, dass sie es am Ende sogar gut finden würde, wenn manche Dinge anders laufen würden. Sie kräuselte missmutig ihre Lippen und überkreuzte die Arme hinter ihrem Kopf. »Wie war Tenacious so? Ich meine, ja, ich kenne einige seiner Geschichten von dir, aber wer war er als Mensch hinter dem Leben im Netzwerk? Hatte er Kinder? Eine Familie?«

Diego hielt einen Moment inne. »Er hatte eine Frau und fünf Kinder. Sie leben in Xaria, einer Welt im D-Sektor. Seine vier Söhne wissen zwar von dem Leben ihres Vaters, ziehen es jedoch vor, geregelten Jobs in ihrer Welt nachzugehen. Seine Tochter kommt da schon eher nach ihm. Nicht nur hat sie das gleiche silbernkrause Haar, sondern auch seinen unstillbaren Durst nach Wissen. Diego hält es zwar für möglich, dass sie auch eines Tages zwischen den Welten wandelt, bezweifelt allerdings, dass sie sich jemals dem Netzwerk anschließen wird.«

Luna kräuselte ihre Nase. »Warum?«

»Clarence, ihre Mutter. Sie hält nicht viel vom Netzwerk und war immer davon überzeugt, dass dieses Leben ihren Mann eines Tages umbringen würde. Na ja, am Ende hatte sie auch irgendwie recht, nicht wahr?« Er senkte andachtsvoll seinen Kopf, schloss die Augen und atmete tief ein und aus.

Luna fühlte das Gleiche wie er. Es fühlte sich an, als würde jemand nach ihrem Herzen greifen und es gewaltsam in eine tiefe Dunkelheit zerren. »Wer wird es ihr sagen?«

»Diego wird es tun. Gleich nachdem wir gemeinsam eine Lösung für dein Zeitreiseproblem gefunden haben.« Ein tiefer Atemzug durchströmte seine Lungen. »Danke, dass du Diego davon abgehalten hast, den Nachtschwarzen zu verkaufen.«

Luna stieß ihr Knie an seines. »Keine Ursache. Aber damit das klar ist, den Mantel behalte ich.«

Diego lächelte und nickte.

Sirenengesang

Jonathan schlich leicht geduckt und topfit im Schutz der Nacht den hölzernen Pier, ganz am Ende des Hafens, entlang. Er schaute sich noch einmal um und beobachtete wie Luna und Diego im Schatten eines großen Dreimasters standen und darüber diskutierten, ob sie dieses Schiff zu dritt bedienen konnten. Jonathan schüttelte höhnisch den Kopf und lief weiter. Er hatte für ihr Vorhaben einen Einmaster im Visier. Das Schiff war zwar deutlich kleiner, aber in seiner Handhabung sicherlich auch mit weniger Arbeit verbunden. Es gab da nur ein Problem. Vor dem Schiff stand jemand, der offenbar Wache hielt. Jonathan huschte an gestapelten Kisten und Weinfässern vorbei und schnappte sich eine leere Flasche Rum, die dort jemand stehen gelassen hatte. Der Mann vor dem Schiff trug einen dunkeln Mantel nebst Seemannshut und nippte an seiner Pfeife. Qualmringe erhoben sich beim Ausatmen in die Luft und er summte ein Lied, das Jonathan nicht kannte. Dann krachte die Flasche auf seinem Kopf nieder und zersplitterte. Der Seemann ging in die Knie und Jonathan fing ihn an der Brust auf.

Er lehnte den bewusstlosen Körper an eine der Kisten auf dem Pier, erklomm das Schiff und pfiff. Luna und Diego drehten sich in seine Richtung und er winkte sie zu sich.

Luna betrat bereits das Schiff, während Diego noch die Leinen losmachte. »Du hast jemanden k. o. geschlagen?«, fragte sie Jonathan verwundert.

»Was hätte ich denn sonst tun sollen?« Er fummelte an einigen Seilen herum und hoffte, damit die Segel irgendwie in Gang zusetzen.

Luna sah ihm dabei zu, wie er sich mit der Technik des Schiffes quälte, und fasste sich an die Stirn. »Komm, lass mich mal. Ich weiß, wie so was geht.«

Azura der Einhändige trat schwankend aus der Taverne zum schunkelnden Seepferd. Die frische Seeluft wehte durch sein dunkles Haar. Fluchend kippte er sich den kläglichen Rest seiner Rumflasche in den Hals und erblickte im seichten Dunst der Nacht eine monströse Schattengestalt am Pier. Er blinzelte einige Mal, rieb sich sogar die Augen, doch es nutzte nichts. »Verdammt! Der Junge hatte recht. Hey!«, rief er und in die Taverne hinein. »Der Junge hatte recht! Der Junge hatte recht!« Nur einen Moment später wurde wie wild die Hafenglocke geschlagen.

Diego kletterte schnell an Deck und ging Jonathan mit dem Anker zur Hand. »Wir haben ein Problem!«, schnaubte der Drache.

Sie hatten gerade die Segel gesetzt, als eine ganze Tavernenladung betrunkener Seeleute über die Dielen des Steges torkelte. Diego begab sich ans Heck, spreizte bedrohlich die Flügel und stieß einen furchterregenden Schrei aus. Die meisten von ihnen machten sofort auf dem Absatz kehrt oder sprangen ins Wasser.

Nur einer blieb stehen, blickte dumpf auf die Flasche Rum in seiner Hand und schwor sich, vom heutigen Tage an keinen Tropfen mehr anzurühren.

Sie fuhren auf die offene See hinaus. Die Sterne spiegelten sich im schwarzen Glanz des Meeres und nicht einmal der durchs Wasser gleitende Kiel des kleinen Einmasters störte dessen friedliche Ruhe.

»Hier ist es. Holt die Segel ein«, brummte Diego vom Steuerrad aus.

Jonathan streckte sich, die Sphärenbrille auf der Nase, in alle Richtungen. Nichts. Egal wie intensiv er sich auch umschaute, er sah nirgendwo etwas, das einem Übergang auch nur ähnlichsah. Langsam überkam ihn so eine dunkle Vorahnung, wo der Übergang sein könnte. »Müssen wir etwa tauchen?«

»Etwas komplizierter wird es schon«, brummte Diego.

»Inwiefern?«

»Insofern, dass wir sehr, sehr tief tauchen müssen.«

Jonathan setzte seine Sphärenbrille auf die Stirn und musterte den Drachen missmutig. »Was heißt sehr, sehr tief?«

Der Drache zuckte mit den Achseln. »Gute vierhundert Meter?«

Jonathans Gesichtsfarbe wechselte zu einem seichten Blassgrün. »Wie sollen wir das denn anstellen?«

»Grmpf! Wirst schon sehen«, grummelte Diego leise vor sich hin und wühlte ein weiteres Mal in seinem Nano-Beutel herum.

Instinktiv hob Luna schnüffelnd ihre rote Nasenspitze an. »Was hast du da Leckeres?«, erkundigte sie sich und reckte den Kopf an ihm vorbei, um einen Blick auf den Inhalt seiner Hand zu erhaschen.

»Lakritz-Köder.«

Luna hielt fordernd ihre Hand auf und Diego überreichte ihr augenrollend ein Stück davon. »Wusste allerdings nicht, dass Fuchsia auch darauf anspringen. Sehr interessant.« Dann warf er Rest des Köders über Bord.

»Was hast du eigentlich nicht in diesem Ding?«, fragte Jonathan und runzelte seine Stirn.

Gespannt starrten alle drei auf die Stelle, an der die Lakritzschnecke auf der spiegelglatten Oberfläche trieb. Die Stille hatte etwas Magisches. Dann ploppte das Wasser und der Köder war verschwunden. Ein leises Summen erklang, das sich schnell in eine liebliche Melodie wandelte. Jonathan und Luna fixierten die leere Stelle auf dem Wasser hoch konzentriert.

»Geh nicht so dicht an die Reling!«, brummte der Drache, als Jonathan sich darüber lehnen wollte.

»Aber es ist so schön«, schwärmte er.

Diego riss die Augen weit auf. »Weg von der Reling!«, brüllte er und zerrte Jonathan energisch beiseite. Nur einen Augenblick später peitschte etwas das Wasser nahe am Schiff auf und verschwand so gleich wieder in der Tiefe.

»Verfluchte Sirenen!«, grummelte Diego. Er räusperte sich und richtete den Kragen seines Kimonos. »Edle Wächterinnen der Meere, ein Wanderer beruft sich auf den Pakt!«

Ohne die Ruhe des Wassers zu stören, durchbrach behutsam ein Schatten die Oberfläche. »Ja, was sind wir denn nun? Verflucht oder edel?«, zischte eine schwarzhaarige Schönheit und verzog ihren Schmollmund, um Verletzlichkeit vorzutäuschen. Ihre weiße Haut glänzte im seichten Mondschein und betonte den breiten Kieferknochen ihres schmalen Gesichts.

»Wir benötigen euer Geleit und den Odem des Meeres«, entgegnete Diego, ohne sich auf ihr Spiel der Sühne einzulassen.

Er wusste, wie gerne die Sirenen ihren Opfern ein schlechtes Gewissen machten, bevor sie die armen Seelen in die tödliche Tiefe zogen.

»Gewiss. Doch zuerst der Preis für diesen Dienst.« Die Gestalt schaukelte im Wasser rhythmisch hin und her und ließ dabei den Leckerbissen auf dem Boot nicht aus ihren gierigen Augen. Nach einer kurzen Weile zischte sie leise: »Ein Lied. Singt uns ein Lied. Doch wehe euch, es ist eines, das wir kennen. So gibt es für euch nur Leid, ganz ohne Ge.«

»Abgemacht.« Diego räusperte sich und stimmte eine alte Ballade aus seiner Heimat an. Er hatte nicht mal die erste Strophe hinter sich, da unterbrach sie ihn fauchend.

»Kennen wir!«

Diego bekam sofort einen trockenen Hals.

»Was machen wir jetzt?«, fragte Jonathan.

Das Fischweib senkte ihren Blick zu Wasser. Die spitzen Ohren horchten gespannt nach etwas, dann wandte sie sich wieder den dreien zu. »Wir wollen fair sein. Drei Seelen, drei Versuche.«

Jonathan gluckste aufgeregt. Er grübelte einige Momente darüber nach, welches Lied er anstimmen könnte. Ihm gefiel nicht, wie die rhythmisch schwingende Kreatur im Wasser ihn anstarrte und sich mit ihrer langen, froschähnlichen Zunge über Augen und Lippen fuhr. Es hatte etwas Gieriges. Nicht das Gute gierig. Eher ein: Ich hatte lange nichts so Gutes zum Mittag gierig. Jonathan spürte, wie ihm ein Schauer über den Rücken lief und schüttelte sich.

»Findet ein Lied oder wir ...« Die Sirene stoppte mitten im Satz, hielt den Atem an und rührte sich nicht mehr. Wie hypnotisiert, lauschte sie der Stimme des Mädchens, die sich an einem der Seile zum Segel festhielt.

»Kleiner Fuchs, frei und wild,
du jagst geschwind durch Wies' und Schild,
machst einen Satz in deinem Lauf,

keiner hält dich jemals auf,
beeil dich schnell, die Nacht, sie naht,
du wanderst schon auf schmalem Pfad,
dein Bau ist nah und doch so fern,
komm her mein Kind und sei mein Stern.«

Nicht nur die Sirene war von Lunas Gesangstalent überrascht, auch Jonathan und Diego schauten fasziniert zu ihr auf.

Missgelaunt und um ihren bevorstehenden Leckerbissen betrogen, peitschte die Flosse der Sirene das Wasser auf. »Aurelia und ihre Schwestern werden den Pakt erfüllen! Ihr erhaltet, wonach ihr euch so sehr sehnt.«

»Das war wunderschön«, merkte Jonathan gerührt an. »Kennst du das Lied ebenfalls durch Diego?«

»Nein, dieses hab' ich von dir.« Ein zaghaftes Lächeln entkam Luna. »Du hast's mir oft vorgesungen, wenn ich nicht einschlafen konnte. Und manchmal bin ich extra wach geblieben, damit du es mir vorsingst.« Jetzt war er es, der lächelte.

Es platschte, als der große Drache einfach über Bord hüpfte. Ein großer Schwall Wasser ließ die beiden klitschnass zurück. »Kommt ihr jetzt?«, rief Diego im Wasser paddelnd. Während Luna und Jonathan noch darüber diskutierten, ob und wer zuerst gehen sollte, empfing Diego bereits die Gabe der Sirene.

Luna stieg letztlich als Erste ins Wasser. Sie war noch nicht einmal bis zur Hüfte drin und zitterte bereits am ganzen Leib. Sie prustete ein paar Mal, hielt den Atem an und ließ den Rest ihres Körpers mit einem Rutsch ins kalte Wasser fallen.

Das Fischweib wandte sich Luna direkt zu. Sie liebkoste den verunsicherten Kopf des Mädchens vorsichtig mit ihren kalten Händen und gab ihr einen leidenschaftlichen Kuss. Luna riss ihre Augen weit auf und erstarrte für einen Augenblick. »Oh! Süßes, unschuldiges Kind. War das etwa dein erster Kuss?«

Ohne etwas zu sagen, verfinsterte sich Lunas Miene.

»Dann bin ich ja was ganz Besonderes. Du wirst dich immer an Aurelia und diesen Tag erinnern«, kicherte die Sirene süffisant.

Zögerlich folgte Jonathan Luna und Diego. Mit klappernden Zähnen schwamm er zu ihnen hinüber. Er bemerkte jedoch, wie die Fischfrau ihn gierig fixierte.

»Keine Sorge, Pakt ist Pakt«, beruhigte Diego ihn.

Aurelia wiederholte den Vorgang bei Jonathan und biss ihm dabei leicht in seine Unterlippe. »Ihr gefallt mir auch sehr gut.« Sie verlor sich regelrecht im zarten Rosa seines Fleisches, seinen stahlblauen Augen und den breiten, durchtrainierten Schultern. Aurelia machte keinen Hehl daraus, nur zu gerne hätte sie ihr Spiel mit ihm getrieben und am Ende von seinem Fleisch gekostet.

Jonathans Körper bebte. Jede Faser seines Körpers wurde von Unmengen Sauerstoff durchdrungen. Es fühlte sich wie nach einem Marathonlauf an, nur dass er nicht außer Atem war. Im Gegenteil. Er strotzte nur so vor Energie.

Der Kuss der Sirenen war Segen und Fluch zugleich. Er schenkte dem Begünstigten die Fähigkeit, unter Wasser zu atmen. Ein trügerisches Geschenk für die armen Seelen, die den Sirenen verfallen, in der Tiefe ihr Unglück fanden.

Oft merkten sie zu spät, dass die Wirkung nur von kurzer Dauer war. Ein grausames Spiel ums nackte Überleben. Doch so jagten die Sirenen am liebsten.

Diego, Luna und Jonathan folgten dem pulsierend leuchtenden Schweif der Wächterin in die Tiefe. Um sie herum leuchteten unzählige weitere Flossen auf die gleiche Weise auf und erhellten die tiefschwarze See. Diego wunderte sich darüber nicht, jagten diese bezaubernden Wesen doch im Rudel. Da die Seefahrer in letzter Zeit aber besonders auf der Hut gewesen waren, hatten sie lange keine gute Jagd gehabt.

Aurelia schwamm an einer Stelle einige Male im Kreis. Das war der Ort, den sie suchten. Diego tauchte zu dessen Mitte, die anderen beiden folgten seinem Beispiel.

Sie verharrten dort für einige Sekunden, ohne dass etwas passierte. Jonathan sah fragend zu Luna und Diego. Sein Puls wurde zunehmend unruhiger. *Was ist, wenn es nur ein Trick ist und sie uns hier unten einfach verrecken lassen?! Wenn uns jetzt die Luft ausgeht, würden wir es niemals wieder nach oben schaffen! O Gott! Es fällt mir immer schwerer, die Luft anzuhalten!*

Mit jeder Sekunde, die verstrich, ohne dass etwas passierte, pochte sein Herz immer lauter. Seine Tochter sah ihn streng an und schüttelte ihren Kopf. Er durfte jetzt nicht ausflippen, da er sonst alle in Gefahr bringen würde. Diego machte eine Handbewegung, die ihm signalisierte, dass er die Ruhe bewahren musste.

Zu spät. Die Wächterin hatte Notiz von seiner inneren Unruhe genommen. Instinktiv wurde ihr Jagdtrieb geweckt. Die Sirene wusste, dass sie nicht mehr viel Zeit hatte, wenn sie Beute machen wollte. Sie bäumte sich auf, fletschte die messerscharfen und nadeldünnen Zähne und stürzte sich kreischend auf ihn!

Jonathan hielt sich schützend die Arme vor dem Kopf, doch wie durch ein Wunder geschah nichts. Er ließ seine Deckung sinken und starrte direkt vor ihm in ihr weit geöffnetes Maul. Ihre Hände formten tödliche Klauen und waren nur noch eine Haarbreite von ihm entfernt. Regungslos wurde sie immer durchscheinender und verblasste vor seinen Augen ganz langsam, bis sie schließlich komplett verschwunden war.

New York! New York!

B-04.33.I.10-299:

Das Wasser um ihn herum war auf einen Schlag deutlich wärmer und Licht drang von der Oberfläche bis zu ihm hinunter. Jonathan bemerkte, wie ihm langsam die Luft ausging und der Druck auf seiner Brust zunahm. Adrenalin pumpte durch seine Adern und vernebelte seine Sinne. Er musste zurück an die Oberfläche. Er strampelte und wurde immer schneller. Seine Muskeln brannten und er spürte, wie sein Herz immer stärker von innen gegen seine Brust schlug. Dann durchbrach er die Wasseroberfläche. Jonathan keuchte und röchelte. Seine Augen sahen alles durch einen verschwommenen Schleier. Er wischte sich immer wieder durchs Gesicht, bis er etwas erkannte, an dem er sich orientieren konnte. Das Wasser war schmutzig. Es war laut und roch nach Kloake. Zweifellos eine Großstadt.

»Da bist du ja, Diego wollte schon schauen, wo du bleibst.« Diego schwamm zu ihm und Jonathan klammerte sich erschöpft an seinen Rücken.

»Was war das jetzt wieder?«, röchelte Jonathan mit heiserer Stimme.

»Was genau meinst du?«, rief ihn Luna. Sie paddelte einige Meter vor ihnen in Richtung einer Hafenmauer aus rotem Backstein. Diego folgte ihr dichtauf.

Jonathan hustete und spuckte einen Schwall Wasser und Galle über Diegos Nacken hinweg. »Urgh, sorry. Das war ganz anders als die letzten Übergänge. Die Fischfrau ist ganz langsam verblasst und dann ...«

»Ah, das. Die Frequenz war anders«, warf Luna ihm an den Kopf und kletterte über eine rostige Metallleiter die Mauer zum rettenden Ufer hinauf. Oben angekommen, checkte sie kurz an der Ecke eines nahen Lagerhauses, ob die Luft rein war. Als sie niemanden entdeckte, winkte sie Diego, der seine Schnauze vorsichtig über die Uferkante schob.

Die Krallen seiner Pranken bohrten sich in den Asphalt, dann hievte er sich nach oben und setzte Jonathan vorsichtig ab. »Was sie eigentlich sagen will, Weltensprünge sind nicht immer gleich«, erklärte Diego. Sein ganzer Körper begann zu dampfen wie nach einem Saunagang, als er seine Schuppen aufheizte. Eine Gabe, die er als blitzelementarer Drache genauso wenig beherrschen sollte, wie das Spucken von Feuer. Diego betrachtete seine dampfenden Pranken.

Er hat seinen Vater, Kaulani, nie gefragt, doch Diego glaubte, dass es daran lag, dass die beiden Elemente sich in ihrem Wesen sehr ähnelten. »Du musst wissen«, erklärte Diego weiter, »die Übergänge zwischen den Welten entstehen durch ...«

»Die Überlagerung der Schwingungsfrequenzen. Das weiß ich längst«, unterbrach Jonathan Diego auf zittrigen Knien. Er hatte Mühe, seine klitschnasse Hose oben zu halten und verfluchte den Umstand, keine Gürtel zu benutzen. Zumindest hatte diese Welt eine angenehm warme Temperatur. Das erhöhte die Chance, in der Sonne schnell wieder trocken zu werden.

»Und was machen Schwingungsfrequenzen?«, konterte Luna höhnisch.

»Hmm – schwingen?«

»Ding, ding, ding. Einhundert Punkte.«

Diego schüttelte seinen frisch getrockneten Kimono aus und fuhr fort. »Schwingungsfrequenzen verhalten sich beinahe wie ein lebender Organismus. Sie sind immer in Bewegung. Darum gibt es auch verschiedene Übergangsformen. Es gibt direkte Übergänge, wie die in Calais, B-71, B-22 oder in Yraall. Allgemein sind die auch am häufigsten und sichersten. Aber es gibt eben auch solche, bei denen man eher hinüber – äh – wabert?« Grübelnd kratzte sich Diego mit einem Finger an der Schläfe. »Na, so wie bei dem Letzten halt.«

Luna setzte sich auf den Boden, kippte ihre Stiefel aus und ließ ihre schrumpeligen Zehen einen Moment an der frischen Luft trocknen. »Manchmal ist es auch nur ein Kribbeln, das du vorher spürst oder 'ne plötzlich auftauchende Nebelwand. Letzteres ist wohl auch die einzige Übergangsform, die jeder Trottel erkennt. Liegt am Temperatur-Luftfeuchtigkeits- Ausgleich zwischen den Welten«, warf Luna lapidar dazwischen.

Jonathan ließ Jacke und Weste fallen, entledigte sich des weißen Hemdes und streifte zuletzt sein graues T-Shirt mit der Aufschrift I want to believe über die breiten Schultern. »Hast du nicht gesagt, dass Nebelübergänge entstehen, weil viele Frequenzen auf einen Punkt treffen?«, presste er angestrengt hervor, während er das Wasser aus seinem T-Shirt ausdrückte.

»Nein. Das ist eine Zinitza. Das ist zwar auch mit Nebel verbunden, aber anders.« Luna streifte den Nachtschwarzen ab und entledigte sich der grauen Langarmtunika aus Bartholomäus Sammlung. Sie schüttelte an ihrem Tanktop, um es irgendwie trocken zu bekommen.

Zum Glück trug sie ein dunkles. Nicht auszudenken, wenn es weiß gewesen wäre.

»Und woher soll ich dann wissen, was was ist?«, murmelte Jonathan und zog T-Shirt, Weste und Jacke wieder an.

»Ist doch ganz einfach. Das eine ist immer da. Das andere nicht.«

»Verstehe, viel komplexer, als ich zuerst dachte. Das ist dann auch der Grund für diese Temporäranomalien, nehme ich an?«

»Korrekt«, brummte Diego. »Sie sind eine Art kosmisches Flimmern.« Er stockte. »So – wie ein Knacken in der Telefonleitung, könnte man sagen. Du weißt doch, was ein Telefon ist, oder?«

Jonathan ging mit schmatzenden Sohlen auf Luna zu. Er kramte in seiner Beintasche und holte sein pitschnasses Telefon hervor. Klasse! Ich hab vergessen, es nach Norvinia wieder in die Hülle zu packen. Zynisch grinsend senkte er seinen Kopf, hob das Telefon in die Höhe, damit Diego es sehen konnte, und feuerte es mit einem Schwung zurück ins Wasser.

Luna zog gerade ihren zweiten Stiefel wieder an, da reichte ihr Jonathan auch schon die Hand, um ihr aufzuhelfen. Kaum stand sie wieder auf den Beinen, kroch Jonathan ein vertrauter Geruch in die Nase. Er hatte ihn vor kurzem bei sich zu Hause schon mal gerochen. Irgendwie erinnerte ihn der Duft an einen nassen Hund. Der seltsame Geruch führte ihn zu seiner Tochter, die ihn erst mit weiten Augen und zurückgelegtem Kopf ansah, bevor sie ihre Lider schlagartig zusammenkniff.

»Nur ein Wort und ich verprügle dich.«

Jonathan konnte sich ein Grinsen nicht verkneifen.

»Nächstes Ziel. Das Plaza, Zimmer 1606.«

Diego schritt zwischen den beiden hindurch und packte Luna an ihrer Kapuze. Sie japste kurz auf, doch Diego ignorierte ihren Protest und schleifte sie stumpf hinter sich her.

»Hey! Kannst du das mal lassen?!«, knurrte sie und versuchte, auf den Beinen zu bleiben.

»Benimm dich nicht wie ein Kind, dann muss Diego dich auch nicht so behandeln«, brummte der Drache und schleifte sie unbeeindruckt weiter hinter sich her.

»Sag mal Diego, das, was diese – Au! Aua! Ach, ich kann mich nicht mehr erinnern, wie die Sirene hieß«, log Luna und wischte sich griesgrämig eine nasse Strähne aus dem Gesicht. »War das auch Magie, was sie da mit uns gemacht haben?«

»Da hat Diego dich auf was gebracht, was?«

»Selbst schuld. Hättest das nicht so lange vor mir geheim halten sollen.«

»Diego glaubt genau zu wissen, warum sein zukünftiges Selbst derlei Dinge gerade vor dir verborgen hält, du Unruhestifterin.«

»Das beantwortet meine Frage nicht.«

»Biochemie«, kommentierte Jonathan trocken.

»Meinst du echt?«, hakte Luna perplex nach.

Ein blonder Sonnyboy in olivfarbenen Cargoshorts, Flip-Flops und Hawaiihemd schlenderte die Fifth Avenue entlang. Er sinnierte darüber, wie viele Krümel Gras er noch hatte und ob Bob ihm heute einen guten Preis dafür machen würde. Er richtete seine Sonnenbrille, schaute Luna fesch grinsend hinterher und lief geradewegs in Diego hinein. »Wow! Cooles Gargoyle-Cosplay, Bro.«

»Danke, hat Diego selbst gemacht.«

Als der Grün-schwarz-geschuppte-Drache gesagt hatte, sie müssten zum Plazahotel, hatte Jonathan nicht im Traum daran gedacht, dass sie stumpf am helllichten Tag durch New York laufen würden.

Er war noch niemals im Big Apple gewesen und fragte sich, ob es bei ihm wohl genauso aussah. Oder vielmehr, wo die Unterschiede zwischen beiden Welten lagen. Ein Zeitungsstand verriet ihm, dass heute der 29. Juli 2013 war und Clinton wieder gewählt wurde. Jonathan schmunzelte. Wenn Obama das sehen könnte. Gute neun Jahre lag Jonathans Welt demnach vor dieser hier. Er kratzte sich am Hinterkopf und dachte darüber nach, ob es wohl Weltenreisende gab, die solche zeitlichen Differenzen zwischen zwei sehr ähnlichen Welten zu ihrem persönlichen Vorteil nutzten.

Lauter Jubel und Blitzlichtgewitter ließen Jonathan den Kopf aus dem Zeitungsstand heben. Keine zehn Meter von ihm entfernt hatte sich eine kleine Menschentraube gebildet. Diego spannte seinen Bizeps in diversen Heldenposen an und posierte dumm grinsend für begeisterte Touristen, die unbedingt ein Foto von und mit ihm haben wollten.

»Darf man fragen, was du da tust?«, erhob Jonathan seine Stimme, als er durch die Menge zu Diego und Luna trat.

Diego hob die muskulösen Arme, drehte leicht die Hüfte ein und deutete mit beiden Zeigefingern auf einen imaginären Punkt in der Luft. »Die halten das für ein Kostüm«, grunzte er.

Jonathan fuhr sich fassungslos mit der Hand durchs Gesicht. »Wow! Können wir dann weiter?«

Sie folgten der Fifth Avenue. Hin und wieder schoss ein vorbeilaufender Passant noch schnell ein Foto oder fragte nach einem Selfie mit dem Drachen. Grübelnd versenkte Jonathan seine Hände in der fast trockenen Hose. »Wären wir in L.A., würde man dich vermutlich noch öfter anstarren und sich fragen, ob du einer dieser Echsenmenschen bist, an die man dort glaubt.«

Luna und Diego blieben stehen und Jonathan krachte verträumt in sie hinein. Sie sahen zuerst sich an und drehten sich anschließend zu Jonathan um. »Darüber solltest du besser keine Späße machen«, belehrte Diego ihn. Luna schüttelte zustimmend ihren Kopf. »Echsenmenschen sind alles andere als gesellige Zeitgenossen. Leicht zu reizen und schwer zu besänftigen. Halt dich von ihnen fern, dann hast du auch keine Probleme mit ihnen.«

Das Plaza

Diego, Jonathan und Luna überquerten hintereinander die Straße zum Hoteleingang. Doch nur Jonathan registrierte im Augenwinkel die beiden Männer, die soeben aus ihrem Fahrzeug, einem rabenschwarzen 1964 Ford Galaxie 500, ausgestiegen waren.

Der dünne und deutlich kleinere von beiden richtete seine Krawatte und ging direkt auf Abfangkurs. »Guten Tag, die Lady und selbstverständlich auch die beiden Gentlemen. Ich bin Mister Fitzgerald. Der groß gewachsene Herr zu meiner Rechten ist Mister Tonnevar. Wir sind vom Grenzschutz und haben ein paar Fragen an sie. Hätten sie daher kurz Zeit?«, sprach er die ungleiche Gruppe wenige Schritte vor dem Hoteleingang an.

Jonathan musterte die beiden Grenzschützer. Die Anzüge, die fahle Haut, die ausdruckslosen Gesichter – er hatte keinen Zweifel, dass sie genauso waren wie Grimm und Preston. Fadenwürmer in menschlicher Hülle. Fähig, einem bei Körperkontakt in Sekunden das Leben auszusaugen. Er holte tief Luft, machte ein breites Kreuz und stellte sich schützend vor seine Tochter.

Luna schaute finster und prustete demonstrativ. Dann knuffte sie ihren Dad mit dem Ellenbogen in die Seite und trat ihrerseits wiederum vor ihm.

»Macht Platz, ihr Würmer!«, befahl Diego schroff und machte einen provokanten Schritt auf sie zu.

Mister Fitzgerald und sein Partner traten instinktiv drei Schritte zurück.

»Ganz ruhig! Wir wollen doch wohl keine hässliche Auseinandersetzung auf offener Straße riskieren, oder?« Mister Fitzgerald hob leicht die Hände und visierte die kleine Gasse in der Nähe an. Falls es ihm gelang, die drei dorthin zu locken, würde niemand sehen, was mit ihnen geschah. Vorsichtig machte er einen Schritt seitwärts in Richtung der schmalen Seitenstraße.

Diego folgte den Bewegungen des Agenten und seine Mundwinkel hoben sich. »Eine Auseinandersetzung? So nennt ihr das, was Diego mit euch in dieser Gasse machen würde?« Er bemerkte, wie Mister Tonnevar selbstbewusst die Knöchel seiner Faust knacken ließ. Dampf schoss aus den Nüstern des Drachen. »Ist das dein Ernst, du Clown? Bist du neu im Geschäft oder einfach nur dämlich? Du entspannst dich jetzt besser ganz schnell wieder, bevor Diego deine Überreste auf der Straße verteilt.«

Mister Fitzgerald tippte Tonnevar mit dem Handrücken auf die Brust und trat einen Schritt vor. Damit war für Diego geklärt, wer von beiden der Dienstältere und Erfahrenere war. Denn die Greys traten bis auf wenige Ausnahmen stets in einer Schüler-Mentor-Konstellation auf.

Mister Fitzgerald erhob mit gelassener Dominanz seine Stimme. »Kollegen aus einem anderen ...«, er zögerte kurz, »Bezirk ermitteln in einem Fall von mehrfacher illegaler Grenzübertretung sowie der heimtückischen Verstümmelung unserer Agenten. Und wie es der Zufall will, entsprechen die Beschreibungen der Flüchtigen sehr genau das Erscheinungsbild Ihrer beiden Begleiter.«

»Verstümmelung?«, hakte Diego nach und blickte vorwurfsvoll über seine Schulter hinweg zu Luna. Diese schaute augenblicklich weg und tat so, als hätte sie nicht mitbekommen, dass man gerade über sie sprach. Diego wandte sich naserümpfend wieder Mister Fitzgerald zu.

»Ganz recht. Unsere Agenten Grimm und Preston wurden regelrecht in Stücke gerissen!«, bestätigte Fitzgerald. »Daher werden wir Ihre beiden Begleiter jetzt zur Befragung mitnehmen müssen. Mister Tonnevar, legen Sie den beiden Handschellen an.«

Jonathan hob die Fäuste und Luna ging bereits mit gespreizten Fingern in die Knie.

Diegos Augen verdunkelten sich. »Einen Scheiß werdet ihr! Seht ihr das hier?« Er deutete mit seinem Zeigefinger auf die silberne Rune an seinem Oberarm. »Ach, ja! Hat Diego völlig vergessen. Sehen ist ja nicht so euer Ding.« Tonnevar trat knurrend mit seinem Gesicht so dicht an Diegos heran, dass sich beinahe ihre Nasenspitzen berührten. Diegos Schultermuskulatur zuckte. Er wartete nur darauf, was gleich passieren würde. »Na, los, trau dich und dein dürrer Freund braucht einen neuen Partner«, drohte Diego kühl.

»Mister Tonnevar! Haben Sie sich gefälligst im Griff!«, befahl Mister Fitzgerald in einem harschen Ton und mit auf dem Rücken gefalteten Händen. »Sie sind also vom Netzwerk. Schön für Sie. Aber was ist mit den anderen beiden? Soweit wir wissen ...«

»Das Mädchen ist eine von uns«, unterbrach Diego das Geschwafel des Greys. »Eine Undercover-Agentin.«

Fitzgerald und Tonnevar sahen sich an. »Eine Undercover-Agentin?«, wiederholte Fitzgerald skeptisch.

»Korrekt«, brummte Diego. »Sie hatte den Auftrag, den jungen Mann hinter ihr zu rekrutieren. Habt ihr ein Problem damit?«

Mister Fitzgerald hob kühl seine rechte Augenbraue. »Hmm, wissen Sie eigentlich, wie viel Ärger Sie mit dieser Aktion verursacht haben?«

»Ihr Würmer hättet doch einfach mal fragen können«, schnauzte Diego.

»Das ist das Problem mit euch Typen vom Netzwerk! Ihr denkt, ihr steht über allem und braucht euch keinerlei Regeln zu unterziehen. Doch ich verrate Ihnen was: Gilligan wird nicht immer da sein, um seine schützende Hand über euch zu halten«, fauchte Fitzgerald mit zorniger Miene.

»Grmpf! Können wir dann unserer Wege ziehen? Oder gibt es noch etwas, mit dem ihr uns belästigen wollt?« Diego verharrte noch einen Moment. »Nein? Dachte Diego sich. Kommt, wir gehen«, murmelte der Drache an Luna und Jonathan gewandt.

Diego durchschritt die gläserne Tür zum Plaza und ließ die beiden Grenzschützer stumpf zurück. Er war sicher, dass sie nicht so blöd sein würden, ihnen ins Hotel zu folgen. Nicht so lange die Lady hier das Sagen hatte und die Greys einen Krieg verhindern wollten, den sie kaum gewinnen konnten. Zumindest nicht, wenn diese Welt weiter daran glauben sollte, dass Mythen und Märchen ins Reich der Legenden gehörten. Oder Sichtungen sonderbarer Vorkommnisse nur die Einbildung einiger weniger Spinner waren.

Jonathan folgte Diego nach und warf einen kontrollierenden Blick zurück. Die beiden Grenzschützer starrten ihn grimmig an. Sie machten kein Geheimnis daraus, dass ihnen der Ausgang dieser Situation gegen den Strich ging, doch sie machten auch keine Anstalten sie aufzuhalten.

Luna schaute nicht zurück. Sie zog es stattdessen vor, sich provokant mit ihrem Mittelfinger am Kopf zu kratzen.

In der klassisch ausgestatteten Lobby, die in eleganten Rot- und Goldtönen abgesetzt war, trugen eine Handvoll Angestellte Gepäck umher. Jonathan fiel der ältere Herr im dunkelblauen Nadelstreifenanzug auf. Er saß in einem der gepolsterten Sessel der Lobby und paffte eine Zigarre. Sein Haar war grau und glatt nach hinten gekämmt. Der Mann erwiderte Jonathans Blicke, setzte seine Zigarre ab und grüßte ihn mit einem höflichen Nicken. Dann entdeckte er Diego, zuckte zusammen und blinzelte entgeistert.

Diego begab sich schnurstracks zur Rezeption. Er wedelte nervös mit dem Schweif auf und ab und räusperte sich, um die Aufmerksamkeit der Empfangsdame zu erhalten.

»Ja, bitte?«, erhob die Dame am Empfang mürrisch ihre Stimme. Silvia Evers stand auf dem polierten Namensschild an ihrer Brust.

Diego legte seine Pranke auf den Tisch und erhob freundlich seine Stimme. »Zimmer 1606 bitte.«

»Tut mir leid, ein solches Zimmer haben wir nicht«, antwortete die dunkelhaarige Dame mit ihrem fahlen Gesicht und dem unmöglichen Topfschnitt von oben herab, während sie sich ihre Fingernägel feilte.

Diego schaute verschmitzt drein und legte den Kopf schief. »Würden Sie das bitte noch einmal überprüfen?«, bat er sie und deutete auf die Rune mit dem nautischen Stern und den vielen ineinander fassenden Kreisen in seinem Oberarm.

Silvia feilte sich unbeirrt ihre Nägel, schaute erst auf den blau schimmernden Bildschirm ihres PCs und dann über ihre Augenbrauen hinweg zu dem Drachen auf »Ich sagte doch, haben wir nicht.«

Luna lehnte sich lässig grinsend auf den Tresen. »Ist Ihr Traumjob, oder?«

Silvia blies eine Kaugummiblase und ließ sie platzen. »Absolut. Sieht man das nicht?«

Diego räusperte sich erneut. »Na gut, ist die Lady zufällig zu sprechen?«

Die Empfangsdame holte gerade zu einer weiteren, gelangweilten Lüge aus, da trat eine attraktive rothaarige junge Frau in schwarzer Businesskleidung aus dem Fahrstuhl. Die hohen Absätze ihrer knallroten Pumps hallten provokant durchs Foyer. Mit schnellen Schritten kam sie zu ihnen an den Empfang.

»Schon gut, Miss Evers. Ich kümmere mich um unsere Gäste«, sagte sie mit rauchiger Stimme. Sie hielt einige Akten in ihren Händen und las konzentriert einen Bericht, der oben auflag. »Folgt mir, aber stört mich nicht.« Sie machte auf dem Absatz kehrt und bewegte sich wieder Richtung Fahrstuhl. Die drei folgten ihr.

»Nettes Personal«, log Jonathan höflich.

»Bitte? Miss Evers ist grauenhaft. Die Inkompetenz in Person. Wenn ich könnte, wäre sie längst gefeuert.«

Luna fiel auf, dass die rothaarige Frau sonderbar nach Stein roch. Sie konnte sich darauf keinen Reim machen. Hmm, was riecht nach feuchtem Stein, ist aber kein Stein? Ihre Zunge spielte mit ihrer Wange, während sie im Geiste die Liste der Wesen abklapperte, die sie so kannte. Kacke, ich werd sie fragen müssen, wenn ich es wissen will. »Entschuldigung? Sie riechen nach Stein. Aber ich komme nicht drauf, warum«, bemerkte Luna ungeniert.

Die strenge Miene der Lady ließ eine Augenbraue nach oben krabbeln. Doch sie antwortete nicht. Sie tippte im Fahrstuhlinneren wortlos eine Ziffernkombination auf dem Tastenfeld ein, dann schlossen sich die Türen. »Ihr habt vielleicht Nerven! Taucht hier mitten am Tag auf! Was denkt ihr euch dabei?! Wisst ihr denn nicht, dass es hier vor nicht allzu langer Zeit Ärger mit unbekannten Kreaturen gab? Die Stadt war ganz außer sich. Dumme, naive Menschen! Seitdem hocken diese abstoßenden Würmer Tag und Nacht vor dem Hotel auf der Lauer! Sie ergreifen und befragen tagelang alle Gäste, die ein und aus gehen. Selbst vor meinem Angestellten machen sie mittlerweile keinen Halt mehr! So etwas ist schlecht fürs Geschäft!«

»Sorry?« Luna grinste schelmisch.

»Spar dir das dumme Grinsen, Kind!«, fauchte die Lady mit rot glühenden Augen. Luna und Jonathan sprangen vor Schreck an die Fahrstuhlwand.

Diego kicherte und legte einen Arm um die Lady. »Vorsicht, du erschreckst die Kinder, Sanna.«

Die Lady drückte ihre Akten dicht an die Brust und hielt sich eine Hand vors Gesicht. »Ach, Diego, du machst dir ja keine Vorstellung, wie mühselig die letzten Wochen waren. Und wie sehr es mich in den Fingern juckt, in der Nacht aus dem Himmel hinabzustürzen und diese elenden Würmer zu zerreißen!«

Er zuckte mit den Schultern. »Warum tust du es nicht einfach? Was sind schon zwei Greys weniger?«

Sie funkelte ihn harsch an und schlug seinen Arm von ihrer Schulter. »Und einen Krieg anzetteln? Du hattest wirklich schon bessere Ideen.«

»Du weißt, dass du auf Gilligan und das Netzwerk zählen kannst, wenn es hart auf hart kommt.«

»Übertreib es nicht, Drache! Auch wenn du einem Gargoyle ähnlichsehen magst, bist du keiner! Außerdem sterbe ich lieber, als einen weiteren Gefallen von diesem Glatzkopf entgegenzunehmen!«

»Dramaqueen«, rutschte es Luna salopp raus und sie hielt sich schnell den Mund mit beiden Händen zu, als die Rothaarige sie mit wutverzerrtem Gesicht anknurrte und die flache Hand erhob, um Luna eine zu scheuern.

Jonathan funkelte sie finster an und straffte die muskulösen Schultern. »Krümm meiner Tochter auch nur ein Haar, dann ...«

Ein lautes Ping ertönte und die Türen des Fahrstuhls öffneten sich. Die Lady senkte ihre Hand langsam wieder ab. »Den Gang entlang, die siebte Tür links. Euer Na-Vi müsste die Tür öffnen«, knurrte die Lady.

»Na, dann – schönen Tag noch!«, murrte Jonathan und schob seine Tochter voran nach draußen.

Ohne etwas zu erwidern, wandte sich die Lady wieder ihren Akten zu und verschwand hinter den sich schließenden Fahrstuhltüren.

»Die war ja mal kratzbürstig«, brummte Luna und pulte sich die letzten Seetangfäden aus den Haaren.

Diego erwiderte nichts dazu und scrollte indes über den Bildschirm seines Na-Vi. »Mal sehen. Ah ja, das sollte gehen.«

Jonathan setzte voller Neugier seine Brille auf. Er war gespannt darauf zu sehen, was den Übergang nach Haven so besonders machte.

Diego fuhr mit seinem Na-Vi über den Knauf der Tür und ein Signalton erklang. Er legte seine Pranke um den Knauf und schaute zu Jonathan und Luna. »Bereit?« Die beiden nickten. Diego öffnete die Tür zum Hotelzimmer und Jonathan traute seinen Augen kaum. Ein freudiges Lächeln trat auf sein Gesicht.

Auch ohne Brille war der Raum in ein tiefes Meeresblau gehüllt. Das Licht, das durch den Spalt auf den Hotelflur strahlte, pulsierte in einem entspannenden, wellenförmigen Rhythmus. Ein einzigartiger Anblick.

»Der Farbe nach zu urteilen, ist drüben wohl gerade Nacht«, merkte Luna klugscheißerisch an und drängte ihren Dad dazu, in den Raum hineinzugehen. Sie folgte ihm dicht.

»Da hast du wohl recht«, antwortete Diego und schloss die Tür hinter sich.

»Wieso ist das blau?«, fragte Jonathan glühend vor Begeisterung wie ein Kind am Weihnachtsmorgen, das sein erstes Geschenk in der Hand hielt.

»Wirst du gleich sehen«, sagte Luna neckisch und schubste ihn hindurch.

Haven

Mit einem lauten »Whoohoo!« Kam Luna, dicht gefolgt von Diego, durch das Portal gehüpft. Sie klopfte Jonathan grinsend auf die Schulter. »Na, habe ich zu viel versprochen?«

Er wankte einen Schritt nach vorn und drehte sich zu ihnen um. »Scheinwerfer? Euer Ernst? Das ist es, was Haven besonders macht? Ihr beleuchtet die Übergänge nach Haven einfach von hier aus mit blauen Scheinwerfern?« Seine Enttäuschung hätte kaum größer sein können, als er die kreisrunden, blau pulsierenden Plattformen unter den zwei Dutzend Übergängen sah. Etwa alle fünf Meter einen und kreisförmig auf dieser Aussichtsplattform angeordnet. Einzig die Stelle an der einen Treppe, die hinunter zu einem nahegelegenen Park führte, blieb frei. Eine warme, sommerliche Brise durchkämmte sein mittlerweile wild wucherndes Haar. Jonathan blickte sich um und runzelte die Stirn. Doch bevor er zu seiner Beobachtung eine Frage formulieren konnte, ergriff Diego das Wort.

»Das ist so nicht ganz richtig«, erklärte der Drache. »Siehst du das dort?« Er deutete auf ein imposantes, Leuchtturm-ähnliches Gebilde in der Ferne.

Der silberblau glänzende Turm erhob sich himmelhoch über die Silhouette einer offenbar großen, weitläufigen Stadt und pulsierte im gleichen Takt wie die Lichter unter den Übergängen. »Es sind induktive Halbleiter. Sie reagieren auf das Licht des Turms und nur darauf. Sie werden durch seinen

Impuls gespeist«, erklärte Diego. »Der Turm ist das Wahrzeichen Havens und dient jedem Wanderer als Leuchtfeuer in der Dunkelheit. Wenn du einen Blick auf den Mond wirfst, erkennst du vielleicht noch etwas, das Haven besonders macht.«

Dem kam Jonathan umgehend nach und stellte fest, dass dieser ebenfalls blau strahlte. Fasziniert strich er seine wilden Haarsträhnen nach hinten. »Wie alt ist Haven?«

»Alt«, brummte Diego und betrachtete die Sterne und den Mond.

»Und somit auch die Sonne«, bemerkte Jonathan. Er zog seine Jacke aus und trug sie mit einem Finger lässig über der Schulter.

»Kluger Bursche. Du musst dir deswegen aber nicht den Kopf zerbrechen.«

Jonathan setzte seine Sphärenbrille auf seiner Stirn ab und deutete auf die Übergänge der Plattform. »Apropos kluger Bursche: Was hat es mit diesen perfekt verteilten Übergängen auf sich? Ist so eine Konstellation noch normal?«

Diego stemmte eine Pranke in die Hüfte und wies mit der anderen in Richtung der Stadt. »Haven ist nicht umsonst einzigartig.«

Jonathan runzelte die Stirn. »Ja, das glaube ich dir, aber das beantwortet nicht meine Frage. Warum stehen diese Übergänge in einem perfekt zueinander ausgerichteten Abstand? Das ist doch niemals auf natürlichem Wege entstanden.«

Diego zögerte und je mehr er das tat, desto schmaler wurden Jonathans Augen. Dann riss er sie erschrocken auf. »O – mein Gott! Du weißt es nicht!«, stellte Jonathan erstaunt fest. Er wandte sich Luna zu. »Hey, weißt du, warum die so angeordnet sind?«

Luna hob unwissend die Hände, machte dicke Backen und prustete. »Ich weiß nur eins: In und um Haven gibt's fünfunddreißig solcher Plattformen.« Sie pausierte kurz und hob einen Finger. »Sechsunddreißig, wenn man den in der verwunschenen Gasse mit rechnet. Uh, keine Angst, die heißt nur so, weil sie ständig in Bewegung ist. Die Mädels und ich haben den früher immer als Orientierungspunkt in den Gassen verwendet.«

Jonathan betrachtete die beiden ungläubig. »Ist das euer Ernst? Es gibt allein in dieser Stadt sechsunddreißig solcher Plattformen? Und ihr seid niemals auf die Idee gekommen, das zu hinterfragen?«

Der Drache räusperte sich. »Diego kann nur wiederholen: Haven ist in vielerlei Hinsicht etwas Besonderes. Irgendwann hinterfragst du bestimmte Dinge nicht mehr und akzeptierst einfach, dass sie sind, wie sie sind. Das erspart einem Kopfschmerzen.«

Jonathan versenkte seine freie Hand in seiner Hosentasche und schüttelte enttäuscht seinen Kopf. »Was ist bloß los mit dir? Ich dachte, du bist ein wissensdurstiger Techniknerd. Du musst dich doch dasselbe fragen, wie ich gerade, oder etwa nicht?«

»Grmpf! Offenbar nicht. Erleuchte Diego doch einmal.«

Jonathan zog die Hand aus der Tasche und rieb sich resigniert die Augen. »Echt jetzt? Also, wenn du mich fragst, hat irgendjemand diese Übergänge künstlich angelegt.«

Diego hakte die Daumen in seinen Gürtel und straffte die Schultern. »Quatsch! Wenn das gehen würde, könnte man reisen, wohin man will. Was ein riesiger Vorteil für alle wäre. So eine Technik würde in Haven wohl kaum jemand geheim halten.«

Während Jonathan und Diego diskutierten, betrachtete Luna die vielen bunten Lichter der majestätischen Küstenstadt. Sie liebte die einzigartigen, geschwungenen Brücken, den Turm und die vielen schönen Gebäude. Es mochte für andere nichts Besonderes sein, aber für sie war es ihre Heimat. Sie betraten Haven von der Plattform oberhalb des Elavienparks am östlichen Stadtrand. Lunas Ohren zucken auf. Die Stadt war in dieser lauwarmen Sommernacht wie immer stark belebt, das konnte sie selbst bis hierhin hören. Luna trat zwischen Diego und Jonathan in die Mitte der Plattform, rutschte einige Male mit ihren Stiefeln über die Erde und kräuselte missmutig ihre dunklen Lippen. Sie blickte zu Diego auf und schlug ihn mit dem Handrücken auf die Brust. »Hey, wo sind die Pods?«

»Die was?«, erkundigte sich Diego aus dem Gespräch mit Jonathan heraus.

Luna ließ ihre Stiefel immer wieder auf den Boden stampfen, als hoffte sie, damit irgendetwas auszulösen, doch es geschah nichts. »Pods? Kleine, runde Scheiben? Du kannst dich auf sie stellen und umherfliegen. Wo sind sie?« Diego schüttelte nur unwissend den Kopf. »Verdammt! Wieder laufen? Scheiß Zeitreise!« In ihrem Ärger nahm Luna einen losen Stein ins Visier und trat diesen in der nächsten Sekunde mit voller Wucht die Treppe zum Park hinab.

»Autsch! HEY! Was schmeißt hier mit Steinen?!« Eine zierliche Gestalt erklomm mit ernster Miene und einer bemoosten Hand am Kopf die Treppe zur Plattform.

Luna erkannte den leicht erdigen Geruch sofort und sprang ihr freudig in die Arme. Die Gestalt wankte und wäre um ein Haar mit Luna die Treppe hinabgestürzt. »Kira! Wie schön, dich zu sehen! Hattet ihr mich schon vermisst? Klar hattet ihr das, wie könntet ihr beiden auch nicht? Wie geht es dir und Tetra? Was habt ihr die letzten Monate so getrieben, ganz ohne mich?«

Die blassgrüne Schönheit erstarrte bei ihrer Umarmung augenblicklich zu einer Salzsäule und riss ihre kastanienfarbenen Knopfaugen weit auf. »K-kennt es uns? Ist es ein Fan, oder so?« Ihre Efeuranken drückten dabei von ihrem Kopf aus gegen Luna. Nicht stark, aber genug, dass diese begriff, wie unwohl sich ihre Freundin gerade fühlte. Erst jetzt wurde Luna sich ihres Fehlers bewusst und ließ augenblicklich von ihr ab.

Kira, mit der sie gern die Gegend unsicher machte, konnte sie selbstverständlich noch gar nicht kennen. Sie hatte schlicht vergessen, dass Kira bereits neun Jahrhunderte alt war und Tetra, der braungebrannte, strohblonde Wildfang mit der lustigen Zahnlücke, war sogar zwei Jahre jünger als Luna und demnach noch nicht einmal geboren.

»Oh, sorry, ähm, ja –, ein Fan, richtig. Tut mir leid, das war unhöflich.« Sie trat mit erhobenen Händen zwei Schritte zurück.

Kiras große Knopfaugen blickten Luna fragend an. Kleine Glühwürmchen erhoben sich aus ihrem Pflanzen bewucherten Körper und umkreisten Luna aufgeregt. Der Großteil der kleinen Schar umschwärmte dabei die linke Tasche des Nachtschwarzen. »Was hat es da?« Kira erstarrte und legte immer wieder in abgehackten Bewegungen ihren Kopf schief, wie eine Puppe, die nicht richtig funktionierte.

Luna schaute an sich hinunter und beobachtete, wie die kleinen Wesen tanzten.

Sie hob die Hände in den Nacken und fuhr sich durchs wilde, rote Haar bis zu seinen schneeweißen Wurzeln und kicherte. »Das kitzelt. Ruf sie zurück, ich verrate es dir ja.«

Die Lichter der Käfer kehrten nach und nach in ihre Behausung innerhalb der Pflanzenfrau zurück, bis auch das letzte ihrer Lichter wieder in ihr verschwand. Dann kramte Luna in ihrer linken Manteltasche und holte eine Blume mit großen, blau schimmernden Blättern samt Wurzelwerk hervor. Kiras große Augen weiteten sich noch mehr und sie streckte ihre bemooste Hand danach aus. Luna legte ihr die Pflanze vorsichtig auf ihr Handgelenk und augenblicklich verbanden sich die Wurzeln der Blume mit Kiras Arm. »Sie steht dir wunderbar«, schwärmte Luna.

Kira sah zur Blume, dann zu Luna. »Wir dürfen es haben?«

Luna nickte freundlich. »Klar, du Dummerchen. Ich habe sie ja extra für dich geholt.«

Kira lächelte und deutete eine Verneigung an. Dann ging sie an Luna vorbei, ohne sie auch nur eine Sekunde aus ihren Augen zu lassen, und war nur einen Moment später in einem der Portale verschwunden.

Ob sie wohl auf die Jagd geht?, fragte Luna sich.

Kira war Luna sehr ähnlich. Sie machte immer ihr eigenes Ding und hatte eine magische Anziehungskraft für Ärger jeglicher Art. Es wunderte Luna daher nicht, dass es Diego offenkundig missfiel, dass sie sich kannten.

»Grmpf, du musst besser aufpassen. Nicht jeder muss wissen, dass du aus einer anderen Zeit bist«, grummelte der Drache, während Dampf aus seinen Nüstern rieselte.

Luna schaute dem Portal, in dem Kira verschwand, noch eine Weile wehleidig nach. Er hatte recht, doch wie sie es auch drehte und wendete, Luna vermisste ihre Freundinnen. Ihre Abenteuer, die gemeinsamen Sonnenuntergänge am Strand, schlicht, die Freundschaft des furchtlosen Trios.

Nachtschwärmer

Jonathan, Luna und Diego liefen die Treppe hinunter zum Park und folgten dem stromlinienförmigen Pfad der Anlage Richtung Innenstadt. Jonathan blieb an einer der Kurven stehen und strich über das angenehm warmweiß leuchtende Blattwerk eines kleinen Baumes. Er pflückte ein Blatt ab. Das Leuchten des Blattes flimmerte, wurde schwächer und erlosch. Jonathans Mundwinkel hob sich fasziniert. Alle paar Meter war ein solches Exemplar zu finden, sodass der Park seine ganz eigene märchenhafte Atmosphäre bekam. Hin und wieder passierten sie eine klassische Sitzbank aus Holz. Auf einer davon saß ein Mann mit Hundekopf in einem auffälligen Trenchcoat und las Zeitung. Jonathan rieb sich die Augen, es änderte nichts, der Anblick blieb der Gleiche.

»Ein Kynokephale. Hab's dir doch gesagt. Gibt genug komisches Zeug hier«, erklärte Luna lapidar.

Sosehr er es versuchte, er konnte seinen Blick nicht von dem Hundemenschen abwenden.

»Hör damit auf, Dad. Der folgt uns sonst noch.«

»U-uns folgen? Warum?«

»Keine Ahnung, ist so ein Hunde-Ding, glaube ich.«

»Oh, okay.«

Sie verließen den Park am nordöstlichen Ende und wanden sich wie Aale durch die engen Straßen und Gassen der nächtlichen Metropole. Einige der Behausungen waren so naturverbunden, dass es keinen Zentimeter gab, der nicht mit Pflanzen bedeckt war. Hier und da gab es sogar kleine Flüsse oder Wasserfälle innerhalb der Architekturen. Durch eine davon liefen sie sogar hindurch. Jonathan beobachtete, wie ein Schnabeltier-ähnliches-Wesen mit sechs Paar Augen Blaubeeren von den Sträuchern seiner Etage naschte und zurück in seine Wohnung huschte. Ein Gebäude erinnerte entfernt an einen Bienenstock. Es war groß, organisch geformt und mit unzähligen Löchern versehen, aus denen ununterbrochen kleine und größere Insektenwesen ein und aus gingen. Ein weiteres Gebäude lag da, wie Aladins Wunderhöhle. Ein Konstrukt aus dunklem Gestein. Rotes, pulsierendes Licht drang vom Inneren nach außen und vermengte sich mit blubbernden Geräuschen. Eine unglaubliche Hitze zwang Jonathan, sich die Hand schützend vors Gesicht zu halten, als sie an dem Eingang vorbeizogen.

»Wer lebt denn freiwillig an so einem Ort?«, fragte er und wandte sein Gesicht von der Wärme ab.

»Kaltblüter, Ifrits, Salamander, Irrlichter, Wesen, die es gerne warm haben. Die Liste ist lang«, erklärte Diego.

»Aha. Ifrits und Irrlichter?« Jonathan runzelte die Stirn.

Es gab aber auch viele Gebäude, wie Jonathan sie aus seiner Welt kannte. Er beobachte auf dem Balkon des vierten Stocks einer solchen Behausung eine junge Frau. Sie stand am Geländer, trank genüsslich aus einer Tasse und fuhr sich mit einer Hand durch ihr Haar. Lang und platinblond stach es mindestens so sehr ins Auge wie ihre leuchtend eisig blauen Augen. Dem aufsteigenden Dampf nach schien es ein warmes Getränk zu sein.

Missmutig und leicht abschätzig musterte sie die Neuankömmlinge, die unten auf der Straße in Begleitung des Drachen vorbeiliefen. »Na schau einer an, T´s Mantel, aber wieso trägt ihn die kleine Rothaarige?« Die platinblonde Frau umklammerte ihre Tasse plötzlich so fest, dass es den Eindruck machte, sie würde das Porzellan würgen.

Je weiter sie in die Stadtmitte vordrangen, desto lebhafter wurde es. Jonathan versuchte, die Artenvielfalt zu erfassen, gab jedoch recht schnell auf. Einige Wesen kannte er aus Fabeln seiner Welt, andere hätte er sich nicht mal vorzustellen vermocht. Wie die lilafarbene Frau, die zwar keine erkennbaren Augen, dafür aber einen breiten und großen Mund hatte. Aus ihrem Kopf wuchsen Tentakel, die sie zu einem Zopf zusammengebunden hatte. Ihre Finger waren so lang und drahtig, dass ihm bei der Vorstellung von ihnen berührt zu werden, ein unangenehmer Schauer über den Rücken lief. Die Frau faszinierte Jonathan auf beunruhigende Weise und er war nicht sicher, ob ihm das gefiel. Immer wieder gab sie Klickgeräusche von sich, als würde sie sich darüber orientieren. Diese mutierten zu einer Symphonie aus Schnalzen, Klacken und Klicken, als sie auf ein Schalentier-ähnliches-Wesen, mit tief liegenden Augen und großen Plattfüßen traf und die beiden sich angeregt unterhielten.

Manche der Wesen verstand Jonathan tadellos, viele aber nur gebrochen und einige gar nicht. Dann gab es die, bei denen er nicht einmal sagen konnte, ob sie überhaupt sprachen oder einfach nur sinnlose Laute von sich gaben. Trotzdem unterhielten sie sich alle miteinander und das scheinbar ohne große Probleme. Jonathan ahnte, dass er schon bald ein Problem haben würde. Er mochte in vielem bewandert sein, doch fremde Sprachen waren eine Sache für sich. Denn wenn es um die richtige Aussprache fremder Sprachen ging, würde er sich am liebsten vergraben gehen.

Luna beobachtete die Reaktionen ihres Vaters. »Ganz schöner Kulturschock, nicht wahr? Hier im Zentrum werden etwa fünfhundert verschiedene Sprachen und Dialekte gesprochen. Du musst aber nur eine Handvoll davon wirklich kennen. Der Rest ergibt sich dann aus einzelnen Vokalen, Dialekten und Gesten.«

Jonathan wischte sich den Schweiß seiner Handflächen an seiner Weste ab. »Aha, wenn du das sagst. Egal. Solange ich mit etwas gebrochenem Englisch klarkomme, ist alles gut.«

Luna legte den Kopf schräg. »Wie kommst du jetzt auf Englisch? So gut wie niemand spricht hier Englisch. Was glaubst du, weshalb ich es nutze? Macht Spaß, Leuten Dinge an den Kopf zu werfen, die sie nicht verstehen.«

Jonathan seufzte. »Hätte ich mir ja auch denken können. Sag mal, gibt es hier was zu feiern? Oder warum ist hier so viel los?«

Luna drehte sich mit ausgestreckten Armen im Kreis und grinste. »Na ja, es ist Sommer, weißt du. Da wird hier öfter mal gefeiert. Auch ganz ohne Grund.« Sie hielt an und ihr Zeigefinger spielte mit ihrer Unterlippe. »Durchaus möglich, dass ich mir später auch noch einen hinter die Binde kippe. Ich muss nur schauen, woher ...«

Jonathan rollte genervt mit den Augen. »Ich fürchte, da habe ich noch ein Wörtchen mitzureden, junge Dame. Du bist immerhin noch minderjährig.«

Ihre Augenbrauen beschrieben plötzlich einen hohen Bogen. »Ach, so. Das kannst du natürlich nicht wissen. In Haven gelten diesbezüglich andere Regeln als in deiner Welt. Hier ist alles etwas lockerer.«

»Am Arsch!«, brummte der Drache und schoss Dampf aus seinen Nüstern. »Der Ausschank von Alkohol an Minderjährige ist auch in Haven strengstens untersagt. Naioles gibt dir demnach höchstens ein Glas Milch, damit du Winzling groß und stark wirst.«

»Ich wollte auch schon meinen«, bekräftigte Jonathan seine Aussage mit ernster Miene.

»Naioles? Das alte Häufchen Elend von einer Amphibie. Der gibt die Bar sowieso eines Tages an Tempest ab.«

Diego schaute verdutzt. »An Tempest?! Wieso sollte er ausgerechnet das tun?«

Luna vergrub ihre Hände in den Taschen des Nachtschwarzen und flatterte mit den langen Enden des Mantels spielerisch umher. Die kleine Gruppe Wadenkneifer, die um ihre Beine herumliefen, ließen vor Schreck ihre Fühler umhertänzeln und ergriffen die Flucht in eine der Nebenstraßen. »Keine Ahnung. Irgend so 'ne dumme Göre wird eines Tages seine Bar zerlegen, soweit ich weiß.«

»Na und? Das passiert öfter, als man denkt. Kein Grund, gleich die Bar an eine hypnotische Qualle abzutreten.« Diego wich einem drängelnden Argus und seinem mit Augen übersäten Körper aus und bog in eine größere Straße ein. Restaurants reihten sich hier an allerlei Geschäfte für den täglichen Bedarf.

Luna kicherte belustigt, bis sich ihre Augenbrauen kräuselten. »Aber dieses Mal so richtig. Die Bar ist damals bis auf die Grundmauern niedergebrannt worden. Einige Nebengebäude zeugen selbst in meiner Gegenwart noch von den Spuren des Brandes. Danach hatte der gute Naioles einfach keinen Bock mehr.«

Jonathan und Diego stoppten, schauten erst sich und dann Luna mit verdächtig vorwurfsvoller Miene an.

»Seriously? Bei euch hackt's wohl! Das war lange vor meiner Zeit. Ich habe demnach nicht das Geringste damit zu tun. Außerdem macht Tempest 'nen echt guten Job. Niemand hat die Bar seither je wieder zerlegt.«

Diego klatschte sich eine Pranke vor die schuppige Stirn. »Wunderbar. Erst Kira und jetzt auch noch Tempest. Wer kommt als Nächstes? Zepp, der Depp?«

Luna zuckte irritiert mit ihren Augenlidern. »Zepp, der Depp? Nie gehört.«

Diego bog an der nächsten Abzweigung links ein, grüßte freundlich einen vorbeiziehenden Vielfraß, trat einen Schritt zur Seite, um nicht in seine Schleimspur zu treten, und folgte der nach unten verlaufenden Metalltreppe ins tiefergelegte Untergrundviertel. »Große schwarze Perserkatze, kleiner Taschendieb?«

»Ah, okay. Ja, da klingelt was. Keine Sorge, mit dem bin ich nicht befreundet.« Luna wäre das zwar gerne gewesen, aber mit einem Stück Holzkohle gestaltete sich eine Freundschaft in ihren Augen schwierig. Er mochte ein kleiner Unruhestifter gewesen sein, bevor er eines Tages »mein« und »dein« bei der verkehrten Person verwechselte und dafür auf eindrucksvolle Weise mit seinem Leben gezahlt hatte. Ein Umstand der Luna schon allein deshalb traurig stimmte, da Zepp über erstaunliche akrobatische Fähigkeiten verfügt haben soll, die ihresgleichen suchten. Nur zu gerne hätte Luna ihn einmal in Aktion gesehen.

»Grmpf. Sei es drum«, murrte Diego und bog nach der Treppe die nächste Straße rechts ein, vorbei an einem gut drei Stockwerke großen, lilafarbenen wabernden Würfel, in dessen Inneren sich eine ganz eigene kleine Kultur aus Wasser-elementaren-Wesen tummelte. »Wobei Diego sich gut vorstellen kann, dass wir zwei Hübschen später auf einen kleinen Schlummertrunk im *Tapferen Wandersmann* haltmachen.« Er legte beherzt seinen kräftigen Arm auf Jonathan ab, der unter dessen Wucht augenblicklich in die Knie sank.

»Tapferer Wandersmann?«, keuchte Jonathan.

»Die Bar von Naioles. Ein Sammelbecken voller abenteuerlicher Geschichten. Nirgendwo erfährst du mehr über das, was in allen Welten los ist.«

»Die Frage ist, wie viel davon du den ganzen Trunkenbolden glauben darf«, warf Luna ein.

Diego lachte. »Das ist natürlich eine ganz andere Sache. Halt dich diesbezüglich am besten von Gregory fern.«

»Gregory?«, fragte Jonathan.

»Gregory, der Barde. Er ist das einzige Nachtlicht, das sich in Haven herumtreibt. Falls er überhaupt da ist, der alte Geschichtenweber.«

»Nachtlicht?« Jonathan kratzte sich hinterm Ohr. Er wollte gerade fragen, was er sich darunter vorstellen soll, da bediente sich ein Tausendfüßer mit menschlichem Porzellangesicht seiner Aufmerksamkeit, der an einer Wand entlang ein Stockwerk tiefer lief, als sie selbst waren. Jonathan lehnte sich schaulustig über das Geländer ihrer Ebene, da verschwand das Geschöpf hinter einer Wand aus Nebelschwaden und dem aufsteigenden Duft von etwas, das nach Brathähnchen roch.

»So 'ne Art große Glühwürmchen«, beantwortete Luna seine Frage.

Jonathan hob den Kopf aus dem Nebel und blinzelte nachdenklich. »Aha, danke. Eine Bar klingt jedenfalls gut. Ein kühles Bier ist genau das, was ich jetzt gebrauchen könnte.« Jonathan stockte. »Bitte sagt mir, dass es da auch ganz normales Bier gibt.«

»Klar. Aber du kommst doch nicht extra den weiten Weg nach Haven, um gewöhnliches Bier zu trinken?«, brummte Diego.

Sie betraten einen offenen Aufzug. Der Drache hielt sein Na-Vi über die rot leuchtende Schalttafel, dann sprang sie auf Grün und der Aufzug setzte sich seitwärts in Bewegung.

»Hmm –, na gut. Ich lass mich überraschen.« Jonathan hielt sich an der Stange im Aufzug fest und lehnte sich aus diesem hinaus, um besser sehen zu können. Ihr Transportmittel glitt an Schienen, die über ihnen angebracht waren, beinahe geräuschlos durch die Stadt. Der Wind wehte durch seine Haare und der Anblick trieb ihm ein Lächeln ins Gesicht. Er betrachtete das wilde Treiben unter ihnen. Bunte Girlanden kreuzten ganze Straßen. Vereinzelt waren lose Verkaufsstände fahrender Händler zu erkennen, die ihre Waren von exotischen Welten hierher transportierten, um sie zu guten Preisen zu verkaufen. Und jedes Wesen sah wundersamer aus, als das davor.

Diego packte Jonathan an der Schulter und zog ihn wieder hinein, bevor der Aufzug in einem engen Tunnel eine Kurve nach oben nahm. »Keine Sorge, du bekommst im *Tapferen Wandersmann* noch genug zu sehen. Vorher schauen wir aber, weil es ohnehin auf dem Weg liegt, bei Nathaniel vorbei und setzen danach deine Tochter bei Gilligan ab. Er wird sie sicher schon erwarten.«

Jonathan schaute perplex und rückte die Sphärenbrille auf seiner Stirn zurecht. »Hast du Luna denn schon angekündigt?«

Mit hängenden Schultern antwortete Luna: »Muss er gar nicht. Gilligan ist da –, sagen wir eigen.« Sie schüttelte sich bei dem Gedanken. »Liegt an den großen Augen, erzählt man sich.«

Der Aufzug hielt in einem Viertel, das Jonathan an ein klassisches Altstadtviertel seiner Welt erinnerte. Alte Häuser im Barockstil, glatte Kopfsteinpflaster säumten die Wege, hübsch verzierte Fenster die Gebäude. Luna sowie Jonathan folgten dem Drachen über den Marktplatz. An einer Straßenecke stand ein menschliches Einhorn. Seine Haut war von kurzem, schneeweißem Fell bedeckt und das Horn ragte golden aus seiner Stirn.

Es diskutierte mit einer Gruppe gierig funkelnder, halbwüchsiger Wesen. Jonathan war sich nicht sicher, was sie genau darstellten, und konnte auf die Entfernung auch nicht verstehen, über was sie diskutierten. Er bemerkte nur, dass das Einhorn immer weniger erfreut zu sein schien.

»Zwerge«, antwortete Luna achselzuckend, bevor Jonathan in die Gelegenheit kam zu fragen. »Und so, wie die gucken, wird das goldglänzende Horn bald in ihre Sammlung wandern.«

»Zwerge?« Jonathan sah noch einmal hin. Die sahen nicht aus, wie er sich Zwerge vorgestellt hatte. Sie hatten keinen langen Bart, keine spitzen Hüte und ihre Kleider erweckten auch nicht den Eindruck, als würden sie sonderlich viel Zeit unter Tage verbringen. Diese da, sahen eher aus wie halbwüchsige, mit Goldketten behangene Geldeintreiber.

Jonathan bemerkte ein helles Licht im Augenwinkel. Er schaute auf und wurde gleich zweimal von etwas, das er nur als betrunkene, handflächengroße Glühwürmchen beschreiben konnte, umschwärmt. Er wedelte so lange mit der Hand, bis sie endlich abschwirrten. »Sind das alles Wesen aus anderen Welten?«

»Jap. Aber nur die wenigsten sind Teil des Netzwerks. Die meisten sind einfach nur hier, um Handel zu treiben, den neusten Klatsch aus anderen Welten zu verbreiten oder weil es in ihrer eigenen Welt keinen Platz mehr für sie gibt«, antwortete Luna.

»Bedeutet das, alle können einfach so nach Haven kommen?«
»Korrekt.«

Sie verließen den Marktplatz und bogen in eine enge Straße mit lauter Geschäften und ihren bunten, reichverzierten Fensterfronten ein.

Jonathans Stirn schlug Falten, als er die Augenbrauen hob. »Wow, sorgt das nicht hin und wieder für Ärger?«

»Manchmal kommt's vor, ja. Ist aber selten.« Luna kreuzte mit der dritten Fee, die ihnen bisher begegnet war, mehrfach die Nase. Im Feenvolk bedeutete es: Ich kann dich gut riechen. Was so viel hieß wie: Ich mag dich. Jonathan sah dem glühenden Wesen hinterher und war froh, dass er nicht noch einmal umschwirrt wurde.

Anschließend bogen sie von der Ladenstraße in eine kleine, unscheinbare Gasse ab und gerieten auf einen überdachten Hinterhof, der voller Ersatzteile und elektronischer Komponenten war. Diego blieb vor einer antiken grünen Tür stehen und drehte sich zu den beiden um.

»Da wären wir«, erklärte der Drache feierlich.

Der Mann hinter dem Na-Vi

Villigan: Handcrafted Mastermind stand bescheiden in goldener Schrift an der antiken grünen Tür. Kleine Glöckchen bimmelten über ihnen, als die Gruppe Nathaniels Werkstatt betrat. Ein kleines dunkles Kabuff, das über und über mit technischen Geräten und vielen leuchtenden Monitoren versehen war. Auf den meisten flogen irgendwelche Datensätze umher und führten automatisiert komplexe Programmtests durch. Auf einem lief ein Cartoon mit einer Katze und einer Maus, die sich gegenseitig das Leben schwer machten. Überall roch es nach Lötzinn und alten Platinen.

Nathaniel stand mit dem Rücken zu ihnen hinter seiner Theke und schraubte an einer seiner Apparaturen, während er auf wundersame Weise mit sich selbst zu sprechen schien. Er wedelte abwertend mit der Hand und erhob seine Stimme. »Verschwindet, ihr Saufnasen! Ich habe geschlossen und Wichtigeres zu tun, als eure Spracheinstellungen im Na-Vi zu resetten.«

»Freundlich wie immer«, kommentierte Diego trocken.

Nathaniel hob den Kopf und krächzte: »Schuppe? Bist du das?«

Der hagere Zausel mit krausem Haar drehte sich endlich zu ihnen um. Er trug einen ungepflegten Bart und einen schmutzigen Kittel, der irgendwann mal weiß gewesen war, und blinzelte einige Male durch die vergrößernden Gläser seine Lupenbrille, bevor er sie absetzte. »Hast du Tenacious finden können?«

Diego senkte schweigend den Kopf und seine Augen verdunkelten sich.

»Oh, verstehe. Hast du wenigstens sein Na-Vi, damit wir die Daten auswerten können?« Erleichterung durchzog seine alten Gesichtszüge, als der Grün-schwarz-geschuppte-Drache das Gerät auf die Theke legte.

Luna schüttelte fassungslos ihren Kopf. »Eiskalt, der Typ«, flüsterte sie.

»Diego hat heute sogar etwas Besonderes für dich dabei«, zwinkerte der Drache dem seltsamen Exzentriker zu.

»Ja ja ja ja, hast du sicher. Alles zu seiner Zeit.« Nathaniel schlurfte hinüber zur Theke, griff nach dem Gerät und legte es auf eine glatte, viereckige Plattform, die rechts von ihm auf einem weiteren Tisch stand. Der Bildschirm darüber leuchtete auf, eine Menge Zahlen, Daten, Notizen und Bilder rauschten in einem hohen Tempo über den Monitor. Hin und wieder war ein verdächtiges »Ah, – oh, – hmm, – aha« zu hören. »Interessant, höchst interessant. Tenacious hat zuletzt einige kuriose Signale empfangen«, sagte er. Kurze Zeit später leuchtete der Bildschirm rot auf, flackerte und das Auslesen der Daten stoppte abrupt.

»Signale? Was für Signale?«, erkundigte sich Diego besorgt.

Nathaniel kratzte sich nachdenklich am Hinterkopf und wischte mit seinen drahtigen Fingern über eine rote, halbrunde Kugel, um die Daten auf dem Monitor noch einmal aufzurufen. Seine mit Tränensäcken behangenen Augen verengten sich zu kleinen Schlitzen.

»Ich bin nicht sicher –, nein, ich weiß es nicht«, krächzte er dann. »Es sieht aus, wie eine Art Übergang. Nur irgendwie anders. Als wäre die Welt auf der anderen Seite durch irgendeinen Vorgang von allem, was wir kennen, bewusst abgeschnitten worden. Ganz seltsam.« Er schüttelte seinen Kopf. »Ich wusste nicht einmal, dass so etwas geht.«

Diego verschränkte einen Arm unter seine Achsel, legte Daumen und Zeigefinger der anderen Hand an sein schuppiges Kinn und grübelte vor sich hin. »Grmpf, okay. Und weiter?«

»Laut den Daten ist T auch hindurchgegangen.«

»Typisch für ihn.« Diego kannte seinen Freund gut. Er war sich nie für ein Abenteuer zu schade gewesen.

Nathaniel hob den Kopf aus dem Lichtkegel des Monitors und wandte sich Diego zu. »Offenbar war er keine fünf Minuten später schon wieder zurück.«

»Das ist allerdings ungewöhnlich für ihn«, bemerkte der Drache irritiert.

Nathaniel beobachtete zähneknirschend, wie Jonathan sich auf eine Art Hocker setzte »Wenn der hochgeht, übernehme ich keine Haftung für die körperlichen und seelischen Schäden, die du davonträgst, junger Mann!« Jonathan erhob sich augenblicklich wieder und betrachtete die harmlos erscheinende Sitzgelegenheit mit geweiteten Augen.

Luna stütze ihren Ellenbogen auf die Theke und grunzte beim verdutzten Anblick ihres Vaters.

Nathaniel wandte sich erneut Diego zu. »Sein Na-Vi rührte sich anschließend nicht mehr, bis du es gefunden hast.«

Jeder Funke Humor wich schlagartig aus Diegos Gesicht. Nur eine ernste Miene blieb zurück.

»Alles okay, Kumpel?«, erkundigte sich Jonathan. Auch Luna schaute sorgenvoll.

Diego ignorierte Jonathans Frage. Er musste nachdenken. »Gibt es Daten darüber, was auf der anderen Seite passiert ist?«

»Schon, aber nichts, was irgendeinen Sinn ergibt. E-es wirkt fast so, als hätte es ein Problem mit den Koordinaten gegeben. Sehr merkwürdig. Wie gesagt: Es ist so, als sei die Welt, in die Tenacious gesprungen ist, kein aktiver Teil des Systems. Als – als sei sie irgendetwas außerhalb dessen.«

Diego hörte auf, kontinuierlich Dampf aus seinen Nüstern rieseln zu lassen, und stockte. »Kann er dabei draufgegangen sein?«, warf er dann zögerlich in den Raum.

Jonathan lehnte sich mit einem Unterarm auf die Theke und versuchte Blickkontakt zu Diego herzustellen. »Waren wir uns nicht einig, dass die Prinzessin für seinen Tod verantwortlich ist?«

Diego legte seinen gehörten Kopf schief. »Grmpf, aber was, wenn nicht? Was, wenn wir uns irren und etwas anderes für sein Verschwinden verantwortlich ist?«, knurrte der Drache und entlud einen Schwall Dampf aus seinen Nüstern.

Jonathan fuhr mit Daumen und Zeigefinger über seine Nase und schnaubte. »Meinst du, er könnte noch am Leben sein?«

Nathaniel hustete und wedelte mit der Hand, um den Dampf des Drachen loszuwerden. »Spielt keine Rolle!«, krächzte er. »Der Übergang, den er gefunden hatte, ist kurz nach dem Ereignis wieder versiegt. Fast so, als wollte jemand seine Ruhe haben.«

Diegos seicht schimmernde Augen zuckten umher und blieben auf den ausgerissenen Fransen des Nachtschwarzen haften. »Tenacious war ein wirklich starker Mann. Einer, der selbst Diego im Armdrücken Konkurrenz machte. Es bedarf schon einer unbändigen Kraft, einem solchen Mann einfach die Arme auszureißen. Was immer auf der anderen Seite dazu fähig war, Tenacious so etwas anzutun, ist auch eine Gefahr für die meisten anderen. Markiere die Kennung dieser fremden Welt mit

Gefahrenstufe Alpha«, befahl Diego mit strenger Miene. »Und sprich eine Warnung für die Besuche in *B29.75.R.38.045* aus. Der König dort tickt nicht richtig und hat ein Problem mit Fremden.«

»Alpha? Bist du sicher? Ach, was rede ich. T wusste, was er tat. Ich trage es so ein.« Nathaniel tippte auf einem weiteren Monitor herum und nur wenige Momente später erschien eine Meldung auf Diegos Na-Vi.

Der Drache verstaute es anschließend zufrieden in seinen Nano-Beutel und wandte sich wieder dem alten Exzentriker zu. »Nun zu meinem anderen Anliegen. Ich habe hier jemanden mitgebracht.«

»Das sehe ich. Habe ja zwei beinahe tadellos funktionierende Glubscher.« Nathaniel rückte die Brille auf seiner Stirn zurecht und betrachte argwöhnisch schmatzend, wie Luna auf seiner frisch polierten Theke ihren Ellenbogen abstützte. »Oh, ist der Kopf so schwer, dass du ihn abstützen musst? Soll Onkel Nathaniel dir vielleicht noch ein Kissen holen?«

Luna blickte verwundert auf und schon sauste ein Rohrstock über die Theke und fegte ihre Ellenbogen vom Tisch. Sie schlug mit dem Kopf auf die Tischplatte und rieb sich anschließend die pochende Stirn.

»Sag mal, spinnst du?!«, fauchte sie mit finsterer Miene.

Nathaniel legte den Rohrstock wieder unter die Theke. »Bla, bla, bla. Kein Benehmen mehr, diese Jugend von heute«, murrte er und Jonathan lachte gehässig.

Diego räusperte sich. »Das sind Jonathan King und seine Tochter. Sie ist eine von uns und hat ein Problem mit ihrem Na-Vi. Es lässt sich nicht mehr einschalten.«

Nathaniel funkelte Jonathan finster an, der ebenfalls auf seiner Theke ruhte. »Wenigstens ist damit geklärt, woher die Kleine ihr Benehmen hat.«

Jonathan schwieg und hob beschämt seinen Arm.

Nathaniel wandte sich mit einem dreckigen Grinsen Lunas verärgertem Gesicht zu. »Na, waren wir auf unseriösen Seiten unterwegs und haben uns einen kleinen Virus eingefangen?«

»Geh dir mal die Zähne putzen!«, konterte Luna harsch und rümpfte angewidert ihre gerötete Nasenspitze.

Der seltsame Zausel drehte sich um, richtete seine Hosenträger und tippte ein weiteres Mal auf einem der Bildschirme herum. »Was sagtest du noch gleich, wie die beiden heißen?«

»Du wirst sie nicht finden«, meinte Diego nüchtern.

Nathaniel horchte gespannt auf. »Was soll das wieder bedeuten?«, krächzte er.

»Das ist eine lange Geschichte. Diego erzählt sie dir ein anderes Mal, versprochen.«

Nathaniel setzte seine Brille wieder auf, drehte einige Male an den Gläsern und musterte die Neu-Ankömmlinge genauer. »Hast du wenigstens eine Analyse von ihrem Na-Vi gemacht, Schuppe?«

»Hat Diego. Jetzt setz dich besser, es wird dich nämlich umhauen. Der Akku ist leer.«

Einige Sekunden lang wurde Nathaniel ganz still, dann lachte er laut und herzlich und beglückwünschte Diego zu diesem fantastischen Streich. Er habe lange keinen solchen Schrecken mehr in den Knochen gehabt. Die drei antworteten nichts. Sie blieben einfach stehen und warteten darauf, dass er sich wieder einkriegte. Luna überlegte kurz, ob sie ihm ein Pfefferminzdrops anbieten sollte. Sie hatte nur leider keins. Such a Shame.

Ein weiterer Moment des gegenseitigen Anschweigens verstrich. Dann platzte es aus Nathaniel heraus. »I-i-ist das euer Ernst?!« Die Erkenntnis, dass es kein Streich war, traf ihn schwer. Er schwankte. »D-das ist unmöglich.«

Luna kramte das defekte Gerät aus ihrer Tasche und reichte es ihm. Er griff mit zittrigen Händen danach und legte es an den Platz, wo zuvor das Na-Vi von Tenacious gelegen hatte. Nichts. Kein Monitor leuchtete auf und keine Daten flogen umher.

»Unmöglich, unmöglich, unmöglich!«, stotterte Nathaniel vor sich hin. Er legte das Gerät in einen anderen Kasten, um einen Hardware-Scan durchzuführen. Nach einigen Minuten wurde er kreidebleich und begann zu würgen.

»Alles okay, Stinkmorchel?«, erkundigte sich Luna stirnrunzelnd. Sie kramte das Stück Lakritze von Diego aus ihrer Tasche hervor und steckte es sich in den Mund. Hmm, nicht so gut, wie ich dachte, aber besser als nichts.

»Alles gut. Nur eine winzig kleine Panikattacke«, antwortete Nathaniel zittrig und griff sich an die Brust, um gegen seinen anhaltenden Würgereflex anzukämpfen. Er zog einen der Monitore zu sich, tippte energisch darauf und sagte dann mit schriller Stimme: »Tot! – Die Zellen sind tot?!« Sein hysterischer Blick wankte zu Luna, die auf ihrem Lakritzköder herumkaute und seelenruhig zurückstarrte. »Was hast du damit angestellt?!«

»Gar nichts, ich schwör's. Kriegst du es wieder hin?«

Nathaniels linkes Auge fing an zu zucken. »Ob ich es wieder hinkriege? Ob ich es wieder hinkriege?!« Er riss die Arme nach oben und gestikulierte wild hin und her. »Ich weiß ja nicht mal, wie das möglich ist?!«

»Ist mir doch egal. Ich brauche nur ganz dringend die Daten. Es wär eine Katastrophe, wenn die weg wären.«

Jonathan stand sprachlos da. »Luna! Etwas mehr Rücksicht, wenn ich bitten darf. Er will schließlich helfen.«

Diego hob beschwichtigend seine Pranken. »Nathaniel, beruhige dich bitte wieder.«

»Bitte?! Willst du mich verarschen?!« Nathaniel trat einen Schritt hinter seiner Theke hervor, auf Luna zu. Er kam ihr dabei so nahe, dass sie nicht anders konnte, als sich ihre feine Nase mit der Hand zu bedecken. Er wollte gerade eine weitere Schimpftirade loslassen, da schüttelte er sich. »Moment, das ist gar nicht so blöd. So kann ich am schnellsten herausfinden, was die Ursache dafür ist« Nathaniel wich zurück und kratzte sich am Kopf. »Ich müsste für den Anfang die alten Zellen überbrücken. Später könnte man diese gegen neue tauschen. Zur Not muss ich die Daten auf einem neuen Gerät ablegen. Ja, das könnte gehen.«

Luna, Diego und Jonathan sahen sich an. Jedem Einzelnen stand der gleiche Gedanke ins Gesicht geschrieben: Was ist, wenn er rausfindet, dass Luna aus der Zukunft kommt?

»Ähm, Jonathan, wartest du bitte draußen auf Diego? Und der Troublemaker stattet Gilligan schon mal einen Besuch ab. Diego regelt hier den Rest«, brummte der Drache.

Beide nickten zustimmend. Diego visierte Luna mit ernster Miene an. »Troublemaker, stell keinen Blödsinn an. Wir treffen uns dann später in der Bar.«

Ein Grinsen kam über Lunas Lippen, als sie mit ihrem Dad im Schlepptau die kleine Werkstatt verließ.

Jonathan schaute sich draußen nach einer passenden Sitzgelegenheit um und zog es dann doch vor, einfach im Stehen auf Diego zu warten.

»Das war es dann? Kein Suchtrupp? Keine Rettungsaktion? Niemand, der aufklärt, was Tenacious wirklich passiert ist?«

»Nicht vergessen: Wir sind keine weißen Ritter in strahlender Rüstung«, sagte sie stumpf und vergrub lässig ihre Hände in den Taschen des Nachtschwarzen, während sie langsam davon schlenderte.

»Ja! Schon klar!«, rief Jonathan ihr hinterher. »Ihr seid eher so die grauen, mit Morast und Blut besudelten Ritter, die sich nicht immer an die Regeln halten.«

Luna schaute über ihre Schulter hinweg zu ihrem Dad zurück und zwinkerte. »Langsam begreifst du es.« Dann verließ sie die Gasse, bog nach links in die Ladenstraße ein und verschwand.

Drei Gauner unter sich

Luna tigerte noch eine ganze Weile durch die belebten Straßenzüge Havens, bevor sie sich auf den Weg zu Gilligan machte. Sie wusste, dass dieses Treffen unausweichlich war, dennoch konnte sie sich kaum dazu durchringen, wirklich hinzugehen. Zu viele unangenehme Szenarien spielten sich vor ihrem geistigen Auge ab. Vor allem, wenn sie an die Gerüchte über Gilligan dachte. Was, wenn er zu tief bohrt und plötzlich Fragen stellt, auf die ich keine Lust habe?

Luna stand am seichten Treppenabsatz einer gepflasterten Straße, nahm einen tiefen Atemzug durch ihre feine Nase und genoss jede Geruchsnote ihrer geliebten Heimat. Von irgendwo drangen rhythmische Klänge an ihr Ohr und ihre Stiefel fingen wie von selbst an, tänzerisch über das Kopfsteinpflaster zu fegen. Es war großartig, wieder hier zu sein. Doch plötzlich blieb sie am unteren Treppenabsatz stehen und legte ihren Kopf schief. Zu ihrer Rechten erstreckte sich eine in schummriges Laternenlicht getauchte Gasse. Eine von unzähligen in dieser Stadt. Jedoch hätte Luna schwören können, diese noch nie zuvor gesehen zu haben.

Ihre Augen verengten sich zu kleinen Schlitzen und ihre Wange wurde beinahe von ihrer Zunge durchbohrt, so neugierig war sie. Die Stadt befand sich permanent im Wandel, sodass man nie genau wusste, wohin die schmalen Gassen fernab der belebten Straßenzüge führten. Doch genau das hatte es für Luna, Kira und Tetra so reizvoll gemacht, immer wieder aufs Neue in diese mystische Atmosphäre einzutauchen.

Ein verschmitztes Grinsen legte sich auf Lunas Lippen und schon war sie in den seichten Nebelschwaden der Gasse verschwunden. Eine düstere Atmosphäre empfing sie, der Boden war an vielen Stellen unnatürlich feucht, warmer Wasserdampf drang aus Kanaldeckeln und irgendwo klirrte in einer der Verzweigungen eine leere Flasche über den Asphalt.

Zwei Ecken später kroch Luna der widerliche Gestank von altem Schweiß, Pisse und gegorener Kotze in die feine Nase. Sie presste sich an die Wand, wagte einen vorsichtigen Blick um die nächste Ecke und erspähte die Quelle der Geruchsbelästigung. Ein kopfloser Leichnam. Er lag mit dem Oberkörper gegen die linke Backsteinwand der Gasse gelehnt.

Wie lange der hier wohl schon liegt? Luna stieg vorsichtig über die langen Beine des Toten, als dieser sich plötzlich aufrichtete und mit blubbernder Stimme kreischte: »Wer ist da? WER IST DA?!«

Luna quiekte panisch auf und ruderte wild mit ihren Armen herum. Erst dann erkannte sie, dass es sich bei dem Kopflosen um einen verwahrlosten Blemmyae handelte, der offenbar seinen Rausch ausschlief. Blemmyae waren gruselige, aber harmlose Wesen, deren Gesichter dort zu finden waren, wo andere ihren Brustkorb hatten. Sie kamen selten in Haven vor, aber es gab sie.

Nur eine Ecke weiter kam sie an Barneby's AlchemieTräume vorbei. Den Laden kannte sie sogar, obwohl sie ihn nicht in dieser Gasse vermutet hatte. Mit all seinen bunt schimmernden, blubbernden und puffenden Fläschchen im Schaufenster war das kleine Geschäft unverkennbar. Es war einer dieser nicht ganz geheimen Geheimtipps der Stadt. Alle, die nach Stoffen suchten, um die Grenzen der eigenen Sinne zu verzerren, kamen her. Aber auch Kräuterkundige und andere Gestalten mit fragwürdigen Absichten kauften hier regelmäßig ein. Luna zog eine Schippe, da der Zutritt für Minderjährige strengstens untersagt war. Sie schaute zwischendurch immer wieder nach oben und hielt nach dem Turm Ausschau, bevor sie die nächste Abzweigung nahm. Sie kam definitiv näher zu Gilligan, was ihr zunehmend den Brustkorb zuschnürte.

In einem der letzten Winkel dieser herrlichen Gassenlandschaft traf Luna wenig überraschend ein paar bekannte Gesichter. Zick und Zack, nebst einer dritten, ihr unbekannten Fee.

Die beiden Ersteren gehörten zur Gattung der Clown-Feen. Kunterbunte Flügel, harlekinpigmentierte Haut und sogar eine rote Nase zierte manche Exemplare. So wie es bei Zack der Fall war. Dennoch durfte man sich keines Falls von ihrem Äußeren täuschen lassen. Sie waren stadtbekannte Gauner, die ahnungslose Reisende mit einzigartigen Preisen lockten, um sie dann mit billigen Taschenspielertricks wie eine Weihnachtsgans auszunehmen.

Luna fragte sich, ob sie auch dieses Mal ihren weltberühmten Nektar als Hauptgewinn im Lostopf hatten, und trat etwas näher an das Schauspiel heran. Plötzlich jubelte die dritte, in glanzlosem Blau pigmentierte Azur-Fee, auf. »Juhu! Gewonnen! Zum dritten Mal gewonnen! Ist denn so etwas zu glauben?«

Zick übergab dem glücklichen Gewinner eine mysteriöse, schwarze Box. »Ein Glückspilz sind Sie. Ich gratuliere. Beehren Sie uns doch bald wieder, ja?«

In diesen Boxen befanden sich die in Aussicht gestellten Gewinne. Nur bekam man den Inhalt der Boxen selten vorher zu Gesicht.

»Hallo, schönes Kind«, sprach Zack Luna mit heiterer Stimme an, nachdem er sie entdeckt hatte. »Komm ruhig näher, wir beißen nicht.«

Luna legte ihre unschuldigste Miene auf und strich sich ihre weiße Haarsträhne hinters Ohr. »Oh, okay, Mister Fee. Aber ich hab's leider sehr eilig.«

Zack schaute abschätzig zu Zick, der bäuchlings auf dem Spieltisch lag und sein spitzes Kinn lächelnd auf den gefalteten Händen ablegte. Zack schwirrte im Anschluss musternd um Lunas Kopf herum. »Ach, hast du das, ja?«

Jetzt war Fingerspitzengefühl von Luna gefragt. Feen waren wandelnde Lügendetektoren. Sie konnten Sympathien und den Wahrheitsgehalt der gesprochenen Worte am Aerosolwert ihres Gegenübers ausmachen, was zuweilen sehr lästig sein konnte. Luna atmete daher ruhig und bewusst. »Ja, na ja, ich muss jedenfalls noch wohin.« Ihre Augen lugten mit gespielter Neugier zu der mit einer Tischdecke bespannten Holzkiste und den drei darauf befindlichen Würfelbechern. »Was spielt ihr denn da?«

Zack schwebte vor ihrem Gesicht leicht auf und ab. »Oh, das. Nett, dass du fragst. Es ist ein traditionelles Spiel aus unserer Heimat. Wir wollten dich gerade zu einer kleinen Runde einladen. Natürlich nur wenn du willst?«

»Ich weiß nicht«, sagte Luna mit falscher Zurückhaltung. Natürlich wollte sie das. Und sie wollte die beiden dabei ordentlich ausnehmen.

»Komm schon«, ermutigte sie auch Zick in einer ruhigen Stimmlage.

»Das wird bestimmt lustig und tut auch niemanden weh. Versprochen! Und wer weiß, vielleicht bist du unsere nächste große Gewinnerin?«

Lunas Zeigefinger verharrte mit künstlicher Nervosität auf ihrer Unterlippe. »O-okay. Aber wehe, ihr zieht mich über den Tisch.«

Zick schaute mit schockierter Miene zu ihr auf und hielt den Atem an. »So ein zuckersüßes Ding wie dich? Wer würde so etwas Grausames tun?«

Zack flog zu seinem Partner hinüber und klopfte ihn aufmunternd auf die Schulter. »Wir nicht, Zick.«

Zick schüttelte augenblicklich die Schockstarre fort. »Nein, wir sicher nicht, Zack. Wir sind ehrenvolle Feen.« Zick straffte die Schultern und beugte sich leicht vor. »Und um dir das zu beweisen, stellen wir dir unseren wertvollsten Besitz in Aussicht.« Zick deutete auf eine schwarze Box von fünfzehn mal fünfzehn Zentimetern, die hinter ihnen auf einem Fensterbrett stand. »Wenn du gewinnst, soll er dir gehören. Na, ist das kein Angebot?«

»Ich – denke schon.« Luna hatte größte Mühe, ein gehässiges Grinsen zu unterdrücken.

Zack kniff schuldbewusst seine Augen zu. »Einen kleinen Haken gibt es allerdings.«

»Oh. Und welchen?« Luna schaute verlegen zu ihnen hinab.

»Na ja, wir stellen dir unseren wertvollsten Besitz in Aussicht und um ganz offen und ehrlich zu sein, die Leute gewinnen hier ziemlich oft.« Die beiden Feen ließen ihre Flügel traurig hängen.

»Oh, das tut mir sehr leid. Das ist bestimmt nicht gut fürs Geschäft, oder?«, heuchelte Luna und hoffte, dass die beiden Schauspieler endlich zum springenden Punkt kamen.

»Nein, leider nicht«, seufzte Zick traurig. »Wenn das so weitergeht, müssen wir wohl bald schließen.«

Luna hielt sich die Hand vors Gesicht und tat, als ob sie entsetzt sei. »O Gott! Kann ich denn irgendwas tun, um das zu verhindern?«

Zicks Kopf neigte sich abwägend hin und her. »Es ist mir zwar etwas unangenehm, aber ...«

»Nein, Zick! So etwas tun wir nicht«, mischte sich Zack ein. »Das würde Schande über uns Feen bringen.« »Ist schon okay«, erwiderte Luna. »Was ist es?«

Zack schüttelte schluchzend den Kopf und wischte sich eine Krokodilsträne weg. »Nein. Das können wir unmöglich von dir verlangen.«

»Jetzt beruhigen sie sich doch, Mister Fee. Wenn ihr es wirklich ehrlich mit mir meint, helfe ich gerne«, log Luna in dem Wissen, dass sie dies nicht taten.

Zick und Zack bekamen große Augen. Augen, die ihrem Gast ein Gefühl von Rührseligkeit vermitteln sollten. »Wirklich?«, fragte Zick. »Also wenn das so ist: Würde es dir etwas ausmachen, uns etwas Gleichwertiges anzubieten? Keine Sorge, du müsstest es uns nur in dem unwahrscheinlichen Fall, dass du verlierst, überlassen.« Zick lächelte gerührt, während Zack in ein winziges Taschentuch schnaubte.

Luna kräuselte ihre dunklen Lippen und runzelte die Stirn. »Mein wertvollster Besitz, sagt ihr?«

Zick setzte eine verzweifelte Miene auf. »Wir haben schon verstanden«, säuselte er und ließ die winzigen Schultern hängen. »Das wäre auch zu viel verlangt, nicht wahr?«

Luna hielt den Atem an und tastete zögerlich nach ihrem Anhänger. »Na gut. Weil ihr es seid.« Sie ergriff das lederne Halsband und holte den sichelförmigen, azurblauen Stein an dessen Ende hervor.

Zick und Zack hatten Mühe, das gierige Funkeln in ihren Augen zu überspielen. »Das ist es? Mehr hast du nicht zu bieten?«, fragte Zick so unschuldig wie nur möglich und kassierte für seinen beinahe Ausrutscher von Zack einen Hieb mit dem Ellenbogen.

»J-ja. Sie war ein Geschenk und bedeutet mir viel.« Ihre Fingerspitzen liebkosten in Erinnerungen schwelgend die glatte Oberfläche des Steins.

Zack sah listig zu Zick hinüber. »Sie sagt die Wahrheit.«

Zick hob die bunten Flügel an. »Oh, na, wenn das so ist, scheint mir das Angebot angemessen. Darf ich den Anhänger mal sehen?«

Luna beugte sich vor, sodass Zick einen besseren Blick auf den Stein werfen konnte. Mit einem Monokel auf dem Auge untersuchte er ihr Schmuckstück. Dann grunzte er abschätzig. »Ist alles okay damit?«, fragte Luna zurückhaltend.

»Hmm, du weißt nicht zufällig, aus welchem Material der Stein ist?«

Sie schüttelte ihren Kopf. »Tut mir leid, leider nein.«

»Zick, lass das. Wir sind keine Zwerge.«

Zack kniff die Augen zu. »Das weiß ich selbst! Ich sage doch nur, dass ich ein solches Material noch nie zuvor gesehen habe«, knirschte er hinter zusammengepressten Zähnen hervor.

»Also – steht der Deal?«, fragte Luna hoffnungsvoll und versteckte den Stein wieder unter ihrem schwarzen Tanktop.

»Jap«, erwiderte Zack. »Doch bevor es losgeht, zeigen wir dir, wie gespielt wird, okay?«

»Ja, okay.« Luna lehnte sich noch weiter vor, um alles besser im Blick zu haben.

»Es ist ganz einfach«, begann Zack. »Wir haben hier drei Würfel und drei Becher. Auf zwei der drei Würfel ist das Symbol des Netzwerks. Das steht für den Hauptgewinn. Auf dem Dritten ist nichts, das ist die Niete. Du musst nur den Bechern mit deinen Augen folgen und mir nach dem Mischen sagen, unter welchem der zwei Becher die Würfel mit der Sechs liegen. Rätst du in zwei von drei Spielen richtig, gewinnst du. Aber Achtung, nach jeder gespielten Runde bewegen sich die Würfelbecher schneller. Du musst sie also gut im Blick behalten. Soweit verstanden?«

»Ich denke schon.« Luna nickte bedächtig.

»Super. Wollen wir dann?«

Luna nickte erneut und Zack verstaute mit einem Lächeln auf den Lippen je einen der besagten Würfel gut sichtbar unter den Bechern. Anschließend schob er die Becher gemächlich von einer Ecke des Tisches zur nächsten. Nach wenigen Augenblicken standen alle drei wieder in Reih und Glied nebeneinander.

»Und? Welche zwei dürfen es sein?«, fragte Zack erwartungsvoll. Zick stand daneben und deutete mit wedelnden Armen auf die Becher.

Luna spielte grübelnd mit ihren Lippen. »Hmm, links und die Mitte.«

Zack hob nacheinander die Becher, blickte verwundert zu Zick und dann zu Luna. »Unglaublich. Da wollen wir doch mal sehen, ob dir das Glück auch in der zweiten Runde hold ist.«

Luna klatschte freudig in die Hände, doch als die Becher erneut und deutlich schneller über den Tisch fegten, wandelte sich die Freude in ein unbehagliches Schlucken.

Zick grinste frech. »Und? Welche dürfen es dieses Mal sein?«

»Uff, das war schon ziemlich schnell«, gab Luna überrascht zu. Dann zeigte sie erneut und deutlich unsicherer auf den linken und den mittleren Becher.

Zack hob den ersten Becher. Der Würfel zeigte den nautischen Stern, nebst einer Vielzahl ineinandergreifender Kreise. Er schielte verschmitzt zu Zick und hob den zweiten Becher an. Die Niete. »Oh, jammerschade. Aber du hast ja noch einen Versuch. Bereit?«

Luna zögerte, spielte nervös mit ihren schweißbenetzten Fingern, hielt den Atem an und nickte dann zurückhaltend.

Dieses Mal flogen die Becher nur so über den Tisch. Links, rechts, rauf, runter, diagonal, im Kreis und wieder zurück.

Lunas Aufmerksamkeit flitzte nur so über den Tisch, bei dem Versuch den Bewegungen der Fee zu folgen. »Wowowow. So schnell waren die bei dem anderen Kunden aber nicht«, beklagte sich Luna.

»Oh, sei nicht traurig. Deine Halskette ist bei uns in guten Händen«, gab Zack höhnisch von sich.

»Wirklich?« Luna straffte die Schultern und grinste dreckig. »Mitte und links.« Wiederholte sie ihre Wahl selbstbewusst zum dritten Mal.

Zick und Zack sahen sich irritiert an, dann erhob Zack unsicher seine Stimme. »Äh, willst du deine Entscheidung nicht noch einmal überdenken? Es bringt Unglück, drei Mal dieselbe Wahl zu treffen, weißt du.«

»Nö! Na los, Zick, Becher hoch.« Luna beugte sich dicht an die verunsicherte Fee heran und flüsterte: »Und dann händigst du mir meinen Gewinn aus. Aber nicht die leere Schachtel hinter dir, sondern die mit dem Hauptgewinn. Du weißt schon, die, welche euer Partner vorhin außer Sicht geschafft hat.«

»H-hey! W-was erlaubst du – argh!« Luna packte die Fee zwischen Zeigefinger und Daumen am Kragen und ließ ihre Zähne aufblitzen.

»S-Schon gut!« Zick blickte mit zitternden Knien nach oben. »Na-na los, wirf schon! Oder willst du, dass sie uns umbringt?!«

Nur einen Augenblick später sauste die kleine schwarze Box direkt vom Dach in Lunas Hände. »Danke schön. Es war mir ein Vergnügen.«

Zick und Zack funkelten sie finster an. »F-für uns nicht!«, riefen sie synchron.

Ohne ein weiteres Wort an die kleinen Gauner zu verschwenden, zog Luna weiter. Sie schüttelte die Box erst ein paar Mal, um einen Hinweis auf dessen Inhalt zu erhalten, doch dann gewann die Neugier und sie öffnete sie.

Eine Handvoll kleiner Steine und zwei silberne Armbänder? Euer fucking Ernst?!

Luna trat in ihrem Ärger eine am Rand stehende Blechtonne um. Sie hatte mit einer Flasche des berühmten Nektars gerechnet. Entrüstet stieß sie einen Schwall Luft aus und verstaute ihren sogenannten Gewinn in den tiefen Taschen des Nachtschwarzen. Dann blickte sie auf und sah den silberblauen Turm deutlich vor ihr über der Kluft der Gassen ragend. Es war nicht mehr weit. Luna nahm noch einen tiefen Atemzug der mystischen Gassenluft.

Wird wohl Zeit, Licht ins Dunkel meiner Zeitreise zu bringen. Sie trat aus der Gasse und bog in die Straße, die direkt zu Gilligans Turm führte, ein.

Die graue Eminenz

Voller Unmut und mit einem mulmigen Gefühl im Magen betrat Luna nur wenig später das riesige, runde Büro im Herzen des Turms. Ein langer roter Teppich verlief geradewegs über den dunklen Marmor zu einem lächerlich großen Schreibtisch, an dessen anderem Ende ein Stuhl mit einer hohen, bequemen Rückenlehne stand. Den Raum umgab nahezu ringsum eine verglaste Außenhaut, die nur von hier drinnen einen Blick auf die andere Seite erlaubte. Alles war in erhabenem Silbergrau gehalten, einzig ein goldener Würfel mit merkwürdigen Symbolen störte diese Optik. Er lag dekorativ an der oberen linken Ecke von Gilligans Schreibtisch.

Er scheint nicht da zu sein. Schade aber auch. Dann halt ein anderes Mal!

Luna wollte das Büro gerade wieder verlassen, als sie eine Stimme zurückhielt. Keine physische Stimme. Jemand sprach direkt in ihrem Kopf.

Bitte nicht. Bleib! Ich habe so viele Fragen an dich.

Luna hielt verdutzt inne. Ihre gerötete Nasenspitze bebte leicht, während sie versuchte, die Quelle der Stimme ausfindig zu machen.

Sie blinzelte nur einmal kurz und machte vor Schreck einen Satz nach hinten, als das kleine graue Männchen plötzlich und wie aus dem Nichts vor ihr stand. *Shit! Wo kam der jetzt her?!* Luna hätte schwören können, dass er vor einer Sekunde noch nicht dagestanden hatte.

Die Hände auf dem Rücken, hinter seinem Sternen-besetzten Umhang verschränkt, stand das Männlein einfach nur da und lächelte. Der weite Kragen wurde am Hals von einer silbernen Brosche verschlossen, die das Symbol des Netzwerks darstellte. In der Mitte des Sterns war ein prunkvoll glänzender, grüner Quarzstein eingelassen. Wäre nicht der gigantische Kopf gewesen, würde Gilligan Luna nicht mal bis zur Hüfte reichen. Sie schmunzelte verlegen. Es war ihr immer ein Rätsel gewesen, wie diese schmächtigen Arme und Beine diese große Rumsmurmel von einem Kopf tragen konnten.

Gilligan deutete eine Verbeugung an. *Ich bitte, die Verspätung zu entschuldigen. Es ging nicht früher. Sonst hätte ich für uns einen Tee gemacht.*

Zwei große, tiefschwarze Augen sahen sie an. Erst bei genauem Hinsehen erkannte Luna, dass es sich nicht um zwei, sondern um Millionen winziger Facettenaugen handelte. Augenblicklich schüttelte sie es. Angeblich sah Gilligan mit diesen Augen alle möglichen Welten gleichzeitig, sowohl die Vergangenheit als auch die Zukunft eines jeden Wesens. Nur einer der zahllosen Facetten blieb stets im Hier und Jetzt und zeigte, was vor ihm lag.

»Kannst du mal bitte aus meinem Kopf herausgehen?«, knurrte Luna. »Ist ja widerlich! Stell dir vor, jemand dringt so in deine Privatsphäre ein?!«

Gilligan schaute ausdruckslos zu ihr auf. »Verzeih. Ich habe erst jetzt gesehen, warum dir das unangenehm ist.« Der Klang seiner Stimme war ruhig.

Dem Hörensagen nach erhob er diese nur, wenn er sich der Wahl seiner Worte sicher war.

»Schon okay, schätze ich. Tut mir leid, dass ich hier so spät hineinplatze, aber ich bin hier, weil ...«

»Ich weiß, warum du gekommen bist – Luna Aurora King, Tochter des legendären Jonathan King und Valerie,
der Schlächterin«, unterbrach er sie mit einem freundlichen Gesichtsausdruck.

Luna erstarrte augenblicklich und spielte nervös mit ihren Fingernägeln. *Toll! Die Gerüchte entsprechen also der Wahrheit. Gilligan, der erste Wanderer, verfügt tatsächlich über ein allsehendes Auge.*

»Gute Güte! Nein, so ist es nicht. Die Leute erzählen sich nur gerne Schauergeschichten. Wenn es ihnen hilft, sich Dinge zu erklären, die über ihren Verstand hinausgehen, soll es mir recht sein.« Gilligan verharrte, dann drehte er ihr den Rücken zu und begab sich zur Meerseite des Turms.

Das Blau des Mondes spiegelte sich im Glanz der ruhigen Wellen. Tagsüber konnte man von hier aus wunderbar den Nixen beim Fangenspielen zusehen, doch die meisten von ihnen schliefen um diese Zeit bereits. Die einzigen Nixen, die jetzt noch wach waren, traf man an Land unter feiernden Wesen an. Einmal getrocknet, wuchsen den meisten zwei gesunde menschliche Beine. Ein schmerzhafter Prozess, der mit viel Alkohol begossen wurde.

»Dein Vater ist, soweit ich es erkennen konnte, ein wirklich kluger Mann. Faszinierend, möchte man beinahe meinen. Ich bin daher schon sehr gespannt, welche Überraschungen er noch für uns bereithält.«

»Mach dir um ihn keine Sorgen. Er wird große Dinge innerhalb des Netzwerks vollbringen.«

Erwartungsvoll hielt Gilligan einen Moment inne. »Dessen bin ich mir bewusst, nur wie nobel seine Taten sein werden, bleibt abzuwarten. Du bist also auf der Suche nach Antworten, nicht wahr?«

Luna trat unsicher einen Schritt näher. »Na ja, ich würde gerne verstehen, wie das mit der Zeitreise passieren konnte und noch wichtiger: Wie ich wieder in meine Gegenwart zurückkomme.«

Sein schmaler Mundwinkel hob sich und er wandte sich Luna wieder zu. »Das auch. Aber diese Art von Antworten meinte ich nicht.« Luna erstarrte, ihre Handflächen wurden feucht und ihr wurde von Sekunde zu Sekunde flauer im Magen. Ihre verunsicherte Gestalt spiegelte sich in Gilligans Facetten. »Habe keine Angst«, hob er seine ruhige Stimme. »Um eine unnötige Verschwendung von Zeit zu vermeiden, würde ich es bevorzugen, dass wir beide direkt, offen und ehrlich zueinander sind.«

Das sagt der so leicht, dachte Luna.
Selbstverständlich tue ich das.

»Lass das!«, fuhr Luna ihn mit wutverzerrtem Gesicht an.

»Ich bitte erneut um Verzeihung. Ich lege daher vor, sozusagen als Vertrauensvorschuss. Ich habe in dir gelesen. So wie ich es bei allen tue, die hierherkommen. Ich kenne demnach deine Geschichte. Mit anderen Worten: Ich weiß, was dazu führte, dass du jetzt hier bist.«

Ihr Magen drehte sich und ihr wurde kotzübel. »W-wenn du das getan hast, dann kennst du auch die Fragen, die mich beschäftigen. Also, was soll dieses Spiel?«

Die kleinen Schlitze seiner Nase weiteten sich erst und schlossen sich dann wieder. »Was ich sehe, ist das eine. Deine Wahrnehmung dazu etwas ganz anderes. Warum erzählst du mir nicht, was der wahre Grund dafür ist, dass du nach deinem unfreiwilligen Zeithüpfer zu deinem Vater gegangen bist, statt direkt zu uns zu kommen?«

Luna zögerte einen Moment, bevor sie antwortete. »Ich brauchte seine Hilfe, um nach Haven zu kommen.«

»Unsinn. Das ist nicht der Grund«, sagte Gilligan bestimmend und begab sich zu ihr in die Mitte des Raumes. »Wir beide wissen sehr gut, dass du die möglichen Routen zwischen der Welt deines Vaters und Haven gut genug kennst, dass du es auch ohne Na-Vi hierhergeschafft hättest. Also, was ist der Grund?«, wiederholte Gilligan die Frage deutlich bestimmender und begann, Luna langsam zu umkreisen.

Lunas Augen folgten ihm. »Das ist der einzige Grund!«, lautete ihre zähneknirschende Antwort.

Gilligan blieb abrupt vor ihr stehen und der Turm begann zu beben. Luna konnte nicht sagen, ob es nur der Boden unter ihren Füßen war, der zitterte, oder ihr ganzer Körper. Ein brummender Druck baute sich auf ihrer Brust und ihren Schultern auf, bis sie sich nicht mehr rühren konnte. Lunas Beine zitterten und drohten jeden Moment dem Druck nachzugeben und wegzuknicken. Das Licht vor ihren Augen verschwamm und tauchte den ganzen Raum in völlige Finsternis. Dann erhob sich erneut Gilligans Stimme in ihrem Kopf. Diesmal deutlich dumpfer und lauter. *Dich magst du vielleicht belügen! Aber mich belügst du nicht!*, donnerte es mit einer Gewalt durch ihre Gedanken, die jeden inneren Widerstand zum Schweigen zwang.

Das Beben ließ nach, die verzerrten Flure bogen sich wieder zu geraden Linien, bis alles wieder wie zuvor wirkte.

Luna sank auf die Knie und rang nach Luft. »Was willst du denn hören?!«, kreischte sie mit zittriger Stimme. »Willst du hören, dass ich meinen Dad nach all den Jahren einfach vermisst habe?! Oder dass ich es total scheiße fand, dass er mich einfach zurückgelassen hat, wie so ein Stück Müll?!«

Ihre Faust drosch verzweifelt auf den Boden. »Oder dass ich finde, ein verdammtes Recht auf Antworten zu haben?! Sag es mir! Was willst du hören?!« Ihre Lippen bebten und ihre Hände wollten einfach nicht aufhören zu zittern. Sie wimmerte und hasste sich dafür.

Gilligan setzte ein warmes Lächeln auf. »Sehr gut. Nur weiter so. Wut und blinder Zorn haben keinen Platz in deinem Herzen verdient. Warum fehlt dir dein Vater so sehr?«

Lunas Atem bebte immer noch unruhig. »I-ich wollte ihn einfach gerne wiederhaben, okay?!« Tränen liefen über ihre Sommersprossen. »Dabei ist das so bescheuert von mir! Ich weiß noch genau, wie er zuletzt zu mir war. So kühl und abweisend. Ich hatte irgendwann nur noch das Gefühl, ihn auszubremsen und an seinen Forschungen zu hindern. Das Familienleben war zwar schön, aber nicht sein Ding. So gut er es auch gemeint hatte. Und dann traf ich ihn, seine jüngere Version. Er ist so anders, fast so wie in meiner Vorstellung.«

Gilligan begann erneut, sie langsam zu umkreisen. »So, wie ein Vater sein sollte?«

»Nein – oder doch? Verdammt!« Ihre Nasenflügel zitterten unruhig. »Ich kann's nicht erklären. Dieser Jonathan ist nicht wie sein älteres Ich. Er ist viel fürsorglicher, akzeptiert mich wirklich, wie ich bin, trotz meiner Ecken und Kanten. Er hat mir sogar versprochen, mich niemals fallen zu lassen. Das war ein so schöner Moment. Ich habe mich das erste Mal seit Jahren nicht mehr einsam gefühlt. Ich wünschte nur, dieses Gefühl wäre nicht mehr da, verstehst du? Dieses flaue Gefühl der Leere, als ich damals begriffen hatte, dass er nicht wiederkommt.« Luna spürte, wie sich ihr Magen verkrampfte, und umklammerte ihren schmerzenden Bauch. Ihr Kopf sank zitternd auf den Boden. »Was soll ich nur tun?«, schluchzte sie. »Ich will doch einfach nur glücklich sein dürfen.«

Gilligans Finger hoben ihren Kopf an und wischten eine Träne fort. »Wie interessant. Ihr habt also darüber gesprochen, dass er gegangen ist, jedoch nicht darüber, wie es tatsächlich dazu kam, dass du jetzt hier und nicht in deiner Gegenwart bist?«

Sie schüttelte den Kopf. »Er weiß nur, dass ich jemanden suche, aber nicht, dass er der gesuchte ist.«

Ein nachdenkliches Seufzen durchzog den Raum. »Nun, manches ist unergründlich, schätze ich.«

»Ich würde ja gerne mit ihm darüber sprechen, aber Dad will nichts aus seiner Zukunft wissen. Die Zeitlinie muss gewahrt werden, sagte er. Aber ich frage mich, ob das wirklich von Bedeutung ist? Kann es wirklich so schlimm sein, ein paar egoistische Kleinigkeiten anders haben zu wollen?!« Luna hielt inne und versuchte, ihren Atem wieder unter Kontrolle zu bekommen. »Meinst du, ich werde langsam verrückt? Ich habe Geschichten darüber gehört, dass meine Mum verrückt sei. Da wär's doch nur logisch, wenn ich auch nicht richtig ticke, oder?«

Er schmunzelte. »Verrückt? Nein. Verwirrt und orientierungslos? Auf jeden Fall.« Er berührte Luna an ihrer Hand und augenblicklich waren alle Furcht, Traurigkeit und Zorn aus ihr verschwunden und ihre Gedanken wurden wieder klarer. Gilligan sah ihr in die Augen. »So ist es gleich besser. Du solltest bei Verstand sein, wenn du die Antworten auf deine Fragen verstehen willst. Nun bin ich wieder dran, dir etwas zu offenbaren. Viele glauben, ich könne die Zukunft sehen. Ich sehe aber lediglich das, was ist und das, was war. Wie du siehst, hast du mir da etwas voraus. Es erfreut mich jedoch, zu wissen, dass wir zwei uns in deiner Zukunft offenbar ebenfalls verstehen.«

Luna legte ihren Kopf schief und schaute ihn fragend an. Sie war ihm vielleicht ein-, zweimal begegnet, wenn er an ihr vorbeigeschlendert war. Doch so richtig Kontakt zu ihm hatte sie nie gehabt.

»Du glaubst mir natürlich nicht. Aber es ist so. Wäre es anders, wärst du heute wohl kaum hier«, sagte er und verschränkte erneut die Arme hinter seinem Rücken, wie er es eigentlich immer tat, wenn man ihn in Haven sah. Dann drehte Gilligan ihr den Rücken zu und schlenderte zu seinem Schreibtisch. Luna holte tief Luft und wollte gerade zu einer Frage ansetzen, da sprach er weiter. »Du bist siebzehn, richtig? Demnach zu jung, um Teil des Netzwerks zu sein. Und wie wir wissen, bist du nicht erst seit gestern unterwegs.«

Luna rappelte sich langsam wieder auf und folgte Gilligan zu seinem Schreibtisch. »War ja auch nicht schwer. Alles, was ich dazu brauchte, war ein Na-Vi und da Nathaniel nicht gerade der beste Wachhund ist, war das ein Kinderspiel«. Luna grinste wieder unverblümt, wie man es von ihr gewohnt war.

Gilligan vollführte eine Handbewegung und sein Stuhl rückte von selbst beiseite. Er nahm darauf Platz und mit einem Fingerschnippen rückte der Stuhl dichter an den Tisch heran. »Und du meinst, der Diebstahl eines Na-Vi oder deine unautorisierten Nachforschungen wären dir gelungen, wenn ich damit nicht einverstanden gewesen wäre? Denk nach!«

Sie setzte sich mit einem Bein auf seine Tischkante und betrachtete ihre Silhouette auf dem schwarzen Bildschirm im Zentrum der Tischplatte. »Warum genau magst du mich?«, fragte Luna und räumte den goldenen Würfel beiseite, um mehr Platz auf der Kante zu haben.

»Nicht anfassen!«, fuhr Gilligan sie überraschend harsch an.

Sie ließ augenblicklich von dem Würfel ab. »Wow, schon gut. Kann ja nicht ahnen, dass dir ein Würfel so viel bedeutet.«

Gilligan schaute sie über seine Stirn hinweg an und rückte den Würfel wieder an seinen Platz. »Um deine Frage zu beantworten: Nicht alle Geheimnisse sind dazu bestimmt, schon jetzt offengelegt zu werden.«

»Moment. Du hast doch vorhin etwas von offener Ehrlichkeit gesülzt!«

»Nicht alle Dinge müssen immer zwingend einen Sinn ergeben. Was ist das Letzte, woran du dich erinnerst, bevor du in der Vergangenheit aufgewacht bist?«

Sie stutzte irritiert. »Woher …?«

»Ich sagte doch, ich habe in dir gelesen. Ich habe gesehen, was du gesehen hast. Doch was ich sah, ist bedauerlicherweise lückenhaft. Daher interessiert es mich, wie viel davon du selbst noch weißt.«

Kopfschüttelnd und etwas widerwillig berichtete Luna, was passiert war.

Die Quelle

Gilligan saß zurückgelehnt auf seinem Sessel und atmete in tiefen Zügen ein und aus. »Du weißt demnach nicht, was dazwischen geschah?«

»Was dazwischen geschah?«, wiederholte Luna und lief vor seinem Schreibtisch auf und ab. »Ist das dein Ernst? Ich war vielleicht minimal damit beschäftigt, bei dieser Apokalypse nicht draufzugehen. Ist demnach gut möglich, dass mir da das eine oder andere Detail entgangen ist«, bemerkte sie zynisch.

»Spannend. Ich will es folgendermaßen versuchen: Weißt du, wie all diese parallel existierenden Welten entstanden sind?«

Sie zuckte mit den Achseln. »Nicht direkt. Ich kenne nur die Theorien, mit denen sich mein Dad befasst hat. Demnach gab es einen großen Knall am Anfang des Universums. Der hat dann alles irgendwie in Gang gebracht. Mehr weiß ich nicht.«

»Verstehe. Weißt du denn wenigstens, wofür das Symbol des Netzwerks steht?«

Ohne etwas zu sagen, hob sie eine Augenbraue.

»Nein, nicht nur«, antwortete Gilligan auf ihren Gedanken. »Nun, ich will es dir erklären.« Seine drahtigen Finger wischten über den Bildschirm in seinem Tisch und eine holografische Projektion erschien schwebend über dem Schreibtisch. Sie zeigte eine blühende Welt, bis sie allmählich verdorrte und zu bersten begann. Am Ende blitzte von irgendwoher ein grelles Licht auf, das sich wie eine Welle über die Leere des Universums ausbreitete. Dann war es vorbei.

Lunas stützte ihre Hände auf der Kante des Tisches ab, beugte sich vor und stutzte irritiert. »Was war das?«

Gilligan kicherte von ihrer Naivität amüsiert auf. »Der Übergang, durch den du gesprungen bist. Er öffnet sich nur dann, wenn ein Universum geboren wird oder stirbt. Neue Realitäten und Welten entspringen, wie alles, aus der Quelle und kehren am Ende ihrer Zeit dorthin zurück, damit ein neuer Lebenszyklus beginnen kann.« Gilligan bemerkte argwöhnisch dreinschauend den kleinen azurblauen, sichelmondförmigen Anhänger ihrer Halskette, der aus ihrem Tanktop heraushing.

Lunas Aufmerksamkeit verharrte auf der Holografie. »Was für eine Quelle?«

»Quelle, Nexus, Nullpunkt, Urknall. Es gibt zu viele Begriffe dafür.« Gilligan wischte erneut über den Bildschirm und ein weiteres Hologramm erschien. Ein unscheinbares Licht, ähnlich einem einzelnen Stern flackerte in der Dunkelheit, blitzte plötzlich auf und explodierte nach allen Richtungen. Gilligan hob einen Zeigefinger, folgte einem einzelnen Strang aus Licht, der sich aus der pulsierenden Explosion durch die Dunkelheit schlängelte und begann, begleitet von der Holografie, zu erklären. »Am Anfang war die Quelle. Ein Funke, wie eine fixe Idee. Aus dieser erwuchs das erste Universum und das erste Leben. Doch wie alle Leben endete auch der erste Zyklus.« Mit diesen Worten beschrieb der Strang aus Licht einen letzten Bogen, traf auf das andere Ende seines Ursprungs und löste eine weitere Explosion aus. »Aber die Quelle ist ewig während und so erschuf sie ein neues Universum mit neuem Leben. Das wiederholt sich nun schon so lange, wie sie existiert. Jedes Universum und jedes Leben ist dabei immer ein Stückchen anders. Für jede Entscheidung, jedweden Ausgang einer Möglichkeit gibt es ein Universum, in dem dies auch genauso passiert ist.«

Lunas Augen leuchteten beim Anblick dieses Schauspiels. Fast erweckte jede Runde, die ein neuer Strang aus Licht beendete, den Eindruck eines abstrakten Atemzuges oder eines universellen Herzschlages. Mit jedem Aufflackern wuchs ein neuer Strang aus dem Stern. Bis es so viele waren, dass Luna ohne jeden Zweifel das Zeichen des Netzwerks darin erkennen konnte. Ein Stern, mit einer Vielzahl ineinanderfassender und sich überkreuzender Kreise. Luna stützte ihre Hände auf der Kante des Tisches ab und beugte sich vor, um das Gebilde genauer zu betrachten. »Wow! Dann ist das der Grund, weshalb so viele unterschiedlich entwickelte Welten existieren? Aber wenn dieses Quellen-Dingens pro Zyklus 'ne Welt mit neuen Möglichkeiten erschafft, warum existieren dann so viele verschiedene Welten auf einmal? Wenn eine Welt stirbt, dann ist sie doch weg, du Quacksalber.« Ihr Kopf dröhnte vor lauter Überforderung. Vor allem wusste sie noch nicht, wie ihr das helfen sollte, wieder in ihre Welt und ihre Zeit zurückzukommen.

Er schaute sie abwägend an. »Verstehst du nun, warum es wichtig war, dass du bei klarem Verstand bist?«

»Ja ...«, gab sie missmutig zu.

»Um deine Frage zu beantworten: Dein Verständnis von Raum und Zeit ist schlichtweg falsch. Angenommen, du stehst auf einer geraden Straße. Sie geht nur geradeaus, soweit dein Auge reicht.«

»Das wär dann aber 'ne ziemlich langweilige Straße. Hab ich wenigstens ein Auto, oder so?«, witzelte sie.

Gilligans Miene verhärtete sich. »Still! Das ist nicht, worum es geht.«

»Schon klar, worauf du hinauswillst, Albus Graurock. Warte, hieß der so?« Luna knabberte an ihrem Daumennagel und starrte an die Decke. In diesem Augenblick verfluchte sie Jonathan und seine blöden alten Filme. »Egal, du willst mir sagen: Auch wenn ich's für 'ne gerade Straße halte, würde ich, selbst, wenn diese um den ganzen Globus verliefe, irgendwann wieder da stehen, von wo aus ich gestartet bin, right?«

Gilligan lächelte wieder. »Das ist zwar stark vereinfacht, aber ja. Und da fragst du dich noch, warum ich dich mag? Die Quelle ist dabei Start und Ziellinie zugleich. Jetzt stell dir vor, dass unzählige Einbahnstraßen davon abgehen. Sicherlich, jede dieser Straßen steht für sich, aber alle sind hier und da über kleine Kreuzungen und Querstraßen verbunden. Und manchmal kommt es halt vor, dass eine dieser Straßen kernsaniert wird. Verstehst du nun das Prinzip?«

»Hmm –, ich denk schon. Also existieren all diesen Welten gleichzeitig, obwohl sie streng genommen nacheinander entstanden sind, richtig? Warum liegt Haven dann nicht dort? Macht doch vieles leichter.«

Gilligans Kopf wackelte amüsiert hin und her. »Ein toller Gedanke, aber das ist leider nicht möglich und würde zudem auch keinen Sinn ergeben.«

»Woher weißt du das? Warst du jemals an der Quelle?«

»Sagen wir, ich weiß, dass es vor langer Zeit versucht wurde. Daraus ergaben sich zwei Dinge. Erstens: Darin kontrolliert zu navigieren, ist nahezu unmöglich. Meistens schleudert dich die Quelle irgendwo hin, Hauptsache raus. Zweitens: Du landest nicht einfach irgendwann. Du landest stets zum Zeitpunkt der Geburt eines neuen Universums. Darum heißt es auch Einbahnstraße. Und doch stehst du hier vor mir und erklärst, dass du nach diesem Erlebnis nur fünfundzwanzig Jahre in der Vergangenheit aufgewacht bist. Und das rein zufällig auch noch in der Heimatwelt deines Vaters. Kurz bevor er selbst das Rätsel zu parallelen Erden entschlüsselt hätte. Verstehst du nun, warum auch ich Fragen habe?«

Luna kräuselte ihre dunklen Lippen. Es ist ja nicht so, als ob du der Einzige bist, der hier Fragen hat.

»Was ich damit sagen will: Selbst, wenn es dir irgendwie möglich war, erfolgreich innerhalb der Quelle die Welt deines Vaters zu erreichen, hättest du Milliarden von Jahren dort leben müssen, bis du deinen Vater hättest treffen können.«

Luna wurde auf einen Schlag um mindestens drei Nuancen bleicher. »Dann sitze ich hier also fest? Aber wie konnte das passieren? Es muss doch eine Antwort darauf geben? Ich bin schließlich nicht unsterblich. Und außerdem wäre ich viel zu ungeduldig, um so viel Zeit in einen Zeitsprung zu investieren.«

Gilligan kletterte auf seinen Tisch und ging zu ihr. »Das ist die Frage, die es zu beantworten gilt.«

Lunas Miene verhärtete sich. »Witzbold! Genau das frage ich dich doch die ganze Zeit.«

Der kleine graue Mann mit dem Sternen-besetzten Umhang verschränkte erneut seine Arme hinter dem Rücken. »Wie ich bereits erklärt habe, auch wenn man mir nachsagt, allwissend zu sein, bin ich es nicht. Alles, was ich weiß, ist, dass nichts ohne einen triftigen Grund geschieht. Vielleicht ist es einfach noch nicht an der Zeit, dass sich des Rätsels Lösung zu diesem bemerkenswerten Umstand aufdeckt. Vielleicht ist die Lösung aber auch näher, als du denkst.«

»Toll, und was mach ich jetzt?« Sie kniff entmutigt ihre großen Augen zusammen.

Wenn Gilligan gekonnt hätte, wäre genau dies der Moment gewesen, an dem er seine Facettenaugen verdreht hätte. Vermutlich tat er das sogar – war schwer zu sagen, bei so vielen winzigen Augen. »Kommt Zeit, kommt Rat«, sagte er dann lapidar.

»Was'n das für ein dämlicher Spruch?!«, maulte Luna unverblümt.

»Das soll heißen, genieße das Hier und Jetzt. Du kannst im Moment ohnehin nichts daran ändern, wie es ist. Warum also nicht noch eine Weile die Gegenwart genießen. Du hast so lange nichts von deinem Vater gehabt. Zieht hinaus in die Welt. Erlebt Abenteuer und lernt einander besser kennen. Wer weiß, wozu es gut ist.« Er machte dabei eine nickende Bewegung, als wollte er zwinkern.

Luna lehnte sich vor und hauchte ein missgelauntes: »Mehr hast du nicht zu sagen?«

»Nein«, erwiderte er lächelnd.

»Pfft. Na dann.« Sie machte auf dem Absatz kehrt, um seine Residenz zu verlassen.

»Ach, Miss King? Sie haben da einen wirklich außergewöhnlich schönen Anhänger. Ein Geschenk nehme ich an?«

Luna stoppte. Zögerlich suchte sie nach dem Anhänger auf ihrer Brust und atmete erleichtert auf, als ihre Fingerspitzen über die Sichelform glitten. »Ja, von meinem Dad. Warum?« Sie drehte sich zu Gilligans Schreibtisch um, doch da war er bereits verschwunden. Luna suchte den ganzen Raum nach ihm ab, nichts. Sie versuchte sogar, ihn zu wittern, doch seine Spur verlor sich an genau der Stelle, an der er eben noch gestanden hatte. Sie kratzte sich nachdenklich am Kopf. Der Duft von trockenem Moos in der Mittagssonne verblasste einfach an Ort und Stelle. Es schien beinahe, als hätte er sich erneut in Luft aufgelöst.

Blutsbrüder

Phil, der Querflöte spielende Faun, trat gemeinsam mit Cicyl, der Schlagzeug spielenden Fee, und Bronn, dem Bass spielenden Kugelfisch, im *Tapferen Wandersmann* auf. Begleitet wurden sie von dem melodischen Gesang der bezaubernden Schleimkultur Fjodora und sorgten mit atmosphärischer Tavernen-Musik für einen unterhaltsamen Abend.

Jonathan saß mit Diego an einem der ruhigeren Tische in einer der hintersten Ecken der rustikal eingerichteten Bar. Links von ihnen saßen zwei Wesen mit vielen Tentakeln und schlauchartigen Mündern, die mit hunderten von Augen besetzt waren. Hätte Jonathan diese Wesen allein und unter anderen Umständen angetroffen, wäre ihm vor Angst vermutlich das Herz stehen geblieben. Womöglich eine vollkommen unbegründete Angst, da die beiden, so seltsam sie auch aussahen, offenbar friedlicher Natur waren.

Jonathan beobachtete, wie sie eine Art Kartenspiel spielten. Plötzlich warf der Rechte fauchend sein Deck aus den Tentakeln, stürzte sich auf sein Gegenüber und fraß ihn in wenigen Zügen restlos auf. Jonathan schloss Augen und schüttelte sich. So viel dazu, dachte er.

Zumindest war es in dieser Ecke der Bar ruhig genug, um sich unterhalten zu können, während sie sich volllaufen ließen. Jonathan hielt in der einen Hand Diegos Na-Vi und scrollte mit seinem Daumen über den Bildschirm. In der anderen hielt er ein halb geleertes Glas Glühnarim. Kräftiger Alkohol, der nach einer Mischung aus Met und billigem Glühwein schmeckte.

»So schlecht sehen diese Fuchsia-Damen gar nicht aus«, meinte er. »Hätte ich mir wirklich schlimmer vorgestellt.«

Diego lehnte mit einem Ellenbogen über der Lehne seines Stuhls und hielt insgeheim nach Stacy Schneeschuppe Ausschau, der liebreizenden Echsendame aus *Stacy's Ultimate Gears*. Er wandte sich wieder Jonathan zu, zuckte mit seinen schuppigen Augenbrauen und nahm noch einen Schluck aus einem deutlich größeren Krug. »Sagte ich doch, da gibt es nichts, worüber du dir Gedanken machen musst. Und schon gar nichts, was du später bereuen könntest«, lallte Diego und tippte Jonathan auf die Brust. Wie sich herausstellte, konnte Diego, wenn er einen sitzen hatte, durchaus in der Ich-Form reden. Kein durchgängiger Zustand, aber ein Detail, das Jonathan amüsierte.

Jonathan hielt den Bildschirm des Na-Vi schräg und kniff ein Auge zusammen, um die Schrift besser lesen zu können. »Gibt aber erstaunlich wenig Infos zu denen.«

Diegos Füße wippten leicht im Rhythmus der Musik. »Das liegt daran, dass Fuchsia sehr zurückgezogen leben. Der feine Herr King würde sie traditionell veranlagt nennen. Andere würden Hinterwäldler sagen. Fuchsia lieben ihre Wälder und Sümpfe und die Natur und all so 'nen Zeug. Viel mehr gibt es über sie auch nicht zu wissen. Sind halt uninteressant.«

Jonathan reichte ihm sein Na-Vi zurück und Diego benötigte drei Anläufe, bis es ihm gelang, das Gerät in seinem Nano-Beutel zu verstauen.

Jonathan fuhr sich mit der Hand über die kleine Kerbe seines Ohrläppchens und schenkte sich ein weiteres Glas Glühnarim aus der großen Flasche auf ihrem Tisch ein. »Weiß nicht. Wenn ich meine Tochter so betrachte, würde ich das Volk nicht gerade als uninteressant klassifizieren.«

Diego grunzte. »Wer weiß, vielleicht wollten die auch einfach ihre Ruhe und haben persönlich für diesen Eintrag im Na-Vi gesorgt. Ich hätte es zumindest so eingetragen, wenn sie mich darum gebeten hätten.«

Luna betrat das gut besuchte Lokal, reckte und streckte sich in alle Richtungen und hielt nach ihrem Dad und Diego Ausschau. Zwischen unzähligen, sicher nicht mehr ganz zurechnungsfähigen Wesen entdeckte sie die beiden schließlich an einem der runden Holztische, ganz hinten in einer Ecke der Bar. Der roten, brodelnden Substanz auf ihrem Tisch nach zu urteilen, hatten sie sich mit Glühnarim volllaufen lassen.

Luna zwängte sich zwischen einer Katze mit Schlapphut und einem großen, sabbernden Hirschkäfermann hindurch, bevor sie fast über die volltrunkene Nixe, die auf dem Boden lag, stolperte. Bei ihrem Anblick klatsche sie sich mit der Hand auf die Stirn. Wie dämlich musste man bitte sein, um als Nixe an Land bei einem Wet-T-Shirt-Contest mitzumachen?!

»Hey! Da ist ja meine kleine Fellnase«, begrüßte Jonathan sie herzlich.

Diego gackerte sich halb zu Tode und zeigte auf ihre ständig gerötete Nasenspitze. »Fellnase! Der ist gut. Weil – weil sie eine Fuchsia ist und die pelzige Gesichter haben!«

Luna nahm stirnrunzelnd auf einem der beiden freien Stühle Platz und legte ihre Beine auf dem anderen ab. »Was geht denn bitte mit euch ab?« Sie stibitzte einen handtellergroßen Spiegel vom glänzenden Rockzipfel einer diebischen Elster und kontrollierte in der glänzenden Oberfläche ihre Nase von allen Seiten.

Nach wenigen Sekunden atmete sie erleichtert auf. Ihr Körper hatte über die Jahre diverse Veränderungen durchlebt und so manche Überraschung offenbart. Aber eine behaarte Nase brauchte sie nun wirklich nicht. Sie war ja schon froh darüber, keinen dämlichen Schweif zu haben, wie die meisten Fuchsia.

Den beiden Schluckspechten entging das Schauspiel keineswegs. Sie gackerten wie kleine Kinder, die gerade den Geniestreich ihres Lebens vollbracht hatten.

»Diego hat mir sein Na-Vi gegeben. Ich weiß jetzt, wie Fuchsia aussehen.« Jonathan nahm einen kräftigen Schluck aus seinem Glas.

»Hey!«, rief Diego über den Tisch. »Nicht gleich alles verraten, mein Blutsbruder.«

Jonathan ignorierte ihn und lehnte sich zu Luna hinüber. »Und holla, bin ich froh! Ich dachte echt, dass sie ... ähm, na ja ...« Er kam nicht auf das Wort, das er suchte.

»Tierischer aussehen?«, beendete Luna sein Gestammel. Jonathan kniff die Lider zusammen und zeigte mit halb erhobenem Finger in ihre Richtung.

Luna schüttelte ihren Kopf und wandte sich an Diego. »Was heißt hier Blutsbruder? Was habt ihr Deppen jetzt wieder angestellt?«

Diego riss seine Augen auf und lehnte den Kopf nach hinten, als sei er gerade auf frischer Tat ertappt worden. »Nichts weiter. Bei meiner Ehre, Miss Fellnase.« Er legte dabei eine Hand auf die Brust, hob die andere wie bei einem feierlichen Schwur und zwinkerte Jonathan auffällig zu.

Jonathan rollte mit den Augen und rieb sich die Schläfe. »Wow! Geheimnisse sind bei dir echt sicher. Der Große und ich haben Blutsbrüderschaft geschlossen« erklärte er überraschend trocken an Luna gewandt.

Luna stutze irritiert. »Ihr habt was? Warum?«

Diego setzte seinen Krug auf dem Tisch ab und zeigte ihr seinen Finger. »So richtig mit in den Finger piksen und so«, lallte der mächtige Drache stolz. »Das war Jonathans Idee, nachdem wir gemerkt haben, wie gut wir uns tatsächlich verstehen. Es ist auf seiner Erde unter besten Freunden wohl ein üblicher Brauch.«

Ist es nicht!, fuhr es Luna sofort in den Kopf. Sie schaute mit ernster Miene zu ihrem Dad. Das mit dem Brauch war ganz klar eine Lüge. Aber weshalb belog er ausgerechnet Diego? Jonathan erwiderte ihren Blick mit einer mindestens genauso standhaften Ernsthaftigkeit in seinen Augen. Luna begriff zwar, dass er ihr damit etwas mitteilen wollte, sie verstand nur nicht, was.

»Erzähl lieber mal, was Gilligan gesagt hat«, erkundigte ihr Dad sich bei ihr. »Ist dabei etwas herausgekommen, dass uns weiterbringt?«

Lunas Miene verfinsterte sich schlagartig. »Nicht wirklich. Im Grunde hat er nur gesagt: Tja, dumm gelaufen. Genieß dein Leben im Hier und Jetzt.«

Jonathan kniff die Augen zu und ließ sich nach hinten gegen die Lehne seines Stuhls fallen. »Uh, lief es so schlimm?«

»Kann ich mir kaum vorstellen. Gilligan wählt seine Worte stets mit Bedacht und spricht gerne in Rätseln. Aber eine Antwort erhält man eigentlich immer«, warf Diego ein.

»War auch nicht sein exakter Wortlaut, aber durchaus die Message.« Luna verschränkte gekränkt ihre Arme vor der Brust, als eine schlaksige, vom Kopf bis zu den großen Füßen behaarte Gestalt an ihren Tisch herantrat.

»Hey Diego, lange her. Wer sind deine neuen Freunde? Darf man sich auf eine Runde zu euch setzen?«, erhob sich die zaghafte Stimme des Taliajik. In Jonathans Welt würde man wohl Bigfoot oder Yeti sagen.

Ihr Volk reiste schon zwischen den Welten, da gab es das Netzwerk noch gar nicht.

»Oh, hey, Garb, seit wann bist du denn hier? Hab dich gar nicht kommen sehen«, entfuhr es Diego überrascht.

Das pelzige Wesen stand trotz seiner beeindruckenden Größe verunsichert da. »Ähm, also na ja, ich kam gerade von meinem Einkauf, auf dem Markt wieder und war auf dem Weg nach Hause, da hab ich dich durchs Schaufenster gesehen und dachte: Hey, den kennst du doch, dachte ich und ja – dann dachte ich: Sag ich doch meinem alten Weggefährten und Freund mal Hallo. Man sieht sich ja in letzter Zeit immer so selten. Da schien mir die Gelegenheit günstig.«

»Aha. Ist ja spannend.« Diego kannte ihn von einem einzigen gemeinsamen Abenteuer mit Tenacious. Seitdem glaubte Garb, dass sie beste Freunde waren. Tatsächlich mochte Diego ihn nicht sonderlich. Es war nichts Persönliches, er hatte nur gerne auch mal seine Ruhe. Mit Garb im Schlepptau ein Ding der Unmöglichkeit. Nie zuvor hatte er jemanden getroffen, der so penetrant und pausenlos unsinniges Zeug brabbelte wie dieser Taliajik. Der Versuch, sein Geplapper zu ignorieren, führte nur dazu, dass er immer lauter redete, bis man schließlich antworten musste, wollte man nicht völlig durchdrehen. Doch wehe den armen Seelen, die es wagten, ihn auf sein ständiges Gebrabbel aufmerksam zu machen. Das endete kompromisslos in endlosen Debatten über die Redefreiheit.

Diego konnte ihn meistens schnell abschütteln, ohne unhöflich zu werden. Doch dieses Mal fiel ihm nichts Gescheites ein, warum Garb nicht auf dem leeren Stuhl Platz nehmen sollte und deutete ihm daher etwas widerwillig, sich zu setzen.

»Verpiss dich, Chewbacca-Double! Siehst du nicht, dass meine Stiefel hier bereits sitzen?!«, keifte es plötzlich aus Luna hervor.

Entsetzt japste Garb nach Luft. Noch nie wurde er derartig behandelt. Aufgeregt hob er seine Stimme. »Wie unhöflich! Ich verlange auf der Stelle eine Entschuldigung!«

Luna hob lediglich ihren Mittelfinger und schwieg.

»Hiiicks! Schuppe, jetzt sag doch auch mal was! Sag ihr, dass wir uns gut kennen und tolle Abenteuer erlebt haben. Na los.«

»Luna!«, fuhr Jonathan seine Tochter für ihr unangemessenes Verhalten an und bedeckte mit seinen Händen die beiden Humpen. Pelz im Becher, bei dem Gedanken schüttelte er sich.

Diego blickte verlegen auf und holte Luft.

»Sag mal, merkst du noch was, Zeckenteppich? Keiner will dich hier! Ich bin nur die Einzige, die so höflich ist, es dir zu sagen« preschte Luna vor, ohne, dass Diego zum Zug kam.

Garb holte tief Luft, streckte den Rücken durch und versuchte, so männlich wie nur irgend möglich zu erscheinen. Zuletzt schenkte er Diego einen vorwurfsvollen Blick. »Das habe ich verstanden! Dann streiche ich dich ab sofort aus meiner Kontaktliste – oder zumindest aus der Kurzwahl für beste Freunde.« Er machte auf dem Absatz kehrt und verließ stürmisch die Bar.

»Zicke!«, blaffte Luna ihm hinterher.

Jonathan hob beschämt die Hände vors Gesicht. »Alter, war das unhöflich!«

»Ja, oder? Kommt hier einfach an und will sich in unsere kleine Selbsthilfegruppe einhaken«, blaffte Luna erschüttert.

Jonathan schaute sie erwartungsvoll an. »Das meinte ich nicht! Wie würdest du es finden, wenn man dich so behandelt?«

»Oh, ach, so hast du das gemeint. Glaub mir, ich kenne Diego lang genug, um zu wissen, dass er keinen Bock auf das Windei hatte.«

»Grmpf! Prinzipiell magst du recht haben, aber ich behandle Garb deshalb nie schlecht«, brummte Diego und fischte ein einzelnes braunes Haar vom Rand seines Kruges. »Ja, er ist etwas speziell, aber das sind wir ja wohl alle.«

»Genau das meinte ich.« Jonathan setzte sich auf, straffte die Schultern und verschränkte die Arme vor der Brust. »Man kann so etwas auch nett sagen, ohne gleich beleidigend zu werden. Was du getan hast, war unnötig gemein!«

»Dumm war es auch. Garb kann wirklich sehr nachtragend sein. Dass er ein Gedächtnis wie ein Elefant hat, macht es leider nicht besser« ergänzte Diego.

Luna zuckte mit den Schultern. »Ja, vielleicht. Sorry, aber die Sache mit Gilligan war etwas aufwühlend für mich, okay? Was regt ihr euch jetzt so auf? Ihr tut ja gerade so, als wenn der in ein paar Jahren noch wüsste, dass ich an diesem Abend gemein zu ihm war.

Jonathans Miene wurde ernst. »Du wirst dich gleich Morgenfrüh bei ihm entschuldigen, hast du mich verstanden?«

»Ja, ist ja schon gut.« Luna wandte genervt ihren Blick von Jonathan ab, da fiel ihr plötzlich das glitzernde Etwas an Diegos Gürtel ins Auge. Sie hatte in ihrer Gegenwart schon lange ein

Auge auf den Dolch geworfen, konnte ihn Diego aber nie abluchsen. Die Waffe hätte eine zu große emotionale Bedeutung für ihn, jammerte er immer, wenn sie es versuchte. Doch heute standen die Dinge anders. Er hatte den Dolch erst wenige Tage und somit hoffentlich noch keine Zeit, sich ausreichend daran zu binden. Sie ließ es daher auf einen Versuch ankommen.

Luna lehnte sich mit einem Ellenbogen auf den Tisch und stützte ihr Kinn auf ihrer Faust ab. Den glitzernden Schatz ließ nicht aus ihren gierigen Augen. »Der Dolch ist hübsch«, leitete sie die Operation „feindliche Übernahme" ein.

Diego funkelte sie skeptisch an. »Ja, ist er. Und weiter?«

Luna ließ ihre andere Hand lasziv über den Tisch in Richtung Dolch gleiten. »Macht sich als Souvenir sicher schick an meinem Gürtel.«

»Mag sein«, knurrte Diego und drehte sich mit seinem Krug in der Hand zur Seite, sodass Luna nicht an den Dolch herankam.

Sie hielt inne und kniff die Augen zu kleinen Schlitzen zusammen. »Kann ich ihn haben?«

Diego nahm einen Schluck und prustete: »Wozu?«

Lunas Zeigefinger zeichnete kleine Kreise auf den Holztisch. »Na ja, du sammelst Dinge, ich sammle Dinge, wir beide sammeln Dinge.«

Diego setzte den Krug ab und beugte sich zu ihr. »Das beantwortet meine Frage nicht. Wozu willst du ihn?«

»Ach, verdammt! Jetzt gibt das Teil schon her!« Sie stürzte sich über den Tisch hinweg auf ihn und versuchte, mit aller Gewalt an den Dolch zu gelangen.

»NEIN!«, brüllte der Drache auf, als er sich mit Händen und Füßen gegen den wendigen Wurm wehrte. Jonathan lachte amüsiert. Dann kippten Diego und Luna mit dem Stuhl nach hinten, direkt in den Rücken eines Echsenmenschen, der sein ganzes Glas über einen Kobold verschüttete.

Der Kobold sah an sich und seinen völlig durchnässten Kleidern hinunter, knurrte und hämmerte seinen Krug auf die Zehen der Echse. Diese wankte nach hinten und krachte in den Tisch einer schlechtgelaunten Chimäre. Diese wiederum stand auf, trat den Kobold durch ein Fenster und boxte den Echsenmann über drei weitere Tische hinweg. Die Echse rappelte sich wieder auf und stand plötzlich einem Dutzend weiterer verärgerter und gewaltbereiter Gäste gegenüber.

FLUCHT

Das Feuer brannte lichterloh. Einige Fischmenschen versuchten verzweifelt, den Brand unter Kontrolle zu bekommen. Sie sahen mit all dem Wasser, das sie zum Löschen in ihren großen Kiemensäcken transportierten, aus, wie große, dicke Hamster. Plötzlich zog ein eisig kalter Wind auf und die platinblonde Lady vom Balkon erschien. Sie war ganz in hautenges Leder gekleidet, trug elegante Kampfstiefel und einen ähnlichen Mantel, wie Luna ihn hatte. Nur verfügte dieser über Ärmel und hatte statt einer Kapuze einen weiten Stehkragen. Das Symbol des Netzwerks war außerdem in eisblau getaucht, statt in helles Weiß. Sie hob den rechten Arm, die Kanone in ihrer Hand zischte auf und gefror alles, was sie traf, sofort zu Eis. Es half jedoch kaum. Das Feuer loderte bereits zu intensiv. Das Eis verhinderte lediglich, dass sich die Flammen weiter ausbreiten konnten. Sie betätigte den kleinen Knopf in ihrem Ohr.

»Lamina, wo steckst du? Ich brauche hier Unterstützung«, sagte die Frau kühl und schielte im Augenwinkel erste Verdächtige an, die sich gegenseitig die Schuld zuwiesen.

»Viola Queen!«, quietschte Luna aufgeregt. »Wie sie ihre legendäre Eiskanone schwingt! Der Hammer!«

»Was?«, fragten Jonathan und Diego wie im Chor.

Die Gruppe saß an einem Bordstein, leicht abseits vom direkten Geschehen auf dem Marktplatz im Zentrum Havens. Um sie herum wuselten alle möglichen Wesen umher, versorgten Verletzte und räumten die benachbarten Häuser.

Luna sprang freudig auf und ballte die Fäuste. »Wollt ihr mich verarschen? Sie ist eine gefeierte Heldin!«

Diego legte seinen gehörnten Kopf fragend schief. »Wo?«

»In meiner Gegenwart natürlich. Sie hat jahrelang versucht, in deine Fußstapfen zu treten, Dad. Dann kam ihr glorreicher Moment ...«

»Themenwechsel!«, zischte Jonathan mürrisch. Luna antwortete darauf nur mit einem entrüsteten Kopfschütteln und verschränkte genervt die Arme.

»Ich bin ruiniert! Ich bin ruiniiiieeert!«, brüllte Naioles Windschneider, der aus einer der Seitenstraßen auf den Marktplatz stürmte und skrupellos alle beiseite stieß, die ihm im Weg standen. Er sackte vor der brennenden Ruine seiner Bar auf die Knie. Die Luftsäcke des Froschmannes bebten vor Zorn. »Wer war das?!«, kreischte er. »Wer ist dafür verantwortlich?! Sagt es mir. Sofort!«

Drei Zwerge grinsten dreckig, tauchten unauffällig in der Menge der Schaulustigen unter und wurden nur eine Sekunde später von gezielten Blitzschlägen zurück auf den Platz und vor Violas Stiefel katapultiert.

Brom, der Ältere, schüttelte sich. »Was – war das?«, sprach er mit tauber Zunge.

Rowan Byrkyl zuckten die Beine. »Keine Ahnung.«

Brom, der Jüngere, tippte seinen Bruder an und stammelte. »I-ich glaube, i-ich bin schockverliebt.« Und deutete auf die wunderschöne Frau mit ihrem glatten, rabenschwarzen Haar, das ihr bis hinunter zu ihrem schlangenhaften Unterleib ragte.

»Ich dachte schon, du tauchst gar nicht mehr auf«, meinte Viola Schroff zu der Naga-Frau, die soeben aus dem Kaltblüterviertel im Westen Havens eingetroffen war. Sieben weitere Wesen zogen den Kopf ein und waren gerade dabei, sich davonzustehlen. Da fuhr Viola mit ihrer Eiskanone herum und gefror die Feiglinge bis zum Kragen zu Eis. »Schön hierbleiben! Das gilt übrigens für alle, die heute Gäste im *Tapferen Wandersmann* waren! Ihr steht allesamt unter Arrest, bis die Friedenswächter hier sind und ihr Urteil sprechen!«, keifte Viola mit zorniger Miene.

Diego spitzte die Ohren. »Oh, Zeit zu gehen.« Er rappelte sich auf und zog Jonathan hoch.

Jonathan hielt sich eine kühle Flasche an den Kopf. Zwerge konnten härter zuschlagen, als er gedacht hatte. Das wusste er jetzt. »Wohin gehts?«, fragte er an Diego gewandt.

»Zu mir«, brummte Diego und stahl sich zügig vom Marktplatz in eine der ruhigeren Seitenstraßen.

Laminas züngelndes Gesicht fuhr langsam über die Menge hinweg. Dann bemerkte sie das rothaarige Mädchen in Tenacious´ Mantel. »Hey, Viola, sssieh mal, werr sssich vom Ackerrr machen will!« Die Rassel ihres rotbraun gemusterten Schweifs klapperte aufgeregt. Sie bäumte sich auf und holte Schwung, um ihm hinterher zu preschen. »Lass es!«, befahl Viola. »Das klären wir ein anderes Mal! Die Friedenswächter sind jeden Moment hier und noch haben wir nicht aufklären können, wer für das Chaos verantwortlich ist.«

Jemand tippte Viola auf die Schulter und kassierte aus Reflex direkt einen saftigen Ellenbogen in die Magenkuhle.

Japsend erhob sich eine gequält klingende Stimme. »Verzeihung. Aber da kann ich unter Umständen weiterhelfen.«

Viola drehte sich seelenruhig um und wartete darauf, was der übel zugerichtete Echsenmann zu sagen hatte.

Luna drehte sich noch einmal um und sah, wie eine Gruppe drahtiger Maschinen mit zylindrischen Körpern und einer Vielzahl rot leuchtender Augen auf ihren Spinnen-ähnlichen Beinen den Marktplatz stürmten und Lamina höhnisch in ihre Richtung zeigte.

»Oh, oh! Friedenswächter!« Luna lief deutlich schneller und schob Diego und Jonathan in Richtung einer kleinen, versifften Gasse. »Lauft!«

Diego preschte mit voller Wucht gegen die Mauer der Gasse, dicht gefolgt von Jonathan und Luna, die eine Mülltonne umwarf.

Drei der Maschinen verfolgten ihre Spur in die Gasse hinein. Sie stiegen über die Tonne hinweg, zwei krabbelten seitlich an der Mauer entlang und holten schnell auf.

Das war nicht gut. Wenn die Friedenswächter sie in die Finger bekamen, würde man sie sicherlich wie alle anderen Beteiligten bis in alle Ewigkeit für Naioles schuften lassen, um den Schaden wieder gutzumachen. Und darauf hatte Luna so gar keinen Bock.

Die wechselnden Farben und Beschaffenheiten der Gassenwände rauschten auf ihrer Flucht nur so an ihnen vorbei. Diego bog orientierungslos von einer Kreuzung in die nächste ein. Dann waren die Wächter direkt hinter ihnen und feuerten kleine Kugeln ab, die in der Luft aufsprangen und Drahtnetze bildeten. Diego zog Jonathan beiseite. Ein Netz wickelte sich um seinen Schweif und massive Stahlbolzen bohrten sich in der Mauer fest. Diego beugte sich schützend über Jonathan, während zwei der drei Wächter sie in einer Ecke flankierten.

»Lauf!«, brüllte Diego und stieß Jonathan beiseite, bevor zwei weitere Netze Diego komplett an der Wand fixierten.

Luna wich dem ersten Netz des dritten Wächters mit einem geschickten Seitwärtsschritt aus. Ihre Stiefel rutschten über den Asphalt, als sie plötzlich auf dem Absatz kehrtmachte und auf den Friedenswächter zustürmte. Einundzwanzig, zweiundzwanzig. Es klickte und der Wächter feuerte ein weiteres Netz. Luna duckte ihre linke Schulter unter dem Netz weg, lief seitlich an der Wand entlang, packte die Maschine am oberen Ende ihres Zylinders und schmetterte sie mit beiden Händen auf den Boden. Die roten Lichter des Wächters flackerten und erloschen.

Jonathan kam gerade einmal zwei Ecken weit, dann stoppte er plötzlich und raufte sich die Haare. »Fuck! Ich weiß doch gar nicht, wohin!« Also tat er, was ihm am klügsten erschien: umkehren und irgendwie helfen. Jonathan betrat die Gasse und sah, wie die beiden Spinnen-ähnlichen Maschinen gerade den an die Wand gepressten Drachen über ihre rot glühenden Augen scannten.

Das Netz zog sich immer enger, desto mehr Diego sich gegen dessen Griff wehrte. Diegos Arme drückten gegen das Netz, während sein ganzer Oberkörper gegen die Mauer gepresst wurde. Er spürte die zunehmende Spannung des Netzes. Dann brach die Mauer in Stücke und Diego riss sich los. Gesteinsbrocken flogen durch die Gasse und brachten die beiden Wächter kurzzeitig aus dem Gleichgewicht. Sie rappelten sich direkt wieder auf und stürzten sich auf den Drachen, bevor dieser eine Gelegenheit zum Verschnaufen hatte. Die drahtigen Beine der Wächter wickelten sich um seinen ganzen Körper und zogen sich mit Gewalt immer enger, bis Diego kaum noch Luft zum Atmen blieb.

Der mächtige Drache wankte. »Urgh! Ihr elenden Blecheimer!«, fluchte er. Ein markerschütterndes Knurren hallte durch die Gasse. Diegos Zorn-verdunkelte-Augen leuchteten hell auf und die Temperatur des Drachen stieg augenblicklich ins Unermessliche.

Jonathan trat ein paar Schritte zurück und hielt sich die Hand schützend vors Gesicht. Zwischen seinen Fingern sah er dabei zu, wie der Friedenswächter von der Temperatur des Drachen einfach eingeschmolzen wurde. »Krass.«

Die Überreste drei weiterer Wächter stürzten von den Dächern in die Gasse und mit ihnen Luna, die nach einem Salto zwischen Jonathan und Diego landete.

Luna rollte sich ab, presste ihren Rücken an die Wand, hob ihren Kopf Richtung Himmel und horchte um sich. Ein paar Straßen entfernt hörte sie das Trippeln weiterer Wächter und Leute, die nervös brüllten, dass sie nichts gesehen hätten. »Kommt, mir nach. Ich weiß, wie wir ungesehen durch die Gassen kommen.«

Eine nervenaufreibende Stunde später standen sie endlich vor Diegos Wohnung. Dass die Friedenswächter hier nicht bereits warteten, konnte nur bedeuten, dass sie genug mit den anderen Rowdys aus der Bar zu tun hatten. Zufrieden und bis über beide Ohren strahlend, tätschelte Luna die mühevoll erworbene Kostbarkeit an ihrem Gürtel. Das blaue Auge, die dicke Lippe und die einen oder anderen Blutergüsse waren der Dolch allemal wert.

Mit einem unscheinbaren Klickgeräusch öffnete das Na-Vi die Tür zu Diegos Behausung. Eine unter vielen in diesem Häuserblock. Sie lag im obersten Stock eines orientalisch inspirierten Viertels von Haven. Der Drache ließ seinen Begleitern den Vortritt und zögerte einen Moment lang, bevor er mit seinem Schweif in der Hand eilig durch die Tür sprintete.

Jonathan überraschte schon allein die Größe des Apartments, die eher einem Loft statt einer Wohnung gleichkam. Der Einrichtungsstil erinnerte ihn stark an ein traditionelles Do-Jo. Hier und da fanden sich einige kunstvoll platzierte Waffen und Rüstungen. Eine Treppe führte zu einer Tür im zweiten Stock, der Dachboden, wie Diego erklärte. Hier unten gab es zwei geräumige Zimmer, ein Bad und einen Zugang zu einem kleinen Balkon. Jonathan fiel die winzige Küchennische im Wohnraum auf. Sie war mit allem, was das Herz begehrte, ausgestattet. Offenbar kochte Diego gerne.

Luna hielt kurz am Treppengeländer inne und seufzte bei dem Gedanken an ihr zukünftiges Jugendzimmer. Sie schlenderte zur Küche, nahm am Tisch Platz und zog sich die überraschend unbequemen Stiefel aus. Sie vermisste ihre Dr. Martens wirklich. Dann bemerkte sie das alleinstehende Foto an der Wand neben dem Küchentisch. Es zeigte Diego mit einem dunkelhäutigen und groß gewachsenen Mann. Es war Tenacious. Er hatte lange, silberne Dreadlocks und trug eine Brille auf seinem Kopf, die der ihres Vaters ähnelte. Sie lächelten fröhlich und schienen Spaß zu haben. In wenigen Jahren würde Diego nur ein weiteres Foto dieser Art dort hängen haben. Dieses würde Diego, sie und ihren Dad zeigen. Es war nicht so, dass es an Gelegenheiten für solche Fotos mangelte, er war nur schlicht nicht der Drache für diese Art von Kitsch. Aber genau deshalb berührte Luna die Bedeutung dahinter umso mehr.

Jonathan legte seine Jacke auf einem der Stühle in der Nische ab. »Hast du mir nicht vorhin noch erzählt, Drachen schliefen in Nestern?«

»Grmpf! Und wer sagt dir, wie so was auszusehen hat? Aber wenn du willst, wirf ruhig mal einen Blick darauf.«

Übermüdet rieb Jonathan sich die Augen, während er das riesige, aus massivem Gold bestehende Bett des Grün-schwarzgeschuppten betrachtete. »Aber sonst geht's dir gut, ja?«

»Haha. Mit Gold im Nacken schläft es sich als Drache nun mal am besten. Na dann, Diego zieht sich für heute zurück. Macht es euch irgendwo gemütlich und fühlt euch wie daheim.« Dann zuckte er kurz auf. »Ach, und was dich angeht, fass hier bloß nichts an!«

Luna hob verständnislos ihre Hände in die Höhe, sagte jedoch nichts dazu.

Verantwortungen

Jonathan wusste nicht, ob es der langsam einsetzende Kater, der Durst oder das sägende Schnarchen Diegos war, das ihn geweckt hatte. Ohnehin hatte er zuletzt einen eher unruhigen Schlaf gehabt. Er raffte sich auf, tastete sich im Dunklen zur Küchenzeile und befüllte Diegos Karaffe mit Wasser. Dann trat er auf den Balkon, um etwas frische Luft zu schnappen.

Jonathan beugte sich über das Geländer und beobachtete, wie sich müde Gestalten und jene, die bereits früh auf den Beinen waren, begegneten. Eine schwarze Katze mit einem überfüllten Wanderrucksack tapste durch die Straße und verlor klimpernd einen Kupferbecher. Ring besetzte Pfoten bückten sich danach und warfen es mit einem Schwung wieder an seinen Platz in den Rucksack zurück. Von den Wächtern gab es keine Spur und auch sonst schien sich in diesem Viertel niemand für das zu interessieren, was im Zentrum passierte. Frühtau blitzte sanft in den Fängen eines Spinnennetzes auf, der Morgen graute allmählich über den Dächern der Stadt und die aufgehende Sonne – ein blauer Riese – hatte wahrlich einen wunderschönen Blauton.

Jonathan ließ die kräftigen Schultern erschöpft hängen und fuhr sich mit der Hand durchs Gesicht. Es wäre ihm unangenehm, das zuzugeben, doch er war mit all den Geschehnissen der letzten Tage überfordert. Weltentore, wahnsinnige Könige, Drachen, Meerjungfrauen und so vieles mehr. Hin und wieder zwickte er sich heimlich, in der Erwartung aufzuwachen. Doch es geschah nicht. Er wusste nicht, ob er dies alles wirklich wollte. Heimweh und Zweifel daran, das Richtige zu tun, plagten ihn.

Was, wenn ich nie wieder heimkehre? Was, wenn ich Familie und Freunde nie wieder sehe? Ist es das wert? Luna deutet schon seit Tagen immer wieder an, dass es mir vorherbestimmt ist, hier Großes zu vollbringen. Jonathan nahm einen Schluck aus der Karaffe und seufzte. Was, wenn sie sich irrt? Vielleicht bin ich deshalb in ihrer Gegenwart weggelaufen. Weil es mir eines Tages zu viel wurde. Möglicherweise bin ich gar nicht dazu bestimmt, dieses Leben zu führen, sondern Luna. Und vielleicht war sie dazu bestimmt, Großes zu vollbringen. Er hatte die vergangenen Tage keine Antwort auf seine Fragen und Befürchtungen gefunden und egal, wie sehr er es versuchte, er würde sicher auch jetzt keine finden. Er wusste nur eines: Er war nicht stark genug, um lange in dieser Welt zu überleben. Jonathan legte den Kopf schräg und betrachtete die Schnittwunde auf seinem linken Daumen. Aber vielleicht würde sich das bald ändern?, dachte er, und betrauerte, Diego belogen zu haben. Du kennst keinen Menschen, der Magie anwenden konnte, ohne nicht mindestens einen Tropfen Drachenblut in sich zu tragen. Das waren deine Worte, mein Freund. Tut mir wirklich leid Diego, aber ich muss stärker werden, wenn ich hierbleiben will.

»Kannst du auch nicht schlafen?«

Vor Schreck ließ Jonathan beinahe die Karaffe fallen.

Hinter ihm saß Luna in eine Fleece-Decke eingehüllt auf Diegos Sitzsack. Offenbar war sie schon eine ganze Weile hier draußen und lauschte dem Treiben der Stadt.

Jonathan lächelte traurig. »Nicht wirklich und du? Hältst du Wache wegen den Friedenswächtern oder machst du dir Sorgen wegen dem, was dieser Gilligan dir mitgeteilt hat?«

Luna knautschte die Decke und zögerte kurz. »Beides.« Dann erzählte sie ihrem Dad mit einem flauen Gefühl im Magen detailliert, was Gilligan ihr über die Quelle, die Entstehung des Multiversums und Zeitreisen offenbart hatte.

Jonathan stand kurze Zeit später mit dem Rücken am Geländer und schwenkte die Karaffe locker in seiner Hand umher. Sein Gesicht zeichnete ein Gemisch aus Faszination und tiefen Sorgenfalten. »Wow! Das sich ausdehnende Universum biegt sich also unter seiner eigenen Masse, bis es eine vollständige Ellipse bildet. Anfang und Ende treffen aufeinander, lösen ein Raum-Zeit-Paradoxon aus das alles auf einen Schlag vernichtet und die dabei freigesetzte Energie erzeugt einen erneuten Urknall und somit ein neues Universum.« Jonathan brachte einen tiefen Atemzug hinter sich und fuhr sich mit müden Augen durchs Haar. »Wie hast du das nur überlebt?«

Luna zog die Decke, in die sie sich eingekuschelt hatte, ein Stück nach und runzelte die Stirn. »Keine Ahnung.«

»Und du sollst jetzt einfach ausharren und das Leben genießen? Das ist doch Bullshit. Wie stellt Gilligan sich das vor? Sollst du dich jetzt in eine entlegene Welt zurückziehen und warten, bis fünfundzwanzig Jahre vergangen sind? Da kannst du genauso gut hierbleiben. Nein. Es muss eine andere Lösung dafür geben.«

Sie streckte die Hand nach der Karaffe aus und Jonathan gab sie ihr. »Gilligan spricht zwar oft in Rätseln, irrt sich aber leider nie. Wenn er sagt, dass man da nichts machen kann ...«

»Heißt das nur, dass er nicht weiß, wie«, unterbrach er seine Tochter. »Zumindest hört sich das für mich so an. Wenn der Ursprung von allem, was existiert, aus einer einzigen Quelle kommt, gibt es auch die Übergänge bereits so lange, nicht wahr?«

Luna nahm einen großen Schluck und reichte ihrem Dad die Karaffe zurück. »Ergäbe vermutlich Sinn, wieso?«

»Wie alt ist Gilligan?«

Lunas Augen wurden groß und ein Funken Hoffnung glomm in ihnen auf, als sie verstand, worauf er hinauswollte. Gilligan wurde zwar der erste Wanderer genannt, doch er war sicherlich nicht so alt wie die Quelle selbst.

Jonathan leerte die Karaffe bis auf den letzten Schluck, dann fuhr er mit seiner Idee fort. »Wir müssen nur etwas finden, dass älter ist als Gilligan und hoffen, dass uns das irgendwie weiterbringt. Du hast da nicht zufällig eine Idee, oder?«

Luna runzelte die Stirn. »Ich nicht, aber Diego vielleicht. Mit seinen fünfhundert-einundsiebzig Jahren sollte er doch wissen, ob es etwas Älteres, als dieses Urgestein gibt.«

Jonathans Augen weiteten sich überrascht. »O Gott, der ist echt so alt? Na, dann lassen wir den Opa mal besser weiterschlafen.«

»Opa? Drachen hängen bis zu ihrem hundertsten Lebensjahr am Rockzipfel ihrer Eltern! Trotzdem würde ich ihn pennen lassen, sonst hat er schlechte Laune und das willst du sicher nicht.«

Am späten Vormittag betrat Jonathan das große Bad mit seiner riesigen, aus Milchglas bestehenden Fensterfront. Auch wenn die nackten Fliesen den Raum etwas kahl wirken ließen, hatte dieser Drache unbestreitbar Stil. Schon allein wegen des Whirlpools in seinem Badezimmer.

Nachdem er sich etwas frisch gemacht hatte, betrachtete Jonathan sich im Spiegel. Er strich sich übers Kinn und überlegte, ob er den kleinen Bart stehen lassen sollte. Dann schüttelte er schmunzelnd den Kopf und rasierte sich. Anschließend zog er sich sein Shirt an und bemerkte, dass es mehr als üblich über Schultern und Arme spannte. Skeptisch begutachtete er seinen Bizeps. Das kaum merkliche Schimmern seiner stahlblauen Augen fiel ihm hingegen gar nicht auf. Plötzlich knurrte sein Magen hörbar auf. Zum Glück flutete der Duft von Ei und gebratenem Speck schon seit einigen Minuten die Wohnung.

Diego stand in der Küche und bereitete Omelettes für alle zu. Jonathan musste zugeben, ein wenig neidisch auf seine Kochkünste zu sein. Er selbst war gerade mal in der Lage, Reis in der richtigen Menge zu kochen. Darauf war er sehr stolz. Er trat aus dem Bad und begab sich zu Luna und Diego in die Küche. Die beiden unterhielten sich bereits über Jonathans Idee. Er setzte sich an den Tisch und begutachtete das Omelett auf seinem Teller. »Sorry, aber sind das die T-Rex-Eier?«

Diego nickte nur stumm. »Um auf eure Frage zurückzukommen. Da fallen Diego spontan nur die Sternentore von Sakwala Chakraya ein.«

Jonathan schob sich ein Stück des Omelettes in den Mund und dachte einen Moment lang nach. Irgendetwas klingelte da bei ihm. »Ich glaube, ich bin über die Sternentore mal während meiner Recherche zu Parallelerden gestolpert. Eine alte Felswand mit unbekannten Symbolen, wenn ich mich nicht irre. Kein Wissenschaftler meiner Erde kann sich bis heute einen Reim auf die Symbole oder deren Bedeutung machen.«

Diego nickte. »So ist es. Es gibt sie in unzähligen Welten. Die meisten sind aber sehr schlecht erhalten. Ein altes Relikt eben. Manche glauben, die Tore stammen aus einer Zeit vor den heutigen Wanderern. Das Problem ist: Die Symbole auf dem Tor kann niemand lesen. Einige Abbildungen scheinen jedoch von Wesen zu sprechen, die von den Sternen kamen.«

Jonathan kratzte sich mit der Gabel am Kopf. »Also alte Weltenwanderer? Das ist doch schon mal ein Anhaltspunkt. Soweit ich weiß, ist das Sternentor auf meiner Erde sogar sehr gut erhalten.«

»Vergiss es«, knurrte Luna dazwischen.

»Hast du 'ne Ahnung, wie weit deine Erde auf regulärem Wege von hier weg ist? Gute dreizehn Sprünge. Wir wären wochenlang unterwegs. Wenn am Ende nichts dabei rauskommt, haben wir nur unnötig viel Zeit verschwendet.« Sie senkte den Kopf und feilte weiter konzentriert ihre Nägel.

Jonathan klopfte ihr mit dem Gabelrücken auf die Finger. »Dreizehn Sprünge? Wow, das ist viel.« Er trommelte unruhig mit der Gabel in seiner Hand herum und betrachte seine Tochter mit einem selbstbewussten Grinsen. »Warum machst du die Nägel überhaupt wieder rund? Ist das nicht total unpraktisch? Ich mein´ ja nur.« Jonathan zögerte kurz und rieb sich über die Nase. »Wärst du im Kampf nicht deutlich effizienter, wenn du sie natürlich wachsen lassen würdest?«

Sie starrte ihn über ihre Augenbrauen hinweg an. »Ich sehe auch ohne Raubtierkrallen schon seltsam genug aus!«, schnaubte sie und fuhr mit ihrer Maniküre fort.

Diego durchforstete sein Na-Vi. »Es gäbe da noch einen Ort, an dem so ein Tor nahezu perfekt erhalten ist. Nur zwei Sprünge entfernt. Allerdings gibt es dabei ein Problem.«

»Was es auch ist, mein Dad und ich werden damit schon irgendwie fertig.« Luna zwinkerte ihrem Dad zu.

»Sag das nicht so leichtfertig. Es gibt Gründe, warum es so gut erhalten ist. Wegen der zwei Schwestern kommt nämlich niemand an das Sternentor heran.«

Luna horchte auf. »Was für Schwestern?«

Diego wedelte abwertend mit der Pranke. »Sie sind wohl die Wächterinnen des Tores oder so. Genau bekommt Diego das nicht mehr zusammen. Wird aber vermutlich halb so wild sein. Trotzdem kommt Diego besser mit euch. Sicher ist sicher.«

»Danke, aber du hast wirklich schon genug für uns getan, das können wir unmöglich auch noch von dir erwarten«, meinte Jonathan und gönnte sich noch ein Stück T-Rex-Omelette.

Diego legte seine Pranken aneinander und deutete eine Verbeugung an. »Kein Problem. Diego besteht darauf, euch noch eine Weile behilflich zu sein.«

Jonathan lächelte berührt. »Wow! Das ist wirklich verdammt nett von dir.«

Luna schlug ihrem Dad mit dem Handrücken auf die Schulter. »Sei nicht immer so verdammt naiv! Diego hat einfach nur keinen Bock, Naioles oder den Friedenswächtern über den Weg zu laufen.«

Jonathan zuckte auf. »Was? Echt?«

Diego räusperte sich verlegen. »Wir müssen nur noch kurz Nathaniel einen Besuch abstatten, bevor es losgehen kann«, brummte er und brachte sein Geschirr in die Spüle.

Luna sackte voller Unlust zusammen. »Warum? Reicht es nicht, dass wir gestern da waren? Außerdem ist das voll dicht an der Bar dran.«

»Spielt keine Rolle.«

Diego spülte das Geschirr und Jonathan unterstützte ihn, in dem er den Tisch abräumte. Im Vorbeigehen schnalzte er: »Du willst dein Na-Vi also nicht wiederhaben?«

Luna sank noch tiefer in den Stuhl und pustete ihre weiße Strähne weg. »Hoffentlich riecht er heute besser.«

Tenacious Erbe

Das vertraute Bimmeln der Glöckchen ertönte, als sie gegen Nachmittag Nathaniels Laden betraten. Um Unannehmlichkeiten aus dem Weg zu gehen, hatten die drei auf dem Weg einen Bogen um die Überreste der Bar gemacht. Diego sympathisierte aus diesem Grund auch mit der Idee, schnellstmöglich wieder auf Reisen zu gehen. So würde Zeit ins Land gehen und die erhitzten Gemüter könnten sich beruhigen.

Auf ihrem Weg zu Nathaniel hatten sie einen kleinen, außerplanmäßigen Stopp bei *Stacy's Ultimate Gears* gemacht, einem Trödelladen mit einer riesigen Auswahl. Es war Lunas Idee gewesen, dort reinzuschnuppern. Während sich Jonathan und Diego mit nützlicher Ausrüstung eindeckten, hatte sie nur Augen für das Paar Stiefel in ihrem Schaufenster. Sie waren ihren alten Dr. Martens mit der hohen Sohle sehr ähnlich, ja, sie würde sogar behaupten, dass diese noch besser wären. Diego wurde indes das Gefühl nicht los, dass die Stiefel der einzige Grund waren, warum Luna überhaupt vorgeschlagen hatte, Stacy aufzusuchen.

Da er Stacys Gesellschaft allerdings mochte und sie ohnehin unverhältnismäßig oft besuchte, hatte er nichts dagegen gehabt.

Nathaniel hingegen machte wie immer einen zerstreuten Eindruck. »Schuppe, wie ich gehört habe, hast du es gestern krachen lassen«, krächzte er, während er hinter seiner Theke an einem seiner Geräte herumschraubte.

Diego fasste sich verlegen dreinschauend in den Nacken. »War nicht Diegos Schuld. Hast du schon was für uns?«

Nathaniel richtete sich ruckartig auf. »Bitte? Ihr habt mir das Na-Vi erst gestern gebracht. Wie kommst du darauf, dass ich schon jetzt damit fertig bin?«

Diego beugte sich verschmitzt lächelnd vor. »Weil du sonst wohl kaum ein Auge zubekommen hättest. Und mit Verlaub, du schaust ziemlich ausgeschlafen aus.«

»Ist ja schon gut. Ja, ich weiß, was kaputt war.« Nathaniels Augen fuhren an dem jungen Rotschopf auf und ab. Dann hob er das Lupen-ähnliche Gebilde, an dem er gerade noch geschraubt hatte, hoch und richtete es auf sie.

»Was wird das, Stinktier?«, fragte Luna misstrauisch.

»Hmm, tatsächlich siebzehn. Wie ungewöhnlich.«

»Hallo?«

»Biometrischer Scan«, antwortete der alte Kauz beiläufig, als sei es das Normalste auf der Welt, Lunas Biometrik zu durchleuchten.

Sie schaute finster. »What the fuck? Wozu?«

»Irrelevant. Oder doch nicht?« Zerstreut drehte Nathaniel an einigen Knöpfen, während sein Blick immer wieder zwischen diversen Bildschirmen hin und her schwankte. Dann pulte er etwas aus einer mit vielen Drähten und blinkenden Lichtern versehenen, stählernen Box. »Bitte sehr. So gut wie neu. Alle Daten sind noch vorhanden und weil es Schuppe war, der mich darum gebeten hat, habe ich mir keine der Dateien angesehen. Trotzdem würde mich interessieren, wie du es geschafft hast, die Skala für die Betriebsstunden des Geräts zu sprengen?«

Luna zuckte nur ahnungslos mit ihren Schultern und nahm ihr Na-Vi in ihre Hand. »Prima, alles geht wieder und die Daten sind auch noch drauf«, stellte sie beruhigt fest.

Diego verbeugte sich mit einer gebetsähnlichen Geste vor Nathaniel. »Hab vielen Dank. Hat das andere auch geklappt?«

»Selbstverständlich. Damit sind wir quitt, richtig?«

Diego nickte dankbar. Nathaniel war ihm einige Gefallen schuldig und er hatte ihm versprochen, diese als beglichen zu betrachten, wenn er für sich behielt, was er gefunden hatte.

Nathaniel funkelte Jonathan missgünstig an. »Na, dann herzlich willkommen beim Netzwerk!«

Jonathan schaute irritiert zu ihm auf, als Nathaniel ihm ein Na-Vi über die Theke reichte.

»Was? Erwartest du eine feierliche Zeremonie? Irgendeinen besonderen Aufnahmeritus? Oder eine ordentliche Bewerbungsphase? Jetzt nimm das Ding schon! Ich habe heute noch Wichtigeres zu tun«, krächzte er und wedelte damit umher, als sei es lästig auf ihn zu warten.

Jonathan streckte zögerlich seine Hand nach dem schwarzen Gerät aus. Erneut stellte er sich die Frage, ob er das alles wirklich wollte. Etwas in ihm sagte: Nimm es, und es gibt kein Zurück mehr. Aber war das nicht ein irrationaler Gedanke? Hatte er überhaupt ein Recht auf diese Art von Zweifel? Das Schicksal hatte doch längst entschieden, dass er ein Teil des Netzwerks werden sollte. Sonst würde es wohl kaum seine Tochter geben.

Zittrig griffen seine schweißbenetzten Hände nach dem Gerät. Ein sonderbares Gefühl der Sicherheit überkam ihn und wischte auch die letzten Zweifel fort. Sein eigenes Na-Vi. Das Gehäuse wies zwar leichte Gebrauchsspuren auf, doch darüber wollte er sich nun wirklich nicht beschweren. Diego hatte offenbar extra für ihn an einigen Fäden gezogen und Undankbarkeit war da unangebracht. Er war jetzt offiziell ein Mitglied des Netzwerks.

Nathaniel schlurfte wieder zu seinen Projekten hinüber. »Schuppe erklärt dir später alles, was du zum Na-Vi und dem Netzwerk wissen musst. Und für den Fall, dass du etwas nicht verstehst, gibt es eine komplette Tutorial-Sektion im Untermenü Hilfe. Ich vermute zwar stark, dass du kaum etwas davon verstehen wirst, aber gesagt haben musste man es ja.«

Die drei wollten gerade gehen, da stoppte Nathaniel sie noch einmal. »Ach, Schuppe, auch wenn ich dir zugesagt habe, mir keine der Daten auf dem Gerät der kleinen Rotzgöre anzusehen, ein Versprechen, das ich übrigens gehalten habe, wollte ich nur noch einmal betonen, dass ich keinesfalls blind oder gar blöde bin.«

Diego schaute nur fragend über seine Schulter hinweg zu dem alten Zausel.

»Wir wissen beide, dass dieses Na-Vi keines meiner Fabrikate ist. Zumindest noch nicht«, zwinkerte Nathaniel neckisch.

Dampf schoss aus den Nüstern des Drachen, als er durch die Tür nach draußen schritt. Er hasste es, dem alten Exzentriker etwas schuldig zu sein.

Die zwei Schwestern

B-73.09.A.49-005:

Luna, Diego und Jonathan standen nach einem kurzen Aufenthalt bei Garbs Verwandten, in der Welt Mor-uk und ihrem prächtigen Schneepalast, im Herzen eines dichtbewachsenen Regenwaldes. Vor ihnen lag eine von Schlingpflanzen überwucherte Höhle. Der Eingang war nicht viel größer als Diego und muffte in dieser schwülen Hitze sonderbar nach altem Keller. Jonathan stütze seine Hände auf den Knien ab und versuchte, von draußen etwas zu erkennen. »Keine Chance. Ist alles stockdunkel.«

Diego betrachtete grübelnd die Karte der Höhle auf seinem Na-Vi. »Ein richtiger Irrgarten da drinnen. Wir sollten eng zusammenbleiben.«

Luna schauderte und auch Diego war etwas mulmig zumute. Wo immer diese Schwestern sein sollten, hier waren sie nicht.

»Witterst du irgendwas Außergewöhnliches?«, fragte Diego.

Luna saß neben ihrem Dad in der Hocke und richtete ihre feine Nase ins Höhleninnere. »Du meinst etwas anderes als den Muff aus dem Höhleninneren? Nur Schlangen, aber ich denke, das zählt nicht. Gibt hier ziemlich viele von denen.«

Der Drache verteilte aus seinem Nano-Beutel heraus eine Handvoll Knicklichter an die beiden. »Sieht Diego auch so. Schlangen sind für einen Regenwald auch nicht unüblich.«

»Ich habe einen Affen mit weißem Fell und einem senkrechten Maul gesehen. Das verlief über die ganze Länge seines Kopfes. Er hatte eine Kokosnuss darin transportiert, hilft das?«, kommentierte Jonathan die Situation. Ihm war ebenso mulmig bei der ganzen Sache, wie den beiden anderen. Doch kneifen ging nicht. Seine Tochter brauchte Hilfe und er war fest entschlossen, sie unter keinen Umständen im Stich zu lassen. Nicht einmal das Gefühl, auch nur darüber nachzudenken, wollte er ihr geben.

»Hässliche Viecher und nein«, zeterte Luna und betrachtete konzentriert den Eingang zur Höhle. Soweit sie es mit ihren scharfen Augen erkennen konnte, bestanden die ersten paar Meter aus glatt gearbeitetem Felsen und einigen Treppen. »Also nicht Haustier-tauglich?«, ergänzte Jonathan.

»Nein!«

»Na, dann. Lasst uns mal schauen, was wir dort drinnen finden.« Jonathan hielt ein paar der Ranken zur Seite und betrat als Erster die Finsternis vor ihnen.

»Schon klar, die Blindschleiche muss natürlich vorangehen.« Luna folgte ihrem Dad und Diego wiederum ihr.

Jeder ihrer Schritte hallte von den Wänden wieder, während sie sich mit einem Knicklicht aus Diegos Nano-Beutel in der Hand vorsichtig durch die glitschigen Gänge der Höhle tasteten. Dann stoppte Jonathan nach einigen hundert Metern. »Hier sind viele Abzweigungen. Welchen Weg nehmen wir?«

»Jedenfalls nicht die kleinen Runden dort. Da bekommt man ja Platzangst.« Diego checkte sein Na-Vi und zeigte dann auf den dritten Tunnel von rechts.

Es sollte nicht das letzte Mal sein, dass sie stoppten, um sich zu orientieren. Mal ging es runter, dann wieder rauf, nach links und ein anderes Mal wieder nach rechts. Die Gänge wurden, je weiter sie voranschritten, immer schmaler und Diego fühlte sich zunehmend unwohler. Ein Himmelsdrache hatte so tief unter Tage nichts zu suchen. Auch die Luft wurde mit steigender Tendenz muffiger. Irgendwann waren es nur noch die Stellen, an denen es viele Abzweigungen gab, die genug Platz boten, etwas durchzuatmen.

Luna spürte immer wieder fremden Atem in ihrem Nacken. Sicherlich Diego, der mit den engen Gängen nicht klarkam. Irgendwann reichte es ihr und sie zuckte bei jedem weiteren Atemzug grimmig mit den Mundwinkeln. »Schon gut! Wir haben verstanden, dass du dich unter der Erde nicht wohlfühlst. Kein Grund, zu hyperventilieren. Und wenn du das machst, dann doch bitte nicht in meinen Nacken«, knurrte Luna.

Die regenbogenfarbenen Augen des Drachen schimmerten seicht in der Dunkelheit. »Diego tut nichts dergleichen.«

Luna erstarrte augenblicklich. Wenn er neben ihr stand, wer blies ihr dann in den Nacken? Jetzt bloß keine Panik. Bloß keine Panik! Langsam drehte sie sich um und schaute direkt in ein riesiges Maul, in dem sie locker dreimal hätte Platz nehmen können.

Spielerisch tastete die gespaltene, rot-schwarze Riesenzunge sie ab, während gelbe Augen in der Dunkelheit aufleuchteten.

»SCHLANGE!!!!«, schrie Luna panisch auf.

Diego und Jonathan rissen sie zurück und rannten los. Immer tiefer verschlug es sie in die endlosen Gänge des Höhlensystems. Jedes Mal, wenn sie dachten, dass sie das Vieh an der nächsten Kreuzung abgehängt hatten, tauchte es aus einem anderen Gang auf. So zwang die Schlange ihre Beute durch geschicktes Abschneiden der Wege immer weiter hinab. Jonathan schlug an der nächsten Abzweigung plötzlichen einen Haken nach links und zog seine Tochter mit sich. Bei dem Versuch mitzuhalten, rutschte Diego auf dem feuchten Untergrund aus und glitt wie ein hilfloses Kind in einen anderen Tunnel hinab.

»Diiiieeegooo!!«, schrie Luna und streckte eine Hand nach ihm aus.

»Der kommt schon klar! Wir müssen weiter!«, brüllte Jonathan und riss sie mit sich.

Zwei Abzweigungen später stieß Diego unter tosendem Gepolter wieder zu den beiden.

Die Schlange spielte offenbar mit ihnen und trieb sie dorthin, wo sie ihre Beute haben wollte. Zweimal spielten die drei noch Tunnelroulette mit ihr, dann war Endstation.

Keuchend und fluchend standen Jonathan, Luna und Diego inmitten eines riesigen Hohlraums, irgendwo tief im Inneren der Höhle. Nur ein Weg führte von dort wieder hinaus. Und dort wartete die Schlange auf sie. Sie saßen in der Falle.

Jonathan vernahm bei jedem Schritt ein dumpfes Knacken unter seinen Stiefeln. Er richtete sein Knicklicht nach unten. Ein kurzer Blick reichte, um seine Vorahnung in Gewissheit zu wandeln: Knochen. Unzählige Knochen. Der ganze Boden war davon bedeckt. Er hielt das Knicklicht nach oben und leuchtete jeden Bereich aus, den er finden konnte. Nichts als massive Felswände und Knochen.

»Was für ein Riesenvieh von einer Schlange. Wir müssen wohl oder übel kämpfen«, keuchte er entschlossen und ließ ein weiteres grün-schimmerndes Knicklicht aufleuchten, bevor er dieses zu Boden warf.

Völlig außer Atem dachte Luna darüber nach, ihren Dad für diese Aussage zu ohrfeigen. »Was stimmt mit dir eigentlich nicht? Wieso sind es immer die fetten Viecher, mit denen du dich anlegen willst?!«, fauchte sie verständnislos. Ihre Hände zitterten. Sie konzentrierte sich, um wieder ruhiger zu werden.

Diego schnaubte ununterbrochen Dampf in die grün erleuchtete Dunkelheit. »Basilisk. Keine Schlange. Jetzt fällt es Diego auch wieder ein. Die Wächterinnen sind zwei riesige Basilisken. Eine pechschwarz, die andere schneeweiß.«

Luna boxte ihn auf die Brust. »Dein fucking Ernst?! Und das fällt dir erst jetzt ein?!«, knurrte Luna wütend.

Jonathan horchte auf. »Echt?! Erstarrt man nicht zu Stein, wenn man denen in die Augen sieht?«

»Höchstens vor Schreck. Der Rest ist ein Ammenmärchen«, kommentierte Diego und griff in den Nano-Beutel nach seinem Speer. »Na, wo bleibt sie denn? Hat wohl doch Schiss bekommen«, scherzte er.

Luna beugte die Knie. »Keine Sorge, die hat Zeit. Ist ja nicht so, als ob wir jetzt noch irgendwo hinkönnten.« Im nächsten Moment wetzte sie ihre Krallen. Es störte sie, dass das Adrenalin ihre Hände etwas zittrig machte.

»Hey Diego, vielleicht kannst du sie genauso abfackeln wie die eiserne Garde?«, schlug Jonathan vor.

»NEIN! Mach das nicht!«, keifte Luna. »Ihr hirnverbrannten Idioten! Hier herrscht eh schon dünne Luft. Was glaubt ihr, wie viel davon noch übrig ist, wenn Diego hier ein Feuerwerk veranstaltet?«

»Verdammt, Luna hat recht«, stellte Jonathan fest. Sein Verstand raste. Ein Gedanke jagte den nächsten. Eine Lösung. Er musste eine Lösung finden. Eine, die nicht ihr kollektives Ableben zur Folge hatte. Begleitet vom seichten Aufflackern eines blauen Schimmers in Johnathans Augen, schielte er plötzlich instinktiv zu Lunas Gürtel sowie den daran befestigten Dolch der Prinzessin und verharrte.

Ein Grollen bahnte sich seinen Weg zwischen den Wänden zu ihnen. Stechend gelbe Augen waren kurz darauf das Erste, was sie in der Dunkelheit des Tunnels sahen. Der Kopf des Basilisken glitt bedrohlich langsam in die Höhle hinein und über das Knicklicht hinweg. Dann herrschte vollkommene, vor Anspannung platzende Dunkelheit in der Höhle.

Doch mit einem Mal erfüllte ein fürchterliches, ohrenbetäubendes Kreischen die Höhle. Der Körper der Schlange wand sich wie ein wildes Tier in der Falle. Luna sprang, rollte und hechtete in alle möglichen Richtungen, während das grüne Licht durch den zappelnden Körper weiter verdunkelt wurde. Die Schlange tobte. Sie schlug immer wieder mit einer unbändigen Wucht gegen die Wände. Ganze Gesteinsbrocken platzten durch ihre Raserei aus den Wänden und der Decke. Dann folgte ein letzter, dumpfer Aufprall, als der Körper der Schlange erschlaffte und es wurde still.

Leicht außer Atem richtete sich Luna langsam wieder auf. »Alles okay bei euch? Dad? Diego?«

Kleine Steine rieselten aus der Dunkelheit der Decke hinunter. Diego erhob sich aus dem Loch in der Mauer und klopfte sich den Dreck von seinem roten Kimono. »Grmpf! Wie lästig. Alles okay. Diego geht es gut«, röchelte er und hustete. »Was ist denn gerade passiert?«

»Keine Ahnung, ich dachte, das könntest du mir erklären. Hast du meinen Dad gesehen?«

»Hier!«, keuchte Jonathan.

»O Gott sei Dank, du lebst. Wo bist du?« Luna sah sich suchend um. Feiner Staub schwebte durch die Raserei des Monsters in der Luft, sodass sie Schwierigkeiten hatte, etwas zu erkennen.

Als sie ihn schließlich entdeckte, fiel ihr alles aus dem Gesicht. »Ich fass es nicht! Du hast echt 'ne Macke, weißt du das eigentlich?!«

Jonathan lag festgeklammert auf dem Kopf des Basilisken. Mit nichts Geringerem als Lunas Dolch in der Hand, der im linken Auge des Monsters steckte.

»Ich hatte nur unverschämtes Glück. Das ist alles«, meinte er grinsend. Dass er am ganzen Leib zitterte, ruinierte das Bild des mutigen Helden ein klein wenig, aber das störte ihn nicht.

Jonathan rutschte langsam von dem Kopf hinab. Als er festen Boden unter den Füßen hatte, tastete er sich erst einmal ordentlich ab. Alles dran und heil, soweit er dies beurteilen konnte. Doch wie war das möglich? Er legte skeptisch den Kopf schräg und betrachte die Risse und abgeplatzten Felsen in der Höhle. Die Schlange hatte ihren Kopf sicherlich einige Male mit voller Wucht gegen die Höhlenwände geschmettert, um Jonathan irgendwie loszuwerden. Und doch stand er jetzt hier, etwas zittrig auf den Beinen, jedoch weitestgehend unverletzt. Seine Aufmerksamkeit richtete sich auf Diego. Hat Drachenblut eine solche Wirkung auf Menschen?

Diego rümpfte seine Nüstern. »Irgendwas riecht hier komisch«, stellte er fest.

Der Bauch des Tieres war aufgequollen und hatte bereits begonnen, sich direkt vor ihren Augen zu zersetzen. Ebenso wie der Rest der Kreatur. Es dauerte nicht lange und die drei standen knöcheltief in einem widerlich stinkenden Brei aus Überresten.

Luna verzog angewidert ihr Gesicht und würgte. »Können wir bitte verschwinden?«

»Nicht so voreilig. Es sind Schwestern. Das heißt, hier wird irgendwo noch eine lauern«, warnte Jonathan und umklammerte Lunas Dolch wieder fester.

»Diego denkt nicht, dass wir uns darüber Gedanken machen müssen.« Der Drache hielt ein weiteres Knicklicht hoch und offenbarte den verrottenden Kadaver eines zweiten Ungetüms. Die Überreste ließen keinen Zweifel zu, die schneeweißen Schuppen waren gut zu erkennen. »Liegt hier offenbar schon länger.«

»Was glaubst du, hat sie umgebracht?«, fragte Jonathan stirnrunzelnd.

Diego zuckte mit den Achseln. »Keine Ahnung. Vielleicht Altersschwäche.«

»Drauf geschissen«, motzte Luna dazwischen. Sie beugte sich zum Maul des schneeweißen Ungetüms und hob mithilfe von Diegos Speer den Oberkiefer an. Das untere Ende des Stabes klemmte sie am Boden ein, dann trat sie immer wieder mit aller Wucht gegen einen der Eckzähne.

»So wird das nichts«, brummte der Große.

»Hast du 'ne bessere Idee?«

Diego holte eine kleine Säge aus seinem Beutel und gab sie ihr.

»Ist der feine Herr jetzt auch noch Handwerker, ja?«

»Grmpf. Willst du nun dein Souvenir oder nicht?«

Jonathan deutete mit dem Dolch auf Luna, »Hey! Wieso bekommst du die Credits für den Kill? Immerhin habe ich mein Leben riskiert und das Vieh kalt gemacht.«

»Mit meinem Dolch! Hab zwar keine Ahnung, wie du's geschafft hast, mir den zu mopsen, ändert aber nichts daran, dass es meiner ist«, presste sie zähneknirschend hervor und sägte unermüdlich an dem Zahn.

Diego räusperte sich verlegen.

Luna fuhr zu ihm herum und hielt ihm drohend die Säge unter die Nase. »Hast du ein Problem? Nein? Gut. Hey, Freakshow! Wie hast du das Vieh allein mit dem Dolch fertig gemacht?«, blaffte sie an ihren Dad gerichtet.

Er trat zu ihr, drehte den Knauf des Dolches auf seiner Handfläche und reichte ihn ihr. »Schau dir mal die Klinge genau an. Dann kapierst du es schon.«

Luna ergriff den Dolch und inspizierte ihn von allen Seiten, dann sah sie es und erstarrte vor Schreck. »Jetzt scheiß doch die Wand an! Diego, schau mal!« Sie hielt ihm ihren Dolch hin.

Der unverwüstliche Drache schluckte schwer, als auch er begriff, wie viel Glück er vor einiger Zeit gehabt hatte. Ähnlich wie beim Armreif wies die wellige Klinge des Dolches eine winzige nadelähnliche Kanüle auf. Diego betrachtete die drei roten Rubine am Griff und ärgerte sich, dass es ihm nicht schon in Calais aufgefallen war. Zweifelsfrei enthielten sie ebenfalls das Gift der Geißelspinne. Über die Kanüle am Dolch gelangte dieses dann in den Körper des erdolchten Opfers. Perfide, wie auch wirkungsvoll.

»Würdest du Penélope hiernach immer noch im Team haben wollen?«, fragte Jonathan.

Luna nahm den Dolch vorsichtig zwischen zwei Fingern wieder an sich und verstaute ihn um einiges behutsamer an ihrem Gürtel, als noch zuvor. »Klar, warum auch nicht. Wer so gerissen ist, den kann man immer gut gebrauchen. Woher wusstest du's?«

»Habe ich nicht. Ich hatte nur eine Vermutung und die stille Hoffnung, dass ich damit richtig liege.«

»Eine Vermutung?« Luna runzelte die Stirn. Es knackte und sie hatte den angesägten Zahn endlich in ihrer Hand. »Reden wir am besten nicht darüber, wie sehr das hätte in die Hose gehen können. Wollen wir dann?«

Jonathan grinste. »Moment noch. Gib mir bitte die Säge.«

STERNENTOR

Die Halle zum Sternentor Sakwala Chakraya war nicht so groß wie das Nest der Basilisken, aber immer noch imposant genug, um bei allen staunende Gesichter zu erzeugen. Im Gegensatz zum Rest der modrigen Höhle bestanden die Steinwände aus glatt gearbeitetem Felsen. Treppenstufen führten hinab zu einer kleinen, flachen Bühne. Die Wand dahinter wirkte mit all ihren filigranen und kreisförmig angeordneten Verzierungen, Linien und Symbolen wie ein wunderschönes, einzigartiges Kunstwerk. In der Mitte befand sich eine kleine, quadratische Ausbuchtung, in der man etwas platzieren konnte. Angenehmerweise verfügte die Halle über eine eigene Lichtquelle. Kleine, rundköpfige Pilze glühten an deren Gemäuer sanft in verschiedenen Farben auf.

Das Stahlblau von Jonathans Augen strahlte förmlich beim Anblick dieses Monuments. »Eine Augenweide!« Jonathan fragte sich, wie viele Wanderer das hier wohl vor ihnen gesehen hatten.

Luna legte den Kopf schief und kräuselte ihre Lippen. Sie konnte kein einziges der Symbole zuordnen, geschweige denn lesen, jedoch kamen sie ihr bekannt vor.

Sie hätte schwören können, sie irgendwo schon einmal gesehen zu haben – wenn sie doch nur wüsste, wo.

Diego ging die Treppe zur Mauer hinab. »Wollen doch mal sehen, ob wir mehr Glück haben, als alle anderen. Stellt euch mal vor, wir entziffern diese Wand, was das bedeuten würde?«

»Ist bestimmt nur 'ne antike Einkaufsliste«, witzelte Luna. »Bin mir ziemlich sicher, jemand hat sich mit der Wand nur 'nen Spaß erlaubt und in Wahrheit bedeuten diese Symbole absolut nichts.«

Jonathan folgte Diego und betrachtete nachdenklich die Wand. »Wenn sie nichts bedeutet, warum ist sie dann in so vielen, verschiedenen Welten zu finden?«

Luna zuckte mit den Achseln. »Man soll doch die eigene Freude mit anderen teilen, oder?«

Nach drei Stunden saß Jonathan gemütlich auf den Stufen der Treppe und schnitzte mit einem Taschenmesser ein kleines Loch in die Wurzel des Basiliskenzahns. Er würde ihn später mit einem Lederband um den Hals tragen, hatte er beschlossen.

Luna und Diego untersuchten in der Zwischenzeit unermüdlich die Symbole an der Wand. Mit ihren Na-Vi kontrollierten sie jeden Zentimeter, um eine Logik hinter all den Zeichen zu finden. Zu ihrem Leidwesen waren dem cleveren Gerät nur wenige der Symbole bekannt. Lediglich einige der Hieroglyphen erkannte das Na-Vi, was sie aber nicht weiterbrachte. Hin und wieder griff Luna nach einem alten, blauen Notizbuch in ihrer Tasche. Sie blätterte wie wild darin herum und verglich ihre Aufzeichnungen mit dem, was auf dieser Wand verewigt war. Zwecklos, nichts schien einen Sinn zu ergeben.

Jonathan hatte sich bereits nach knapp einer Stunde auf die Treppe zurückgezogen. Zum einen war er der Auffassung, dass es manchmal nicht schadete, Dinge etwas distanzierter zu betrachten. Zum anderen wusste er auch keinen Rat und da er nicht unnütz im Weg stehen wollte, schnitzte er lieber. Mittlerweile hatte er das Schnitzen am Zahn beendet, doch Diego und Luna debattierten immer noch. Vor lauter Langeweile rutschte er mit dem Hintern erst in die eine Ecke, dann in eine andere und irgendwann lag er kopfüber zur Tafel. Seine Augen schweiften dabei verträumt über deren Symbole. Schließlich stoppte sein Blick und blieb an einer Stelle haften. Ruckartig setzte sich Jonathan auf, formte mit Zeigefinger und Daumen seiner linken Hand einen kleinen Ring und fokussierte durch diesen, einzelne Symbole an der Wand. »Verdammt ...!«, fluchte er, schnappte sich sein Na-Vi und polterte wenig elegant und mit eingeschlafenem Fuß hinunter zur Tafel.

Luna hob einen Finger Richtung Diego und stoppte die Debatte, als sie diesen Gedanken-durchfluteten Ausdruck im Gesicht ihres Dads registrierte.

»Komm schon, wo ist die Kamera bei diesem Ding? Da ist es ja.« Jonathan brauchte einen Moment, um sie in den Einstellungen zu finden. Offenbar legten Wanderer keinen besonderen Wert aufs Fotografieren. Er schoss ein Bild von dem Wandabschnitt, der ihm ins Auge fiel und spielte anschließend auf dem Display damit herum.

Da war es wieder, dieses Leuchten in seinen Augen, Luna sah es genau. Er musste etwas herausgefunden haben. Sie trat zu ihm, verschränkte die Hände hinter dem Rücken und beugte sich zu ihm vor. »Was tust du da?«

»Würde Diego auch gerne wissen«, kommentierte der Grünschwarz-geschuppte und trat ebenfalls näher an Jonathan heran.

Dieser schaute nicht von dem Display seines Na-Vi auf. Grübelnd neigte er seinen Kopf erst in die eine und dann in die andere Richtung. »Seht ihr gleich.«

Jonathan schoss weitere Bilder an unterschiedlichen Stellen der Mauer und spielte anschließend wieder mit ihnen auf dem Gerät herum.

Luna und Diego schauten sich an und hoben beide schulterzuckend ihre Hände. Sie verstanden nicht, was er da tat. Jonathan lief kreuz und quer an der Mauer entlang. Finger glitten immer wieder über die feinen Linien und Verzierungen zwischen den Symbolen hin und her. Sein Blick wankte dabei wiederholt zu dem leuchtenden Pilzgewächs an der Wand. Als würde er damit irgendwie kommunizieren, murmelte er pausenlos unverständliche Wortfetzen vor sich hin.

»Hallo? Würdest du uns bitte an deiner Erleuchtung teilhaben lassen?«, nörgelte Luna ungeduldig.

Jonathan presste ein Ohr an die symbolbekleidete Wand und schielte zu einem weiteren, gelb leuchtenden Pilz. Er hob blinzelnd den Kopf aus seinen Gedanken. »Häh? Was? Oh, ja – klar. Das ist ein Tor, richtig?«

»Ja. Und weiter?«, brummte Diego dazwischen.

»Und ein Tor ist meistens zu beiden Seiten offen, korrekt?«

Luna reckte den Kopf nach hinten und verzog skeptisch ihre Lippen. »Das Ding wird zwar Sternentor genannt. Es bringt dich aber nirgendwo hin, falls du darauf hinauswillst.«

Jonathan biss sich auf die Unterlippe und entfernte sich mit zwei großen Rückwärtsschritten von der Wand. »Was, wenn doch? Oder zumindest früher mal.«

»Du meinst ...?« Die Kinnlade des Drachen hätte bei dieser Erkenntnis nicht tiefer sinken können.

Jonathan schaute mit hochgezogenen Augenbrauen zu Diegos verdutztem Gesicht auf. »Richtig. Die Symbole sind von der anderen Seite in die Wand gesetzt worden. Sie sind daher einfach nur spiegelverkehrt.«

Der Drache und Luna sahen sich fassungslos an. Sie hatten offenbar den gleichen Gedanken.

Diego stemmte die Pranken in Hüfte, schnaubte Dampf aus seinen Nüstern und ließ seinen Nacken mehrfach dumpf knacken. »Diego wird da wohl mal ein ernstes Wörtchen mit Nathaniel reden müssen. Kann ja nicht sein, dass seine ach so tolle Erfindung nicht mit gespiegelter Schrift klarkommt« brummte er mürrisch.

»Die olle Stinkmorchel!«, fluchte Luna.

Jonathan fummelte in der Zwischenzeit weiter konzentriert an den Bildern auf seinem Na-Vi und begab sich wieder dichter an die Wand. »Ich habe die ersten Teile sogar schon zusammengesetzt. Wäre auf meiner Erde übrigens nicht möglich gewesen, wisst ihr das?« Er streifte wie ein Tiger zwischen Linien und Symbolen hin und her. Dann deutete er auf die bunt schimmernden Pilze in der Höhle. »Die Pilze, sie sind der Schlüssel.«

»Was?«, bohrte Luna nach und zog eine ahnungslose Grimasse.

Jonathan stoppte seine Arbeit und ließ seine Augen nachdenklich nach oben gleiten. »Solche Pilze gibt es in meiner Welt nicht.«

»Ach so, na dann ist ja alles geklärt.«

Der Blick, mit dem er seine Tochter für diesen Spruch strafte, sprach Bände. »Die feinen Linien und Verzierungen reagieren auf die Pilze. Oder viel mehr auf das Leuchten der einzelnen Farben. Jede ist dabei einer anderen Schrift, Geschichte und Autor zuzuordnen. Die Intensität des Glühens zeigt dir, wo die Überlieferung anfängt und wo sie aufhört. Das hier sind zum Beispiel Hieroglyphen und der Text wurde laut Na-Vi von einem gewissen Horus verfasst. Warte –, Horus?«

Diego betrachtete nachdenklich das Tor. »Du weißt, wie und in welcher Reihenfolge man das liest?«

»Ungefähr. Wenn ich meinem Na-Vi glauben darf, ist das da drüben Arabisch. Davon verstehe ich sogar ein paar Brocken. Dem Muster folge ich für die anderen Sprachen.«

Luna legte nun ihren Kopf auf die gleiche Weise an die Wand wie ihr Dad zuvor. Innerhalb der scheinbar wahllosen Linien glitzerten die unterschiedlichsten Farben und gaben dem Chaos aus Symbolen nach und nach eine nachvollziehbare Struktur. »Wow, cool. Da ist aber eine Linie, die schwarz bleibt.« Luna machte einen Seitwärtsschritt von der Wand weg und deutete auf den einzigen Strich, die mit dem leeren, viereckigen Zentrum der Mauer in Verbindung stand.

Jonathan nickte zustimmend. »Ist mir auch schon aufgefallen. Ich habe aber noch nicht raus, was das heißt. Da diese Linie mit keinem spezifischen Symbol im Zusammenhang steht, hoffe ich auf eine Art Zeitachse der Gesamtüberlieferung.«

Diego sackte auf die Knie. »Teufelskerl. Hat einfach mal in wenigen Minuten ein tausende Jahre altes Rätsel gelöst.«

»Ja, das ist mein Dad, wie ich ihn kenne«, grinste der kleine Frechdachs.

Jonathan runzelte irritiert die Stirn und betrachtete Luna und Diego misstrauisch. »Seid mir nicht böse, wenn ich das jetzt frage, aber wieso ist es in all der Zeit niemanden gelungen, das zu entziffern?«

Diego verharrte einen Moment, strich sich grübelnd übers Kinn und legte den Kopf schief. »Grmpf, das ist eine sehr gute Frage. Jetzt, wo Diego weiß, dass die Symbole spiegelverkehrt sind, ist es fast schon etwas peinlich, es nicht erkannt zu haben«, gab er kleinlaut zu.

Jonathans Zeigefinger deutete bestätigend in seine Richtung. »Genau das meine ich. Das ist so wie mit ...«, Jonathan stockte, und seine Augen weiteten sich. »Wie mit den Plattformen in Haven«, stellte er tonlos fest.

Luna wurde langsam etwas kalt in der feuchten Höhle, daher schloss sie die Knöpfe der Nachtschwarzen und zog sich die Kapuze über den Kopf. »Was willst du damit sagen, Dad?«

Jonathan stand still da. Einzig seine Augen zuckten, als dachte er über etwas nach. »I-ch weiß es noch nicht. Aber es ist doch seltsam, dass beides von niemandem hinterfragt wird, oder? Wer könnte zu so etwas in der Lage sein? Und warum?«

Diego wandte sich den Symbolen auf der Wand zu. »Vielleicht finden wir es raus, wenn wir wissen, was dort steht.«

Jonathan nickte kaum merklich. »Guter Plan. Aber vergesst nicht, weshalb wir eigentlich hier sind: Wir suchen Hinweise, die Lunas Zeitreiseproblematik lösen könnten.«

Das Vermächtnis der ersten Wanderer

Jeder der drei konzentrierte sich auf einen Teil der Karte. Diego, der mit Abstand am ältesten war und somit die meisten Sprachen kannte, korrigierte überall mal etwas, wenn Luna oder Jonathan an ihn herantraten und einen Teil der Karte nicht verstanden hatten. Die einzelnen Überlieferungen endeten immer mit der Signatur des Verfassers. Nach einer Weile stutzte Jonathan häufig irritiert. Denn es fielen ständig Namen wie: Horus, Tyr, Ar-Rahmān, Huiracocha, Viracocha oder Annunaki. Luna hatte sich geirrt. Jonathan lief es kalt den Rücken runter. »Luna, erinnerst du dich, wie du am Abend deiner Ankunft erzählt hast, dass es unter euch Wanderern niemanden gab, der jemals Gott gespielt hätte?«

Lunas Kopf nickte im Schein ihres Displays, während sie mit ihrem Na-Vi einen weiteren Satz der Symbole übersetzte. »Weil es gegen den Kodex verstößt. Klar weiß ich das noch«, antwortete sie lapidar.

Jonathans Blicke fuhren ziellos von einer Ecke des Gemäuers zur nächsten. »Das kommt nicht hin. Das hier. Diese Namen auf der Wand. Das waren alles bekannte Gottheiten meiner Welt.«

Er spürte, wie sein Herz immer unbehaglicher schlug, während sich langsam ein zusammenhängendes Bild für ihn ergab.

Jonathans Finger glitten erneut über einzelne Symbole des glatten Gesteins. »Es hatte eine Zeit gegeben, da war es vollkommen normal, zwischen den Welten zu wandern. Nicht nur für einige eingeweihte Welten, sondern für alle. Und – und diese Gottheiten, das waren die ersten Wanderer! Sozusagen das erste Netzwerk.«

Luna kratzte sich nachdenklich am Hinterkopf. »Und? Das Netzwerk gibt es nicht erst seit gestern, weißt du.«

Diego schüttelte zögerlich den Kopf und deutete auf eine weitere Passage der Wand. »Du irrst dich, Fellnase. Das hier ist viel älter.«

Jonathan beugte sich zu einem der verbliebenen Abschnitte. Bedauerlicherweise klaffte ein Loch an der Stelle, wo der Name des Autors hätte stehen sollen. »Das hier sind in der Reihenfolge die letzten Überlieferungen. Demnach hörten die Reisen zwischen den Welten mit einem Schlag auf. Man hatte offenbar so etwas wie ein Verbot für das Weltenwandern ausgesprochen und sogar dafür gesorgt, dass es für lange Zeit in Vergessenheit geriet. Bis allein die Existenz einer anderen Welt als äußerst unwahrscheinlich galt. Eine Maßnahme, die von den ersten Wanderern ergriffen wurde, um drohendes Unheil für unzählige Welten abzuwenden.«

Luna untersuchte inzwischen die bunt leuchtenden Pilze. Ob Kira einen davon gebrauchen kann? Sie pflückte von jedem Exemplar eines und verstaute sie in ihrer Umhängetasche. Dann fuhr sie zu Jonathan und Diego herum. »Was für ein Unheil?« Ihre Augen waren von Neugier durchdrungen. »Hat es was mit Zeitreisen zu tun? Sind die Leute früher öfter so durch die Zeit geplumpst, wie ich?«

Jonathan warf ihr einen zynischen Blick zu. »Nein, leider nicht. Die Rede ist von etwas, das beinahe alle Welten verschluckt hätte.« Jonathan kniff die Augen zu kleinen Schlitzen zusammen und fühlte über die blassen Fugen der Schriftzeichen dieses Abschnitts. »Der, der nicht getötet werden kann – darf? Diego, was bedeutet dieses Symbol hier? Kann oder darf?«

Der Drache beugte sich zu Jonathan hinunter und betrachtete den Abschnitt, auf den er deutete. »Hmm, könnte beides sein. Kommt auf den Kontext an.«

»Aha, danke.« Jonathans Stirn lag in Falten, als er über ein weiteres Symbol fühlte. »Verschlinger der Welten? Ein bisschen theatralisch, oder?«

Luna horchte auf. Da klingelte etwas. »Weltenfresser! Nicht Verschlinger. Wobei's auf das Gleiche hinausläuft«, warf sie dazwischen.

Diego und Jonathan fuhren zu ihr und den Pilzen herum. »Hast du die Zeile überhaupt gelesen?«, fragte Jonathan.

»Und sicher, dass du es richtig übersetzt hast, Fellnase?«, bohrte Diego nach.

Ohne die beiden nur eines Blickes zu würdigen, zeigte sie ihnen, freundlich wie immer, einen ihrer Mittelfinger. »Geht es da um ein ekeliges, schwarzes, blobartiges Vieh? Dass sich wie ein Krebsgeschwür von Welt zu Welt ausbreitet und alles Lebendige auf seinem Weg verschlingt?«, hakte sie bei ihrem Dad nach.

Jonathan kratzte sich am Kopf und wandte sich prüfend den Symbolen zu. »Äh, ja, denke schon. Woher weißt du das?«

Luna stand aus der Hocke auf und ging zu ihrem Dad hinüber. »Sagte ich doch: Der Weltenfresser.« Sie sah besorgt zu Diego. »Du und die anderen vom Netzwerk, ihr müsst da echt aufpassen. Der Bursche taucht in ein paar Jahren aus heiterem Himmel wieder auf und sorgt für richtig Ärger.«

Diego sah sie verwundert an. »Was bedeutet Ärger?«

»Viele Welten werden den Bach runtergehen.«

»Oh, diese Art von Ärger«, sagte der Drache und straffte die Schultern. Sie holte aus und boxte ihn. »Hör auf, so dumm zu grinsen! Ich mein's ernst. Das Vieh war echt gefährlich! Keiner von euch wusste etwas über dieses Ding. Weder woher's kam, noch was es eigentlich wollte. Nur, dass es sich immer weiter ausbreitete und alles auf seinem Weg gnadenlos verschlang. Deshalb dürft ihr euch unter keinen Umständen von dem Ding erwischen lassen. Ernsthaft. Nicht mal in Berührung kommen solltet ihr mit einem seiner widerlichen Tentakel.«

Diego legte den Kopf schief. »Warum das?«

Mit grimmiger Miene stupste sie drohend ihren Finger auf seine Brust. »Weil ihr dann am Arsch seid. Er absorbiert jeden lebendigen Organismus und scheint danach über das Wissen dieses Lebewesens zu verfügen.«

»Krass«, entwich es Jonathan. »Ich wusste nicht, dass deine Zukunft so gefährlich ist.«

Luna stockte irritiert. »Was? Nein. Alles gut, entspann dich. Das Netzwerk hat's geschafft, das Ding loszuwerden«, wedelte Luna beschwichtigend mit der Hand, um ihren Dad zu beruhigen. Diego strich sich grübelnd über die zwei Hörnchen unter seinem Kinn. »Du weißt nicht zufällig, wie wir das aufhalten konnten?«

»Klar weiß ich das. Viola hat ihm auf B-512 eine Falle gestellt und 'nen Eisklotz draus gemacht. Deshalb ist sie auch eine gefeierte Heldin. Aber bis dahin hattet ihr echte Probleme, falls das hilft. Lag daran, dass der Weltenfresser seine Strategie immer wieder angepasst hat, nachdem er einen von euch gefressen hatte.«

Der Drache hielt sich die Brust und atmete einen Schwall Dampf in die Höhle. »Puh! Jetzt ist Diego wieder beruhigt. Wir müssen also nur jemanden mit falschen Infos versorgen, die der echten Strategie in die Hände spielt und – bämm! Klingt zwar kacke, aber irgendjemand wird dafür leider ins Gras beißen müssen.«

Luna hob unwissend ihre Hände. »Schon möglich, dass ihr es so gemacht habt.«

Jonathan stieß resigniert die Luft aus. »Die Wand erzählt zwar, dass die ersten Wanderer das Unheil mit einer Art Ritual? Ist Ritual richtig?« Diego beugte sich vor und nickte. »Gut. Sie haben also mit einem Ritual dafür gesorgt, dass es weggesperrt wurde. Hier steht aber nirgendwo, wie sie das gemacht haben. Die Wand dient dabei hauptsächlich als Mahnmal und soll an diese schreckliche Katastrophe erinnern.«

»Und sie sagt auch wirklich nichts über Zeitreisen?«, fragte Luna mit sorgenvoller Miene.

»Leider nein. Es fehlt zwar unten links ein Abschnitt, aber da geht es vermutlich nur um einen weiteren Autor.«

Diego nickte zustimmend.

Ein mutloser Seufzer entwich Luna. In Gedanken versunken, griff sie unauffällig nach dem alten Notizbuch aus ihrer Umhängetasche. Zögerlich umklammerten ihre Finger dessen Umschlag. Als die Gruppe diese Höhle betrat, hatte Luna zwar einen Moment gebraucht, bevor sie erkannte, weshalb ihr die Symbole so bekannt vorkamen, doch dann hatte es geklickt. Sie wusste nicht mehr, wie oft sie vor ihrer Zeitreise darin herumgeblättert hatte und darauf wartete, dass dieses Schmöker endlich mit ihr sprach, um irgendeinen neuen Hinweis zu erhalten. Doch Luna erkannte einen Abschnitt aus dem Buch in der Wand wieder. Sie biss sich nervös auf die Unterlippe.

Jetzt, wo ich weiß, wie man diese Symbole zu lesen hat, ist es vielleicht noch einen Versuch wert. Da klopfte Diego ihr aufmunternd auf die Schulter, sodass ihr das Notizbuch vor Schreck aus der Hand fiel.

»Kopf hoch. Diego sieht das hier trotzdem als gutes Zeichen. Wir wissen jetzt, wer die ersten Wanderer waren. Vielleicht existiert in irgendeiner Welt noch einer von denen. Dann könnten wir gleich zwei Fliegen mit einer Klappe schlagen. Dein Zeitreiseproblem und den Weltenfresser. Es ist also nichts verloren.«

Sie blinzelte hektisch. »Meinst du echt?« Nachdem sie sein Nicken wahrgenommen hatte, wandte sie sich dem fallen gelassenen Buch zu und erstarrte vor Schreck. Ihr Dad hatte es bereits für sie aufgehoben und blätterte darin herum. Ihr Herz raste. Luna sah den zunehmend fragenden Gesichtsausdruck ihres Dads und wie sich Verständnislosigkeit und ohnmächtiger Zorn in seinen Augen vermengten. Sie wusste, was es bedeutete, dass er dieses Buch in seinen Händen hielt, und eine grauenvolle Panik fuhr unaufhaltsam in sie.

Verhängnisvolle Geheimnisse

Das Schimmern der bunt leuchtenden Pilze pulsierte seicht auf Jonathans blassem Gesicht. Sein Magen wollte nicht aufhören, sich zu drehen. Ihm wurde kotzübel. Er hielt dieses Buch in seinen Händen und hinterfragte plötzlich alles, was diese Fremde, die da vor ihm stand, je gesagt hatte. Ein blauer Umschlag. Auf dem Deckel stand sein Name. Auf einem Stück Papier geschrieben und anschließend darauf geklebt. So wie bei jedem seiner Notizbücher. Seine Hände zitterten. Nie hätte Jonathan auch nur einen Blick in das Buch gewagt, doch die Seite, die aufgeschlagen war, als er es aufhob, ließ ihm keine Wahl. Er erkannte eindeutig seine Handschrift. Hin und wieder standen ein paar Wörter in einer fremden Schreibweise am Rand – offenbar hatte sich jemand anderer Notizen zu dessen Inhalt gemacht.

»Gib es sofort wieder her!«, keifte Luna und griff nach dem Notizbuch.

Schnell machte er einen Schritt nach hinten und hob das Buch über seinen Kopf. »Einen Scheiß werde ich! Was ist das hier?« Sein Blick war streng und vorwurfsvoll, als er auf das Buch in seiner Hand deutete.

»Ich dachte, wir hätten die Lügen und Geheimniskrämerei hinter uns gelassen? Wer bist du wirklich! Und was hat das hier zu bedeuten?!«

Diego trat zwischen die beiden und hob beschwichtigend die muskulösen Arme. »Jonathan, bitte. Deine Tochter wird sicherlich einen guten Grund gehabt haben, es vor dir verborgen zu halten.«

Jonathan bäumte sich mit wutverzerrtem Gesicht gegenüber dem Drachen auf. »Halt dich raus!«

Luna sank auf die Knie. Ihr Wimmern hallte durch die Höhle. »Bitte –, bitte lies nicht darin! Ich bitte dich!« Ihr standen die Tränen ins Gesicht und sie zitterte am ganzen Leib.

Jonathan trat einen Schritt neben Diego, um einen Blick auf den wimmernden Leib zu erhaschen, doch der Drache ließ ihn nicht vorbei. »Warte, warte, warte. Du bestiehlst mich und ich soll jetzt der Buhmann sein?!«, brüllte Jonathan.

»Es ist nicht, wie du denkst. Bitte! Bitte! Gib's mir wieder!«, kreischte sie.

Jonathan bäumte sich gegen den kräftigen Arm des Drachen auf. »Warum sollte ich?! Ist überhaupt irgendetwas wahr, von dem, was du mir erzählt hast?!«

Diego stieß Jonathan zurück und knurrte bedrohlich auf. »Es reicht jetzt, Jonathan!«

Eine Träne nach der anderen verließ Lunas gerötete Nasenspitze und verlor sich auf dem kahlen Gestein des Höhlenbodens. »Warum? Warum? Warum?« Luna schlug sich immer wieder gegen den Kopf und raufte sich die Haare. »Warum?!« Ihr Atem bebte und sie begann zu husten und zu würgen. Ihr tränenverzerrtes Gesicht schaute verzweifelt zu Jonathan auf. Seine Augen waren kalt und voller Abscheu. »Bitte! Bitte, Dad. Regel eins. Denk an Regel eins!«, wimmerte Luna.

Jonathans Gesicht bebte vor Zorn. »Wie bitte?! Du wagst es, nach der Nummer hier noch auf Regeln zu pochen?! Nenn mir nur einen guten Grund ...!«

»Weil du's noch nicht geschrieben hast«, unterbrach sie ihn, »und es ein Fehler wäre, darin zu lesen!«

Jonathan stockte der Atem. Er betrachtete noch einmal den Umschlag des Buches. Sein Herz pochte plötzlich unangenehm schnell und ein Schwall Adrenalin durchströmte ihn. Wäre es ihm doch nur gleich aufgefallen. Es war alt und abgenutzt, als hätte es seine besten Tage längst hinter sich. Keines seiner Notizbücher sah auch nur ansatzweise so mitgenommen aus wie dieses. »Luna – ich ...«

»Spar's dir«, schluchzte sie und kämpfte gegen ihre Tränen an.

Diego streckte die Hand nach Jonathan aus. »Es reicht jetzt. Gib es ihr wieder.«

Jonathan hob das Buch erneut hoch über seinen Kopf hinweg, trat einen Schritt zurück und ignorierte die Forderung des Drachen. »Du, – du hast gesagt, ich bin eines Tages abgehauen.« Er zögerte einen Augenblick, stieß die Luft laut aus und sprach den einen quälenden Gedanken aus, der ihm immer wieder durch den Kopf ging. »Und du hast auch erzählt, dass du in einem Vermisstenfall innerhalb des Netzwerks ermittelst. Wenn ich mich recht erinnere, hat das auch zu deinem Zeitreiseunfall geführt. Es war doch ein Unfall, oder?« Jonathan zögerte, bis er ein kaum merkliches Nicken von Luna vernahm. Seine Schultern hingen mit einem Schlag schlaff herunter. Sein Hals fühlte sich an, als würde ihn jemand zuschnüren. Er schluckte, denn die folgenden Worte fielen ihm alles andere als leicht: »Wie lange suchst du schon nach mir?«

Luna blickte zögerlich zu ihm auf und antwortete leise: »Es sind jetzt fast zehn Jahre.«

Mit einer Pranke packte der Drache Jonathan am Kragen und drückte ihn an die Mauer. »Diego sagte, es reicht jetzt!«

Jonathan versuchte, den Hals zu drehen, um irgendwie an Luft zu kommen. »Ich will es doch nur verstehen. Kapiert dein Echsenhirn das nicht?«, versuchte er ihn keuchend zu besänftigen.

Diegos Augen funkelten und er knurrte bedrohlich auf.

Luna legte ihre Hand auf seinen kräftigen Arm und sah Diego entschlossen in die Augen. »Ist schon okay. Lass ihn runter.«

Jonathan sank nach Luft ringend zu Boden, als der Drache von ihm abließ. Sein Kehlkopf schmerzte und seine Stirn pochte und hämmerte. Er streckte seine Hand nach seiner Tochter aus und zerbrach innerlich, als er ihren Gesichtsausdruck sah. Misstrauen, Furcht und Hilflosigkeit kämpften in ihr und irgendwo der leise Wunsch, dass diese Gefühle nicht da wären. Er hatte es versaut.

Luna trat einen Schritt zurück und verharrte. Ihr Atem bebte. Sie betrachtete das warme Gesicht ihres Dads. Ein Gemisch aus Traurigkeit und Scham war darin zu erkennen. Zögerlich hockte Luna sich zu Jonathan hinunter und wischte ihm behutsam mit zwei Fingern eine seiner Strähnen aus seinem Gesicht. »Dad?« Jonathan schaute zu ihr auf. »Du hast recht, ich hätte ehrlich sein sollen aber ...« Ihre Augen schweiften zu Boden.

Noch bevor sie weitersprechen konnte, ergriff Jonathan sie, zog sie zu sich und umarmte sie. Luna erstarrte vor Schreck. »Es tut mir leid. Ich wollte nicht, dass du je wieder so fühlen musst.«

Lunas Augen wurden erneut glasig, dann erwiderte sie die Umarmung ihres Dads. »Mir tut es leid. Ich wollte es dir ja sagen. Wirklich. Aber Regel eins, du erinnerst dich?«

Sie löste sich aus der Umarmung, wischte sich eine Träne aus dem Gesicht und setzte sich ihm gegenüber auf den Boden. »Du sagtest, du willst nichts wissen, dass deine Entscheidungen beeinflussen könnte, da die Zeitlinie so gut wie möglich gewahrt werden muss. Ich habe nur versucht, deinen Wunsch zu respektieren.«

Wehmut schwang in Jonathans Miene. »Luna ...«

Ein sanftes Lächeln entschlüpfte ihr. »Schon okay. Du konntest nicht ahnen, was mir auf der Seele brennt.«

Er zögerte kurz und sah ihr tief in ihre bernsteinfarbenen Augen. Diese dumme Regel. Es muss Luna fertig machen, zu wissen, was mir bevorsteht und mich nicht einmal warnen zu können. Jonathan seufzte. »Also gut: Was ist wirklich passiert?«

Luna stutzte irritiert. »Bist du sicher? Was ist mit Regel eins?«

»Luna, ich habe dir ein Versprechen gegeben. Ich werde dich niemals fallen lassen. Und wenn dieses Detail aus meinem Leben dazu beiträgt, dieses Versprechen zu halten, dann bitte, erzähle es mir.«

Luna nickte schniefend. »Okay, also, – du bist nicht nur einfach gegangen. Du bist verschwunden.«

Diego stand einfach nur da. Sein Schweif wedelte leicht auf und ab und er beobachtete, wie sämtliche Farbe aus Jonathans ernster Miene floss.

»Das letzte Mal, als ich dich gesehen habe«, fuhr Luna fort, »war an dem Tag, als wir 'nen dummen Streit hatten. Du hattest mich noch gewarnt, dass es mir leidtun würde, sollte ich mich nicht bei dir entschuldigen. Dann bist du in Begleitung eines Fremden verschwunden. Kurz darauf hat dein Na-Vi kein Signal mehr gesendet. Niemand wusste, wo du hin bist oder warum du aufgebrochen bist. Nicht einmal Diego konnte es mir genau sagen. Danach warst du für einige Zeit das Gesprächsthema überhaupt. Der große Jonathan King setzt sich erst für mehrere Jahre zur Ruhe, um seine Tochter großzuziehen, und verschwindet dann spurlos. Niemand hat dich seitdem gesehen.

Manche glauben, du bist das Opfer deiner mysteriösen Begleitung geworden. Ich dachte lange Zeit, es sei meinetwegen. Ich weiß noch, dass 'ne kleine Gruppe von Leuten nach dir suchen wollte. Einige Zwerge, Chibiuku und die Kriecher. Scheiße, selbst Viola und ihr Team, auch wenn sie es selbstverständlich niemals zugeben würde. Doch Gilligan hatte es kurz darauf unterbunden. Er stellte alle unter Arrest, die es doch taten. Bis auf mich.«

Jonathan saß starr und stumm vor ihr. Er brauchte eine Minute, um zu verdauen, was sie gerade gesagt hatte, dann fokussierte er Luna wieder. »Warum du?«

Luna erhob sich aus der Hocke, hielt ihrem Dad die Hand hin und zog ihn auf die Beine. »Ich weiß es ehrlich gesagt nicht. Bis zu vor kurzem dachte ich noch, er hätte nur nicht geschnallt, dass ich nach dir suche. Offenbar ein Irrtum. Gilligan hat es all die Jahre gewusst.« Sie sah mit finsterer Miene zu dem kleinen Buch auf dem Boden. »Alles nur wegen der dummen Notizen. Ohne die wäre ich nie deiner Spur nach D-22 gefolgt.«

»Weiß man etwas über diesen Fremden, mit dem Jonathan verschwunden ist?«, mischte sich Diego nachdenklich ein.

»Das ist leider 'ne Sackgasse. Weder du noch irgendjemand sonst, konnte mir sagen, um wen es sich dabei genau handelte. Ich weiß aber noch, dass ich diesen seltsamen Kauz nicht mochte. Irgendwas war komisch an dem, wenn du verstehst.«

Diegos Schweif schlug in seinem Ärger auf den Boden der Höhle ein und kleine Bröckchen rieselten von der Decke. »Grmpf. Zu dumm. Weißt du denn wenigstens noch, wie der Fremde aussah?«

»Klar, ich war ja damals da, als Dad mit ihm gegangen ist. Er war vermummt bis oben hin und hielt sich eher im Hintergrund. Sprach in komischem Dialekt.« Grübelnd rieb sie sich ihre Nase.

»Er hatte eine schmale Statur, trug einen langen Bart und humpelte ganz eigenartig. Und noch eine Sache fand ich seltsam: Ich konnte ihn nicht riechen. Ich denke, darum mochte ich den auch nicht.«

»Etwa ein Geist?«, hakte Diego mit zittriger Stimme nach.

Luna runzelte verständnislos die Stirn. »Wie kommst du bei der Beschreibung bitte auf 'nen Geist?«

Der Drache beugte sich herausfordernd zu ihr hinunter. »Wie viele lebende Dinge kennst du, die keinen Geruch haben?«

Luna grübelte kurz. »Hmm, okay, der Punkt geht an dich.«

»Grmpf. Das hilft uns aber nicht weiter«, murrte der Drache. Dann legte Diego den gehörnten Kopf schief, als ihn ein Gedanke durchfuhr. »Wann? Also, wann wird das passieren?«

»Oh, das weiß ich auch noch genau. Es war ein Tag, bevor ...«

»Das spielt keine Rolle«, fuhr Jonathan dazwischen. Er hob das Notizbuch auf und klopfte es ab. Luna stockte irritiert. »Dad? Was soll das heißen?«

Er sah sie mit überraschend ernster Miene an. »Es bedeutet, dass ich es nicht genau wissen will. Zu viele Details können einen in die Irre führen und paranoid werden lassen. Mir reicht es vollkommen, zu wissen, dass da etwas passiert.« Er schlug das Buch auf und blätterte darin umher »Kümmern wir uns lieber um das Hier und Jetzt. Statt um das, was mal – ähm – gewesen sein wird? Geht das?« Nachdenklich legte er die Stirn in Falten. »Na ja, ihr wisst sicher, was ich meine. Also, was steht in dem Buch? Du hattest es vorhin schon mal in der Hand, vermutest du irgendeine Verbindung zwischen meinen Notizen und der Wand?«

Luna riss ihm das Buch aus der Hand und funkelte ihn grimmig an. »Was wird das? Ich dachte, du willst keine Details? Was, wenn da welche drinstehen?«

Jonathan fuhr sich kratzend über den Kopf. »Schon klar. Mir kam da nur gerade so ein Gedanke, weißt du.«

Luna betrachtete das Buch in ihren Händen. »Was für einer?«

Er strich sich übers Kinn. »Ziemlich viele Zufälle, die hier im Raum stehen, findest du nicht? Außerdem habe ich deine Notizen gesehen, du hast ziemlich oft keinen Plan, was ich da von mir gab.« Er pausierte und kratzte nachdenklich seine Stirn. »Geben werde? Zeitreisen sind so verwirrend.«

Luna stemmte die Fäuste in die Hüften und lehnte ihren Oberkörper fassungslos dreinschauend nach hinten. »Bitte?! Ich habe genug kapiert, um deiner Spur bis zu dieser verdammten Erde, die den Bach runterging, zu folgen!«

»Und wohin hat dich das gebracht?«, gab er zynisch zurück und schnipste ihr auf die feine Nase.

Kopfschüttelnd zog sie eine Augenbraue hoch und blätterte durch die Seiten. Sie hielt dabei Ausschau nach einem ganz bestimmten Abschnitt. Dann schritt sie mit dem Buch zur Wand, hüpfte erst nach links, anschließend nach rechts, legte den Kopf daran und verglich die Symbole in dem Buch mit denen des Tores. Diego und Jonathan standen nebeneinander und schauten ihr dabei zu, wie sie versuchte, die Wand zu deuten. Einige Minuten später runzelte sie die Stirn.

»Okay, ich kapier's doch nicht«, gab sie dann zu und streckte neckisch ihre Zunge heraus.

Jonathans Mundwinkel hoben sich kaum merklich. »Ach, echt? Was genau kapierst du denn nicht?«

Sie hüpfte zu den beiden hinüber, streckte ihrem Dad die aufgeschlagene Seite hin und deutete auf die Zeichnung im Buch. »Das da.«

Es waren Symbole in ähnlicher Anordnung wie auf der Wand zu sehen. Allein die leere, quadratische Ausbuchtung in der Mitte des Gemäuers gab es nicht, stattdessen befand sich an dieser Stelle in Jonathans Notizen ein weiteres Symbol. Ein azurblauer Sichelmond. Jonathan strich sich nachdenklich über die Stirn, ihm kam die Form bekannt vor. Erneut schnappte er sich das Buch und trat einen Schritt näher zur Wand. »Hmm, seltsam. Diese Symbole bestehen nur aus einzelnen Wörtern, Buchstaben und Zahlen.« Ratlos fuhr er sich durchs Haar. »Offenbar wollte ich, dass das hier nur jemand versteht, der weiß, wie man diese Wand liest.«

Luna verschränkte missmutig die Arme und kickte einen losen Stein gegen die Höhlenwand. »Das ergibt doch keinen Sinn. Ich kann diese Wand ja nicht mal jetzt richtig lesen. Wie hätte mir das also helfen sollen, dich zu finden?«

»Hmhm. Wo hattest du es überhaupt her?«, murmelte Jonathan in den Notizen des Buches versunken. »Ich meine, unter all meinen Notizbüchern, warum hattest du dich ausgerechnet für dieses hier entschieden?«

Wehmut schoss in Lunas feine Gesichtszüge und sie seufzte. »Es war das einzige Buch, das noch übrig war. Nachdem du verschwunden bist, und andere versuchten dich zu finden, wies Gilligan die Greys an, deine Wohnung in Berlin zu neutralisieren.«

Diegos Ohren zuckten auf. »Was? Gilligan und die Greys?«, murrte er fassungslos.

»Könnt ihr ruhig glauben. Die Greys haben alle deine Forschungsunterlagen mitgenommen und vernichtet. Es sollte niemand wissen, woran du gearbeitet hast. Und was dieses Notizbuch angeht: Diego hat's mir gegeben, als er merkte, dass ich dich auf eigene Faust suchen wolltest. Er war der Meinung, dass es nützlich sei.«

»Verstehe. Dann hatte Diego es also bewusst zurückgehalten. Das passt ins Bild.« Jonathan besah sich die Symbole im Buch und verglich sie mit denen an der Wand. Er runzelte die Stirn. »Das wiederum passt nicht«, murmelte er. Er versuchte daher einen anderen Ansatz. Blinzelnd betrachtete er vereinzelte Symbole und Zahlenkombinationen auf der Zeichnung und blätterte anschließend, nach dem Muster, in dem man die Wand las, in den Seiten des Buches umher. Dann weiteten sich seine Augen. Es kostete ihn Mühe, das leichte Zittern seiner Hände zu unterdrücken. Nach und nach entzifferte Jonathan einige Symbole im Notizbuch.

»Des Mondes Hoffnungsschimmer ist der Schlüssel zur Zeit«, murmelte er, hob den Kopf aus dem Buch und klappte es mit großen Augen zu.

Fragend verzog Luna ihr Gesicht. »Mond? Bin ich damit gemeint? Wie können meine Hoffnungen der Schlüssel sein?«

Diegos regenbogenfarbene Augen huschten zwischen Luna und Jonathan hin und her. »Diego glaubt nicht, dass es darum geht. Für ihn hört es sich nach einem Objekt an. Die Bezeichnung ist also eher als Metapher zu verstehen.«

Lippen-kräuselnd kratzte sich Luna an der Brust und stoppte plötzlich, als ihre Finger über ihren Anhänger glitten. »Es – gäbe da vielleicht etwas, aber das ergibt auch keinen Sinn. Du hast es mir zum Geburtstag geschenkt, Dad. Jahre, bevor du verschwunden bist. Du hast zwar immer gesagt, es sei ein Talisman, der mich beschützt und dafür sorgen würde, dass wir stets zueinanderfinden, aber ...« Sie griff mit beiden Händen in ihren Nacken und holte das Lederband unter ihrem Tanktop hervor, an dessen Ende der azurblaue Stein in seiner Sichelform funkelte. »Es ist nur ein Teilstück. Das passende Gegenstück trägst du. Gemeinsam ergeben sie 'nen Vollmond.«

»Das ist es!«, merkte Jonathan mit bestimmender Gewissheit an. »Darf ich es mal sehen?«

»Klar, wenn's hilft.« Sie überreichte ihm den Stein und er begutachtete diesen von allen Seiten. Luna runzelte erneut die Stirn. »Ich stehe irgendwie immer noch auf dem Schlauch. Wie soll mir das dabei helfen, wieder zurück in meine Zeit zu kommen?«

Grübelnd inspizierte Jonathan den Stein. »Indem du das tust, was du schon einmal getan hast.«

Luna riss erschrocken ihre Augen auf. Ihre Hände zitterten. »Du meinst, in eine sterbende Welt springen?«

»Genau das.«

Lunas Schockstarre wandelte sich zu einem finsteren Blick. »Spinnst du?! Wer weiß, wann, wo und wie ich da dieses Mal rauskomme!«, keifte sie.

Jonathan beugte sich vor, reichte ihr das Buch und lächelte. »Unversehrt und daheim.« »Woher willst du das wissen?!« Ihre Nasenspitze krümmte sich vor Zorn. Dann griff sie nach dem Buch und verstaute es wieder in ihrer Tasche.

Jonathan strich ihr sanft übers Gesicht und schaute ihr voller Zuversicht in ihre Augen. »Vertraust du mir?«

»Du meinst jetzt gerade eben?« Ihr linker Stiefel stampfte auf den Boden. »Nein!«

»Ist ja ulkig. Diego ist gerade spaßeshalber die Warnungen für untergehende Welten durchgegangen.«

Lunas Aufmerksamkeit fuhr irritiert zu Diego herum. »Dafür gibt es Warnungen?«

»Jetzt ratet mal, was die besagen. Die nächste Welt geht in gut einer Stunde den Bach runter.«

Luna atmete erleichtert auf. »Das schaffen wir ja nie nicht.« In ihrer Brust bebte plötzlich ein Feuer voller Unbehagen. Zum Glück ist das zu knapp! Denn das geht mir jetzt doch etwas zu schnell! Verzweifelt suchte sie innerlich nach einem Anker. Irgendetwas, dass ihr mehr Zeit mit ihrem Dad verschaffte.

Diego sah sich die Warnmeldung genauer an. »Grmpf, meinst du? Der Zugang ist nur gut fünf Kilometer von hier entfernt. Schon ein komischer Zufall, oder?«

»Was?!« Lunas Stimme brach. Sie wurde kreidebleich und bekam zitternde Knie. »J-jetzt wartet doch mal, lasst uns das nicht so überstürzen, hört ihr? Wir wissen doch noch gar nicht, ob der Stein so funktioniert. Ja, genau, ich schlage vor, wir analysieren ihn erst mal eingehend, bevor wir entscheiden, wie wir vorgehen. Wie klingt das?«

Dampf rieselte in ruhigen Zügen aus den Nüstern des Drachen und er scrollte durch weitere Warnmeldungen. »Ungünstig. Der zweite Ausstieg ist in knapp drei Stunden, aber vierzig Sprünge entfernt. Der Dritte ist noch viel weiter weg. Und du würdest gute eineinhalb Jahre hier festsitzen. Deine Entscheidung.«

Erneut stampften ihre Stiefel nacheinander auf den Boden. »Verdammt! Das ist nicht fair!«, schluchzte sie.

Jonathan streichelte ihr über die Schultern und sah ihr zuversichtlich in ihre großen bernsteinfarbenen Augen. »Luna, bist du wirklich nicht in der Lage, es zu erkennen?« Ein dickköpfiges, trotziges Kopfschütteln strafte ihn und seine Worte.

»Deine Reise, mein Weg zum Netzwerk, dieses Buch. Das ist alles kein Zufall. Das ist schon mal passiert. Du weißt, dass es so ist, oder? Tief in deinem Inneren hast du doch auch schon darüber nachgedacht, nicht wahr? Ich meine, wie viel weißt du über meine allererste Reise und darüber, wie ich Diego kennengelernt habe?«

Sie stockte. »Ich will noch nicht gehen! Ich will doch noch so viel mit dir erleben.«

Jonathan ergriff sanft ihren Nacken. Hielt sie fest, schloss die Augen und legte seine Stirn an ihre. »Das werden wir. Doch du weißt, dass Hierbleiben nicht der richtige Weg ist.« Ihr Herz pochte wild. Sie wollte, nein, sie konnte nicht loslassen. »Was ist, wenn ich dich nie wieder sehe?«

»Das wirst du, keine Sorge.«

»Versprochen?«

Er schenkte ihr ein sanftes Lächeln und wischte ihr die Tränen aus dem Gesicht. »Versprochen.«

Abschied

Die Sky-Cruiser glitt surrend über das Blätterdach des Dschungels hinweg. Diego saß am Steuer des Libellen-förmigen Flugschiffes, das er sich bei seinem letzten Besuch in Haven von Stacy geliehen hatte. Die blau-silberne Lackierung war eine Sonderanfertigung. Stacy hatte ihm mit Kastration gedroht, sollte er auch nur einen Kratzer in ihr geliebtes Frachtschiff machen. Daher verstaute Diego die Sky-Cruiser in seinem Nano-Beutel, bis er das Schiff wirklich brauchen würde.

Luna hing mit verschränkten Armen über der Reling der Sky-Cruiser. Der Fahrtwind fegte über ihr rotweißes Haar. Sie sagte während der gesamten Fahrt kein einziges Wort mehr.

Jonathan saß neben ihr und streichelte über ihren Rücken. »Es wird alles gut gehen.«

»Wir sind gleich da!«, rief Diego und deutete auf eine unscheinbare Lichtung zwischen dem Blätterdach. Die Sky-Cruiser nahm Kurs darauf und landete nur wenige Minuten später mitten in der Lichtung. Diego stieg als Erster aus, dann Jonathan und zuletzt Luna.

Da stand sie nun. Vor ihr der sich windende Übergang in eine sterbende Welt. Nie hätte Luna nach all dem gedacht, dass ihr der Abschied so schwerfallen würde. Sie drehte sich um und besah sich die ungleichen Freunde. Ein surrealer Moment. Die Sonne stand tief und blendete Luna leicht. Wie ein entfernter Traum schimmerten Diegos und Jonathans Körper im Sonnenlicht. Luna wischte sich die aufkommenden Tränen weg, wollte stark bleiben, wollte nicht wieder weinen. Sie griff nach dem Dolch an ihrem Gürtel. »Hier, Großer. Der gehört dir. Pass gut darauf auf, hörst du?«

Diego nahm ihr den Dolch ab und verstaute ihn in seinem Nano-Beutel. Dann umarmte er den kleinen Troublemaker. »Wenn du zurück bist, gibt Diego ihn dir wieder. Solange verwahrt Diego ihn für dich, abgemacht?«

Sie atmete tief ein und sog den markanten Gewitterduft des Drachen in sich auf. »Abgemacht.« Dann wandte sie sich ihrem Dad zu und konnte ihre Tränen nicht länger zurückhalten.

Auch Jonathans Herz wog schwer. Traurig lächelnd öffnete er seine Arme. »Na, komm her.«

Luna zögerte nicht eine Sekunde. Sie packte ihn und umklammerte ihren Dad, so fest sie konnte. Nie wieder wollte Luna ihn loslassen müssen. Jonathan und Luna lagen sich fest in den Armen. Kosteten jeden noch verbleibenden Moment aus, ohne auch nur ein Wort zu verlieren. Worte waren nicht nötig. Sie wussten, was sie füreinander empfanden. Und sie waren beide froh darüber, diesen Moment noch miteinander zu haben. Luna vergrub ihren Kopf ganz tief an Jonathans Brust, atmete ein letztes Mal den Sandelholzduft ihres Dads ein. Dann gab er ihr einen behütenden Kuss auf die Stirn.

»Es wird Zeit«, sprach er mit sanfter Stimme.

Sie schluckte schwer, nickte und löste sich nur widerwillig aus der Wärme seiner Umarmung. Zögerlich trat Luna zu dem schicksalhaften Übergang. Sie atmete tief durch. Das Ende ihres bisher schönsten Abenteuers näherte sich dem Ende. Sie hasste es. Luna machte einen Schritt nach vorn. Der Spalt vor ihrer Nase flackerte bereits instabil. Ihre Hand glitt zögerlich zu dem Stein an ihrer Kette und umklammerte diesen hoffnungsvoll.

Ein letztes Mal drehte Luna sich um. Sah in das warmherzige Gesicht ihres Dads. Dann war sie verschwunden.

Der alte Mann und die Wüste

Die Welt um sie herum bebte. Häuser und Straßen brachen, Feuer, Explosionen und sterbendes Leben, so weit das Auge reichte und Luna mittendrin. Sie rannte, blendete das Chaos um sie herum aus und fokussierte sich. Plötzlich wurde alles still und Luna erkannte, was gleich geschehen würde. Sie atmete erleichtert auf. Wie beim letzten Mal tat sich aus dem Nichts ein Übergang vor ihr auf. Sie holte Schwung aus den Knien und hechtete mit einem beherzten Sprung hindurch.

Erneut spürte Luna Sand unter ihren Stiefeln knistern und wie beim letzten Mal wurde sie von gleißend hellem Licht geblendet. Sie drehte sich um und stellte fest, dass sie wieder am Sonnentor war. Es war wie beim letzten Mal sehr heiß und um sie herum gab es nur alte Tempelruinen und braches Ödland, so weit das Auge reichte. Schnell griff sie mit zittrigen Händen nach ihrem Na-Vi.

»Komm schon, du dämliches Ding, sag irgendwas. Mist –, wieder tot.«

»B-14.91.I.74-002., falls es dich beruhigt. Und genau zur richtigen Zeit«, erhob sich eine ihr bekannte Stimme.

Luna fuhr erschrocken herum, erstarrte augenblicklich und spürte, wie sich plötzlich ihre Kehle zuschnürte. Nein! Unmöglich!

Unter einem auffällig bunten Sonnenschirm standen zwei mit hellem Stoff bespannte Liegestühle. Eine davon war leer und auf der anderen saß ein älterer Herr mit silbernem Haar und gepflegtem Vollbart. Ein maßgeschneidertes, weißes Hemd umschmeichelte seine kräftigen Schultern. Er trug es mit hochgekrempelten Ärmeln, so wie er es immer tat. Durch die dunkle Sonnenbrille starrte er auf die goldene Taschenuhr in seiner rechten Hand. Die Arme waren, wie viele weitere Stellen seines Körpers, mit unzähligen Tattoos versehen.

Misstrauisch nährte Luna sich dem Mann im Liegestuhl und kickte nur einen Augenblick später vorsichtig gegen die Spitze seines Stiefels. Echt! Verunsichert trat sie ein paar Schritte zurück und nahm einen tiefen Atemzug durch ihre feine Nase. Der Duft passt auch.

Langsam stand er auf, kam ein paar Schritte auf sie zu und begrüßte sie mit einem beherzten Lächeln.

Luna machte instinktiv einen halben Satz nach hinten und zögerte kurz, dann sprang sie ihrem Dad in seine Arme und klammerte sich fest an ihn. Tränen der Freude flossen über ihre Wangen. »Du bist es! Du bist es wirklich! Du hast dein Versprechen gehalten. Danke ...«

Jonathan King tätschelte über Kopf seiner Tochter. »Willst du dich nicht setzen, Kind? Du bist sicher durstig.« Er deutete auf eine blaue Kühlbox zwischen den Liegestühlen, randvoll mit eisgekühlten Getränken.

Luna musste zugeben, dass sie eine ungewöhnlich trockene Kehle hatte. Jetzt fiel ihr wieder ein, dass es beim letzten Zeitsprung auch so gewesen war. Sie hatte aus einer Kameltränke getrunken, um den Durst zu löschen. Eine Erfahrung, auf die sie gerne verzichtet hätte.

Sie nahm sich eine eisgekühlte Flasche Wasser und leerte diese in fast einem Zug. Dann setzten sich beide auf die Liegen und schwiegen sich zufrieden lächelnd an. Luna hoffte inständig, nicht zu träumen. Heimlich kniff sie sich nun schon zum dritten Mal in ihren Arm.

Jonathan lächelte. »Du kannst es ruhig glauben.«

»I-ich habe so viele Fragen.«

Auch er öffnete eine Flasche und nahm einen Schluck. »Alles zu seiner Zeit. Ich muss mich erst mal bei dir entschuldigen.«

»Du? Warum? Wofür?« Sie runzelte die Stirn. Er holte ein altes, abgewetztes Notizbuch aus seiner Weste hervor. »Dafür.«

Luna verschluckte sich fast an ihrer zweiten Flasche Wasser. Dieses Buch, es war ohne Zweifel dasselbe wie das in der Höhle. Nur noch abgenutzter als ihre Version. Sie wollte es gerade für einen Vergleich aus ihrer Tasche nehmen.

»Du wirst es da nicht finden«, unterbrach Jonathan ihre Suche nach dem Notizbuch.

Ungläubig huschte ihr Blick zu ihrem Dad, dann wieder zur Tasche. Mit beiden Händen wuselte sie darin umher. Ihr Buch war weg. »Dreckiger Dieb! Wann?«

Jonathan King räusperte sich verlegen. »Bei unserem Abschied.«

»Was zum?!« Sie konnte nicht fassen, dass er diesen emotionalen Moment für einen dreisten Diebstahl genutzt hatte. Bisher war sie immer davon ausgegangen, solche Eigenarten von ihrer Mutter geerbt zu haben. »Really? Was ist mit: Ich darf nichts über meine eigene Zukunft wissen?«

Ein Zucken verließ Jonathans kräftige Schultern. »Um Doc Brown aus Zurück in die Zukunft zu zitieren: ›Ich dachte mir: Pfeif drauf!‹.«

Luna stützte ihre Hände auf den Lehnen des Liegestuhls ab, als sie in das reuelos grinsende Gesicht ihres Dads blickte. »Trau dich noch einmal, mir mit einem Vortrag über moralisch schwieriges Verhalten zu kommen.«

»Was soll ich sagen, ich brauchte es. Ohne die Hinweise im Buch hätten meine Nachforschungen niemals die richtige Richtung genommen und wir wären heute nicht hier.« Jonathan pausierte andachtsvoll. »Genau genommen wäre niemand mehr hier.« Er schaute seine Tochter an. »Danke, dass du es mir gebracht hast.« Er nahm einen weiteren Schluck aus der Flasche und warf einen erneuten Blick auf seine Taschenuhr. Es war dieselbe, die er damals im Schloss von König Bartholomäus gefunden hatte. Es erschien ihm passend, sie zu tragen.

Lunas finstere Miene löste sich langsam wieder. »Du – du hast das alles geplant?«

»Deinen Zeitsprung? Selbstverständlich.« Jonathan ergriff ihre Hand und drückte sie beherzt. »Und ich hatte keine Zweifel daran, dass du es mir eines Tages bringen wirst, als ich es Diego gegeben habe.«

Luna lehnte sich prustend zurück und fuhr sich durchs Haar, während ihr Blick ziellos umherwanderte. Sie brauchte einen Moment, um zu begreifen, was er da sagte. Dann fuhr ihre Aufmerksamkeit zu Jonathan herum. »Was war es, dass du es so dringend gebraucht hast?«

Er setzte die Flasche ab und nickte abwägend. »Das erzähle ich dir später, okay?«

Sie verharrte kurz, dann ließ sie sich wieder in die Liege fallen. »Solange ich dich wieder habe, soll's mir recht sein.« Luna lächelte tief berührt. »Es war eine wirklich lange Reise, weißt du?«

»Und sie ist noch nicht vorbei.« Er zwinkerte. »Magst du mir mal dein Na-Vi geben?«

»Gerne, aber es ist schon wieder kaputt«, gab sie kleinlaut zu.

»Ich weiß.« Er setzte die Sonnenbrille ab, legte sie auf den Deckel der Kühltruhe und nahm das Gerät in Empfang. Dann warf er einen Blick auf sein eigenes Na-Vi und hielt anschließend über seine Schulter hinweg nach etwas Ausschau.

Ihr war es noch nie zuvor so bewusst aufgefallen wie in diesem Moment, aber das Blau seiner Augen hatte wirklich etwas Schimmerndes. Fast so wie bei Diego. Das war wirklich merkwürdig, könnte es sein, dass ...

»Es wird Zeit«, unterbrach Jonathan ihre Gedanken.

Sie kräuselte fragend die Lippen. »Zeit? Wofür?«

Statt eine Antwort zu erhalten, sah sie Jonathan dabei zu, wie er aufstand und auf die Mauern der alten Ruine zuging. Plötzlich tauchte Diego zwischen ihnen auf, ein rothaariges Mädchen von etwa sieben Jahren lief mit ihm an seiner Hand. Luna musste zweimal hinsehen, bevor sie die kleine Gestalt in ihrem Blümchenkleid erkannte. Ruckartig sackte sie so tief wie nur möglich in die Liege und zog die Kapuze des Nachtschwarzen über ihren Kopf.

»Was zur Hölle?!«, knurrte Luna ganz leise.

Diego wartete zwischen zwei Säulen der Ruinen und warf einen behutsamen Blick auf die Liege. »Hat es funktioniert?«, fragte er an Jonathan gerichtet.

Jonathan trat zu ihm heran und fischte nach seiner Version des Buches in seiner Weste. »Bin noch nicht sicher. Hoppla, jetzt hätte ich dir fast das falsche Buch gegeben.«

Staubiger Wind zog zwischen den Säulen hindurch und der Drache schützte reflexartig die Augen des quengeligen Wurms an seiner Hand. »Das wäre ungünstig. Hast du das Na-Vi?«

»Aber sicher«, sagte Jonathan und übergab es ihm.

Die kleine Luna zwängte ihren Kopf aus der schützenden Pranke des Drachen hervor. »Onkel Diego?«

»Ja, kleines Monster?«

»Kann ich zu Papa?«

»Diego weiß nicht, ob du das kannst?«, witzelte der Drache.

»Grrr. Du weißt, wie ich das meinte«, knurrte sie.

Er ließ ihre Hand los und das kleine Wiesel lief zu ihrem Papa. Jonathan hockte sich hin und begrüßte sie mit einer herzlichen Umarmung. Der Drache stemmte seine Pranken erwartungsvoll in die Hüften und sah zu den Sonnenliegen hinüber. »Hey, Troublemaker! Willst du nicht einem alten Freund Hallo sagen?«

Luna verkroch sich noch tiefer in den Sitz. Sie verfluchte den Umstand, nicht kleiner zu sein, als sie es ohnehin schon war. Da rief der Drache sie erneut.

Verdammt! Wie stellt der sich das vor? Ihr blieb keine andere Wahl. Wenn sie nicht gleich kommen würde, würde er es tun und noch wusste sie nicht, was besser war. Eifrig schaute sie sich um.

Wie mach ich das jetzt? Wie mach ich das jetzt?! Verzweifelt kramte sie in ihrer Tasche.

Die Pilze, hübsch, aber wenig hilfreich. Zick und Zacks Kästchen. Nagelfeile. Haargummi? – Haargummi!

Sie zog ihre Lockenmähne links und rechts unter ihre Nase und verband die beiden Enden schnell miteinander. Abschließend ergriff sie die Sonnenbrille ihres Dads. Sie hatte sich noch nie so dämlich gefühlt, wie in diesem Moment.

Kapuze, Haare und Sonnenbrille schränkten ihre Sicht auf ein Minimum ein, so war es nicht verwunderlich, dass sie die kleine Sandkuhle übersah und darin umknickte. Innerlich fluchend torkelte sie zögerlich zu den beiden.

»Oh, servus, griaß di«, entgegnete Luna ihrem Ziehvater mit künstlich vertiefter Stimme.

Jonathan und Diego konnten sich das Grinsen nicht mehr verkneifen, während der kleine Knirps an Jonathans Seite die fremde Person argwöhnisch musterte.

Luna schwor sich, dass sie den beiden hierfür in den Arsch treten würde. Ganz sicher sogar. Gleich direkt, nachdem sie ihr erklärt hatten, was hier lief.

»Gut, gut und selbst? Was humpelst du denn so?«, erkundigte sich Diego schmunzelnd.

»I bin da in so a deppert's Loch `tren. I glab, i mog de Stiafl ned.«

Jonathan verzog das Gesicht, als die kleine Luna an seinem Bart zog. »Sage mal, wie viele Sprachen sprichst du eigentlich?«, fragte er ihre ältere Version.

Luna zählte mit beiden Händen einmal kurz durch. »Drölf«, sagte sie dann.

Die Kleine an Jonathans Rockzipfel fuhr mit skeptisch schauender Miene zu der fremdartigen Gestalt herum und blinzelte ungläubig. »Drölf?! Wo haben sie dich denn ausgegraben? Drölf ist doch keine Zahl!«, meckerte sie.

»Luna Aurora King. Verrate mir lieber, ob du darüber nachgedacht hast, warum ich heute Morgen nicht sehr erfreut war, bevor du andere korrigierst«, warf Jonathan dazwischen.

Die Kleine schaute ihn mit schmollender Miene an und schwieg.

Jonathan stupste ihre Nase an und lächelte. »Oh, ich sehe, das hast du. Sehr schön. Und zu welchem Ergebnis bist du gekommen?«

Die Miene der Kleinen verfinsterte sich. »Dass du selber Schuld hast!«, meckerte sie trotzig.

Missmutig legte Jonathan den Kopf schräg.

»Bitte? Hmm, ich hatte eigentlich gehofft, dass du dich bei mir entschuldigen würdest. Ich habe dich schließlich mehr als ein Mal gebeten, nicht überall hinaufzuklettern.«

Sie drückte ihre linke Hand gegen sein Gesicht und drehte sich weg. »Ist doch nicht meine Schuld, dass du deine doofe Tasse so doof hinstellst.«

Jonathan zog den Kopf nach hinten, bevor sie ihn kratzen konnte. »Also keine Entschuldigung?«

»Nein!«

Jonathan seufzte. Er streichelte ihr über den Rücken und gab ihr einen Kuss auf die Wange. »Weißt du, dein Papa geht das erste Mal seit Langem auf ein Abenteuer und ich würde es sehr schade finden, wenn wir uns so verabschieden würden.«

Luna vergrub ihre Hände in den Taschen des Nachtschwarzen und trat einen Schritt zurück. Sie sah diese Szene das erste Mal aus dieser Perspektive und versuchte verzweifelt, etwas Distanz zu wahren. Sie verstand noch nicht, was das alles bedeutete, aber sie konnte kaum ertragen, was gleich passieren würde. Sie erinnerte sich, als sei es gestern gewesen. Luna spürte einen plötzlichen Stich in ihrem Herzen und die aufsteigende Übelkeit. Sie konnte nicht anders, sie drehte sich weg und kämpfte gegen ihre Gefühle an. *Wie gerne würde ich sie aufhalten! Wie gerne würde ich mir die Kapuze vom Kopf reißen und einfach nur schreien.* Sie spürte das Zittern ihrer Hände in den Taschen.

Jonathan blickte die kleine Luna schief an. »Möchtest du mich wirklich so gehen lassen? Kein Knuddeln? Kein Küsschen? Kein, ich hab dich lieb'?«

Widerspenstig drehte sie sich weg und würdigte ihn keines Blickes mehr.

Er schnalzte. »Mach das nicht. Stell dir mal vor, das hier wäre das letzte Mal, dass wir uns für lange Zeit sehen. Dann wärst du hinterher sicher sehr traurig.«

Doch sie reagierte nicht. »Komm schon, du bist sieben, keine drei. Was sollen denn andere von dir denken?«

»Mir doch egal! Du lässt mich ja eh nie mit den anderen Kindern spielen!«

»Weil diese Kinder nicht verstehen würden, wie besonders du bist.« Jonathan ließ entrüstet die starken Schultern sinken. »Du hast recht. Es war ein Fehler, dich in meiner Heimat großziehen zu wollen, das weiß ich jetzt. Aber in Haven wirst du ganz sicher sehr viele Freunde finden. Da kannst du endlich sein, wie du bist.«

Sie ergriff die starke Hand des Drachen und vergrub ihr schmollendes Gesicht schützend darin. »Sehr schön! Wenigstens muss ich mich dann nicht für doofe Tassen entschuldigen.«

Jonathan schluckte schwer. Wusste er doch zu gut, was für ein unverbesserlicher Sturkopf seine Tochter war. Also gab er nach und sei es nur, um ihr die Chance eines Abschieds zu geben. Er trat dicht an sie heran, um seine Tochter noch einmal richtig zu knuddeln. Da kratzte sie ihn aus heiterem Himmel im Gesicht. Schweigend trat er augenblicklich einen Schritt zurück. Sein Herz wog schwer und er wünschte ihr alle Kraft, die sie brauchen würde.

»Geh doch endlich auf dein doofes Abenteuer!«, setzte sie nach, ohne sich darüber Gedanken zu machen.

Diego senkte den gehörnten Kopf und schaute Jonathan traurig an. »Diego tut es sehr leid.«

Jonathan tastete die blutende Wunde über seinem Auge ab. »Muss es nicht, alter Freund. Wir sehen uns ja schon bald wieder.« Der Drache nickte verunsichert. »Diego hofft es sehr.« Jonathan warf einen Blick auf seine Taschenuhr und wedelte mit dem Handrücken. »Na los, geht schon. Wir haben nicht ewig Zeit.« Jonathan stand ganz still und sah den beiden dabei zu, wie sie gemeinsam zu einem Übergang Richtung Haven gingen.

Jonathan bildete sich ein, dass sein kleiner Giftzwerg sich im letzten Moment doch noch einmal zu ihm umsah. Dann waren sie weg.

Langsam drehte er sich zu Luna um und trat zu ihr. Beherzt klopfte er ihr auf die Schulter. »Kannst die Maskerade beenden. Sie sind weg.«

Schwermütig löste Luna das Haargummi, zog sich die Kapuze vom Kopf und gab ihm seine Sonnenbrille wieder. Ihre Augen füllten sich mit Tränen. Sie schaute weg, wischte sie sich ab, in der Hoffnung, dass er es nicht merkte. Dann überwog doch das Verlangen und sie umarmte ihn, so doll sie nur konnte.

»Hey, mach mal langsam! Du bringst mich ja noch um«, sagte Jonathan und rang nach Luft.

»Es tut mir leid! Ich wollte die Tasse nicht kaputt machen!«, schluchzte sie. »Nur damit du es weißt, ich habe später alle Teile zusammengesucht und sie wieder heile gemacht, damit du dich freust, wenn du wieder kommst. Aber –, aber – du bist nie wieder gekommen. Ich war so unendlich traurig. Ich hasse mich dafür, dass ich so stur war.«

»Ich weiß«, sagte Jonathan und drückte sie fest an sich.

Sie krallte ihre Finger in seine Weste und ihre Stimme bebte. »D-das ist nicht meine Zeit, oder?«

Jonathan zögerte, dann klopfte er Luna sanft über den Rücken. »Das ist schon mal richtig.«

»Also hat etwas nicht geklappt – und ich werde dich am Ende doch verlieren.« Sie machte sich keine Mühe, die mitschwingende Sorge und Traurigkeit ihrer Erkenntnis zu verbergen. Erstaunt runzelte er die Stirn und trat einen Schritt zurück, um sie anzusehen. »Himmel, nein! Wo denkst du hin? Ich habe noch ein bisschen was vor. Außerdem habe ich mir für dieses Abenteuer eine besondere Stelle für ein neues Tattoo aufgehoben«, sagte er und lachte herzhaft.

Luna wischte sich eine Träne aus dem Gesicht und fasste sich langsam wieder. »Hmm. Das ändert für mich nichts an der Tatsache, dass hier offensichtlich eine Wiederholung der Ereignisse stattfindet. Das kannst du nicht abstreiten.«

Er hob verteidigend seine Hände in die Höhe. »Will ich auch gar nicht.«

Wo gerade noch Traurigkeit war, wütete jetzt ein Feuer in ihren Augen. Sie deutete drohend mit ihrem Finger auf ihren Dad. »Dann weißt du ja auch, dass dein Na-Vi kurz nach diesem Treffen kein Signal mehr gesendet hat.«

»Ja, und ob du es glaubst oder nicht, das ist ein gutes Zeichen. Es bedeutet, dass wir erfolgreich in deine Zeit zurückkehren.«

Blinzelnd stand sie da und brauchte einen Moment, bevor sie seine Worte vollends verstand. »Wir?«

»Natürlich. Nur so bleibt die Zeitlinie intakt. Ich dachte, wir zwei könnten nach unserer Rückkehr in deine Gegenwart mal schauen, was jenseits des R-Sektors liegt. Wenn ich ehrlich bin, reizt mich das schon seit Jahren. Stell dir nur mal vor: Welten, die seit Jahrhunderten niemand mehr gesehen hat. Wäre das nicht ein prima Abenteuer?« Er musterte seine Tochter, ob sie in irgendeiner Form auf seine Worte reagierte, doch sie starrte ihn nur an. »Nicht gut? Zu egoistisch? Jetzt sag doch was!«

Sie zögerte in einem Anfall von innerem Konflikt. *Er lügt*, hörte Luna ihre innere Stimme sagen. *Halt die Klappe! So etwas würde er mir nie antun! Oh, wer ist jetzt naiv? Er ist ein Heuchler, der alles tut, um zu bekommen, was er will! Du darfst ihm nicht trauen. Er verbirgt etwas vor dir!*, sprach die Stimme erneut. Luna schüttelte ihren Kopf, um diese vernebelnde Stimme loszuwerden, und wandte sich ihrem Dad zu. »Sorry. Nein. Es ist nur so, es klingt zu gut, um wahr zu sein, weißt du?«

Er legte seinen Arm um sie und schlenderte mit ihr langsam zum Rand der Ruinen. »Habe ich dich jemals belogen?«

Sie blickte zu ihm auf. »Na ja, du hast mich beklaut. Zweimal.«

»Aber habe ich das verheimlicht?«

»Nein, aber du tust es jetzt! Das merke ich doch.«

Er seufzte. »Ja, das stimmt. Es gibt da noch eine Kleinigkeit, die wir vorher erledigen müssen.«

Siehst du! Er belügt dich! Wach auf!, schrie die Stimme in ihrem Kopf. »Das sagtest du bereits. Was ist das für eine Kleinigkeit?«

Jonathan verzog das Gesicht, als litt er an einer Magenverstimmung. »Nichts, worüber du dir Sorgen machen müsstest. Ich erzähle es dir unterwegs. Jetzt müssen wir erst mal zum Flughafen«, wehrte er ihre Frage ab.

»O-kay. Wo geht's denn hin?«, fragte Luna perplex und leicht desorientiert, als sie die staubige Straße vor den Ruinen erreichten.

Jonathan stieg in den am Straßenrand geparkten, rot glänzenden 1958er Cadillac Eldorado ein. »Du wirst lachen, Sakwala Chakraya«, sagte er trocken.

Luna stieg auf der Beifahrerseite ein. »Warum wieder Sakwala Chakraya?«

»Das erkläre ich dir unterwegs. Jetzt gehts erst mal zum Flughafen«, sagte Jonathan und startete den Motor.

Luna trommelte mit ihren Fingern auf dem cremefarbenen Armaturenbrett. Sie saß zuletzt als Kind in diesem Auto und liebe die Fahrten darin. »Auf welchen Namen hast du die Tickets gebucht?«

»Da wir mein eigenes Flugzeug nehmen, brauchen wir keine.« »Du hast 'nen Pilotenschein?«, fragte sie ungläubig blinzelnd.

»Keinen von dieser Erde.«

Nur ein weiteres Abenteuer

Sie fuhren nun schon einige Minuten auf der staubigen Landstraße in Richtung des Flughafens von El Alto entlang. Hin und wieder kam ihnen ein Fahrzeug entgegen, sonst gab es nichts als trockenes Ödland und kahlen Fels an den Straßenrändern. Die Klimaanlage des Autos brummte und blies Luna eine kühle Brise ins Gesicht. Ihre Stirn legte sich still in Falten, während sie unentwegt ihren verlorengeglaubten Dad anstarrte. Sie konnte immer noch nicht glauben, wirklich neben ihm zu sitzen. Ihre gerötete Nasenspitze bebte neugierig. Er roch heute intensiver nach Sandelholz, als er es sonst tat, stellte sie fest. »Ich hab Ulysses übrigens wirklich nicht vom Dach geschubst«, sagte sie schließlich.

Jonathan setzte den Blinker und überholte einen Viehtransporter, der Schweine geladen hatte. »Ich weiß. Du warst im Kinderzimmer, als es passierte. Was meinst du, warum ich nicht mehr wollte, dass du überall herumkletterst? Ich hätte es mir nie verziehen, wenn dir etwas passiert wäre.«

»Oh, dann ging es also nie um die Tasse?«

»Nein.«

»Tut mir leid, dass ich dich gekratzt habe.«

Jonathan fasste sich an die Stelle über seinem Auge. »Schon gut. Ich bin dir nicht böse. Es blutet auch kaum noch, also halb so wild.«

Luna zögerte kurz und spielte nervös mit ihren Fingernägeln. »Ich habe es als Kind übrigens genau eine Woche allein in Haven ausgehalten, bevor ich das erste Mal getürmt und nach Hause gelaufen bin«, sagte sie plötzlich.

»Was?!« Ihr Geständnis jagte ihm einen solchen Schrecken ein, dass er beinahe von der Straße abgekommen wäre. »Kind! Es sind dreizehn Sprünge von Haven bis zu uns nach Hause!«

»Ich weiß.«

»Du warst sieben!«

»Ich weiß!«

»Was wolltest du zu Hause?!«

Sie setzte sich aufrechter hin und funkelte ihn provokant an. »Weißt du eigentlich, wie gruselig Haven für 'ne Siebenjährige ist, die nichts anderes als die schicke kleine Berliner-Dachgeschosswohnung und das bisschen Viertel drumherum kennt?! Aber falls es dich beruhigt: Kira hat mich kurz hinter Haven angefangen zu begleiten. Ich war also in Sicherheit. Diego war trotzdem ganz schön sauer, dass ich einfach verschwunden bin.«

Jonathan zog den Wagen wieder gerade und tuckerte jetzt einem silberglänzenden Truck hinterher. Er hob den linken Mundwinkel und musste schmunzeln. »Unverbesserlich! Ich hab dich sehr lieb, weißt du das?«

Luna schaute zu ihm auf und strich sich verlegen ihre weiße Strähne aus dem Gesicht. »Ich dich auch, Dad. Also, was ist es, dass wir noch tun müssen?«

Jonathan haderte kurz mit sich. »Später. Greif erst mal ins Handschuhfach.«

Neugierig öffnete Luna es. Neben ein paar Taschentüchern, einer alten Landkarte, Pfefferminzdrops und einem Teddy, den sie ihm zu seinem letzten Geburtstag geschenkt hatte, fand sie ein schwarzes Päckchen mit einer roten Schleife daran.

»Genau das. Na los. Aufmachen!«

Behutsam öffnete Luna das Papier und lugte hinein. »Das ist ja ein Na-Vi«, sagte sie staunend und nahm das ungewöhnliche, silberglänzende Gerät in ihre Hand.

»Sogar ein ganz besonderes. Es enthält eigens von mir entwickelte Software.«

Sie tastete vorsichtig über das Gehäuse des Geräts. »Wow. So etwas kannst du?«

Er nickte selbstgefällig. »Die neuen Zeitreisekoordinaten sind auch schon hinterlegt.«

Beinahe ließ sie das silberne Gerät fallen. »Äh, what? Ich dachte, der Stein sei der Schlüssel?! Vorhin warst du da zumindest noch ziemlich sicher.«

Jonathan zog kleinlaut den Kopf ein. »Oh, ja, richtig. Du bist ja noch auf dem Stand. Kleines Update: Damit der Stein in der Lage ist, einen durch die Zeit zu bringen, muss er die richtigen Informationen bekommen. Dazu braucht es ein eigens von mir entwickeltes Programm im Na-Vi.«

Luna fiel alles aus dem Gesicht. »Willst du mich verarschen?! Ich hätte sterben können!«, blaffte sie ihn an und verpasste ihm bei jedem Wort einen Faustschlag auf die Schulter.

»Au! Hättest du nicht. Ich wusste ja, dass es funktioniert, da ich ihn ja schon programmiert hatte oder haben werde? Nein, hatte, ist dieses Mal richtig.«

Der lahmarschige Trucker vor ihm nervte nun schon eine Weile, also setzte Jonathan zu einem zügigen Überholmanöver an und brauste an dem Chrom-Monster vorbei.

»Der Stein ist im Grunde ein parasitäres Mineralquarz, das von Prof. Dr. Erwin Stein entdeckt und später zu Raumfahrtzwecken genutzt wurde. Er taufte es: *Lapis variabilis.*«

»Du hast mich einem Parasiten ausgesetzt?!«, schimpfte seine Tochter und holte erneut zu einem Schlag aus.

»Hey! Ich fahre!«, protestierte er. »Außerdem ist es halb so wild. Der Quarz bedient sich zum Wachsen am Elektrolythaushalt des Anwenders. Darum warst du auch so durstig.«

Sie schlug ihn erneut. »Du elender ...! Ich war also die ganze Zeit in diesem Stein?!«

Er rieb sich die schmerzende Schulter. »Eingelagert in einer sicheren Nebenwelt, bis die Zeit reif war.«

Luna prustete grimmig und verschränkte eingeschnappt die Arme. »Arschloch.«

Jonathan schnaubte und schüttelte kaum merklich seinen Kopf. »Erwin entdeckte die Eigenschaft des Minerals, als er eines Morgens in sein Labor kam und sein Zwerg-Oktopus Francis darin eingeschlossen vorfand. Sein Assistent hatte eine Handvoll der Steine dekorativ in Francis Aquarium platziert, weil er nichts anderes damit anzufangen wusste. So kam eines zum anderen.«

»Erwin?«, fragte sie grinsend.

»Lach nicht. Ich habe zwei ganze Jahre als sein Praktikant gearbeitet, um an eines dieser Steine zu gelangen.«

»Erwin«, kicherte sie.

»Sehr erwachsen. Als Erwin entdeckte, wie vielseitig das Ganze ist, legte er einen evolutionären Grundstein für Raumfahrtentwicklung seiner Erde. Dauerte nicht lang, da war es die sicherste Art, im All zu reisen. Ging etwas schief, wurden die Astronauten vom Quarz umschlossen und von diesem zum programmierten Ziel gebracht. Darum auch das leer gelutschte Na-Vi. Dafür wird Energie benötigt.«

Luna kräuselte missmutig ihre dunklen Lippen. »Wow. Warum kenne ich diesen Erwin nicht?« Weil er Geheimnisse hat!, meldete sich erneut die Stimme in ihrem Kopf. Luna ignorierte sie weitestgehend und bemerkte doch, wie Misstrauen in ihr wuchs.

Jonathans Cadillac verließ die Schotterstraße nach rechts und bog auf eine asphaltierte Straße ein. »Weil seine Erde schon drei Jahre vor deiner Geburt untergegangen ist. Ein Meteor.«

Luna kniff ihre Augen zusammen und biss sich auf die Zunge. Sie brauchte all ihre Willenskraft, um es sich zu verkneifen. Dann gackerte sie laut los. »Eine Erde mit revolutionärer Raumfahrttechnik stirbt aus wegen eines Meteores aus dem All. Kannst du dir nicht ausdenken!«

Jonathan ignorierte es. »Ich hätte ihm gerne geholfen, ist wirklich schade, um so einen genialen Geist. Leider war ich zu der Zeit mit der Heteromorph-Krise in Haven beschäftigt.«

»Ich weiß. Diego hat mir oft Geschichten von deinen Abenteuern erzählt, wenn ich mal da war. Du lenkst ab.«

»Äh, genau.« Jonathan ignorierte stur ihre fragende Haltung und konzentrierte sich stattdessen auf den fließenden Verkehr.

Luna drückte ihre Zunge spielerisch gegen die Innenseite ihrer Wange. »Ich habe übrigens nachgedacht. Ich hätte gern 'nen Kobold als Haustier. Kann man zwar nicht reiten, aber die machen wenigstens den Haushalt.«

»Was zum ...?« Jonathan entglitten alle Gesichtszüge.

»Du weißt schon, dass die keine Haustiere sind? Es sind eher – na ja, Mitbewohner und was den Haushalt angeht ...«

»Dann machen wir halt 'ne WG. auf. Ich seh's schon vor mir«, ihre Hände glitten präsentierend in die Höhe, »Vater und Tochter suchen freundlichen Kobold aus der Nachbarschaft.«

Jonathan kniff die Augen zu. »Das klingt – irgendwie falsch.«

Luna legte den Kopf schief und funkelte ihn scharf an. »Ach, findest du?«

»Schon gut. Wir retten die Welt, zufrieden?«

Ihre Augen funkelten vor Aufregung. »So richtig echt? Cool! Welche Welt retten wir? Und wovor?«

Jonathan zögerte. »Öhm, alle?«

Luna lehnte sich seitlich in den Sitz des Wagens und blickte ihren Dad musternd an. »Du verarschst mich, oder?«

Jonathans Aufmerksamkeit wechselte immer wieder zwischen Straße und ihrem perplexen Gesichtsausdruck. »Nein. Ich dachte, deine Ohren sind so klasse.« Er zwinkerte ihr zu. »Sicher, dass es dir gut geht?«

Stell ihn zur Rede!, rief die Stimme in ihrem Kopf. »Wovor genau retten wir alle Welten?« Nicht einmal Luna konnte das folgende Genuschel verstehen, dass er darauf von sich gab. Sie kämmte ihr Haar beiseite und streckte ihr rechtes Ohr in seine Richtung. »Bitte? Verzeihung, aber ich habe dich leider nicht verstanden. Vielleicht nimmst du den Lappen aus dem Mund, bevor du sprichst.«

Jonathan atmete tief durch und schnaubte resigniert. »Vor dem Weltenfresser«, wiederholte er kleinlaut.

Ein ernüchternder Seufzer entwich Luna. Siehst du. Ich sagte doch, er hat Geheimnisse. Luna schüttelte ihren Kopf. Sie wollte diese Gedanken verdrängen, doch es fiel ihr zunehmend schwerer. »Wieso wir? Viola Queen killt das Vieh doch morgen in B-512.«

»Das ist genau der Punkt. Tut sie nicht. Violas Plan ist wie alle ihre Pläne: Alles mit Gewalt in die Knie zwingen, was sich ihr in den Weg stellt. Aber genau hier hat sie die Rechnung ohne den Wirt gemacht. Was sie plant, klingt gut, wird aber nicht funktionieren. Davon abgesehen, wäre Töten in diesem Fall ohnehin eine äußerst dumme Idee. Statt es töten zu wollen, sollten wir lieber versuchen, es zu studieren.«

Luna ohrfeigte Jonathan reflexartig. »Bist du bescheuert?! Warum sollte man das wollen? Das Vieh hat unzählige Welten verschluckt und wer weiß wie viele Leben auf dem Gewissen!«

Mit ernster Miene rieb er sich die Wange. »Denk nach. Es absorbiert Lebewesen und verfügt dann über deren Wissen. Warum tut es das? Ist es wirklich feindselig? Oder reagiert es nur auf unsere Feindseligkeit? Wir wissen es nicht. Vielleicht ist dieses Wesen ursprünglich zu einem ganz anderen Zweck geschaffen worden.«

Luna schaute ihren Dad fragend an. »Du meinst also, wir sollten dem Blob Blumen schenken und gucken, was passiert? Klingt nach einem tollen Plan, um ins Gras zu beißen, wenn du mich fragst.«

Jonathan wollte gerade darauf antworten, da fiel ihm der rabenschwarze 1964 Ford Galaxie 500 im Rückspiegel auf. Er bog mit quietschenden Reifen auf die Landstraße ein und holte schnell auf.

»Scheiße«, knurrte Jonathan und beschleunigte.

Rückrunde mit Grimm

Jonathans Blick fiel immer wieder in den Rückspiegel. Seine Hände umklammerten fest das Lenkrad und waren auf das Schlimmste gefasst. Dann rumste es. Jonathan fluchte, als der rabenschwarze Ford seinen roten Cadillac rammte.

Luna fuhr erschrocken herum und blickte in das dreckige Grinsen von Mister Grimm, der neben seinem Partner Mister Preston am Steuer des Fords saß. »Verdammt! Ich dachte, der Dicke wäre auf der Ranch Hopps gegangen!«

Der Ford holte auf, kam näher und traf den linken Kotflügel des Cadillac. Jonathan raste in den Gegenverkehr, schaffte es aber wieder, den Wagen unter Kontrolle zu bringen. »Fuck! Die meinen es ernst!«

Luna schaute nach hinten und sah, wie der Ford erneut aufholte. Sie beugte sich vor und drückte hastig alle möglichen Tasten auf dem Armaturenbrett. Das Radio schaltete sich ein, die Sender wechselten und die Warnblinker gingen an. »Hast du keinen Spezialknopf, der diese Schrottmühle zu einem Batmobil macht, oder so was?!«, keifte sie.

Jonathan überholte so dicht wie möglich einen grauen Kombi, um Zeit zu gewinnen. »Das ist ein echter Klassiker! Der hat so etwas nicht.«

»Was?! Warum nicht?!«, blaffte Luna entsetzt.

Erneut rumste es und der Cadillac geriet ein weiteres Mal ins Schlingern. Der Wagen kam kurz von der Fahrbahn ab, bis Jonathan ihn wieder fing. »Können wir darüber vielleicht später streiten?!«

Luna prustete mit grimmiger Miene. »Fein! Ich kümmer mich drum!« Sie kurbelte die Scheibe der Beifahrerseite herunter, kletterte halb aus dem Fenster und hielt sich an der Innenkante des Daches fest. Der Ford näherte sich erneut. Diesmal von rechts. Luna ließ im passenden Moment ihren Oberkörper nach unten fallen und klemmte ihre Stiefel gegen den Himmel des Autodaches. Ihr Kopf schwebte nur wenige Zentimeter über den vorbeirauschenden Asphalt. Nur eine ungünstig gelegene Bodenwelle könnte sie jetzt bereits das Leben kosten. Der Ford kam immer näher. Mit einem kräftigen Ruck fuhren Lunas Krallen aus. Sie visierte den Vorderreifen des Fords an, holte aus und fuhr ruckartig hoch, als der Ford plötzlich den Cadillac von rechts rammte. Ihre Krallen durchbohrten das Dach des Cadillacs, während ihr Puls raste. Scheiße war das knapp!

»Urgh! Dieses Mal kriegen wir euch!«, kreischte Preston vom Beifahrersitz aus. Mister Grimm schwieg und starrte sie ausdruckslos an. Er streckte seine mit spitzen Zähnen versehene Handfläche nach Luna aus und bekam ihren wehenden Mantel zu fassen.

Luna schaute über ihre Schulter hinweg in die reglose Visage von Mister Grimm, der unentwegt an ihr zog. Sie hatte keine Wahl. Luna trat blind in den Fahrerraum, traf Jonathans Hand, klemmte ihren linken Stiefel ins Lenkrad des Cadillacs und zog das Fahrzeug scharf nach links.

Dann trennten ihre Krallen Mister Grimms Unterarm vom Rest seines Körpers. Sie ließ sich erneut nach unten fallen und noch während Mister Grimm vor Wut schäumend fluchte, bohrten sich ihre Krallen in den Vorderreifen des Fords und rissen ihn in Stücke. Der Ford geriet ins Schlingern, kam von der Straße ab und überschlug sich mehrfach. Dann fuhr der Cadillac über eine Bodenwelle. Lunas Stiefel verloren den Halt und die Zeit schien einen schrecklich langen Moment stillzustehen, als sie erkannte, was gleich passieren würde.

Doch Jonathan packte sie gerade noch rechtzeitig am Knöchel und zog sie wieder ins Auto. »Alles okay? Geht es dir gut?«

Sie japste nach Luft. »Ja! Fuck!« Ihre Hände zitterten. »Verdammt! Ich hab mir einen Nagel eingerissen! Was sollte das? Ich dachte, die haben begriffen, dass wir tabu sind!« Luna ergriff die knabbernde Hand an ihrem Mantel, zog die mit Widerhaken versehenen Zähne wie einen groben Klettverschluss ab und ließ die Hand mit einem angewiderten Gesichtsausdruck aus dem Fenster fallen.

Jonathan korrigierte den Sitz des Rückspiegels und sah, wie die beiden Grenzschützer nahezu unversehrt aus dem Wrack krochen. »Wenn ich raten müsste, würde ich behaupten, dass jemand begriffen hat, was ich vorhabe. Und das war der freundliche Versuch, uns aufzuhalten.«

Luna wischte sich über ihre Augen, um sie vom Straßenstaub zu befreien. »Wer? Und warum?«

»Wer auch immer dafür gesorgt hat, dass Tenacious vor Jahren dieses Signal im Keller von König Bartholomäus Schloss empfangen konnte.«

»Was?« Luna kurbelte die Scheibe wieder hoch, um dem Gespräch besser folgen zu können.

»Das seltsame Signal, dass Nathaniel nicht deuten konnte. Die isolierte Welt, in die Tenacious gesprungen ist, du erinnerst dich?«, fragte Jonathan.

Luna runzelte die Stirn. »Grob.«

Jonathan fasste über den in Mitleidenschaft gezogenen Himmel seines Wagens und seufzte missmutig. »Tenacious hätte dieses Signal niemals empfangen dürfen. Und doch war es da, verstehst du?«

Luna feilte an ihrem eingerissenen Nagel. »Nein.« Dann fuhr ihre Aufmerksamkeit blinzelnd zu ihrem Dad hoch. »Warte, diese isolierte Welt, war …«

Jonathan nickte. »Die Welt, in der die ersten Wanderer den Weltenfresser verbannt hatten. Dadurch, dass Tenacious dem Signal gefolgt ist, wurde die Welt des Weltenfressers wieder ein Teil des Ganzen.«

Nun legte Luna die Feile endgültig aus der Hand. »Willst du damit sagen, dass der Weltenfresser all die Jahre auf freiem Fuß war und das niemand mitbekommen hat?«

Jonathan schnalzte abfällig. »Sei du mal tausende Jahre eingesperrt. Wenn da plötzlich jemand die Käfigtür offenlässt, ohne, etwas zu sagen, würdest du auch eine Weile brauchen, bevor du schnallst, dass du frei bist.«

Luna hielt den Atem an. »Krass! Wer ist denn bitte so dämlich und lässt ein weltenkillendes Wesen frei?«

Jonathan verließ den Highway und bog in die Ortschaft El Alto ein, während sich eine seiner Radkappen löste und weiter geradeaus fuhr. Viele Gebäude mit Altbaucharme vermengten sich mit von Menschen überfüllten Straßen und erschufen eine Stadt voller Leben. »Das kann ich dir leider nicht sagen. Aber nach allem, was ich weiß, können wir ausschließen, dass die Befreiung nur ein dummes Versehen war. Da wird definitiv jemand nachgeholfen haben. Jemand, der wusste, wie das geht.«

Luna runzelte die Stirn. »Ja, aber warum? Was hätte man davon?«

»Wer weiß. Kommt ganz darauf an, ob unser Drahtzieher bei klarem Verstand ist oder nicht. Aktuell lässt sich darüber nur spekulieren.«

Luna sackte tiefer in den Sitz und stieß missmutig die Luft aus ihren Lungen. »Und ich blöde Kuh hatte einen Funken Hoffnung, dass alles gut werden würde«, stöhnte sie. »Ich weiß nicht, ob du's nachempfinden kannst, aber ...«

»Du würdest am liebsten auf dem Absatz kehrtmachen und mit mir direkt zurück in deine Zeit springen«, unterbrach Jonathan sie und berührte aufmunternd ihre Schulter. »Mir geht es ganz ähnlich, glaub mir.«

»Wir sind wohl beide Egoisten.« Luna lehnte ihren Kopf gegen das Fenster der Beifahrertür und starrte in die endlose Wüste.

Wo die Legenden ruhen

Die Grabungsstätte lag anders als auf B-73.09.A.49-005 größtenteils oberirdisch. Ein nur wenige Meter langer Korridor führte Touristen und Reisende unter Tage. Dort war das Sternentor seiner Erde verborgen. Die Grabungsstätte lag abgelegen, dennoch hatte der Ort heute eine Menge Besucher.

Jonathan stellte sich in die Mitte zum Eingang des Korridors und räusperte sich auffällig. »Verzeihung, meine Damen und Herren, ich bitte um ihre geschätzte Aufmerksamkeit!« Nicht alle, aber die meisten Besucher drehten sich zu ihm um. »Mein Name ist Jonathan King! Landessicherheit! Dieser Stollen, sowie dessen Gelände sind aktuell einsturzgefährdet! Ich muss sie daher bitten, langsam und geordnet zu ihren Fahrzeugen zurückzukehren und die Besichtigung an einem anderen Tag fortzuführen!«

Unverständnis und Tumult machten sich breit. Nach und nach verstummten die Proteste und auch der letzte Besucher trat seinen Rückzug an. Jonathan wartete lächelnd, bis der letzte protestierende Besucher in seinen braunen Pick-up stieg und damit verschwand.

Dann verneigte er sich vor Luna und wies auf den Höhleneingang. »Nach Ihnen.«

Luna betrat die Höhle und Jonathan folgte ihr. Für sie waren die Lichtverhältnisse des fahl beleuchteten Zugangs kein Problem. Sie irritierte es jedoch, dass ihr Dad offenbar keine Probleme mit der Dunkelheit hatte und zu allem Überfluss weiterhin seine Sonnenbrille trug.

»Ganz schön hell hier drinnen, oder?«, bemerkte sie herausfordernd.

Er seufzte und nahm die Brille ab. Kein Zweifel! Sie hatte sich nicht geirrt. Seine Augen schimmerten blau.

»Seit wann sind deine Augen denn im Knicklicht-Modus?«

»Ein paar Jahre? Ist aber kein Dauerzustand. Eher ein nützliches Gimmick, für Situationen wie diese.«

Sie blieb stehen und musterte ihn argwöhnisch. »Weißt du, normale Leute nutzen Taschenlampen oder Knicklichter.«

Er zuckte mit den Schultern und verzog das Gesicht. »Was ist bei uns schon normal?«

Luna verharrte kurz. »Stimmt auch wieder.« Dann drehte sie sich um und folgte dem steinigen Pfad hinunter zum Sternentor.

Luna betrat als Erste den Raum zu der steinernen Wand mit ihren Symbolen und dem klaffenden viereckigen Loch in der Mitte und blieb auf dem oberen Treppenabsatz stehen. Luft zirkulierte irgendwo zwischen den Gängen der Höhle und verursachte kaum wahrnehmbare Töne. »Wow, Déjà-vu. Ist fast so, als war ich hier erst vor kurzem«, witzelte sie und fing sich von Jonathan einen Klaps auf ihren Hinterkopf ein.

Er ging an ihr vorbei und hinunter zur Tafel mit den Symbolen. »Fällt dir was auf?«

Luna folgte ihm die Stufen hinunter und schaute sich sorgfältig um. »Um ehrlich zu sein, nein. Hm, die Pilze fehlen, aber das sagtest du ja.«

Jonathan drehte sich zu ihr um. »Es ist ein absolut identisches Gegenstück. So wie jedes dieser Tore. Sogar das Loch an der Stelle, wo der letzte Autor verzeichnet sein sollte, ist bei jedem Sternentor vorhanden.«

Luna trat neben ihren Dad an die Tafel mit den ihr bekannten Symbolen. »Copy and Paste«, sagte sie kichernd.

»Technisch gesehen? Ja«, erklärte Jonathan und untersuchte das viereckige Loch in der Mitte der Wand.

Jegliches Kichern versiegte in ein unangenehmes Glucksen. »Das war ein Witz«, meinte Luna dann.

»Ach wirklich? Fakt ist, dass dieses Tor auf jeder Erde auf exakt demselben Längen- und Breitengrad existiert.«

Lunas Stimme zitterte. »A-aber, wie ist das möglich?«

»Das musst du den letzten der ersten Wanderer fragen. Seine Überlieferung vom Weltenfresser wurde nachträglich und von dieser Seite aus eingetragen. Eines muss man Gilligan jedoch lassen, er hat sich allergrößte Mühe gegeben, das zu verschleiern. Der Gute hat nicht einmal seine eigene Muttersprache verwendet.«

»Gilligan? Das verstehe ich nicht. Wenn er vom Weltenfresser gewusst hat, warum hat er dann niemanden gewarnt, als das Vieh wieder aufgetaucht ist? Ich meine, warum sollte er so viele Wesen in den sicheren Tod gehen lassen, wenn er weiß, wie man es aufhält?«

Jonathan fühlte über die Aussparungen der Symbole in dem Viereck und versuchte, sie zu deuten. »Das ist eines der wenigen Dinge, die ich noch nicht beantworten kann. Aber die ersten Wanderer erwählten damals jemanden aus ihrer Mitte, der zurückbleiben sollte. Sie ernannten ihn zum Chronisten der Zeit. Wer passte da besser als Gilligan? Angehörige seiner Rasse hören auf zu altern, sobald sie ausgewachsen sind. Danach leben sie so lange, wie sie einen Lebenswillen und eine Aufgabe haben.«

»Gilligan ist ausgewachsen?«, witzelte Luna.

Schmunzelnd griff Jonathan nach seinem Nano-Beutel und holte einen passgenauen goldenen Würfel mit ähnlichen Symbolen wie auf der Wand aus diesem hervor. Um keine Fehler zu machen, verglich er dessen Symbole mit denen in der Einbuchtung und murmelte leise etwas in seinen Bart.

Lunas Augen weiteten sich überrascht. »Gilligans Tischdeko. Wo hast du den jetzt her?«

»Hab ihn mir geliehen«, antwortete er, ohne aufzublicken.

Luna formte kleine Anführungszeichen in der Luft. »Geliehen? Weiß Gilligan, dass du ihn dir – geliehen hast?«, fragte sie und tigerte um ihn herum. »Warum hast du einen Nano-Beutel?«

»Finger weg!«, blaffte er. »Weißt du, wie lange ich danach bei Stacy's Ausschau gehalten habe? Ich habe eine Ewigkeit gebraucht, bis ich gemerkt habe, warum sie nie welche im Angebot hatte. Und noch mal so lange, bis ich begriff, dass außer Diego niemand damit rumlief. Aber meinst du, es sagt mal einer einen Ton?«

»Ich hätt's dir sagen können. Es ist eines von Diegos bestgehüteten Geheimnissen. Er hat niemals irgendwem verraten, wo er seinen herhatte.«

Jonathan legte den Kopf schräg und setzte den Würfel mit der richtigen Seite an den Rand der Aussparung. »Mir schon. Ist aber wirklich nicht leicht, da ranzukommen. Die Narubaner sind sehr misstrauisch gegenüber Fremden.«

»Kennst du die Geschichte von dem armen Tropf, der Diegos Beutel mal geklaut hatte?«

»Zepp. Ich hörte davon.«

»Und hast du auch davon gehört, was Diego mit dem gemacht hatte?«

»O ja, das habe ich«, grunzte er gehässig. »Danach wollte plötzlich niemand mehr so genau wissen, wo er ihn herhatte.«

»Hände hoch! Und weg von der Wand!«, ertönte plötzlich vom oberen Ende der Treppe eine Stimme. Der helle Strahl einer Taschenlampe traf auf Jonathan.

Er drehte sich langsam und mit erhobenen Händen um. Das grelle Licht blendete ihn. »Jonathan King, Landessicherheit. Was kann ich für sie tun?«

»Wachtmeister Tally. Was tun sie hier?«

Jonathan blinzelte. »Ähm – die Welt retten? Und Sie?« Er hob vorsichtig sein rechtes Bein und drückte den Würfel mit seinem Stiefel langsam in die Aussparung hinter ihm.

»Keine weitere Bewegung! Das ist Sachbeschädigung von Kulturgütern!«, brüllte der dickliche Wachmann. Seine zitternden Hände spannten den Hahn seiner Pistole.

»Schon klar. Nur nicht schießen«, murrte Jonathan. Es klickte und der Würfel rastete ein.

Der Raum erzitterte, Staub und Kiesel wurden aufgewirbelt. Ein Schuss fiel und zischte nur knapp an Jonathans Kopf vorbei. Dann ertönte ein dumpfer Schlag und der bewusstlose Leib des Wachmannes polterte die Treppen hinunter. »Hättest du ihn nicht eine Sekunde früher ausschalten können?«, knurrte Jonathan missmutig.

Luna sprang die Treppe hinunter und hob ihre Hände schützend vor die Augen. »Du hättest mit dem Würfel genauso gut eine Sekunde warten können.«

Die Symbole auf dem Würfel glühten weiß auf. Nach und nach glommen auch die anderen Symbole in verschiedenen Farben auf. Zuletzt leuchtete die schwarze Linie weiß auf und tauchte den ganzen Raum in gleißend helles Licht. Dann wurde es still.

Lunas Finger spielten irritiert in der Luft umher. »Äh, ist es vorbei? Haben wir gewonnen?«

Jonathan blieb schweigend vor der hell erleuchteten Mauer stehen. Seine Augen huschten suchend über das Gebilde, während er seinen Bart kraulte. Er zögerte kurz und machte einen langen Schritt Richtung Mauer. Das Gebilde waberte und er verschwand darin.

Luna betrachte mit einem dicken Kloß im Hals die wabernde Oberfläche vor sich. »Schön, dass wir darüber gesprochen haben, was er hier eigentlich wollte«, murrte sie in einem Anflug von Zynismus und trat bis zu ihrer Nasenspitze an die Mauer heran. Sie atmete noch einmal ganz tief durch. Ganz ruhig, er wird wissen, was er tut. Nur noch einen Schritt, dann bist du drüben, Luna. Wo auch immer dieses drüben ist.

Jonathan streckte plötzlich nach Luft schnappend seinen Kopf durch die Mauer und Luna machte vor Schreck einen Satz zurück. »Kommst du? Oder willst du mich alles allein machen lassen?«

Sie zog eine grimmige Miene. »Fuck you! Was erschreckst du mich so!« Dann straffte sie die Schultern und schritt hindurch.

Old Haven

B-01.01.U.00-001:

Luna betrat die kalte Einöde dieser längst vergessenen Welt. Vor ihren Füßen lag die Silhouette einer deformierten Stadt. Sie lag da, ganz in Schwarz, als hätte jemand einen großen Eimer Teer über diese Welt gegossen. Das knarzende Geräusch von brechendem Fels und nacktem Gestein, das aufeinanderschlug, hallte aus der Ferne zu ihnen. Luna nahm einen tiefen Atemzug und Panik breitete sich in ihr aus. Immer hastiger suchten ihre Lungen nach frischem Sauerstoff, doch da war nirgendwo welcher. Panisch griff sie sich an die Kehle und versuchte, auf sich aufmerksam zu machen. Ihr Kopf lief rot an und sie sank auf die Knie. Jonathan beugte sich ruhig über sie, drückte ihr schnell eine gläserne Maske aufs Gesicht und legte ihr seine Gurte über den Kopf. Sauerstoff durchströmte ihre vollkommen leeren Lungen und sie kam langsam wieder zu Kräften.

Luna keuchte und hustete. »Was zur Hölle?!«, dröhnte es dumpf aus der Maske. Langsam richtete Luna ihre Aufmerksamkeit wieder auf die zerklüftete Landschaft vor sich.

Keine Pflanzen, keine Tiere, kein Leben war weit und breit in dieser trostlosen, kalten Welt zu erkennen. Lunas Hände zitterten verunsichert. »Wo sind wir hier?«

Jonathan setzte sich ebenfalls eine Sauerstoffmaske aus seinem Nano-Beutel auf und atmete tief durch. »In Haven.«

Luna stutzte perplex. »Aber wie ist das möglich? Was ist hier passiert? Sind wir etwa gerade durch die Zeit gesprungen? Ist das die Zukunft Havens?!«

Jonathan begutachtete konzentriert den Würfel und rieb sich die Hände. »Was? Ach so, nein, sind wir nicht. Das hier ist nur das echte, ursprüngliche Haven. Das der ersten Wanderer, nicht die Nachbildung, in der wir leben«, antwortete er trocken und zog von dieser Seite des Sternentores an Gilligans Würfel.

»Das echte, ursprüngliche Haven?« Ein surrendes Soggeräusch erregte Lunas Aufmerksamkeit. Plötzlich hielt Jonathan Gilligans Würfel wieder in der Hand, und das gleißend helle Licht des Übergangs verschwand mit einem seichten Wob-Geräusch.

Luna starrte ihren Dad entsetzt an und tastete mit ihren Händen ins Leere bei dem Versuch, den Übergang zu finden, der sie hergebracht hatte. »Was tust du? Wie kommen wir jetzt wieder zurück?!«, fauchte Luna ihn nervös an, während ihr Atem immer unruhiger wurde. Scheiße! Was, wenn uns hier der Sauerstoff ausgeht?

Jonathan schmunzelte überlegen und verstaute den Würfel in seinem Nano-Beutel. »Was? Dachtest du, ich lass den stecken? Ich sehe schon, du hast noch nicht verstanden, wie der Würfel funktioniert, oder?«

»Magie?«, fragte sie und versuchte, ein Lächeln vorzutäuschen.

»Witzig, aber falsch. Denk mal an die Übergänge auf den Plattformen in unserem Haven.«

Luna hielt einen Moment inne und folgte ihrem Dad hinunter Richtung Stadt. Der Boden unter ihren Stiefeln knackte und knirschte bei jedem Schritt wie brüchiges Glas. Diese Substanz, die in dieser Welt scheinbar alles überzog, hatte beinahe etwas

Lebendiges, als würde sie sich jeden Moment in Bewegung setzen. Luna zog sich ihre Kapuze über den Kopf. »Die Übergänge in Haven sind also künstlich?«

»Das ist korrekt.« Jonathan stand vor einer durch Gebäudereste blockierten Straße. Er kletterte auf einen scharfkantigen Vorsprung, um die Blockade zu überwinden, und reichte Luna die Hand. Sie schaute ihn nur finster an, ging in die Knie und sprang in einem Satz auf den brachliegenden Schutthaufen des Gebäudes. Jonathan ließ resigniert die helfende Hand fallen. »Die ersten Wanderer haben herausgefunden, wie man die Schwingungsfrequenzen zwischen den Welten gezielt manipuliert. Sie sind also anders gereist, als wir das heute tun. Erst haben sie dazu Portschlüssel wie den Würfel genutzt. Man benötigte allerdings passende Gegenstücke. Alles recht kompliziert.«

Luna runzelte die Stirn. »Passende Gegenstücke?«

»Richtig. Sakwala Chakraya, Puerta de hayu marca, das Sonnentor in Bolivien und so weiter, alles künstliche Übergänge, die sich auch heute noch mit passenden Schlüsseln öffnen lassen.«

»Bedeutet, nicht jeder Schlüssel passt in jedes Tor, nehme ich an?«

»Stimmt genau. Und nicht alle führten an dieselben Orte. Später haben sie diese Technik weiterentwickelt und waren nicht mehr auf passende Portschlüssel angewiesen. Irgendwann gab es kaum noch welche und sie gerieten in Vergessenheit, so wie vieles andere auch.«

Luna ließ ihren Blick von der erhöhten Position abermals über die zerklüftete Stadt gleiten.

Beinahe jeder Zentimeter dieser Stadt wurde von diesem schwarzen, organisch geformten Gestein überzogen. Als wäre die Stadt darin zugedeckt worden. »Wow. Wie hässlich kann eine Welt bitte sein?«, murrte sie und war froh, dass ihr Haven nicht so aussah.

Jonathan stemmte die Hände in die Hüfte und ließ das Kinn auf die Brust sinken. »Was dachtest du denn, wie eine Welt aussieht, die beinahe komplett vom Weltenfresser verschluckt wurde?«

Luna stand plötzlich still und ihr Atem stockte. Ihr ganzer Körper versteifte sich. »W-wir stehen gerade auf dem Weltenfresser?! I-ist das dein scheiß Ernst?« Ihr Blick fuhr in der beklemmenden Sichtscheibe der Sauerstoffmaske von einer Ecke zur Nächsten. Immer wieder bildete sie sich ein, etwas im Augenwinkel vorbeihuschen zu sehen. Zweifellos eine Sinnestäuschung durch die seitlich angebrachten Filter. Luna sah sich trotz dieser Erkenntnis immer häufiger um. Ein großer Schauer lief ihr über den Rücken. Sie glaubte, von überall Geräusche zu hören. Die große Sichtscheibe fing langsam an zu beschlagen. Sie konnte in dem Ding ohnehin nichts als Elastan und Kohlefilter wittern und jetzt fiel ihr auch das Sehen immer schwerer. Ihr Herz wummerte immer schneller, ihre Gliedmaßen kribbelten und sie sah sich immer hektischer nach jeder Kleinigkeit um. Ihr wurde zunehmend schlecht vom Geruch der Maske. Zitterige Finger griffen nach den Riemen und Luna riss sich, so schnell sie konnte, die Maske vom Gesicht.

Jonathan machte einen Satz auf Luna zu, packte sie und drückte ihr die Maske wieder aufs Gesicht. »Was tust du denn da, verdammt?!«, brüllte er.

Luna ruderte hilflos mit den Armen umher und fächerte sich imaginäre Luft zu. »Ich bekomm Panik in dem Ding!«

Jonathan legte seine Hand auf ihre Schulter ab und blickte ihr tief in die verunsicherten Augen.

»Atme einfach ganz normal. Bleib ruhig und atme weiter. Dann beschlägt die Maske auch nicht.« Jonathan deutete auf ein turmähnliches Gebilde in der Ferne. »Siehst du das? Das ist der Turm von diesem Haven. Dort müssen wir hin. Es ist nicht mehr weit. Du schaffst das.«

Luna nahm einen tiefen und ruhigen Atemzug. Die Panik blieb ihr dennoch. »Meinst du, wir treffen dort auch einen der ersten Wanderer?«

Jonathan ließ von ihrer Schulter ab und ging weiter Richtung Turm. »Ich denke nicht, dass von denen noch einer übrig ist.«

Jonathan und Luna krochen durch die knarzenden und knackenden Überreste der einstigen Stadt. Die Verwüstung legte zunehmend ein Zeugnis der Ereignisse ab. Wesen aller Art, verewigt in der zu Stein gewordenen Substanz. Manche schienen noch gegen ihr unausweichliches Schicksal bis zum Schluss gekämpft zu haben. Andere saßen einfach nur da, als hätten sie schlicht akzeptiert, was geschehen würde.

Alles wirkte trostlos, wie ein grauenerregendes Mausoleum. Ganz anders als das bunte, lebendige Haven, das Luna kannte und liebte. Sie hörte erneut das knarzende Geräusch einer brechenden Kante. Sie sprintete zügig zu ihrem Dad und hakte sich bei ihm ein. »Also ein Tattoo, ja? Was soll's denn werden?«

Jonathan blieb stehen und schaute sie irritiert an. Ihre Maske beschlug immer wieder aufs Neue. Diese ungewohnte Unsicherheit in den Augen seiner Tochter ließ ihn traurig lächeln. Sie musste offenbar höllische Angst haben. »Blauer Schmetterling, rechtes Handgelenk, Innenseite«, sagte er und starrte auf den

Turm vor ihnen. Eine unverkennbare Anspannung wuchs dabei mit jedem Schritt in ihm. »Noch drei Straßen, dann sollten wir da sein.«

Luna folgte Jonathan dichtauf. Da auch an der nächsten Kreuzung eine Menge Trümmer und ehemalige Bewohner den Weg versperrten, suchten sie nach einer Alternative. Sie zwängten sich durch die engen Passagen eines Ladens mit dem Namen *Der kleine Hutmacher* hindurch, um auf die andere Seite des Gebäudes zu kommen. Die Scheiben des ehemaligen Hutmachers waren auf der anderen Seite noch intakt.

Jonathan fluchte. »Geht nicht anders, wir müssen da irgendwie durch.« Er suchte nach etwas zum Werfen und nutzte am Ende einen von der Substanz überzogenen Hut. Er holte aus und feuerte diesen durch das Fenster. Unter lautem Getöse brach die Scheibe. Nun lag der restliche Weg zum Turm endlich frei.

Luna kniff die Augen zu und versenkte ihren Kopf zwischen den Schultern. »Alter! Geht's eigentlich noch auffälliger?«

Jonathan stieg lächelnd aus dem Fenster ins Freie. »Du meinst, der Hutmacher könnte was dagegen einzuwenden haben?« Er stoppte abrupt, als sein Blick auf die Straße fiel. »Oh, oh.«

Direkt vor ihm stand ein busgroßer Steinkeiler und brach in seiner Schnauze ein Stück der Felsenlandschaft ab, bevor es diesen grummelnd die Kehle hinunter zwang. Seine ganze Haut war mit dicken Schutzplatten versehen, die offenbar aus der Substanz des Weltenfressers bestanden.

»Da bekommt, du bist, was du isst, gleich eine ganz neue Bedeutung«, murmelte er missmutig. Jonathan hob mit geweiteten Pupillen die Hand Richtung Luna. »Bleib, wo du bist. Mach keine unnötigen Geräusche«, flüsterte er und der Kopf des Steinkeilers fuhr zu ihm herum.

Eine Welt am Abgrund

Der riesige Keiler scharrte wild mit den Hufen und die schwarzglänzenden Augen starrten Jonathan bedrohlich an. Jonathan hob beschwichtigend die Hände in die Richtung des Steinkeilers, als wäre er ein Dompteur, der seinen Löwen beruhigen wollte. »Ganz ruhig, Kleiner. Onkel Jonathan tut dir nichts, wenn du ihm auch nichts tust. Haben wir einen Deal?«

Der Steinkeiler brüllte. Es klang beinahe wie ein verzerrtes Nein. Er schlug mit den Hauern nach links und rechts, riss große Furchen in die Straße und stürmte auf Jonathan zu. Dieser machte einen beherzten Satz zurück durch das Schaufenster des *Kleinen Hutmachers*. Der Keiler durchbrach in seiner Raserei ein Nebengebäude, kam nach drei wilden Hauerschlägen ins Leere zum Stehen und kehrte seine Aufmerksamkeit zum Geschäft des Hutmachers.

»Lauf!«, schrie Jonathan Luna an, drückte sie durch die engen Gänge des Ladens voran und Luna rannte.

Sie duckte sich unter etwas durch, bei dem sie nicht sagen konnte, ob es eine Puppe oder ein ehemaliger Kunde war, und hechtete über einen Tresen. Der Keiler durchstieß mühelos die Hindernisse des Geschäfts.

Splitter flogen an ihrem Kopf vorbei. Mit einem rettenden Hechtsprung krachte Luna auf die Straße. Sie rutschte auf den Knien umher, rappelte sich wieder auf und vermisste plötzlich Jonathan an ihrer Seite. Angstverzerrt schaute sie sich um.

Scheiße! Er war doch gerade noch hinter mir! Dann durchbrach der Steinkeiler die Mauern des Gebäudes. Luna hielt den Atem an. »Was zum Teufel ...?!«

Jonathans Muskeln bebten vor Anstrengung im Kampf gegen die Hauer des Monsters, während der Keiler immer langsamer wurde. Mit angriffslustiger Miene starrte Jonathan dem Keiler in die leeren, schwarzen Augen. Seine eigenen glühten blau-schimmernd auf.

»Heute nicht, Kumpel!«, knurrte Jonathan unter der Last des Tieres und kam auf dem berstenden Boden zum Stehen.

Der Steinkeiler blickte Jonathan zornerfüllt an und schnaubte. Dann muckte das Tier auf und hob Jonathan in die Luft. Er holte mit den Beinen Schwung und zwang den Kopf des Keilers wieder auf die Erde. »Vergiss es!«, brüllte Jonathan. Der Keiler duckte seinen Kopf zur Seite weg, holte Schwung und schleuderte Jonathan zurück in die Überreste des kleinen Hutmachers.

Luna hielt sich entsetzt die Hände vor die Atemmaske. »Nein! Dad!«, kreischte sie. Der Steinkeiler wandte sich Luna zu und scharrte mit den Hufen. Ihr Körper war wie gelähmt. Unfähig, sich auch nur einen Zentimeter zu rühren, blickte sie wie betäubt an dem Keiler vorbei in die Ruinen des Geschäfts. Vom Schock des Moments überwältigt, sank sie zitternd zurück auf die Knie.

Der Steinkeiler brüllte kampfeslustig, setzte zum Sprung an und ging wutschnaubend an Ort und Stelle zu Boden. Blauleuchtende Kugeln umringten das Tier und zwangen seine unbändige Kraft, am Boden zu bleiben. Er kämpfte dagegen an, setzte ein Bein fest auf dem Boden und wurde sogleich wieder in die Knie gezwungen.

Jonathan trat keuchend aus dem *Kleinen Hutmacher*. Er hielt mit geballter Faust einen Arm in die Luft. An seinem Handgelenk funkelte ein silberner Armreif und schimmerte in demselben Blau wie die Kugeln an dem Keiler. »Ich sagte doch: Heute nicht.«

Luna blickte auf und sah ihren Dad zwischen den Trümmern stehen. Mit einem Mal verzog er das Gesicht und brüllte: »Weg da!«

Luna sah noch im Augenwinkel, wie etwas aus dem Kopf des Keilers herausbrach. Sie kniff die Augen zusammen und verschaffte sich mit einer beherzten seitlichen Rolle Raum. Eine schwarzglänzende, zähflüssige Masse schoss aus dem Kopf des Tieres ins Freie und versuchte Luna mit aller Macht zu ergreifen. Luna kroch in Windeseile weiter nach hinten, um den Fängen dieser Kreatur zu entkommen. Die Flüssigkeit wurde langsamer, verlor ihren Glanz und erstarrte direkt vor ihrem panikverzerrten Gesicht.

Jonathan ging zu ihr und half ihr auf die zittrigen Beine. »Alles okay? Hat es Kontakt mit dir gehabt?«

Sie antwortete nicht. Starrte einfach nur auf dieses nach ihr greifende Gebilde, während ihre Maske immer weiter beschlug. »Luna! Antworte mir! Hat es dich berührt?!«, rief Jonathan und rüttelte sie an ihren schmalen Schultern.

Luna schüttelte den kalten Schauer von ihrem Rücken. »Nein – nein, hat es nicht«, antwortete sie benommen. »Was war das?«

Jonathan seufzte erleichtert. Er drehte sich zu der erstarrten Kreatur und den Überresten des monströsen Keilers um. »Der Weltenfresser. Oder zumindest ein Teil davon.«

Luna trat einen Schritt zurück. »Bullshit! Der Weltenfresser ist ein einziger, großer Organismus. Wann immer es einem aus dem Netzwerk gelungen ist, Teile davon abzutrennen, sind sie sofort abgestorben!«

Jonathan spreizte die Hand mit dem silbernen Reif und die blauen Kugeln kehrten in seine Hand zurück. »Ich weiß. Und ob du es glaubst oder nicht, das bereitet mir mindestens genauso große Sorgen wie dir.« Er ging um die erstarrte Kreatur herum und betrachtete sie eingehend. »Der Steinkeiler war ein Überbleibsel aus der Zeit der ersten Wanderer. Sie waren für gewöhnlich friedfertige Geschöpfe, die so hießen, weil sie sich von allerlei Mineralgestein ernährten. Dabei nahmen ihre Schutzplatten die Eigenschaften des zuletzt verspeisten Minerals an. Möglich, dass der Keiler noch vom Weltenfresser erfasst wurde, als die ersten Wanderer das Tor versiegelten und so eine Art Mutation entstanden ist.«

Luna traute sich kaum vom Fleck. »Aber wieso ist er dann jetzt gestorben?«

Jonathan zuckte mit den Achseln und verstaute die Kugeln samt Reif in seinen Nano-Beutel. »Wer weiß. Gut möglich, dass es ohne einen passenden Wirt nicht überleben kann.«

»A-aber – bedeutet das, es könnte da draußen noch mehr infizierte Wesen geben?«

Jonathan senkte den Blick und ließ die muskulösen Schultern hängen. »Wollen wir hoffen, dass dem nicht so ist. Denn das würde uns vor ein ganz neues Problem stellen.« Er reichte seiner Tochter die Hand. »Komm, wir müssen weiter. Der Turm ist gleich da vorn.«

Luna schaute durch das klaffende Loch, wo einst der *Kleine Hutmacher* war.

Der Turm befand sich nur wenige hundert Meter dahinter und erstreckte sich fast wie sein silberblauer Zwilling nur in tiefem Schwarz in den Himmel. »Was genau wollen wir eigentlich im Turm?«

Jonathan stieg zurück in die zertrümmerte Einrichtung des Hutmachers. »Wir machen dasselbe wie die ersten Wanderer. Wir sperren den Weltenfresser ein und isolieren seine Welt.«

Luna folgte ihrem Dad durch das Geschäft und verließ es mit ihm auf der anderen Seite. Sie zog spöttisch ihre Augenbrauen nach oben. »Weil das beim letzten Mal auch so gut geklappt hat, meinst du.«

Jonathan blickte sie vorwurfsvoll über die Schulter hinweg an. »Ja. Nur werde ich den Schlüssel zu seinem Käfig wegwerfen«, raunzte er.

»Und was ist mit: ›Wir sollten es studieren, statt zu töten?‹.«

Er stockte und rieb sich die Fingerspitzen. »Dafür – gibt es Mittel und Wege.«

Luna blickte grunzend in die von der Substanz verpestete Bucht Havens. »Viola wird sicher ganz schön angepisst sein, wenn sie herausfindet, dass du ihr schon wieder die große Show gestohlen hast.«

Jonathan begann, mit den Händen seinen Worten Nachdruck zu verleihen. »Ich stehle ihr gar nichts. Viola ist diejenige, die immer so ein Konkurrenzding daraus macht. Sie will immer und bei allem die große Heldin sein. Ich hingegen tue einfach, was ich für richtig halte.«

»Queen und King. Das hat schon fast etwas Poetisches, weißt du? Zwei Legenden, die sich ewig nacheifern. Wie ist eigentlich euer Verhältnis zueinander, wenn keiner hinguckt?«, bohrte

Luna grinsend nach und balancierte auf der einzigen vom Weltenfresser verschonten Straßenlinie entlang, bevor sie endlich den Turm erreichten.

Zur selben Zeit in B-512.73.I.81-711:

Der Absatz von Violas rechtem Stiefel bohrte sich knirschend in den Giebel des Daches. Dieses penetrant surrende Geräusch ihres Feindes machte sie wahnsinnig. Es war wie eine unheilvolle Botschaft, die das Unausweichliche ankündigte, wenn der Weltenfresser eine weitere Welt befiel. Inzwischen waren es weit über neuntausend Welten, in drei verschiedenen Sektoren, die der Kreatur bereits zum Opfer gefallen waren. Haven lag nur noch knapp fünfhundert Welten entfernt. Nicht mehr viele Gelegenheiten, um diesem Wahnsinn ein Ende zu bereiten, bevor auch Haven fallen würde. Und was dann? Wohin sollte sie dann noch gehen? Ihre eigene Heimatwelt fiel dieser Finsternis schon vor Monaten zum Opfer. Nein! Es musste daher enden. Hier und heute!

»Viola an Team sieben. Wo sind meine Barrikaden?! Wir sind hier in einer verfluchten Großstadt! Es wird uns doch wohl gelingen, Zeit rauszuholen!«

»Hier Raine. Fox ist auf dem Weg. Der Maschinentrupp ist noch in B-511. Sobald sie dort fertig sind, stoßen sie zu uns.«

Die Fangarme der schwarzglänzenden Kreatur wüteten unaufhörlich in der Großstadtmetropole. Der Angriff brach überraschend über die Wesen dieser Welt herein. Die Finsternis war vom Süden der Stadt durch einen Übergang gebrochen und hatte keinen Augenblick gezögert, alles Lebendige zu verschlingen.

Vom Dach eines Wolkenkratzers aus koordinierte Viola die Evakuierung dieser Stadt. Ihre Hand umklammerte fest den Griff ihrer treuen Waffe. Viele ihrer Freunde waren dem Wesen zum Opfer gefallen. Sie stand dieser Bedrohung nun zum dritten Mal gegenüber und wusste daher am besten, wie sie vorgehen mussten.

Der Weltenfresser lernte dazu, mit jedem Leben, das er fraß. Die flüssige Substanz der Kreatur kroch dabei erbarmungslos in jeden Winkel der Stadt. Man war nirgendwo sicher! Nur Kälte konnte dieses Monster verlangsamen. Darum war Viola Queen hier. So viele wie möglich retten und die Ausbreitung eindämmen. Ein lächerliches Unterfangen. Je mehr Leben dieser Welt Viola rettete, desto weniger konnte die Kreatur verschlingen und zog umso schneller weiter. Ein sinnloser Wettlauf gegen die Zeit und keine echte Lösung für das Problem. Sie fluchte zwischen knirschenden Zähnen.

Ihre Aufklärungseinheit machte unterdessen auf den Straßen wie geplant ordentlich Radau. Auch wenn er ein Zigarre paffender Mistkerl von einem Karnickel war, Meister Lampe und die anderen von der Aufklärungseinheit waren flink. Zudem hielten sie sich an die Befehle. Den Feind ablenken und nicht draufgehen, bis alles so weit war. Blitze zuckten hin und wieder durch die Gassen. Lamina, die Wetter-kontrollierende-Schlangenfrau hatte offenbar ihren Spaß. Auch wenn Viola sicher war, dass Lamina das eine oder andere Lebewesen ins Gras beißen ließ, wenn es ihr nützte, war sie froh, ihre alte Freundin an Bord dieses Himmelfahrtskommandos zu wissen.

Violas Schulter durchzog ein Stich. Bei ihrer letzten Begegnung mit dem Weltenfresser war sie unvorsichtig gewesen. Ein Fehler, der sie ihren linken Arm gekostet hatte. Rooster hatte ihn ihr mit einer Phosphor-Klinge abgeschlagen, nachdem die Kreatur einen seiner schwarzen Schleimtentakel darum geschlungen hatte. Ihr Kamerad zahlte mit seinem Leben für ihre Rettung. Im Nachhinein ein fairer Tausch, wie sie fand. Er taugte nicht viel, vor allem konnte er keine Befehle befolgen. Gelegentlich spürte sie ihren Arm noch. So wie jetzt gerade. Phantomschmerz, hatte man ihr gesagt.

Auch Villigans Hightech-Prothese änderte nichts an diesem Gefühl. Sie wusste durch diese Begegnung jedoch mehr über den Weltenfresser als irgendein anderes Mitglied des Netzwerks. Das Wesen war tief in ihren Kopf und ihre Gedanken eingedrungen, hatte in ihr gelesen – und sie in ihm. Es war, als wäre ihr Verstand mit dem der Kreatur verschmolzen gewesen.

Einige behaupteten, der Weltenfresser zog von Welt zu Welt, doch das entsprach nicht der Wahrheit. Der Kern dessen, was immer dieses Ding war, verließ nie seine eigene Heimatwelt. Es fraß und wuchs und breitete sich von dort wie ein Krebsgeschwür aus. Doch niemals gab es eine eingenommene Welt wieder her.

Dem Ende so nah

B-01.01.U.00-001:

Durch einen alten Lüftungsschacht gelangten Jonathan und Luna in den Turm und wenig später in dessen Steuerzentrale. Jonathan schnaubte abschätzig, als seine Hände über die staubbedeckten Armaturen glitten. Der Turm befand sich in einem ähnlich desolaten Zustand wie der Rest der Stadt. Einzelne Stockwerke wurden von der längst erstarrten Kreatur eingenommen. Wände waren durchbohrt und überall lag Schutt herum. Jonathan fegte Staub und Schutt von den Armaturen der Schaltzentrale und setzte Gilligans Würfel in die vorgesehene Aussparung in dessen Mitte. Er betätigte etliche Knöpfe und Schalter, auf denen diverse Symbole aufgedruckt waren, doch nichts geschah.

»Guten Tag, ich bin Luna. Häh? Eiskaltes Händchen? Sehr erfreut.«

Jonathan fuhr herum. »Was zum ...? Was tust du da?«

Luna hockte vor einer glatten Quarzwand mit einem goldenen Rahmen und schüttelte schelmisch grinsend eine Knochenhand, die aus dieser herausragte.

»Ich lerne die Bewohner etwas kennen, während ich versuche, in dieser sauerstoffarmen Welt die Ruhe zu bewahren.«

Als Jonathan die Hand erblickte, wurde ihm klar, warum das Pult nicht auf seine Eingaben reagierte. »Hat wohl noch versucht herauszukommen, bevor die Energieversorgung des Turms zusammenbrach«, meinte er mürrisch.

Luna stand auf, winkte der Hand und begab sich an die Seite ihres Dads, um ebenfalls einen Blick über die Armaturen zu werfen. »Heißt das, wir haben keinen Strom? Ich kann losziehen und schauen, ob ich den Sicherungskasten finde.«

Jonathan schob einen grünen Stein mit weißen Kringeln darauf umher. »Ich fürchte, so einfach wird es nicht. Außerdem haben wir nicht die Zeit für lange Reparaturen. Wenn mich nicht alles täuscht, dürfte die finale Schlacht auf B-512 bereits in vollem Gange sein.« Sein Blick schweifte suchend über die Armatur, bevor ihm eine auffällige flache Platte ins Auge sprang. Sie erinnerte ihn an jene, die in Nathaniels Werkstatt zu finden war. Angespannt zog Jonathan eine Augenbraue hoch, holte sein Na-Vi aus der Weste und legte es darauf ab. Der Turm erbebte, die Armaturen begannen zu leuchten und erwachten zu neuem Leben. Jonathan kratzte sich grübelnd an der Brust. »Hmm, sieh mal einer an. Ich hatte mich schon gefragt, wo du noch überall deine Finger im Spiel hattest«, murmelte er in sich hinein.

Lunas Schultern wurden immer kleiner, während das Brummen des Turms unheilvoll durch die ganze Stadt hallte. »W-was ist jetzt los?«

Jonathan legte seinen Nano-Beutel auf der Armatur ab. »Das dürften die Transformatoren sein, die gerade wieder anspringen.«

Nach und nach leuchteten die Keilschriften und Symbole der Bedienelemente in unterschiedlichen Farben auf und ein riesiger holografischer Bildschirm mit derselben Schrift darauf erschien.

»Das ging schneller als gedacht«, stichelte Luna.

Jonathan führte zwei halbrunde Steine kreuz und quer über das glatte Pult. Schriftzüge kamen und gingen.

Luna lehnte sich mit ihren Handrücken an die stählerne Kante der Armatur. Sie schaute auf die Steine und dann zum Bildschirm. »Kannst du das lesen?«, fragte sie irritiert.

»Ja. Und bevor du fragst: Ja, es hat mit meinen Augen zu tun. Wenn du so weit bist, erfährst du, was es damit auf sich hat, versprochen. So, das System läuft wieder.« Jonathan überflog die Einträge zum Weltenfresser und ließ kurz darauf entmutigt die Schultern hängen. »Wir haben ein Problem. Die Log-Dateien sind beschädigt. Gute viereinhalb Milliarden Welten im Register, aber die eine, die wir brauchen, ist nicht dabei.«

Luna schaute ihn verunsichert an. »Das heißt jetzt was?«

Jonathan strich sich mit einer Hand durchs Haar und sah wehmütig zu seiner Tochter hinunter. »Ich weiß es noch nicht.«

»Wenn du den Turm mit dem Na-Vi betreiben kannst, wäre es dann nicht auch möglich, deine Daten damit zu synchronisieren?«

»Schon, aber da wir nicht wissen, wie zuverlässig Tenacious' Daten sind, würde ich lieber kein Lotto mit unserem Glück spielen wollen, wenn du verstehst.« Er rieb sich die Fingerspitzen, dann schüttelte er seinen Kopf. »Das ist doch kein Zufall. Die Daten wird jemand bewusst gelöscht haben, nur wieso?«, murmelte er in sich hinein.

»Heißt das, jemand hat schon einmal den Schlüssel weggeworfen? Was machen wir jetzt?«

Luna trat von der Armatur weg und schaute sich um. Es musste hier doch irgendwas geben, dass ihnen helfen konnte.

»Hmm, schon möglich.« Zögerlich nahm Jonathan sein Na-Vi von der Platte. Augenblicklich erloschen alle Lichter und sie befanden sich wieder im Stockdunkeln. »Luna, ich brauche dein Na-Vi. Leg es bitte auf die Platte.«

Sie schlug die Hacken zusammen und salutierte »Aye aye, Sir.« Dann kramte sie in ihrer Umhängetasche und reichte es ihm. Umgehend legte Jonathan es auf die Platte.

Als hätte der Turm nur einen tiefen Atemzug genommen, erwachte er direkt wieder zu neuem Leben und Jonathan bediente ein weiteres Mal die Konsole des Pults.

»Und nun?«, fragte Luna, die auf ihren Zehenspitzen vor sich hin schunkelte.

Jonathan legte den Kopf fragend schief. »Du weißt nicht zufällig, von wo der Weltenfresser auf B-512 angreift?«

Luna nickte hilfsbereit. »Klar, ich weiß fast alles über Violas Heldentaten. Er kam durch ein Portal im Süden der Stadt Cane.«

»Danke.«

Der goldene Rahmen der Quarzwand vibrierte, das Quarzgestein begann zu wabern, bildete einen Übergang und das eiskalte Händchen plumpste zu Boden.

Luna sah zu dem künstlichen Tor und im Anschluss zu ihrem Dad. Sämtliche Farbe wich ihr schlagartig aus dem Gesicht. »Nein! Du wirst da nicht durchgehen!«, sagte sie mit bebender Stimme.

Jonathan hob das Kinn seiner Tochter an und schaute ihr tief in die verunsicherten Augen. »Ganz ruhig. Ich werde mich jetzt nach B-512 begeben und mein Na-Vi in den Schlund der Bestie werfen. Dein Gerät wird dann wiederum eine Menge Daten empfangen. Warte, bis der Datenstrom bei einhundert Prozent liegt. Im Anschluss betätigst du den linken Stein mit der gelben Schrift und ziehst ihn auf das grüne, hörst du, auf das grüne Dreieck. Nirgendwo anders hin, verstanden?«

Lunas Lippen bebten, ihr Atem wurde unruhiger und ihre Maske beschlug allmählich wieder. »Warum machst du es nicht, nachdem du zurück bist?«

Ein tiefer Atemzug entwich Jonathan. Er strich ihr sanft über das Haar und wünschte sich, ihre Tränen durch die Maske auffangen zu können. »So nah, und doch so fern«, murmelte er. Ein trauriges Lächeln entfleuchte ihm. Große, hilflose Augen schauten ihn an, wollten nicht wahrhaben, was gleich passieren würde. »Luna, das hier ist ein One Way Portal. Darum musst du den Rest erledigen. Ich vertraue dir, du kriegst das hin. So wie du alles andere auch hinbekommen wirst.«

Sie schluckte. »Aber, aber ...«

Jonathan drehte sich um und schritt langsam auf die wabernde Wand zu. »Nachdem du den Stein auf das grüne Dreieck gezogen hast, ziehst du den roten Stein auf das rechte goldene Viereck. Wenn du dann dein Na-Vi vom Tisch nimmst, solltest du dreißig Sekunden haben, bevor die Lichter wieder ausgehen. Genug Zeit, um durch das Portal zu springen.«

Luna packte ihren Dad am Handgelenk, bevor er in der Wand verschwinden konnte. »Dad.«

Er drehte sich zu seiner Tochter um. »Ja?«

Lunas dunkle Lippen bebten. »Nimm mich bitte noch einmal in den Arm. Nur für den Fall der Fälle.«

Jonathan blinzelte gegen seine eigenen Tränen an. Seine Nasenflügel bebten. »Es wird alles gut werden, glaub mir.«

Ihr Griff wurde fester. »Bitte!«, flehte sie ihn an. »Ich habe dich doch gerade erst wiedergefunden!«

Er legte seine Arme um sie und drückte seine Tochter so fest und herzlich er konnte.

Seine Brust bebte voller Unbehagen. Er schmiegte seinen Kopf an ihren und wünschte, ihren Veilchenduft schon bald wieder wahrnehmen zu dürfen.

Lunas Griff wurde mit jeder Sekunde, die verstrich, immer fester. Sie zitterte am ganzen Leib. »Bitte – bitte komm wieder.«

Jonathan hob den Kopf und prägte sich jedes Details ihres wunderschönen Gesichts ein. »Mein kleines Monster.« Er lächelte warmherzig. »Es wird alles gut gehen, vertrau mir.« Dann löste er sich sanft aus ihrem Griff und schritt schweren Herzens zum Portal. »Ich liebe dich, mein kleiner Troublemaker.«

»Ich dich auch, Dad!« Luna sank auf die Knie. Sie spürte ihre Ohnmacht gegenüber dem, was passierte. Spürte diesen kalten Stich in ihrem Herzen und den ihr bekannten Schmerz, der darauf folgte. Sie schrie und weigerte sich, weiter gegen ihre Tränen zu kämpfen. Luna sah dabei zu, wie ihr Dad langsam im Portal verblasste. Jonathan wandte seinen Blick nicht eine Sekunde von ihr ab. Dann war er verschwunden.

B-512.73.I.81-711

»Wo bleiben die Maschinisten?«, keifte Viola vom Giebel des Hochhauses in ihr Headset.

»Tut mir leid. Der Kontakt zu B-511 ist vor einigen Minuten abgebrochen.«

»Verdammt!« Ihre Gliedmaßen versteiften sich vor Wut und Teile des Giebels brachen unter ihren Stiefeln ab.

»Miss Queen, Tempest ist mit der Evakuierung der Gefahrenzone so weit durch.«

Viola fuhr herum und betrachtete das Chaos in der Stadt. Überall gab es Explosionen und Brände. »Kira?«

»Hat den Aufruf verweigert.«

Ein weiteres Stück Giebel verabschiedete sich durch einen kräftigen Tritt Violas in die Tiefe. »Verfluchte Ya-te-veo! Geschieht ihnen recht, dass man sie beinahe ausgerottet hat! Wie sieht es mit Silfiye aus?«

»Äh, ja, – die Berserkerfee lässt ausrichten, dass wir sie nicht wegen so einer Lappalie wie einem Welten-verschlingenden-Wesen behelligen möchten.«

Violas Miene verhärtete sich und sie ballte die Fäuste. »Überhebliches Miststück!«

»Dafür ist Fox soeben eingetroffen.«

Viola stieß mit hörbarer Verärgerung die Luft aus. »Das muss reichen. Dann legen wir los.« Ein süffisantes Grinsen entfleuchte ihr. »Fox, hörst du mich?«

Ein basslastiges ›Ja‹ ertönte am anderen Ende.

»Achthundert Meter südwestlich meiner Position steht ein Wolkenkratzer. Mach ihn platt! Fallrichtung Osten wäre schön!«

Die Erde erzitterte unter den Schritten des riesigen Steinkolosses und nur wenige Augenblicke später stürzte das Gebäude wie ein Kartenhaus zusammen. Die dunkle Substanz stockte für einen Moment. Es machte fast den Eindruck, als wüsste das Wesen nicht wohin. Ein Trugschluss, der Viola kein zweites Mal passieren würde. Der Weltenfresser spielte mit ihnen und lauerte auf einen von ihnen, der unachtsam genug war.

Meister Lampe sprintete durch die Flure des neunundvierzigsten Stocks eines Gebäudes im Westen der Stadt. Ein Dutzend Tentakel direkt hinter ihm. Irgendwelche Idioten arbeiteten in ihren Büros munter weiter und ignorierten das Chaos auf den Straßen. Doch jetzt war das Chaos in ihrer Etage. Ihnen blieb nicht mehr die Zeit, ein sprechendes, weißes Kaninchen zu bewundern.

Denn schon im nächsten Moment wurden ihre Körper von der erbarmungslosen Substanz erfasst, komplett davon überzogen und verschluckt. In allerletzter Sekunde feuerte Meister

Lampe mit seinem Blaster auf eines der Bürofenster, sprang hindurch und wurde kurz vor dem Aufprall von warmen Aufwinden sanft zu Boden gelassen.

»Danke, Schätzchen«, trällerte er vor sich hin.

»Verrrpisss dichh, Rrragout!«, züngelte Lamina.

»Also haben wir heute Abend kein Date?« Lennerd grinste dreckig und betätigte den Zünder in seiner Pfote. Gezielte Explosionen erschütterten die unteren Ebenen des Hochhauses. Gleich würde es einstürzen und zusammen mit dem anderen Hochhaus, das Fox platt machte, einen Korridor bilden.

Die Schlangenfrau war daher bereits in der nächsten Straße verschwunden. Sie hatte einen klaren Auftrag. Den Weltenfresser zur Küste treiben, wenn das erste Hochhaus gefallen war. Das war nun fünf Minuten her und Viola war sicher bereits ungeduldig. Sie hörte das zweite Haus mit dem Rauschen einer brechenden Welle einstürzen. Staub und Schutt schossen durch die engen Straßen und vernebelten ihr die Sicht. Zwei Straßen weiter erblickte Lamina schließlich die schwarzglänzende Substanz und wie sie sich ihren Weg durch den Schutt bahnte. Die Rassel ihres Schweifes zitterte wie wild. Dunkle Wolken zogen auf. Ein Meer aus Blitzen schlug vor Lamina ein und trieb die Kreatur Richtung Küste. Nicht, dass Strom dem Weltenfresser gefährlich werden konnte, doch es gelang ihm nicht, gegen seinen lästigen Selbsterhaltungstrieb anzukämpfen. Viola erkannte den Vorteil, aber auch die Gefahr dieser Eigenschaft.

»Miss Queen, *er* ist hier«, meldete Raine trocken über sein Headset.

Viola spuckte über den Rand des Hochhauses. »Unwahrscheinlich.«

»Aber wenn ich es doch sage. Er ist ganz vorn an der Front.«

Das war ausgeschlossen! Der Mann, der sogar ein Abkommen zwischen Haven und LaTerra ermöglicht hatte, konnte unmöglich hier in B-512 sein. Viola hielt es für äußerst unwahrscheinlich, dass er ausgerechnet jetzt mit ihnen in den Kampf zog. Er hatte sich zurückgezogen, um Zeit mit der Aufzucht von so einem Wechselbalg zu verbringen. Ein Blick auf ihr Na-Vi beruhigte Viola letztlich. Kings Signal war nicht hier. Genaugenommen war es nirgendwo.

Fox, der steinerne Riese, stürzte ein zweites und dann ein drittes Gebäude ein. Es war so weit. Violas Finger liebkosten ihre Waffe und betätigten die Entsicherung. Mit einem brummenden Surren erwachte Frostpaine zum Leben und der Wandler sammelte Wassermoleküle aus der Luft. Wenige Sekunden später glitt Viola auf einer Eisschicht Richtung Küste.

Die Ereignisse in der Stadt überschlugen sich. Schüsse, Blitze, Feuer, Geschrei, berstende Gebäude. In letzter Instanz fiel auch Fox einem der Tentakel zum Opfer. Mit seinen verbliebenen Kraftreserven riss er die finstere Masse vom Rand der Küste ins Meer. Boote wurden durch die aufgewühlten Wassermassen umhergeschleudert und versanken.

Das war Violas Chance! Sollte Raine recht haben und King doch irgendwo hier rumrennen, würde er ihr nicht die Show stehlen. Dies war ihre Stunde, nicht seine!

Auf einer Schicht aus Eis tanzte Viola um die Kreatur im Wasser herum und feuerte unentwegt mit Frostpaine auf den Weltenfresser, bis die Küste komplett erstarrte. Sie drehte den Impuls der Waffe auf Maximum und folgte dem schwarzen Tod bis zum Übergang, aus dem er gekommen war.

Die Substanz wehrte sich gegen die eisige Kälte, die sich immer weiter ausbreitete. Erneut schwang ein selbstsicheres Schmunzeln über Violas Lippen. Das Monster wurde träge. Ihr Eis schien

Wirkung zu haben. Jetzt packte sie ihren Trumpf aus. Sie hoffte, dass sie mit ihrer These richtig lag. Noch ein Schlenker auf dem Eis, dann hatte sie ihr Ziel, den Übergang, erreicht. Sie rauschte in hohem Bogen darüber hinweg, ihr platinblondes Haar wehte um ihren Kopf und sie warf Frostpaine in den Schlund zwischen Bestie und Übergang.

Lamina stürmte voran und fing Viola in letzter Sekunde auf.

»Los! Zum Treffpunkt!«, fauchte Viola.

Lamina schlängelte mit ihrem Passagier auf dem Rücken über Trümmer hinweg zur Anhöhe im Westen. Sie waren fast da, als der Weltenfresser das Eis durchbrach. Viola drehte sich um und aktivierte instinktiv die Ersatzkanone in ihrem künstlichen Arm, als der Tentakel der Bestie auf sie zuschoss. Viola feuerte und feuerte, Lamina wich im Zickzack aus und wie durch ein Wunder, ließ das Ungetüm von ihnen ab. Der Glanz ermattete und die Kreatur erstarrte. Lamina preschte auf den Gipfel der Anhöhe.

Raine, Tempest, Meister Lampe und eine Handvoll weiterer Wesen aus dem Netzwerk erwarteten sie bereits.

Lampe wirbelte mit seinem Blaster umher und steckte ihn grinsend ins Holster. »Keiner ist so cool wie Sweety. Seht, wie meine Süße dem Vieh ...«

»Mach die Scharte dicht, du Flegel!«, ermahnte Viola das Schlappohr und stieg von Laminas Rücken. Grimmige Furchen zerteilen ihr sonst so makelloses Gesicht, als sie zu der menschengroßen Zikade trat. »Wo ist King?!«, keifte sie.

»I-ich weiß es nicht«, antwortete Raine kleinlaut. »Eventuell, also nur vielleicht, habe ich mich geirrt.«

Sie erwiderte nichts, fuhr herum und starrte finster zu den Überresten des Feindes.

Viola und die anderen Mitglieder des Netzwerks verharrten gespannt auf der Anhöhe und ließen die Kreatur nicht aus den Augen. Doch der Weltenfresser rührte sich nicht mehr. Verbände aus sieben weiteren Welten meldeten nach und nach dasselbe. Es passierte etwa überall zur selben Zeit.

Erleichtert atmeten alle auf.

»Sie hat es geschafft! Viola hat es geschafft!«, riefen einige der Anwesenden in fassungsloser Euphorie.

Nur Viola lächelte nicht. Ihr Blick haftete starr an dem befallenen Übergang, vor dem sie vor wenigen Minuten noch ihre geliebte Waffe geopfert hatte. Konnte es wirklich vorbei sein? Hatte die Manipulation der Sicherheitsprotokolle ihres Wandlers den Zweck erfüllt? War es das, was passiert war? Sie blieb skeptisch, denn soweit sie es aus der Ferne beurteilen konnte, erstarrte die Substanz nicht zu Eis. Es erstarrte, ja, aber die Struktur erinnerte sie an dunkles Gestein, als wenn schier alles Lebendige aus der Kreatur gewichen war.

Die Menge hob Viola hoch in die Luft und sang fröhliche Loblieder, auf die Heldin, die der Finsternis ins Auge gesehen und nicht gewagt hatte zu blinzeln, bis es vorbei war. Sie waren sich einig, Miss Queen hatte ihrem Namen alle Ehre gemacht.

Verloren

Haven:

Am Abend des fünften Tages nach der Schlacht platzte das Bluelight aus allen Nähten. Tempest versuchte erst gar nicht, die vielen Gäste in Trance zu versetzen. Heute würde niemand Streit suchen. Die Innenstadt Havens war lange nicht mehr so voll gewesen. Feen, Asseln, Knochenlose, Meereswesen, Zwerge, Trolle, Elementels, Kriecher, Alben, Taliajik, Britknicru, die Spinnenkönigin, anthropomorphe Wesen aller Art, Vertreter des Vogelvolks, Yrallier und sogar einige Chibiuku-Händler, die dicken Profit in ihren katzenhaften Ohren klingeln hörten, tummelten sich in der Innenstadt. Von nah und fern kamen alle, um die große Heldin Viola Queen und ihren Sieg über den Weltenfresser zu feiern.

Bunte Laternen brannten auf dem Marktplatz. Eine lange Tafel mit unzähligen Bänken war angerichtet worden, an deren Kopf Viola für alle gut sichtbar Platz nahm. Sie bestand darauf, dass alle, die ihr zur Seite gestanden hatten, dort ebenfalls ihren Platz fanden.

Es gab nicht ein Wesen, das nicht grölte, trank, speiste und feierte wie noch nie.

Einzig Viola saß dort und schaute, als ob jemand gestorben sei. Ein Eindruck, den sie schon seit dem Tag des Sieges vermittelte. Sie hegte Zweifel an allem, was an dem Tag in B-512 passiert war. Es war ein Gefühl, wie ein leises Flüstern. Sie konnte es nicht greifen, aber etwas stimmte nicht. Ging dieser Sieg wirklich auf ihr Konto? Viola sackte mit strenger Miene tiefer in den Stuhl. Gleich morgen würde sie nach King suchen lassen, hatte sie beschlossen.

Das weiße Kaninchen hob ihr einen bis zum Rand mit Met gefüllten Becher unter die Nase. »Schnucki, heute ist kein guter Zeitpunkt, um Trübsal zu blasen«, meckerte Meister Lampe. Viola schnaubte und wandte ihren Blick von ihm ab. Sie hatte nicht mal Lust, dieses überhebliche, alles angrabende Karnickel für diese Bemerkung zurechtzuweisen.

Nathaniel Villigan trat aus den Schatten von hinten an sie heran. Sein Kittel war wie immer schmierig und mit Flecken übersät, ganz zu schweigen von seinen zerzausten Haaren. »Hast du, worum ich dich gebeten hatte?«, flüsterte er Viola ins Ohr.

Viola nickte. »Natürlich.« Sie griff in die Innenseite ihres Mantels und überreichte ihm ein unscheinbares Säckchen.

Nathaniel griff danach, begutachtete kurz den Inhalt und ließ das Säckchen schnell in seiner Tasche verschwinden. »Gut, gut. Wenn ich etwas in Erfahrung gebracht habe, lasse ich es dich wissen.«

»Nathaniel«, stoppte sie ihn, »du wirst es nur mir mitteilen.«

Ein kaum merkliches Nicken, dann war er wieder verschwunden.

Als zum gefühlt hundertsten Mal ein Toast auf die glorreiche Miss Queen ausgerufen wurde, reichte es ihr. Viola schlug auf den Tisch, erhob sich und wartete, bis alles ruhig war. »Uns ist etwas Großes gelungen. Wir haben das Unmögliche vollbracht!«

Die Menge tobte und jubelte. Erneut zeigte sie Geduld, bis sich die Masse wieder beruhigte.

»Wir haben das getan, nicht ich. Ich war nur ein Teil davon. Nicht mehr! Mir wäre nichts davon gelungen, wenn sich nicht Rooster, Fox, Milou, Daida, der gesamte Maschinentrupp und noch so viele mehr geopfert hätten.« Der Frau aus Eis stand das Wasser in den Augen. »Feiert! Feiert so gut und solange ihr könnt. Es gibt allen Grund dazu. Aber feiert nicht mich! Feiert alle, die sich für uns geopfert haben!« Sie hob ihren Becher, verneigte sich vor allen und trank. Die Menge tobte.

Meister Lampes Ohren fuhren herum und er beäugte skeptisch die Menge. Er war noch nicht lang beim Netzwerk, doch wenn seine Eltern sehen könnten, mit wie vielen bedrohlichen Gestalten er sich hier umgab, würden sie vor Schreck tot umfallen. »Wo ist eigentlich Gilligan?«

Raine hielt in drei seiner sechs Arme mit verschiedenen Getränken gefüllte Becher und nippte abwechselnd an jedem. »Wer weiß, Lennerd, solche Feste waren noch nie sein Ding.«

Das Kaninchen verschränkte die pelzigen Arme vor der Brust und schaute grimmig. »Pfft! Ich traue niemandem, der nicht mal nach so einer Nummer das Bedürfnis zum Feiern hat.«

Viola rieb sich genervt die Schläfe. »Zügle dein Mundwerk, Karnickel!«

Meister Lampes Ohr fuhr zu Viola herum. »Was? Du musst zugeben, dass das ein merkwürdiges Verhalten ist.«

»Gilligan sieht alles vom Turm aus. Er ist also sicher in gewisser Weise bei uns.«

Das Kaninchen prustete abfällig. »Und genau das schmeckt mir daran nicht, Zuckerpuppe.«

Im nächsten Moment packte Lamina Meister Lampe mit ihrem Schwanz und ließ ihn so lange kopfüber in der Luft baumeln, bis er sich für seine unverschämten Bemerkungen entschuldigte. Insgeheim hoffte sie jedoch, dass er es nicht tat und sie einen Grund hatte, ihm das Fell über die Ohren zu ziehen. Doch so klein er war, so gemein war er auch. Nur einen Augenblick später ließ sie ihn kreischend los.

»Hassst du mich gerrrade gebisssssen?!«, murrte die Schlangenfrau fassungslos.

Diego stand am Geländer seines Balkons und beobachtete die hell erleuchtete Innenstadt in der Ferne. Das kleine Monster war längst vor Übermüdung auf dem gemütlichen Sitzkissen eingeschlafen. Haven war für sie neu und aufregend. Endlich hatte sie einen Ort gefunden, an dem sie sich nicht verstellen musste, um nicht aufzufallen. Durch das Fest heute war Luna besonders aufgedreht gewesen. Ihr war vermutlich nicht klar, warum alle feierten. Doch sie war ein neugieriges Kind und würde es bald erfahren. Diego schmerzte es bereits jetzt, dass er ihr nicht erzählen durfte, wer wirklich für den Sieg über den Weltenfresser verantwortlich war. Er hatte Jonathans Signal über hundertmal auf seinem Na-Vi kontrolliert und ihm waren tonnenschwere Steine vom Herzen gefallen, als es endlich wie geplant verstummte. »Ob die beiden jetzt wohl in Lunas Gegenwart sind? Wehe, Jonathan besucht Diego nicht direkt nach ihrer Ankunft«, murmelte er vor sich hin und gähnte. Müdigkeit überkam den Drachen, auch er würde sich schon bald zu Bett begeben. Einzig seine Gedanken ließen ihn nicht ruhen.

Wob.

Dieses Geräusch war keines, das er kannte. Diego drehte sich zu seiner Linken und hob verdutzt die müden Augen. »Was ist passiert? Wolltet ihr nicht längst in der Zukunft sein?«

Stille durchzog diesen Augenblick zwischen Unglauben und ernüchternder Wahrheit. Dann brach Luna vor ihm zusammen. Diego fing ihren Fall auf, hielt sie im Arm und nahm ihr die gläserne Maske ab. Sie bebte und zitterte kraftlos am ganzen Leib. Keinen Mucks gab sie von sich. Ihre Finger klammerten sich an seinen Kimono, ihr Kopf vergrub sich in seiner Brust. Dann weinte sie.

»Es ist alles schiefgelaufen. Der Turm – Dad musste ihn reparieren. Er hat sein Na-Vi als Energiequelle benutzt. Doch hat es nicht gereicht. Das System, – die Datenbank war beschädigt. Die Welt des Weltenfressers – sie war nicht verzeichnet. Dad hat sich geopfert, damit ich die Tore schließen konnte.« Ihre Stimme versiegte unter ihren Tränen. Luna spürte, wie die mächtige Pranke zögerlich über ihren Kopf strich. Diego konnte sich nicht mal vorstellen, was sie durchgemacht haben musste.

Plötzlich wurde Lunas Welt ganz still. Sie spürte keine Traurigkeit, hörte keine Geräusche, nahm keinen Geruch wahr. Alles war leer und still. Nicht einmal ihren eigenen Herzschlag vernahm sie. Dann hob sie ihren Kopf und blickte dem Drachen in seine traurigen Augen. »Du hast es gewusst«, flüsterte sie. Mit aller Kraft stieß sie sich von ihm weg.

Er machte zögerlich einen Schritt auf sie zu. »Luna.«

Sie wich weiter zurück. »Nein! Du hast es all die Jahre gewusst! Und nichts gesagt! Ich habe dir vertraut!«

Vorsichtig streckte Diego seine Hand nach ihr aus. Knurrend schlug sie diese in den Wind. »Ich hätte ihn retten können!«

Diego senkte langsam seine Hand. »Hättest du nicht.« Seine Stimme bewahrte dabei einen mitfühlenden Ton. »Diego kennt Jonathan nun schon so lange. Glaube mir, er kannte das Risiko. Es war ihm bewusst, dass es im schlimmsten Fall so laufen könnte.«

Entsetzen und Fassungslosigkeit bissen sich in ihrem Gesicht fest. »Willst du damit sagen, er hatte nie die Absicht, mit mir zurückzukehren?!«

Diego trat einen Schritt zurück und stockte. »Unsinn. Du warst sein Leben. Er hat sich nichts sehnlicher gewünscht, als dich aufwachsen zu sehen und mit dir gemeinsam Abenteuer zu erleben.«

Luna schüttelte ihren Kopf und raufte sich die Haare. »Ich verstehe das nicht. Warum hat er nichts unternommen, wenn er das Risiko kannte? Warum hat er nicht jemand anderes die Drecksarbeit machen lassen? Warum musste er es sein?«

»Weil er daran geglaubt hat, dass nichts ohne einen Grund geschieht.« Der Drache senkte andächtig seinen gehörnten Kopf. »Wir vermögen es nur nicht immer zu verstehen, was das Schicksal für uns bereithält.«

Luna schwieg. Der frische Wind Havens umspielte ihr Haar, während sie den Feiernden lauschte. Ihr Herz wog so bitterlich schwer. »Wie konnte ich so dumm sein? Ich hätte es wissen müssen. In dem Moment, als er sagte, dass Violas Plan nutzlos sei, hätte ich es wissen müssen!«

»Trotz allem schreiben sie Viola den Sieg zu«, sagte der Drache kleinlaut.

Lunas Unterarme ruhten auf dem Geländer des Balkons und sie schluchzte. »Ich weiß.«

Seine Pranke strich ihr über die Schulter, doch Luna zog sie weg. »Diego wird sie wissen lassen, was wirklich geschehen ist.«

Ihr Blick verhärtete sich und sie begab sich zu dem Sitzkissen, in dem ihr jüngeres Ich friedlich schlief. »Nicht nötig. Lass ihr den Ruhm, nach dem sie sich sehnt. Dad – hätte es so gewollt.«

»Er stand nie auf diese Ehrungen. Schon gar nicht für Dinge, die in seinen Augen selbstverständlich waren.« Diego entfleuchte ein Schmunzeln.

»Nein. Stand er wohl nicht.« Behutsam strichen ihre Finger über die Locken des schlafenden Mädchens. Luna hielt inne, sie dachte einen schrecklich langen Moment darüber nach, ihr jüngeres Ich einfach aufzuwecken und ihr die Wahrheit ins Gesicht zu brüllen, bevor Diego sie daran hindern konnte. Vielleicht hatte sie dann eine Chance, etwas zu ändern.

Diego schüttelte den Kopf. »Du kannst bleiben, solange du magst.«

Luna schaute mit gefasstem Blick zu ihrem siebenjährigen Selbst hinunter und plötzlich wurde ihr klar, dass sie es nicht konnte. Sie konnte sich selbst nicht vor all den Dingen warnen, die ihr das Herz zerreißen werden und sie konnte nach all dem, was jüngst passiert war, auch definitiv nicht bleiben. Selbst dann nicht, wenn ihre junge Version nicht hier gewesen wäre. »Tut mir leid. Das Feuerwerk beginnt gleich und dann werde ich hellwach sein.«

Diego ließ seine kräftigen Schultern hängen. »Verstehe. Was wirst du jetzt tun?«

Sie trat an das Geländer des Balkons und schaute zu dem nahegelegenen Dach, über das sie als Kind schon immer aus dem Haus geschlichen war. »Ich weiß es noch nicht.«

Diego lächelte traurig. »Grmpf. Dein Dolch. Diego wäre sehr glücklich, ihn dir in deiner Gegenwart wiedergeben zu dürfen.« Ein Donnern erhellte den Nachthimmel und als Diego wieder zu ihr sah, war sie bereits verschwunden.

Mit zerzaustem Haar hob der kleine Zwerg orientierungslos seinen Kopf und rieb sich verträumt seine müden Augen. »Onkel Diego, schau doch mal. Ein Feuerwerk«, quiekte die kleine Luna fröhlich.

Diego nahm das kleine Monster auf seine starken Arme, damit sie besser schauen konnte.

Raketen in allen Farben schossen rhythmisch in den Himmel, formten Sterne, Herzen, goldenen Glitzerregen und vieles mehr. Ihre Finger folgten dem Glanz der bunten Himmelslichter.
»Boah, ist das schön.«

Diego sah dem kleinen Fratz in seine strahlenden Augen. Das Ende, so dachte er, ist Teil einer jeden Reise. Auch wenn sie es nicht wahrhaben mochte, hatte ihre gerade erst begonnen.

Ende Band 1

Danksagungen

Hiermit möchte ich meinen ganz besonderen Dank an Ina Münzenberger und selbstverständlich auch an dich, Isabelle Mager, aussprechen.
    Wäre euer Einfluss nicht gewesen, hätte ich mich als Autor niemals in so kurzer Zeit so stark weiterentwickeln können und dieses Buch wäre vermutlich nie erschienen.

Auch Josefine Schwobacher und Jenny Brand, meinen beiden fleißigen Testleserinnen, möchte ich dafür danken, dass sie immer wieder auch auf die kleinen Dinge für mich geachtet haben. Eure inhaltlichen Meinungen und Kommentare brachten mich nicht nur immer wieder zum Schmunzeln, sie waren mir auch wichtiger, als ihr vielleicht glaubt.

Zuletzt möchte Luna sich bei Paddency Lederer für das Ausleihen ihres Namens bedanken. Sie empfand das als sehr hilfreich.

                      Danke.

Der Autor:

John Welante, geboren 1988 in Wolfenbüttel und in Braunschweig aufgewachsen. Wie bei vielen anderen schreibenden Seelen hatte John bereits in seiner Jugend ein Gefühl für gute Geschichten gehabt. 2020 fasste er dann den Entschluss, aus diesem Talent mehr zu machen. Wenn John nicht gerade schreibt, erkundet er die Welt, genießt ein gutes Hörbuch oder die Gesellschaft seiner Mitmenschen.

Content-Warnungen

Aufgepasst! Dieses Buch behandelt Themen, die unter Umständen traumatische Erinnerungen beim Lesen hervorrufen können. Wenn du weißt, dass dies bei dir der Fall sein kann, wirf bitte einen Blick auf die Warnungen und lies mit Vorsicht. Für detaillierte Einblicke in die jeweiligen Aspekte schreib mir gern.

Behandelte Themen:
Familienprobleme
Emotionaler Schmerz
Ausgrenzungen
Selbsthass
Verlustangst
Gewalt
Tod
Realitätsverlust

Sollte es zu einer Reaktion aufgrund eines hier nicht erwähnten Themas kommen, tut es mir aufrichtig leid. Ich bitte dich, mich in diesem Falle darüber zu informieren, damit ich die Content-Warnungen umgehend aktualisieren kann.

Buchigen Merch gefällig?
Bei Stacys ultimate Gears wirst du fündig!

Lust auf weitere Bücher?

Klappentext zu Asche:

Selbst das mächtigste Feuer erstickt am Ende in seiner eigenen Asche.

Neun Geschichten aus Feuer, Rauch und Glut. Lass dich entführen in eine Welt voller Magie und flammender Zauber, wo Phönixe aufsteigen und Götter tief fallen. Wir folgen den Brandspuren zu unheimlichen Ritualen, uralten Prophezeiungen und den Feuerbringern selbst. Doch egal, wie hoch die Flammen auch schlagen – am Ende bleibt nur Asche.

Mit Beiträgen von:
  Gabi Adam
  Mina Bekker
  Caro Grimm
  Vera Mars
  Ricarda Seidl
  Jessica Springer
  Yola Stahl
  Eika Summers
  John Welante

Alle Einnahmen werden an den Deutschen Feuerwehrverband gespendet.

Milton Keynes UK
Ingram Content Group UK Ltd.
UKHW010635271123
433341UK00001B/29